史上最強
常用日語單字
詞尾變化大全

李欣倚／著

小堀和彥 助理教授・秦就 講師／審定

詞性變化根本不難，只需直接查閱本書
幫你習慣抓到活用規則，自然習慣學習日語最難的關卡！

從所有動詞及形容詞的原形到所有的變化，全部一目了然！

How to use

本書讓您完全弄懂日語詞性變化的概念！憑藉著書中4大優點，讓你學習日語不卡關，順利升級無負擔。

優點1

直接可查，簡單實用

動詞（五段動詞、上一段動詞、下一段動詞、不規則動詞）、形容詞、形容動詞皆將常用的應用都羅列出來，想不起來直接查就行，完全不費力。看久了自然能直覺反射。

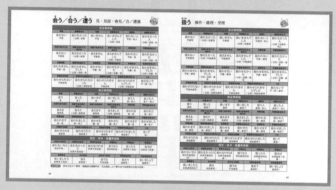

優點2

變化解析，觸類旁通

書中附有動詞（五段動詞、上一段動詞、下一段動詞、不規則動詞）、形容詞、形容動詞的簡易變化解析，當查表後仍遲遲感覺無法精通變化時，可以看此處說明以圖精通。

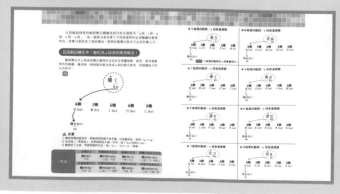

優點3

變化意義掌握，亦不疏漏

　　不光是知道變化，更進一步地設有簡易的變化意義解說，有需要時可以進一步地了解每格變化分別代表的意義是什麼！

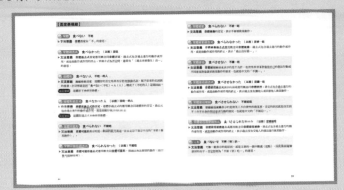

優點4

基本文法接續，輕鬆掌握

　　動詞（五段動詞、上一段動詞、下一段動詞、不規則動詞）、形容詞、形容動詞的每一種變化在結束時，會挑選並羅列一些常用的接續文法，標示其使用意義及例句應用，讓你不只是學到變化，亦學會基本文法。

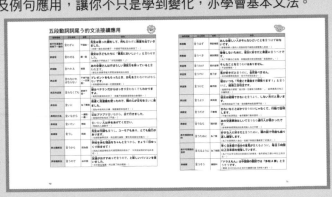

目錄

五段動詞

下一段動詞

不規則動詞

形容詞

形容動詞

五段動詞詞尾的動詞變化關鍵是該行的五個假名「a 段、i 段、u 段、e 段、o 段」，每一個假名都司掌了不同表達時的必須擔綱的重要角色。其實只要抓住了規則概念，要學好動變化根本不必花吹費之力。

五段動詞變化中，變化為 a 段音的應用概念！

　　動詞變化中 a 段音的變化應用於否定形及常體被動、使役、使役被動等形的接續。應用時，將詞尾的假名改成 a 段的假名使用，再接續後方的文法即可。

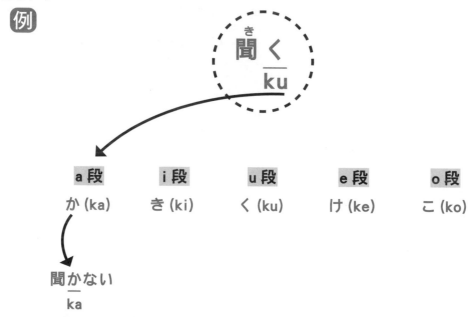

⚠ 注意

① 動詞詞尾的假名中，無論如何詞尾子音不變，只改變母音。本例：ku → ka。
② 先去掉 u，再改成 a，自然就能在か這一行中，從く (ku) 找到か (ka)。
③ 變換好了之後，再接想接的文法，如：ない、なかった…等等。

（例舉）	常體否定	常體過去式否定	連體形否定	連體形過去式否定
	聞かない 不問	聞かなかったら （以前）不問	聞かない人 不問…的人	聞かなかった人 （以前）不問…的人
	常體被動否定	常體被動過去式	常體使役否定	常體使役過去式
	聞かれない 不被…問	聞かれなかった （以前）不被…問	聞かせない 不讓…問	聞かせなかった （以前）不讓…問

★ う結尾的動詞，a 段音這樣變

吸う
su / u

a段	i段	u段	e段	o段
わ (wa)	い (i)	う (u)	え (e)	お (o)

吸わない
wa

特例 う結尾的動詞在 a 段會變成わ！

★ ぬ結尾的動詞，a 段音這樣變

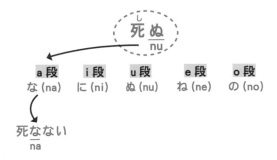

死ぬ
shi / nu

a段	i段	u段	e段	o段
な (na)	に (ni)	ぬ (nu)	ね (ne)	の (no)

死なない
na

★ ぐ結尾的動詞，a 段音這樣變

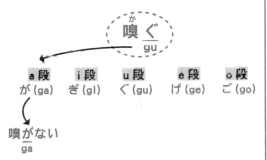

嗅ぐ
ka / gu

a段	i段	u段	e段	o段
が (ga)	ぎ (gi)	ぐ (gu)	げ (ge)	ご (go)

嗅がない
ga

★ ぶ結尾的動詞，a 段音這樣變

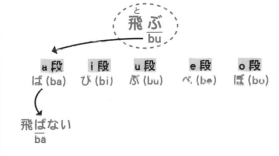

飛ぶ
to / bu

a段	i段	u段	e段	o段
ば (ba)	び (bi)	ぶ (bu)	べ (be)	ぼ (bo)

飛ばない
ba

★ す結尾的動詞，a 段音這樣變

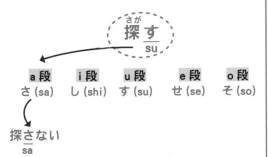

探す
saga / su

a段	i段	u段	e段	o段
さ (sa)	し (shi)	す (su)	せ (se)	そ (so)

探さない
sa

★ む結尾的動詞，a 段音這樣變

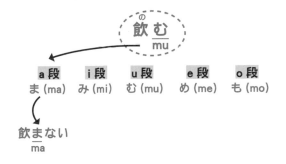

飲む
no / mu

a段	i段	u段	e段	o段
ま (ma)	み (mi)	む (mu)	め (me)	も (mo)

飲まない
ma

★ つ結尾的動詞，a 段音這樣變

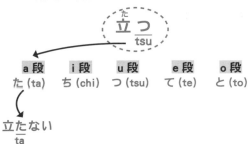

立つ
ta / tsu

a段	i段	u段	e段	o段
た (ta)	ち (chi)	つ (tsu)	て (te)	と (to)

立たない
ta

★ る結尾的動詞，a 段音這樣變

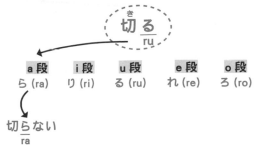

切る
ki / ru

a段	i段	u段	e段	o段
ら (ra)	り (ri)	る (ru)	れ (re)	ろ (ro)

切らない
ra

五段動詞變化中，變化為 i 段音的應用概念！

　　動詞變化中 i 段音的變化應用於敬體、敬體否定形、敬體假定、敬體推量形等的接續。應用時，將詞尾的假名改成 i 段的假名使用，再接續後方的文法即可。

例

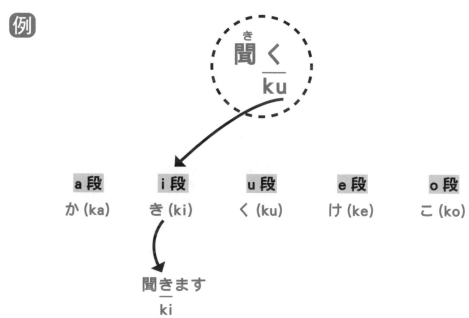

a 段	i 段	u 段	e 段	o 段
か (ka)	き (ki)	く (ku)	け (ke)	こ (ko)

聞きます
ki

⚠ 注意

① 動詞詞尾的假名中，無論如何詞尾子音不變，只改變母音。本例：ku → ki。
② 先去掉 u，再改成 i，自然就能在這一行中，從く (ku) 找到き (ki)。
③ 變換好了之後，再接想接的文法，如：ます、ません…等等。

（例舉）	敬體否定	敬體過去式否定	敬體肯定	敬體過去式	敬體假定	敬體推量形
	聞きません 不問	聞きませんでした （以前）沒問	聞きます 問	聞きました 問了	聞きましたら 問了的話…	聞きましょう 問吧！

★う結尾的動詞，i段音這樣變

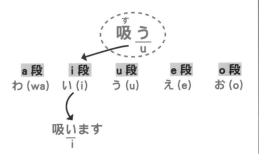

吸う（す）
u

a段	i段	u段	e段	o段
わ (wa)	い (i)	う (u)	え (e)	お (o)

吸います
i

★ぬ結尾的動詞，i段音這樣變

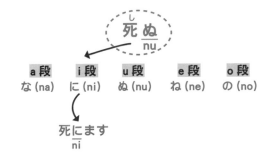

死ぬ（し）
nu

a段	i段	u段	e段	o段
な (na)	に (ni)	ぬ (nu)	ね (ne)	の (no)

死にます
ni

★ぐ結尾的動詞，i段音這樣變

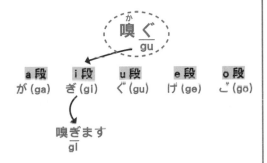

嗅ぐ（か）
gu

a段	i段	u段	e段	o段
が (ga)	ぎ (gi)	ぐ (gu)	げ (ge)	ご (go)

嗅ぎます
gi

★ぶ結尾的動詞，i段音這樣變

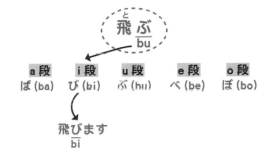

飛ぶ（と）
bu

a段	i段	u段	e段	o段
ば (ba)	び (bi)	ぶ (bu)	べ (be)	ぼ (bo)

飛びます
bi

★す結尾的動詞，i段音這樣變

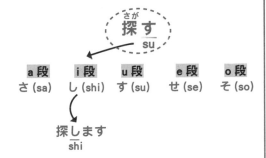

探す（さが）
su

a段	i段	u段	e段	o段
さ (sa)	し (shi)	す (su)	せ (se)	そ (so)

探します
shi

★む結尾的動詞，i段音這樣變

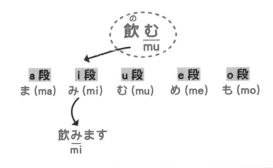

飲む（の）
mu

a段	i段	u段	e段	o段
ま (ma)	み (mi)	む (mu)	め (me)	も (mo)

飲みます
mi

★つ結尾的動詞，i段音這樣變

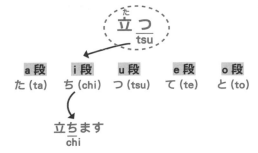

立つ（た）
tsu

a段	i段	u段	e段	o段
た (ta)	ち (chi)	つ (tsu)	て (te)	と (to)

立ちます
chi

★る結尾的動詞，i段音這樣變

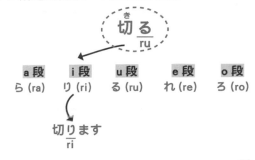

切る（き）
ru

a段	i段	u段	e段	o段
ら (ra)	り (ri)	る (ru)	れ (re)	ろ (ro)

切ります
ri

五段動詞變化中，變化為 u 段音的應用概念！

　　動詞變化中 u 段音的變化應用於常體（原形）、常體連體形。應用時，可不必變化即能直接使用，或再接續後方的其他名詞即可。

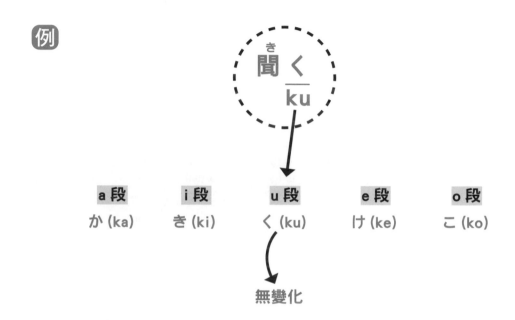

例

聞<ruby>き</ruby>く
ku

| a 段 | i 段 | u 段 | e 段 | o 段 |
| か (ka) | き (ki) | く (ku) | け (ke) | こ (ko) |

無變化

⚠ 注意
① 動詞詞尾完全不變化。
② 原形直接應用即可，或以連體形的方式後接名詞應用。

	常體（原形）	常體連體形
（例舉）	聞く 問	聞く人 問的人

★ う結尾的動詞，u 段音這樣變

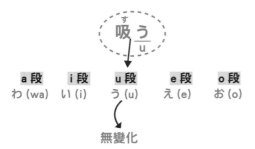

a段	i段	u段	e段	o段
わ (wa)	い (i)	う (u)	え (e)	お (o)

無變化

★ ぬ結尾的動詞，u 段音這樣變

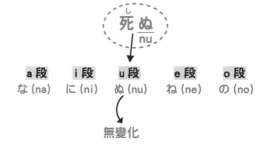

a段	i段	u段	e段	o段
な (na)	に (ni)	ぬ (nu)	ね (ne)	の (no)

無變化

★ ぐ結尾的動詞，u 段音這樣變

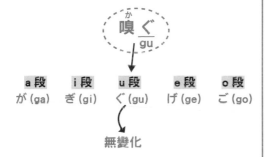

a段	i段	u段	e段	o段
が (ga)	ぎ (gi)	ぐ (gu)	げ (ge)	ご (go)

無變化

★ ぶ結尾的動詞，u 段音這樣變

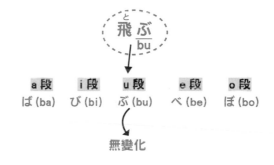

a段	i段	u段	e段	o段
ば (ba)	び (bi)	ぶ (bu)	べ (be)	ぼ (bo)

無變化

★ す結尾的動詞，u 段音這樣變

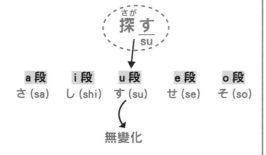

a段	i段	u段	e段	o段
さ (sa)	し (shi)	す (su)	せ (se)	そ (so)

無變化

★ む結尾的動詞，u 段音這樣變

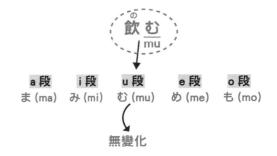

a段	i段	u段	e段	o段
ま (ma)	み (mi)	む (mu)	め (me)	も (mo)

無變化

★ つ結尾的動詞，u 段音這樣變

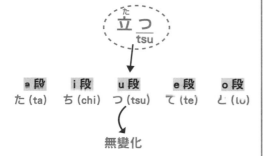

a段	i段	u段	e段	o段
た (ta)	ち (chi)	つ (tsu)	て (te)	と (to)

無變化

★ る結尾的動詞，u 段音這樣變

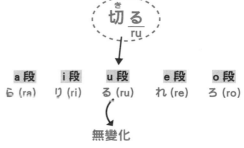

a段	i段	u段	e段	o段
ら (ra)	り (ri)	る (ru)	れ (re)	ろ (ro)

無變化

五段動詞變化中，變化為 e 段音的應用概念！

　　動詞變化中 e 段音的變化應用於部分假定形、命令形等的使用。應用時，將詞尾的假名改成 e 段的假名使用，再接續後方的文法即可。

例

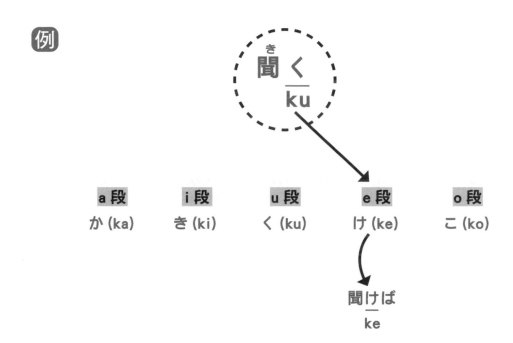

a 段	i 段	u 段	e 段	o 段
か (ka)	き (ki)	く (ku)	け (ke)	こ (ko)

⚠ 注意

① 動詞詞尾的假名中，無論如何詞尾子音不變，只改變母音。本例：k<u>u</u> → k<u>e</u>。
② 先去掉 u，再改成 e，自然就能在這一行中，從く (ku) 找到け (ke)。
③ 變換好了之後，再接想接的文法，如：⋯ば、命令形等等。

（ 例舉 ）	常體（原形）	命令形
	聞けば 如果問的話就會⋯	聞け 給我問

★う結尾的動詞，e 段音這樣變

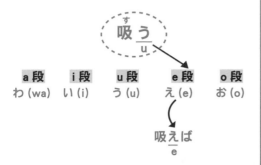

吸<ruby>う<rt>す</rt></ruby>
u

a 段	**i 段**	**u 段**	**e 段**	**o 段**
わ (wa)	い (i)	う (u)	え (e)	お (o)

吸え<u>ば</u>
e

★ぬ結尾的動詞，e 段音這樣變

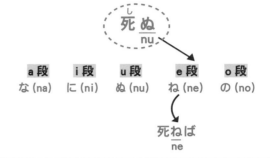

死ぬ
nu

a 段	**i 段**	**u 段**	**e 段**	**o 段**
な (na)	に (ni)	ぬ (nu)	ね (ne)	の (no)

死ねば
ne

★ぐ結尾的動詞，e 段音這樣變

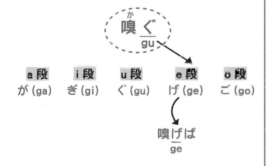

嗅ぐ
gu

a 段	**i 段**	**u 段**	**e 段**	**o 段**
が (ga)	ぎ (gi)	ぐ (gu)	げ (ge)	ご (go)

嗅げば
ge

★ぶ結尾的動詞，e 段音這樣變

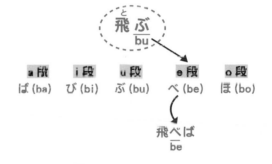

飛ぶ
bu

a 段	**i 段**	**u 段**	**e 段**	**o 段**
ば (ba)	び (bi)	ぶ (bu)	べ (be)	ほ (bo)

飛べば
be

★す結尾的動詞，e 段音這樣變

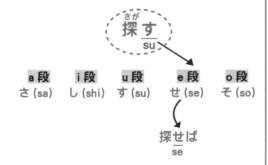

探す
su

a 段	**i 段**	**u 段**	**e 段**	**o 段**
さ (sa)	し (shi)	す (su)	せ (se)	そ (so)

探せば
se

★む結尾的動詞，e 段音這樣變

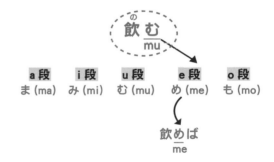

飲む
mu

a 段	**i 段**	**u 段**	**e 段**	**o 段**
ま (ma)	み (mi)	む (mu)	め (me)	も (mo)

飲めば
me

★つ結尾的動詞，e 段音這樣變

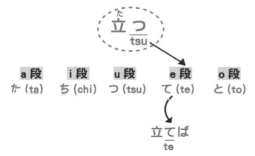

立つ
tsu

a 段	**i 段**	**u 段**	**e 段**	**o 段**
た (ta)	ち (chi)	つ (tsu)	て (te)	と (to)

立てば
te

★る結尾的動詞，e 段音這樣變

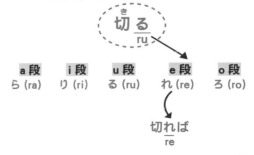

切る
ru

a 段	**i 段**	**u 段**	**e 段**	**o 段**
ら (ra)	り (ri)	る (ru)	れ (re)	ろ (ro)

切れば
re

五段動詞變化中，變化為 o 段音的應用概念！

　　動詞變化中 o 段音的變化應用於推量形的使用。應用時，將詞尾的假名改成 o 段的假名，再接續う即可。

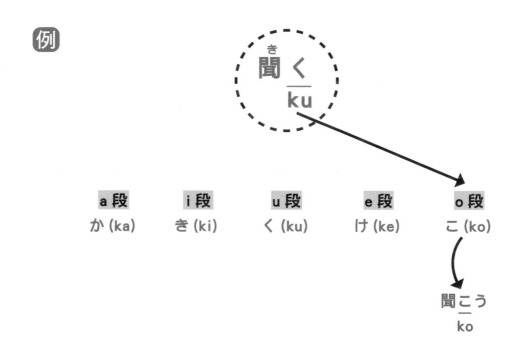

⚠ 注意

① 動詞詞尾的假名中，無論如何詞尾子音不變，只改變母音。本例：ku → ko。
② 先去掉 u，再改成 o，自然就能在這一行中，從く (ku) 找到こ (ko)。
③ 變換好了之後，再接想接的文法，如：…ば、命令形等等。

	推量形
（例舉）	聞こう 問吧！

★う結尾的動詞，o 段音這樣變

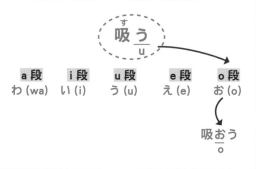

吸う
す
u

a 段	i 段	u 段	e 段	o 段
わ (wa)	い (i)	う (u)	え (e)	お (o)

吸おう
o

★ぬ結尾的動詞，o 段音這樣變

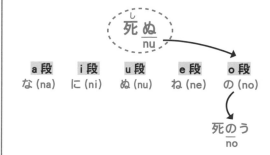

死ぬ
し
nu

a 段	i 段	u 段	e 段	o 段
な (na)	に (ni)	ぬ (nu)	ね (ne)	の (no)

死のう
no

★ぐ結尾的動詞，o 段音這樣變

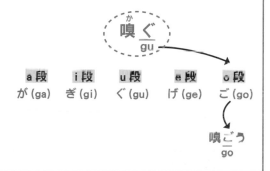

嗅ぐ
か
gu

a 段	i 段	u 段	e 段	o 段
が (ga)	ぎ (gi)	ぐ (gu)	げ (ge)	ご (go)

嗅ごう
go

★ぶ結尾的動詞，o 段音這樣變

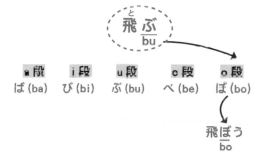

飛ぶ
と
bu

a 段	i 段	u 段	o 段	o 段
ば (ba)	び (bi)	ぶ (bu)	べ (be)	ぼ (bo)

飛ぼう
bo

★す結尾的動詞，o 段音這樣變

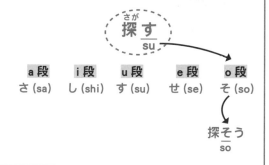

探す
さが
su

a 段	i 段	u 段	e 段	o 段
さ (sa)	し (shi)	す (su)	せ (se)	そ (so)

探そう
so

★む結尾的動詞，o 段音這樣變

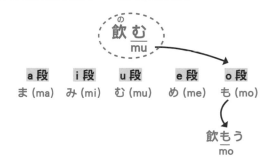

飲む
の
mu

a 段	i 段	u 段	e 段	o 段
ま (ma)	み (mi)	む (mu)	め (me)	も (mo)

飲もう
mo

★つ結尾的動詞，o 段音這樣變

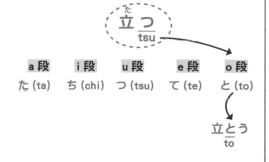

立つ
た
tsu

a 段	i 段	u 段	e 段	o 段
た (ta)	ち (chi)	つ (tsu)	て (te)	と (to)

立とう
to

★る結尾的動詞，o 段音這樣變

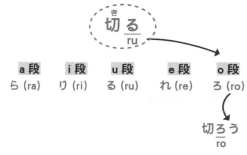

切る
き
ru

a 段	i 段	u 段	e 段	o 段
ら (ra)	り (ri)	る (ru)	れ (re)	ろ (ro)

切ろう
ro

上一段動詞的判斷法是る結尾的動詞，原則上九成以上詞尾る之前的語幹會有一個假名的羅馬音是 i 段的音且不包括在漢字裡，即為上一段動詞，例如：「浴びる（沖）、起きる（起床）、降りる（下）…」，但還是要注意有幾個例外的，例如：「居る（在）、見る（看）、着る（穿）…」等等。

　　上一段動詞與五段動詞相較之下明顯簡單很多，而且變化的結果多半與五段動詞中る結束的動詞相似，所以我們簡單地看一下：

上一段動詞變化的應用概念！

　　下方簡單列出上一段動詞的變化方式，有沒有發現，所有的變化都是る去除後，再接各種變化而已，就沒有像五段那樣的複雜，是不是很容易呢！

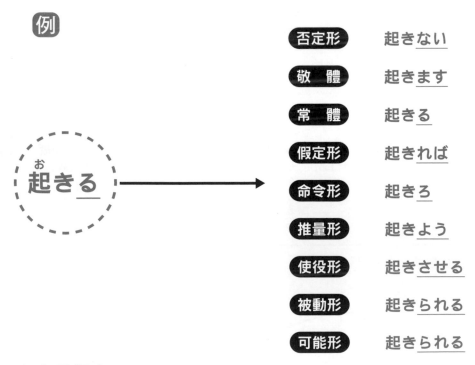

例

起きる

否定形	起き<u>ない</u>
敬　體	起き<u>ます</u>
常　體	起き<u>る</u>
假定形	起き<u>れば</u>
命令形	起き<u>ろ</u>
推量形	起き<u>よう</u>
使役形	起き<u>させる</u>
被動形	起き<u>られる</u>
可能形	起き<u>られる</u>

⚠ **加強觀念**

　　被動形及可能形的變化相同喔。

下一段動詞的判斷法與上一段動詞相同，原則上也是九成以上詞尾る之前的語幹會有一個假名的羅馬音是 e 段的音且不包括在漢字裡，即為下一段動詞，例如：「<ruby>集<rt>あつ</rt></ruby>める（收集）、<ruby>覚<rt>おぼ</rt></ruby>える（背）、<ruby>掛<rt>か</rt></ruby>ける（掛）…」，但還是要注意有幾個例外的，例如：「<ruby>寝<rt>ね</rt></ruby>る（就寢）、<ruby>出<rt>で</rt></ruby>る（出來）…」等等。

　　下一段動詞與五段動詞相較之下明顯簡單很多，而且變化的結果多半亦與五段動詞中る結束的動詞相似，所以我們簡單地看一下：

下一段動詞變化的應用概念！

　　下方簡單列出下一段動詞的變化方式，有沒有發現，所有的變化都是る去除後，再接各種變化而已，就沒有像五段那樣的複雜，是不是很容易呢！

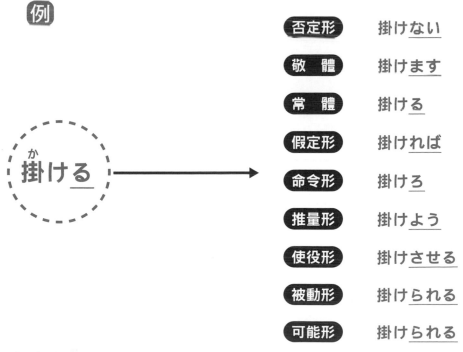

例	<ruby>掛<rt>か</rt></ruby>ける
否定形	掛け<u>ない</u>
敬　體	掛け<u>ます</u>
常　體	掛け<u>る</u>
假定形	掛け<u>れば</u>
命令形	掛け<u>ろ</u>
推量形	掛け<u>よう</u>
使役形	掛け<u>させる</u>
被動形	掛け<u>られる</u>
可能形	掛け<u>られる</u>

⚠ **加強觀念**

　　被動形及可能形的變化相同喔。

形容詞的判斷法主要是觀察其詞尾為い的字，原則上九成以上都是形容詞（但還是會有少數的字不是），例如：「温かい（溫暖的）、暑い（熱的）、忙しい（忙碌的）…」。

形容詞變化的應用概念！

形容詞的變化簡單地來說，就是將い改成其他的形態，一般大致是「く、ければ、かった」等這幾種變化後再去接續延伸。而延伸的接續多半是借助動詞變化去達到要傳達的意義，所以請參考動詞變化的內容，就不在此贅述。

下方簡單挑出幾個變化方式列出，有沒有發現，所有的變化都是い去除後，再接各種變化而已，是不是很容易呢！

例

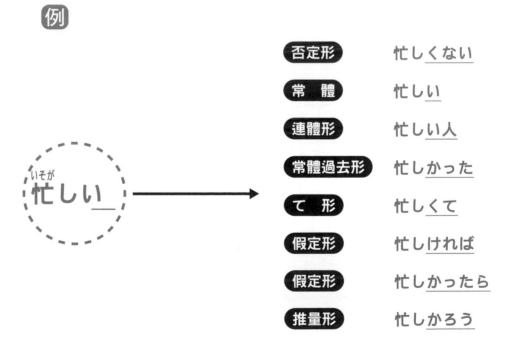

否定形	忙し<u>くない</u>
常　體	忙し<u>い</u>
連體形	忙しい<u>人</u>
常體過去形	忙し<u>かった</u>
て　形	忙し<u>くて</u>
假定形	忙し<u>ければ</u>
假定形	忙し<u>かったら</u>
推量形	忙し<u>かろう</u>

忙しい（いそが）

⚠ 加強觀念

形容詞往往可以透過助動詞です轉變成敬體（例：忙しいです → 敬體）。雖然です是助動詞，但單就變化的層面而言，可以暫時把它想像成五段動詞詞尾す的字一樣進行變化的延伸喔！規則上幾乎都一樣。

形容動詞的判斷法比較困難點，它的部分外形與名詞相似，部分則是常見在詞幹的最後一個字為**か**字。一部分的學派認為形容動詞有詞尾**な**，但要注意在字典上查詢時卻不會記載這個詞尾。簡單認識幾個形容動詞，例如：「<ruby>明<rt>あき</rt></ruby>らか（明顯的）、<ruby>安全<rt>あんぜん</rt></ruby>（安全的）、<ruby>有名<rt>ゆうめい</rt></ruby>（有名的）…」。

形容詞變化的應用概念！

因為前述部分學派認知的詞尾**な**是隱形的，所以它只有在接續名詞時會出現。然形容動詞的詞尾變化簡單地來說，就是在詞幹後一般大致是接上「**では(じゃ)、で、だ**」等其他變化後再去接續延伸。

下方簡單挑出幾個變化方式列出，有沒有發現，所有的變化都是直接在詞幹後再接各種變化而已，是不是很容易呢！

否定形	有名では（じゃ）ない
常　體	有名だ
連體形	有名な人
常體過去形	有名だった
て　形	有名で
假定形	有名だったら
推量形	有名だろう

<ruby>有名<rt>ゆうめい</rt></ruby>(な)

⚠ 加強觀念

形容動詞往往可以透過助動詞**です**轉變成敬體（例；**有名です** → 敬體）。雖然**です**是助動詞，但單就變化的層面而言，可以暫時把它想像成五段動詞詞尾**す**的字一樣進行變化的延伸喔！規則上幾乎都一樣。

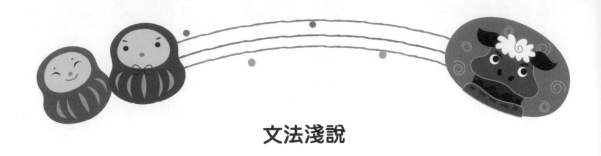

文法淺說

　　本書內容的要點是將各詞性的變化直接呈現給各位學習者了解，並克服學習上的困難，但考量到讀者在初學時，如果只看變化不知意思即使在查詢變化後也不容易記住，所以書中還是簡單表記了各變化的中文釋義。

　　然而，需先說明的是，讀者將會在書中看到有點彆腳的中文釋義，那是正常的。因為若要對譯很漂亮，通常前後文必須很清楚，才能譯出合適的中文。但是本書所提的都是短短的詞性變化，所以很難精準地表達其意義。因此，請各位讀者先了解一點：日語與中文不同，日語是非常情境式的語言，用語必須因應說話當下的情境而有不同的解釋，也因此一個小小的句型變化，就可能因為在不同的情境中，傳達出不同意義，而那些卻有可能是用中文難以言喻的意義。故每項中文釋義，本書暫以看似彆扭的中文直譯在各詞性變化的下面，先了解正確的變化，日後學習再請自行套在各情境裡。接下來則以動詞「食べる（吃）」為例，提出簡單的文法變化說明。

　　（此處僅以常體為例說明，因敬體與常體的差別主要是敬體是比較尊敬的用語，適用於陌生人及需要以禮貌接待的對象。了解之後自行選擇合適的用語運用即可。）

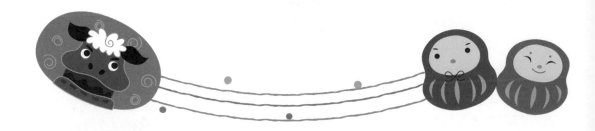

食べる 吃

た

否定表現組

常體	常體過去式	敬體	敬體過去式	連體形	連體形過去式
食べない 不吃	食べなかった （以前）沒吃	食べません 不吃	食べませんでした （以前）沒吃	食べない人 不吃…的人	食べなかった人 （以前）沒吃…的人
常體可能形否定	常體可能形否定過去式	敬體可能形否定	敬體可能形否定過去式	常體被動	常體被動過去式
食べられない 不能吃	食べられなかった （以前）不能吃	食べられません 不能吃	食べられませんでした （以前）不能吃	食べられない 不被…吃	食べられなかった （以前）沒被…吃
敬體被動	敬體被動過去式	常體使役	常體使役過去式	敬體使役	敬體使役過去式
食べられません 不被…吃	食べられませんでした （以前）沒被…吃	食べさせない 不讓…吃	食べさせなかった （以前）沒讓…吃	食べさせません 不讓…吃	食べさせませんでした （以前）沒讓…吃
常體使役被動	常體使役被動過去式	敬體使役被動	敬體使役被動過去式	て形	
食べさせられない 不被迫吃	食べさせられなかった （以前）沒被迫吃	食べさせられません 不被迫吃	食べさせられませんでした （以前）沒被迫吃	食べないで 不（要）吃…	

肯定表現組

常體	常體過去式	敬體	敬體過去式	連體形	連體形過去式
食べる 吃	食べた 吃了	食べます 吃	食べました 吃了	食べる人 吃…的人	食べた人 吃了…的人
常體可能形肯定	常體可能形肯定過去式	敬體可能形肯定	敬體可能形肯定過去式	常體被動	常體被動過去式
食べられる 能吃	食べられた （以前）能吃	食べられます 能吃	食べられました （以前）能吃	食べられる 被…吃	食べられた 被…吃了
敬體被動	敬體被動過去式	常體使役	常體使役過去式	敬體使役	敬體使役過去式
食べられます 被…吃	食べられました 被…吃了	食べさせる 讓…吃	食べさせた 讓…吃了	食べさせます 讓…吃	食べさせました 讓…吃了
常體使役被動	常體使役被動過去式	敬體使役被動	敬體使役被動過去式	て形	
食べさせられる 被迫吃	食べさせられた 被迫吃了	食べさせられます 被迫吃	食べさせられました 被迫吃了	食べて 吃…	

假定、命令、推量表現組

常體否定假定	常體否定假定	常體否定假定	常體假定	常體假定	常體假定
食べないなら 假如不吃的話…	食べなかったら 如果不吃的話…	食べなければ 如果不吃就會…	食べるなら 假如吃的話…	食べたら 如果吃了的話…	食べれば 如果吃了就會…
敬體假定	命令表現	反向命令表現	常體推量表現	敬體推量表現	
食べましたら 如果吃了的話…	食べろ 給我吃！	食べるな 不准吃	食べよう 吃吧！	食べましょう 吃吧！	

【否定表現組】

常體 食べない　不吃

▶**文法意義**　常體否定有「不」的意思。

常體過去式 食べなかった　（以前）沒吃

▶**文法意義**　**常體過去式否定**應用概念同**常體否定**。過去式包含過去進行的動作或作用，或是指動作或作用的終止。當過去式為否定時，通常有「（過去未曾發生）沒…」的意思。

連體形 食べない人　不吃…的人

▶**文法意義**　**連體形的否定**。連體形的否定是用否定形來修飾名詞，賦予原來的名詞新的意義。在這裡就是把「食べない（不吃）＋人（人）」構成了（不吃的人）這個詞組。

　注意事項　連體形不會使用敬體。

連體形過去式 食べなかった人　（以前）沒吃…的人

▶**文法意義**　**連體形過去式的否定**。連體形過去式的應用概念同連體形的否定。過去式包含過去進行的動作或作用，或是指動作或作用的終止。

　注意事項　連體形過去式不會使用敬體。

常體可能形 食べられない　不能吃

▶**文法意義**　**常體可能形**表示的是一動詞的能力表達，在否定形下表示中文的「不能（做某動作）」。

常體可能形過去式 食べられなかった　（以前）不能吃

▶**文法意義**　**常體可能形過去式**應用概念同**常體可能形**。指過去無法辦到的動作（但以後可能辦得到）。

常體被動 食べられない　不被…吃
▶ **文法意義**　常體被動的否定，表示不會被做某動作。

常體被動過去式 食べられなかった　（以前）沒被…吃
▶ **文法意義**　常體被動過去式應用概念同**常體被動**。過去式包含過去進行的動作或作用，或是指動作或作用的終止。表示「過去沒有被…」。

常體使役 食べさせない　不讓…吃
▶ **文法意義**　常體使役的否定表示的是不允許，也就是要求某對象依自己的想法而不做某行動或不同意某對象請求做某動作的要求，也就是中文的「不讓…」。

常體使役過去式 食べさせなかった　（以前）沒讓…吃
▶ **文法意義**　常體使役過去式表示的情境應用概念同**常體使役**。過去式包含過去進行的動作或作用，或是指動作或作用的終止。表示過去沒有讓他人或同意他人做某動作。

常體使役被動 食べさせられない　不被迫吃
▶ **文法意義**　常體使役被動表示的是使某人不自發性的做某事，否定的狀況就是沒受到某人依其自身的想法要求行動的情況，也就是中文的「不被迫…」。

常體使役被動過去式 食べさせられなかった　（以前）沒被迫吃
▶ **文法意義**　常體使役被動過去式應用概念同**常體使役被動**。過去式包含過去進行的動作或作用，或是指動作或作用的終止。表示過去沒有受他人的強迫進行做某動作。

て形 食べないで　不要（別）吃…
▶ **文法意義**　て形一般表示的是原因、或是文章的一個中斷處（逗點），因此後面還會接別的句子。否定形則為「不要（別）吃…」的意思。

【肯定表現組】

常體 食べる 吃

▶ **文法意義** **常體肯定**有表達肯定的意思。

常體過去式 食べた 吃了

▶ **文法意義** **常體過去式**的應用概念同**常體**。當為過去式時，通常可以有「過去曾發生…」的意思。

連體形 食べる人 吃…的人

▶ **文法意義** **連體形**可用來修飾名詞，賦予原來的名詞新的意義。在這裡就是把「食べる（吃）＋人（人）」構成了（吃的人）這個詞組。

注意事項 連體形不會使用敬體。

連體形過去式 食べた人 吃了…的人

▶ **文法意義** **連體形過去式**應用概念同**連體形**。過去式包含過去進行的動作或作用，或是指動作或作用的終止。

注意事項 連體形過去式不會使用敬體。

常體可能形肯定 食べられる 能吃

▶ **文法意義** **常體可能形**表示的是動詞的能力表達，就是中文的「能（做某動作）、可以（做某動作）」。

常體可能形過去式 食べられた （以前）能吃

▶ **文法意義** **常體可能形過去式**應用概念同**常體可能形**。過去式包含過去進行的動作或作用，或是指動作或作用的終止。指「可以辦到…的事」！

常體被動 食べられる 被…吃

▶ **文法意義** 常體被動表示的是被動，表示會被進行某動作。

常體被動過去式 食べられた 被…吃了

▶ **文法意義** 常體被動過去式應用概念同**常體被動**。過去式包含過去進行的動作或作用，或是指動作或作用的終止。表示「過去有被…」。

常體使役 食べさせる 讓…吃

▶ **文法意義** 常體使役表示的是允許，也就是有要求某對象依自己的想法行動或同意某對象請求做某動作的要求，也就是中文的「讓…」。

常體使役過去式 食べさせた （以前）讓…吃了

▶ **文法意義** 常體使役過去式應用概念同**常體使役**。過去式包含過去進行的動作或作用，或是指動作或作用的終止。表示過去已有讓他人，或同意他人做某動作。

常體使役被動 食べさせられる 被迫吃

▶ **文法意義** 常體使役被動表示的是使某人自發性做某事，就是受到某人依其自身的想法要求進行某動作的情況，也就是中文的「被迫…」。

常體使役被動過去式 食べさせられた （以前）被迫吃了

▶ **文法意義** 常體使役被動過去式應用概念同**常體使役被動**。過去式包含過去進行的動作或作用，或是指動作或作用的終止。表示過去會有受他人的強迫做某動作。

て形 食べて 吃…

▶ **文法意義** て形一般表示的是原因、或是文章的一個中斷處（逗點），因此後面還會接別的句子，即「吃…」的意思。

【假定、命令、推量表現組】

🍢 常體否定假定 ～なら　食べないなら　假如不吃…

▶ **文法意義**　假定的「～なら」是指當提及到前述的事項時，話者會在後述表示自己的判斷、希望及意志等。以否定假定為前提的話，就是「假如不（要）…」情況。

🍢 常體否定假定 ～たら　食べなかったら　如果不吃的話…、不吃之後…

▶ **文法意義**　假定的「～たら」是指當提及到前述的事項成立時，就會發生後述的事情。以否定假定為前提的話，就是「如果不…的話、如果不…之後」情況。

🍢 常體否定假定 ～ば　食べなければ　如果不吃就會…

▶ **文法意義**　假定的「～ば」是指常理性的假定，指在前述的條件之下，一定會發生後述的結果。以否定假定為前提的話，就是「如果不…的話就會…」情況。

🍢 常體假定 ～なら　食べるなら　假如吃…

▶ **文法意義**　假定的「～なら」是指當提及到前述的事項時，話者會在後述表示自己的判斷、希望及意志等。即「假如（要）…」的情況。

🍢 常體假定 ～たら　食べたら　如果吃的話…、吃了之後…

▶ **文法意義**　假定的「～たら」是指當提及到前述的事項成立時，就會發生後述的事情。以肯定假定為前提的話，就是「如果…的話、如果…之後」的情況。

🍢 常體假定 ～ば　食べれば　如果吃了就會…

▶ **文法意義**　假定的「～ば」是指常理性的假定，指在前述的條件之下，一定會發生後述的結果。就是「如果…的話就會…」的情況。

🍢 命令表現　食べろ　（給我）吃…

▶ **文法意義**　命令表現是指要求某人做某事。

食べるな　不准吃…

▶ **文法意義**　**反向命令表現**是指要求某人不要做某事。即「不准…」。

食べよう　吃吧！

▶ **文法意義**　**常體推量表現**是話者勸誘對方跟自己一起作某事的意思。即「…吧！」。

形容詞的簡易文法說明，在此以「暖かい（暖和的）」為例，提出簡單的說明：

暖かい／温かい　暖和的／溫暖的、溫情的

否定表現組			
常體	常體過去式	敬體1	敬體過去式1
暖かくない 不溫暖的	暖かくなかった （以前是）不溫暖的	暖かくないです 不溫暖的	暖かくなかったです （以前是）不溫暖的
敬體2	敬體過去式2	連體形	連體形過去式	て形
暖かくありません 不溫暖的	暖かくありません でした （以前是）不溫暖的	温かくない コーヒー 不溫的咖啡	温かくなかった コーヒー （以前是）不溫的咖啡	暖かくなくて 不溫暖的…

肯定表現組			
常體	常體過去式	敬體	敬體過去式
暖かい 溫暖的	暖かかった （以前是）溫暖的	暖かいです 溫暖的	暖かかったです （以前是）溫暖的
連體形	連體形過去式	て形
温かいコーヒー 溫的咖啡	温かかったコーヒー （以前是）溫的咖啡	暖かくて 溫暖的…

假定、命令、推量表現組			
常體否定假定	常體否定假定	常體否定假定	常體假定
暖かくないなら 假如不溫暖的話…	暖かくなかったら 如果不溫暖的話…	暖かくなければ 如果不溫暖就會…	暖かいなら 假如溫暖的話…
常體假定	常體假定	常體推量表現	敬體推量表現
暖かかったら 如果溫暖的話…	暖かければ 如果溫暖就會…	暖かかろう 溫暖吧！	暖かいでしょう 溫暖吧！

【否定表現組】

常體 暖かくない　不溫暖的
▶ **文法意義**　常體否定有「不」的意思。

常體過去式 暖かくなかった　（以前是）不溫暖
▶ **文法意義**　**常體過去式否定**應用概念同**常體否定**。過去式表示過去已經發生的狀態。

連體形 温かくないコーヒー　不溫的咖啡
▶ **文法意義**　**連體形的否定**是用否定形來修飾名詞，賦予原來的名詞新的意義。在這裡就是把「温かくない（不溫的）＋コーヒー（咖啡）」構成了（不溫的咖啡）這個詞組。
　注意事項　連體形不會使用敬體。

連體形過去式 温かくなかったコーヒー　（以前是）不溫的咖啡
▶ **文法意義**　**連體形過去式的否定**的應用概念同連體形的否定。過去式表示過去已經發生的狀態。
　注意事項　連體形過去式不會使用敬體。

て形 暖かくなくて　不溫暖的…
▶ **文法意義**　て形一般表示的是原因、或是文章的一個中斷處（逗點），因此後面還會接別的句子。否定形則表現「不溫暖的…」的意思。

【肯定表現組】

常體 暖かい　溫暖的
▶ **文法意義**　常體有表達肯定的意思。

常體過去式 暖かかった （以前是）溫暖的
▶ **文法意義** **常體過去式**應用概念同**常體**。提醒，過去式表示過去已經發生的狀態。

連體形 温かいコーヒー 溫的咖啡
▶ **文法意義** **連體形**。是用來修飾一個名詞，賦予原來的名詞新的意義。在這裡就是把「温かい（溫的）＋コーヒー（咖啡）」構成了（溫的咖啡）這個詞組。
（注意事項） 連體形不會使用敬體。

連體形過去式 温かかったコーヒー （以前是）溫的咖啡
▶ **文法意義** **連體形過去式的否定**的應用概念同連體形的否定。過去式表示過去已經發生的狀態。
（注意事項） 連體形過去式不會使用敬體。

て形 温かくて 溫暖的…
▶ **文法意義** **て形** 一般表示的是原因、或是文章的一個中斷處（逗點），因此後面還會接別的句子，即「溫暖的…」的意思。

【假定、推量表現組】

常體否定假定 〜なら 暖かくないなら 假如不溫暖…
▶ **文法意義** 假定的「〜なら」是指當提及到前述的事項時，話者會在後述表示自己的判斷、希望及意志等。以否定假定為前提的話，就是「假如不（要）…」的情況。

常體否定假定 〜たら 暖かくなかったら 如果不溫暖的話…
▶ **文法意義** 假定的「〜たら」是指當提及到前述的事項成立時，就會發生後述的事情。以否定假定為前提的話，就是「如果不…的話、如果不…之後」的情況。

常體否定假定 ～ば 暖かくなければ 如果不溫暖就會…

▶ **文法意義** 假定的「～ば」是指常理性的假定，指在前述的條件之下，一定會發生後述的結果。以否定假定為前提的話，就是「如果不…的話就會…」的情況。

常體假定 ～なら 暖かいなら 假如溫暖…

▶ **文法意義** 假定的「～なら」是指當提及到前述的事項時，話者會在後述表示自己的判斷、希望及意志等。即「假如（要）…」的情況。

常體假定 ～たら 暖かかったら 如果溫暖的話…

▶ **文法意義** 假定的「～たら」是指當提及到前述的事項成立時，就會發生後述的事情。以肯定假定為前提的話，就是「如果…的話、如果…之後」的情況。

常體假定 ～ば 暖かければ 如果溫暖了就會…

▶ **文法意義** 假定的「～ば」是指常理性的假定，指在前述的條件之下，一定會發生後述的結果。就是「如果…的話就會…」的情況。

常體推量表現 暖かかろう 暖和吧！

▶ **文法意義** 常體推量表現的是一種話者推測的口吻。即「…吧！」。

形容動詞的簡易文法說明，在此以「**有名（有名的）**」為例，提出簡單的說明：

有名（な）　有名
ゆうめい

否定表現組					
常體 1	常體過去式 1	常體 2	常體過去式 2	敬體 1	敬體過去式 1
有名じゃない 不有名的	有名じゃなかった （以前是）不有名的	有名ではない 不有名的	有名ではなかった （以前是）不有名的	有名じゃないです 不有名的	有名じゃなかったです （以前是）不有名的
敬體 2	敬體過去式 2	敬體 3	敬體過去式 3	敬體 4	敬體過去式 4
有名ではないです 不有名的	有名ではなかったです （以前是）不有名的	有名じゃありません 不有名的	有名じゃありませんでした （以前是）不有名的	有名ではありません 不有名的	有名ではありませんでした （以前是）不有名的
連體形 1	連體形過去式 1	連體形 2	連體形過去式 2	て形 1	て形 2
有名じゃない人 不有名的人	有名じゃなかった人 （以前是）不有名的人	有名ではない人 不有名的人	有名ではなかった人 （以前是）不有名的人	有名じゃなくて 不有名的…	有名で（は）なくて （以前是）不有名的…

肯定表現組			
常體	常體過去式	敬體	敬體過去式
有名だ 有名的	有名だった （以前是）有名的	有名です 有名的	有名でした （以前是）有名的
連體形	連體形過去式	て形	
有名な人 有名的人	有名だった人 （以前是）有名的人	有名で 有名的…	

假定、命令、推量表現組			
常體否定假定	常體否定假定	常體否定假定	常體否定假定
有名じゃないなら 假如不有名就…	有名で（は）ないなら 假如不有名就…	有名じゃなかったら 如果不有名的話…	有名で（は）なかったら 如果不有名的話…
常體否定假定	常體否定假定	常體假定	常體假定
有名じゃなければ 如果不有名就會…	有名で（は）なければ 如果不有名就會…	有名なら 假如有名就…	有名だったら 如果有名的話…
常體假定	敬體假定	常體推量表現	敬體推量表現
有名であれば 如果有名了就會…	有名でしたら 如果有名的話…	有名だろう 有名吧！	有名でしょう 有名吧！

【否定表現組】

常體 有名じゃない 不有名的

▶ **文法意義** 常體否定有「不」的意思。

注意事項 「…じゃ…」是較偏口語的表現。

常體過去式 有名じゃなかった （以前是）不有名的

▶ **文法意義** 常體過去式否定應用概念同**常體否定**。過去式表示過去已經發生的狀態。

注意事項 「…じゃ…」是較偏口語的表現。

常體 有名ではない 不有名的

▶ **文法意義** 同「有名じゃない」。

注意事項 「…では…」是較一般的表現。

常體過去式 有名ではなかった （以前是）不有名的

▶ **文法意義** 同「有名じゃなかった」。

注意事項 「…では…」是較一般的表現。

連體形 1 有名じゃない人 不有名的人

▶ **文法意義** **連體形的否定**。是用否定形來修飾名詞，賦予原來的名詞新的意義。在這裡就是把「有名じゃない（不有名的）＋人（人）」構成了（不有名的人）這個詞組。

注意事項 連體形不會使用敬體。

連體形過去式 1 有名じゃなかった人 （以前是）不有名的人

▶ **文法意義** **連體形過去式的否定**應用概念同連體形的否定。過去式表示過去已經發生的狀態。

注意事項 連體形過去式不會使用敬體。

連體形 2　　有名ではない人　不有名的人

▶ **文法意義**　同「有名じゃない人」。

注意事項　「…では…」是較一般的表現。

連體形過去式 2　　有名ではなかった人　（以前是）不有名的人

▶ **文法意義**　同「有名じゃなかった人」。

注意事項　「…では…」是較一般的表現。

て形 1　　有名じゃなくて…　不有名的…

▶ **文法意義**　て形一般表示的是原因、或是文章的一個中斷處（逗點），因此後面還會接別的句子。否定形則表現「不有名的…」的意思。

注意事項　「…じゃ…」是較偏口語的表現。

て形 2　　有名で(は)なくて　不有名的…

▶ **文法意義**　同「有名じゃなくて…」。

注意事項　「～で(は)…」中的「は」可有可無。「…で(は)…」是較偏一般的表現。

【肯定表現組】

常體　　有名だ　有名的

▶ **文法意義**　常體有肯定的意思。

常體過去式　　有名だった　（以前是）有名的

▶ **文法意義**　常體過去式應用概念同常體。過去式表示過去已經發生的狀態。

連體形 有名な人　有名的人

▶ **文法意義**　連體形用來修飾名詞，賦予原來的名詞新的意義。在這裡就是把「**有名な**（有名的）＋人（人）」構成了（有名的人）這個詞組。

注意事項　連體形不會使用敬體。

連體形過去式 有名だった人　（以前是）有名的人

▶ **文法意義**　**連體形過去式**的應用概念同連體形。過去式表示過去已經發生的狀態。

注意事項　連體形過去式不會使用敬體。

て形 有名で　有名的…

▶ **文法意義**　て形一般表示的是原因、或是文章的一個中斷處（逗點），因此後面還會接別的句子。即「有名的…」的意思。

【假定、推量表現組】

常體否定假定　～なら 有名じゃないなら　假如不有名…

▶ **文法意義**　假定的「～なら」是指當提及到前述的事項時，話者會在後述表示自己的判斷、希望及意志等。以否定假定為前提的話，就是「假如不（要）…」情況。

注意事項　「…じゃ…」是較偏口語的表現。

常體否定假定　～なら 有名で(は)ないなら　假如不有名…

▶ **文法意義**　同「有名有名じゃないなら」。

注意事項　「～で(は)…」中的「は」可有可無。「…で(は)…」是較一般的表現。

常體否定假定　～たら 有名じゃなかったら　如果不有名的話…

▶ **文法意義**　假定的「～たら」是指當提及到前述的事項成立時，就會發生後述的事情。以否定假定為前提的話，就是「如果不…的話、如果不…之後」的情況。

注意事項　「…じゃ…」是比較偏口語的表現。

😊 **常體否定假定 ～たら**　有名で(は)なかったら　如果不有名的話…

▶ **文法意義**　同「有名じゃなかったら」。

注意事項　「～で(は)…」中的「は」可有可無。「…で(は)…」是較一般的表現。

😊 **常體否定假定 ～ば**　有名じゃなければ　如果不有名就會…

▶ **文法意義**　假定的「～ば」是指常理性的假定，指在前述的條件之下，一定會發生後述的結果。以否定假定為前提的話，就是「如果不…的話就會…」的情況。

注意事項　「…じゃ…」是較偏口語的表現。

😊 **常體否定假定 ～ば**　有名でなければ　如果不有名就會…

▶ **文法意義**　同「有名じゃなければ」。

注意事項　「～で(は)…」是較一般的表現。

😊 **常體假定 ～なら**　有名なら　假如有名…

▶ **文法意義**　假定的「～なら」是指當提及到前述的事項時，話者會在後述表示自己的判斷、希望及意志等。即「假如（要）…」的情況。

😊 **常體假定 ～たら**　有名だったら　如果有名的話…

▶ **文法意義**　假定的「～たら」是指當提及到前述的事項成立時，就會發生後述的事情。即「如果…的話、如果…之後」的情況。

😊 **常體假定 ～ば**　有名であれば　如果有名就會…

▶ **文法意義**　假定的「～ば」是指常理性的假定，指在前述的條件之下，理所當然就會發生後述的結果。即「如果…的話就會…」的情況。

😊 **常體推量表現**　有名だろう　有名吧！

▶ **文法意義**　常體推量表現的是一種話者推測的口吻。即「…吧！」。

Part 1. 常用五段動詞詞尾變化

在本章中必須要了解到的單字：

<ruby>人<rt>ひと</rt></ruby> 人	タオル 毛巾	<ruby>太陽<rt>たいよう</rt></ruby> 太陽
<ruby>儀式<rt>ぎしき</rt></ruby> 儀式	<ruby>字<rt>じ</rt></ruby> 字	<ruby>島<rt>しま</rt></ruby> 島
<ruby>夢<rt>ゆめ</rt></ruby> 夢、夢想	<ruby>椅子<rt>いす</rt></ruby> 椅子	<ruby>やり方<rt>かた</rt></ruby> 作法
スイカ 西瓜	<ruby>自転車<rt>じてんしゃ</rt></ruby> 腳踏車	<ruby>理由<rt>りゆう</rt></ruby> 理由
<ruby>雲<rt>くも</rt></ruby> 雲	<ruby>記憶<rt>きおく</rt></ruby> 記憶	<ruby>心<rt>こころ</rt></ruby> 心
<ruby>窓<rt>まど</rt></ruby> 窗戶	<ruby>温度<rt>おんど</rt></ruby> 溫度	<ruby>気持ち<rt>きも</rt></ruby> 心情、感受
<ruby>風船<rt>ふうせん</rt></ruby> 氣球	<ruby>悪臭<rt>あくしゅう</rt></ruby> 惡臭	<ruby>絵<rt>え</rt></ruby> 畫
<ruby>花<rt>はな</rt></ruby> 花	<ruby>鳥<rt>とり</rt></ruby> 鳥	<ruby>名前<rt>なまえ</rt></ruby> 名字
ママ 媽媽	<ruby>女<rt>おんな</rt></ruby> 女人	<ruby>洗顔<rt>せんがん</rt></ruby> 洗臉
<ruby>親<rt>おや</rt></ruby> 父母、雙親	<ruby>者<rt>もの</rt></ruby> （自謙詞）人	<ruby>恋<rt>こい</rt></ruby> 戀愛
<ruby>方法<rt>ほうほう</rt></ruby> 方法	ネギ 蔥	<ruby>町<rt>まち</rt></ruby> 鎮
こと 事	<ruby>電車<rt>でんしゃ</rt></ruby> 電車	<ruby>寿司<rt>すし</rt></ruby> 壽司

会う／合う／遭う 見、見面、會見／合／遭遇

否定表現組

常體	常體過去式	敬體	敬體過去式	連體形	連體形過去式
会わない 不見	会わなかった （以前）沒見	会いません 不見	会いませんでした （以前）沒見	会わない人 不見…的人	会わなかった人 （以前）沒見…的人
常體可能形否定	常體可能形否定過去式	敬體可能形否定	敬體可能形否定過去式	常體被動	常體被動過去式
会えない 不能見	会えなかった （以前）不能見	会えません 不能見	会えませんでした （以前）不能見	会われない 不被…見	会われなかった （以前）沒被…見
敬體被動	敬體被動過去式	常體使役	常體使役過去式	敬體使役	敬體使役過去式
会われません 不被…見	会われませんでした （以前）沒被…見	会わせない 不讓…見	会わせなかった （以前）沒讓…見	会わせません 不讓…見	会わせませんでした （以前）沒讓…見
常體使役被動	常體使役被動過去式	敬體使役被動	敬體使役被動過去式	て形	
会わせられない 不被迫見	会わせられなかった （以前）沒被迫見	会わせられません 不被迫見	会わせられませんでした （以前）沒被迫見	会わないで 不（要）見…	

肯定表現組

常體	常體過去式	敬體	敬體過去式	連體形	連體形過去式
会う 見	会った 見了	会います 見	会いました 見了	会う人 見…的人	会った人 見了…的人
常體可能形肯定	常體可能形肯定過去式	敬體可能形肯定	敬體可能形肯定過去式	常體被動	常體被動過去式
会える 能夠見	会えた （以前）能夠見	会えます 能夠見	会えました （以前）能夠見	会われる 被…見	会われた 被…見了
敬體被動	敬體被動過去式	常體使役	常體使役過去式	敬體使役	敬體使役過去式
会われます 被…見	会われました 被…見了	会わせる 讓…見	会わせた 讓…見了	会わせます 讓…見	会わせました 讓…見了
常體使役被動	常體使役被動過去式	敬體使役被動	敬體使役被動過去式	て形	
会わせられる 被迫見	会わせられた 被迫見了	会わせられます 被迫見	会わせられました 被迫見了	会って 見…	

假定、命令、推量表現組

常體否定假定	常體否定假定	常體否定假定	常體假定	常體假定	常體假定
会わないなら 假如不見…	会わなかったら 如果不見的話…	会わなければ 如果不見就會…	会うなら 假如見了的話…	会ったら 如果見了的話…	会えば 如果見了就會…
敬體假定	命令表現	反向命令表現	常體推量表現	敬體推量表現	
会いましたら 如果見了的話…	会え 給我見！	会うな 不准見面	会おう 碰面吧！	会いましょう 碰面吧！	

加強觀念　當有文法不了解時，建議請先閱讀P.26「文法淺說」以了解本表中每格變化的基本意義。

扱う (あつか) 操作、處理、受理

否定表現組

常體	常體過去式	敬體	敬體過去式	連體形	連體形過去式
扱わない 不處理	扱わなかった （以前）沒處理	扱いません 不處理	扱いませんでした （以前）沒處理	扱わない人 不處理…的人	扱わなかった人 （以前）沒處理…的人
常體可能形否定	常體可能形否定過去式	敬體可能形否定	敬體可能形否定過去式	常體被動	常體被動過去式
扱えない 不能處理	扱えなかった （以前）不能處理	扱えません 不能處理	扱えませんでした （以前）不能處理	扱われない 不被…處理	扱われなかった （以前）沒被…處理
敬體被動	敬體被動過去式	常體使役	常體使役過去式	敬體使役	敬體使役過去式
扱われません 不被…處理	扱われませんでした （以前）沒被…處理	扱わせない 不讓…處理	扱わせなかった （以前）沒讓…處理	扱わせません 不讓…處理	扱わせませんでした （以前）沒讓…處理
常體使役被動	常體使役被動過去式	敬體使役被動	敬體使役被動過去式	て形	
扱わせられない 不被迫處理	扱わせられなかった （以前）沒被迫處理	扱わせられません 不被迫處理	扱わせられませんでした （以前）沒被迫處理	扱わないで 不（要）處理	

肯定表現組

常體	常體過去式	敬體	敬體過去式	連體形	連體形過去式
扱う 處理	扱った 處理了	扱います 處理	扱いました 處理了	扱う人 處理…的人	扱った人 處理了…的人
常體可能形肯定	常體可能形肯定過去式	敬體可能形肯定	敬體可能形肯定過去式	常體被動	常體被動過去式
扱える 能處理	扱えた （以前）能處理	扱えます 能處理	扱えました （以前）能處理	扱われる 被…處理	扱われた 被…處理了
敬體被動	敬體被動過去式	常體使役	常體使役過去式	敬體使役	敬體使役過去式
扱われます 被…處理	扱われました 被…處理了	扱わせる 讓…處理	扱わせた 讓…處理了	扱わせます 讓…處理	扱わせました 讓…處理了
常體使役被動	常體使役被動過去式	敬體使役被動	敬體使役被動過去式	て形	
扱わせられる 被迫處理	扱わせられた 被迫處理了	扱わせられます 被迫處理	扱わせられました 被迫處理了	扱って 處理…	

假定、命令、推量表現組

常體否定假定	常體否定假定	常體否定假定	常體假定	常體假定	常體假定
扱わないなら 假如不處理的話…	扱わなかったら 如果不處理的話…	扱わなければ 如果不處理就會…	扱うなら 假如處理的話	扱ったら 如果處理了的話了…	扱えば 如果處理了就會…
敬體假定	命令表現	反向命令表現	常體推量表現	敬體推量表現	
扱いましたら 如果處理的話了	扱え 給我處理！	扱うな 不准處理	扱おう 處理吧！	扱いましょう 處理吧！	

洗う <ruby>洗<rt>あら</rt></ruby> 洗

否定表現組

常體	常體過去式	敬體	敬體過去式	連體形	連體形過去式
洗わない 不洗	洗わなかった （以前）沒洗	洗いません 不洗	洗いませんでした （以前）沒洗	洗わない人 不洗…的人	洗わなかった人 （以前）沒洗…的人
常體可能形否定	**常體可能形否定過去式**	**敬體可能形否定**	**敬體可能形否定過去式**	**常體被動**	**常體被動過去式**
洗えない 不能洗	洗えなかった （以前）不能洗	洗えません 不能洗	洗えませんでした （以前）不能洗	洗われない 不被…洗	洗われなかった （以前）沒被…洗
敬體被動	**敬體被動過去式**	**常體使役**	**常體使役過去式**	**敬體使役**	**敬體使役過去式**
洗われません 不被…洗	洗われませんでした （以前）沒…被洗	洗わせない 不讓…洗	洗わせなかった （以前）沒讓…洗	洗わせません 不讓…洗	洗わせませんでした （以前）沒讓…洗
常體使役被動	**常體使役被動過去式**	**敬體使役被動**		**敬體使役被動過去式**	**て形**
洗わせられない 不被迫洗	洗わせられなかった （以前）沒被迫洗	洗わせられません 不被迫洗		洗わせられませんでした （以前）沒被迫洗	洗わないで 不（要）洗…

肯定表現組

常體	常體過去式	敬體	敬體過去式	連體形	連體形過去式
洗う 洗	洗った 洗了	洗います 洗	洗いました 洗了	洗う人 洗…的人	洗った人 洗了…的人
常體可能形肯定	**常體可能形肯定過去式**	**敬體可能形肯定**	**敬體可能形肯定過去式**	**常體被動**	**常體被動過去式**
洗える 能洗	洗えた （以前）能洗了	洗えます 能洗	洗えました （以前）能洗了	洗われる 被…洗	洗われた 被…洗了
敬體被動	**敬體被動過去式**	**常體使役**	**常體使役過去式**	**敬體使役**	**敬體使役過去式**
洗われます 被…洗	洗われました 被…洗了	洗わせる 讓…洗	洗わせた 讓…洗了	洗わせます 讓…洗	洗わせました 讓…洗了
常體使役被動	**常體使役被動過去式**	**敬體使役被動**		**敬體使役被動過去式**	**て形**
洗わせられる 被迫洗	洗わせられた 被迫洗了	洗わせられます 被迫洗		洗わせられました 被迫洗了	洗って 洗…

假定、命令、推量表現組

常體否定假定	常體否定假定	常體否定假定	常體假定	常體假定	常體假定
洗わないなら 假如不洗…	洗わなかったら 如果不洗的話…	洗わなければ 如果不洗就會…	洗うなら 假如洗的話…	洗ったら 洗了的話…	洗えば 如果洗了就會…
敬體假定	**命令表現**	**反向命令表現**	**常體推量表現**	**敬體推量表現**	
洗いましたら 如果洗了的話…	洗え 給我洗！	洗うな 不准洗	洗おう 洗吧！	洗いましょう 洗吧！	

言う い 説

否定表現組					
常體	常體過去式	敬體	敬體過去式	連體形	連體形過去式
言わない 不説	言わなかった （以前）沒説	言いません 不説	言いませんでした （以前）沒説	言わない人 不説…的人	言わなかった人 （以前）沒説…的人
常體可能形否定	常體可能形否定過去式	敬體可能形否定	敬體可能形否定過去式	常體被動	常體被動過去式
言えない 不能説	言えなかった （以前）不能説	言えません 不能説	言えませんでした （以前）不能説	言われない 不被…説	言われなかった （以前）沒被…説
敬體被動	敬體被動過去式	常體使役	常體使役過去式	敬體使役	敬體使役過去式
言われません 不被…説	言われませんでした （以前）沒被…説	言わせない 不讓…説	言わせなかった （以前）沒讓…説	言わせません 不讓…説	言わせませんでした （以前）沒讓…説
常體使役被動	常體使役被動過去式	敬體使役被動	敬體使役被動過去式	て形	
言わせられない 不被迫説	言わせられなかった （以前）沒被迫説	言わせられません 不被迫説	言わせられませんでした （以前）沒被迫説	言わないで 不（要）説…	

肯定表現組					
常體	常體過去式	敬體	敬體過去式	連體形	連體形過去式
言う 説	言った 説了	言います 説	言いました 説了	言う人 説…的人	言った人 説了…的人
常體可能形肯定	常體可能形肯定過去式	敬體可能形肯定	敬體可能形肯定過去式	常體被動	常體被動過去式
言える 能説	言えた （以前）能説	言えます 能説	言えました （以前）能説	言われる 被…説	言われた 被…説了
敬體被動	敬體被動過去式	常體使役	常體使役過去式	敬體使役	敬體使役過去式
言われます 被…説	言われました 被…説了	言わせる 讓…説	言わせた 讓…説了	言わせます 讓…説	言わせました 讓…説了
常體使役被動	常體使役被動過去式	敬體使役被動	敬體使役被動過去式	て形	
言わせられる 被迫説	言わせられた 被迫説了	言わせられます 被迫説	言わせられました 被迫説了	言って 説…	

假定、命令、推量表現組					
常體否定假定	常體否定假定	常體否定假定	常體假定	常體假定	常體假定
言わないなら 假如不説的話…	言わなかったら 如果不説的話…	言わなければ 如果不説就會…	言うなら 假如説的話…	言ったら 如果説了的話…	言えば 如果説了就會…
敬體假定	命令表現	反向命令表現	常體推量表現	敬體推量表現	
言いましたら 如果説了的話…	言え 給我説！	言うな 不准説	言おう 説吧！	言いましょう 説吧！	

祝う （いわ） 慶祝、祝福

否定表現組

常體	常體過去式	敬體	敬體過去式	連體形	連體形過去式
祝わない 不慶祝	祝わなかった （以前）沒慶祝	祝いません 不慶祝	祝いませんでした （以前）沒慶祝	祝わない人 不祝福…的人	祝わなかった人 （以前）沒祝福…的人
常體可能形否定	**常體可能形否定過去式**	**敬體可能形否定**	**敬體可能形否定過去式**	**常體被動**	**常體被動過去式**
祝えない 不能慶祝	祝えなかった （以前）不能慶祝	祝えません 不能慶祝	祝えませんでした （以前）不能慶祝	祝われない 不被…祝福	祝われなかった （以前）沒被…祝福
敬體被動	**敬體被動過去式**	**常體使役**	**常體使役過去式**	**敬體使役**	**敬體使役過去式**
祝われません 不被…祝福	祝われませんでした （以前）沒被…祝福	祝わせない 不讓…慶祝	祝わせなかった （以前）沒讓…慶祝	祝わせません 不讓…慶祝	祝わせませんでした （以前）沒讓…慶祝
常體使役被動	**常體使役被動過去式**	**敬體使役被動**		**敬體使役被動過去式**	**て形**
祝わせられない 不被迫慶祝	祝わせられなかった （以前）沒被迫慶祝	祝わせられません 不被迫慶祝		祝わせられませんでした （以前）沒被迫慶祝	祝わないで 不（要）慶祝…

肯定表現組

常體	常體過去式	敬體	敬體過去式	連體形	連體形過去式
祝う 慶祝	祝った 慶祝了	祝います 慶祝	祝いました 慶祝了	祝う人 祝福…的人	祝った人 祝福了…的人
常體可能形肯定	**常體可能形肯定過去式**	**敬體可能形肯定**	**敬體可能形肯定過去式**	**常體被動**	**常體被動過去式**
祝える 能慶祝	祝えた （以前）能慶祝	祝えます 能慶祝	祝えました （以前）能慶祝	祝われる 被…祝福	祝われた 被…祝福了
敬體被動	**敬體被動過去式**	**常體使役**	**常體使役過去式**	**敬體使役**	**敬體使役過去式**
祝われます 被…祝福	祝われました 被…祝福了	祝わせる 讓…慶祝	祝わせた 讓…慶祝了	祝わせます 讓…慶祝	祝わせました 讓…慶祝了
常體使役被動	**常體使役被動過去式**	**敬體使役被動**		**敬體使役被動過去式**	**て形**
祝わせられる 被迫慶祝	祝わせられた 被迫慶祝了	祝わせられます 被迫慶祝		祝わせられました 被迫慶祝了	祝って 慶祝…

假定、命令、推量表現組

常體否定假定	常體否定假定	常體否定假定	常體假定	常體假定	常體假定
祝わないなら 假如不慶祝的話…	祝わなかったら 如果不慶祝的話…	祝わなければ 如果不慶祝就會…	祝うなら 假如慶祝的話…	祝ったら 如果慶祝的話…	祝えば 如果慶祝了就會…
敬體假定	**命令表現**	**反向命令表現**		**常體推量表現**	**敬體推量表現**
祝いましたら 如果慶祝的話…	祝え 給我慶祝！	祝うな 不准慶祝		祝おう 慶祝吧！	祝いましょう 慶祝吧！

伺う（うかが）　拝訪、（謙讓語）問、打探

否定表現組

常體	常體過去式	敬體	敬體過去式	連體形	連體形過去式
伺わない 不去拜訪	伺わなかった （以前）沒去拜訪	伺いません 不去拜訪	伺いませんでした （以前）沒去拜訪	伺わない人 不去拜訪…的人	伺わなかった人 （以前）沒去拜訪…的人

常體可能形否定	常體可能形否定過去式	敬體可能形否定	敬體可能形否定過去式	常體被動	常體被動過去式
伺えない 不能拜訪	伺えなかった （以前）不能拜訪	伺えません 不能拜訪	伺えませんでした （以前）不能拜訪	伺われない 不被…拜訪	伺われなかった （以前）沒被…拜訪

敬體被動	敬體被動過去式	常體使役	常體使役過去式	敬體使役	敬體使役過去式
伺われません 不被…拜訪	伺われませんでした （以前）沒被…拜訪	伺わせない 不讓…拜訪	伺わせなかった （以前）沒讓…拜訪	伺わせません 不讓…拜訪	伺わせませんでした （以前）沒讓…拜訪

常體使役被動	常體使役被動過去式	敬體使役被動	敬體使役被動過去式	て形
伺わせられない 不被迫拜訪	伺わせられなかった （以前）沒被迫拜訪	伺わせられません 不被迫拜訪	伺わせられませんでした （以前）沒被迫拜訪	伺わないで ㄅ（要）拜訪…

肯定表現組

常體	常體過去式	敬體	敬體過去式	連體形	連體形過去式
伺う 拜訪	伺った 拜訪了	伺います 拜訪	伺いました 拜訪了	伺う人 去拜訪…的人	伺った人 去拜訪了…的人

常體可能形肯定	常體可能形肯定過去式	敬體可能形肯定	敬體可能形肯定過去式	常體被動	常體被動過去式
伺える 能拜訪	伺えた （以前）能拜訪	伺えます 能拜訪	伺えました （以前）能拜訪	伺われる 被…拜訪	伺われた 被…拜訪了

敬體被動	敬體被動過去式	常體使役	常體使役過去式	敬體使役	敬體使役過去式
伺われます 被…拜訪	伺われました 被…拜訪了	伺わせる 讓…拜訪	伺わせた 讓…拜訪了	伺わせます 讓…拜訪	伺わせました 讓…拜訪了

常體使役被動	常體使役被動過去式	敬體使役被動	敬體使役被動過去式	て形
伺わせられる 被迫拜訪	伺わせられた 被迫拜訪了	伺わせられます 被迫拜訪	伺わせられました 被迫拜訪了	伺って 拜訪…

假定、命令、推量表現組

常體否定假定	常體否定假定	常體否定假定	常體假定	常體假定	常體假定
伺わないなら 假如不拜訪的話…	伺わなかったら 如果不拜訪的話…	伺わなければ 如果不拜訪就會…	伺うなら （以前）沒拜訪的話…	伺ったら 如果拜訪的話…	伺えば 如果拜訪了就會…

敬體假定	命令表現	反向命令表現	常體推量表現	敬體推量表現
伺いましたら 如果去拜訪的話…	伺え 給我去拜訪！	伺うな 不准拜訪	伺おう 去拜訪吧！	伺いましょう 去拜訪吧！

失う 　失去、失落
うしな

否定表現組					
常體	常體過去式	敬體	敬體過去式	連體形	連體形過去式
失わない 不失去	失わなかった （以前）沒失去	失いません 不失去	失いませんでした （以前）沒失去	失わない人 不失去…的人	失わなかった人 （以前）沒失去…的人
常體可能形否定	常體可能形否定過去式	敬體可能形否定	敬體可能形否定過去式	常體被動	常體被動過去式
失えない 不能失去	失えなかった （以前）沒不能失去	失えません 不能失去	失えませんでした （以前）沒不能失去	失われない 不被…失去	失われなかった （以前）沒被…失去
敬體被動	敬體被動過去式	常體使役	常體使役過去式	敬體使役	敬體使役過去式
失われません 不被…失去	失われませんでした （以前）沒被…失去	失わせない 不讓…失去	失わせなかった （以前）沒讓…失去	失わせません 不讓…失去	失わせませんでした （以前）沒讓…失去
常體使役被動	常體使役被動過去式	敬體使役被動	敬體使役被動過去式	て形	
失わせられない 不被迫失去	失わせられなかった （以前）沒被迫失去	失わせられません 不被迫失去	失わせられませんでした （以前）沒被迫失去	失わないで 不（要）失去…	
肯定表現組					
常體	常體過去式	敬體	敬體過去式	連體形	連體形過去式
失う 失去	失った 失去了	失います 失去	失いました 失去了	失う人 失去…的人	失った人 失去了…的人
常體可能形肯定	常體可能形肯定過去式	敬體可能形肯定	敬體可能形肯定過去式	常體被動	常體被動過去式
失える 能失去	失えた （以前）沒能失去	失えます 能失去	失えました （以前）沒能失去	失われる 被…失去	失われた 被…失去了
敬體被動	敬體被動過去式	常體使役	常體使役過去式	敬體使役	敬體使役過去式
失われます 被…失去	失われました 被…失去了	失わせる 讓…失去	失わせた 讓…失去了	失わせます 讓…失去	失わせました 讓…失去了
常體使役被動	常體使役被動過去式	敬體使役被動	敬體使役被動過去式	て形	
失わせられる 被迫失去	失わせられた 被迫失去了	失わせられます 被迫失去	失わせられました 被迫失去了	失って 失去…	
假定、命令、推量表現組					
常體否定假定	常體否定假定	常體否定假定	常體假定	常體假定	常體假定
失わないなら 假如不失去的話…	失わなかったら 如果不失去的話…	失わなければ 如果不失去就會…	失うなら 假如失去的話…	失ったら 如果失去了的話…	失えば 如果失去了就會…
敬體假定	命令表現	反向命令表現	常體推量表現	敬體推量表現	
失いましたら 如果失去的話…	失え 給我失去！	失うな 不准失去	失おう 失去吧！	失いましょう 失去吧！	

歌う／唄う　唱

否定表現組					
常體	常體過去式	敬體	敬體過去式	連體形	連體形過去式
歌わない 不唱	歌わなかった （以前）沒唱	歌いません 不唱	歌いませんでした （以前）沒唱	歌わない人 不唱…的人	歌わなかった人 （以前）沒唱…的人
常體可能形否定	常體可能形否定過去式	敬體可能形否定	敬體可能形否定過去式	常體被動	常體被動過去式
歌えない 不能…唱	歌えなかった （以前）不能唱	歌えません 不能唱	歌えませんでした （以前）不能唱	歌われない 不被…唱	歌われなかった （以前）沒被…唱
敬體被動	敬體被動過去式	常體使役	常體使役過去式	敬體使役	敬體使役過去式
歌われません 不被…唱	歌われませんでした （以前）沒被…唱	歌わせない 不讓…唱	歌わせなかった （以前）沒讓…唱	歌わせません 不讓…唱	歌わせませんでした （以前）沒讓…唱
常體使役被動	常體使役被動過去式	敬體使役被動	敬體使役被動過去式	て形	
歌わせられない 不被迫唱	歌わせられなかった （以前）沒被迫唱	歌わせられません 不被迫唱	歌わせられませんでした （以前）沒被迫唱	歌わないで 不（要）唱…	

肯定表現組					
常體	常體過去式	敬體	敬體過去式	連體形	連體形過去式
歌う 唱	歌った 唱了	歌います 唱	歌いました 唱了	歌う人 唱…的人	歌った人 唱了…的人
常體可能形肯定	常體可能形肯定過去式	敬體可能形肯定	敬體可能形肯定過去式	常體被動	常體被動過去式
歌える 能唱	歌えた （以前）能唱	歌えます 能唱	歌えました （以前）能唱	歌われる 被…唱	歌われた 被…唱了
敬體被動	敬體被動過去式	常體使役	常體使役過去式	敬體使役	敬體使役過去式
歌われます 被…唱	歌われました 被…唱了	歌わせる 讓…唱	歌わせた 讓…唱了	歌わせます 讓…唱	歌わせました 讓…唱了
常體使役被動	常體使役被動過去式	敬體使役被動	敬體使役被動過去式	て形	
歌わせられる 被迫唱	歌わせられた 被迫唱了	歌わせられます 被迫唱	歌わせられました 被迫唱了	歌って 唱…	

假定、命令、推量表現組					
常體否定假定	常體否定假定	常體否定假定	常體假定	常體假定	常體假定
歌わないなら 假如不唱的話…	歌わなかったら 如果不唱的話…	歌わなければ 如果不唱就會…	歌うなら 假如唱的話…	歌ったら 如果唱了的話…	歌えば 如果唱了就會…
敬體假定	命令表現	反向命令表現	常體推量表現	敬體推量表現	
歌いましたら 如果唱了的話…	歌え 給我唱！	歌うな 不准唱	歌おう 唱吧！	歌いましょう 唱吧！	

否定表現組					
常體	常體過去式	敬體	敬體過去式	連體形	連體形過去式
疑わない 不懷疑	疑わなかった （以前）沒懷疑	疑いません 不懷疑	疑いませんでした （以前）沒懷疑	疑わない人 不懷疑…的人	疑わなかった人 （以前）沒懷疑…的人
常體可能形否定	常體可能形否定過去式	敬體可能形否定	敬體可能形否定過去式	常體被動	常體被動過去式
疑えない 不能懷疑	疑えなかった （以前）不能懷疑	疑えません 不能懷疑	疑えませんでした （以前）不能懷疑	疑われない 不被…懷疑	疑われなかった （以前）沒被…懷疑
敬體被動	敬體被動過去式	常體使役	常體使役過去式	敬體使役	敬體使役過去式
疑われません 不被…懷疑	疑われませんでした （以前）沒被…懷疑	疑わせない 不讓…懷疑	疑わせなかった （以前）沒讓…懷疑	疑わせません 不讓…懷疑	疑わせませんでした （以前）沒讓…懷疑
常體使役被動	常體使役被動過去式	敬體使役被動	敬體使役被動過去式	て形	
疑わせられない 不被迫懷疑	疑わせられなかった （以前）沒被迫懷疑	疑わせられません 不被迫懷疑	疑わせられませんでした （以前）沒被迫懷疑	疑わないで 不（要）懷疑…	

肯定表現組					
常體	常體過去式	敬體	敬體過去式	連體形	連體形過去式
疑う 懷疑	疑った 懷疑了	疑います 懷疑	疑いました 懷疑了	疑う人 懷疑…的人	疑った人 懷疑了…的人
常體可能形肯定	常體可能形肯定過去式	敬體可能形肯定	敬體可能形肯定過去式	常體被動	常體被動過去式
疑える 能懷疑	疑えた （以前）能懷疑	疑えます 能懷疑	疑えました （以前）能懷疑	疑われる 被…懷疑	疑われた 被…懷疑了
敬體被動	敬體被動過去式	常體使役	常體使役過去式	敬體使役	敬體使役過去式
疑われます 被…懷疑	疑われました 被…懷疑了	疑わせる 讓…懷疑	疑わせた 讓…懷疑了	疑わせます 讓…懷疑	疑わせました 讓…懷疑了
常體使役被動	常體使役被動過去式	敬體使役被動	敬體使役被動過去式	て形	
疑わせられる 被迫懷疑	疑わせられた 被迫懷疑了	疑わせられます 被迫懷疑	疑わせられました 被迫懷疑了	疑って 懷疑…	

假定、命令、推量表現組					
常體否定假定	常體否定假定	常體否定假定	常體假定	常體假定	常體假定
疑わないなら 假如不懷疑的話…	疑わなかったら 如果不懷疑的話…	歌わなければ 如果不懷疑就會…	疑うなら 假如懷疑的話…	疑ったら 如果懷疑了就會…	疑えば 如果懷疑了就會…
敬體假定	命令表現	反向命令表現	常體推量表現	敬體推量表現	
疑いましたら 如果懷疑的話…	疑え 給我懷疑！	疑うな 不准懷疑	疑おう 懷疑吧！	疑いましょう 懷疑吧！	

追う／負う 追／背負

否定表現組

常體	常體過去式	敬體	敬體過去式	連體形	連體形過去式
追わない 不追	追わなかった （以前）沒追	追いません 不追	追いませんでした （以前）沒追	追わない人 不追…的人	追わなかった人 （以前）沒追…的人
常體可能形否定	**常體可能形否定過去式**	**敬體可能形否定**	**敬體可能形否定過去式**	**常體被動**	**常體被動過去式**
追えない 不能追	追えなかった （以前）不能追	追えません 不能追	追えませんでした （以前）不能追	追われない 不被…追	追われなかった （以前）沒被…追
敬體被動	**敬體被動過去式**	**常體使役**	**常體使役過去式**	**敬體使役**	**敬體使役過去式**
追われません 不被…追	追われませんでした （以前）沒被…追	追わせない 不讓…追	追わせなかった （以前）沒讓…追	追わせません 不讓…追	追わせませんでした （以前）沒讓…追
常體使役被動	**常體使役被動過去式**	**敬體使役被動**	**敬體使役被動過去式**		**て形**
追わせられない 不被迫追	追わせられなかった （以前）沒被迫追	追わせられません 不被迫追	追わせられませんでした （以前）沒被迫追		追わないで 不（要）唱…

肯定表現組

常體	常體過去式	敬體	敬體過去式	連體形	連體形過去式
追う 追	追った 追了	追います 追	追いました 追了	追う人 追…的人	追った人 追了…的人
常體可能形肯定	**常體可能形肯定過去式**	**敬體可能形肯定**	**敬體可能形肯定過去式**	**常體被動**	**常體被動過去式**
追える 能追	追えた （以前）能追	追えます 能追	追えました （以前）能追	追われる 被…追	追われた 被…追了
敬體被動	**敬體被動過去式**	**常體使役**	**常體使役過去式**	**敬體使役**	**敬體使役過去式**
追われます 被…追	追われました 被…追了	追わせる 讓…追	追わせた 讓…追了	追わせます 讓…追	追わせました 讓…追了
常體使役被動	**常體使役被動過去式**	**敬體使役被動**	**敬體使役被動過去式**		**て形**
追わせられる 被迫追	追わせられた 被迫追了	追わせられます 被迫追	追わせられました 被迫追了		追って 唱…

假定、命令、推量表現組

常體否定假定	常體否定假定	常體否定假定	常體假定	常體假定	常體假定
追わないなら 假如不唱的話…	追わなかったら 如果不唱的話…	追わなければ 如果不唱就會…	追うなら 假如追的話…	追ったら 如果追了的話…	追えば 如果追了就會…
敬體假定	**命令表現**	**反向命令表現**	**常體推量表現**	**敬體推量表現**	
追いましたら 假如追了的話…	追え 給我追！	追うな 不准追	追おう 追吧！	追いましょう 追吧！	

覆う　蓋、蓋住、覆蓋

_{おお}

否定表現組					
常體	常體過去式	敬體	敬體過去式	連體形	連體形過去式
覆わない 不蓋住	覆わなかった （以前）沒蓋住	覆いません 不蓋住	覆いませんでした （以前）沒蓋住	覆わない人 不蓋住…的人	覆わなかった人 （以前）沒蓋住…的人
常體可能形否定	常體可能形否定過去式	敬體可能形否定	敬體可能形否定過去式	常體被動	常體被動過去式
覆えない 不能蓋住	覆えなかった （以前）不能蓋住	覆えません 不能蓋住	覆えませんでした （以前）不能蓋住	覆われない 不被…蓋住	覆われなかった （以前）沒被…蓋住
敬體被動	敬體被動過去式	常體使役	常體使役過去式	敬體使役	敬體使役過去式
覆われません 不被…蓋住	覆われませんでした （以前）沒被…蓋住	覆わせない 不讓…蓋住	覆わせなかった （以前）沒讓…蓋住	覆わせません 不讓…蓋住	覆わせませんでした （以前）沒讓…蓋住
常體使役被動	常體使役被動過去式	敬體使役被動	敬體使役被動過去式	て形	
覆わせられない 不被迫蓋住	覆わせられなかった （以前）沒被迫蓋住	覆わせられません 不被迫蓋住	覆わせられませんでした （以前）沒被迫蓋住	覆わないで 不（要）蓋…	

肯定表現組					
常體	常體過去式	敬體	敬體過去式	連體形	連體形過去式
覆う 蓋住	覆った 蓋住了	覆います 蓋住	覆いました 蓋住了	覆う人 蓋住…的人	覆った人 蓋住了…的人
常體可能形肯定	常體可能形肯定過去式	敬體可能形肯定	敬體可能形肯定過去式	常體被動	常體被動過去式
覆える 能蓋住	覆えた （以前）能蓋住	覆えます 能蓋住	覆えました （以前）能蓋住	覆われる 被…蓋住	覆われた 被…蓋住了
敬體被動	敬體被動過去式	常體使役	常體使役過去式	敬體使役	敬體使役過去式
覆われます 被…蓋住	覆われました 被…蓋住了	覆わせる 讓…蓋住	覆わせた 讓…蓋住了	覆わせます 讓…蓋住	覆わせました 讓…蓋住了
常體使役被動	常體使役被動過去式	敬體使役被動	敬體使役被動過去式	て形	
覆わせられる 被迫蓋住	覆わせられた 被迫蓋住了	覆わせられます 被迫蓋住	覆わせられました 被迫蓋住了	覆って 蓋…	

假定、命令、推量表現組					
常體否定假定	常體否定假定	常體否定假定	常體假定	常體假定	常體假定
覆わないなら 假如不蓋的話…	覆わなかったら 如果不蓋的話…	覆わなければ 如果不蓋就會…	覆うなら 假如蓋住的話…	覆ったら 如果蓋住的話…	覆えば 如果蓋住了就會…
敬體假定	命令表現	反向命令表現	常體推量表現	敬體推量表現	
覆いましたら 如果蓋住的話…	覆え 給我蓋起來！	覆うな 不准蓋住	覆おう 蓋住吧！	覆いましょう 蓋住吧！	

行う おこな 舉行、舉辦

否定表現組

常體	常體過去式	敬體	敬體過去式	連體形	連體形過去式
行わない 不舉行	行わなかった （以前）沒舉行	行いません 不舉行	行いませんでした （以前）沒舉行	行わない儀式 不舉行…的儀式	行わなかった儀式 （以前）沒舉行…的儀式
常體可能形否定	**常體可能形否定過去式**	**敬體可能形否定**	**敬體可能形否定過去式**	**常體被動**	**常體被動過去式**
行えない 不能舉行	行えなかった （以前）不能舉行	行えません 不能舉行	行えませんでした （以前）不能舉行	行われない 不被…舉行	行われなかった （以前）沒被…舉行
敬體被動	**敬體被動過去式**	**常體使役**	**常體使役過去式**	**敬體使役**	**敬體使役過去式**
行われません 不被…舉行	行われませんでした （以前）沒被…舉行	行わせない 不讓…舉行	行わせなかった （以前）沒讓…舉行	行わせません 不讓…舉行	行わせませんでした （以前）沒讓…舉行
常體使役被動	**常體使役被動過去式**	**敬體使役被動**	**敬體使役被動過去式**	**て形**	
行わせられない 不被迫舉行	行わせられなかった （以前）沒被迫舉行	行わせられません 不被迫舉行	行わせられませんでした （以前）沒被迫舉行	行わないで 不（要）舉行…	

肯定表現組

常體	常體過去式	敬體	敬體過去式	連體形	連體形過去式
行う 舉行	行った 舉行了	行います 舉行	行いました 舉行了	行う儀式 舉行的…儀式	行った儀式 舉行了…的儀式
常體可能形肯定	**常體可能形肯定過去式**	**敬體可能形肯定**	**敬體可能形肯定過去式**	**常體被動**	**常體被動過去式**
行える 能舉行	行えた （以前）能舉行	行えます 能舉行	行えました （以前）能舉行	行われる 被…舉行	行われた 被…舉行了
敬體被動	**敬體被動過去式**	**常體使役**	**常體使役過去式**	**敬體使役**	**敬體使役過去式**
行われます 被…舉行	行われました 被…舉行了	行わせる 讓…舉行	行わせた 讓…舉行了	行わせます 讓…舉行	行わせました 讓…舉行了
常體使役被動	**常體使役被動過去式**	**敬體使役被動**	**敬體使役被動過去式**	**て形**	
行わせられる 被迫舉行	行わせられた 被迫舉行了	行わせられます 被迫舉行	行わせられました 被迫舉行了	行って 舉行…	

假定、命令、推量表現組

常體否定假定	常體否定假定	常體否定假定	常體假定	常體假定	常體假定
行わないなら 假如不舉行的話…	行わなかったら 如果不舉行的話…	行わなければ 如果不舉行就會…	行うなら 假如舉行的話…	行ったら 如果舉行了的話…	行えば 如果舉行了就會…
敬體假定	**命令表現**	**反向命令表現**	**常體推量表現**	**敬體推量表現**	
行いましたら 如果舉行的話…	行え 給我舉行！	行うな 不准舉行	行おう 舉行吧！	行いましょう 舉行吧！	

思う／想う おも おも　想、認為／（情愛的）想念

否定表現組

常體	常體過去式	敬體	敬體過去式	連體形	連體形過去式
思わない 不想	思わなかった （以前）沒想	思いません 不想	思いませんでした （以前）沒想	思わない人 不想…的人	思わなかった人 （以前）沒想…的人
常體可能形否定	**常體可能形否定過去式**	**敬體可能形否定**	**敬體可能形否定過去式**	**常體被動**	**常體被動過去式**
思えない 無法想	思えなかった 無法想了	思えません 無法想	思えませんでした （以前）無法想	思われない 不被…想	思われなかった （以前）沒被…想
敬體被動	**敬體被動過去式**	**常體使役**	**常體使役過去式**	**敬體使役**	**敬體使役過去式**
思われません 不被…想	思われませんでした （以前）沒被…想	思わせない 不讓…想	思わせなかった （以前）沒讓…想	思わせません 不讓…想	思わせませんでした （以前）沒讓…想
常體使役被動	**常體使役被動過去式**	**敬體使役被動**	**敬體使役被動過去式**	**て形**	
思わせられない 不被迫想	思わせられなかった （以前）沒被迫想	思わせられません 不被迫想	思わせられませんでした （以前）沒被迫想	思わないで 不（要）想…	

肯定表現組

常體	常體過去式	敬體	敬體過去式	連體形	連體形過去式
思う 想	思った 想了	思います 想	思いました 想了	思う人 想…的人	思った人 想了…的人
常體可能形肯定	**常體可能形肯定過去式**	**敬體可能形肯定**	**敬體可能形肯定過去式**	**常體被動**	**常體被動過去式**
思える 能想	思えた （以前）能想	思えます 能想	思えました （以前）能想	思われる 被…想	思われた 被…想了
敬體被動	**敬體被動過去式**	**常體使役**	**常體使役過去式**	**敬體使役**	**敬體使役過去式**
思われます 被…想	思われました 被…想了	思わせる 讓…想	思わせた 讓…想了	思わせます 讓…想	思わせました 讓…想了
常體使役被動	**常體使役被動過去式**	**敬體使役被動**	**敬體使役被動過去式**	**て形**	
思わせられる 被迫想	思わせられた 被迫想了	思わせられます 被迫想	思わせられました 被迫想了	思って 想…	

假定、命令、推量表現組

常體否定假定	常體否定假定	常體否定假定	常體假定	常體假定	常體假定
思わないなら 假如不想的話…	思わなかったら 如果不想的話…	思わなければ 如果不想就會…	思うなら 假如想的話…	思ったら 如果想了的話…	思えば 如果想了就會…
敬體假定	**命令表現**	**反向命令表現**	**常體推量表現**	**敬體推量表現**	
思いましたら 如果想了的話…	思え 給我想！	思うな 不准想	思おう 想吧！	思いましょう 想吧！	

56

買う／飼う 買／飼養
（か）（か）

否定表現組

常體	常體過去式	敬體	敬體過去式	連體形	連體形過去式
買わない 不買	買わなかった （以前）沒買	買いません 不買	買いませんでした （以前）沒買	買わない人 不買…的人	買わなかった人 （以前）沒買…的人
常體可能形否定	**常體可能形否定過去式**	**敬體可能形否定**	**敬體可能形否定過去式**	**常體被動**	**常體被動過去式**
買えない 不能買	買えなかった （以前）不能買	買えません 不能買	買えませんでした （以前）不能買	買われない 不被…買	買われなかった （以前）沒被…買
敬體被動	**敬體被動過去式**	**常體使役**	**常體使役過去式**	**敬體使役**	**敬體使役過去式**
買われません 不被…買	買われませんでした （以前）沒被…買	買わせない 不讓…買	買わせなかった （以前）沒讓…買	買わせません 不讓…買	買わせませんでした （以前）沒讓…買
常體使役被動	**常體使役被動過去式**	**敬體使役被動**	**敬體使役被動過去式**	**て形**	
買わせられない 不被迫買	買わせられなかった （以前）沒被迫買	買わせられません 不被迫買	買わせられませんでした （以前）沒被迫買	買わないで 不（要）買…	

肯定表現組

常體	常體過去式	敬體	敬體過去式	連體形	連體形過去式
買う 買	買った 買了	買います 買	買いました 買了	買う人 買…的人	買った人 買了…的人
常體可能形肯定	**常體可能形肯定過去式**	**敬體可能形肯定**	**敬體可能形肯定過去式**	**常體被動**	**常體被動過去式**
買える 能買	買えた （以前）能買	買えます 能買	買えました （以前）能買	買われる 被…買	買われた 被…買了
敬體被動	**敬體被動過去式**	**常體使役**	**常體使役過去式**	**敬體使役**	**敬體使役過去式**
買われます 被…買	買われました 被…買了	買わせる 讓…買	買わせた 讓…買了	買わせます 讓…買	買わせました 讓…買了
常體使役被動	**常體使役被動過去式**	**敬體使役被動**	**敬體使役被動過去式**	**て形**	
買わせられる 被迫買	買わせられた 被迫買了	買わせられます 被迫買	買わせられました 被迫買了	買って 買…	

假定、命令、推量表現組

常體否定假定	常體否定假定	常體否定假定	常體假定	常體假定	常體假定
買わないなら 假如不買的話…	買わなかったら 如果不買的話…	買わなければ 如果不買就會…	買うなら 假如買的話…	買ったら 如果買了的話…	買えば 如果買了就會…
敬體假定	**命令表現**	**反向命令表現**	**常體推量表現**	**敬體推量表現**	
買いましたら 如果買了的話…	買え 給我買！	買うな 不准買	買おう 買吧！	買いましょう 買吧！	

叶う／適う／敵う　實現／適合／匹敵

否定表現組

常體	常體過去式	敬體	敬體過去式	連體形	連體形過去式
叶わない 不實現	叶わなかった （以前）沒實現	叶いません 不實現	叶いませんでした （以前）沒實現	叶わない夢 不實現…的夢想	叶わなかった夢 （以前）沒實現…的夢想
常體可能形否定	常體可能形否定過去式	敬體可能形否定	敬體可能形否定過去式	常體被動	常體被動過去式
叶えない 不能實現	叶えなかった （以前）不能實現	叶えません 不能實現	叶えませんでした （以前）不能實現	叶われない 不被…實現	叶われなかった （以前）沒被…實現
敬體被動	敬體被動過去式	常體使役	常體使役過去式	敬體使役	敬體使役過去式
叶われません 不被…實現	叶われませんでした （以前）沒被…實現	叶わせない 不讓…實現	叶わせなかった （以前）沒讓…實現	叶わせません 不讓…實現	叶わせませんでした （以前）沒讓…實現
常體使役被動	常體使役被動過去式	敬體使役被動	敬體使役被動過去式	て形	
叶わせられない 不被迫實現	叶わせられなかった （以前）沒被迫實現	叶わせられません 不被迫實現	叶わせられませんでした （以前）沒被迫實現	叶わないで 不（要）實現…	

肯定表現組

常體	常體過去式	敬體	敬體過去式	連體形	連體形過去式
叶う 實現	叶った 實現了	叶います 實現	叶いました 實現了	叶う夢 實現…的夢想	叶った夢 實現了…的夢想
常體可能形肯定	常體可能形肯定過去式	敬體可能形肯定	敬體可能形肯定過去式	常體被動	常體被動過去式
叶える 能實現	叶えた （以前）能實現	叶えます 能實現	叶えました （以前）能實現	叶われる 被…實現	叶われた 被…實現了
敬體被動	敬體被動過去式	常體使役	常體使役過去式	敬體使役	敬體使役過去式
叶われます 被…實現	叶われました 被…實現了	叶わせる 讓…實現	叶わせた 讓…實現了	叶わせます 讓…實現	叶わせました 讓…實現了
常體使役被動	常體使役被動過去式	敬體使役被動	敬體使役被動過去式	て形	
叶わせられる 被迫實現	叶わせられた 被迫實現了	叶わせられます 被迫實現	叶わせられました 被迫實現了	叶って 實現…	

假定、命令、推量表現組

常體否定假定	常體否定假定	常體否定假定	常體假定	常體假定	常體假定
叶わないなら 假如不實現的話…	叶わなかったら 如果不實現的話…	叶わなければ 如果不實現就會…	叶うなら 假如實現的話…	叶ったら 如果實現的話…	叶えば 如果實現了就會…
敬體假定	命令表現	反向命令表現	常體推量表現	敬體推量表現	
叶いましたら 如果實現的話…	叶え 給我實現！	叶うな 不准實現	叶おう 實現吧！	叶いましょう 實現吧！	

通う <ruby>通<rt>かよ</rt></ruby>う　通學、通勤、去來

否定表現組

常體	常體過去式	敬體	敬體過去式	連體形	連體形過去式
通わない 不通勤	通わなかった （以前）沒通勤	通いません 不通勤	通いませんでした （以前）沒通勤	通わない人 不通勤的人	通わなかった人 （以前）沒通勤的人
常體可能形否定	常體可能形否定過去式	敬體可能形否定	敬體可能形否定過去式	常體被動	常體被動過去式
通えない 不能通勤	通えなかった （以前）不能通勤	通えません 不能通勤	通えませんでした （以前）不能通勤	通われない 不被…通勤	通われなかった （以前）沒被…通勤
敬體被動	敬體被動過去式	常體使役	常體使役過去式	敬體使役	敬體使役過去式
通われません 不被…通勤	通われませんでした （以前）沒被…通勤	通わせない 不讓…通勤	通わせなかった （以前）沒讓…通勤	通わせません 不讓…通勤	通わせませんでした （以前）沒讓…上學
常體使役被動	常體使役被動過去式	敬體使役被動	敬體使役被動過去式	て形	
通わせられない 不被迫通勤	通わせられなかった （以前）沒被迫通勤	通わせられません 不被迫通勤	通わせられませんでした （以前）沒被迫通勤	通わないで 不（要）通勤…	

肯定表現組

常體	常體過去式	敬體	敬體過去式	連體形	連體形過去式
通う 通勤	通った 通勤了	通います 通勤	通いました 通勤了	通う人 通勤的人	通った人 通勤了的人
常體可能形肯定	常體可能形肯定過去式	敬體可能形肯定	敬體可能形肯定過去式	常體被動	常體被動過去式
通える 能通勤	通えた （以前）能通勤	通えます 能通勤	通えました （以前）能通勤	通われる 被…通勤	通われた 被…通勤了
敬體被動	敬體被動過去式	常體使役	常體使役過去式	敬體使役	敬體使役過去式
通われます 被…通勤	通われました 被…通勤了	通わせる 讓…通勤	通わせた 讓…通勤了	通わせます 讓…通勤	通わせました 讓…通勤了
常體使役被動	常體使役被動過去式	敬體使役被動	敬體使役被動過去式	て形	
通わせられる 被迫通勤	通わせられた 被迫通勤了	通わせられます 被迫通勤	通わせられました 被迫通勤了	通って 通勤…	

假定、命令、推量表現組

常體否定假定	常體否定假定	常體否定假定	常體假定	常體假定	常體假定
通わないなら 假如不通勤的話…	通わなかったら 如果不通勤的話…	通わなければ 如果不通勤就會…	通うなら 假如通勤的話…	通ったら 如果通勤的話…	通えば 如果通勤了就會…
敬體假定	命令表現	反向命令表現	常體推量表現	敬體推量表現	
通いましたら 如果通勤的話…	通え 給我去通勤！	通うな 不准通勤	通おう 來通勤吧！	通いましょう 來通勤吧！	

からかう 作弄、戲弄、調戲

否定表現組					
常體	常體過去式	敬體	敬體過去式	連體形	連體形過去式
からかわない 不作弄	からかわなかった （以前）沒作弄	からかいません 不作弄	からかいませんでした （以前）沒作弄	からかわない人 不作弄…的人	からかわなかった人 （以前）沒作弄…的人
常體可能形否定	常體可能形否定過去式	敬體可能形否定	敬體可能形否定過去式	常體被動	常體被動過去式
からかえない 不能作弄	からかえなかった （以前）不能作弄	からかえません 不能作弄	からかえませんでした （以前）不能作弄	からかわれない 不被…作弄	からかわれなかった （以前）沒被…作弄
敬體被動	敬體被動過去式	常體使役	常體使役過去式	敬體使役	敬體使役過去式
からかわれません 不被…作弄	からかわれませんでした （以前）沒被…作弄	からかわせない 不讓…作弄	からかわせなかった （以前）沒讓…作弄	からかわせません 不讓…作弄	からかわせませんでした （以前）沒讓…作弄
常體使役被動	常體使役被動過去式	敬體使役被動	敬體使役被動過去式	て形	
からかわせられない 不被迫作弄	からかわせられなかった （以前）沒被迫作弄	からかわせられません 不被迫作弄	からかわせられませんでした （以前）沒被迫作弄	からかわないで 不（要）作弄…	

肯定表現組					
常體	常體過去式	敬體	敬體過去式	連體形	連體形過去式
からかう 作弄	からかった 作弄了	からかいます 作弄	からかいました 作弄了	からかう人 作弄…的人	からかった人 作弄了…的人
常體可能形肯定	常體可能形肯定過去式	敬體可能形肯定	敬體可能形肯定過去式	常體被動	常體被動過去式
からかえる 能作弄	からかえた （以前）能作弄	からかえます 能作弄	からかえました （以前）能作弄	からかわれる 被…作弄	からかわれた 被…作弄了
敬體被動	敬體被動過去式	常體使役	常體使役過去式	敬體使役	敬體使役過去式
からかわれます 被…作弄	からかわれました 被…作弄了	からかわせる 讓…作弄	からかわせた 讓…作弄了	からかわせます 讓…作弄	からかわせました 讓…作弄了
常體使役被動	常體使役被動過去式	敬體使役被動	敬體使役被動過去式	て形	
からかわせられる 被迫作弄	からかわせられた 被迫作弄了	からかわせられます 被迫作弄	からかわせられました 被迫作弄了	からかって 作弄…	

假定、命令、推量表現組					
常體否定假定	常體否定假定	常體否定假定	常體假定	常體假定	常體假定
からかわないなら 假如不作弄的話…	からかわなかったら 如果不作弄的話…	からかわなければ 如果不作弄就會…	からかうなら 假如作弄的話…	からかったら 如果作弄的話…	からかえば 如果作弄了就會…
敬體假定	命令表現	反向命令表現	常體推量表現	敬體推量表現	
からかいましたら 如果作弄的話…	からかえ 給我作弄！	からかうな 不准作弄	からかおう 作弄吧！	からかいましょう 作弄吧！	

食う （男性粗俗的說法）吃

否定表現組					
常體	常體過去式	敬體	敬體過去式	連體形	連體形過去式
食わない 不吃	食わなかった （以前）沒吃	食いません 不吃	食いませんで した （以前）沒吃	食わない人 不吃…的人	食わなかった 人 （以前）沒吃…的 人
常體可能形否定	常體可能形否定 過去式	敬體可能形否定	敬體可能形否定 過去式	常體被動	常體被動過去式
食えない 不能吃	食えなかった （以前）不能吃	食えません 不能吃	食えませんで した （以前）不能吃	食われない 不被…吃	食われなかっ た （以前）沒被…吃
敬體被動	敬體被動過去式	常體使役	常體使役過去式	敬體使役	敬體使役過去式
食われません 不被…吃	食われません でした （以前）沒被…吃	食わせない 不讓…吃	食わせなかっ た （以前）沒讓…吃	食わせません 不讓…吃	食わせません でした （以前）沒讓…吃
常體使役被動	常體使役被動過去式	敬體使役被動	敬體使役被動過去式	て形	
食わせられない 不被迫吃	食わせられなか った （以前）沒被迫吃了	食わせられませ ん 不被迫吃	食わせられません んでした （以前）沒被迫吃了	食わないで 不（要）吃…	

肯定表現組					
常體	常體過去式	敬體	敬體過去式	連體形	連體形過去式
食う 吃	食った 吃了	食います 吃	食いました 吃了	食う人 吃…的人	食った人 吃了…的人
常體可能形肯定	常體可能形肯定 過去式	敬體可能形肯定	敬體可能形肯定 過去式	常體被動	常體被動過去式
食える 能吃	食えた （以前）能吃	食えます 能吃	食えました （以前）能吃	食われる 被…吃	食われた 被…吃了
敬體被動	敬體被動過去式	常體使役	常體使役過去式	敬體使役	敬體使役過去式
食われます 被…吃	食われました 被…吃了	食わせる 讓…吃	食わせた 讓…吃了	食わせます 讓…吃	食わせました 讓…吃了
常體使役被動	常體使役被動過去式	敬體使役被動	敬體使役被動過去式	て形	
食わせられる 被迫吃	食わせられた 被迫吃了	食わせられます 被迫吃	食わせられまし た 被迫吃了	食って 吃…	

假定、命令、推量表現組					
常體否定假定	常體否定假定	常體否定假定	常體假定	常體假定	常體假定
食わないなら 假如不吃的話…	食わなかった ら 如果不吃的話…	食わなければ 如果不吃就會…	食うなら 假如吃的話…	食ったら 如果吃了的話…	食えば 如果吃了就會…
敬體假定	命令表現	反向命令表現	常體推量表現	敬體推量表現	
食いましたら 如果吃了的話…	食え 給我吃！	食うな 不准吃	食おう 吃吧！	食いましょう 吃吧！	

吸う す 吸、抽（菸）

否定表現組					
常體	常體過去式	敬體	敬體過去式	連體形	連體形過去式
吸わない 不吸	吸わなかった （以前）沒吸	吸いません 不吸	吸いませんでした （以前）沒吸	吸わない人 不吸…的人	吸わなかった人 （以前）沒吸…的人
常體可能形否定	常體可能形否定過去式	敬體可能形否定	敬體可能形否定過去式	常體被動	常體被動過去式
吸えない 不能吸	吸えなかった （以前）不能吸	吸えません 不能吸	吸えませんでした （以前）不能吸	吸われない 不被…吸	吸われなかった （以前）沒被…吸
敬體被動	敬體被動過去式	常體使役	常體使役過去式	敬體使役	敬體使役過去式
吸われません 不被…吸	吸われませんでした （以前）沒被…吸	吸わせない 不讓…吸	吸わせなかった （以前）沒讓…吸	吸わせません 不讓…吸	吸わせませんでした （以前）沒讓…吸
常體使役被動	常體使役被動過去式	敬體使役被動	敬體使役被動過去式	て形	
吸わせられない 不被迫吸	吸わせられなかった （以前）沒被迫吸	吸わせられません 不被迫吸	吸わせられませんでした （以前）沒被迫吸	吸わないで 不（要）吸…	

肯定表現組					
常體	常體過去式	敬體	敬體過去式	連體形	連體形過去式
吸う 吸	吸った 吸了	吸います 吸	吸いました 吸了	吸う人 吸…的人	吸った人 吸了…的人
常體可能形肯定	常體可能形肯定過去式	敬體可能形肯定	敬體可能形肯定過去式	常體被動	常體被動過去式
吸える 能吸	吸えた （以前）能吸	吸えます （以前）能吸	吸えました 能吸	吸われる 被…吸	吸われた 被…吸了
敬體被動	敬體被動過去式	常體使役	常體使役過去式	敬體使役	敬體使役過去式
吸われます 被…吸	吸われました 被…吸了	吸わせる 讓…吸	吸わせた 讓…吸了	吸わせます 讓…吸	吸わせました 讓…吸了
常體使役被動	常體使役被動過去式	敬體使役被動	敬體使役被動過去式	て形	
吸わせられる 被迫吸	吸わせられた 被迫吸了	吸わせられます 被迫吸	吸わせられました 被迫吸了	吸って 吸…	

假定、命令、推量表現組					
常體否定假定	常體否定假定	常體否定假定	常體假定	常體假定	常體假定
吸わないなら 假如不吸的話…	吸わなかったら 如果不吸的話…	吸わなければ 如果不吸就會…	吸うなら 假如吸的話…	吸ったら 如果吸了的話…	吸えば 如果吸了就會…
敬體假定	命令表現	反向命令表現	常體推量表現	敬體推量表現	
吸いましたら 如果吸了的話…	吸え 給我吸！	吸うな 不准吸	吸おう 吸吧！	吸いましょう 吸吧！	

掬う／救う 　撈／救

すく（掬う）／すく（救う）

否定表現組					
常體	常體過去式	敬體	敬體過去式	連體形	連體形過去式
掬わない 不撈	掬わなかった （以前）沒撈	掬いません 不撈	掬いませんでした （以前）沒撈	掬わない人 不撈…的人	掬わなかった人 （以前）沒撈…的人
常體可能形否定	常體可能形否定過去式	敬體可能形否定	敬體可能形否定過去式	常體被動	常體被動過去式
掬えない 不能撈	掬えなかった （以前）不能撈	掬えません 不能撈	掬えませんでした （以前）不能撈	掬われない 不被…撈	掬われなかった （以前）沒被…撈
敬體被動	敬體被動過去式	常體使役	常體使役過去式	敬體使役	敬體使役過去式
掬われません 不被…撈	掬われませんでした （以前）沒被…撈	掬わせない 不讓…撈	掬わせなかった （以前）沒讓…撈	掬わせません 不讓…撈	掬わせませんでした （以前）沒讓…撈
常體使役被動	常體使役被動過去式	敬體使役被動	敬體使役被動過去式	て形	
掬わせられない 不被迫撈	掬わせられなかった （以前）沒被迫撈	掬わせられません 不被迫撈	掬わせられませんでした （以前）沒被迫撈	掬わないで 不（要）撈…	

肯定表現組					
常體	常體過去式	敬體	敬體過去式	連體形	連體形過去式
掬う 撈	掬った 撈了	掬います 撈	掬いました 撈了	掬う人 撈…的人	掬った人 撈了…的人
常體可能形肯定	常體可能形肯定過去式	敬體可能形肯定	敬體可能形肯定過去式	常體被動	常體被動過去式
掬える 能撈	掬えた （以前）能撈	掬えます 能撈	掬えました （以前）能撈	掬われる 被…撈	掬われた 被…撈了
敬體被動	敬體被動過去式	常體使役	常體使役過去式	敬體使役	敬體使役過去式
掬われます 被…撈	掬われました 被…撈了	掬わせる 讓…撈	掬わせた 讓…撈了	掬わせます 讓…撈	掬わせました 讓…撈了
常體使役被動	常體使役被動過去式	敬體使役被動	敬體使役被動過去式	て形	
掬わせられる 被迫撈	掬わせられた 被迫撈了	掬わせられます 被迫撈	掬わせられました 被迫撈了	掬って 撈…	

假定、命令、推量表現組					
常體否定假定	常體否定假定	常體否定假定	常體假定	常體假定	常體假定
掬わないなら 假如不撈的話…	掬わなかったら 如果不撈的話…	掬わなければ 如果不撈就會…	掬うなら 假如撈的話…	掬ったら 如果撈了的話…	掬えば 如果撈了就會…
敬體假定	命令表現	反向命令表現	常體推量表現	敬體推量表現	
掬いましたら 如果撈了的話…	掬え 給我撈！	掬うな 不准撈	掬おう 撈吧！	掬いましょう 撈吧！	

漂う（ただよ） 漂、漂流、漂浮、飄、飄流

否定表現組

常體	常體過去式	敬體	敬體過去式	連體形	連體形過去式
漂わない 不漂浮	漂わなかった （以前）沒漂浮	漂いません 不漂浮	漂いませんでした （以前）沒漂浮	漂わないスイカ 不漂浮的西瓜	漂わなかったスイカ （以前）沒漂浮的西瓜

常體可能形否定	常體可能形否定過去式	敬體可能形否定	敬體可能形否定過去式	常體被動	常體被動過去式
漂えない 不能漂浮	漂えなかった （以前）不能漂浮	漂えません 不能漂浮	漂えませんでした （以前）不能漂浮	漂われない 不被…漂浮	漂われなかった （以前）沒被…漂浮

敬體被動	敬體被動過去式	常體使役	常體使役過去式	敬體使役	敬體使役過去式
漂われません 不被…漂浮	漂われませんでした （以前）沒被…漂浮	漂わせない 不讓…漂浮	漂わせなかった （以前）沒讓…漂浮	漂わせません 不讓…漂浮	漂わせませんでした （以前）沒讓…漂浮

常體使役被動	常體使役被動過去式	敬體使役被動	敬體使役被動過去式	て形	
漂わせられない 不被迫漂浮	漂わせられなかった （以前）沒被迫漂浮	漂わせられません 不被迫漂浮	漂わせられませんでした （以前）沒被迫漂浮	漂わないで 不（要）漂浮…	

肯定表現組

常體	常體過去式	敬體	敬體過去式	連體形	連體形過去式
漂う 飄浮	漂った 飄浮了	漂います 飄浮	漂いました 飄浮了	漂う雲 飄浮的雲	漂った雲 飄浮了的雲

常體可能形肯定	常體可能形肯定過去式	敬體可能形肯定	敬體可能形肯定過去式	常體被動	常體被動過去式
漂える 能漂浮	漂えた （以前）能漂浮	漂えます 能漂浮	漂えました （以前）能漂浮	漂われる 被…漂浮	漂われた 被…漂浮了

敬體被動	敬體被動過去式	常體使役	常體使役過去式	敬體使役	敬體使役過去式
漂われます 被…漂浮	漂われました 被…漂浮了	漂わせる 讓…漂浮	漂わせた 讓…漂浮了	漂わせます 讓…漂浮	漂わせました 讓…漂浮了

常體使役被動	常體使役被動過去式	敬體使役被動	敬體使役被動過去式	て形	
漂わせられる 被迫漂浮	漂わせられた 被迫漂浮了	漂わせられます 被迫漂浮	漂わせられました 被迫漂浮了	漂って 漂浮…	

假定、命令、推量表現組

常體否定假定	常體否定假定	常體否定假定	常體假定	常體假定	常體假定
漂わないなら 假如不漂浮的話…	漂わなかったら 如果不漂浮的話…	漂わなければ 如果不漂浮就會…	漂うなら 假如漂浮的話…	漂ったら 如果漂浮了的話…	漂えば 如果漂浮了就會…

敬體假定	命令表現	反向命令表現	常體推量表現	敬體推量表現	
漂いましたら 如果漂浮的話…	漂え 給我漂浮！	漂うな 不准漂浮	漂おう 漂浮吧！	漂いましょう 漂浮吧！	

使<ruby>う<rt>つか</rt></ruby> 使用

否定表現組					
常體	常體過去式	敬體	敬體過去式	連體形	連體形過去式
使わない 不使用	使わなかった （以前）沒使用	使いません 不使用	使いませんでした （以前）沒使用	使わない人 不使用…的人	使わなかった人 （以前）沒使用…過的人
常體可能形否定	常體可能形否定過去式	敬體可能形否定	敬體可能形否定過去式	常體被動	常體被動過去式
使えない 不能用	使えなかった （以前）不能用	使えません 不能用	使えませんでした （以前）不能用	使われない 不被…用	使われなかった （以前）沒被…用
敬體被動	敬體被動過去式	常體使役	常體使役過去式	敬體使役	敬體使役過去式
使われません 不被…用	使われませんでした （以前）沒被…用	使わせない 不讓…使用	使わせなかった （以前）沒讓…使用	使わせません 不讓…使用	使わせませんでした （以前）沒讓…使用
常體使役被動	常體使役被動過去式	敬體使役被動	敬體使役被動過去式	て形	
使わせられない 不被迫使用	使わせられなかった （以前）沒被迫使用	使わせられません 不被迫使用	使わせられませんでした （以前）沒被迫使用	使わないで 不（要）使用…	

肯定表現組					
常體	常體過去式	敬體	敬體過去式	連體形	連體形過去式
使う 使用	使った 使用了	使います 使用	使いました 使用了	使う人 使用…的人	使った人 使用了…的人
常體可能形肯定	常體可能形肯定過去式	敬體可能形肯定	敬體可能形肯定過去式	常體被動	常體被動過去式
使える 能用	使えた （以前）能用	使えます 能用	使えました （以前）能用	使われる 被…使用	使われた 被…使用了
敬體被動	敬體被動過去式	常體使役	常體使役過去式	敬體使役	敬體使役過去式
使われます 被…使用	使われました 被…使用了	使わせる 讓…使用	使わせた 讓…使用了	使わせます 讓…使用	使わせました 讓…使用了
常體使役被動	常體使役被動過去式	敬體使役被動	敬體使役被動過去式	て形	
使わせられる 被迫使用	使わせられた 被迫使用了	使わせられます 被迫使用	使わせられました 被迫使用了	使って 使用…	

假定、命令、推量表現組					
常體否定假定	常體否定假定	常體否定假定	常體假定	常體假定	常體假定
使わないなら 假如不使用的話…	使わなかったら 如果不使用的話…	使わなければ 如果不使用就會…	使うなら 假如使用的話…	使ったら 如果使用的話…	使えば 如果使用了就會…
敬體假定	命令表現	反向命令表現	常體推量表現	敬體推量表現	
使いましたら 如果使用的話…	使え 給我用！	使うな 不准用	使おう 用吧！	使いましょう 用吧！	

手伝う てつだ

幫助、幫忙

否定表現組					
常體	常體過去式	敬體	敬體過去式	連體形	連體形過去式
手伝わない 不幫忙	手伝わなかった （以前）沒幫忙	手伝いません 不幫忙	手伝いませんでした （以前）沒幫忙	手伝わない人 不幫忙…的人	手伝わなかった人 （以前）沒幫忙…的人
常體可能形否定	常體可能形否定過去式	敬體可能形否定	敬體可能形否定過去式	常體被動	常體被動過去式
手伝えない 不能幫忙	手伝えなかった （以前）不能幫忙	手伝えません 不能幫忙	手伝えませんでした （以前）不能幫忙	手伝われない 不被幫忙	手伝われなかった （以前）沒被…幫忙
敬體被動	敬體被動過去式	常體使役	常體使役過去式	敬體使役	敬體使役過去式
手伝われません 不被…幫忙	手伝われませんでした （以前）沒被…幫忙	手伝わせない 不讓…幫忙	手伝わせなかった （以前）沒讓…幫忙	手伝わせません 不讓…幫忙	手伝わせませんでした （以前）沒讓…幫忙
常體使役被動	常體使役被動過去式	敬體使役被動	敬體使役被動過去式	て形	
手伝わせられない 不被迫幫忙	手伝わせられなかった （以前）沒被迫幫忙	手伝わせられません 不被迫幫忙	手伝わせられませんでした （以前）沒被迫幫忙	手伝わないで 不（要）幫忙…	

肯定表現組					
常體	常體過去式	敬體	敬體過去式	連體形	連體形過去式
手伝う 幫忙	手伝った 幫忙了	手伝います 幫忙	手伝いました 幫忙了	手伝う人 幫忙…的人	手伝った人 幫忙了…的人
常體可能形肯定	常體可能形肯定過去式	敬體可能形肯定	敬體可能形肯定過去式	常體被動	常體被動過去式
手伝える 能幫忙	手伝えた （以前）能幫忙	手伝えます 能幫忙	手伝えました （以前）能幫忙	手伝われる 被…幫忙	手伝われた 被…幫忙了
敬體被動	敬體被動過去式	常體使役	常體使役過去式	敬體使役	敬體使役過去式
手伝われます 被…幫忙	手伝われました 被…幫忙了	手伝わせる 讓…幫忙	手伝わせた 讓…幫忙了	手伝わせます 讓…幫忙	手伝わせました 讓…幫忙了
常體使役被動	常體使役被動過去式	敬體使役被動	敬體使役被動過去式	て形	
手伝わせられる 被迫幫忙	手伝わせられた 被迫幫忙了	手伝わせられます 被迫幫忙	手伝わせられました 被迫幫忙了	手伝って 幫忙…	

假定、命令、推量表現組					
常體否定假定	常體否定假定	常體否定假定	常體假定	常體假定	常體假定
手伝わないなら 假如不幫忙的話…	手伝わなかったら 如果不幫忙的話…	手伝わなければ 如果不幫忙就會…	手伝うなら 假如幫忙的話…	手伝ったら 如果幫忙的話…	手伝えば 如果幫忙了就會…
敬體假定	命令表現		反向命令表現	常體推量表現	敬體推量表現
手伝いましたら 如果幫忙的話…	手伝え 給我幫忙！		手伝うな 不准幫忙	手伝おう 幫忙吧！	手伝いましょう 幫忙吧！

習う　學、學習

否定表現組					
常體	常體過去式	敬體	敬體過去式	連體形	連體形過去式
習わない 不學	習わなかった （以前）沒學	習いません 不學	習いませんでした （以前）沒學	習わない人 不學…的人	習わなかった人 （以前）沒學…的人
常體可能形否定	常體可能形否定過去式	敬體可能形否定	敬體可能形否定過去式	常體被動	常體被動過去式
習えない 不能學	習えなかった （以前）不能學	習えません 不能學	習えませんでした （以前）不能學	習われない 不被…學	習われなかった （以前）沒被…學
敬體被動	敬體被動過去式	常體使役	常體使役過去式	敬體使役	敬體使役過去式
習われません 不被…學	習われませんでした （以前）沒被…學	習わせない 不讓…學	習わせなかった （以前）沒讓…學	習わせません 不讓…學	習わせませんでした （以前）沒讓…學
常體使役被動	常體使役被動過去式	敬體使役被動	敬體使役被動過去式	て形	
習わせられない 不被迫學	習わせられなかった （以前）沒被迫學	習わせられません 不被迫學	習わせられませんでした （以前）沒被迫學	習わないで 不（要）學…	

肯定表現組					
常體	常體過去式	敬體	敬體過去式	連體形	連體形過去式
習う 學	習った 學了	習います 學	習いました 學了	習う人 學的人	習った人 學了…的人
常體可能形肯定	常體可能形肯定過去式	敬體可能形肯定	敬體可能形肯定過去式	常體被動	常體被動過去式
習える 能學	習えた （以前）能學	習えます 能學	習えました （以前）能學	習われる 被…學	習われた 被…學了
敬體被動	敬體被動過去式	常體使役	常體使役過去式	敬體使役	敬體使役過去式
習われます 被…學	習われました 被…學了	習わせる 讓…學	習わせた 讓…學了	習わせます 讓…學	習わせました 讓…學了
常體使役被動	常體使役被動過去式	敬體使役被動	敬體使役被動過去式	て形	
習わせられる 被迫學	習わせられた 被迫學了	習わせられます 被迫學	習わせられました 被迫學了	習って 學…	

假定、命令、推量表現組					
常體否定假定	常體否定假定	常體否定假定	常體假定	常體假定	常體假定
習わないなら 假如不學的話…	習わなかったら 如果不學的話…	習わなければ 如果不學就會…	習うなら 假如學的話…	習ったら 如果學了的話…	習えば 如果學了就會…
敬體假定	命令表現	反向命令表現	常體推量表現	敬體推量表現	
習いましたら 如果學了的話…	習え 給我學！	習うな 不准學	習おう 學習吧！	習いましょう 學習吧！	

願う　拜託、請求、期望

（ねが）

否定表現組					
常體	常體過去式	敬體	敬體過去式	連體形	連體形過去式
願わない 不期望	願わなかった （以前）沒期望	願いません 不期望	願いませんでした （以前）沒期望	願わないこと 不期望的事	願わなかったこと （以前）沒期望的事
常體可能形否定	常體可能形否定過去式	敬體可能形否定	敬體可能形否定過去式	常體被動	常體被動過去式
願えない 不能期望	願えなかった （以前）不能期望	願えません 不能期望	願えませんでした （以前）不能期望	願われない 不被…期望	願われなかった （以前）沒被…期望
敬體被動	敬體被動過去式	常體使役	常體使役過去式	敬體使役	敬體使役過去式
願われません 不被…期望	願われませんでした （以前）沒被…期望	願わせない 不讓…期望	願わせなかった （以前）沒讓…期望	願わせません 不讓…期望	願わせませんでした （以前）沒讓…期望
常體使役被動	常體使役被動過去式	敬體使役被動	敬體使役被動過去式	て形	
願わせられない 不被迫期望	願わせられなかった （以前）沒被迫期望	願わせられません 不被迫期望	願わせられませんでした （以前）沒被迫期望	願わないで 不（要）期望…	

肯定表現組					
常體	常體過去式	敬體	敬體過去式	連體形	連體形過去式
願う 期望	願った 期望了	願います 期望	願いました 期望了	願うこと 期望的事	願ったこと 期望了的事
常體可能形肯定	常體可能形肯定過去式	敬體可能形肯定	敬體可能形肯定過去式	常體被動	常體被動過去式
願える 能期望	願えた （以前）能期望	願えます 能期望	願えました （以前）能期望	願われる 被…期望	願われた 被…期望了
敬體被動	敬體被動過去式	常體使役	常體使役過去式	敬體使役	敬體使役過去式
願われます 被…期望	願われました 被…期望了	願わせる 讓…期望	願わせた 讓…期望了	願わせます 讓…期望	願わせました 讓…期望了
常體使役被動	常體使役被動過去式	敬體使役被動	敬體使役被動過去式	て形	
願わせられる 被迫期望	願わせられた 被迫期望了	願わせられます 被迫期望	願わせられました 被迫期望了	願って 期望…	

假定、命令、推量表現組					
常體否定假定	常體否定假定	常體否定假定	常體假定	常體假定	常體假定
願わないなら 假如不期望的話…	願わなかったら 如果不期望的話…	願わなければ 如果不期望就會…	願うなら 假如期望的話…	願ったら 如果期望的話…	願えば 如果期望就會…
敬體假定	命令表現	反向命令表現	常體推量表現	敬體推量表現	
願いましたら 如果期望的話…	願え 給我期望！	願うな 不准期望	願おう 期望吧！	願いましょう 期望吧！	

貰う　領受、得到

否定表現組					
常體	常體過去式	敬體	敬體過去式	連體形	連體形過去式
貰わない 不領受	貰わなかった （以前）沒領受	貰いません 不領受	貰いませんで した （以前）沒領受	貰わない人 不領受…的人	貰わなかった 人 （以前）沒領受… 的人
常體可能形否定	常體可能形否定 過去式	敬體可能形否定	敬體可能形否定 過去式	常體被動	常體被動過去式
貰えない 不能領受	貰えなかった （以前）沒能領受	貰えません 不能領受	貰えませんで した （以前）沒能領受	貰われない 不被…領受	貰われなかっ た （以前）沒被…領 受
敬體被動	敬體被動過去式	常體使役	常體使役過去式	敬體使役	敬體使役過去式
貰われません 不被…領受	貰われません でした （以前）沒被…領 受	貰わせない 不讓…領受	貰わせなかっ た （以前）沒讓…領 受	貰わせません 不讓…領受	貰わせません でした （以前）沒讓…領 受
常體使役被動	常體使役被動過去式	敬體使役被動	敬體使役被動過去式	て形	
貰わせられない 不被迫領受	貰わせられなかっ た （以前）沒被迫領受	貰わせられません 不被迫領受	貰わせられませ んでした （以前）沒被迫領受	貰わないで 不（要）領受…	

肯定表現組					
常體	常體過去式	敬體	敬體過去式	連體形	連體形過去式
貰う 領受	貰った 領受了	貰います 領受	貰いました 領受了	貰う人 領受…的人	貰った人 領受了…的人
常體可能形肯定	常體可能形肯定 過去式	敬體可能形肯定	敬體可能形肯定 過去式	常體被動	常體被動過去式
貰える 能領受	貰えた （以前）能領受	貰えます 能領受	貰えました （以前）能領受	貰われる 被…領受	貰われた 被…領受了
敬體被動	敬體被動過去式	常體使役	常體使役過去式	敬體使役	敬體使役過去式
貰われます 被…領受	貰われました 被…領受了	貰わせる 讓…領受	貰わせた 讓…領受了	貰わせます 讓…領受	貰わせました 讓…領受了
常體使役被動	常體使役被動過去式	敬體使役被動	敬體使役被動過去式	て形	
貰わせられる 被迫領受	貰わせられた 被迫領受了	貰わせられます 被迫領受	貰わせられました 被迫領受了	貰って 領受…	

假定、命令、推量表現組					
常體否定假定	常體否定假定	常體否定假定	常體假定	常體假定	常體假定
貰わないなら 假如不領受的 話…	貰わなかった ら 如果不領受的話…	貰わなければ 如果不領受就 會…	貰うなら 假如受的話…	貰ったら 如果領受的話…	貰えば 如果領受了就 會…
敬體假定	命令表現	反向命令表現	常體推量表現	敬體推量表現	
貰いましたら 如果領受的話…	貰え 給我領受！	貰うな 不准領受	貰おう 領受吧！	貰いましょう 領受吧！	

五段動詞詞尾う的文法接續應用

使用意義	日文表現	意思	例句
表不作某動作而做下一動作	言わずに	不説就…	先生は怒った顔をして、何も言わずに教室を出ていきました。 （老師一臉生氣的樣子，什麼都不説就走出教室了。）
表使役	言わせる	讓…説	彼女は子どもたちに「最高においしい！」と言わせました。 （她讓孩子們説出了「好吃到極點！」）
表被動	言われる	被説	あの女優さんはすばらしい演技力を持っていると言われます。 （那位女演員常被大家説身懷精湛的演技。）
表必須	言わなければならない	不得不説（一定要説）	プレゼントをもらったとき、お礼を言わなければならないです。 （收到禮物的時候一定要説謝謝。）
表反向逆接	言わなくても	即使不説…	彼はベテランだからはっきり言わなくてもわかりますよ。 （他是很資深的老手了，就算不説那麼清楚他也會懂的。）
表目的	言いに	為了要説	夜遅く洗濯機を使ったので、隣の人が文句を言いに来ました。 （因為半夜用洗衣機，隔壁鄰居來抱怨了。）
表同步行為	言いながら	一邊説，一邊…	父はブツブツ言いながら、出て行きました。 （爸爸碎碎唸地出了門去。）
表希望	言いたい	想説	言いたい人は手をあげてください。 （想説的人請舉手。）
表順接	言うし	既説	先生は冗談も言うし、ユーモアもあり、とても魅力があります。 （老師既會開玩笑，而且個性幽默，實在是相當地有魅力。）
表主觀原因	言うから	因為説	学校を休む理由をちゃんと言うから、きょう一日ゆっくり休ませて！ （因為已經跟學校交代清楚請假的理由了，今天就給我好好地休息吧。）
表客觀原因	言うので	由於説	友達がおすすめって言うので、と新しいパソコンを買いました。 （由於朋友推薦，所以買了新的電腦。）

使用意義	日文表現	意思	例句
表理應	言うはず	理當會說	あんな優しい人がそんなひどいことを言うはずはないです。 （那樣善解人意的人理應該是不會說出那種傷人的話。）
表應當	言うべき	應該要說	後悔しないために、彼女に好きだと素直に言うべきです。 （為了不讓自己後悔，你應該要坦率地對她說「我喜歡妳」。）
表道理	言うわけ	說的道理	そんなことを言うわけはありません。 （不該那樣說。）
表逆接	言うのに	說了卻	魚が好きだと言うのに、全然食べません。 （明明說喜歡吃魚的，但今天卻沒吃多少。）
表逆接	言うけど	雖然說	彼はいつも「今度こそ最後まで頑張ります！」と言うけど、結局三日坊主です。 （他雖然每次都說「這次我一定會努力到最後！」，結果還是只有三分鐘熱度。）
表比較	言うより	與其說	彼女は結婚できないと言うより、しない方だと思います。 （與其說她結不了婚，我倒覺得她是選擇不結。）
表限定	言うだけ	只會說	きれいなことばかり言うだけじゃなくて、行動で証明します。 （不會只說漂亮話，會用實際行動來證明。）
表假定	言うなら	說的話	あの交通事故はしいて言うなら通行人が悪かったです。 （那場車禍硬要說的話是用路人自己不對。）
表可預期的目的	言うために	為了說	好きな人に好きだと言うために、鏡の前で何度も繰り返し練習します。 （為了向喜歡的人告白，在鏡子前面反覆練習了好幾次。）
表不可預期的目的	言えるように	為了能說	早く日本語で自分の意見が言えるように、毎日３時間以上日本語を勉強しています。 （為了可以早日用日文表達自己的意見，每天都唸三個小時以上的日文。）
表傳聞	言うそう	聽說叫	『ドラえもん』は中国語の翻訳では『多啦Ａ夢』と言うそうです。 （聽說《DORAEMON》的中文翻譯叫做《多啦Ａ夢》。）

使用意義	日文表現	意思	例句
表樣態	言うよう	好像叫	「もみじ」のことを「かえで」とも言うようです。 （「紅葉」好像也叫「楓葉」。）
表常識道理	言うもの	就叫做	親は子供に口うるさく言うものです。 （父母親總是會嘮哩嘮叨地念孩子。）
表假定	言えば	說了就會…	春と言えば、すぐ桜のことを思い出します。 （説到春天的話，馬上就會想到櫻花。）
表命令	言え	給我說！	真犯人は誰か早く言え！ （趕快給我説出真正的犯人是誰！）
表推量、勸誘	言おう	說吧！	さあ、どんな悩みがあるか遠慮なく言おう！ （那麼，有什麼煩惱不用客氣説出來吧！）
表原因、表順接	言って	因為說了、說了之後	彼は本音を言って、ひどく嫌われました。 （他説出真心話後，就受到他人的厭惡。）
表逆接	言っても	即使說了	真実を言っても、誰も信じてくれないです。 （即使説出真相也不有人相信。）
表請求	言ってください	請說	すみません、よく聞こえないんですが、もう一度言ってください。 （不好意思，因為我聽不太清楚請你再説一次。）
表許可	言ってもいい	可以說	私に言いたくなかったら、言ってもいいですよ。 （以下的問題如果覺得不想回答可以直接説喔。）
表不許可	言ってはいけない	不可以說	授業が終わったとき、先生に「ご苦労様です」と言ってはいけない。 （下課的時候，不可以對老師説「你辛苦啦！」。）
表假定、順勢發展	言ったら	說的話、說了就	さようならと言ったら、もう会わないほうがいいですよね。 （説再見以後，不要再見面比較好吧。）
表列舉	言ったり	或說，或…	ゼミで自分の考えを言ったり他の人の意見を聞いたりするのは大切なことなんです。 （在研討會當中説出自己的想法，或是聽取別人的意見是很重要的事。）
表經驗	言ったことがあります	曾經說過	確か昔「一度オーロラを見に行ってみたいなあ」と言ったことがありましたよね。 （我記得你之前曾經説過想去看一次極光看看對吧。）

使用意義	日文表現	意思	例句
表逆接	言ったとしても	即使說了	たとえ周りの人がダメだと言ったとしても、私は絶対諦めません。 （即使周遭的人都說不行，我也絕對不會放棄。）
表動作當下的時間點	言ったところで	正在說的時候	いまさら文句を言ったところで、何も変わりません。 （事到如今，說這些抱怨的話也不會改變什麼。）
表動作進行中	言っている	正在說	あなたは今、いったい何を言っているんですか。 （你現在到底在說什麼？）
表嘗試	言ってみる	說看看	とりあえず今回の企画について自分の意見を言ってみます。 （首先針對這次的企劃案說說自己的意見。）
表動作的遠移	手伝っていく	去幫忙	時間があるから、ちょっと部下の仕事を手伝っていくよ。 （還有一點時間，所以我去幫忙部下做事。）
表動作的近移	手伝ってくる	來幫忙	あそこに困っている人がいるから手伝ってくるよ。ちょっと待っててね。 （那裡有人陷入困境，我去幫忙一下。你在這裡等著喲！）
表動作的預先動作	言っておく	預先說	これからテストです。「カンニングは厳禁！！」と言っておくね。 （接下來要考試，我先聲明「嚴禁作弊」！）

開く／空く 打開／空出

否定表現組

常體	常體過去式	敬體	敬體過去式	連體形	連體形過去式
開かない 不開	開かなかった （以前）沒開	開きません 不開	開きませんでした （以前）沒開	開かない窓 沒開的窗	開かなかった窓 （以前）沒開的窗
常體可能形否定	**常體可能形否定過去式**	**敬體可能形否定**	**敬體可能形否定過去式**	**常體被動**	**常體被動過去式**
開けない 不能開	開けなかった （以前）不能開	開けません 不能開	開けませんでした （以前）不能開	開かれない 不被…開	開かれなかった （以前）沒被…開
敬體被動	**敬體被動過去式**	**常體使役**	**常體使役過去式**	**敬體使役**	**敬體使役過去式**
開かれません 不被…開	開かれませんでした （以前）沒被…開	開かせない 不讓…開	開かせなかった （以前）沒讓…開	開かせません 不讓…開	開かせませんでした （以前）沒讓…開
常體使役被動	**常體使役被動過去式**	**敬體使役被動**	**敬體使役被動過去式**	**て形**	
開かせられない 不被迫開	開かせられなかった （以前）沒被迫開	開かせられません 不被迫開	開かせられませんでした （以前）沒被迫開	開かないで 不（要）開…	

肯定表現組

常體	常體過去式	敬體	敬體過去式	連體形	連體形過去式
開く 開	開いた 開了	開きます 開	開きました 開了	開く窓 開著的窗	開いた窓 開了的窗
常體可能形肯定	**常體可能形肯定過去式**	**敬體可能形肯定**	**敬體可能形肯定過去式**	**常體被動**	**常體被動過去式**
開ける 能開	開けた （以前）能開	開けます 能開	開けました （以前）能開	開かれる 被…開	開かれた 被…開了
敬體被動	**敬體被動過去式**	**常體使役**	**常體使役過去式**	**敬體使役**	**敬體使役過去式**
開かれます 被…開	開かれました 被…開了	開かせる 讓…開	開かせた 讓…開了	開かせます 讓…開	開かせました 讓…開了
常體使役被動	**常體使役被動過去式**	**敬體使役被動**	**敬體使役被動過去式**	**て形**	
開かせられる 被迫開	開かせられた 被迫開了	開かせられます 被迫開	開かせられました 被迫開了	開いて 開…	

假定、命令、推量表現組

常體否定假定	常體否定假定	常體否定假定	常體假定	常體假定	常體假定
開かないなら 假如不開的話…	開かなかったら 如果不開的話…	開かなければ 如果不開就會…	開くなら 假如開的話…	開いたら 如果開了的話…	開けば 如果開了就會…
敬體假定	**命令表現**	**反向命令表現**	**常體推量表現**	**敬體推量表現**	
開きましたら 如果開了的話…	開け 給我打開！	開くな 不准開	開こう 開著吧！	開きましょう 開著吧！	

歩く（ある）　走、走路

否定表現組

常體	常體過去式	敬體	敬體過去式	連體形	連體形過去式
歩かない 不走	歩かなかった （以前）沒走	歩きません 不走	歩きませんでした （以前）沒走	歩かない人 不走的人	歩かなかった人 （以前）沒走的人
常體可能形否定	**常體可能形否定過去式**	**敬體可能形否定**	**敬體可能形否定過去式**	**常體被動**	**常體被動過去式**
歩けない 不能走	歩けなかった （以前）不能走	歩けません 不能走	歩けませんでした （以前）不能走	歩かれない 不被…走	歩かれなかった （以前）沒被…走
敬體被動	**敬體被動過去式**	**常體使役**	**常體使役過去式**	**敬體使役**	**敬體使役過去式**
歩かれません 不被…走	歩かれませんでした （以前）沒被…走	歩かせない 不讓…走	歩かせなかった （以前）沒讓…走	歩かせません 不讓…走	歩かせませんでした （以前）沒讓…走
常體使役被動	**常體使役被動過去式**	**敬體使役被動**	**敬體使役被動過去式**	**て形**	
歩かせられない 不被迫走	歩かせられなかった （以前）沒被迫走	歩かせられません 不被迫走	歩かせられませんでした （以前）沒被迫走	歩かないで 不（要）走…	

肯定表現組

常體	常體過去式	敬體	敬體過去式	連體形	連體形過去式
歩く 走	歩いた 走了	歩きます 走	歩きました 走了	歩く人 走的人	歩いた人 走了的人
常體可能形肯定	**常體可能形肯定過去式**	**敬體可能形肯定**	**敬體可能形肯定過去式**	**常體被動**	**常體被動過去式**
歩ける 能走	歩けた （以前）能走	歩けます 能走	歩けました （以前）能走	歩かれる 被…走	歩かれた 被…走了
敬體被動	**敬體被動過去式**	**常體使役**	**常體使役過去式**	**敬體使役**	**敬體使役過去式**
歩かれます 被…走	歩かれました 被…走了	歩かせる 讓…走	歩かせた 讓…走了	歩かせます 讓…走	歩かせました 讓…走了
常體使役被動	**常體使役被動過去式**	**敬體使役被動**	**敬體使役被動過去式**	**て形**	
歩かせられる 被迫走	歩かせられた 被迫走了	歩かせられます 被迫走	歩かせられました 被迫走了	歩いて 走…	

假定、命令、推量表現組

常體否定假定	常體否定假定	常體否定假定	常體假定	常體假定	常體假定
歩かないなら 假如不走的話…	歩かなかったら 如果不走的話…	開かなければ 如果不走就會…	歩くなら 假如走的話…	歩いたら 如果走了的話…	歩けば 如果走了就會…
敬體假定	**命令表現**	**反向命令表現**	**常體推量表現**	**敬體推量表現**	
歩きましたら 如果走了的話…	歩け 給我走！	歩くな 不准走	歩こう 走吧！	歩きましょう 走吧！	

行く　去

否定表現組

常體	常體過去式	敬體	敬體過去式	連體形	連體形過去式
行かない 不去	行かなかった （以前）沒去	行きません 不去	行きませんでした （以前）沒去	行かない人 不去…的人	行かなかった人 （以前）沒去…的人
常體可能形否定	**常體可能形否定過去式**	**敬體可能形否定**	**敬體可能形否定過去式**	**常體被動**	**常體被動過去式**
行けない 不能去	行けなかった （以前）不能去	行けません 不能去	行けませんでした （以前）不能去	行かれない 不被…去	行かれなかった （以前）沒被…去
敬體被動	**敬體被動過去式**	**常體使役**	**常體使役過去式**	**敬體使役**	**敬體使役過去式**
行かれません 不被…去	行かれませんでした （以前）沒被…去	行かせない 不讓…去	行かせなかった （以前）沒讓…去	行かせません 不讓…去	行かせませんでした （以前）沒讓…去
常體使役被動	**常體使役被動過去式**	**敬體使役被動**	**敬體使役被動過去式**	**て形**	
行かせられない 不被迫去	行かせられなかった （以前）沒被迫去	行かせられません 不被迫去	行かせられませんでした （以前）沒被迫去	行かないで 不（要）去…	

肯定表現組

常體	常體過去式	敬體	敬體過去式	連體形	連體形過去式
行く 去	＊行った 去了	行きます 去	行きました 去了	行く人 要去的人	＊行った人 去了的人
常體可能形肯定	**常體可能形肯定過去式**	**敬體可能形肯定**	**敬體可能形肯定過去式**	**常體被動**	**常體被動過去式**
行ける 能去	行けた （以前）能去	行けます 能去	行けました （以前）能去	行かれる 被…去	行かれた 被…去了
敬體被動	**敬體被動過去式**	**常體使役**	**常體使役過去式**	**敬體使役**	**敬體使役過去式**
行かれます 被…去	行かれました 被…去了	行かせる 讓…去	行かせた 讓…去了	行かせます 讓…去	行かせました 讓…去了
常體使役被動	**常體使役被動過去式**	**敬體使役被動**	**敬體使役被動過去式**	**て形**	
行かせられる 被迫去	行かせられた 被迫去了	行かせられます 被迫去…	行かせられました 被迫去了	行って 去…	

假定、命令、推量表現組

常體否定假定	常體否定假定	常體否定假定	常體假定	常體假定	常體假定
行かないなら 假如不去的話…	行かなかったら 如果不去的話…	行かなければ 如果不去就會…	行くなら 假如去的話…	＊行ったら 如果去了的話…	行けば 如果去了就會…
敬體假定	**命令表現**	**反向命令表現**	**常體推量表現**	**敬體推量表現**	
行きましたら 如果去了的話…	行け 給我去！	行くな 不准去	行こう 去吧！	行きましょう 去吧！	

加強觀念　「行く」在肯定的「て形、常體過去式及連體形過去式」等情況屬於特例動詞，不能套用く的變化概念。

頂く （貰う的謙讓語）領受、得到

否定表現組					
常體	常體過去式	敬體	敬體過去式	連體形	連體形過去式
頂かない 不領受	頂かなかった （以前）沒領受	頂きません 不領受	頂きませんでした （以前）沒領受	頂かない人 不領受…的人	頂かなかった人 （以前）沒領受…的人
常體可能形否定	常體可能形否定過去式	敬體可能形否定	敬體可能形否定過去式	常體被動	常體被動過去式
頂けない 不能領受	頂けなかった （以前）不能領受	頂けません 不能領受	頂けませんでした （以前）不能領受	頂かれない 不被…領受	頂かれなかった （以前）沒被…領受
敬體被動	敬體被動過去式	常體使役	常體使役過去式	敬體使役	敬體使役過去式
頂かれません 不被…領受	頂かれませんでした （以前）沒被…領受	頂かせない 不讓…領受	頂かせなかった （以前）沒讓…領受	頂かせません 不讓…領受	頂かせませんでした （以前）沒讓…領受
常體使役被動	常體使役被動過去式	敬體使役被動	敬體使役被動過去式	て形	
頂かせられない 不被迫領受	頂かせられなかった （以前）沒被迫領受	頂かせられません 不被迫領受	頂かせられませんでした （以前）沒被迫領受	頂かないで 不（要）領受…	
肯定表現組					
常體	常體過去式	敬體	敬體過去式	連體形	連體形過去式
頂く 領受	頂いた 領受了	頂きます 領受	頂きました 領受了	頂く人 領受的人	頂いた人 領受了的人
常體可能形肯定	常體可能形肯定過去式	敬體可能形肯定	敬體可能形肯定過去式	常體被動	常體被動過去式
頂ける 能領受	頂けた （以前）能領受	頂けます 能領受	頂けました （以前）能領受	頂かれる 被…領受	頂かれた 被…領受了
敬體被動	敬體被動過去式	常體使役	常體使役過去式	敬體使役	敬體使役過去式
頂かれます 被…領受	頂かれました 被…領受了	頂かせる 讓…領受	頂かせた 讓…領受了	頂かせます 讓…領受	頂かせました 讓…領受了
常體使役被動	常體使役被動過去式	敬體使役被動	敬體使役被動過去式	て形	
頂かせられる 被迫領受	頂かせられた 被迫領受了	頂かせられます 被迫領受	頂かせられました 被迫領受了	頂いて 領受…	
假定、命令、推量表現組					
常體否定假定	常體否定假定	常體否定假定	常體假定	常體假定	常體假定
頂かないなら 假如不領受的話…	頂かなかったら 如果不領受的話…	頂かなければ 如果不領受就會…	頂くなら 假如領受的話…	頂いたら 如果領受的話…	頂けば 如果領受了就會…
敬體假定	命令表現	反向命令表現	常體推量表現	敬體推量表現	
頂きましたら 如果領受的話…	頂け 給我領受！	頂くな 不准領受	頂こう 領受吧！	頂きましょう 領受吧！	

浮く ^う 浮、漂浮、飄浮

否定表現組

常體	常體過去式	敬體	敬體過去式	連體形	連體形過去式
浮かない 不浮起來	浮かなかった （以前）沒浮起來	浮きません 不浮起來	浮きませんでした （以前）沒浮起來	浮かない風船 不浮起來的氣球	浮かなかった風船 （以前）沒浮起來的氣球
常體可能形否定	常體可能形否定過去式	敬體可能形否定	敬體可能形否定過去式	常體被動	常體被動過去式
浮けない 不能浮	浮けなかった （以前）不能浮	浮けません 不能浮	浮けませんでした （以前）不能浮	浮かれない 不被…浮	浮かれなかった （以前）沒被…浮
敬體被動	敬體被動過去式	常體使役	常體使役過去式	敬體使役	敬體使役過去式
浮かれません 不被…浮	浮かれませんでした （以前）沒被…浮	浮かせない 不讓…浮起來	浮かせなかった （以前）沒讓…浮起來	浮かせません 不讓…浮起來	浮かせませんでした （以前）沒讓…浮起來
常體使役被動	常體使役被動過去式	敬體使役被動	敬體使役被動過去式	て形	
浮かせられない 不被迫浮	浮かせられなかった （以前）沒被迫浮	浮かせられません 不被迫浮	浮かせられませんでした （以前）沒被迫浮	浮かないで 不（要）浮…	

肯定表現組

常體	常體過去式	敬體	敬體過去式	連體形	連體形過去式
浮く 浮起來	浮いた 浮起來了	浮きます 浮起來	浮きました 浮起來了	浮く風船 浮起來的氣球	浮いた風船 浮起來了的氣球
常體可能形肯定	常體可能形肯定過去式	敬體可能形肯定	敬體可能形肯定過去式	常體被動	常體被動過去式
浮ける 能浮	浮けた （以前）能浮	浮けます 能浮	浮けました （以前）能浮	浮かれる 被…浮	浮かれた 被…浮了
敬體被動	敬體被動過去式	常體使役	常體使役過去式	敬體使役	敬體使役過去式
浮かれます 被…浮	浮かれました 被…浮了	浮かせる 讓…浮起來	浮かせた 讓…浮起來了	浮かせます 讓…浮起來	浮かせました 讓…浮起來了
常體使役被動	常體使役被動過去式	敬體使役被動	敬體使役被動過去式	て形	
浮かせられる 被迫浮	浮かせられた 被迫浮了	浮かせられます 被迫浮	浮かせられました 被迫浮了	浮いて 浮…	

假定、命令、推量表現組

常體否定假定	常體否定假定	常體否定假定	常體假定	常體假定	常體假定
浮かないなら 假如不浮的話…	浮かなかったら 如果不浮的話…	浮かなければ 如果不浮就會…	浮くなら 假如浮的話…	浮いたら 如果浮了的話…	浮けば 如果浮了就會…
敬體假定	命令表現	反向命令表現	常體推量表現	敬體推量表現	
浮きましたら 如果浮了的話…	浮け 給我浮！	浮くな 不准浮起來	浮こう 浮起來吧！	浮きましょう 浮起來吧！	

俯く　低頭
うつむ

否定表現組

常體	常體過去式	敬體	敬體過去式	連體形	連體形過去式
俯かない 不低頭	俯かなかった （以前）沒低頭	俯きません 不低頭	俯きませんでした （以前）沒低頭	俯かない花 不朝向地面的花	俯かなかった花 （以前）沒朝向地面的花
常體可能形否定	常體可能形否定過去式	敬體可能形否定	敬體可能形否定過去式	常體被動	常體被動過去式
俯けない 不能低頭	俯けなかった （以前）不能低頭	俯けません 不能低頭	俯けませんでした （以前）不能低頭	俯かれない 不被…低頭	俯かれなかった （以前）沒被…低頭
敬體被動	敬體被動過去式	常體使役	常體使役過去式	敬體使役	敬體使役過去式
俯かれません 不被…低頭	俯かれませんでした （以前）沒被…低頭	俯かせない 不讓…低頭	俯かせなかった （以前）沒讓…低頭	俯かせません 不讓…低頭	俯かせませんでした （以前）沒讓…低頭
常體使役被動	常體使役被動過去式	敬體使役被動	敬體使役被動過去式	て形	
俯かせられない 不被迫低頭	俯かせられなかった 沒被迫低頭	俯かせられません 不被迫低頭	俯かせられませんでした 沒被迫低頭	俯かないで 不（要）低頭…	

肯定表現組

常體	常體過去式	敬體	敬體過去式	連體形	連體形過去式
俯く 低頭	俯いた 低頭了	俯きます 低頭	俯きました 低頭了	俯く花 朝向地面的花	俯いた花 朝向地面了的花
常體可能形肯定	常體可能形肯定過去式	敬體可能形肯定	敬體可能形肯定過去式	常體被動	常體被動過去式
俯ける 能低頭	俯けた （以前）能低頭	俯けます 能低頭	俯けました （以前）能低頭	俯かれる 被…低頭	俯かれた 被…低頭了
敬體被動	敬體被動過去式	常體使役	常體使役過去式	敬體使役	敬體使役過去式
俯かれます 被…低頭	俯かれました 被…低頭了	俯かせる 讓…低頭	俯かせた 讓…低頭了	俯かせます 讓…低頭	俯かせました 讓…低頭了
常體使役被動	常體使役被動過去式	敬體使役被動	敬體使役被動過去式	て形	
俯かせられる 被迫低頭	俯かせられた 被迫低頭了	俯かせられます 被迫低頭	俯かせられました 被迫低頭了	俯いて 低頭…	

假定、命令、推量表現組

常體否定假定	常體否定假定	常體否定假定	常體假定	常體假定	常體假定
俯かないなら 假如不低頭的話…	俯かなかったら 如果不低頭的話…	俯かなければ 如果不低頭就會…	俯くなら 假如低頭的話…	俯いたら 如果低頭的話…	俯けば 如果低頭了就會
敬體假定	命令表現	反向命令表現	常體推量表現	敬體推量表現	
俯きましたら 如果低頭的話…	俯け 給我低頭！	俯くな 不准低頭	俯こう 低頭吧！	俯きましょう 低頭吧！	

否定表現組					
常體	常體過去式	敬體	敬體過去式	連體形	連體形過去式
頷かない 不點頭	頷かなかった （以前）沒點頭	頷きません 不點頭	頷きませんでした （以前）沒點頭	頷かない人 不點頭的人	頷かなかった人 （以前）沒點頭的人
常體可能形否定	常體可能形否定過去式	敬體可能形否定	敬體可能形否定過去式	常體被動	常體被動過去式
頷けない 不能點頭	頷けなかった （以前）不能點頭	頷けません 不能點頭	頷けませんでした （以前）不能點頭	頷かれない 不被…點頭	頷かれなかった （以前）沒被…點頭
敬體被動	敬體被動過去式	常體使役	常體使役過去式	敬體使役	敬體使役過去式
頷かれません 不被…點頭	頷かれませんでした （以前）沒被…點頭	頷かせない 不讓…點頭	頷かせなかった （以前）沒讓…點頭	頷かせません 不讓…點頭	頷かせませんでした （以前）沒讓…點頭
常體使役被動	常體使役被動過去式	敬體使役被動		敬體使役被動過去式	て形
頷かせられない 不被迫點頭	頷かせられなかった （以前）沒被迫點頭	頷かせられません 不被迫點頭		頷かせられませんでした （以前）沒被迫點頭	頷かないで 不（要）點頭…
肯定表現組					
常體	常體過去式	敬體	敬體過去式	連體形	連體形過去式
頷く 點頭	頷いた 點頭了	頷きます 點頭	頷きました 點頭了	頷く人 點頭的人	頷いた人 點頭了的人
常體可能形肯定	常體可能形肯定過去式	敬體可能形肯定	敬體可能形肯定過去式	常體被動	常體被動過去式
頷ける 能點頭	頷けた （以前）能點頭	頷けます 能點頭	頷けました （以前）能點頭	頷かれる 被…點頭	頷かれた 被…點頭了
敬體被動	敬體被動過去式	常體使役	常體使役過去式	敬體使役	敬體使役過去式
頷かれます 被…點頭	頷かれました 被…點頭了	頷かせる 讓…點頭	頷かせた 讓…點頭了	頷かせます 讓…點頭	頷かせました 讓…點頭了
常體使役被動	常體使役被動過去式	敬體使役被動		敬體使役被動過去式	て形
頷かせられる 被迫點頭	頷かせられた 被迫點頭了	頷かせられます 被迫點頭		頷かせられました 被迫點頭了	頷いて 點頭…
假定、命令、推量表現組					
常體否定假定	常體否定假定	常體否定假定	常體假定	常體假定	常體假定
頷かないなら 假如不點頭的話…	頷かなかったら 如果不點頭的話…	頷かなければ 如果不點頭就會…	頷くなら 假如點頭的話…	頷いたら 如果點頭的話…	頷けば 如果點頭了就會…
敬體假定	命令表現	反向命令表現	常體推量表現	敬體推量表現	
頷きましたら 如果點頭的話…	頷け 給我點頭！	頷くな 不准點頭	頷こう 點頭吧！	頷きましょう 點頭吧！	

描く 畫
えが

否定表現組

常體	常體過去式	敬體	敬體過去式	連體形	連體形過去式
描かない 不畫	描かなかった （以前）沒畫	描きません 不畫	描きませんでした （以前）沒畫	描かない人 不畫…的人	描かなかった人 （以前）沒畫…的人
常體可能形否定	常體可能形否定過去式	敬體可能形否定	敬體可能形否定過去式	常體被動	常體被動過去式
描けない 不能畫	描けなかった （以前）不能畫	描けません 不能畫	描けませんでした （以前）不能畫	描かれない 不被…畫	描かれなかった （以前）沒被…畫
敬體被動	敬體被動過去式	常體使役	常體使役過去式	敬體使役	敬體使役過去式
描かれません 不被…畫	描かれませんでした （以前）沒被…畫	描かせない 不讓…畫	描かせなかった （以前）沒讓…畫	描かせません 不讓…畫	描かせませんでした （以前）沒讓…畫
常體使役被動	常體使役被動過去式	敬體使役被動	敬體使役被動過去式	て形	
描かせられない 不被迫畫	描かせられなかった （以前）沒被迫畫	描かせられません 不被迫畫	描かせられませんでした （以前）沒被迫畫	描かないで 不（要）畫…	

肯定表現組

常體	常體過去式	敬體	敬體過去式	連體形	連體形過去式
描く 畫畫	描いた 畫了	描きます 畫畫	描きました 畫了	描く人 畫…的人	描いた人 畫了…的人
常體可能形肯定	常體可能形肯定過去式	敬體可能形肯定	敬體可能形肯定過去式	常體被動	常體被動過去式
描ける 能畫	描けた （以前）能畫	描けます 能畫	描けました （以前）能畫	描かれる 被…畫	描かれた 被…畫了
敬體被動	敬體被動過去式	常體使役	常體使役過去式	敬體使役	敬體使役過去式
描かれます 被…畫	描かれました 被…畫了	描かせる 讓…畫	描かせた 讓…畫了	描かせます 讓…畫	描かせました 讓…畫了
常體使役被動	常體使役被動過去式	敬體使役被動	敬體使役被動過去式	て形	
描かせられる 被迫畫	描かせられた 被迫畫了	描かせられます 被迫畫	描かせられました 被迫畫了	描いて 畫…	

假定、命令、推量表現組

常體否定假定	常體否定假定	常體否定假定	常體假定	常體假定	常體假定
描かないなら 假如不畫的話…	描かなかったら 如果不畫的話…	描かなければ 如果不畫就會…	描くなら 假如畫的話…	描いたら 如果畫了的話…	描けば 如果畫了就會…
敬體假定	命令表現	反向命令表現	常體推量表現	敬體推量表現	
描きましたら 如果畫了的話…	描け 給我畫！	描くな 不准畫	描こう 畫吧！	描きましょう 畫吧！	

置く 放、放置

否定表現組

常體	常體過去式	敬體	敬體過去式	連體形	連體形過去式
置かない 不放置	置かなかった （以前）沒放置	置きません 不放置	置きませんでした （以前）沒放置	置かない人 不放…的人	置かなかった人 （以前）沒放…的人
常體可能形否定	**常體可能形否定過去式**	**敬體可能形否定**	**敬體可能形否定過去式**	**常體被動**	**常體被動過去式**
置けない 不能放	置けなかった （以前）不能放	置けません 不能放	置けませんでした （以前）不能放	置かれない 不被…放	置かれなかった （以前）沒被…放
敬體被動	**敬體被動過去式**	**常體使役**	**常體使役過去式**	**敬體使役**	**敬體使役過去式**
置かれません 不被…放	置かれませんでした （以前）沒被…放	置かせない 不讓…放	置かせなかった （以前）沒讓…放	置かせません 不讓…放	置かせませんでした （以前）沒讓…放
常體使役被動	**常體使役被動過去式**	**敬體使役被動**	**敬體使役被動過去式**	**て形**	
置かせられない 不被迫放	置かせられなかった （以前）沒被迫放	置かせられません 不被迫放	置かせられませんでした （以前）沒被迫放	描かないで 不（要）畫…	

肯定表現組

常體	常體過去式	敬體	敬體過去式	連體形	連體形過去式
置く 放置	置いた 放置了	置きます 放置	置きました 放置了	置く人 放…的人	置いた人 放了…的人
常體可能形肯定	**常體可能形肯定過去式**	**敬體可能形肯定**	**敬體可能形肯定過去式**	**常體被動**	**常體被動過去式**
置ける 能放	置けた （以前）能放	置けます 能放	置けました （以前）能放	置かれる 被…放	置かれた 被…放了
敬體被動	**敬體被動過去式**	**常體使役**	**常體使役過去式**	**敬體使役**	**敬體使役過去式**
置かれます 被…放	置かれました 被…放了	置かせる 讓…放	置かせた 讓…放了	置かせます 讓…放	置かせました 讓…放了
常體使役被動	**常體使役被動過去式**	**敬體使役被動**	**敬體使役被動過去式**	**て形**	
置かせられる 被迫放	置かせられた 被迫放了	置かせられます 被迫放	置かせられました 被迫放了	置いて 放…	

假定、命令、推量表現組

常體否定假定	常體否定假定	常體否定假定	常體假定	常體假定	常體假定
置かないなら 假如不放的話…	置かなかったら 如果不放的話…	置かなければ 如果不放就會…	置くなら 假如放的話…	置いたら 如果放了的話…	置けば 如果放了就會…
敬體假定	**命令表現**	**反向命令表現**	**常體推量表現**	**敬體推量表現**	
置きましたら 如果放了的話…	置け 給我放！	置くな 不准放	置こう 放吧！	置きましょう 放吧！	

落ち着く（お・つ）　冷靜（下來）、穩定（下來）

否定表現組					
常體	常體過去式	敬體	敬體過去式	連體形	連體形過去式
落ち着かない 不冷靜	落ち着かなかった （以前）沒冷靜	落ち着きません 不冷靜	落ち着きませんでした （以前）沒冷靜	落ち着かない人 不冷靜的人	落ち着かなかった人 （以前）沒冷靜的人
常體可能形否定	常體可能形否定過去式	敬體可能形否定	敬體可能形否定過去式	常體被動	常體被動過去式
落ち着けない 無法冷靜	落ち着けなかった （以前）無法冷靜	落ち着けません 無法冷靜	落ち着けませんでした （以前）無法冷靜	落ち着かれない 不被…冷靜	落ち着かれなかった （以前）沒被…冷靜
敬體被動	敬體被動過去式	常體使役	常體使役過去式	敬體使役	敬體使役過去式
落ち着かれません 不被…冷靜	落ち着かれませんでした （以前）沒被…冷靜	落ち着かせない 不讓…冷靜	落ち着かせなかった （以前）沒讓…冷靜	落ち着かせません 不讓…冷靜	落ち着かせませんでした （以前）沒讓…冷靜
常體使役被動	常體使役被動過去式	敬體使役被動	敬體使役被動過去式	て形	
落ち着かせられない 不被迫冷靜	落ち着かせられなかった （以前）沒被迫冷靜	落ち着かせられません 不被迫冷靜	落ち着かせられませんでした （以前）沒被迫冷靜	落ち着かないで 不（要）冷靜…	

肯定表現組					
常體	常體過去式	敬體	敬體過去式	連體形	連體形過去式
落ち着く 冷靜	落ち着いた 冷靜了	落ち着きます 冷靜	落ち着きました 冷靜了	落ち着く人 冷靜的人	落ち着いた人 冷靜了的人
常體可能形肯定	常體可能形肯定過去式	敬體可能形肯定	敬體可能形肯定過去式	常體被動	常體被動過去式
落ち着ける 能冷靜	落ち着けた （以前）能冷靜	落ち着けます 能冷靜	落ち着けました （以前）能冷靜	落ち着かれる 被…冷靜	落ち着かれた 被…冷靜了
敬體被動	敬體被動過去式	常體使役	常體使役過去式	敬體使役	敬體使役過去式
落ち着かれます 被…冷靜	落ち着かれました 被…冷靜了	落ち着かせる 讓…冷靜	落ち着かせた 讓…冷靜了	落ち着かせます 讓…冷靜	落ち着かせました 讓…冷靜了
常體使役被動	常體使役被動過去式	敬體使役被動	敬體使役被動過去式	て形	
落ち着かせられる 被迫冷靜	落ち着かせられた 被迫冷靜了	落ち着かせられます 被迫冷靜	落ち着かせられました 被迫冷靜了	落ち着いて 冷靜…	

假定、命令、推量表現組					
常體否定假定	常體否定假定	常體否定假定	常體假定	常體假定	常體假定
落ち着かないなら 假如不冷靜的話…	落ち着かなかったら 如果不冷靜的話…	落ち着かなければ 如果不冷靜就會…	落ち着くなら 假如冷靜的話…	落ち着いたら 如果冷靜的話…	落ち着けば 如果冷靜了就會…
敬體假定	命令表現	反向命令表現	常體推量表現	敬體推量表現	
落ち着きましたら 如果冷靜的話…	落ち着け 給我冷靜下來！	落ち着くな 不准冷靜	落ち着こう 冷靜吧！	落ち着きましょう 冷靜吧！	

思いつく　想到、想起、想出

否定表現組					
常體	常體過去式	敬體	敬體過去式	連體形	連體形過去式
思いつかない 想起	思いつかなかった （以前）想起	思いつきません 想起	思いつきませんでした （以前）想起	思いつかない人 想起…的人	思いつかなかった人 （以前）想起…的人
常體可能形否定	常體可能形否定過去式	敬體可能形否定	敬體可能形否定過去式	常體被動	常體被動過去式
思いつけない 無法想起	思いつけなかった （以前）無法想起	思いつけません 無法想起	思いつけませんでした （以前）無法想起	思いつかれない 不被…想起	思いつかれなかった （以前）沒被…想起
敬體被動	敬體被動過去式	常體使役	常體使役過去式	敬體使役	敬體使役過去式
思いつかれません 不被…想起	思いつかれませんでした （以前）沒被…想起	思いつかせない 不讓…想起	思いつかせなかった （以前）沒讓…想起	思いつかせません 不讓…想起	思いつかせませんでした （以前）沒讓…想起
常體使役被動	常體使役被動過去式	敬體使役被動	敬體使役被動過去式	て形	
思いつかせられない 不被迫想起	思いつかせられなかった （以前）沒被迫想起	思いつかせられません 不被迫想起	思いつかせられませんでした （以前）沒被迫想起	思いつかないで 不（要）想起…	

肯定表現組					
常體	常體過去式	敬體	敬體過去式	連體形	連體形過去式
思いつく 想起	思いついた 想起了	思いつきます 想起	思いつきました 想起了	思いつく人 想起…的人	思いついた人 想起了…的人
常體可能形肯定	常體可能形肯定過去式	敬體可能形肯定	敬體可能形肯定過去式	常體被動	常體被動過去式
思いつける 能想到	思いつけた （以前）能想到	思いつけます 能想到	思いつけました （以前）能想到	思いつかれる 被…想起	思いつかれた 被…想起了
敬體被動	敬體被動過去式	常體使役	常體使役過去式	敬體使役	敬體使役過去式
思いつかれます 被…想起	思いつかれました 被…想起了	思いつかせる 讓…想起	思いつかせた 讓…想起了	思いつかせます 讓…想起	思いつかせました 讓…想起了
常體使役被動	常體使役被動過去式	敬體使役被動	敬體使役被動過去式	て形	
思いつかせられる 被迫想起	思いつかせられた 被迫想起了	思いつかせられます 被迫想起	思いつかせられました 被迫想起了	思いついて 想起…	

假定、命令、推量表現組					
常體否定假定	常體否定假定	常體否定假定	常體假定	常體假定	常體假定
思いつかないなら 假如不想起的話…	思いつかなかったら 如果不想起的話…	思いつかなければ 如果不想起就會…	思いつくなら 假如想到的話…	思いついたら 如果想到的話…	思いつけば 如果想起了就會
敬體假定	命令表現	反向命令表現	常體推量表現	敬體推量表現	
思いつきましたら 如果想到的話…	思いつけ 給我想出來！	思いつくな 不准想起	思いつこう 想起來吧！	思いつきましょう 想起來吧！	

書く　寫
かく

否定表現組

常體	常體過去式	敬體	敬體過去式	連體形	連體形過去式
書かない 不寫	書かなかった （以前）沒寫	書きません 不寫	書きませんでした （以前）沒寫	書かない人 不寫…的人	書かなかった人 （以前）沒寫…的人
常體可能形否定	**常體可能形否定過去式**	**敬體可能形否定**	**敬體可能形否定過去式**	**常體被動**	**常體被動過去式**
書けない 不能寫	書けなかった （以前）不能寫	書けません 不能寫	書けませんでした （以前）不能寫	書かれない 不被…寫	書かれなかった （以前）沒被…寫
敬體被動	**敬體被動過去式**	**常體使役**	**常體使役過去式**	**敬體使役**	**敬體使役過去式**
書かれません 不被…寫	書かれませんでした （以前）沒被…寫	書かせない 不讓…寫	書かせなかった （以前）沒讓…寫	書かせません 不讓…寫	書かせませんでした （以前）沒讓…寫
常體使役被動	**常體使役被動過去式**	**敬體使役被動**	**敬體使役被動過去式**	**て形**	
書かせられない 不被迫寫	書かせられなかった （以前）沒被迫寫	書かせられません 不被迫寫	書かせられませんでした （以前）沒被迫寫	書かないで 不（要）寫…	

肯定表現組

常體	常體過去式	敬體	敬體過去式	連體形	連體形過去式
書く 寫	書いた 寫了	書きます 寫	書きました 寫了	書く人 寫…的人	書いた人 寫了…的人
常體可能形肯定	**常體可能形肯定過去式**	**敬體可能形肯定**	**敬體可能形肯定過去式**	**常體被動**	**常體被動過去式**
書ける 能寫	書けた （以前）能寫	書けます 能寫	書けました （以前）能寫	書かれる 被…寫	書かれた 被…寫了
敬體被動	**敬體被動過去式**	**常體使役**	**常體使役過去式**	**敬體使役**	**敬體使役過去式**
書かれます 被…寫	書かれました 被…寫了	書かせる 讓…寫	書かせた 讓…寫了	書かせます 讓…寫	書かせました 讓…寫了
常體使役被動	**常體使役被動過去式**	**敬體使役被動**	**敬體使役被動過去式**	**て形**	
書かせられる 被迫寫	書かせられた 被迫寫了	書かせられます 被迫寫	書かせられました 被迫寫了	書いて 寫…	

假定、命令、推量表現組

常體否定假定	常體否定假定	常體否定假定	常體假定	常體假定	常體假定
書かないなら 假如不寫的話…	書かなかったら 如果不寫的話…	書かなければ 如果不寫就會…	書くなら 假如寫的話…	書いたら 如果寫了的話…	書けば 如果寫了就會…
敬體假定	**命令表現**	**反向命令表現**	**常體推量表現**	**敬體推量表現**	
書きましたら 如果寫了的話…	書け 給我寫！	書くな 不准寫	書こう 寫吧！	書きましょう 寫吧！	

聞く／聴く／利く　問、聽／（純）聽／有效

否定表現組

常體	常體過去式	敬體	敬體過去式	連體形	連體形過去式
聞かない 不聽	聞かなかった （以前）沒聽	聞きません 不聽	聞きませんでした （以前）沒聽	聞かない人 不聽…的人	聞かなかった人 （以前）沒聽…的人
常體可能形否定	**常體可能形否定過去式**	**敬體可能形否定**	**敬體可能形否定過去式**	**常體被動**	**常體被動過去式**
聞けない 不能聽	聞けなかった （以前）不能聽	聞けません 不能聽	聞けませんでした （以前）不能聽	聞かれない 不被…聽	聞かれなかった （以前）沒被…聽
敬體被動	**敬體被動過去式**	**常體使役**	**常體使役過去式**	**敬體使役**	**敬體使役過去式**
聞かれません 不被…聽	聞かれませんでした （以前）沒被…聽	聞かせない 不讓…聽	聞かせなかった （以前）沒讓…聽	聞かせません 不讓…聽	聞かせませんでした （以前）沒讓…聽
常體使役被動	**常體使役被動過去式**	**敬體使役被動**	**敬體使役被動過去式**	**て形**	
聞かせられない 不被迫聽	聞かせられなかった （以前）沒被迫聽	聞かせられません 不被迫聽	聞かせられませんでした （以前）沒被迫聽	聞かないで 不（要）聽…	

肯定表現組

常體	常體過去式	敬體	敬體過去式	連體形	連體形過去式
聞く 聽	聞いた 聽了	聞きます 聽	聞きました 聽了	聞く人 聽…的人	聞いた人 聽了…的人
常體可能形肯定	**常體可能形肯定過去式**	**敬體可能形肯定**	**敬體可能形肯定過去式**	**常體被動**	**常體被動過去式**
聞ける 能聽	聞けた （以前）能聽	聞けます 能聽	聞けました （以前）能聽	聞かれる 被…聽	聞かれた 被…聽了
敬體被動	**敬體被動過去式**	**常體使役**	**常體使役過去式**	**敬體使役**	**敬體使役過去式**
聞かれます 被…聽	聞かれました 被…聽了	聞かせる 讓…聽	聞かせた 讓…聽了	聞かせます 讓…聽	聞かせました 讓…聽了
常體使役被動	**常體使役被動過去式**	**敬體使役被動**	**敬體使役被動過去式**	**て形**	
聞かせられる 被迫聽	聞かせられた 被迫聽了	聞かせられます 被迫聽	聞かせられました 被迫聽了	聞いて 聽…	

假定、命令、推量表現組

常體否定假定	常體否定假定	常體否定假定	常體假定	常體假定	常體假定
聞かないなら 假如不聽的話…	聞かなかったら 如果不聽的話…	聞かなければ 如果不聽就會…	聞くなら 假如聽的話…	聞いたら 如果聽了的話…	聞けば 如果聽了就會…
敬體假定	**命令表現**	**反向命令表現**	**常體推量表現**	**敬體推量表現**	
聞きましたら 如果聽了的話…	聞け 給我聽！	聞くな 不准聽	聞こう 聽吧！	聞きましょう 聽吧！	

着く／付く／突く／憑く／就く
抵達／附上、沾上／支撐、戳／附身／從事

否定表現組					
常體	常體過去式	敬體	敬體過去式	連體形	連體形過去式
着かない 不抵達	着かなかった （以前）沒抵達	着きません 不抵達	着きませんでした （以前）沒抵達	着かない人 不抵達…的人	着かなかった人 （以前）沒抵達…的人
常體可能形否定	常體可能形否定過去式	敬體可能形否定	敬體可能形否定過去式	常體被動	常體被動過去式
着けない 不能抵達	着けなかった （以前）不能抵達	着けません 不能抵達	着けませんでした （以前）不能抵達	着かれない 不被…抵達	着かれなかった （以前）沒被…抵達
敬體被動	敬體被動過去式	常體使役	常體使役過去式	敬體使役	敬體使役過去式
着かれません 不被…抵達	着かれませんでした （以前）沒被…抵達	着かせない 不讓…抵達	着かせなかった （以前）沒讓…抵達	着かせません 不讓…抵達	着かせませんでした （以前）沒讓…抵達
常體使役被動	常體使役被動過去式	敬體使役被動	敬體使役被動過去式	て形	
着かせられない 不被迫抵達	着かせられなかった （以前）沒被迫抵達	着かせられません 不被迫抵達	着かせられませんでした （以前）沒被迫抵達	着かないで 不（要）抵達…	

肯定表現組					
常體	常體過去式	敬體	敬體過去式	連體形	連體形過去式
着く 抵達	着いた 抵達了	着きます 抵達	着きました 抵達了	着く人 抵達…的人	着いた人 抵達了…的人
常體可能形肯定	常體可能形肯定過去式	敬體可能形肯定	敬體可能形肯定過去式	常體被動	常體被動過去式
着ける 能抵達	着けた （以前）能抵達	着けます 能抵達	着けました （以前）能抵達	着かれる 被…抵達	着かれた 被…抵達了
敬體被動	敬體被動過去式	常體使役	常體使役過去式	敬體使役	敬體使役過去式
着かれます 被…抵達	着かれました 被…抵達了	着かせる 讓…抵達	着かせた 讓…抵達了	着かせます 讓…抵達	着かせました 讓…抵達了
常體使役被動	常體使役被動過去式	敬體使役被動	敬體使役被動過去式	て形	
着かせられる 被迫抵達	着かせられた 被迫抵達了	着かせられます 被迫抵達	着かせられました 被迫抵達了	着いて 抵達…	

假定、命令、推量表現組					
常體否定假定	常體否定假定	常體否定假定	常體假定	常體假定	常體假定
着かないなら 假如不抵達的話…	着かなかったら 如果不抵達的話…	着かなければ 如果不抵達就會…	着くなら 假如抵達的話…	着いたら 如果抵達了的話…	着けば 如果抵達了就會…
敬體假定	命令表現	反向命令表現	常體推量表現	敬體推量表現	
着きましたら 如果抵達的話…	着け 給我抵達！	着くな 不准抵達	着こう 抵達吧！	着きましょう 抵達吧！	

続く（つづく） 繼續、持續

否定表現組

常體	常體過去式	敬體	敬體過去式	連體形	連體形過去式
続かない 不繼續	続かなかった （以前）沒繼續	続きません 不繼續	続きませんでした （以前）沒繼續	続かない人 不持續…的人	続かなかった人 （以前）沒持續…的人
常體可能形否定	常體可能形否定過去式	敬體可能形否定	敬體可能形否定過去式	常體被動	常體被動過去式
続けない 不能繼續	続けなかった （以前）不能繼續	続けません 不能繼續	続けませんでした （以前）不能繼續	続かれない 不被…繼續	続かれなかった （以前）沒被…繼續
敬體被動	敬體被動過去式	常體使役	常體使役過去式	敬體使役	敬體使役過去式
続かれません 不被…繼續	続かれませんでした （以前）沒被…繼續	続かせない 不讓…繼續	続かせなかった （以前）沒讓…繼續	続かせません 不讓…繼續	続かせませんでした （以前）沒讓…繼續
常體使役被動	常體使役被動過去式	敬體使役被動	敬體使役被動過去式	て形	
続かせられない 不被迫繼續	続かせられなかった （以前）沒被迫繼續	続かせられません 不被迫繼續	続かせられませんでした （以前）沒被迫繼續	続かないで 不（要）繼續…	

肯定表現組

常體	常體過去式	敬體	敬體過去式	連體形	連體形過去式
続く 繼續	続いた 繼續了	続きます 繼續	続きました 繼續了	続く人 持續…的人	続いた人 持續了…的人
常體可能形肯定	常體可能形肯定過去式	敬體可能形肯定	敬體可能形肯定過去式	常體被動	常體被動過去式
続ける 能繼續	続けた （以前）能繼續	続けます 能繼續	続けました （以前）能繼續	続かれる 被…繼續	続かれた 被…繼續了
敬體被動	敬體被動過去式	常體使役	常體使役過去式	敬體使役	敬體使役過去式
続かれます 被…繼續	続かれました 被…繼續了	続かせる 讓…繼續	続かせた 讓…繼續了	続かせます 讓…繼續	続かせました 讓…繼續了
常體使役被動	常體使役被動過去式	敬體使役被動	敬體使役被動過去式	て形	
続かせられる 被迫繼續	続かせられた 被迫繼續了	続かせられます 被迫繼續	続かせられました 被迫繼續了	続いて 繼續…	

假定、命令、推量表現組

常體否定假定	常體否定假定	常體否定假定	常體假定	常體假定	常體假定
続かないなら 假如不繼續的話…	続かなかったら 如果不繼續的話…	続かなければ 如果不繼續就會…	続くなら 假如繼續的話…	続いたら 如果繼續下去的話…	続けば 如果繼續了就會…
敬體假定	命令表現	反向命令表現	常體推量表現	敬體推量表現	
続きましたら 如果繼續下去的話…	続け 給我繼續下去！	続くな 不准繼續下去	続こう 繼續吧！	続きましょう 繼續吧！	

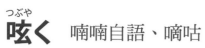

呟く（つぶや）
嘀嘀自語、嘀咕

否定表現組

常體	常體過去式	敬體	敬體過去式	連體形	連體形過去式
呟かない 不嘀咕	呟かなかった （以前）沒嘀咕	呟きません 不嘀咕	呟きませんでした （以前）沒嘀咕	呟かない人 不嘀咕的人	呟かなかった人 （以前）沒嘀咕的人
常體可能形否定	常體可能形否定過去式	敬體可能形否定	敬體可能形否定過去式	常體被動	常體被動過去式
呟けない 不能嘀咕	呟けなかった （以前）不能嘀咕	呟けません 不能嘀咕	呟けませんでした （以前）不能嘀咕	呟かれない 不被…嘀咕	呟かれなかった （以前）沒被…嘀咕
敬體被動	敬體被動過去式	常體使役	常體使役過去式	敬體使役	敬體使役過去式
呟かれません 不被…嘀咕	呟かれませんでした （以前）沒被…嘀咕	呟かせない 不讓…嘀咕	呟かせなかった （以前）沒讓…嘀咕	呟かせません 不讓…嘀咕	呟かせませんでした （以前）沒讓…嘀咕
常體使役被動	常體使役被動過去式	敬體使役被動	敬體使役被動過去式	て形	
呟かせられない 不被迫嘀咕…	呟かせられなかった （以前）沒被迫嘀咕	呟かせられません 不被迫嘀咕	呟かせられませんでした （以前）沒被迫嘀咕	呟かないで 不（要）嘀咕…	

肯定表現組

常體	常體過去式	敬體	敬體過去式	連體形	連體形過去式
呟く 嘀咕	呟いた 嘀咕了	呟きます 嘀咕	呟きました 嘀咕了	呟く人 嘀咕的人	呟いた人 嘀咕了的人
常體可能形肯定	常體可能形肯定過去式	敬體可能形肯定	敬體可能形肯定過去式	常體被動	常體被動過去式
呟ける 能嘀咕	呟けた （以前）能嘀咕	呟けます 能嘀咕	呟けました （以前）能嘀咕	呟かれる 被…嘀咕	呟かれた 被…嘀咕了
敬體被動	敬體被動過去式	常體使役	常體使役過去式	敬體使役	敬體使役過去式
呟かれます 被…嘀咕	呟かれました 被…嘀咕了	呟かせる 讓…嘀咕	呟かせた 讓…嘀咕了	呟かせます 讓…嘀咕	呟かせました 讓…嘀咕了
常體使役被動	常體使役被動過去式	敬體使役被動	敬體使役被動過去式	て形	
呟かせられる 被迫嘀咕	呟かせられた 被迫嘀咕了	呟かせられます 被迫嘀咕	呟かせられました 被迫嘀咕了	呟いて 嘀咕…	

假定、命令、推量表現組

常體否定假定	常體否定假定	常體否定假定	常體假定	常體假定	常體假定
呟かないなら 假如不嘀咕的話…	呟かなかったら 如果不嘀咕的話…	呟かなければ 如果不嘀咕就會…	呟くなら 假如嘀咕的話…	呟いたら 如果嘀咕了的話…	呟けば 如果嘀咕了就會…
敬體假定	命令表現	反向命令表現	常體推量表現	敬體推量表現	
呟きましたら 如果嘀咕的話…	呟け 給我嘀咕！	呟くな 不准嘀咕	呟こう 嘀咕吧！	呟きましょう 嘀咕吧！	

泣く^な 哭、哭泣

否定表現組					
常體	常體過去式	敬體	敬體過去式	連體形	連體形過去式
泣かない 不哭	泣かなかった （以前）沒哭	泣きません 不哭	泣きませんでした （以前）沒哭	泣かない人 不哭的人	泣かなかった人 （以前）沒哭的人
常體可能形否定	常體可能形否定過去式	敬體可能形否定	敬體可能形否定過去式	常體被動	常體被動過去式
泣けない 不能哭	泣けなかった （以前）不能哭	泣けません 不能哭	泣けませんでした （以前）不能哭	泣かれない 不被…哭	泣かれなかった （以前）沒被…哭
敬體被動	敬體被動過去式	常體使役	常體使役過去式	敬體使役	敬體使役過去式
泣かれません 不被…哭	泣かれませんでした 沒被…哭	泣かせない 不讓…哭	泣かせなかった （以前）沒讓…哭	泣かせません 不讓…哭	泣かせませんでした （以前）沒讓…哭
常體使役被動	常體使役被動過去式	敬體使役被動	敬體使役被動過去式	て形	
泣かせられない 不被迫哭	泣かせられなかった （以前）沒迫哭	泣かせられません 不被迫哭	泣かせられませんでした （以前）沒被迫哭	泣かないで 不（要）哭…	

肯定表現組					
常體	常體過去式	敬體	敬體過去式	連體形	連體形過去式
泣く 哭	泣いた 哭了	泣きます 哭	泣きました 哭了	泣く人 哭的人	泣いた人 哭了的人
常體可能形肯定	常體可能形肯定過去式	敬體可能形肯定	敬體可能形肯定過去式	常體被動	常體被動過去式
泣ける 能哭	泣けた （以前）能哭	泣けます 能哭	泣けました （以前）能哭	泣かれる 被…哭	泣かれた 被…哭了
敬體被動	敬體被動過去式	常體使役	常體使役過去式	敬體使役	敬體使役過去式
泣かれます 被…哭	泣かれました 被…哭了	泣かさせる 讓…哭	泣かさせた 讓…哭了	泣かさせます 讓…哭	泣かさせました 讓…哭了
常體使役被動	常體使役被動過去式	敬體使役被動	敬體使役被動過去式	て形	
泣かさせられる 被迫哭	泣かさせられた 被迫哭了	泣かさせられます 被迫哭	泣かさせられました 被迫哭了	泣いて 哭…	

假定、命令、推量表現組					
常體否定假定	常體否定假定	常體否定假定	常體假定	常體假定	常體假定
泣かないなら 假如不哭的話…	泣かなかったら 如果不哭的話…	泣かなければ 如果不哭就會…	泣くなら 假如哭的話…	泣いたら 如果哭了的話…	泣けば 如果哭了就會…
敬體假定	命令表現	反向命令表現	常體推量表現	敬體推量表現	
泣きましたら 如果哭了的話…	泣け 給我哭！	泣くな 不准哭	泣こう 哭吧！	泣きましょう 哭吧！	

穿<ruby>は<rt></rt></ruby>く／履<ruby>は</ruby>く／吐<ruby>は</ruby>く／掃<ruby>は</ruby>く／刷<ruby>は</ruby>く
（由下往上的衣物）穿／穿（鞋）／吐／掃／塗、刷

否定表現組					
常體	常體過去式	敬體	敬體過去式	連體形	連體形過去式
穿かない 不穿	穿かなかった （以前）沒穿	穿きません 不穿	穿きませんでした （以前）沒穿	穿かない人 不穿的人	穿かなかった人 （以前）沒穿…的人
常體可能形否定	常體可能形否定過去式	敬體可能形否定	敬體可能形否定過去式	常體被動	常體被動過去式
穿けない 不能穿	穿けなかった （以前）不能穿	穿けません 不能穿	穿けませんでした （以前）不能穿	穿かれない 不被…穿	穿かれなかった （以前）沒被…穿
敬體被動	敬體被動過去式	常體使役	常體使役過去式	敬體使役	敬體使役過去式
穿かれません 不被…穿	穿かれませんでした （以前）沒被…穿	穿かせない 不讓…穿	穿かせなかった （以前）沒讓…穿	穿かせません 不讓…穿	穿かせませんでした （以前）沒讓…穿
常體使役被動	常體使役被動過去式	敬體使役被動	敬體使役被動過去式	て形	
穿かせられない 不被迫穿	穿かせられなかった （以前）沒被迫穿	穿かせられません 不被迫穿	穿かせられませんでした （以前）沒被迫穿	穿かないで 个（要）穿…	

肯定表現組					
常體	常體過去式	敬體	敬體過去式	連體形	連體形過去式
穿く 穿	穿いた 穿了	穿きます 穿	穿きました 穿了	穿く人 穿…的人	穿いた人 穿了…的人
常體可能形肯定	常體可能形肯定過去式	敬體可能形肯定	敬體可能形肯定過去式	常體被動	常體被動過去式
穿ける 能穿	穿けた （以前）能穿	穿けます 能穿	穿けました （以前）能穿	穿かれる 被…穿	穿かれた 被…穿了
敬體被動	敬體被動過去式	常體使役	常體使役過去式	敬體使役	敬體使役過去式
穿かれます 被…穿	穿かれました 被…穿了	穿かせる 讓…穿	穿かせた 讓…穿了	穿かせます 讓…穿	穿かせました 讓…穿了
常體使役被動	常體使役被動過去式	敬體使役被動	敬體使役被動過去式	て形	
穿かせられる 被迫穿	穿かせられた 被迫穿了	穿かせられます 被迫穿	穿かせられました 被迫穿了	穿いて 穿…	

假定、命令、推量表現組					
常體否定假定	常體否定假定	常體否定假定	常體假定	常體假定	常體假定
穿かないなら 假如不穿的話…	穿かなかったら 如果不穿的話…	穿かなければ 如果不穿就會…	穿くなら 假如穿的話…	穿いたら 如果穿了的話…	穿けば 如果穿了就會…
敬體假定	命令表現	反向命令表現	常體推量表現	敬體推量表現	
穿きましたら 如果穿了的話…	穿け 給我穿！	穿くな 不准穿	穿こう 穿吧！	穿きましょう 穿吧！	

引く／弾く／轢く／挽く／退く
拉／彈奏／輾／刨、鋸／退卻、退讓

否定表現組					
常體	常體過去式	敬體	敬體過去式	連體形	連體形過去式
弾かない 不彈奏	弾かなかった （以前）沒彈奏	弾きません 不彈奏	弾きませんでした （以前）沒彈奏	弾かない人 不彈奏…的人	弾かなかった人 （以前）沒彈奏…的人
常體可能形否定	常體可能形否定過去式	敬體可能形否定	敬體可能形否定過去式	常體被動	常體被動過去式
弾けない 不會彈奏	弾けなかった （以前）不會彈奏	弾けません 不會彈奏	弾けませんでした （以前）不會彈奏	弾かれない 不被…彈奏	弾かれなかった （以前）沒被…彈奏
敬體被動	敬體被動過去式	常體使役	常體使役過去式	敬體使役	敬體使役過去式
弾かれません 不被…彈奏	弾かれませんでした （以前）沒被…彈奏	弾かせない 不讓…彈奏	弾かせなかった （以前）沒讓…彈奏	弾かせません 不讓…彈奏	弾かせませんでした （以前）沒讓…彈奏
常體使役被動	常體使役被動過去式	敬體使役被動	敬體使役被動過去式	て形	
弾かせられない 不被迫彈奏	弾かせられなかった （以前）沒被迫彈奏	弾かせられません 不被迫彈奏	弾かせられませんでした （以前）沒被迫彈奏	弾かないで 不（要）彈奏…	

肯定表現組					
常體	常體過去式	敬體	敬體過去式	連體形	連體形過去式
弾く 彈奏	弾いた 彈奏了	弾きます 彈奏	弾きました 彈奏了	弾く人 彈奏…的人	弾いた人 彈奏了…的人
常體可能形肯定	常體可能形肯定過去式	敬體可能形肯定	敬體可能形肯定過去式	常體被動	常體被動過去式
弾ける 會彈奏	弾けた （以前）會彈奏	弾けます 會彈奏	弾けました （以前）會彈奏	弾かれる 被…彈奏	弾かれた 被…彈奏了
敬體被動	敬體被動過去式	常體使役	常體使役過去式	敬體使役	敬體使役過去式
弾かれます 被…彈奏	弾かれました 被…彈奏了	弾かせる 讓…彈奏	弾かせた 讓…彈奏了	弾かせます 讓…彈奏	弾かせました 讓…彈奏了
常體使役被動	常體使役被動過去式	敬體使役被動	敬體使役被動過去式	て形	
弾かせられる 被迫彈奏	弾かせられた 被迫彈奏了	弾かせられます 被迫彈奏	弾かせられました 被迫彈奏了	弾いて 彈奏…	

假定、命令、推量表現組					
常體否定假定	常體否定假定	常體否定假定	常體假定	常體假定	常體假定
弾かないなら 假如不彈奏的話…	弾かなかったら 如果不彈奏的話…	弾かなければ 如果不彈奏就會…	弾くなら 假如彈奏的話…	弾いたら 如果彈奏了的話…	弾けば 如果彈奏了就會…
敬體假定	命令表現	反向命令表現	常體推量表現	敬體推量表現	
弾きましたら 如果彈奏的話…	弾け 給我彈奏！	弾くな 不准彈奏	弾こう 彈奏吧！	弾きましょう 彈奏吧！	

五段動詞詞尾く的文法接續應用

使用意義	日文表現	意思	例句
表不作某動作而做下一動作	書かずに	沒寫就…	単語というものは書かずに覚えれるとは思えません。 （我不認為單字這種東西不寫就能記的住。）
表使役	書かせる	使…寫	週一回生徒たちに作文を書かせています。 （每個禮拜讓學生寫一次作文。）
表被動	書かれる	被寫	『源氏物語』は紫式部によって書かれました。 （《源氏物語》是由紫式部所寫成的。）
表必須	書かなければならない	不得不寫	ここに名前を書かなければなりません。 （必須在這裡寫下名字。）
表反向逆接	書かなくても	即使不寫…	アンケートだから、名前を書かなくてもいいです。 （因為是張問卷，所以不寫名字也可以。）
表目的	書きに	來寫	名前を書くのを忘れたので、これから書きにいきます。 （由於我忘了寫名字了，所以我現在過去寫。）
表同步行為	書きながら	一邊寫，一邊…	先生は数学の公式を書きながら説明します。 （老師一邊寫著數學公式一邊說明。）
表希望	書きたい	想寫	定年になったら、小説を書きたいです。 （退休之後想要來寫小說。）
表順接	書くし	既寫	小説を書くし、評論文を書きます。 （既寫小說，亦寫批評文！）
表主觀原因	書くから	因為寫	レポートを書きますから、きょうの食事会は遠慮します。 （因為要寫報告，所以今天的聚餐就不去了。）
表客觀原因	書くので	由於寫	この辞書は例文をたくさん書くので、日本語能力試験の準備にとても役に立ちます。 （這本字典因為有很多例句，所以對於準備日文檢定有很大的幫助。）
表理應	書くはず	理當寫	きのう書くはずでしたが、気分が悪くて一日休みました。 （本來應該是昨天要寫的，但因為不舒服所以就停工一天了。）
表應當	書くべき	應當寫	大切なことを忘れないように、手帳に書くべきです。 （為了避免忘記重要的事情，應該寫在記事本裡。）
表道理	書くわけ	寫（的道理）	あの三日坊主が毎日日記を書くわけはないでしょう。 （那個只有三分鐘熱度的人是不可能每天寫日記的。）

使用意義	日文表現	意思	例句
表逆接	書くのに	寫了卻	彼女へのメールを何通も書いたのに、返信が全然来なかったです。 （傳了好幾封訊息給她，卻一封也沒回。）
表逆接	書くけど	雖然寫	毎日、フランス語で日記を書くけど、文法があってるかどうか不安だ。 （雖然每天都用法語寫日記，但是也相當擔心不知道文法是對還是不對！）
表比較	書くより	比起寫	手紙を書くより、直接言ったほうがいいですよ。 （比起用寫信的，當面直接說比較好唷！）
表限定	書くだけ	只寫	こうやって画面に書くだけで漢字を検索できるんです。 （像這樣只要在螢幕上寫字，就可以查詢你要的漢字。）
表假定	書くなら	寫的話	「しんせい」を漢字で書くなら、どう書きますか。 （「Sinsei」如果要用漢字將它寫出來的話，你會怎麼寫呢？）
表可預期的目的	書くために	為了寫	いい論文を書くために、たくさんの資料を読んでおかなければなりません。 （為了寫出一篇好的論文必須閱讀很多的資料。）
表不可預期的目的	書けるように	為了能寫	きれいな字が書けるように、毎日新聞記事を書き写します。 （為了能夠寫出一手好字，每天抄寫報紙上的新聞。）
表傳聞	書くそう	聽說要寫	博士論文は 100 ページ近く書くそうです。 （聽說博士論文要寫將近一百頁。）
表樣態	書くよう	好像寫	「こんにゃく」は漢字で「蒟蒻」と書くようです。 （「こんにゃく」的漢字好像寫成「蒟蒻」。）
表常識道理	書くもの	自然要寫	日記とは毎日書くものです。 （日記就是要每天寫。）
表假定	書けば	寫了就會	「七夕の短冊に願いを書けば夢が叶うよ。」と、お母さんが言っていました。 （媽媽告訴我，在七夕的短籤上寫上願望的話，願望就會實現喔。）
表命令	書け	給我寫！	今すぐ書け！ （現在馬上去給我寫！）
表推量、勸誘	書こう	寫吧！	彼女に告白の手紙を書こう。 （寫封告白的信給她吧！）
表原因、表順接	書いて	因為寫、寫了之後	日記をたくさん書いて、出版してもらいました。 （撰寫了多篇日記之後，請人幫忙出版了。）

使用意義	日文表現	意思	例句
表逆接	書いても	即使寫了	手帳に書いても忘れてしまいました。 （即使寫在記事本裡還是忘了。）
表請求	書いてください	請寫	ここでご住所とお名前を書いてください。 （請在這裡寫下您的姓名還有地址。）
表許可	書いてもいい	可以寫	きょうのテストは鉛筆で書いてもいいです。 （今天的考試可以用鉛筆作答。）
表不許可	書いてはいけない	不可以寫	トイレの壁に人の悪口を書いてはいけないよ。 （不可以在洗手間的牆壁上寫一些罵人的話。）
表假定、順勢發展	書いたら	寫的話、寫了就	宿題を書いたらテレビゲームをします。 （寫完作業之後玩電動。）
表列舉	書いたり	或寫，或…	毎晩日記を書いたり音楽を聞いたりします。 （每天晚上的消遣是寫寫日記或聽聽音樂。）
表經驗	書いたことがあります	曾經寫過	北川先生は昔『上手な整理の方法』という本を書いたことがあります。 （北川老師曾經寫過一本叫做《如何成為收納達人》的書。）
表逆接	書いたとしても	即使寫了	試験終了後に答えを書いたとしても採点をしません。 （考試時間到了之後即使再作答也不計分。）
表動作當下的時間點	書いたところで	就算寫了也	締切りはあさってですが、今から書いたところで間に合わないんですよ。 （截稿日是後天，就算現在開始寫也來不及了。）
表動作進行中	書いている	正在寫	ごめん、今レポートを書いているから、邪魔をしないでね。 （抱歉！我現在正在寫報告，麻煩不要打擾我。）
表嘗試	書いてみる	寫看看	では、皆さん、ひらがなを書いてみましょう。 （那麼，請大家試著書寫平假名吧！）
表動作的遠移	歩いていく	走過去	駅まで歩いていきます。 （走到車站。）
表動作的近移	歩いてくる	走過來	こちらに向かって歩いてきてください。 （請朝向這裡走過來。）
表動作的預先動作	書いておく	預先寫	あしたの期末テストの注意事項を黒板に書いておきます。 （先在黑板上寫下明天期末考的注意事項。）

仰ぐ／扇ぐ

（あお）（あお）

仰望、尊敬／搧

否定表現組					
常體	常體過去式	敬體	敬體過去式	連體形	連體形過去式
扇がない 不搧	扇がなかった （以前）沒搧	扇ぎません 不搧	扇ぎませんでした （以前）沒搧	扇がない人 不搧…的人	扇がなかった人 （以前）沒搧…的人
常體可能形否定	常體可能形否定過去式	敬體可能形否定	敬體可能形否定過去式	常體被動	常體被動過去式
扇げない 不能搧	扇げなかった （以前）不能搧	扇げません 不能搧	扇げませんでした （以前）不能搧	扇がれない 不被搧	扇がれなかった （以前）沒被…搧
敬體被動	敬體被動過去式	常體使役	常體使役過去式	敬體使役	敬體使役過去式
扇がれません 不被…搧	扇がれませんでした （以前）沒被…搧	扇がせない 不讓…搧	扇がせなかった （以前）沒讓…搧	扇がせません 不讓…搧	扇がせませんでした （以前）沒讓…搧
常體使役被動	常體使役被動過去式	敬體使役被動	敬體使役被動過去式	て形	
扇がせられない 不被迫搧	扇がせられなかった （以前）沒被迫搧	扇がせられません 不被迫搧	扇がせられませんでした （以前）沒被迫搧	扇がないで 不（要）搧…	

肯定表現組					
常體	常體過去式	敬體	敬體過去式	連體形	連體形過去式
扇ぐ 搧	扇いだ 搧了	扇ぎます 搧	扇ぎました 搧了	扇ぐ人 搧…的人	扇いだ人 搧了…的人
常體可能形肯定	常體可能形肯定過去式	敬體可能形肯定	敬體可能形肯定過去式	常體被動	常體被動過去式
扇げる 能搧	扇げた （以前）能搧	扇げます 能搧	扇げました （以前）能搧	扇がれる 被…搧	扇がれた 被…搧了
敬體被動	敬體被動過去式	常體使役	常體使役過去式	敬體使役	敬體使役過去式
扇がれます 被…搧	扇がれました 被…搧了	扇がせる 讓…搧	扇がせた 讓…搧了	扇がせます 讓…搧	扇がせました 讓…搧了
常體使役被動	常體使役被動過去式	敬體使役被動	敬體使役被動過去式	て形	
扇がせられる 被迫搧	扇がせられた 被迫搧了	扇がせられます 被迫搧	扇がせられました 被迫搧了	扇いで 搧…	

假定、命令、推量表現組					
常體否定假定	常體否定假定	常體否定假定	常體假定	常體假定	常體假定
扇がないなら 假如不搧的話…	扇がなかったら 如果不搧的話…	扇がなければ 如果不搧就會…	扇ぐなら 假如搧的話…	扇いだら 如果搧了的話…	扇げば 如果搧了就會…
敬體假定	命令表現	反向命令表現	常體推量表現	敬體推量表現	
扇ぎましたら 如果搧了的話…	扇げ 給我搧！	扇ぐな 不准搧	扇ごう 搧吧！	扇ぎましょう 搧吧！	

急ぐ いそ （搶時間的）趕、急忙前往

否定表現組					
常體	常體過去式	敬體	敬體過去式	連體形	連體形過去式
急がない 不趕	急がなかった （以前）沒趕	急ぎません 不趕	急ぎませんで した （以前）沒趕	急がない人 不趕的人	急がなかった 人 （以前）沒趕的人
常體可能形否定	常體可能形否定 過去式	敬體可能形否定	敬體可能形否定 過去式	常體被動	常體被動過去式
急げない 不能趕	急げなかった （以前）不能趕	急げません 不能趕	急げませんで した （以前）不能趕	急がれない 不被…趕	急がれなかっ た （以前）沒被…趕
敬體被動	敬體被動過去式	常體使役	常體使役過去式	敬體使役	敬體使役過去式
急がれません 不被…趕	急がれません でした （以前）沒被…趕	急がせない 不讓…趕	急がせなかっ た （以前）沒讓…趕	急がせません 不讓…趕	急がせません でした （以前）沒讓…趕
常體使役被動	常體使役被動過去式	敬體使役被動	敬體使役被動過去式	て形	
急がせられない 不被迫趕	急がせられなか った （以前）沒被迫趕	急がせられませ ん 不被迫趕	急がせられませ んでした （以前）沒被迫趕	急がないで 不（要）趕…	

肯定表現組					
常體	常體過去式	敬體	敬體過去式	連體形	連體形過去式
急ぐ 趕	急いだ 趕了	急ぎます 趕	急ぎました 趕了	急ぐ人 趕的人	急いだ人 趕的人
常體可能形肯定	常體可能形肯定 過去式	敬體可能形肯定	敬體可能形肯定 過去式	常體被動	常體被動過去式
急げる 能趕	急げた （以前）能趕	急げます 能趕	急げました （以前）能趕	急がれる 被…趕	急がれた 被…趕了
敬體被動	敬體被動過去式	常體使役	常體使役過去式	敬體使役	敬體使役過去式
急がれます 被…趕	急がれました 被…趕了	急がせる 讓…趕	急がせた 讓…趕了	急がせます 讓…趕	急がせました 讓…趕了
常體使役被動	常體使役被動過去式	敬體使役被動	敬體使役被動過去式	て形	
急がせられる 被迫快點	急がせられた 被迫快點了	急がせられます 被迫快點	急がせられまし た 被迫快點了	急いで 趕…	

假定、命令、推量表現組					
常體否定假定	常體否定假定	常體否定假定	常體假定	常體假定	常體假定
急がないなら 假如不趕的話…	急がなかった ら 如果不趕的話…	急がなければ 如果不趕就會…	急ぐなら 假如趕的話…	急いだら 如果趕了的話…	急げば 如果趕了就會…
敬體假定	命令表現	反向命令表現	常體推量表現	敬體推量表現	
急ぎましたら 如果趕了的話…	急げ 給我快點去！	急ぐな 不准急（趕）	急ごう 快點吧！	急ぎましょう 快點吧！	

嗅ぐ （か）聞

否定表現組					
常體	常體過去式	敬體	敬體過去式	連體形	連體形過去式
嗅がない 不聞	嗅がなかった （以前）沒聞	嗅ぎません 不聞	嗅ぎませんでした （以前）沒聞	嗅がない人 不聞…的人	嗅がなかった人 （以前）沒聞…的人
常體可能形否定	常體可能形否定過去式	敬體可能形否定	敬體可能形否定過去式	常體被動	常體被動過去式
嗅げない 不能聞	嗅げなかった （以前）不能聞	嗅げません 不能聞	嗅げませんでした （以前）不能聞	嗅がれない 不被…聞	嗅がれなかった （以前）沒被…聞
敬體被動	敬體被動過去式	常體使役	常體使役過去式	敬體使役	敬體使役過去式
嗅がれません 不被…聞	嗅がれませんでした （以前）沒被…聞	嗅がせない 不讓…聞	嗅がせなかった （以前）沒讓…聞	嗅がせません 不讓…聞	嗅がせませんでした （以前）沒讓…聞
常體使役被動	常體使役被動過去式	敬體使役被動	敬體使役被動過去式	て形	
嗅がせられない 不被迫聞	嗅がせられなかった （以前）沒被迫聞	嗅がせられません 不被迫聞	嗅がせられませんでした （以前）沒被迫聞	嗅がないで 不（要）聞…	

肯定表現組					
常體	常體過去式	敬體	敬體過去式	連體形	連體形過去式
嗅ぐ 聞	嗅いだ 聞了	嗅ぎます 聞	嗅ぎました 聞了	嗅ぐ人 聞…的人	嗅いだ人 聞了…的人
常體可能形肯定	常體可能形肯定過去式	敬體可能形肯定	敬體可能形肯定過去式	常體被動	常體被動過去式
嗅げる 能夠聞	嗅げた （以前）能夠聞	嗅げます 能夠聞	嗅げました （以前）能夠聞	嗅がれる 被…聞	嗅がれた 被…聞了
敬體被動	敬體被動過去式	常體使役	常體使役過去式	敬體使役	敬體使役過去式
嗅がれます 被…聞	嗅がれました 被…聞了	嗅がせる 讓…聞	嗅がせた 讓…聞了	嗅がせます 讓…聞	嗅がせました 讓…聞了
常體使役被動	常體使役被動過去式	敬體使役被動	敬體使役被動過去式	て形	
嗅がせられる 被迫聞	嗅がせられた 被迫聞了	嗅がせられます 被迫聞	嗅がせられました 被迫聞了	嗅いで 聞…	

假定、命令、推量表現組					
常體否定假定	常體否定假定	常體否定假定	常體假定	常體假定	常體假定
嗅がないなら 假如不聞的話…	嗅がなかったら 如果不聞的話…	嗅がなければ 如果不聞就會…	嗅ぐなら 假如聞的話…	嗅いだら 如果聞了的話…	嗅げば 如果聞了就會…
敬體假定	命令表現	反向命令表現	常體推量表現	敬體推量表現	
嗅ぎましたら 如果聞了的話…	嗅げ 給我聞！	嗅ぐな 不准聞	嗅ごう 聞吧！	嗅ぎましょう 聞吧！	

漕ぐ （こ）　划（船）、踩（腳踏車）

否定表現組					
常體	常體過去式	敬體	敬體過去式	連體形	連體形過去式
漕がない 不划	漕がなかった （以前）沒划	漕ぎません 不划	漕ぎませんで した （以前）沒划	漕がない人 不划…的人	漕がなかった 人 （以前）沒划…的 人
常體可能形否定	常體可能形否定過 去式	敬體可能形否定	敬體可能形否定過 去式	常體被動	常體被動過去式
漕げない 不能划	漕げなかった （以前）不能划	漕げません 不能划	漕げませんで した （以前）不能划	漕がれない 不被…划	漕がれなかっ た （以前）沒被…划
敬體被動	敬體被動過去式	常體使役	常體使役過去式	敬體使役	敬體使役過去式
漕がれません 不被…划	漕がれません でした （以前）沒被…划	漕がせない 不讓…划	漕がせなかっ た （以前）沒讓…划	漕がせません 不讓…划	漕がせません でした （以前）沒讓…划
常體使役被動	常體使役被動過去式	敬體使役被動	敬體使役被動過去式	て形	
漕がせられない 不被迫划	漕がせられなか った （以前）沒迫划	漕がせられませ ん 不被迫划	漕がせられませ んでした （以前）沒被迫划	漕がないで 不（要）划…	

肯定表現組					
常體	常體過去式	敬體	敬體過去式	連體形	連體形過去式
漕ぐ 划	泣いた 划了	漕ぎます 划	漕ぎました 划了	漕ぐ人 划…的人	泣いた人 划了…的人
常體可能形肯定	常體可能形肯定過 去式	敬體可能形肯定	敬體可能形肯定過 去式	常體被動	常體被動過去式
漕げる 能划	漕げた （以前）能划	漕げます 能划	漕げました （以前）能划	漕がれる 被…划	漕がれた 被…划了
敬體被動	敬體被動過去式	常體使役	常體使役過去式	敬體使役	敬體使役過去式
漕がれます 被…划	漕がれました 被…划了	漕がさせる 讓…划	漕がさせた 讓…划了	漕がさせます 讓…划	漕がさせました 讓…划了
常體使役被動	常體使役被動過去式	敬體使役被動	敬體使役被動過去式	て形	
漕がさせられる 被迫划	漕がさせられた 被迫划了	漕がさせられま す 被迫划	漕がさせられまし た 被迫划了	泣いて 划…	

假定、命令、推量表現組					
常體否定假定	常體否定假定	常體否定假定	常體假定	常體假定	常體假定
漕がないなら 假如不划的話…	漕がなかった ら 如果不划的話…	漕がなければ 如果不划就會…	漕ぐなら 假如划的話…	泣いたら 如果划了的話…	漕げば 如果划了就會…
敬體假定	命令表現	反向命令表現	常體推量表現	敬體推量表現	
漕ぎましたら 如果划了的話…	漕げ 給我划！	漕ぐな 不准划	漕ごう 划吧！	漕ぎましょう 划吧！	

脱ぐ （ぬ） 脱

否定表現組

常體	常體過去式	敬體	敬體過去式	連體形	連體形過去式
脱がない 不脱	脱がなかった （以前）沒脱	脱ぎません 不脱	脱ぎませんでした （以前）沒脱	脱がない人 不脱…的人	脱がなかった人 （以前）沒脱…的人
常體可能形否定	**常體可能形否定過去式**	**敬體可能形否定**	**敬體可能形否定過去式**	**常體被動**	**常體被動過去式**
脱げない 不能脱	脱げなかった （以前）不能脱	脱げません 不能脱	脱げませんでした （以前）不能脱	脱がれない 不被…脱	脱がれなかった （以前）沒被…脱
敬體被動	**敬體被動過去式**	**常體使役**	**常體使役過去式**	**敬體使役**	**敬體使役過去式**
脱がれません 不被…脱	脱がれませんでした （以前）沒被…脱	脱がせない 不讓…脱	脱がせなかった （以前）沒讓…脱	脱がせません 不讓…脱	脱がせませんでした （以前）沒讓…脱
常體使役被動	**常體使役被動過去式**	**敬體使役被動**	**敬體使役被動過去式**	**て形**	
脱がせられない 不被迫脱	脱がせられなかった （以前）沒被迫脱	脱がせられません 不被迫脱	脱がせられませんでした （以前）沒被迫脱	脱がないで 不（要）脱…	

肯定表現組

常體	常體過去式	敬體	敬體過去式	連體形	連體形過去式
脱ぐ 脱	脱いだ 脱了	脱ぎます 脱	脱ぎました 脱了	脱ぐ人 脱的人	脱いだ人 脱了的人
常體可能形肯定	**常體可能形肯定過去式**	**敬體可能形肯定**	**敬體可能形肯定過去式**	**常體被動**	**常體被動過去式**
脱げる 能脱	脱げた （以前）能脱	脱げます 能脱	脱げました （以前）能脱	脱がれる 被…脱	脱がれた 被…脱了
敬體被動	**敬體被動過去式**	**常體使役**	**常體使役過去式**	**敬體使役**	**敬體使役過去式**
脱がれます 被…脱	脱がれました 被…脱了	脱がせる 讓…脱	脱がせた 讓…脱了	脱がせます 讓…脱	脱がせました 讓…脱了
常體使役被動	**常體使役被動過去式**	**敬體使役被動**	**敬體使役被動過去式**	**て形**	
脱がせられる 被迫脱	脱がせられた 被迫脱了	脱がせられます 被迫脱	脱がせられました 被迫脱了	脱いで 脱…	

假定、命令、推量表現組

常體否定假定	常體否定假定	常體否定假定	常體假定	常體假定	常體假定
脱がないなら 假如不脱的話…	脱がなかったら 如果不脱的話…	脱がなければ 如果不脱就會…	脱ぐなら 假如脱的話…	脱いだら 如果脱了的話…	脱げば 如果脱了就會…
敬體假定	**命令表現**	**反向命令表現**	**常體推量表現**	**敬體推量表現**	
脱ぎましたら 如果脱了的話…	脱げ 給我脱！	脱ぐな 不准脱	脱ごう 脱吧！	脱ぎましょう 脱吧！	

五段動詞詞尾 ぐ 的文法接續應用

使用意義	日文表現	意思	例句
表不作某動作而做下一動作	急がずに	不用急就…	急がずにゆっくり準備してください。 （請不用急慢慢地準備就好。）
表使役	急がせる	使…急／趕	急がせてすみませんが、金曜日までに決めていただけませんか。 （很抱歉催促您，但能請您在星期五前決定好嗎？）
表被動	急がれる	被趕／急著	少子化問題への対策が急がれています。 （少子化問題的解決對策正迫在眉睫。）
表必須	急がなければならない	不得不趕	もうすぐ発車の時間だよ。急がなければならないよ！ （馬上就是發車的時間了，不快點不行！）
表反向逆接	急がなくても	即使不趕也…	締め切りまであと一週間あるから、急がなくても構いませんよ。 （距離截稿還有一個星期，不用趕也沒關係唷。）
表日的	急ぎに	為了要趕	病院へ急ぎに急いだ。 （為了趕往醫院去而加快腳步。）
表同步行為	急ぎながら	一邊趕著，一邊…	やや帰宅を急ぎながら家のことを心配していた。 （有點急著回家，同時也擔心著家裡的事。）
表希望	急ぎたい	想趕著	部屋探しを急ぎたい方は、お気軽にご相談ください。 （急著找房子的客人，請不用客氣，與我們商量。）
表順接	急ぐし	既趕著…	急ぐし、はやく終わらせて。 （既很趕，那流就快點讓我把它結束了吧！）
表主觀原因	急ぐから	因為急／趕	焦るな。時々うまくいかないのは急ぐからですよ。 （不要著急。有時候就是因為急才反而不順。）
表客觀原因	急ぐので	由於急著	この件はちょっと急ぐので、今日中に終わってください。 （因為這個案子有點急，所以請在今天之內做完。）
表理應	急ぐはず	理當急著	急ぐはずなのに、ノロノロしている。 （真的是應該快一點的時候，卻在那裡磨磨蹭蹭的。）
表應當	急ぐべき	應當急著	アンケート調査が終わったら、すぐにデータの整理を急ぐべきです。 （問卷調查結束之後，應當馬上整理資料才是。）
表道理	急ぐわけ	急著的道理	急ぐわけじゃないけどはやめに報告してね。 （雖然沒有那麼急，但還是請儘早報告一下吧！）

使用意義	日文表現	意思	例句
表逆接	急ぐのに	明明急著	客と待ち合わせがあって急ぐのに、部長はゆっくりタバコをふかしています。 （明明得儘早赴約去拜訪客戶，部長卻悠悠哉哉地在那裡點菸。）
表逆接	急ぐけど	雖然急	先を急ぐけど、寄り道しましょう。 （雖然我們急著要趕路，但還是繞過去一趟吧！）
表比較	急ぐより	比起急著	子どもの早期教育を急ぐより、子どもが好きなものを習わせたほうがいいと思います。 （我認為比起急著趁早讓孩子接受教育，還不如讓孩子學習他們喜歡的東西比較好。）
表限定	急ぐだけ	只趕忙／匆忙	急ぐだけの人生はおもしろくないです。 （淨是匆匆忙忙的人生一點都不有趣。）
表假定	急ぐなら	急的話	急ぐなら、次の電車に乗ったほうがいいですよ。 （如果你趕時間的話，搭下一班電車比較好喔。）
表可預期的目的	急ぐために	為了急著	セクハラ防止対策の推進を急ぐために、セクハラ問題処理についての講演が行われます。 （為了儘快推動性騷擾問題的防止對策，將舉辦性騷擾問題處理的相關演說。）
表不可預期的目的	急げるように	為了能趕上	急げるように準備しておきます。 （為了能快點到，先準備一下吧！）
表傳聞	急ぐそう	聽說很急	葬式があるそうで帰宅を急ぐそうです。 （聽說是有辦喪事，所以需要急著回家。）
表樣態	急ぐよう	好像急	社長は帰宅を急ぐようです。 （社長好像很急著回家。）
表常識道理	急ぐもの	自然要急／趕	結婚って急ぐものですか。 （結婚，是很急著做的事嗎？）
表假定	急げば	太趕了就會	急げばかえって逆効果になる可能性がありますよ。 （太趕的話反而可能造成反效果喔！）
表命令	急げ	給我快點！	時間がない。急げ！ （沒時間了，動作快！）
表推量、勧誘	急ごう	快點吧！	さあ、先を急ごう。 （來吧，我們快點往前吧！）
表原因、表順接	急いで	因為趕、趕了就	急いでダイエットしましょう。 （快點瘦身減肥！）

使用意義	日文表現	意思	例句
表逆接	急いでも	即使趕了	今急いでも、終電には間に合わないんですよ。 （就算現在趕時間也搭不到末班電車囉。）
表請求	急いでください	請快點	もうすぐ会議の時間です。急いでください。 （馬上就要開會了，請快一點。）
表許可	急いでもいい	可以趕	急いでもいいことはありません。 （沒有趕就會有好結果的事。）
表不許可	急いではいけない	不可以急／趕	真剣に付き合いたい人に告白を急いではいけません。 （對想要認真交往的對象是不可以急著告白的。）
表假定、順勢發展	急いだら	趕的話、趕了就	急いだら、いいことを見逃してしまうんです。 （太趕的話，就會錯失掉一些好事唷。）
表列舉	急いだり	或急，或…	安全が第一なので、急いだり、慌てたりしないようにしてください。 （因為安全第一，所以請不要急也不要慌。）
表經驗	急いだことがあります	曾經趕	あなたは今迄、急いだことがありますか。 （你到現在為止，曾有過急著進行事情的經驗嗎？）
表逆接	急いだとしても	即使趕了	どんなに急いだとしても、8時の新幹線には乗れないだろう。 （即使再怎麼趕，也搭不上八點的新幹線了吧。）
表動作當下	急いだところで	就算趕了也	いくら今から急いだところで、授業に間に合いません。 （就算現在再怎麼趕，也趕不上上課時間了。）
表動作進行中	急いでいる	正在趕著	すみません、急いでいるのですが、このレポートをちょっと見ていただけないでしょうか。 （不好意思，因為現在有點急著要，可以請您幫我看一下這份報告嗎？）
表嘗試	急いでみる	馬上嘗試	できるかどうか分からないけど、急いでみよう。 （雖然不知道行還是不行，但我們馬上來試試吧！）
表動作的遠移	急いでいく	急著去	急いでいくなら、これを持っていきなさい。 （如果這麼急著去的話，就帶著這個去。）

愛す　<ruby>愛<rt>あい</rt></ruby>　愛

否定表現組

常體	常體過去式	敬體	敬體過去式	連體形	連體形過去式
愛さない 不愛	愛さなかった （以前）沒愛	愛しません 不愛	愛しませんでした （以前）沒愛	愛さない人 不愛…的人	愛さなかった人 （以前）沒愛…的人
常體可能形否定	**常體可能形否定過去式**	**敬體可能形否定**	**敬體可能形否定過去式**	**常體被動**	**常體被動過去式**
愛せない 不能愛	愛せなかった （以前）不能愛	愛せません 不能愛	愛せませんでした （以前）不能愛	愛されない 不被…愛	愛されなかった （以前）沒被…愛
敬體被動	**敬體被動過去式**	**常體使役**	**常體使役過去式**	**敬體使役**	**敬體使役過去式**
愛されません 不被…愛	愛されませんでした 沒被…愛	愛させない 不讓…愛	愛させなかった （以前）沒讓…愛	愛させません 不讓…愛	愛させませんでした （以前）沒讓…愛
常體使役被動	**常體使役被動過去式**	**敬體使役被動**		**敬體使役被動過去式**	**て形**
愛させられない 不被迫愛	愛させられなかった （以前）沒迫愛	愛させられません 不被迫愛		愛させられませんでした （以前）沒被迫愛	愛さないで 不（要）愛…

肯定表現組

常體	常體過去式	敬體	敬體過去式	連體形	連體形過去式
愛す 愛	愛した 愛了	愛します 愛	愛しました 愛了	愛す人 愛…的人	愛した人 愛了…的人
常體可能形肯定	**常體可能形肯定過去式**	**敬體可能形肯定**	**敬體可能形肯定過去式**	**常體被動**	**常體被動過去式**
愛せる 能愛	愛せた （以前）能愛	愛せます 能愛	愛せました （以前）能愛	愛される 被…愛	愛された 被…愛了
敬體被動	**敬體被動過去式**	**常體使役**	**常體使役過去式**	**敬體使役**	**敬體使役過去式**
愛されます 被…愛	愛されました 被…愛了	愛させる 讓…愛	愛させた 讓…愛了	愛させます 讓…愛	愛させました 讓…愛了
常體使役被動	**常體使役被動過去式**	**敬體使役被動**		**敬體使役被動過去式**	**て形**
愛させられる 被迫愛	愛させられた 被迫愛了	愛させられます 被迫愛		愛させられました 被迫愛了	愛さて 愛…

假定、命令、推量表現組

常體否定假定	常體否定假定	常體否定假定	常體假定	常體假定	常體假定
愛さないなら 假如不愛的話…	愛さなかったら 如果不愛的話…	愛さなければ 如果不愛就會…	愛すなら 假如愛的話…	愛したら 如果愛了的話…	愛せば 如果愛了就會…
敬體假定	**命令表現**	**反向命令表現**	**常體推量表現**	**敬體推量表現**	
愛しましたら 如果愛了的話…	愛せ 給我愛！	愛すな 不准愛	愛そう 愛吧！	愛しましょう 愛吧！	

加強觀念　「愛す」也等同「愛する」，兩者類型上屬不同的動詞，但意義及變化起來時是一樣的。

明かす あ　説出、說穿；過夜；揭露

否定表現組					
常體	常體過去式	敬體	敬體過去式	連體形	連體形過去式
明かさない 不説出	明かさなかった （以前）沒説出	明かしません 不説出	明かしませんでした （以前）沒説出	明かさない人 不説出…的人	明かさなかった人 （以前）沒説出…的人
常體可能形否定	常體可能形否定過去式	敬體可能形否定	敬體可能形否定過去式	常體被動	常體被動過去式
明かせない 不能説出	明かせなかった （以前）不能説出	明かせません 不能説出	明かせませんでした （以前）不能説出	明かされない 不被…説出	明かされなかった （以前）沒被…説出
敬體被動	敬體被動過去式	常體使役	常體使役過去式	敬體使役	敬體使役過去式
明かされません 不被…説出	明かされませんでした （以前）沒被…説出	明かさせない 不讓…説出	明かさせなかった （以前）沒讓…説出	明かさせません 不讓…説出	明かさせませんでした （以前）沒讓…説出
常體使役被動	常體使役被動過去式	敬體使役被動	敬體使役被動過去式	て形	
明かさせられない 不被迫説出	明かさせられなかった （以前）沒被迫説出	明かさせられません 不被迫説出	明かさせられませんでした （以前）沒被迫説出	明かさないで 不（要）説出…	

肯定表現組					
常體	常體過去式	敬體	敬體過去式	連體形	連體形過去式
明かす 説出	明かした 説出了	明かします 説出	明かしました 説出了	明かす人 説出…的人	明かした人 説出…的人
常體可能形肯定	常體可能形肯定過去式	敬體可能形肯定	敬體可能形肯定過去式	常體被動	常體被動過去式
明かせる 能説出	明かせた （以前）能説出	明かせます 能説出	明かせました （以前）能説出	明かされる 被…説出	明かされた 被…説出了
敬體被動	敬體被動過去式	常體使役	常體使役過去式	敬體使役	敬體使役過去式
明かされます 被…説出	明かされました 被…説出了	明かさせる 讓…説出	明かさせた 讓…説出了	明かさせます 讓…説出	明かさせました 讓…説出了
常體使役被動	常體使役被動過去式	敬體使役被動	敬體使役被動過去式	て形	
明かさせられる 被迫説出	明かさせられた 被迫説出了	明かさせられます 被迫説出	明かさせられました 被迫説出了	明かして 説出…	

假定、命令、推量表現組					
常體否定假定	常體否定假定	常體否定假定	常體假定	常體假定	常體假定
明かさないなら 假如不説出的話…	明かさなかったら …如果不説出的話…	明かさなければ 如果不説出就會…	明かすなら 假如説出的話…	明かしたら 如果説出的話…	明かせば 如果説出就會…
敬體假定	命令表現	反向命令表現	常體推量表現	敬體推量表現	
明かしましたら 如果説出的話…	明かせ 給我説出！	明かすな 不准説出	明かそう 説出吧！	明かしましょう 説出吧！	

あやす　哄

否定表現組

常體	常體過去式	敬體	敬體過去式	連體形	連體形過去式
あやさない 不哄	あやさなかった （以前）沒哄	あやしません 不哄	あやしませんでした （以前）沒哄	あやさないママ 不哄…的媽媽	あやさなかったママ （以前）沒哄…的媽媽
常體可能形否定	常體可能形否定過去式	敬體可能形否定	敬體可能形否定過去式	常體被動	常體被動過去式
あやせない 不能哄	あやせなかった （以前）不能哄	あやせません 不能哄	あやせませんでした （以前）不能哄	あやされない 不被…哄	あやされなかった （以前）沒被…哄
敬體被動	敬體被動過去式	常體使役	常體使役過去式	敬體使役	敬體使役過去式
あやされません 不被…哄	あやされませんでした （以前）沒被…哄	あやさせない 不讓…哄	あやさせなかった （以前）沒讓…哄	あやさせません 不讓…哄	あやさせませんでした （以前）沒讓…哄
常體使役被動	常體使役被動過去式	敬體使役被動	敬體使役被動過去式		て形
あやさせられない 不被迫哄	あやさせられなかった （以前）沒被迫哄	あやさせられません 不被迫哄	あやさせられませんでした （以前）沒被迫哄		あやさないで 不（要）哄…

肯定表現組

常體	常體過去式	敬體	敬體過去式	連體形	連體形過去式
あやす 哄	あやした 哄了	あやします 哄	あやしました 哄了	あやすママ 哄…的媽媽	あやしたママ 哄了…的媽媽
常體可能形肯定	常體可能形肯定過去式	敬體可能形肯定	敬體可能形肯定過去式	常體被動	常體被動過去式
あやせる 能哄	あやせた （以前）能哄	あやせます 能哄	あやせました （以前）能哄	あやされる 被…哄	あやされた 被…哄了
敬體被動	敬體被動過去式	常體使役	常體使役過去式	敬體使役	敬體使役過去式
あやされます 被…哄	あやされました 被…哄了	あやさせる 讓…哄	あやさせた 讓…哄了	あやさせます 讓…哄	あやさせました 讓…哄了
常體使役被動	常體使役被動過去式	敬體使役被動	敬體使役被動過去式		て形
あやさせられる 被迫哄	あやさせられた 被迫哄了	あやさせられます 被迫哄	あやさせられました 被迫哄了		あやして 哄…

假定、命令、推量表現組

常體否定假定	常體否定假定	常體否定假定	常體假定	常體假定	常體假定
あやさないなら 假如不哄的話…	あやさなかったら 如果不哄的話…	あやさなければ 如果不哄就會…	あやすなら 假如哄的話…	あやしたら 如果哄了的話…	あやせば 如果哄了就會…
敬體假定	命令表現	反向命令表現	常體推量表現	敬體推量表現	
あやしましたら 如果哄了的話…	あやせ 給我哄！	あやすな 不准哄	あやそう 哄吧！	あやしましょう 哄吧！	

生かす／活かす 讓…存活、活用

否定表現組					
常體	常體過去式	敬體	敬體過去式	連體形	連體形過去式
生かさない 不活用	生かさなかった （以前）沒活用	生かしません 不活用	生かしませんでした （以前）沒活用	生かさない人 不活用…的人	生かさなかった人 （以前）沒活用…的人
常體可能形否定	常體可能形否定過去式	敬體可能形否定	敬體可能形否定過去式	常體被動	常體被動過去式
生かせない 不能活用	生かせなかった （以前）不能活用	生かせません 不能活用	生かせませんでした （以前）不能活用	生かされない 不被…活用	生かされなかった （以前）沒被…活用
敬體被動	敬體被動過去式	常體使役	常體使役過去式	敬體使役	敬體使役過去式
生かされません 不被…活用	生かされませんでした （以前）沒被…活用	生かさせない 不讓…活用	生かさせなかった （以前）沒讓…活用	生かさせません 不讓…活用	生かさせませんでした （以前）沒讓…活用
常體使役被動	常體使役被動過去式	敬體使役被動	敬體使役被動過去式	て形	
生かさせられない 不被迫活用	生かさせられなかった （以前）沒被迫活用	生かさせられません 不被迫活用	生かさせられませんでした （以前）沒被迫活用	生かさないで 不（要）哄…	

肯定表現組					
常體	常體過去式	敬體	敬體過去式	連體形	連體形過去式
生かす 活用	生かした 活用了	生かします 活用	生かしました 活用了	生かす人 活用…的人	生かした人 活用了…的人
常體可能形肯定	常體可能形肯定過去式	敬體可能形肯定	敬體可能形肯定過去式	常體被動	常體被動過去式
生かせる 能活用	生かせた （以前）能活用	生かせます 能活用	生かせました （以前）能活用	生かされる 被…活用	生かされた 被…活用了
敬體被動	敬體被動過去式	常體使役	常體使役過去式	敬體使役	敬體使役過去式
生かされます 被…活用	生かされました 被…活用了	生かさせる 讓…活用	生かさせた 讓…活用了	生かさせます 讓…活用	生かさせました 讓…活用了
常體使役被動	常體使役被動過去式	敬體使役被動	敬體使役被動過去式	て形	
生かさせられる 被迫活用	生かさせられた 被迫活用了	生かさせられます 被迫活用	生かさせられました 被迫活用了	生かして 活用…	

假定、命令、推量表現組					
常體否定假定	常體否定假定	常體否定假定	常體假定	常體假定	常體假定
生かさないなら 假如不活用的話…	生かさなかったら 如果不活用的話…	生かさなければ 如果不活用就會…	生かすなら 假如活用的話…	生かしたら 如果活用了就會…	生かせば 如果活用了就會…
敬體假定	命令表現	反向命令表現	常體推量表現	敬體推量表現	
生かしましたら 活用的話…	生かせ 給我活用！	生かすな 不准活用	生かそう 活用吧！	生かしましょう 活用吧！	

加強觀念　這個動詞作為「使役性質」的「讓…存活」的意思時，無法再變化成使役形。

致す いた （謙讓語）做

否定表現組

常體	常體過去式	敬體	敬體過去式	連體形	連體形過去式
致さない 不做	致さなかった （以前）沒做	致しません 不做	致しませんでした （以前）沒做	致さない人 不做…的人	致さなかった人 （以前）沒做…的人
常體可能形否定	常體可能形否定過去式	敬體可能形否定	敬體可能形否定過去式	常體被動	常體被動過去式
致せない 不能做	致せなかった （以前）不能做	致せません 不能做	致せませんでした （以前）不能做	致されない 不被…做	致されなかった （以前）沒被…做
敬體被動	敬體被動過去式	常體使役	常體使役過去式	敬體使役	敬體使役過去式
致されません 不被…做	致されませんでした （以前）沒被…做	致させない 讓…不做	致させなかった （以前）讓…沒做	致させません 讓…不做	致させませんでした （以前）讓…沒做
常體使役被動	常體使役被動過去式	敬體使役被動	敬體使役被動過去式	て形	
致させられない 不被迫做	致させられなかった （以前）沒被迫做	致させられません 不被迫做	致させられませんでした （以前）沒被迫做	致さないで 不（要）做…	

肯定表現組

常體	常體過去式	敬體	敬體過去式	連體形	連體形過去式
致す 做	致した 做了	致します 做	致しました 做了	致す人 做…的人	致した人 做了…的人
常體可能形肯定	常體可能形肯定過去式	敬體可能形肯定	敬體可能形肯定過去式	常體被動	常體被動過去式
致せる 能做	致せた （以前）能做	致せます 能做	致せました （以前）能做	致される 被…做	致された 被…做了
敬體被動	敬體被動過去式	常體使役	常體使役過去式	敬體使役	敬體使役過去式
致されます 被…做	致されました 被…做了	致させる 讓…做	致させた 讓…做了	致させます 讓…做	致させました 讓…做了
常體使役被動	常體使役被動過去式	敬體使役被動	敬體使役被動過去式	て形	
致させられる 被迫做	致させられた 被迫做了	致させられます 被迫做	致させられました 被迫做了	致して 做…	

假定、命令、推量表現組

常體否定假定	常體否定假定	常體否定假定	常體假定	常體假定	常體假定
致さないなら 假如不做的話…	致さなかったら 如果不做的話…	致さなければ 如果不做就會…	致すなら 假如做了的話…	致したら 如果做了的話…	致せば 如果做了就會…
敬體假定	命令表現	反向命令表現	常體推量表現	敬體推量表現	
致しましたら 如果做了的話…	致せ 給我做！	致すな 不准做	致そう 做吧！	致しましょう 做吧！	

移す／写す／映す 移轉、移動、傳染／抄／映照

否定表現組					
常體	常體過去式	敬體	敬體過去式	連體形	連體形過去式
移さない 不移轉	移さなかった （以前）沒移轉	移しません 不移轉	移しませんでした （以前）沒移轉	移さない人 不移轉…的人	移さなかった人 （以前）沒移轉…的人
常體可能形否定	常體可能形否定過去式	敬體可能形否定	敬體可能形否定過去式	常體被動	常體被動過去式
移せない 不能移轉	移せなかった （以前）不能移轉	移せません 不能移轉	移せませんでした （以前）不能移轉	移されない 不被…移轉	移されなかった （以前）沒被…移轉
敬體被動	敬體被動過去式	常體使役	常體使役過去式	敬體使役	敬體使役過去式
移されません 不被…移轉	移されませんでした （以前）沒被…移轉	移させない 不讓…移轉	移させなかった （以前）沒讓…移轉	移させません 不讓…移轉	移させませんでした （以前）沒讓…移轉
常體使役被動	常體使役被動過去式	敬體使役被動	敬體使役被動過去式	て形	
移させられない 不被迫移轉	移させられなかった （以前）沒被迫移轉	移させられません 不被迫移轉	移させられませんでした （以前）沒被迫移轉	移さないで ㄟ（要）移轉…	

肯定表現組					
常體	常體過去式	敬體	敬體過去式	連體形	連體形過去式
移す 移轉	移した 移轉了	移します 移轉	移しました 移轉了	移す人 移轉…的人	移した人 移轉了…的人
常體可能形肯定	常體可能形肯定過去式	敬體可能形肯定	敬體可能形肯定過去式	常體被動	常體被動過去式
移せる 能移轉	移せた （以前）能移轉	移せます 能移轉	移せました （以前）能移轉	移される 被…移轉	移された 被…移轉了
敬體被動	敬體被動過去式	常體使役	常體使役過去式	敬體使役	敬體使役過去式
移されます 被…移轉	移されました 被…移轉了	移させる 讓…移轉	移させた 讓…移轉了	移させます 讓…移轉	移させました 讓…移轉了
常體使役被動	常體使役被動過去式	敬體使役被動	敬體使役被動過去式	て形	
移させられる 被迫移轉	移させられた 被迫移轉了	移させられます 被迫移轉	移させられました 被迫移轉了	移して 移轉…	

假定、命令、推量表現組					
常體否定假定	常體否定假定	常體否定假定	常體假定	常體假定	常體假定
移さないなら 假如不移轉的話…	移さなかったら 如果不移轉的話…	移さなければ 如果不移轉就會	移すなら 假如移轉的話…	移したら 如果移轉的話…	移せば 如果移轉了就會…
敬體假定	命令表現	反向命令表現	常體推量表現	敬體推量表現	
移しましたら 如果移轉的話…	移せ 給我移轉！	移すな 不准移動	移そう 移動吧！	移しましょう 移動吧！	

促す うなが　催促、促使

否定表現組

常體	常體過去式	敬體	敬體過去式	連體形	連體形過去式
促さない 不催促	促さなかった （以前）沒催促	促しません 不催促	促しませんで した （以前）沒催促	促さない人 不催促…的人	促さなかった 人 （以前）沒催促… 的人
常體可能形否定	常體可能形否定 過去式	敬體可能形否定	敬體可能形否定 過去式	常體被動	常體被動過去式
促せない 不能催促	促せなかった （以前）不能催促	促せません 不能催促	促せませんで した （以前）不能催促	促されない 不被…催促	促されなかっ た （以前）沒被…催 促
敬體被動	敬體被動過去式	常體使役	常體使役過去式	敬體使役	敬體使役過去式
促されません 不被…催促	促されません でした （以前）沒被…催 促	促させない 不讓…催促	促させなかっ た （以前）沒讓…催 促	促させません 不讓…催促	促させません でした （以前）沒讓…催 促
常體使役被動	常體使役被動過去式	敬體使役被動	敬體使役被動過去式	て形	
促させられない 不被迫催促…	促させられなかっ た （以前）沒被迫催促	促させられませ ん 不被迫催促	促させられません でした （以前）沒被迫催促	促さないで 不（要）催促…	

肯定表現組

常體	常體過去式	敬體	敬體過去式	連體形	連體形過去式
促す 催促	促した 催促了	促します 催促	促しました 催促了	促す人 催促…的人	促した人 催促了…的人
常體可能形肯定	常體可能形肯定 過去式	敬體可能形肯定	敬體可能形肯定 過去式	常體被動	常體被動過去式
促せる 能催促	促せた （以前）能催促	促せます 能催促	促せました （以前）能催促	促される 被…催促	促された 被…催促了
敬體被動	敬體被動過去式	常體使役	常體使役過去式	敬體使役	敬體使役過去式
促されます 被…催促	促されました 被…催促了	促させる 讓…催促	促させた 讓…催促了	促させます 讓…催促	促させました 讓…催促了
常體使役被動	常體使役被動過去式	敬體使役被動	敬體使役被動過去式	て形	
促させられる 被迫催促	促させられた 被迫催促	促させられます 被迫催促	促させられました 被迫催促	促して 催促…	

假定、命令、推量表現組

常體否定假定	常體否定假定	常體否定假定	常體假定	常體假定	常體假定
促さないなら 假如不催促的 話…	促さなかったら 如果不催促的 話…	促さなければ 如果不催促就 會…	促すなら 假如催促的話…	促したら 如果催促的話…	促せば 如果催促了就 會…
敬體假定	命令表現	反向命令表現	常體推量表現	敬體推量表現	
促しましたら 如果催促的話…	促せ 給我催！	促すな 不准催促	促そう 催促吧！	促しましょう 催促吧！	

追い出す おだす 驅趕、驅離、逐出、趕出

否定表現組					
常體	常體過去式	敬體	敬體過去式	連體形	連體形過去式
追い出さない 不驅趕	追い出さなかった （以前）沒驅趕	追い出しません 不驅趕	追い出しませんでした （以前）沒驅趕	追い出さない親 不驅趕…的父母	追い出さなかった親 （以前）沒驅趕…的父母
常體可能形否定	常體可能形否定過去式	敬體可能形否定	敬體可能形否定過去式	常體被動	常體被動過去式
追い出せない 不能驅趕	追い出せなかった （以前）不能驅趕	追い出せません 不能驅趕	追い出せませんでした （以前）不能驅趕	追い出されない 不被…驅趕	追い出されなかった （以前）沒被…驅趕
敬體被動	敬體被動過去式	常體使役	常體使役過去式	敬體使役	敬體使役過去式
追い出されません 不被…驅趕	追い出されませんでした （以前）沒被…驅趕	追い出させない 不讓…驅趕	追い出させなかった （以前）沒讓…驅趕	追い出させません 不讓…驅趕	追い出させませんでした （以前）沒讓…驅趕
常體使役被動	常體使役被動過去式	敬體使役被動	敬體使役被動過去式	て形	
追い出させられない 不被迫驅趕	追い出させられなかった （以前）沒被迫驅趕	追い出させられません 不被迫驅趕	追い出させられませんでした （以前）沒被迫驅趕	追い出さないで 不（要）驅趕…	

肯定表現組					
常體	常體過去式	敬體	敬體過去式	連體形	連體形過去式
追い出す 驅趕	追い出した 驅趕了	追い出します 驅趕	追い出しました 驅趕了	追い出す親 驅趕…的父母	追い出した親 驅趕了…的父母
常體可能形肯定	常體可能形肯定過去式	敬體可能形肯定	敬體可能形肯定過去式	常體被動	常體被動過去式
追い出せる 能驅趕	追い出せた （以前）能驅趕	追い出せます 能驅趕	追い出せました （以前）能驅趕	追い出される 被…驅趕	追い出された 被…驅趕了
敬體被動	敬體被動過去式	常體使役	常體使役過去式	敬體使役	敬體使役過去式
追い出されます 被…驅趕	追い出されました 被…驅趕了	追い出させる 讓…驅趕	追い出させた 讓…驅趕了	追い出させます 讓…驅趕	追い出させました 讓…驅趕了
常體使役被動	常體使役被動過去式	敬體使役被動	敬體使役被動過去式	て形	
追い出させられる 被迫驅趕	追い出させられた 被迫驅趕了	追い出させられます 被迫驅趕	追い出させられました 被迫驅趕了	追い出して 驅趕…	

假定、命令、推量表現組					
常體否定假定	常體否定假定	常體否定假定	常體假定	常體假定	常體假定
追い出さないなら 假如不驅趕的話…	追い出さなかったら 如果不驅趕的話…	追い出さなければ 如果不驅趕就會…	追い出すなら 假如驅趕的話…	追い出したら 如果驅趕的話…	追い出せば 如果驅趕了就會…
敬體假定	命令表現	反向命令表現	常體推量表現	敬體推量表現	
追い出しましたら 如果驅趕的話…	追い出せ 給我驅趕！	追い出すな 不准驅趕	追い出そう 驅趕吧！	追い出しましょう 驅趕吧！	

起こす

おこす

引發、立起（物品）、弄醒、興起

否定表現組

常體	常體過去式	敬體	敬體過去式	連體形	連體形過去式
起こさない 不引發	起こさなかった （以前）沒引發	起こしません 不引發	起こしませんでした （以前）沒引發	起こさない方法 不引發…的方法	起こさなかった方法 （以前）沒引發…的方法
常體可能形否定	常體可能形否定過去式	敬體可能形否定	敬體可能形否定過去式	常體被動	常體被動過去式
起こせない 不能引發	起こせなかった （以前）不能引發	起こせません 不能引發	起こせませんでした （以前）不能引發	起こされない 不被…引發	起こされなかった （以前）沒被…引發
敬體被動	敬體被動過去式	常體使役	常體使役過去式	敬體使役	敬體使役過去式
起こされません 不被…引發	起こされませんでした （以前）沒被…引發	起こさせない 不讓…引發	起こさせなかった （以前）沒讓…引發	起こさせません 不讓…引發	起こさせませんでした （以前）沒讓…引發
常體使役被動	常體使役被動過去式	敬體使役被動	敬體使役被動過去式		て形
起こさせられない 不被迫引發	起こさせられなかった （以前）沒被迫引發	起こさせられません 不被迫引發	起こさせられませんでした （以前）沒被迫引發		起こさないで 不（要）引發…

肯定表現組

常體	常體過去式	敬體	敬體過去式	連體形	連體形過去式
起こす 引發	起こした 引發了	起こします 引發	起こしました 引發了	起こす方法 引發…的方法	起こした方法 引發了…的方法
常體可能形肯定	常體可能形肯定過去式	敬體可能形肯定	敬體可能形肯定過去式	常體被動	常體被動過去式
起こせる 能引發	起こせた （以前）能引發	起こせます 能引發	起こせました （以前）能引發	起こされる 被…引發	起こされた 被…引發了
敬體被動	敬體被動過去式	常體使役	常體使役過去式	敬體使役	敬體使役過去式
起こされます 被…引發	起こされました 被…引發了	起こさせる 讓…引發	起こさせた 讓…引發了	起こさせます 讓…引發	起こさせました 讓…引發了
常體使役被動	常體使役被動過去式	敬體使役被動	敬體使役被動過去式		て形
起こさせられる 被迫引發	起こさせられた 被迫引發了	起こさせられます 被迫引發	起こさせられました 被迫引發了		起こして 引發…

假定、命令、推量表現組

常體否定假定	常體否定假定	常體否定假定	常體假定	常體假定	常體假定
起こさないなら 假如不引發的話…	起こさなかったら 如果不引發的話…	起こさなければ 如果不引發就會…	起こすなら 假如引發的話…	起こしたら 如果引發的話…	起こせば 如果引發了就會…
敬體假定	命令表現	反向命令表現	常體推量表現	敬體推量表現	
起こしましたら 如果引發的話…	起こせ 給我引發！	起こすな 不准引發	起こそう 引發吧！	起こしましょう 引發吧！	

押_おす　推、壓、按

否定表現組

常體	常體過去式	敬體	敬體過去式	連體形	連體形過去式
押さない 不推	押さなかった （以前）沒推	押しません 不推	押しませんでした （以前）沒推	押さない人 不推…的人	押さなかった人 （以前）沒推…的人
常體可能形否定	**常體可能形否定過去式**	**敬體可能形否定**	**敬體可能形否定過去式**	**常體被動**	**常體被動過去式**
押せない 不能推	押せなかった （以前）不能推	押せません 不能推	押せませんでした （以前）不能推	押されない 不被…推	押されなかった （以前）沒被…推
敬體被動	**敬體被動過去式**	**常體使役**	**常體使役過去式**	**敬體使役**	**敬體使役過去式**
押されません 不被…推	押されませんでした （以前）沒被…推	押させない 不讓…推	押させなかった （以前）沒讓…推	押させません 不讓…推	押させませんでした （以前）沒讓…推
常體便役被動	**常體使役被動過去式**	**敬體使役被動**	**敬體使役被動過去式**	**て形**	
押させられない 不被迫推	押させられなかった （以前）沒被迫推	押させられません 不被迫推	押させられませんでした （以前）沒被迫推	押さないで 不（要）推…	

肯定表現組

常體	常體過去式	敬體	敬體過去式	連體形	連體形過去式
押す 推	押した 推了	押します 推	押しました 推了	押す人 推…的人	押した人 推了…的人
常體可能形肯定	**常體可能形肯定過去式**	**敬體可能形肯定**	**敬體可能形肯定過去式**	**常體被動**	**常體被動過去式**
押せる 能推	押せた （以前）能推	押せます 能推	押せました （以前）能推	押される 被…推	押された 被…推了
敬體被動	**敬體被動過去式**	**常體使役**	**常體使役過去式**	**敬體使役**	**敬體使役過去式**
押されます 被…推	押されました 被…推了	押させる 讓…推	押させた 讓…推了	押させます 讓…推	押させました 讓…推了
常體使役被動	**常體使役被動過去式**	**敬體使役被動**	**敬體使役被動過去式**	**て形**	
押させられる 被迫推	押させられた 被迫推了	押させられます 被迫推	押させられました 被迫推了	押して 推…	

假定、命令、推量表現組

常體否定假定	常體否定假定	常體否定假定	常體假定	常體假定	常體假定
押さないなら 假如不推的話…	押さなかったら 如果不推的話…	押さなければ 如果不推就會…	押すなら 假如推的話…	押したら 如果推了的話…	押せば 如果推了就會…
敬體假定	**命令表現**	**反向命令表現**	**常體推量表現**	**敬體推量表現**	
押しましたら 如果推了的話…	押せ 給我推！	押すな 不准推	押そう 推吧！	押しましょう 推吧！	

落とす お　打落、弄掉（落）、消掉（某些存在物）

否定表現組					
常體	常體過去式	敬體	敬體過去式	連體形	連體形過去式
落とさない 不打落	落とさなかった （以前）沒打落	落としません 不打落	落としませんでした （以前）沒打落	落とさない人 不打落…的人	落とさなかった人 （以前）沒打落…的人
常體可能形否定	常體可能形否定過去式	敬體可能形否定	敬體可能形否定過去式	常體被動	常體被動過去式
落とせない 不能打落	落とせなかった （以前）不能打落	落とせません 不能打落	落とせませんでした （以前）不能打落	落とされない 被…打落	落とされなかった （以前）沒被…打落
敬體被動	敬體被動過去式	常體使役	常體使役過去式	敬體使役	敬體使役過去式
落とされません 被…打落	落とされませんでした （以前）沒被…打落	落とさせない 不讓…打落	落とさせなかった （以前）沒讓…打落	落とさせません 不讓…打落	落とさせませんでした （以前）沒讓…打落
常體使役被動	常體使役被動過去式	敬體使役被動	敬體使役被動過去式	て形	
落とさせられない 不被迫打落	落とさせられなかった （以前）沒被迫打落	落とさせられません 不被迫打落	落とさせられませんでした （以前）沒被迫打落	落とさないで 不（要）打落…	
肯定表現組					
常體	常體過去式	敬體	敬體過去式	連體形	連體形過去式
落とす 打落	落とした 打落了	落とします 打落	落としました 打落了	落とす人 打落…的人	落とした人 打落…的人
常體可能形肯定	常體可能形肯定過去式	敬體可能形肯定	敬體可能形肯定過去式	常體被動	常體被動過去式
落とせる 能打落	落とせた 能打落	落とせます 能打落	落とせました 能打落	落とされる 被…打落	落とされた 被…打落
敬體被動	敬體被動過去式	常體使役	常體使役過去式	敬體使役	敬體使役過去式
落とされます 被…打落	落とされました 被…打落了	落とさせる 讓…打落	落とさせた 讓…打落了	落とさせます 讓…打落	落とさせました 讓…打落了
常體使役被動	常體使役被動過去式	敬體使役被動	敬體使役被動過去式	て形	
落とさせられる 被迫打落	落とさせられた 被迫打落了	落とさせられます 被迫打落	落とさせられました 被迫打落了	落として 打落…	
假定、命令、推量表現組					
常體否定假定	常體否定假定	常體否定假定	常體假定	常體假定	常體假定
落とさないなら 假如不打落的話…	落とさなかったら 如果不打落的話…	落とさなければ 如果不打落就會…	落とすなら 假如打落的話…	落としたら 如果打落了就會…	落とせば 如果打落了就會…
敬體假定	命令表現	反向命令表現	常體推量表現	敬體推量表現	
落としましたら 如果打落的話…	落とせ 給我打落！	落とすな 不准打落	落とそう 打落吧！	落としましょう 打落吧！	

思い出す 想起、想出

否定表現組

常體	常體過去式	敬體	敬體過去式	連體形	連體形過去式
思い出さない 不想起	思い出さなかった （以前）沒想起	思い出しません 不想起	思い出しませんでした （以前）沒想起	思い出さないこと 不想起的事	思い出さなかったこと （以前）沒想起的事
常體可能形否定	**常體可能形否定過去式**	**敬體可能形否定**	**敬體可能形否定過去式**	**常體被動**	**常體被動過去式**
思い出せない 不能想起	思い出せなかった （以前）不能想起	思い出せません 不能想起	思い出せませんでした （以前）不能想起	思い出されない 不被…想起	思い出されなかった （以前）沒被…想起
敬體被動	**敬體被動過去式**	**常體使役**	**常體使役過去式**	**敬體使役**	**敬體使役過去式**
思い出されません 不被…想起	思い出されませんでした （以前）沒被…想起	思い出させない 不讓…想起	思い出させなかった （以前）沒讓…想起	思い出させません 不讓…想起	思い出させませんでした （以前）沒讓…想起
常體使役被動	**常體使役被動過去式**		**敬體使役被動**	**敬體使役被動過去式**	**て形**
思い出させられない 不被迫想起	思い出させられなかった （以前）沒被迫想起		思い出させられません 不被迫想起	思い出させられませんでした （以前）沒被迫想起	思い出さないで 不（要）想起…

肯定表現組

常體	常體過去式	敬體	敬體過去式	連體形	連體形過去式
思い出す 想起	思い出した 想起了	思い出します 想起	思い出しました 想起了	思い出すこと 想起的事	思い出したこと 想起了的事
常體可能形肯定	**常體可能形肯定過去式**	**敬體可能形肯定**	**敬體可能形肯定過去式**	**常體被動**	**常體被動過去式**
思い出せる 能想起	思い出せた （以前）能想起	思い出せます 能想起	思い出せました （以前）能想起	思い出される 被…想起	思い出された 被…想起了
敬體被動	**敬體被動過去式**	**常體使役**	**常體使役過去式**	**敬體使役**	**敬體使役過去式**
思い出されます 被…想起	思い出されました 被…想起了	思い出させる 讓…想起	思い出させた 讓…想起了	思い出させます 讓…想起	思い出させました 讓…想起了
常體使役被動	**常體使役被動過去式**		**敬體使役被動**	**敬體使役被動過去式**	**て形**
思い出させられる 被迫想起	思い出させられた 被迫想起了		思い出させられます 被迫想起	思い出させられました 被迫想起了	思い出して 想起…

假定、命令、推量表現組

常體否定假定	常體否定假定	常體否定假定	常體假定	常體假定	常體假定
思い出さないなら 假如不想起的話…	思い出さなかったら 如果不想起的話…	思い出さなければ 如果不想起就會…	思い出すなら 假如想起的話…	思い出したら 如果想起的話…	思い出せば 如果想起了就會…
敬體假定	**命令表現**	**反向命令表現**	**常體推量表現**	**敬體推量表現**	
思い出しましたら 如果想起的話…	思い出せ 給我想起！	思い出すな 不准想起	思い出そう 想起吧！	思い出しましょう 想起吧！	

115

返す　歸還、返歸

否定表現組					
常體	常體過去式	敬體	敬體過去式	連體形	連體形過去式
返さない 不歸還	返さなかった （以前）沒歸還	返しません 不歸還	返しませんでした （以前）沒歸還	返さない本 不歸還的書	返さなかった本 （以前）沒歸還的書
常體可能形否定	常體可能形否定過去式	敬體可能形否定	敬體可能形否定過去式	常體被動	常體被動過去式
返せない 不能歸還	返せなかった （以前）不能歸還	返せません 不能歸還	返せませんでした （以前）不能歸還	返されない 不被…歸還	返されなかった （以前）沒被…歸還
敬體被動	敬體被動過去式	常體使役	常體使役過去式	敬體使役	敬體使役過去式
返されません 不被…歸還	返されませんでした （以前）沒被…歸還	返させない 不讓…歸還	返させなかった （以前）沒讓…歸還	返させません 不讓…歸還	返させませんでした （以前）沒讓…歸還
常體使役被動	常體使役被動過去式	敬體使役被動	敬體使役被動過去式	て形	
返させられない 不被迫歸還	返させられなかった （以前）沒被迫歸還	返させられません 不被迫歸還	返させられませんでした （以前）沒被迫歸還	返さないで 不（要）歸還…	

肯定表現組					
常體	常體過去式	敬體	敬體過去式	連體形	連體形過去式
返す 歸還	返した 歸還了	返します 歸還	返しました 歸還了	返す本 歸還的書	返した本 歸還了的書
常體可能形肯定	常體可能形肯定過去式	敬體可能形肯定	敬體可能形肯定過去式	常體被動	常體被動過去式
返せる 能歸還	返せた （以前）能歸還	返せます 能歸還	返せました （以前）能歸還	返される 被…歸還	返された 被…歸還了
敬體被動	敬體被動過去式	常體使役	常體使役過去式	敬體使役	敬體使役過去式
返されます 被…歸還	返されました 被…歸還了	返させる 讓…歸還	返させた 讓…歸還了	返させます 讓…歸還	返させました 讓…歸還了
常體使役被動	常體使役被動過去式	敬體使役被動	敬體使役被動過去式	て形	
返させられる 被迫歸還	返させられた 被迫歸還了	返させられます 被迫歸還	返させられました 被迫歸還了	返して 歸還…	

假定、命令、推量表現組					
常體否定假定	常體否定假定	常體否定假定	常體假定	常體假定	常體假定
返さないなら 假如不歸還的話…	返さなかったら 如果不歸還的話…	返さなければ 如果不歸還就會…	返すなら 假如歸還的話…	返したら 如果歸還了的話…	返せば 如果歸還了就會…
敬體假定	命令表現	反向命令表現	常體推量表現	敬體推量表現	
返しましたら 如果歸還的話…	返せ 給我歸還！	返すな 不准歸還	返そう 歸還吧！	返しましょう 歸還吧！	

隠す （かく） 藏、隱藏、藏匿（物品）

否定表現組					
常體	常體過去式	敬體	敬體過去式	連體形	連體形過去式
隠さない 不藏	隠さなかった （以前）沒藏	隠しません 不藏	隠しませんでした （以前）沒藏	隠さない人 不藏…的人	隠さなかった人 （以前）沒藏…的人
常體可能形否定	常體可能形否定過去式	敬體可能形否定	敬體可能形否定過去式	常體被動	常體被動過去式
隠せない 不能藏	隠せなかった （以前）不能藏	隠せません 不能藏	隠せませんでした （以前）不能藏	隠されない 不被…藏	隠されなかった （以前）沒被…藏
敬體被動	敬體被動過去式	常體使役	常體使役過去式	敬體使役	敬體使役過去式
隠されません 不被…藏	隠されませんでした （以前）沒被…藏	隠させない 不讓…藏	隠させなかった （以前）沒讓…藏	隠させません 不讓…藏	隠させませんでした （以前）沒讓…藏
常體使役被動	常體使役被動過去式	敬體使役被動	敬體使役被動過去式	て形	
隠させられない 不被迫藏	隠させられなかった （以前）沒被迫藏	隠させられません 不被迫藏	隠させられませんでした （以前）沒被迫藏	隠さないで 不（要）藏…	

肯定表現組					
常體	常體過去式	敬體	敬體過去式	連體形	連體形過去式
隠す 藏	隠した 藏了	隠します 藏	隠しました 藏了	隠す人 藏…的人	隠した人 藏了…的人
常體可能形肯定	常體可能形肯定過去式	敬體可能形肯定	敬體可能形肯定過去式	常體被動	常體被動過去式
隠せる 能藏	隠せた （以前）能藏	隠せます 能藏	隠せました （以前）能藏	隠される 能被…藏	隠された 能被…藏了
敬體被動	敬體被動過去式	常體使役	常體使役過去式	敬體使役	敬體使役過去式
隠されます 能被…藏	隠されました 能被…藏了	隠させる 讓…藏	隠させた 讓…藏了	隠させます 讓…藏	隠させました 讓…藏了
常體使役被動	常體使役被動過去式	敬體使役被動	敬體使役被動過去式	て形	
隠させられる 被迫藏	隠させられた 被迫藏了	隠させられます 被迫藏	隠させられました 被迫藏了	隠して 藏…	

假定、命令、推量表現組					
常體否定假定	常體否定假定	常體否定假定	常體假定	常體假定	常體假定
隠さないなら 假如不藏的話…	隠さなかったら 如果不藏的話…	隠さなければ 如果不藏就會…	隠すなら 假如藏的話…	隠したら 如果藏了的話…	隠せば 如果藏了就會…
敬體假定	命令表現	反向命令表現	常體推量表現	敬體推量表現	
隠しましたら 如果藏了的話…	隠せ 給我藏起來！	隠すな 不准藏	隠そう 藏吧！	隠しましょう 藏吧！	

貸す (か) 借出

否定表現組

常體	常體過去式	敬體	敬體過去式	連體形	連體形過去式
貸さない 不借出	貸さなかった （以前）沒借出	貸しません 不借出	貸しませんでした （以前）沒借出	貸さない人 不借出…的人	貸さなかった人 （以前）沒借出…的人
常體可能形否定	常體可能形否定過去式	敬體可能形否定	敬體可能形否定過去式	常體被動	常體被動過去式
貸せない 不能借出	貸せなかった （以前）不能借出	貸せません 不能借出	貸せませんでした （以前）不能借出	貸されない 不被…借出	貸されなかった （以前）沒被…借出
敬體被動	敬體被動過去式	常體使役	常體使役過去式	敬體使役	敬體使役過去式
貸されません 不被…借出	貸されませんでした （以前）沒被…借出	貸させない 不讓…借出	貸させなかった （以前）沒讓…借出	貸させません 不讓…借出	貸させませんでした （以前）沒讓…借出
常體使役被動	常體使役被動過去式	敬體使役被動	敬體使役被動過去式	て形	
貸させられない 不被迫借出	貸させられなかった （以前）沒被迫借出	貸させられません 不被迫借出	貸させられませんでした （以前）沒被迫借出	貸さないで 不（要）借出…	

肯定表現組

常體	常體過去式	敬體	敬體過去式	連體形	連體形過去式
貸す 借出	貸した 借出了	貸します 借出	貸しました 借出了	貸す人 借出…的人	貸した人 借出了…的人
常體可能形肯定	常體可能形肯定過去式	敬體可能形肯定	敬體可能形肯定過去式	常體被動	常體被動過去式
貸せる 能借出	貸せた （以前）能借出	貸せます 能借出	貸せました （以前）能借出	貸される 被…借出	貸された 被…借出了
敬體被動	敬體被動過去式	常體使役	常體使役過去式	敬體使役	敬體使役過去式
貸されます 被…借出	貸されました 被…借出了	貸させる 讓…借出	貸させた 讓…借出了	貸させます 讓…借出	貸させました 讓…借出了
常體使役被動	常體使役被動過去式	敬體使役被動	敬體使役被動過去式	て形	
貸させられる 被迫借出	貸させられた 被迫借出了	貸させられます 被迫借出	貸させられました 被迫借出了	貸して 借出…	

假定、命令、推量表現組

常體否定假定	常體否定假定	常體否定假定	常體假定	常體假定	常體假定
貸さないなら 假如不借出的話…	貸さなかったら 如果不借出的話…	貸さなければ 如果不借出就會…	貸すなら 假如借出的話…	貸したら 如果借出的話…	貸せば 如果借出了就會…
敬體假定	命令表現	反向命令表現	常體推量表現	敬體推量表現	
貸しましたら 如果借出的話…	貸せ 給我借出！	貸すな 不准借出	貸そう 借出吧！	貸しましょう 借出吧！	

乾かす （かわ）　哄乾、弄乾

否定表現組

常體	常體過去式	敬體	敬體過去式	連體形	連體形過去式
乾かさない 不哄乾	乾かさなかった （以前）沒哄乾	乾かしません 不哄乾	乾かしませんでした （以前）沒哄乾	乾かさないタオル 不哄乾的毛巾	乾かさなかったタオル （以前）沒哄乾的毛巾
常體可能形否定	**常體可能形否定過去式**	**敬體可能形否定**	**敬體可能形否定過去式**	**常體被動**	**常體被動過去式**
乾かせない 不能哄乾	乾かせなかった （以前）不能哄乾	乾かせません 不能哄乾	乾かせませんでした （以前）不能哄乾	乾かされない 不被…哄乾	乾かされなかった （以前）沒被…哄乾
敬體被動	**敬體被動過去式**	**常體使役**	**常體使役過去式**	**敬體使役**	**敬體使役過去式**
乾かされません 不被…哄乾	乾かされませんでした （以前）沒被…哄乾	乾かさせない 不讓…哄乾	乾かさせなかった （以前）沒讓…哄乾	乾かさせません 不讓…哄乾	乾かさせませんでした （以前）沒讓…哄乾
常體使役被動	**常體使役被動過去式**	**敬體使役被動**	**敬體使役被動過去式**	**て形**	
乾かさせられない 不被迫哄乾	乾かさせられなかった （以前）沒被迫哄乾	乾かさせられません 不被迫哄乾	乾かさせられませんでした （以前）沒被迫哄乾	乾かさないで 不（要）哄乾…	

肯定表現組

常體	常體過去式	敬體	敬體過去式	連體形	連體形過去式
乾かす 哄乾	乾かした 哄乾了	乾かします 哄乾	乾かしました 哄乾了	乾かすタオル 哄乾的毛巾	乾かしたタオル 哄乾的毛巾
常體可能形肯定	**常體可能形肯定過去式**	**敬體可能形肯定**	**敬體可能形肯定過去式**	**常體被動**	**常體被動過去式**
乾かせる 能哄乾	乾かせた （以前）能哄乾	乾かせます 能哄乾	乾かせました （以前）能哄乾	乾かされる 被…哄乾	乾かされた 被…哄乾了
敬體被動	**敬體被動過去式**	**常體使役**	**常體使役過去式**	**敬體使役**	**敬體使役過去式**
乾かされます 被…哄乾	乾かされました 被…哄乾了	乾かさせる 讓…哄乾	乾かさせた 讓…哄乾了	乾かさせます 讓…哄乾	乾かさせました 讓…哄乾了
常體使役被動	**常體使役被動過去式**	**敬體使役被動**	**敬體使役被動過去式**	**て形**	
乾かさせられる 被迫哄乾	乾かさせられた 被迫哄乾了	乾かさせられます 被迫哄乾	乾かさせられました 被迫哄乾了	乾かして 哄乾	

假定、命令、推量表現組

常體否定假定	常體否定假定	常體否定假定	常體假定	常體假定	常體假定
乾かさないなら 假如不哄乾的話…	乾かさなかったら 如果不哄乾的話…	乾かさなければ 如果不哄乾就會…	乾かすなら 假如哄乾的話…	乾かしたら 如果哄乾的話…	乾かせば 如果哄乾了就會…
敬體假定	**命令表現**	**反向命令表現**	**常體推量表現**	**敬體推量表現**	
乾かしましたら 如果哄乾的話…	乾かせ 給我哄乾！	乾かすな 不准哄乾	乾かそう 哄乾吧！	乾かしましょう 哄乾吧！	

消す ^け 消除、消掉、關掉（電器）

否定表現組					
常體	常體過去式	敬體	敬體過去式	連體形	連體形過去式
消さない 不消除	消さなかった （以前）沒消除	消しません 不消除	消しませんで した （以前）沒消除	消さない字 不消除的字	消さなかった 字 （以前）沒消除的 字
常體可能形否定	常體可能形否定 過去式	敬體可能形否定	敬體可能形否定 過去式	常體被動	常體被動過去式
消せない 不能消除	消せなかった （以前）不能消除	消せません 不能消除	消せませんで した （以前）不能消除	消されない 不被…消除	消されなかっ た （以前）沒被…消 除
敬體被動	敬體被動過去式	常體使役	常體使役過去式	敬體使役	敬體使役過去式
消されません 不被…消除	消されません でした （以前）沒被…消 除	消させない 不讓…消除	消させなかっ た （以前）沒讓…消 除	消させません 不讓…消除	消させません でした （以前）沒讓…消 除
常體使役被動	常體使役被動過去式	敬體使役被動	敬體使役被動過去式		て形
消させられない 不被迫消除	消させられなか った （以前）沒被迫消除	消させられませ ん 不被迫消除	消させられません でした （以前）沒被迫消除		消さないで 不（要）消除…

肯定表現組					
常體	常體過去式	敬體	敬體過去式	連體形	連體形過去式
消す 消除	消した 消除了	消します 消除	消しました 消除了	消す字 消除的字	消した字 消除了的字
常體可能形肯定	常體可能形肯定 過去式	敬體可能形肯定	敬體可能形肯定 過去式	常體被動	常體被動過去式
消せる 能消除	消せた （以前）能消除	消せます 能消除	消せました （以前）能消除	消される 被…消除	消された 被…消除了
敬體被動	敬體被動過去式	常體使役	常體使役過去式	敬體使役	敬體使役過去式
消されます 被…消除	消されました 被…消除了	消させる 讓…消除	消させた 讓…消除了	消させます 讓…消除	消させました 讓…消除了
常體使役被動	常體使役被動過去式	敬體使役被動	敬體使役被動過去式		て形
消させられる 被迫消除	消させられた 被迫消除了	消させられます 被迫消除	消させられました 被迫消除了		消して 消除…

假定、命令、推量表現組					
常體否定假定	常體否定假定	常體否定假定	常體假定	常體假定	常體假定
消さないなら 假如不消除的 話…	消さなかったら 如果不消除的 話…	消さなければ 如果不消除就 會…	消すなら 假如消除的話…	消したら 如果消除的話…	消せば 如果消除了就 會…
敬體假定		命令表現	反向命令表現	常體推量表現	敬體推量表現
消しましたら 如果消除的話…		消せ 給我消除！	消すな 不准消除	消そう 消除吧！	消しましょう 消除吧！

殺す こ ろ 殺

否定表現組

常體	常體過去式	敬體	敬體過去式	連體形	連體形過去式
殺さない 不殺	殺さなかった （以前）沒殺	殺しません 不殺	殺しませんでした （以前）沒殺	殺さない人 不殺…的人	殺さなかった人 （以前）沒殺…的人
常體可能形否定	**常體可能形否定過去式**	**敬體可能形否定**	**敬體可能形否定過去式**	**常體被動**	**常體被動過去式**
殺せない 無法殺	殺せなかった （以前）無法殺	殺せません 無法殺	殺せませんでした （以前）無法殺	殺されない 不被…殺	殺されなかった （以前）沒被…殺
敬體被動	**敬體被動過去式**	**常體使役**	**常體使役過去式**	**敬體使役**	**敬體使役過去式**
殺されません 不被…殺	殺されませんでした （以前）沒被…殺	殺させない 不讓…殺	殺させなかった （以前）沒讓…殺	殺させません 不讓…殺	殺させませんでした （以前）沒讓…殺
常體使役被動	**常體使役被動過去式**	**敬體使役被動**	**敬體使役被動過去式**		**て形**
殺させられない 不被迫殺	殺させられなかった （以前）沒被迫殺	殺させられません 不被迫殺	殺させられませんでした （以前）沒被迫殺		殺さないで 不（要）殺…

肯定表現組

常體	常體過去式	敬體	敬體過去式	連體形	連體形過去式
殺す 殺	殺した 殺了	殺します 殺	殺しました 殺了	殺す人 殺…的人	殺した人 殺了…的人
常體可能形肯定	**常體可能形肯定過去式**	**敬體可能形肯定**	**敬體可能形肯定過去式**	**常體被動**	**常體被動過去式**
殺せる 能夠殺	殺せた （以前）能夠殺	殺せます 能夠殺	殺せました （以前）能夠殺	殺される 被…殺	殺された 被…殺了
敬體被動	**敬體被動過去式**	**常體使役**	**常體使役過去式**	**敬體使役**	**敬體使役過去式**
殺されます 被…殺	殺されました 被…殺了	殺させる 讓…殺	殺させた 讓…殺了	殺させます 讓…殺	殺させました 讓…殺了
常體使役被動	**常體使役被動過去式**	**敬體使役被動**	**敬體使役被動過去式**		**て形**
殺させられる 被迫殺	殺させられた 被迫殺了	殺させられます 被迫殺	殺させられました 被迫殺了		殺して 殺…

假定、命令、推量表現組

常體否定假定	常體否定假定	常體否定假定	常體假定	常體假定	常體假定
殺さないなら 假如不殺的話…	殺さなかったら 如果不殺的話…	殺さなければ 如果不殺就會…	殺すなら 假如殺的話…	殺したら 如果殺了的話…	殺せば 如果殺了就會…
敬體假定	**命令表現**	**反向命令表現**	**常體推量表現**	**敬體推量表現**	
殺しましたら 如果殺了的話…	殺せ 給我殺！	殺すな 不准殺	殺そう 殺吧	殺しましょう 殺吧！	

壊す（こわ） 弄壞、破壞、搗毀

否定表現組					
常體	常體過去式	敬體	敬體過去式	連體形	連體形過去式
壊さない 不弄壞	壊さなかった （以前）沒弄壞	壊しません 不弄壞	壊しませんでした （以前）沒弄壞	壊さない椅子 不弄壞的椅子	壊さなかった椅子 （以前）沒弄壞的椅子
常體可能形否定	常體可能形否定過去式	敬體可能形否定	敬體可能形否定過去式	常體被動	常體被動過去式
壊せない 不能弄壞	壊せなかった （以前）不能弄壞	壊せません 不能弄壞	壊せませんでした （以前）不能弄壞	壊されない 不被…弄壞	壊されなかった （以前）沒被…弄壞
敬體被動	敬體被動過去式	常體使役	常體使役過去式	敬體使役	敬體使役過去式
壊されません 不被…弄壞	壊されませんでした （以前）沒被…弄壞	壊させない 不讓…弄壞	壊させなかった （以前）沒讓…弄壞	壊させません 不讓…弄壞	壊させませんでした （以前）沒讓…弄壞
常體使役被動	常體使役被動過去式	敬體使役被動	敬體使役被動過去式	て形	
壊させられない 不被迫弄壞	壊させられなかった （以前）沒被迫弄壞	壊させられません 不被迫弄壞	壊させられませんでした （以前）沒被迫弄壞	壊さないで 不（要）弄壞…	

肯定表現組					
常體	常體過去式	敬體	敬體過去式	連體形	連體形過去式
壊す 弄壞	壊した 弄壞了	壊します 弄壞	壊しました 弄壞了	壊す椅子 弄壞的椅子	壊した椅子 弄壞了的椅子
常體可能形肯定	常體可能形肯定過去式	敬體可能形肯定	敬體可能形肯定過去式	常體被動	常體被動過去式
壊せる 弄壞	壊せた （以前）弄壞	壊せます 弄壞	壊せました （以前）弄壞	壊される 被…弄壞	壊された 被…弄壞了
敬體被動	敬體被動過去式	常體使役	常體使役過去式	敬體使役	敬體使役過去式
壊されます 被…弄壞	壊されました 被…弄壞了	壊させる 讓…弄壞	壊させた 讓…弄壞了	壊させます 讓…弄壞	壊させました 讓…弄壞了
常體使役被動	常體使役被動過去式	敬體使役被動	敬體使役被動過去式	て形	
壊させられる 被迫弄壞	壊させられた 被迫弄壞了	壊させられます 被迫弄壞	壊させられました 被迫弄壞了	壊して 弄壞…	

假定、命令、推量表現組					
常體否定假定	常體否定假定	常體否定假定	常體假定	常體假定	常體假定
壊さないなら 假如不弄壞的話…	壊さなかったら 如果不弄壞的話…	壊さなければ 如果不弄壞就會…	壊すなら 假如弄壞的話…	壊したら 如果弄壞的話…	壊せば 如果弄壞了就會…
敬體假定	命令表現	反向命令表現	常體推量表現	敬體推量表現	
壊しましたら 如果弄壞的話…	壊せ 給我弄壞！	壊すな 不准弄壞	壊そう 弄壞吧！	壊しましょう 弄壞吧！	

探す／捜す (さが) 探査、找尋

否定表現組					
常體	常體過去式	敬體	敬體過去式	連體形	連體形過去式
探さない 不找尋	探さなかった （以前）沒找尋	探しません 不找尋	探しませんでした （以前）沒找尋	探さない人 不找尋…的人	探さなかった人 （以前）沒找尋…的人
常體可能形否定	常體可能形否定過去式	敬體可能形否定	敬體可能形否定過去式	常體被動	常體被動過去式
探せない 不能找尋	探せなかった （以前）不能找尋	探せません 不能找尋	探せませんでした （以前）不能找尋	探されない 不被…找尋	探されなかった （以前）沒被…找尋
敬體被動	敬體被動過去式	常體使役	常體使役過去式	敬體使役	敬體使役過去式
探されません 不被…找尋	探されませんでした （以前）沒被…找尋	探させない 不讓…找尋	探させなかった （以前）沒讓…找尋	探させません 不讓…找尋	探させませんでした （以前）沒讓…找尋
常體使役被動	常體使役被動過去式	敬體使役被動	敬體使役被動過去式	て形	
探させられない 不被迫找尋	探させられなかった （以前）沒被迫找尋	探させられません 不被迫找尋	探させられませんでした （以前）沒被迫找尋	探さないで 不（要）找尋…	

肯定表現組					
常體	常體過去式	敬體	敬體過去式	連體形	連體形過去式
探す 找尋	探した 找尋了	探します 找尋	探しました 找尋了	探す人 找尋…的人	探した人 找尋了…的人
常體可能形肯定	常體可能形肯定過去式	敬體可能形肯定	敬體可能形肯定過去式	常體被動	常體被動過去式
探せる 能找尋	探せた （以前）能找尋	探せます 能找尋	探せました （以前）能找尋	探される 被…找尋	探された 被…找尋了
敬體被動	敬體被動過去式	常體使役	常體使役過去式	敬體使役	敬體使役過去式
探されます 被…找尋	探されました 被…找尋了	探させる 讓…找尋	探させた 讓…找尋了	探させます 讓…找尋	探させました 讓…找尋了
常體使役被動	常體使役被動過去式	敬體使役被動	敬體使役被動過去式	て形	
探させられる 被迫找尋	探させられた 被迫找尋了	探させられます 被迫找尋	探させられました 被迫找尋了	探して 找尋…	

假定、命令、推量表現組					
常體否定假定	常體否定假定	常體否定假定	常體假定	常體假定	常體假定
探さないなら 假如不找尋的話…	探さなかったら 如果不找尋的話…	探さなければ 如果不找尋就會…	探すなら 假如找尋的話…	探したら 如果找尋的話…	探せば 如果找尋了就會…
敬體假定	命令表現	反向命令表現	常體推量表現	敬體推量表現	
探しましたら 如果找尋的話…	探せ 給我找尋！	探すな 不准找尋	探そう 找尋吧！	探しましょう 找尋吧！	

指す／刺す／挿す／差す 指／刺／插／注入

否定表現組					
常體	常體過去式	敬體	敬體過去式	連體形	連體形過去式
指さない 不指	指さなかった （以前）沒指	指しません 不指	指しませんで した （以前）沒指	指さない人 不指…的人	指さなかった 人 （以前）沒指…的 人
常體可能形否定	常體可能形否定 過去式	敬體可能形否定	敬體可能形否定 過去式	常體被動	常體被動過去式
指せない 無法指	指せなかった （以前）無法指	指せません 無法指	指せませんで した （以前）無法指	指されない 不被…指	指されなかっ た （以前）沒被…指
敬體被動	敬體被動過去式	常體使役	常體使役過去式	敬體使役	敬體使役過去式
指されません 不被…指	指されません でした （以前）沒被…指	指させない 不讓…指	指させなかっ た （以前）沒讓…指	指させません 不讓…指	指させません でした （以前）沒讓…指
常體使役被動	常體使役被動過去式	敬體使役被動	敬體使役被動過去式	て形	
指させられない 不被迫指	指させられなかっ た （以前）沒被迫指	指させられません ん 不被迫指	指させられません でした （以前）沒被迫指	指さないで 不（要）指…	

肯定表現組					
常體	常體過去式	敬體	敬體過去式	連體形	連體形過去式
指す 指	指した 指了	指します 指	指しました 指了	指す人 指的人	指した人 指了的人
常體可能形肯定	常體可能形肯定 過去式	敬體可能形肯定	敬體可能形肯定 過去式	常體被動	常體被動過去式
指せる 能夠指	指せた （以前）能夠指	指せます 能夠指	指せました （以前）能夠指	指される 被…指	指された 被…指了
敬體被動	敬體被動過去式	常體使役	常體使役過去式	敬體使役	敬體使役過去式
指されます 被…指	指されました 被…指了	指させる 讓…指	指させた 讓…指了	指させます 讓…指	指させました 讓…指了
常體使役被動	常體使役被動過去式	敬體使役被動	敬體使役被動過去式	て形	
指させられる 被迫指	指させられた 被迫指了	指させられます 被迫指	指させられました 被迫指了	指して 指…	

假定、命令、推量表現組					
常體否定假定	常體否定假定	常體否定假定	常體假定	常體假定	常體假定
指さないなら 假如不指的話…	指さなかった ら 如果不指的話…	指さなければ 如果不指就會…	指すなら 假如指的話…	指したら 如果指了的話…	指せば 如果指了就會…
敬體假定	命令表現	反向命令表現	常體推量表現	敬體推量表現	
指しましたら 如果指的話…	指せ 給我指！	指すな 不准指	指そう 指吧！	指しましょう 指吧！	

出す だ 拿出、放出、展露出

否定表現組

常體	常體過去式	敬體	敬體過去式	連體形	連體形過去式
出さない 不拿出	出さなかった （以前）沒拿出	出しません 不拿出	出しませんでした （以前）沒拿出	出さない人 不拿出…的人	出さなかった人 （以前）沒拿出…的人
常體可能形否定	**常體可能形否定過去式**	**敬體可能形否定**	**敬體可能形否定過去式**	**常體被動**	**常體被動過去式**
出せない 不能拿出	出せなかった （以前）不能拿出	出せません 不拿出	出せませんでした （以前）不能拿出	出されない 不被…拿出	出されなかった （以前）沒被…拿出
敬體被動	**敬體被動過去式**	**常體使役**	**常體使役過去式**	**敬體使役**	**敬體使役過去式**
出されません 不被…拿出	出されませんでした （以前）沒被…拿出	出させない 不讓…拿出	出させなかった （以前）沒讓…拿出	出させません 不讓…拿出	出させませんでした （以前）沒讓…拿出
常體使役被動	**常體使役被動過去式**	**敬體使役被動**	**敬體使役被動過去式**	**て形**	
出させられない 不被迫拿出	出させられなかった （以前）沒被迫拿出	出させられません 不被迫拿出	出させられませんでした （以前）沒被迫拿出	出さないで 不（要）拿出…	

肯定表現組

常體	常體過去式	敬體	敬體過去式	連體形	連體形過去式
出す 拿出	出した 拿出了	出します 拿出	出しました 拿出了	出す人 拿出…的人	出した人 拿出了…的人
常體可能形肯定	**常體可能形肯定過去式**	**敬體可能形肯定**	**敬體可能形肯定過去式**	**常體被動**	**常體被動過去式**
出せる 能拿出	出せた （以前）能拿出	出せます 能拿出	出せました （以前）能拿出	出される 被…拿出	出された 被…拿出了
敬體被動	**敬體被動過去式**	**常體使役**	**常體使役過去式**	**敬體使役**	**敬體使役過去式**
出されます 被…拿出	出されました 被…拿出了	出させる 讓…拿出	出させた 讓…拿出了	出させます 讓…拿出	出させました 讓…拿出了
常體使役被動	**常體使役被動過去式**	**敬體使役被動**	**敬體使役被動過去式**	**て形**	
出させられる 被迫拿出	出させられた 被迫拿出了	出させられます 被迫拿出	出させられました 被迫拿出了	出して 拿出…	

假定、命令、推量表現組

常體否定假定	常體否定假定	常體否定假定	常體假定	常體假定	常體假定
出さないなら 假如不拿出的話…	出さなかったら 如果不拿出的話…	出さなければ 如果不拿出就會…	出すなら 假如拿出的話…	出したら 如果拿出的話…	出せば 如果拿出了就會…
敬體假定	**命令表現**	**反向命令表現**	**常體推量表現**	**敬體推量表現**	
出しましたら 如果拿出的話…	出せ 給我拿出來！	出すな 不准拿出	出そう 拿出來吧！	出しましょう 拿出來吧！	

直す／治す なお　　なお 修理、修復、恢復／治療

否定表現組

常體	常體過去式	敬體	敬體過去式	連體形	連體形過去式
直さない 不修理	直さなかった （以前）沒修理	直しません 不修理	直しませんでした （以前）沒修理	直さない自転車 不修理的腳踏車	直さなかった自転車 （以前）沒修理的腳踏車
常體可能形否定	**常體可能形否定過去式**	**敬體可能形否定**	**敬體可能形否定過去式**	**常體被動**	**常體被動過去式**
直せない 不能修理	直せなかった （以前）不能修理	直せません 不能修理	直せませんでした （以前）不能修理	直されない 不被…修理	直されなかった （以前）沒被…修理
敬體被動	**敬體被動過去式**	**常體使役**	**常體使役過去式**	**敬體使役**	**敬體使役過去式**
直されません 不被…修理	直されませんでした （以前）沒被…修理	直させない 不讓…修理	直させなかった （以前）沒讓…修理	直させません 不讓…修理	直させませんでした （以前）沒讓…修理
常體使役被動	**常體使役被動過去式**	**敬體使役被動**	**敬體使役被動過去式**	**て形**	
直させられない 不被迫修理	直させられなかった （以前）沒被迫修理	直させられません 不被迫修理	直させられませんでした （以前）沒被迫修理	直さないで 不（要）修理…	

肯定表現組

常體	常體過去式	敬體	敬體過去式	連體形	連體形過去式
直す 修理	直した 修理了	直します 修理	直しました 修理了	直す自転車 修理的腳踏車	直した自転車 修理了的腳踏車
常體可能形肯定	**常體可能形肯定過去式**	**敬體可能形肯定**	**敬體可能形肯定過去式**	**常體被動**	**常體被動過去式**
直せる 能修理	直せた （以前）能修理	直せます 能修理	直せました （以前）能修理	直される 被…修理	直された 不被…修理了
敬體被動	**敬體被動過去式**	**常體使役**	**常體使役過去式**	**敬體使役**	**敬體使役過去式**
直されます 被…修理	直されました 不被…修理了	直させる 讓…修理	直させた 讓…修理了	直させます 讓…修理	直させました 讓…修理了
常體使役被動	**常體使役被動過去式**	**敬體使役被動**	**敬體使役被動過去式**	**て形**	
直させられる 被迫修理	直させられた 被迫修理了	直させられます 被迫修理	直させられました 被迫修理了	直して 修理…	

假定、命令、推量表現組

常體否定假定	常體否定假定	常體否定假定	常體假定	常體假定	常體假定
直さないなら 假如不修理的話…	直さなかったら 如果不修理的話…	直さなければ 如果不修理就會…	直すなら 假如修理的話…	直したら 如果修理的話…	直せば 如果修理了就會…
敬體假定	**命令表現**	**反向命令表現**	**常體推量表現**	**敬體推量表現**	
直しましたら 如果修理的話…	直せ 給我修理！	直すな 不准修理	直そう 修理吧！	直しましょう 修理吧！	

泣かす／鳴かす 　将…弄哭／讓…啼叫

否定表現組					
常體	常體過去式	敬體	敬體過去式	連體形	連體形過去式
泣かさない 不將…弄哭	泣かさなかった （以前）沒將…弄哭	泣かしません 不將…弄哭	泣かしませんでした （以前）沒將…弄哭	泣かさない方法 不將…弄哭的方法	泣かさなかった方法 （以前）沒將…弄哭的方法
常體可能形否定	常體可能形否定過去式	敬體可能形否定	敬體可能形否定過去式	常體被動	常體被動過去式
泣かせない 不能將…弄哭	泣かせなかった （以前）沒能將…弄哭	泣かせません 不能將…弄哭	泣かせませんでした （以前）沒能將…弄哭	泣かされない 不被…弄哭	泣かされなかった （以前）沒被…弄哭
敬體被動	敬體被動過去式	て形			
泣かされません 不被…弄哭	泣かされませんでした （以前）沒被…弄哭	泣かさないで 不（要）將…弄哭…			

肯定表現組					
常體	常體過去式	敬體	敬體過去式	連體形	連體形過去式
泣かす 將…弄哭	泣かした 將…弄哭了	泣かします 將…弄哭	泣かしました 將…弄哭了	泣かす方法 將…弄哭的方法	泣かした方法 將…弄哭的方法
常體可能形肯定	常體可能形肯定過去式	敬體可能形肯定	敬體可能形肯定過去式	常體被動	常體被動過去式
泣かせる 能將…弄哭	泣かせた （以前）能將…弄哭	泣かせます 能將…弄哭	泣かせました （以前）能將…弄哭	泣かされる 被…弄哭	泣かされた 被…弄哭了
敬體被動	敬體被動過去式	て形			
泣かされます 被…弄哭	泣かされました 被…弄哭了	泣かして 將…弄哭…			

假定、命令、推量表現組					
常體否定假定	常體否定假定	常體否定假定	常體假定	常體假定	常體假定
泣かさないなら 假如不將…弄哭的話…	泣かさなかったら 如果不將…弄哭的話…	泣かさなければ 如果不將…弄哭就會…	泣かすなら 假如將…弄哭的話…	泣かしたら 如果將…弄哭的話…	泣かせば 如果將…弄哭了就會…
敬體假定	命令表現		反向命令表現	常體推量表現	敬體推量表現
泣かしましたら 如果將…弄哭的話…	泣かせ 給我將…弄哭！		泣かすな 不准將…弄哭！	泣かそう 將…弄哭吧！	泣かしましょう 將…弄哭吧！

加強觀念　在日語中，有一些動詞本身就帶有「使役」的性質在，所以無法再變化成使役形。如本例的：「泣かす／鳴かす」便是。

残す (のこ) 留下、留存、殘留

否定表現組

常體	常體過去式	敬體	敬體過去式	連體形	連體形過去式
残さない 不留下	残さなかった （以前）沒留下	残しません 不留下	残しませんでした （以前）沒留下	残さない人 不留下…的人	残さなかった人 （以前）沒留下…的人
常體可能形否定	**常體可能形否定過去式**	**敬體可能形否定**	**敬體可能形否定過去式**	**常體被動**	**常體被動過去式**
残せない 不能留下	残せなかった （以前）不能留下	残せません 不能留下	残せませんでした （以前）不能留下	残されない 不被…留下	残されなかった （以前）沒被…留下
敬體被動	**敬體被動過去式**	**常體使役**	**常體使役過去式**	**敬體使役**	**敬體使役過去式**
残されません 不被…留下	残されませんでした （以前）沒被…留下	残させない 不讓…留下	残させなかった （以前）沒讓…留下	残させません 不讓…留下	残させませんでした （以前）沒讓…留下
常體使役被動	**常體使役被動過去式**	**敬體使役被動**	**敬體使役被動過去式**	**て形**	
残させられない 不被迫留下	残させられなかった （以前）沒被迫留下	残させられません 不被迫留下	残させられませんでした （以前）沒被迫留下	残さないで 不（要）留下…	

肯定表現組

常體	常體過去式	敬體	敬體過去式	連體形	連體形過去式
残す 留下	残した 留下了	残します 留下	残しました 留下了	残す人 留下…的人	残した人 留下了…的人
常體可能形肯定	**常體可能形肯定過去式**	**敬體可能形肯定**	**敬體可能形肯定過去式**	**常體被動**	**常體被動過去式**
残せる 能留	残せた （以前）能留下	残せます （以前）能留	残せました 能留下	残される 被…留下	残された 被…留下了
敬體被動	**敬體被動過去式**	**常體使役**	**常體使役過去式**	**敬體使役**	**敬體使役過去式**
残されます 被…留下	残されました 被…留下了	残させる 讓…留下	残させた 讓…留下了	残させます 讓…留下	残させました 讓…留下了
常體使役被動	**常體使役被動過去式**	**敬體使役被動**	**敬體使役被動過去式**	**て形**	
残させられる 被迫留下	残させられた 被迫留下了	残させられます 被迫留下	残させられました 被迫留下了	残して 留下…	

假定、命令、推量表現組

常體否定假定	常體否定假定	常體否定假定	常體假定	常體假定	常體假定
残さないなら 假如不留下的話…	残さなかったら 如果不留下的話…	残さなければ 如果不留下就會…	残すなら 假如留下的話…	残したら 如果留下的話…	残せば 如果留下了就會…
敬體假定	**命令表現**	**反向命令表現**	**常體推量表現**	**敬體推量表現**	
残しましたら 如果留下的話…	残せ 給我留下！	残すな 不准留下	残そう 留下吧！	残しましょう 留下吧！	

外す _{はず} 解開、摘下、避開、錯過

否定表現組

常體	常體過去式	敬體	敬體過去式	連體形	連體形過去式
外さない 不解開	外さなかった （以前）沒解開	外しません 不解開	外しませんでした （以前）沒解開	外さない人 不解開…的人	外さなかった人 （以前）沒解開…的人
常體可能形否定	常體可能形否定過去式	敬體可能形否定	敬體可能形否定過去式	常體被動	常體被動過去式
外せない 不能解開	外せなかった （以前）不能解開	外せません 不能解開	外せませんでした （以前）不能解開	外されない 不被…解開	外されなかった （以前）沒被…解開的人
敬體被動	敬體被動過去式	常體使役	常體使役過去式	敬體使役	敬體使役過去式
外されません 不被…解開	外されませんでした （以前）沒被…解開	外させない 不讓…解開	外させなかった （以前）沒讓…解開	外させません 不讓…解開	外させませんでした （以前）沒讓…解開
常體使役被動	常體使役被動過去式	敬體使役被動	敬體使役被動過去式	て形	
外させられない 不被迫解開	外させられなかった （以前）沒被迫解開	外させられません 不被迫解開	外させられませんでした （以前）沒被迫解開	外さないで 不（要）解開…	

肯定表現組

常體	常體過去式	敬體	敬體過去式	連體形	連體形過去式
外す 解開	外した 解開了	外します 解開	外しました 解開了	外す人 解開…的人	外した人 解開了…的人
常體可能形肯定	常體可能形肯定過去式	敬體可能形肯定	敬體可能形肯定過去式	常體被動	常體被動過去式
外せる 能解開	外せた （以前）能解開	外せます 能解開	外せました （以前）能解開	外される 被…解開	外された 被…解開了
敬體被動	敬體被動過去式	常體使役	常體使役過去式	敬體使役	敬體使役過去式
外されます 被…解開	外されました 被…解開了	外させる 讓…解開	外させた 讓…解開了	外させます 讓…解開	外させました 讓…解開了
常體使役被動	常體使役被動過去式	敬體使役被動	敬體使役被動過去式	て形	
外させられる 被迫解開	外させられた 被迫解開了	外させられます 被迫解開	外させられました 被迫解開了	外して 解開…	

假定、命令、推量表現組

常體否定假定	常體否定假定	常體否定假定	常體假定	常體假定	常體假定
外さないなら 假如不解開的話…	外さなかったら 如果不解開的話…	外さなければ 如果不解開就會…	外すなら 假如解開的話…	外したら 如果解開的話…	外せば 如果解開了就會…
敬體假定	命令表現	反向命令表現	常體推量表現	敬體推量表現	
外しましたら 如果解開的話…	外せ 給我解開！	外すな 不准解開	外そう 解開吧！	外しましょう 解開吧！	

話す／離す 說、談論／分開、離開

否定表現組					
常體	常體過去式	敬體	敬體過去式	連體形	連體形過去式
話さない 不説	話さなかった （以前）沒説	話しません 不説	話しませんで した （以前）沒説	話さない人 不説…的人	話さなかった 人 （以前）沒説…的 人
常體可能形否定	常體可能形否定 過去式	敬體可能形否定	敬體可能形否定 過去式	常體被動	常體被動過去式
話せない 無法説	話せなかった （以前）無法説	話せません 無法説	話せませんで した （以前）無法説	話されない 不被…説	話されなかっ た （以前）沒被…説
敬體被動	敬體被動過去式	常體使役	常體使役過去式	敬體使役	敬體使役過去式
話されません 不被…説	話されません でした （以前）沒被…説	話させない 不讓…説	話させなかっ た （以前）沒讓…説	話させません 不讓…説	話させません でした （以前）沒讓…説
常體使役被動	常體使役被動過去式	敬體使役被動	敬體使役被動過去式	て形	
話させられない 不被迫説	話させられなか った （以前）沒被迫説	話させられませ ん 不被迫説	話させられません でした （以前）沒被迫説	話さないで 不（要）説…	
肯定表現組					
常體	常體過去式	敬體	敬體過去式	連體形	連體形過去式
話す 説	話した 説了	話します 説	話しました 説了	話す人 説…的人	話した人 説了…的人
常體可能形肯定	常體可能形肯定 過去式	敬體可能形肯定	敬體可能形肯定 過去式	常體被動	常體被動過去式
話せる 能夠説	話せた （以前）能夠説	話せます 能夠説	話せました （以前）能夠説	話される 被…説	話された 被…説了
敬體被動	敬體被動過去式	常體使役	常體使役過去式	敬體使役	敬體使役過去式
話されます 被…説	話されました 被…説了	話させる 讓…説	話させた 讓…説了	話させます 讓…説	話させました 讓…説了
常體使役被動	常體使役被動過去式	敬體使役被動	敬體使役被動過去式	て形	
話させられる 被迫説…	話させられた 被迫説了…	話させられます 被迫説…	話させられました 被迫説了…	話して 説…	
假定、命令、推量表現組					
常體否定假定	常體否定假定	常體否定假定	常體假定	常體假定	常體假定
話さないなら 假如不説的話…	話さなかったら 如果不説的話…	話さなければ 如果不説就會…	話すなら 假如説的話…	話したら 如果説了的話…	話せば 如果説了就會…
敬體假定	命令表現	反向命令表現	常體推量表現	敬體推量表現	
話しましたら 如果説了的話…	話せ 給我説！	話すな 不准説	話そう 説吧！	話しましょう 説吧！	

干す／乾す (ほす／ほす) 弄乾、曬乾、晾乾

否定表現組

常體	常體過去式	敬體	敬體過去式	連體形	連體形過去式
干さない 不弄乾	干さなかった （以前）沒弄乾	干しません 不弄乾	干しませんでした （以前）沒弄乾	干さない人 不弄乾…的人	干さなかった人 （以前）沒弄乾…的人

常體可能形否定	常體可能形否定過去式	敬體可能形否定	敬體可能形否定過去式	常體被動	常體被動過去式
干せない 不能弄乾	干せなかった （以前）不能弄乾	干せません 不能弄乾	干せませんでした （以前）不能弄乾	干されない 不被…弄乾	干されなかった （以前）沒被…弄乾

敬體被動	敬體被動過去式	常體使役	常體使役過去式	敬體使役	敬體使役過去式
干されません 不被…弄乾	干されませんでした （以前）沒被…弄乾	干させない 不讓…弄乾	干させなかった （以前）沒讓…弄乾	干させません 不讓…弄乾	干させませんでした （以前）沒讓…弄乾

常體使役被動	常體使役被動過去式	敬體使役被動	敬體使役被動過去式	て形
干させられない 不被迫弄乾	干させられなかった （以前）沒被迫弄乾	干させられません 不被迫弄乾	干させられませんでした （以前）沒被迫弄乾	干さないで 不（要）弄乾…

肯定表現組

常體	常體過去式	敬體	敬體過去式	連體形	連體形過去式
干す 弄乾	干した 弄乾了	干します 弄乾	干しました 弄乾了	干す人 弄乾…的人	干した人 弄乾了…的人

常體可能形肯定	常體可能形肯定過去式	敬體可能形肯定	敬體可能形肯定過去式	常體被動	常體被動過去式
干せる 能弄乾	干せた （以前）能弄乾	干せます 能弄乾	干せました （以前）能弄乾	干される 被…弄乾	干された 被…弄乾了

敬體被動	敬體被動過去式	常體使役	常體使役過去式	敬體使役	敬體使役過去式
干されます 被…弄乾	干されました 被…弄乾了	干させる 讓…弄乾	干させた 讓…弄乾了	干させます 讓…弄乾	干させました 讓…弄乾了

常體使役被動	常體使役被動過去式	敬體使役被動	敬體使役被動過去式	て形
干させられる 被迫弄乾…	干させられた 被迫弄乾了…	干させられます 被迫弄乾…	干させられました 被迫弄乾了…	干して 弄乾…

假定、命令、推量表現組

常體否定假定	常體否定假定	常體否定假定	常體假定	常體假定	常體假定
干さないなら 假如不弄乾的話…	干さなかったら 如果不弄乾的話…	干さなければ 如果不弄乾就會…	干すなら 假如弄乾的話…	干したら 如果弄乾的話…	干せば 如果弄乾了就會…

敬體假定	命令表現	反向命令表現	常體推量表現	敬體推量表現
干しましたら 如果弄乾的話…	干せ 給我弄乾！	干すな 不准弄乾	干そう 弄乾吧！	干しましょう 弄乾吧！

回す　轉動、傳閱

否定表現組

常體	常體過去式	敬體	敬體過去式	連體形	連體形過去式
回さない 不轉動	回さなかった （以前）沒轉動	回しません 不轉動	回しませんでした （以前）沒轉動	回さない人 不轉動…的人	回さなかった人 （以前）沒轉動…的人
常體可能形否定	常體可能形否定過去式	敬體可能形否定	敬體可能形否定過去式	常體被動	常體被動過去式
回せない 無法轉動	回せなかった （以前）無法轉動	回せません 無法轉動	回せませんでした （以前）無法轉動	回されない 不被…轉動	回されなかった （以前）沒被…轉動
敬體被動	敬體被動過去式	常體使役	常體使役過去式	敬體使役	敬體使役過去式
回されません 不被…轉動	回されませんでした （以前）沒被…轉動	回させない 不讓…轉動	回させなかった （以前）沒讓…轉動	回させません 不讓…轉動	回させませんでした （以前）沒讓…轉動
常體使役被動	常體使役被動過去式	敬體使役被動	敬體使役被動過去式	て形	
回させられない 不被迫轉動	回させられなかった （以前）沒被迫轉動	回させられません 不被迫轉動	回させられませんでした （以前）沒被迫轉動	回さないで 不（要）轉動…	

肯定表現組

常體	常體過去式	敬體	敬體過去式	連體形	連體形過去式
回す 轉動	回した 轉動了	回します 轉動	回しました 轉動了	回す人 轉動…的人	回した人 轉動了…的人
常體可能形肯定	常體可能形肯定過去式	敬體可能形肯定	敬體可能形肯定過去式	常體被動	常體被動過去式
回せる 能夠轉動	回せた （以前）能夠轉動	回せます 能夠轉動	回せました （以前）能夠轉動	回される 被…轉動	回された 被…轉動了
敬體被動	敬體被動過去式	常體使役	常體使役過去式	敬體使役	敬體使役過去式
回されます 被…轉動	回されました 被…轉動了	回させる 讓…轉動	回させた 讓…轉動了	回させます 讓…轉動	回させました 讓…轉動了
常體使役被動	常體使役被動過去式	敬體使役被動	敬體使役被動過去式	て形	
回させられる 被迫轉動	回させられた 被迫轉動了	回させられます 被迫轉動	回させられました 被迫轉動了	回して 轉動…	

假定、命令、推量表現組

常體否定假定	常體否定假定	常體否定假定	常體假定	常體假定	常體假定
回さないなら 假如不轉動的話…	回さなかったら 如果不轉動的話…	回さなければ 如果不轉動就會…	回すなら 假如轉動的話…	回したら 如果轉動的話…	回せば 如果轉動了就會…
敬體假定	命令表現	反向命令表現	常體推量表現	敬體推量表現	
回しましたら 如果轉動的話…	回せ 給我轉動！	回すな 不准轉	回そう 轉動吧！	回しましょう 轉動吧！	

満<ruby>み</ruby>たす　斟滿、填滿、滿足（條件）

否定表現組					
常體	常體過去式	敬體	敬體過去式	連體形	連體形過去式
満たさない 不斟滿	満たさなかった （以前）沒斟滿	満たしません 不斟滿	満たしませんでした （以前）沒斟滿	満たさない人 不斟滿…的人	満たさなかった人 （以前）沒斟滿…的人
常體可能形否定	常體可能形否定過去式	敬體可能形否定	敬體可能形否定過去式	常體被動	常體被動過去式
満たせない 不能斟滿	満たせなかった （以前）不能斟滿	満たせません 不能斟滿	満たせませんでした （以前）不能斟滿	満たされない 不被…斟滿	満たされなかった （以前）沒被…斟滿
敬體被動	敬體被動過去式	常體使役	常體使役過去式	敬體使役	敬體使役過去式
満たされません 不被…斟滿	満たされませんでした （以前）沒被…斟滿	満たさせない 不讓…斟滿	満たさせなかった （以前）沒讓…斟滿	満たさせません 不讓…斟滿	満たさせませんでした （以前）沒讓…斟滿
常體使役被動	常體使役被動過去式	敬體使役被動	敬體使役被動過去式	て形	
満たさせられない 不被迫斟滿	満たさせられなかった （以前）沒被迫斟滿	満たさせられません 不被迫斟滿	満たさせられませんでした （以前）沒被迫斟滿	満たさないで 不（要）斟滿…	

肯定表現組					
常體	常體過去式	敬體	敬體過去式	連體形	連體形過去式
満たす 斟滿	満たした 斟滿了	満たします 斟滿	満たしました 斟滿了	満たす人 斟滿…的人	満たした人 斟滿了…的人
常體可能形肯定	常體可能形肯定過去式	敬體可能形肯定	敬體可能形肯定過去式	常體被動	常體被動過去式
満たせる 讓…斟滿	満たせた （以前）讓…斟滿	満たせます 讓…斟滿	満たせました （以前）讓…斟滿	満たされる 被…斟滿	満たされた 被…斟滿了
敬體被動	敬體被動過去式	常體使役	常體使役過去式	敬體使役	敬體使役過去式
満たされます 被…斟滿	満たされました 被…斟滿了	満たさせる 讓…斟滿	満たさせた 讓…斟滿了	満たさせます 讓…斟滿	満たさせました 讓…斟滿了
常體使役被動	常體使役被動過去式	敬體使役被動	敬體使役被動過去式	て形	
満たさせられる 被迫斟滿	満たさせられた 被迫斟滿了	満たさせられます 被迫斟滿	満たさせられました 被迫斟滿了	満たして 斟滿…	

假定、命令、推量表現組					
常體否定假定	常體否定假定	常體否定假定	常體假定	常體假定	常體假定
満たさないなら 假如不斟滿的話…	満たさなかったら 如果不斟滿的話…	満たさなければ 如果不斟滿就會…	満たすなら 假如斟滿的話…	満たしたら 如果斟滿的話…	満たせば 如果斟滿了就會…
敬體假定	命令表現	反向命令表現	常體推量表現	敬體推量表現	
満たしましたら 如果斟滿的話…	満たせ 給我斟滿！	満たすな 不准斟滿	満たそう 斟滿吧！	満たしましょう 斟滿吧！	

133

寝かす <small>ね</small>

讓…睡覺、讓…躺下、囤積（貨品）、累積（金錢）

否定表現組

常體	常體過去式	敬體	敬體過去式	連體形	連體形過去式
寝かさない 不囤積	寝かさなかった （以前）沒囤積	寝かしません 不囤積	寝かしませんでした （以前）沒囤積	寝かさない人 不囤積…的人	寝かさなかった人 （以前）沒囤積…的人
常體可能形否定	常體可能形否定過去式	敬體可能形否定	敬體可能形否定過去式	常體被動	常體被動過去式
寝かせない 不能囤積	寝かせなかった （以前）不能囤積	寝かせません 不能囤積	寝かせませんでした （以前）不能囤積	寝かされない 不被…囤積	寝かされなかった （以前）沒被…囤積
敬體被動	敬體被動過去式	常體使役	常體使役過去式	敬體使役	敬體使役過去式
寝かされません 不被…囤積	寝かされませんでした （以前）沒被…囤積	寝かさせない 不讓…囤積	寝かさせなかった （以前）沒讓…囤積	寝かさせません 不讓…囤積	寝かさせませんでした （以前）沒讓…囤積
常體使役被動	常體使役被動過去式	敬體使役被動	敬體使役被動過去式	て形	
寝かさせられない 不被迫囤積	寝かさせられなかった （以前）沒被迫囤積	寝かさせられません 不被迫囤積	寝かさせられませんでした （以前）沒被迫囤積	寝かさないで 不（要）囤積…	

肯定表現組

常體	常體過去式	敬體	敬體過去式	連體形	連體形過去式
寝かす 囤積	寝かした 囤積了	寝かします 囤積	寝かしました 囤積了	寝かす人 囤積的人	寝かした人 囤積了的人
常體可能形肯定	常體可能形肯定過去式	敬體可能形肯定	敬體可能形肯定過去式	常體被動	常體被動過去式
寝かせる 能囤積	寝かせた （以前）能囤積	寝かせます 能囤積	寝かせました （以前）能囤積	寝かされる 被…囤積	寝かされた 被…囤積了
敬體被動	敬體被動過去式	常體使役	常體使役過去式	敬體使役	敬體使役過去式
寝かされます 被…囤積	寝かされました 被…囤積了	寝かさせる 讓…囤積	寝かさせた 讓…囤積了	寝かさせます 讓…囤積	寝かさせました 讓…囤積了
常體使役被動	常體使役被動過去式	敬體使役被動	敬體使役被動過去式	て形	
寝かさせられる 被迫囤積	寝かさせられた 被迫囤積了	寝かさせられます 被迫囤積	寝かさせられました 被迫囤積了	寝かして 囤積…	

假定、命令、推量表現組

常體否定假定	常體否定假定	常體否定假定	常體假定	常體假定	常體假定
寝かさないなら 假如不囤積的話…	寝かさなかったら 如果不囤積的話…	寝かさなければ 如果不囤積就會…	寝かすなら 假如囤積的話…	寝かしたら 如果囤積的話…	寝かせば 如果囤積了就會…
敬體假定	命令表現	反向命令表現	常體推量表現	敬體推量表現	
寝かしましたら 如果囤積的話…	寝かせ 給我囤積！	寝かすな 不准囤積	寝かそう 囤積吧！	寝かしましょう 囤積吧！	

> **加強觀念** 這個動詞作為「使役性質」的「讓…睡覺、讓…躺下」的意思時，無法再變化成使役形。

五段動詞詞尾す的文法接續應用

使用意義	日文表現	意思	例句
表不作某動作而做下一動作	話_{はな}さずに	沒說就…	最後_{さいご}は、一言_{ひとこと}も話_{はな}さずに分_わかれた。 （到了最後，一句話都沒說就分離了。）
表使役	話_{はな}させる	使…說	英会話教室_{えいかいわきょうしつ}とは学生_{がくせい}に英語_{えいご}を話_{はな}させるところなんですよ。 （英語會話教室就是讓學生開口說英文的地方。）
表被動	話_{はな}される	被說	女子会_{じょしかい}でよく話_{はな}されるテーマは何_{なん}ですか。 （女生們的聚會最常聊的話題是甚麼呢？）
表必須	話_{はな}さなければならない	不得不說	北村先生_{きたむらせんせい}の授業_{じゅぎょう}では日本語_{にほんご}で話_{はな}さなければなりません。 （北村老師的課一定要用日文說話。）
表反向逆接	話_{はな}さなくても	即使不說…	両思_{りょうおも}いのカップルは時々_{ときどき}話_{はな}さなくても分_わかり合_あえるそうです。 （兩情相悅的情侶有時候什麼都不用說就能彼此了解。）
表目的	話_{はな}しに	來說	今日_{きょう}は大事_{だいじ}なことを話_{はな}しに来_きました。 （我今天是來講重要的事情的。）
表同步行為	話_{はな}しながら	一邊說，一邊…	先生_{せんせい}と話_{はな}しながらスマホを使_{つか}うのは大変失礼_{たいへんしつれい}なことです。 （和老師一邊說話一邊滑手機是非常不禮貌的事。）
表希望	話_{はな}したい	想說	君_{きみ}に話_{はな}したいことがあります。 （我有話想和你說。）
表順接	話_{はな}すし	既說	彼_{かれ}は君_{きみ}のことも話_{はな}すし、両親_{りょうしん}のことも話_{はな}すよ。 （他既會談論到你的事，也會談論到雙親。）
表主觀原因	話_{はな}すから	因為說	うちのお母_{おな}さんはいつも同_{おな}じことを話_{はな}すから、うんざりしますよ。 （我媽每次都一直重複同樣的話，好煩喔。）
表客觀原因	話_{はな}すので	由於說	久_{ひさ}しぶりに外国人_{がいこくじん}の前_{まえ}で話_{はな}すので少_{すこ}し緊張_{きんちょう}しました。 （很久沒有在外國人前面開口說話了，所以有點緊張。）
表理應	話_{はな}すはず	理當說	専門_{せんもん}の弁護士_{べんごし}の先生_{せんせい}によれば、無実_{むじつ}の人_{ひと}ならこう話_{はな}すはずだそうです。 （根據專業律師的說法，如果是清白的人應該是會這樣說的。）
表應當	話_{はな}すべき	應當說	リストラのことは奥_{おく}さんに正直_{しょうじき}に話_{はな}すべきですよ。 （被裁員的事應該跟你太太老實說才是喔。）
表道理	話_{はな}すわけ	說的道理	すべてを話_{はな}すわけではありません。 （並不是全部的內容都要談。）

使用意義	日文表現	意思	例句
表逆接	話すのに	說了卻	家ではたくさん話すのに、学校では黙っています。 （在家可以說很多，但在學校卻反而說不出來。）
表逆接	話すけど	雖然說	LINE では話すけど、好きな人の前では何も話せないんです。 （在LINE上面聊天講話可以，但在喜歡的人面前卻什麼都說不出來。）
表比較	話すより	比起說	私は日本語を話すより書くほうが好きです。 （我的日文比起用說的，書寫方面比較好。）
表限定	話すだけ	只說	彼と話すだけで十分幸せだと感じます。 （只要能和他說說話我就覺得很幸福了。）
表假定	話すなら	說的話	英語で話すなら、どんな話題にしたらいいですか。 （要用英語談論的話，應該談什麼樣的話題較好呢？）
表可預期的目的	話すために	為了說	人とうまく話すために、会話トレーニングの塾に通っています。 （為了能和人好好溝通聊天，正在上會話訓練的課程。）
表不可預期的目的	話せるように	為了能說	日本語がもっと上手に話せるようになりたいです。 （希望日文能說得更加流利。）
表傳聞	話すそう	聽說要說	来週の日米首脳会議は両国の経済問題について話すそうです。 （聽說下禮拜的日美首腦會議要談有關兩國的經濟問題。）
表樣態	話すよう	好像說	彼らは今大変なことを話しているようです。 （他們現在好像在說很嚴重的事。）
表常識道理	話すもの	自然要說	人と話すときは目を見て話すものですよ。 （和別人說話的時候應應要看著對方的眼睛才是。）
表假定	話せば	說了就會	あのことを詳しく話せば長くなりますよ。 （那件事如果要詳談的話會說很久喔。）
表命令	話せ	給我說！	黙るな。話せ！ （不准不講話。給我說！）
表推量、勧誘	話そう	說吧！	中国語を話そう！【塾の標語】 （來說中文吧！【補習班的招生標語】）
表原因、表順接	話して	因為說、說了之後	母と話して、すっきりしました。 （和媽媽講完之後，暢快多了。）
表逆接	話しても	即使說了	会話ができない人といくら話しても無駄ですよ。 （和不會聊天的人說再多也是沒用。）

136

使用意義	日文表現	意思	例句
表請求	話してください	請說	すみません、ゆっくり話してください。 （不好意思，請説慢一點。）
表許可	話してもいい	可以說	今ちょっと話してもいいですか。 （現在方便説一下話嗎？）
表不許可	話してはいけない	不可以說	このことはママと話してはいけませんよ。 （這件事不可以跟媽媽説喔。）
表假定、順勢發展	話したら	說的話、說了就	合コンでいつも何を話したらいいかわかりません。 （我總是不知道在聯誼的時候該説什麼才好。）
表列舉	話したり	或說，或…	みんなは話したり、笑ったりしています。 （大家正在又説又笑的。）
表經驗	話したことがあります	曾經說過	フランス人と話したことがありますか。 （你曾經跟法國人説過話嗎？）
表逆接	話したとしても	即使說了	お父さんと話したとしてもわかってくれません。 （即使跟爸爸説他也不會懂的。）
表動作當下的時間點	話したところで	就算說了也	友達に悩みを話したところで、解決しない時もありますよね。 （有時候也是會有就算跟朋友説了自己的煩惱，但有時卻於事無補。）
表動作進行中	話している	正在說	お姉ちゃんは今お父さんと就職のことを話しています。 （姊姊現在正在跟爸爸談論就職的事情。）
表嘗試	話してみる	說看看	このテーマで話してみてください。 （請以這個主題談看看吧！）
表動作的遠移	話していく	去說	ちょっと部長と話していこう。 （我去跟部長談談。）
表動作的近移	話してくる	來說	ちょっと話してくるよ。 （我去談一下就來。）
表動作的預先動作	話しておく	預先說	結婚前に話しておくべきことはいくつかあります。 （結婚前有幾件事應該要先説好。）

打つ／撃つ／討つ 打、打擊／射擊／討伐、砍殺

否定表現組					
常體	常體過去式	敬體	敬體過去式	連體形	連體形過去式
打たない 不打	打たなかった （以前）沒打	打ちません 不打	打ちませんで した （以前）沒打	打たない人 不打…的人	打たなかった 人 （以前）沒打…的 人
常體可能形否定	常體可能形否定 過去式	敬體可能形否定	敬體可能形否定 過去式	常體被動	常體被動過去式
打てない 不能打	打てなかった （以前）不能打	打てません 不能打	打てませんで した （以前）不能打	打たれない 不被…打	打たれなかっ た （以前）沒被…打
敬體被動	敬體被動過去式	常體使役	常體使役過去式	敬體使役	敬體使役過去式
打たれません 不被…打	打たれません でした （以前）沒被…打	打たせない 不讓…打	打たせなかっ た （以前）沒讓…打	打たせません 不讓…打	打たせません でした （以前）沒讓…打
常體使役被動	常體使役被動過去式	敬體使役被動	敬體使役被動過去式	て形	
打たせられない 不被迫打	打たせられなか った （以前）沒被迫打	打たせられませ ん 不被迫打	打たせられませ んでした （以前）沒被迫打	打たないで 不（要）打…	

肯定表現組					
常體	常體過去式	敬體	敬體過去式	連體形	連體形過去式
打つ 打	打った 打了	打ちます 打	打ちました 打了	打つ人 打…的人	打った人 打了…的人
常體可能形肯定	常體可能形肯定 過去式	敬體可能形肯定	敬體可能形肯定 過去式	常體被動	常體被動過去式
打てる 能打	打てた （以前）能打	打てます 能打	打てました （以前）能打	打たれる 被…打	打たれた 被…打了
敬體被動	敬體被動過去式	常體使役	常體使役過去式	敬體使役	敬體使役過去式
打たれます 被…打	打たれました 被…打了	打たせる 讓…打	打たせた 讓…打了	打たせます 讓…打	打たせました 讓…打了
常體使役被動	常體使役被動過去式	敬體使役被動	敬體使役被動過去式	て形	
打たせられる 被迫打	打たせられた 被迫打了	打たせられます 被迫打	打たせられまし た 被迫打了	打って 打…	

假定、命令、推量表現組					
常體否定假定	常體否定假定	常體否定假定	常體假定	常體假定	常體假定
打たないなら 假如不打的話…	打たなかった ら 如果不打的話…	打たなければ 如果不打就會…	打つなら 假如打的話…	打ったら 如果打了的話…	打てば 如果打了就會…
敬體假定	命令表現	反向命令表現	常體推量表現	敬體推量表現	
打ちましたら 如果打了的話…	打て 給我打！	打つな 不准打	打とう 打吧！	打ちましょう 打吧！	

立つ／発つ／経つ／絶つ／断つ
站、站立／出發／（時間）經過／阻絕／中斷

否定表現組					
常體	常體過去式	敬體	敬體過去式	連體形	連體形過去式
立たない 不站	立たなかった （以前）沒站	立ちません 不站	立ちませんでした （以前）沒站	立たない人 不站…的人	立たなかった人 （以前）沒站…的人
常體可能形否定	常體可能形否定過去式	敬體可能形否定	敬體可能形否定過去式	常體被動	常體被動過去式
立てない 不能站	立てなかった （以前）不能站	立てません 不能站	立てませんでした （以前）不能站	立たれない 不被…站	立たれなかった （以前）沒被…站
敬體被動	敬體被動過去式	常體使役	常體使役過去式	敬體使役	敬體使役過去式
立たれません 不被…站	立たれませんでした （以前）沒被…站	立たせない 不讓…站	立たせなかった （以前）沒讓…站	立たせません 不讓…站	立たせませんでした （以前）沒讓…站
常體使役被動	常體使役被動過去式	敬體使役被動	敬體使役被動過去式	て形	
立たせられない 不被迫站	立たせられなかった （以前）沒被迫站	立たせられません 不被迫站	立たせられませんでした （以前）沒被迫站	立たないで 不（要）站…	

肯定表現組					
常體	常體過去式	敬體	敬體過去式	連體形	連體形過去式
立つ 站	立った 站了	立ちます 站	立ちました 站了	立つ人 站…的人	立った人 站了…的人
常體可能形肯定	常體可能形肯定過去式	敬體可能形肯定	敬體可能形肯定過去式	常體被動	常體被動過去式
立てる 能站	立てた （以前）能站	立てます 能站	立てました （以前）能站	立たれる 被…站	立たれた 被…站了
敬體被動	敬體被動過去式	常體使役	常體使役過去式	敬體使役	敬體使役過去式
立たれます 被…站	立たれました 被…站了	立たせる 讓…站	立たせた 讓…站了	立たせます 讓…站	立たせました 讓…站了
常體使役被動	常體使役被動過去式	敬體使役被動	敬體使役被動過去式	て形	
立たせられる 被迫站	立たせられた 被迫站了	立たせられます 被迫站	立たせられました 被迫站了	立って 站…	

假定、命令、推量表現組					
常體否定假定	常體否定假定	常體否定假定	常體假定	常體假定	常體假定
立たないなら 假如不站的話…	立たなかったら 如果不站的話…	立たなければ 如果不站就會…	立つなら 假如站的話…	立ったら 如果站了的話…	立てば 如果站了就會…
敬體假定	命令表現	反向命令表現	常體推量表現	敬體推量表現	
立ちましたら 如果站了的話…	立て 給我站！	立つな 不准站	立とう 站吧！	立ちましょう 站吧！	

否定表現組					
常體	常體過去式	敬體	敬體過去式	連體形	連體形過去式
保たない 不保持	保たなかった （以前）沒保持	保ちません 不保持	保ちませんでした （以前）沒保持	保たない記憶 不保持的記憶	保たなかった記憶 （以前）沒保持的記憶
常體可能形否定	常體可能形否定過去式	敬體可能形否定	敬體可能形否定過去式	常體被動	常體被動過去式
保てない 不能保持	保てなかった （以前）不能保持	保てません 不能保持	保てませんでした （以前）不能保持	保たれない 不被…保持	保たれなかった （以前）沒被…保持
敬體被動	敬體被動過去式	常體使役	常體使役過去式	敬體使役	敬體使役過去式
保たれません 不被…保持	保たれませんでした （以前）沒被…保持	保たせない 不讓…保持	保たせなかった （以前）沒讓…保持	保たせません 不讓…保持	保たせませんでした （以前）沒讓…保持
常體使役被動	常體使役被動過去式	敬體使役被動	敬體使役被動過去式	て形	
保たせられない 不被迫保持	保たせられなかった （以前）沒被迫保持	保たせられません 不被迫保持	保たせられませんでした （以前）沒被迫保持	保たないで 不（要）保持…	
肯定表現組					
常體	常體過去式	敬體	敬體過去式	連體形	連體形過去式
保つ 保持	保った 保持了	保ちます 保持	保ちました 保持了	保つ温度 保持的温度	保った温度 保持了的温度
常體可能形肯定	常體可能形肯定過去式	敬體可能形肯定	敬體可能形肯定過去式	常體被動	常體被動過去式
保てる 能保持	保てた （以前）能保持	保てます 能保持	保てました （以前）能保持	保たれる 被…保持	保たれた 被…保持了
敬體被動	敬體被動過去式	常體使役	常體使役過去式	敬體使役	敬體使役過去式
保たれます 被…保持	保たれました 被…保持了	保たせる 讓…保持	保たせた 讓…保持了	保たせます 讓…保持	保たせました 讓…保持了
常體使役被動	常體使役被動過去式	敬體使役被動	敬體使役被動過去式	て形	
保たせられる 被迫保持	保たせられた 被迫保持了	保たせられます 被迫保持	保たせられました 被迫保持了	保って 保持…	
假定、命令、推量表現組					
常體否定假定	常體否定假定	常體否定假定	常體假定	常體假定	常體假定
保たないなら 假如不保持的話…	保たなかったら 如果不保持的話…	保たなければ 如果不保持就會…	保つなら 假如保持的話…	保ったら 如果保持了的話…	保てば 如果保持了就會…
敬體假定	命令表現	反向命令表現	常體推量表現	敬體推量表現	
保ちましたら 如果保持的話…	保て 給我保持！	保つな 不准保持	保とう 保持吧！	保ちましょう 保持吧！	

放つ（はな） 放（出）、綻放、派遣

否定表現組

常體	常體過去式	敬體	敬體過去式	連體形	連體形過去式
放たない 不放出	放たなかった （以前）沒放出	放ちません 不放出	放ちませんでした （以前）沒放出	放たない悪臭 不放出的惡臭	放たなかった悪臭 （以前）沒放出的惡臭
常體可能形否定	常體可能形否定過去式	敬體可能形否定	敬體可能形否定過去式	常體被動	常體被動過去式
放てない 不能放出	放てなかった （以前）不能放出	放てません 不能放出	放てませんでした （以前）不能放出	放たれない 不被…放出	放たれなかった （以前）沒被…放出
敬體被動	敬體被動過去式	常體使役	常體使役過去式	敬體使役	敬體使役過去式
放たれません 不被…放出	放たれませんでした 沒被…放出	放たせない 不讓…放出	放たせなかった （以前）沒讓…放出	放たせません 不讓…放出	放たせませんでした （以前）沒讓…放出
常體使役被動	常體使役被動過去式	敬體使役被動	敬體使役被動過去式		て形
放たせられない 不被迫放出	放たせられなかった （以前）沒迫放出	放たせられません 不被迫放出	放たせられませんでした （以前）沒被迫放出		放たないで 不（要）放出…

肯定表現組

常體	常體過去式	敬體	敬體過去式	連體形	連體形過去式
放つ 放出	放った 放出了	放ちます 放出	放ちました 放出了	放つ悪臭 放出的惡臭	放った悪臭 放出了的惡臭
常體可能形肯定	常體可能形肯定過去式	敬體可能形肯定	敬體可能形肯定過去式	常體被動	常體被動過去式
放てる 能放出	放てた （以前）能放出	放てます 能放出	放てました （以前）能放出	放たれる 被…放出	放たれた 被…放出了
敬體被動	敬體被動過去式	常體使役	常體使役過去式	敬體使役	敬體使役過去式
放たれます 被…放出	放たれました 被…放出了	放たせる 讓…放出	放たせた 讓…放出了	放たせます 讓…放出	放たせました 讓…放出了
常體使役被動	常體使役被動過去式	敬體使役被動	敬體使役被動過去式		て形
放たせられる 被迫放出	放たせられた 被迫放出了	放たせられます 被迫放出	放たせられました 被迫放出了		放って 放出…

假定、命令、推量表現組

常體否定假定	常體否定假定	常體否定假定	常體假定	常體假定	常體假定
放たないなら 假如不放出的話…	放たなかったら 如果不放出的話…	放たなければ 如果不放出就會…	放つなら 假如放出的話…	放ったら 如果放出了的話…	放てば 如果放出了就會…
敬體假定	命令表現	反向命令表現	常體推量表現	敬體推量表現	
放ちましたら 如果放出了的話…	放て 給我放出！	放つな 不准放出	放とう 放出吧！	放ちましょう 放出吧！	

加強觀念　「放つ」是指「放出（氣體）、放箭」等的「放」，具體置放物體的「放」則是「置く（お）」。

141

待つ 等、等候

否定表現組

常體	常體過去式	敬體	敬體過去式	連體形	連體形過去式
待たない 不等	待たなかった （以前）沒等	待ちません 不等	待ちませんでした （以前）沒等	待たない人 不等…的人	待たなかった人 （以前）沒等…的人
常體可能形否定	**常體可能形否定過去式**	**敬體可能形否定**	**敬體可能形否定過去式**	**常體被動**	**常體被動過去式**
待てない 不能等	待てなかった （以前）不能等	待てません 不能等	待てませんでした （以前）不能等	待たれない 不被…等	待たれなかった （以前）沒被…等
敬體被動	**敬體被動過去式**	**常體使役**	**常體使役過去式**	**敬體使役**	**敬體使役過去式**
待たれません 不被…等	待たれませんでした （以前）沒被…等	待たせない 不讓…等	待たせなかった （以前）沒讓…等	待たせません 不讓…等	待たせませんでした （以前）沒讓…等
常體使役被動	**常體使役被動過去式**	**敬體使役被動**		**敬體使役被動過去式**	**て形**
待たせられない 不被迫等	待たせられなかった （以前）沒被迫等	待たせられません 不被迫等		待たせられませんでした （以前）沒被迫等	待たないで 不（要）等…

肯定表現組

常體	常體過去式	敬體	敬體過去式	連體形	連體形過去式
待つ 等	待った 等了	待ちます 等	待ちました 等了	待つ人 等…的人	待った人 等了…的人
常體可能形肯定	**常體可能形肯定過去式**	**敬體可能形肯定**	**敬體可能形肯定過去式**	**常體被動**	**常體被動過去式**
待てる 能等	待てた （以前）能等	待てます 能等	待てました （以前）能等	待たれる 被…等	待たれた 被…等了
敬體被動	**敬體被動過去式**	**常體使役**	**常體使役過去式**	**敬體使役**	**敬體使役過去式**
待たれます 被…等	待たれました 被…等了	待たせる 讓…等	待たせた 讓…等了	待たせます 讓…等	待たせました 讓…等了
常體使役被動	**常體使役被動過去式**	**敬體使役被動**		**敬體使役被動過去式**	**て形**
待たせられる 被迫等	待たせられた 被迫等了	待たせられます 被迫等		待たせられました 被迫等了	待って 等…

假定、命令、推量表現組

常體否定假定	常體否定假定	常體否定假定	常體假定	常體假定	常體假定
待たないなら 假如不等的話…	待たなかったら 如果不等的話…	待たなければ 如果不等就會…	待つなら 假如等的話…	待ったら 如果等了的話…	待てば 如果等了就會…
敬體假定	**命令表現**	**反向命令表現**	**常體推量表現**	**敬體推量表現**	
待ちましたら 如果等了的話…	待て 給我等！	待つな 不准等	待とう 等吧！	待ちましょう 等吧！	

五段動詞詞尾つ的文法接續應用

使用意義	日文表現	意思	例句
表不作某動作 而做下一動作	待たずに	沒等就…	彼は私を待たずに先に帰りました。 （他沒有等我自己先回去了。）
表使役	待たせる	使…等	しばらくここで待たせてもらえませんか。 （請問可以讓我暫時在這邊等嗎？）
表被動	待たれる	被等	日本語能力試験の結果が待たれる。 （期待著日本語能力測驗的成績單。）
表必須	待たなけれ ばならない	不得不等	あなたたちは6時までここで待たなければなりません。 （你們必須在這邊等到六點。）
表反向逆接	待たなくても	即使不 等…	正式な契約を待たなくても、その件は電話で処理できます。 （不用等正式的契約下來，那個案子可以用電話來處理就好。）
表目的	待ちに	來等	待ちに待った卒業式が始まりました。 （等了又等的畢業典禮終於開始了。）
表同步行為	待ちながら	一邊等， 一邊…	学生たちはバスを待ちながら立っていました。 （學生們一邊等公車一邊站著。）
表希望	待ちたい	想等	あなたからのフィードバックを待ちたいと思います。 （我想要等你的回覆。）
表順接	待つし	既等	私はあなたも待つし、彼も待つよ。 （我既在等你，也在等他。）
表主觀原因	待つから	因為等	ゆっくりしてください。家で待つから。 （慢慢來。因為我在家裡等你。）
表客觀原因	待つので	由於等	いつも彼女を待つので、もう慣れました。 （因為總是要等女朋友，所以已經習慣了。）
表理應	待つはず	理當等	あのとき、彼を駅で待つはずでした。 （那個時候我本來應該在車站等他的。）
表應當	待つべき	應當等	私は、どのくらい待つべきですか。 （我應該等多久才是呢？）
表道理	待つわけ	等的道理	飛行機は定時に離陸しなければならないので、搭乗に遅れた人を待つわけには行かないです。 （由於飛機都是按時起飛，所以沒道理要等候延遲搭機的人。）
表逆接	待つのに	等了卻	彼の返事を待つのに、30分もかかりました。 （等著他的回覆，竟然花了30分鐘。）

使用意義	日文表現	意思	例句
表逆接	待つけど	雖然等	３０分待つけど、全然苦にならないよ。 （雖然要等30分鐘，但一點都不會覺得累人。）
表比較	待つより	比起等	バスを待つよりもむしろ歩きたいです。 （與其等公車來我還寧願希望用走的。）
表限定	待つだけ	只等	私はそれを待つだけです。 （我就只等那個。）
表假定	待つなら	等的話	もう少し待つなら日陰のところで待ちましょう。 （如果還要再等一下下的話到有陰影的地方等吧。）
表可預期的目的	待つために	為了等	友だちを待つために、車を本屋の前でしばらく止めます。 （為了要等朋友，所以在書店前暫停一下。）
表不可預期的目的	待てるように	為了能等	妻はいつも買い物に時間をかけるので、もう慣れて気長に待てるようになった。 （老婆總是要花很長的時間買東西，所以我也變得在她結束前能夠耐心地等了。）
表傳聞	待つそう	聽說等	奥さんはあなたを朝まで待つそうです。 （聽説你老婆等你到天亮。）
表樣態	待つよう	好像等	その店は予約しても最低３０分待つようです。 （那間店好像即便預約也要等。）
表常識道理	待つもの	自然要等	男性は女性を待つものですから。 （男人等女人是天經地義的事。）
表假定	待てば	等的話	私はいつまで待てばいいですか。 （我該等到什麼時候呢？）
表命令	待て	給我等！	待て！泥棒！ （給我等一下！小偷！）
表推量、勸誘	待とう	等吧！	もうちょっと待とう！ （再等一下吧！）
表原因、表順接	待って	因為等、等了後	あと５分待って、まもなく会議が始まります。 （再等五分鐘，會議馬上就要開始了。）
表逆接	待っても	即使等了	いくら待っても彼は戻って来ないですよ。 （即使妳再怎麼等他也不會回來的。）
表請求	待ってください	請等	ちょっと待ってください。 （請等一下。）

使用意義	日文表現	意思	例句
表許可	待ってもいい	可以等	大丈夫です。ここで待ってもいいですよ。 （沒關係。你可以在這裡等喔。）
表不許可	待ってはいけない	不可以等	人込みの中で、人を待ってはいけないですよ。 （怎麼能在人潮之中等人呢！）
表假定、順勢發展	待ったら	等的話、等了就	もう少し待ったらどう？すぐに晴れるから。 （再等一下的話如何？因為馬上就要放晴了。）
表列舉	待ったり	或等，或…	発車するまでバスを待ったり友だちと話したりします。 （在發車前，等等公車或和朋友聊天。）
表經驗	待ったことがあります	曾經等過	人との待ち合わせで最高何時間待ったことがありますか。 （跟人約見面最高曾經等過幾個小時呢？）
表逆接	待ったとしても	即便等了	待ったとしても３０分までです。 （就算要等，上限也只能到30分而已。）
表動作當下的時間點	待ったところで	就算等了也	待ったところで、何も変わらないんです。 （就算再等下去也不會改變什麼。）
表動作進行中	待っている	正在等	メールを待っています。 （我正在等妳的訊息。）
表嘗試	待ってみる	等看看	私はもう少し待ってみる。 （我要再等看看。）
表動作的遠移	待っていく	帶過去	今日、雨ですよ。傘を持っていったほうがいいです。 （今天會下雨喔。帶傘出門比較好。）
表動作的近移	待ってくる	帶過來	午後の会議の資料を持ってきてください。 （請把下午開會的資料拿過來。）
表動作的預先動作	待っておく	預先等	待っておいて。 （請先等一下。）

否定表現組

常體	常體過去式	敬體	敬體過去式	連體形	連體形過去式
死なない 不死	死ななかった （以前）沒死	死にません 不死	死にませんでした （以前）沒死	死なない人 不死的人	死ななかった人 （以前）沒死的人
常體可能形否定	常體可能形否定過去式	敬體可能形否定	敬體可能形否定過去式	常體被動	常體被動過去式
死ねない 不能死	死ねなかった （以前）不能死	死ねません 不能死	死ねませんでした （以前）不能死	死なれない 不被…死	死なれなかった （以前）沒被…死
敬體被動	敬體被動過去式	常體使役	常體使役過去式	敬體使役	敬體使役過去式
死なれません 不被…死	死なれませんでした （以前）沒被…死	死なせない 不讓…死	死なせなかった （以前）沒讓…死	死なせません 不讓…死	死なせませんでした （以前）沒讓…死
常體使役被動	常體使役被動過去式	敬體使役被動	敬體使役被動過去式	て形	
死なせられない 不被迫死	死なせられなかった （以前）沒被迫死	死なせられません 不被迫死	死なせられませんでした （以前）沒被迫死	死なないで 不（要）死…	

肯定表現組

常體	常體過去式	敬體	敬體過去式	連體形	連體形過去式
死ぬ 死	死んだ 死了	死にます 死	死にました 死了	死ぬ人 死的人	死んだ人 死了的人
常體可能形肯定	常體可能形肯定過去式	敬體可能形肯定	敬體可能形肯定過去式	常體被動	常體被動過去式
死ねる 能死	死ねた （以前）能死了	死ねます 能死	死ねました （以前）能死了	死なれる 被…死	死なれた 被…死了
敬體被動	敬體被動過去式	常體使役	常體使役過去式	敬體使役	敬體使役過去式
死なれます 被…死	死なれました 被…死了	死なせる 讓…死	死なせた 讓…死了	死なせます 讓…死	死なせました 讓…死了
常體使役被動	常體使役被動過去式	敬體使役被動	敬體使役被動過去式	て形	
死なせられる 被迫死	死なせられた 被迫死了	死なせられます 被迫死	死なせられました 被迫死了	死んで 死…	

假定、命令、推量表現組

常體否定假定	常體否定假定	常體否定假定	常體假定	常體假定	常體假定
死なないなら 假如不死的話…	死ななかったら 如果不死的話…	死ななければ 如果不死就會…	死ぬなら 假如死的話…	死んだら 如果死了的話…	死ねば 如果死了就會…
敬體假定	命令表現	反向命令表現	常體推量表現	敬體推量表現	
死にましたら 如果死了的話…	死ね 給我死！	死ぬな 不准死	死のう 死吧！	死にましょう 死吧！	

五段動詞詞尾ぬ的文法接續應用

使用意義	日文表現	意思	例句
表不作某動作而做下一動作	死なずに	沒死就…	死なずに生きる方法が絶対あるよ。 （絕對有死裡逃生之道喲。）
表使役	死なせる	使…死	できればあなたを死なせたくないです。 （如果可以的話我也不想讓你死。）
表被動	死なれる	被死	高校三年のとき父に死なれて、大学へ行くのを諦めました。 （高三的時候因為父親過世，所以放棄了去唸大學。）
表必須	死ななければならない	不得不死	江戸時代では将軍の命令だったら、死ななければなりません。 （在江戶時期如果是將軍的命令，那就一定要死。）
表反向逆接	死ななくても	即使不死…	死ななくても大丈夫ですよ。 （也沒有　定要死喲！）
表目的	死にに	來死	死ににいくくらいなら、もっと頑張れよ。 （既然都有赴死的打算了，那就再加把勁吧！）
表同步行為	死にながら	一邊死，一邊…	死にながら実況プレイという言葉があるんだね。 （據說有「實況遊戲重覆挑戰（遊戲角色一直死掉重來）」的這句話呢！）
表希望	死にたい	想死	苦しいです。死にたい！ （好難受。好想死！）
表順接	死ぬし	既死	いつか人死ぬし、動物も死にます。 （人總有死亡的時候，動物也是一樣。）
表主觀原因	死ぬから	因為死	いずれ死ぬから、遺言を書いておこう。 （人終歸一死，還是先立下遺囑吧！）
表客觀原因	死ぬので	由於死	人間は１００歳くらいで死ぬので、それまでにしたいことをしよう。 （人類大約就100的壽命，所以在那之前，想做什麼就盡情去做吧！）
表理應	死ぬはず	理當死	癌にかかれば死ぬはずですか。 （罹患癌症後就一定會死嗎？）
表應當	死ぬべき	應當死	死ぬべき人とは、どんな人ですか。 （所謂「該死的人」，是什麼樣的人呢？）
表道理	死ぬわけ	死的道理	まだまだ、死ぬわけにはいきません。 （現在可還死不得。）
表逆接	死ぬのに	死了卻	これから死ぬと言ってたのに、まだ食べるの。 （都說就要赴死了，這節骨眼還要吃呀！）

使用意義	日文表現	意思	例句
表逆接	死ぬけど	雖然死	お父さんはもうすぐ死ぬけど、お母さんのことをよろしくな。 （爸爸我就快走了，媽媽就拜託你照顧了。）
表比較	死ぬより	比起死	死ぬよりちゃんと生きていくほうが大切なんです。 （比起死亡，好好地活下去更是重要。）
表限定	死ぬだけ	只死	死ぬだけ無駄です。 （死了也沒有幫助。）
表假定	死ぬなら	死的話	死ぬなら、もっと人生を楽しもう。 （如果真要死的話，那就多享樂一下人生。）
表可預期的目的	死ぬために	為了死	人間は死ぬために生きているのではないよ。 （人不是為了死而生存的。）
表不可預期的目的	死ねるように	為了能死	幸せに死ねるように、今頑張ろう。 （為了能夠含笑九泉，現在好好努力避免任何遺憾吧！）
表傳聞	死ぬそう	聽說要死	一酸化炭素中毒になると、寝ているように死ぬそうです。 （聽說如果一氣化碳中毒的話，是會在睡夢中死去的。）
表樣態	死ぬよう	好像死	これを食べると死ぬようです。 （若吃了這個好像會死掉的樣子。）
表常識道理	死ぬもの	自然要死	動物はいずれ死ぬものです。 （動物就是會終歸一死。）
表假定	死ねば	死了就會	死ねば分かるという言葉があるそうです。 （據説有句話説「死了後就懂了」。）
表命令	死ね	給我死！	【ケンカのとき】死ね！ （【吵架的時候】去死吧！）
表推量、勸誘	死のう	死吧！	死のうなんて言うな。 （不要説「一起死吧！」這種話。）
表原因、表順接	死んで	因為死、死了之後	10年飼ったペットが死んで、とても悲しいです。 （因為養了十年的寵物死了所以很難過。）
表逆接	死んでも	即使死了	お母さんが死んでも、相変わらず天国から見守ってあげますよ。 （即使媽媽我死了，我一樣會繼續從天國守護著你們唷。）
表請求	死んでください	請死	死んでくださいと言われたくないです。 （我可不想被別人説「請你去死吧！」。）

使用意義	日文表現	意思	例句
表許可	死んでもいい	可以死	死んでもいいなんて言葉を使ってはいけないよ。 （不可以説「我死了也沒差」的這種話。）
表不許可	死んではいけない	不可以死	子どもたちがまた小さいから、死んではいけません。 （因為孩子們還小所以你不能死。）
表假定、順勢發展	死んだら	死的話、死了就	もし私が死んだら、「絶対に泣くな」と約束してほしい。 （如果我死了，希望你能答應我千萬不要哭。）
表列舉	死んだり	或死，或…	生まれたり死んだり、それが生命というものです。 （會生亦會死，這就是生命的真理。）
表經驗	死んだことがあります	曾經死過	死んだことがあるという人に出会ったよ。 （我碰到了「曾經死過」的人喲！）
表逆接	死んだとしても	即使死了	たとえ死んだとしても、魂は現世に残るよ。 （即使人死了，魂魄也會殘留在塵世間。）
表動作當下的時間點	死んだところで	就算死了也	死んだところで何も解決しないよ。 （就算是死了，也無法解決什麼！）
表動作進行中	死んでいる	正在死	もう、死んでいるようだ。 （好像已經死了樣子。）
表嘗試	死んでみる	死看看	死んでみるなんて考えるな。 （千萬不要去想什麼「死看看」這回事。）
表動作的遠移	死んでいく	死過去	死んでいく人が通る道を霊道というそうです。 （聽說死而離去的人所路經的道路，稱之為「靈道」。）
表動作的近移	死んでくる	死過來	ちょっと死んでくることなんてできるの。 （説什麼「我去死一死再來（我死了一下復活再來）」，這可能嗎？）
表動作的預先動作	死んでおく	預先死	全ての生物は、死んでおくことはできないよ。 （生物不會全部都滅絕的。）

遊ぶ（あそ）　玩、遊玩

否定表現組

常體	常體過去式	敬體	敬體過去式	連體形	連體形過去式
遊ばない 不玩	遊ばなかった （以前）沒玩	遊びません 不玩	遊びませんでした （以前）沒玩	遊ばない人 不玩…的人	遊ばなかった人 （以前）沒玩…的人
常體可能形否定	常體可能形否定過去式	敬體可能形否定	敬體可能形否定過去式	常體被動	常體被動過去式
遊べない 不能玩	遊べなかった （以前）不能玩	遊べません 不能玩	遊べませんでした （以前）不能玩	遊ばれない 不被…玩	遊ばれなかった （以前）沒被…玩
敬體被動	敬體被動過去式	常體使役	常體使役過去式	敬體使役	敬體使役過去式
遊ばれません 不被…玩	遊ばれませんでした 沒被…玩	遊ばせない 不讓…玩	遊ばせなかった （以前）沒讓…玩	遊ばせません 不讓…玩	遊ばせませんでした （以前）沒讓…玩
常體使役被動	常體使役被動過去式	敬體使役被動		敬體使役被動過去式	て形
遊ばせられない 不被迫玩	遊ばせられなかった （以前）沒迫玩	遊ばせられません 不被迫玩		遊ばせられませんでした （以前）沒被迫玩	遊ばないで 不（要）玩…

肯定表現組

常體	常體過去式	敬體	敬體過去式	連體形	連體形過去式
遊ぶ 玩	遊んだ 玩了	遊びます 玩	遊びました 玩了	遊ぶ人 玩…的人	遊んだ人 玩了…的人
常體可能形肯定	常體可能形肯定過去式	敬體可能形肯定	敬體可能形肯定過去式	常體被動	常體被動過去式
遊べる 能玩	遊べた （以前）能玩	遊べます 能玩	遊べました （以前）能玩	遊ばれる 被…玩	遊ばれた 被…玩了
敬體被動	敬體被動過去式	常體使役	常體使役過去式	敬體使役	敬體使役過去式
遊ばれます 被…玩	遊ばれました 被…玩了	遊ばせる 讓…玩	遊ばせた 讓…玩了	遊ばせます 讓…玩	遊ばせました 讓…玩了
常體使役被動	常體使役被動過去式	敬體使役被動		敬體使役被動過去式	て形
遊ばせられる 被迫玩	遊ばせられた 被迫玩了	遊ばせられます 被迫玩		遊ばせられました 被迫玩了	遊んで 玩…

假定、命令、推量表現組

常體否定假定	常體否定假定	常體否定假定	常體假定	常體假定	常體假定
遊ばないなら 假如不玩的話…	遊ばなかったら 如果不玩的話…	遊ばなければ 如果不玩就會…	遊ぶなら 假如玩的話…	遊んだら 如果玩了的話…	遊べば 如果玩了就會…
敬體假定	命令表現		反向命令表現	常體推量表現	敬體推量表現
遊びましたら 如果玩了的話…	遊べ 給我玩！		遊ぶな 不准玩	遊ぼう 玩吧！	遊びましょう 玩吧！

浮かぶ 浮、漂浮、飄浮、浮現

否定表現組					
常體	常體過去式	敬體	敬體過去式	連體形	連體形過去式
浮かばない 不浮	浮かばなかった （以前）沒浮	浮かびません 不浮	浮かびませんでした （以前）沒浮	浮かばない風船 不飄浮的氣球	浮かばなかった風船 （以前）沒飄浮的氣球
常體可能形否定	常體可能形否定過去式	敬體可能形否定	敬體可能形否定過去式	常體被動	常體被動過去式
浮かべない 不能浮	浮かべなかった （以前）不能浮	浮かべません 不能浮	浮かべませんでした （以前）不能浮	浮かばれない 不被…浮	浮かばれなかった （以前）沒被…浮
敬體被動	敬體被動過去式	常體使役	常體使役過去式	敬體使役	敬體使役過去式
浮かばれません 不被…浮	浮かばれませんでした （以前）沒被…浮	浮かばせない 不讓…浮	浮かばせなかった （以前）沒讓…浮	浮かばせません 不讓…浮	浮かばせませんでした （以前）沒讓…浮
常體使役被動	常體使役被動過去式	敬體使役被動	敬體使役被動過去式	て形	
浮かばせられない 不被迫浮現	浮かばせられなかった （以前）沒被迫浮現	浮かばせられません 不被迫浮現	浮かばせられませんでした （以前）沒被迫浮現	浮かばないで 不（要）浮…	

肯定表現組					
常體	常體過去式	敬體	敬體過去式	連體形	連體形過去式
浮かぶ 浮	浮かんだ 浮了	浮かびます 浮	浮かびました 浮了	浮かぶ風船 浮飄的氣球	浮かんだ風船 浮飄了的氣球
常體可能形肯定	常體可能形肯定過去式	敬體可能形肯定	敬體可能形肯定過去式	常體被動	常體被動過去式
浮かべる 能浮	浮かべた （以前）能浮	浮かべます 能浮	浮かべました （以前）能浮	浮かばれる 被…浮	浮かばれた 被…浮了
敬體被動	敬體被動過去式	常體使役	常體使役過去式	敬體使役	敬體使役過去式
浮かばれます 被…浮	浮かばれました 被…浮了	浮かばせる 讓…浮	浮かばせた 讓…浮了	浮かばせます 讓…浮	浮かばせました 讓…浮了
常體使役被動	常體使役被動過去式	敬體使役被動	敬體使役被動過去式	て形	
浮かばせられる 被迫浮現	浮かばせられた 被迫浮現了	浮かばせられます 被迫浮現	浮かばせられました 被迫浮現了	浮かんで 浮…	

假定、命令、推量表現組					
常體否定假定	常體否定假定	常體否定假定	常體假定	常體假定	常體假定
浮かばないなら 假如不浮的話…	浮かばなかったら 如果不浮的話…	浮かばなければ 如果不浮就會…	浮かぶなら 假如浮的話…	浮かんだら 如果浮了的話…	浮かべば 如果浮了就會…
敬體假定	命令表現	反向命令表現	常體推量表現	敬體推量表現	
浮かびましたら 如果浮了的話…	浮かべ 給我浮起來！	浮かぶな 不准浮	浮かばう 浮現吧！	浮かびましょう 浮現吧！	

叫ぶ（さけ） 喊、喊叫

否定表現組

常體	常體過去式	敬體	敬體過去式	連體形	連體形過去式
叫ばない 不喊	叫ばなかった （以前）沒喊	叫びません 不喊	叫びませんでした （以前）沒喊	叫ばない人 不喊…的人	叫ばなかった人 （以前）沒喊…的人
常體可能形否定	常體可能形否定過去式	敬體可能形否定	敬體可能形否定過去式	常體被動	常體被動過去式
叫べない 不能喊	叫べなかった （以前）不能喊	叫べません 不能喊	叫べませんでした （以前）不能喊	叫ばれない 不被…喊	叫ばれなかった （以前）沒被…喊
敬體被動	敬體被動過去式	常體使役	常體使役過去式	敬體使役	敬體使役過去式
叫ばれません 不被…喊	叫ばれませんでした （以前）沒被…喊	叫ばせない 不讓…喊	叫ばせなかった （以前）沒讓…喊	叫ばせません 不讓…喊	叫ばせませんでした （以前）沒讓…喊
常體使役被動	常體使役被動過去式	敬體使役被動	敬體使役被動過去式	て形	
叫ばせられない 不被迫喊	叫ばせられなかった （以前）沒被迫喊了	叫ばせられません 不被迫喊	叫ばせられませんでした （以前）沒被迫喊了	叫ばないで 不（要）喊…	

肯定表現組

常體	常體過去式	敬體	敬體過去式	連體形	連體形過去式
叫ぶ 喊	叫んだ 喊了	叫びます 喊	叫びました 喊了	叫ぶ人 喊…的人	叫んだ人 喊了…的人
常體可能形肯定	常體可能形肯定過去式	敬體可能形肯定	敬體可能形肯定過去式	常體被動	常體被動過去式
叫べる 能喊	叫べた （以前）能喊	叫べます 能喊	叫べました （以前）能喊	叫ばれる 被…喊	叫ばれた 被…喊了
敬體被動	敬體被動過去式	常體使役	常體使役過去式	敬體使役	敬體使役過去式
叫ばれます 被…喊	叫ばれました 被…喊了	叫ばせる 讓…喊	叫ばせた 讓…喊了	叫ばせます 讓…喊	叫ばせました 讓…喊了
常體使役被動	常體使役被動過去式	敬體使役被動	敬體使役被動過去式	て形	
叫ばせられる 被迫喊	叫ばせられた 被迫喊了	叫ばせられます 被迫喊	叫ばせられました 被迫喊了	叫んで 喊…	

假定、命令、推量表現組

常體否定假定	常體否定假定	常體否定假定	常體假定	常體假定	常體假定
叫ばないなら 假如不喊的話…	叫ばなかったら 如果不喊的話…	叫ばなければ 如果不喊就會…	叫ぶなら 假如喊的話…	叫んだら 如果喊了的話…	叫べば 如果喊了就會…
敬體假定	命令表現	反向命令表現	常體推量表現	敬體推量表現	
叫びましたら 如果喊了的話…	叫べ 給我喊！	叫ぶな 不准喊	叫ぼう 喊吧！	叫びましょう 喊吧！	

忍ぶ／偲ぶ <ruby>忍<rt>しの</rt></ruby>ぶ／<ruby>偲<rt>しの</rt></ruby>ぶ　忍、忍耐／追思、追憶

否定表現組					
常體	常體過去式	敬體	敬體過去式	連體形	連體形過去式
忍ばない 不忍耐	忍ばなかった （以前）沒忍耐	忍びません 不忍耐	忍びませんでした （以前）沒忍耐	忍ばない人 不忍耐…的人	忍ばなかった人 （以前）沒忍耐…的人
常體可能形否定	常體可能形否定過去式	敬體可能形否定	敬體可能形否定過去式	常體被動	常體被動過去式
忍べない 不能忍耐	忍べなかった （以前）不能忍耐	忍べません 不能忍耐	忍べませんでした （以前）不能忍耐	忍ばれない 不被…忍耐	忍ばれなかった （以前）沒被…忍耐
敬體被動	敬體被動過去式	常體使役	常體使役過去式	敬體使役	敬體使役過去式
忍ばれません 不被…忍耐	忍ばれませんでした （以前）沒被…忍耐	忍ばせない 不讓…忍耐	忍ばせなかった （以前）沒讓…忍耐	忍ばせません 不讓…忍耐	忍ばせませんでした （以前）沒讓…忍耐
常體使役被動	常體使役被動過去式	敬體使役被動	敬體使役被動過去式	て形	
忍ばせられない 不被迫忍耐	忍ばせられなかった （以前）沒被迫忍耐	忍ばせられません 不被迫忍耐	忍ばせられませんでした （以前）沒被迫忍耐	忍ばないで 不（要）忍耐…	

肯定表現組					
常體	常體過去式	敬體	敬體過去式	連體形	連體形過去式
忍ぶ 忍耐	忍んだ 忍耐了	忍びます 忍耐	忍びました 忍耐了	忍ぶ人 忍耐…的人	忍んだ人 忍耐…的人
常體可能形肯定	常體可能形肯定過去式	敬體可能形肯定	敬體可能形肯定過去式	常體被動	常體被動過去式
忍べる 能忍耐	忍べた （以前）能忍耐	忍べます 能忍耐	忍べました （以前）能忍耐	忍ばれる 被…忍耐	忍ばれた 被…忍耐了
敬體被動	敬體被動過去式	常體使役	常體使役過去式	敬體使役	敬體使役過去式
忍ばれます 被…忍耐	忍ばれました 被…忍耐了	忍ばせる 讓…忍耐	忍ばせた 讓…忍耐了	忍ばせます 讓…忍耐	忍ばせました 讓…忍耐了
常體使役被動	常體使役被動過去式	敬體使役被動	敬體使役被動過去式	て形	
忍ばせられる 被迫忍耐	忍ばせられた 被迫忍耐了	忍ばせられます 被迫忍耐	忍ばせられました 被迫忍耐了	忍んで 忍耐…	

假定、命令、推量表現組					
常體否定假定	常體否定假定	常體否定假定	常體假定	常體假定	常體假定
忍ばないなら 假如不忍耐的話…	忍ばなかったら 如果不忍耐的話…	忍ばなければ 如果不忍耐就會…	忍ぶなら 假如忍耐的話…	忍んだら 如果忍耐的話…	忍べば 如果忍耐了就會…
敬體假定	命令表現	反向命令表現	常體推量表現	敬體推量表現	
忍びましたら 如果忍耐的話…	忍べ 給我忍耐！	忍ぶな 不准忍耐	忍ぼう 忍耐吧！	忍びましょう 忍耐吧！	

尊ぶ とうと 尊崇、敬重

否定表現組

常體	常體過去式	敬體	敬體過去式	連體形	連體形過去式
尊ばない 不尊崇	尊ばなかった （以前）沒尊崇	尊びません 不尊崇	尊びませんでした （以前）沒尊崇	尊ばない人 不尊崇…的人	尊ばなかった人 （以前）沒尊崇…的人
常體可能形否定	常體可能形否定過去式	敬體可能形否定	敬體可能形否定過去式	常體被動	常體被動過去式
尊べない 不能尊崇	尊べなかった （以前）不能尊崇	尊べません 不能尊崇	尊べませんでした （以前）不能尊崇	尊ばれない 不被…尊崇	尊ばれなかった （以前）沒被…尊崇
敬體被動	敬體被動過去式	常體使役	常體使役過去式	敬體使役	敬體使役過去式
尊ばれません 不被尊崇	尊ばれませんでした （以前）沒被…尊崇	尊ばせない 不讓…尊崇	尊ばせなかった （以前）沒讓…尊崇	尊ばせません 不讓…尊崇	尊ばせませんでした （以前）沒讓…尊崇
常體使役被動	常體使役被動過去式	敬體使役被動	敬體使役被動過去式	て形	
尊ばせられない 不被迫尊崇	尊ばせられなかった （以前）沒被迫尊崇	尊ばせられません 不被迫尊崇	尊ばせられませんでした （以前）沒被迫尊崇	尊ばないで 不（要）尊崇…	

肯定表現組

常體	常體過去式	敬體	敬體過去式	連體形	連體形過去式
尊ぶ 尊崇	尊んだ 尊崇了	尊びます 尊崇	尊びました 尊崇了	尊ぶ人 尊崇…的人	尊んだ人 尊崇了…的人
常體可能形肯定	常體可能形肯定過去式	敬體可能形肯定	敬體可能形肯定過去式	常體被動	常體被動過去式
尊べる 能尊崇	尊べた （以前）能尊崇	尊べます 能尊崇	尊べました （以前）能尊崇	尊ばれる 被…尊崇	尊ばれた 被…尊崇了
敬體被動	敬體被動過去式	常體使役	常體使役過去式	敬體使役	敬體使役過去式
尊ばれます 被…尊崇	尊ばれました 被…尊崇了	尊ばせる 讓…尊崇	尊ばせた 讓…尊崇了	尊ばせます 讓…尊崇	尊ばせました 讓…尊崇了
常體使役被動	常體使役被動過去式	敬體使役被動	敬體使役被動過去式	て形	
尊ばせられる 被迫尊崇	尊ばせられた 被迫尊崇了	尊ばせられます 被迫尊崇	尊ばせられました 被迫尊崇了	尊んで 尊崇…	

假定、命令、推量表現組

常體否定假定	常體否定假定	常體否定假定	常體假定	常體假定	常體假定
尊ばないなら 假如不尊崇的話…	尊ばなかったら 如果不尊崇的話…	尊ばなければ 如果不尊崇就會	尊ぶなら 假如尊崇的話…	尊んだら 如果尊崇的話…	尊べば 如果尊崇了就會
敬體假定	命令表現	反向命令表現	常體推量表現	敬體推量表現	
尊びましたら 如果尊崇的話…	尊べ 給我尊崇！	尊ぶな 不准尊崇	尊ぼう 尊崇吧！	尊びましょう 尊崇吧！	

154

飛ぶ／跳ぶ <ruby>飛<rt>と</rt></ruby>ぶ／<ruby>跳<rt>と</rt></ruby>ぶ 飛、飛舞／跳

否定表現組					
常體	常體過去式	敬體	敬體過去式	連體形	連體形過去式
飛ばない 不飛	飛ばなかった （以前）沒飛	飛びません 不飛	飛びませんでした （以前）沒飛	飛ばない鳥 不飛的鳥	飛ばなかった鳥 （以前）沒飛的鳥
常體可能形否定	常體可能形否定過去式	敬體可能形否定	敬體可能形否定過去式	常體被動	常體被動過去式
飛べない 不能飛	飛べなかった （以前）不能飛	飛べません 不能飛	飛べませんでした （以前）不能飛	飛ばれない 不被…飛	飛ばれなかった （以前）沒被…飛
敬體被動	敬體被動過去式	常體使役	常體使役過去式	敬體使役	敬體使役過去式
飛ばれません 不被…飛	飛ばれませんでした （以前）沒被…飛	飛ばせない 不讓…飛	飛ばせなかった （以前）沒讓…飛	飛ばせません 不讓…飛	飛ばせませんでした （以前）沒讓…飛
常體使役被動	常體使役被動過去式	敬體使役被動	敬體使役被動過去式	て形	
飛ばせられない 不被迫飛	飛ばせられなかった （以前）沒被迫飛	飛ばせられません 不被迫飛	飛ばせられませんでした （以前）沒被迫飛	飛ばないで 不（要）飛…	

肯定表現組					
常體	常體過去式	敬體	敬體過去式	連體形	連體形過去式
飛ぶ 飛	飛んだ 飛了	飛びます 飛	飛びました 飛了	飛ぶ鳥 飛的鳥	飛んだ鳥 飛了的鳥
常體可能形肯定	常體可能形肯定過去式	敬體可能形肯定	敬體可能形肯定過去式	常體被動	常體被動過去式
飛べる 能飛	飛べた （以前）能飛	飛べます 能飛	飛べました （以前）能飛	飛ばれる 被…飛	飛ばれた 被…飛了
敬體被動	敬體被動過去式	常體使役	常體使役過去式	敬體使役	敬體使役過去式
飛ばれます 被…飛	飛ばれました 被…飛了	飛ばせる 讓…飛	飛ばせた 讓…飛了	飛ばせます 讓…飛	飛ばせました 讓…飛了
常體使役被動	常體使役被動過去式	敬體使役被動	敬體使役被動過去式	て形	
飛ばせられる 不被迫飛	飛ばせられた 不被迫飛了	飛ばせられます 不被迫飛	飛ばせられました 不被迫飛了	飛んで 飛…	

假定、命令、推量表現組					
常體否定假定	常體否定假定	常體否定假定	常體假定	常體假定	常體假定
飛ばないなら 假如不飛的話…	飛ばなかったら 如果不飛的話…	飛ばなければ 如果不飛就會…	飛ぶなら 假如飛的話…	飛んだら 如果飛了的話…	飛べば 如果飛了就會…
敬體假定	命令表現	反向命令表現	常體推量表現	敬體推量表現	
飛びましたら 如果飛了的話	飛べ 給我飛！	飛ぶな 不准飛	飛ぼう 飛吧！	飛びましょう 飛吧！	

学ぶ
まな
學、學習

否定表現組

常體	常體過去式	敬體	敬體過去式	連體形	連體形過去式
学ばない 不學	学ばなかった （以前）沒學	学びません 不學	学びませんでした （以前）沒學	学ばない人 不學的人	学ばなかった人 （以前）沒學…的人
常體可能形否定	**常體可能形否定過去式**	**敬體可能形否定**	**敬體可能形否定過去式**	**常體被動**	**常體被動過去式**
学べない 不能學	学べなかった （以前）不能學	学べません 不能學	学べませんでした （以前）不能學	学ばれない 不被…學	学ばれなかった （以前）沒被…學
敬體被動	**敬體被動過去式**	**常體使役**	**常體使役過去式**	**敬體使役**	**敬體使役過去式**
学ばれません 不被…學	学ばれませんでした （以前）沒被…學	学ばせない 不讓…學	学ばせなかった （以前）沒讓…學	学ばせません 不讓…學	学ばせませんでした （以前）沒讓…學
常體使役被動	**常體使役被動過去式**	**敬體使役被動**	**敬體使役被動過去式**	**て形**	
学ばせられない 不被迫學	学ばせられなかった （以前）沒被迫學	学ばせられません 不被迫學	学ばせられませんでした （以前）沒被迫學	学ばないで 不（要）學…	

肯定表現組

常體	常體過去式	敬體	敬體過去式	連體形	連體形過去式
学ぶ 學	学んだ 學了	学びます 學	学びました 學了	学ぶ人 學…的人	学んだ人 學了…的人
常體可能形肯定	**常體可能形肯定過去式**	**敬體可能形肯定**	**敬體可能形肯定過去式**	**常體被動**	**常體被動過去式**
学べる 能學	学べた （以前）能學	学べます 能學	学べました （以前）能學	学ばれる 被…學	学ばれた 被…學了
敬體被動	**敬體被動過去式**	**常體使役**	**常體使役過去式**	**敬體使役**	**敬體使役過去式**
学ばれます 被…學	学ばれました 被…學了	学ばせる 讓…學	学ばせた 讓…學了	学ばせます 讓…學	学ばせました 讓…學了
常體使役被動	**常體使役被動過去式**	**敬體使役被動**	**敬體使役被動過去式**	**て形**	
学ばせられる 被迫學	学ばせられた 被迫學了	学ばせられます 被迫學	学ばせられました 被迫學了	学んで 學…	

假定、命令、推量表現組

常體否定假定	常體否定假定	常體否定假定	常體假定	常體假定	常體假定
学ばないなら 假如不學的話…	学ばなかったら 如果不學的話…	学ばなければ 如果不學就會…	学ぶなら 假如學的話…	学んだら 如果學了的話…	学べば 如果學了就會…
敬體假定	**命令表現**	**反向命令表現**	**常體推量表現**	**敬體推量表現**	
学びましたら 如果學了的話…	学べ 給我學！	学ぶな 不准學	学ぼう 學吧！	学びましょう 學吧！	

呼ぶ　叫、呼叫

否定表現組					
常體	常體過去式	敬體	敬體過去式	連體形	連體形過去式
呼ばない 不叫	呼ばなかった （以前）沒叫	呼びません 不叫	呼びませんで した （以前）沒叫	呼ばない人 不叫…的人	呼ばなかった 人 （以前）沒叫…的 人
常體可能形否定	常體可能形否定 過去式	敬體可能形否定	敬體可能形否定 過去式	常體被動	常體被動過去式
呼べない 不能叫	呼べなかった （以前）不能叫	呼べません 不能叫	呼べませんで した （以前）不能叫	呼ばれない 不被…叫	呼ばれなかっ た （以前）沒被…叫
敬體被動	敬體被動過去式	常體使役	常體使役過去式	敬體使役	敬體使役過去式
呼ばれません 不被…叫	呼ばれません でした （以前）沒被…叫	呼ばせない 不讓…被叫	呼ばせなかっ た （以前）沒讓…被 叫	呼ばせません 不讓…被叫	呼ばせません でした （以前）沒讓…被 叫
常體使役被動	常體使役被動過去式	敬體使役被動	敬體使役被動過去式	て形	
呼ばせられない 不被迫叫	呼ばせられなか った （以前）沒被迫叫	呼ばせられませ ん 不被迫叫	呼ばせられませ んでした （以前）沒被迫叫	呼ばないで 不（要）叫…	

肯定表現組					
常體	常體過去式	敬體	敬體過去式	連體形	連體形過去式
呼ぶ 叫	呼んだ 叫了	呼びます 叫	呼びました 叫了	呼ぶ人 叫…的人	呼んだ人 叫了…的人
常體可能形肯定	常體可能形肯定 過去式	敬體可能形肯定	敬體可能形肯定 過去式	常體被動	常體被動過去式
呼べる 能叫	呼べた （以前）能叫	呼べます 能叫	呼べました （以前）能叫	呼ばれる 被…叫	呼ばれた 被…叫了
敬體被動	敬體被動過去式	常體使役	常體使役過去式	敬體使役	敬體使役過去式
呼ばれます 被…叫	呼ばれました 被…叫了	呼ばせる 讓…叫	呼ばせた 讓…叫了	呼ばせます 讓…叫	呼ばせました 讓…叫了
常體使役被動	常體使役被動過去式	敬體使役被動	敬體使役被動過去式	て形	
呼ばせられる 被迫叫	呼ばせられた 被迫叫了	呼ばせられます 被迫叫	呼ばせられました 被迫叫了	呼んで 叫…	

假定、命令、推量表現組					
常體否定假定	常體否定假定	常體否定假定	常體假定	常體假定	常體假定
呼ばないなら 假如不叫的話…	呼ばなかった ら 如果不叫的話…	呼ばなければ 如果不叫就會…	呼ぶなら 假如叫的話…	呼んだら 如果叫了的話…	呼べば 如果叫了就會…
敬體假定	命令表現	反向命令表現	常體推量表現	敬體推量表現	
呼びましたら 如果叫了的話…	呼べ 給我叫！	呼ぶな 不准叫	呼ぼう 叫吧！	呼びましょう 叫吧！	

喜ぶ <small>よろこ</small> 歡喜、喜悅、開心

否定表現組

常體	常體過去式	敬體	敬體過去式	連體形	連體形過去式
喜ばない 不歡喜	喜ばなかった （以前）沒歡喜	喜びません 不歡喜	喜びませんでした （以前）沒歡喜	喜ばない人 不歡喜的人	喜ばなかった人 （以前）沒歡喜的人
常體可能形否定	常體可能形否定過去式	敬體可能形否定	敬體可能形否定過去式	常體被動	常體被動過去式
喜べない 不能歡喜	喜べなかった （以前）不能歡喜	喜べません 不能歡喜	喜べませんでした （以前）不能歡喜	喜ばれない 不被…歡喜	喜ばれなかった （以前）沒被…歡喜
敬體被動	敬體被動過去式	常體使役	常體使役過去式	敬體使役	敬體使役過去式
喜ばれません 不被…歡喜	喜ばれませんでした （以前）沒被…歡喜	喜ばせない 不讓…歡喜	喜ばせなかった （以前）沒讓…歡喜	喜ばせません 不讓…歡喜	喜ばせませんでした （以前）沒讓…歡喜
常體使役被動	常體使役被動過去式	敬體使役被動	敬體使役被動過去式	て形	
喜ばせられない 不被迫開心	喜ばせられなかった （以前）沒被迫開心	喜ばせられません 不被迫開心	喜ばせられませんでした （以前）沒被迫開心	喜ばないで 不（要）歡喜…	

肯定表現組

常體	常體過去式	敬體	敬體過去式	連體形	連體形過去式
喜ぶ 歡喜	喜んだ 歡喜了	喜びます 歡喜	喜びました 歡喜了	喜ぶ人 歡喜的人	喜んだ人 歡喜了的人
常體可能形肯定	常體可能形肯定過去式	敬體可能形肯定	敬體可能形肯定過去式	常體被動	常體被動過去式
喜べる 能歡喜	喜べた （以前）能歡喜了	喜べます 能歡喜	喜べました （以前）能歡喜了	喜ばれる 被…歡喜	喜ばれた 被…歡喜了
敬體被動	敬體被動過去式	常體使役	常體使役過去式	敬體使役	敬體使役過去式
喜ばれます 被…歡喜	喜ばれました 被…歡喜了	喜ばせる 讓…歡喜	喜ばせた 讓…歡喜了	喜ばせます 讓…歡喜	喜ばせました 讓…歡喜了
常體使役被動	常體使役被動過去式	敬體使役被動	敬體使役被動過去式	て形	
喜ばせられる 被迫歡喜	喜ばせられた 被迫歡喜了	喜ばせられます 被迫歡喜	喜ばせられました 被迫歡喜了	喜んで 歡喜…	

假定、命令、推量表現組

常體否定假定	常體否定假定	常體否定假定	常體假定	常體假定	常體假定
喜ばないなら 假如不歡喜的話…	喜ばなかったら 如果不歡喜的話…	喜ばなければ 如果不歡喜就會…	喜ぶなら 假如歡喜的話…	喜んだら 如果歡喜了就會…	喜べば 如果歡喜了就會…
敬體假定	命令表現	反向命令表現	常體推量表現	敬體推量表現	
喜びましたら 如果歡喜的話…	喜べ 給我歡喜！	喜ぶな 不准歡喜	喜ぼう 歡喜吧！	喜びましょう 歡喜吧！	

五段動詞詞尾ぶ的文法接續應用

使用意義	日文表現	意思	例句
表不作某動作而做下一動作	呼ばずに	沒叫就…	タクシーを呼ばずにバスで帰りました。 （沒叫計程車坐公車回家。）
表使役	呼ばせる	使…叫	「サクラ」と呼ばせていただいてもいいですか。 （可以讓我叫你「Sakura（櫻）」嗎？）
表被動	呼ばれる	被叫	四国にある香川県は「うどん県」と呼ばれています。 （在四國的香川縣被稱呼為「烏龍麵縣」。）
表必須	呼ばなければならない	不得不叫	結婚式のとき、なぜ両親のメンツのために、顔もよく知らない人を呼ばなければならないのでしょうか。 （婚禮的時候為什麼必須為了父母的面子，然後叫一堆不認識的人來呢？）
表反向逆接	呼ばなくても	即使不叫…	今日の歓迎会、部長を呼ばなくてもいいですか。 （今天的歡迎會即使不找部長也沒關係嗎？）
表目的	呼びに	去叫	少々お待ちください。課長を呼びに行きます。 （請稍候一下。我去叫課長。）
表同步行為	呼びながら	一邊叫，一邊…	名前を呼びながら並んでください。 （我一邊喊名字請一邊排好。）
表希望	呼びたい	想叫	タクシーを呼びたい人はいますか。 （有人想叫計程車的嗎？）
表順接	呼ぶし	既叫	あなたも呼ぶし、先生も呼びます。 （我也有叫你，也有在叫老師。）
表主觀原因	呼ぶから	因為叫	大丈夫です。あとでタクシーを呼びますから。 （不要緊的。因為我等等會叫計程車。）
表客觀原因	呼ぶので	由於叫	私のことを親しげに呼ぶので、親戚のおじさんだと思いました。 （由於叫我叫得這麼親密，所以我還以為是親戚的叔叔在叫。）
表理應	呼ぶはず	理當叫	謝恩会では、お世話になった方全員を呼ぶはずです。 （感謝大會應該將平時有盡心盡力的人全部邀請來參與才對。）
表應當	呼ぶべき	應當叫	どんなとき救急車を呼ぶべきですか。 （什麼時候應該要叫救護車呢？）
表道理	呼ぶわけ	叫的道理	平面的なものの端に位置するものを人間の耳に例えて「耳」と呼ぶわけです。 （因為把平面物的邊端位置比喻為人類的耳朵，所以才被叫做「Mimi」。）

使用意義	日文表現	意思	例句
表逆接	呼ぶのに	叫了卻	動物を呼ぶのに、どうして「さん」をつけるのですか。 （明明就是在喊動物，為什麼要加尊稱的「san」呢？）
表逆接	呼ぶけど	雖然叫	「オタク」と呼ぶけど、悪いイメージじゃないですよ。 （雖然被稱之為「阿宅」，但已經不是負面印象了喔。）
表比較	呼ぶより	比起叫	百人の医者を呼ぶよりも、夜更かしと夜食をやめよ。 【スペインのことわざ】 （與其叫來一百位醫生，還不如戒掉熬夜跟消夜。【西班牙諺語】）
表限定	呼ぶだけ	只叫	名前を呼ぶだけで仲良くなれるの？ （如果只稱名字的部分而不加稱姓氏，是不是真的讓情誼變好？）
表假定	呼ぶなら	叫的話	タクシーを呼ぶなら、弊社をご利用ください。 （要叫計程車的話請多利用本公司。）
表可預期的目的	呼ぶために	為了叫	外国人の観光客を呼ぶために、やらないといけないことは何ですか。 （為了吸引外國觀光客有什麼是必須做的事呢？）
表不可預期的目的	呼べるように	為了能叫	インターネットの普及に伴って、今スマホでタクシーが呼べるようになりました。 （隨著網路的普及，現在已經變得可以用智慧型手機叫計程車了。）
表傳聞	呼ぶそう	聽說叫	辣油は「ラーユ」と呼ぶそうです。 （辣油聽説叫「ra-yu」。）
表樣態	呼ぶよう	好像叫	関西では「しょっぱい」を「辛い」と呼ぶようです。 （在關西鹹的味道好像叫「karai」。）
表常識道理	呼ぶもの	自然要叫	結婚式では上司を呼ぶものですか。 （婚禮是應該要邀請上司來一趟嗎？）
表假定	呼べば	叫了就話	あなたのことを何て呼べばいいですか。 （怎麼稱呼你好呢？）
表命令	呼べ	給我叫！	責任者を呼べ！ （給我叫你們負責人出來！）
表推量、勧誘	呼ぼう	叫吧！	この犬をスヌーピーと呼ぼう。 （我們把這隻狗叫做Snoopy吧！）
表原因、表順接	呼んで	因為叫、叫了後	もう部長を呼んで、いいでしょうか。 （該去叫部長來了，你説好嗎？）

使用意義	日文表現	意思	例句
表逆接	呼んでも	即使叫了	もう呼んでも聞こえないですよ。 （即使叫了也聽不到了喔。）
表請求	呼んでください	請叫	私を花子と呼んでください。 （請叫我花子。）
表許可	呼んでもいい	可以叫	友だちを呼んでもいいけど、大騒ぎするんじゃないですよ。 （可以叫朋友來沒關係，但不可以太大聲喧嘩喔。）
表不許可	呼んではいけない	不可以叫	彼を決して犯罪者と呼んではいけない。 （他絕不可以被稱之為犯人。）
表假定、順勢發展	呼んだら	叫的話、叫了就	タクシーを呼んだら、およそ１０分ほどで到着します。 （如果叫了計程車的話，大約等個十分鐘就會來了。）
表列舉	呼んだり	或叫…或	呼んだり、叫んだりしていた。 （又呼喚、又喊叫了。）
表經驗	呼んだことがあります	曾經叫過	救急車を呼んだことがあります。 （曾經叫過救護車。）
表逆接	呼んだとしても	即使叫了	同じ言葉で呼んだとしても犬は違う意味だと思ってしまうかもしれません。 （即使用同一個詞彙叫，狗狗或許有可能以為是別的意思。）
表動作當下	呼んだところで	就算叫了也	あんなとき警察を呼んだところで何も解決できません。 （那種時候就算叫警察來也不能解決任何事情。）
表動作進行中	呼んでいる	正在叫	だれかが呼んでいるのが聞こえました。 （我聽到好像有人在叫。）
表嘗試	呼んでみる	叫看看	今週末のパーティー、渡辺さんも呼んでみる？ （這週末的舞會要不要也找渡邊小姐看看？）
表動作的遠移	飛んでいく	飛過去	ほら。鳥が飛んでいくよ。北の国へ帰るんだね。 （看，鳥飛過去了。應該是要回北國去吧！）
表動作的近移	飛んでくる	飛過來	帽子が飛んできます。 （帽子飛過來了。）
表動作的預先動作	呼んでおく	預先叫	今日の忘年会は必ずお酒を飲むから、タクシーを呼んでおきます。 （今天的尾牙一定會喝酒，所以先叫好計程車。）

編む <ruby>編<rt>あ</rt></ruby>む　編織、織

否定表現組					
常體	常體過去式	敬體	敬體過去式	連體形	連體形過去式
編まない 不編織	編まなかった （以前）沒編織	編みません 不編織	編みませんでした （以前）沒編織	編まない人 不編織…的人	編まなかった人 （以前）沒編織…的人
常體可能形否定	常體可能形否定過去式	敬體可能形否定	敬體可能形否定過去式	常體被動	常體被動過去式
編めない 不能編織	編めなかった （以前）不能編織	編めません 不能編織	編めませんでした （以前）不能編織	編まれない 不被…編織	編まれなかった （以前）沒被…編織
敬體被動	敬體被動過去式	常體使役	常體使役過去式	敬體使役	敬體使役過去式
編まれません 不被…編織	編まれませんでした （以前）沒被…編織	編ませない 不讓…編織	編ませなかった （以前）沒讓…編織	編ませません 不讓…編織	編ませませんでした （以前）沒讓…編織
常體使役被動	常體使役被動過去式	敬體使役被動	敬體使役被動過去式	て形	
編ませられない 不被迫編織	編ませられなかった （以前）沒迫編織	編ませられません 不被迫編織	編ませられませんでした （以前）沒被迫編織	編まないで 不（要）編織…	

肯定表現組					
常體	常體過去式	敬體	敬體過去式	連體形	連體形過去式
編む 編織	編んだ 編織了	編みます 編織	編みました 編織了	編む人 編織…的人	編んだ人 編織了…的人
常體可能形肯定	常體可能形肯定過去式	敬體可能形肯定	敬體可能形肯定過去式	常體被動	常體被動過去式
編める 能編織	編めた （以前）能編織	編めます 能編織	編めました （以前）能編織	編まれる 被…編織	編まれた 被…編織了
敬體被動	敬體被動過去式	常體使役	常體使役過去式	敬體使役	敬體使役過去式
編まれます 被…編織	編まれました 被…編織了	編ませる 讓…編織	編ませた 讓…編織了	編ませます 讓…編織	編ませました 讓…編織了
常體使役被動	常體使役被動過去式	敬體使役被動	敬體使役被動過去式	て形	
編ませられる 被迫編織	編ませられた 被迫編織了	編ませられます 被迫編織	編ませられました 被迫編織了	編んで 編織…	

假定、命令、推量表現組					
常體否定假定	常體否定假定	常體否定假定	常體假定	常體假定	常體假定
編まないなら 假如不編織的話…	編まなかったら 如果不編織的話…	編まなければ 如果不編織就會…	編むなら 假如編織的話…	編んだら 如果編織了的話…	編めば 如果編織了就會…
敬體假定	命令表現	反向命令表現	常體推量表現	敬體推量表現	
編みましたら 如果編織了的話…	編め 給我編織！	編むな 不准編織	編もう 編織吧！	編みましょう 編織吧！	

生む／産む　生（產）、新創造

否定表現組

常體	常體過去式	敬體	敬體過去式	連體形	連體形過去式
生まない 不生	生まなかった （以前）沒生	生みません 不生	生みませんでした （以前）沒生	産まない女 不生…的女人	産まなかった女 （以前）沒生…的女人
常體可能形否定	**常體可能形否定過去式**	**敬體可能形否定**	**敬體可能形否定過去式**	**常體被動**	**常體被動過去式**
生めない 不能生	生めなかった （以前）不能生	生めません 不能生	生めませんでした （以前）不能生	生まれない 不被…生	生まれなかった （以前）沒被…生
敬體被動	**敬體被動過去式**	**常體使役**	**常體使役過去式**	**敬體使役**	**敬體使役過去式**
生まれません 不被…生	生まれませんでした （以前）沒被…生	生ませない 不讓…生	生ませなかった （以前）沒讓…生	生ませません 不讓…生	生ませませんでした （以前）沒讓…生
常體使役被動	**常體使役被動過去式**	**敬體使役被動**	**敬體使役被動過去式**	**て形**	
生ませられない 不被迫生	生ませられなかった （以前）沒被迫生	生ませられません 不被迫生	生ませられませんでした （以前）沒被迫生	生まないで 不（要）生…	

肯定表現組

常體	常體過去式	敬體	敬體過去式	連體形	連體形過去式
生む 生	生んだ 生了	生みます 生	生みました 生了	産む女 生…的女人	産んだ女 生了…的女人
常體可能形肯定	**常體可能形肯定過去式**	**敬體可能形肯定**	**敬體可能形肯定過去式**	**常體被動**	**常體被動過去式**
生める 能生	生めた （以前）能生	生めます 能生	生めました （以前）能生	生まれる 被…生	生まれた 被…生了
敬體被動	**敬體被動過去式**	**常體使役**	**常體使役過去式**	**敬體使役**	**敬體使役過去式**
生まれます 被…生	生まれました 被…生了	生ませる 讓…生	生ませた 讓…生了	生ませます 讓…生	生ませました 讓…生了
常體使役被動	**常體使役被動過去式**	**敬體使役被動**	**敬體使役被動過去式**	**て形**	
生ませられる 被迫生	生ませられた 被迫生了	生ませられます 被迫生	生ませられました 被迫生了	生んで 生…	

假定、命令、推量表現組

常體否定假定	常體否定假定	常體否定假定	常體假定	常體假定	常體假定
生まないなら 假如不生的話…	生まなかったら 如果不生的話…	生まなければ 如果不生就會…	生むなら 假如生的話…	生んだら 如果生了的話…	生めば 如果生了就會…
敬體假定	**命令表現**	**反向命令表現**	**常體推量表現**	**敬體推量表現**	
生みましたら 如果生了的話…	生め 給我生！	生むな 不准生	生もう 生吧！	生みましょう 生吧！	

恨む／怨む 恨、怨恨

否定表現組

常體	常體過去式	敬體	敬體過去式	連體形	連體形過去式
恨まない 不恨	恨まなかった （以前）沒恨	恨みません 不恨	恨みませんでした （以前）沒恨	恨まない人 不恨…的人	恨まなかった人 （以前）沒恨…的人
常體可能形否定	常體可能形否定過去式	敬體可能形否定	敬體可能形否定過去式	常體被動	常體被動過去式
恨めない 不能恨	恨めなかった （以前）不能恨	恨めません 不能恨	恨めませんでした （以前）不能恨	恨まれない 不被…恨	恨まれなかった （以前）沒被…恨
敬體被動	敬體被動過去式	常體使役	常體使役過去式	敬體使役	敬體使役過去式
恨まれません 不被…恨	恨まれませんでした （以前）沒被…恨	恨ませない 不讓…恨	恨ませなかった （以前）沒讓…恨	恨ませません 不讓…恨	恨ませませんでした （以前）沒讓…恨
常體使役被動	常體使役被動過去式	敬體使役被動	敬體使役被動過去式	て形	
恨ませられない 不被迫恨	恨ませられなかった （以前）沒被迫恨	恨ませられません 不被迫恨	恨ませられませんでした （以前）沒被迫恨	恨まないで 不（要）恨…	

肯定表現組

常體	常體過去式	敬體	敬體過去式	連體形	連體形過去式
恨む 恨	恨んだ 恨了	恨みます 恨	恨みました 恨了	恨む人 恨…的人	恨んだ人 恨了…的人
常體可能形肯定	常體可能形肯定過去式	敬體可能形肯定	敬體可能形肯定過去式	常體被動	常體被動過去式
恨める 能恨	恨めた （以前）能恨	恨めます 能恨	恨めました （以前）能恨	恨まれる 被…恨	恨まれた 被…恨了
敬體被動	敬體被動過去式	常體使役	常體使役過去式	敬體使役	敬體使役過去式
恨まれます 被…恨	恨まれました 被…恨了	恨ませる 讓…恨	恨ませた 讓…恨了	恨ませます 讓…恨	恨ませました 讓…恨了
常體使役被動	常體使役被動過去式	敬體使役被動	敬體使役被動過去式	て形	
恨ませられる 被迫恨	恨ませられた 被迫恨了	恨ませられます 被迫恨	恨ませられました 被迫恨了	恨んで 恨…	

假定、命令、推量表現組

常體否定假定	常體否定假定	常體否定假定	常體假定	常體假定	常體假定
恨まないなら 假如不恨的話…	恨まなかったら 如果不恨的話…	恨まなければ 如果不恨就會…	恨むなら 假如恨的話…	恨んだら 如果恨了的話…	恨めば 如果恨了就會…
敬體假定	命令表現	反向命令表現	常體推量表現	敬體推量表現	
恨みましたら 如果恨了的話…	恨め 給我恨！	恨むな 不准恨	恨もう 恨吧！	恨みましょう 恨吧！	

羨む　羨慕
うらや

否定表現組

常體	常體過去式	敬體	敬體過去式	連體形	連體形過去式
羨まない 不羨慕	羨まなかった （以前）沒羨慕	羨みません 不羨慕	羨みませんでした （以前）沒羨慕	羨まない方法 不羨慕…的方法	羨まなかった方法 （以前）沒羨慕…的方法
常體可能形否定	常體可能形否定過去式	敬體可能形否定	敬體可能形否定過去式	常體被動	常體被動過去式
羨めない 不能羨慕	羨めなかった （以前）不能羨慕	羨めません 不能羨慕	羨めませんでした （以前）不能羨慕	羨まれない 不被…羨慕	羨まれなかった （以前）沒被…羨慕
敬體被動	敬體被動過去式	常體使役	常體使役過去式	敬體使役	敬體使役過去式
羨まれません 不被…羨慕	羨まれませんでした （以前）沒被…羨慕	羨ませない 不讓…羨慕	羨ませなかった （以前）沒讓…羨慕	羨ませません 不讓…羨慕	羨ませませんでした （以前）沒讓…羨慕
常體使役被動	常體使役被動過去式	敬體使役被動	敬體使役被動過去式	て形	
羨ませられない 不被迫羨慕	羨ませられなかった （以前）沒被迫羨慕	羨ませられません 不被迫羨慕	羨ませられませんでした （以前）沒被迫羨慕	羨まないで 不（要）羨慕…	

肯定表現組

常體	常體過去式	敬體	敬體過去式	連體形	連體形過去式
羨む 羨慕	羨んだ 羨慕了	羨みます 羨慕	羨みました 羨慕了	羨む人 羨慕…的人	羨んだ人 羨慕了…的人
常體可能形肯定	常體可能形肯定過去式	敬體可能形肯定	敬體可能形肯定過去式	常體被動	常體被動過去式
羨める 能羨慕	羨めた （以前）能羨慕	羨めます 能羨慕	羨めました （以前）沒羨慕	羨まれる 被…羨慕	羨まれた 被…羨慕了
敬體被動	敬體被動過去式	常體使役	常體使役過去式	敬體使役	敬體使役過去式
羨まれます 被…羨慕	羨まれました 被…羨慕了	羨ませる 讓…羨慕	羨ませた 讓…羨慕了	羨ませます 讓…羨慕	羨ませました 讓…羨慕了
常體使役被動	常體使役被動過去式	敬體使役被動	敬體使役被動過去式	て形	
羨ませられる 被迫羨慕	羨ませられた 被迫羨慕了	羨ませられます 被迫羨慕	羨ませられました 被迫羨慕了	羨んで 羨慕…	

假定、命令、推量表現組

常體否定假定	常體否定假定	常體否定假定	常體假定	常體假定	常體假定
羨まないなら 假如不羨慕的話…	羨まなかったら 如果不羨慕的話…	羨まなければ 如果不羨慕就會…	羨むなら 假如羨慕的話…	羨んだら 如果羨慕的話…	羨めば 如果羨慕了就會…
敬體假定	命令表現	反向命令表現	常體推量表現	敬體推量表現	
羨みましたら 如果羨慕的話…	羨め 給我羨慕！	羨むな 不准羨慕	羨もう 羨慕吧！	羨みましょう 羨慕吧！	

拝む ^{おが} 拝、參拜、膜拜

否定表現組

常體	常體過去式	敬體	敬體過去式	連體形	連體形過去式
拝まない 不拜	拝まなかった （以前）沒拜	拝みません 不拜	拝みませんでした （以前）沒拜	拝まない者 不拜…的人	拝まなかった者 （以前）沒拜…的人
常體可能形否定	常體可能形否定過去式	敬體可能形否定	敬體可能形否定過去式	常體被動	常體被動過去式
拝めない 不能拜	拝めなかった （以前）不能拜	拝めません 不能拜	拝めませんでした （以前）不能拜	拝まれない 不被…拜	拝まれなかった （以前）沒被…拜
敬體被動	敬體被動過去式	常體使役	常體使役過去式	敬體使役	敬體使役過去式
拝まれません 不被…拜	拝まれませんでした （以前）沒被…拜	拝ませない 不讓…拜	拝ませなかった （以前）沒讓…拜了	拝ませません 不讓…拜	拝ませませんでした （以前）沒讓…拜
常體使役被動	常體使役被動過去式	敬體使役被動	敬體使役被動過去式	て形	
拝ませられない 不被迫拜	拝ませられなかった （以前）沒被迫拜	拝ませられません 不被迫拜	拝ませられませんでした （以前）沒被迫拜	拝まないで 不（要）拜…	

肯定表現組

常體	常體過去式	敬體	敬體過去式	連體形	連體形過去式
拝む 拜	拝んだ 拜了	拝みます 拜	拝みました 拜了	拝む人 拜…的人	拝んだ人 拜了…的人
常體可能形肯定	常體可能形肯定過去式	敬體可能形肯定	敬體可能形肯定過去式	常體被動	常體被動過去式
拝める 能拜	拝めた （以前）能拜	拝めます 能拜	拝めました （以前）能拜	拝まれる 被…拜	拝まれた 被…拜了
敬體被動	敬體被動過去式	常體使役	常體使役過去式	敬體使役	敬體使役過去式
拝まれます 被…拜	拝まれました 被…拜了	拝ませる 讓…拜	拝ませた 讓…拜了	拝ませます 讓…拜	拝ませました 讓…拜了
常體使役被動	常體使役被動過去式	敬體使役被動	敬體使役被動過去式	て形	
拝ませられる 被迫拜	拝ませられた 被迫拜了	拝ませられます 被迫拜	拝ませられました 被迫拜了	拝んで 拜…	

假定、命令、推量表現組

常體否定假定	常體否定假定	常體否定假定	常體假定	常體假定	常體假定
拝まないなら 假如不拜的話…	拝まなかったら 如果不拜的話…	拝まなければ 如果不拜就會…	拝むなら 假如拜的話…	拝んだら 如果拜了的話…	拝めば 如果拜了就會…
敬體假定	命令表現	反向命令表現	常體推量表現	敬體推量表現	
拝みましたら 如果拜了的話…	拝め 給我拜！	拝むな 不准拜	拝もう 拜吧！	拝みましょう 拜吧！	

惜しむ ^お 惋惜、珍惜

		否定表現組			
常體	常體過去式	敬體	敬體過去式	連體形	連體形過去式
惜しまない 不惋惜	惜しまなかった （以前）沒惋惜	惜しみません 不惋惜	惜しみませんでした （以前）沒惋惜	惜しまない人 不惋惜的人	惜しまなかった人 （以前）沒惋惜的人
常體可能形否定	常體可能形否定過去式	敬體可能形否定	敬體可能形否定過去式	常體被動	常體被動過去式
惜しめない 不能惋惜	惜しめなかった （以前）不能惋惜	惜しめません 不能惋惜	惜しめませんでした （以前）不能惋惜	惜しまれない 不被…惋惜	惜しまれなかった （以前）沒被…惋惜
敬體被動	敬體被動過去式	常體使役	常體使役過去式	敬體使役	敬體使役過去式
惜しまれません 不被…惋惜	惜しまれませんでした （以前）沒被…惋惜	惜しませない 不讓…惋惜	惜しませなかった （以前）沒讓…惋惜	惜しませません 不讓…惋惜	惜しませませんでした （以前）沒讓…惋惜
常體使役被動	常體使役被動過去式	敬體使役被動	敬體使役被動過去式	て形	
惜しませられない 不被迫惋惜	惜しませられなかった （以前）沒被迫惋惜	惜しませられません 不被迫惋惜	惜しませられませんでした （以前）沒被迫惋惜	惜しまないで 不（要）惋惜…	

		肯定表現組			
常體	常體過去式	敬體	敬體過去式	連體形	連體形過去式
惜しむ 惋惜	惜しんだ 惋惜了	惜しみます 惋惜	惜しみました 惋惜了	惜しむ人 惋惜的人	惜しんだ人 惋惜了的人
常體可能形肯定	常體可能形肯定過去式	敬體可能形肯定	敬體可能形肯定過去式	常體被動	常體被動過去式
惜しめる 能惋惜	惜しめた （以前）能惋惜	惜しめます 能惋惜	惜しめました （以前）能惋惜	惜しまれる 被…惋惜	惜しまれた 被…惋惜了
敬體被動	敬體被動過去式	常體使役	常體使役過去式	敬體使役	敬體使役過去式
惜しまれます 被…惋惜	惜しまれました 被…惋惜了	惜しませる 讓…惋惜	惜しませた 讓…惋惜了	惜しませます 讓…惋惜	惜しませました 讓…惋惜了
常體使役被動	常體使役被動過去式	敬體使役被動	敬體使役被動過去式	て形	
惜しませられる 被迫惋惜	惜しませられた 被迫惋惜了	惜しませられます 被迫惋惜	惜しませられました 被迫惋惜了	惜しんで 惋惜…	

		假定、命令、推量表現組			
常體否定假定	常體否定假定	常體否定假定	常體假定	常體假定	常體假定
惜しまないなら 假如不惋惜的話…	惜しまなかったら 如果不惋惜的話…	惜しまなければ 如果不惋惜就會…	惜しむなら 假如惋惜的話…	惜しんだら 如果惋惜的話…	惜しめば 如果惋惜了就會…
敬體假定	命令表現	反向命令表現	常體推量表現	敬體推量表現	
惜しみましたら 如果惋惜的話…	惜しめ 給我惋惜！	惜しむな 不准惋惜	惜しもう 惋惜吧！	惜しみましょう 惋惜吧！	

167

噛む （か） 咬、嚼

否定表現組					
常體	常體過去式	敬體	敬體過去式	連體形	連體形過去式
噛まない 不咬	噛まなかった （以前）沒咬	噛みません 不咬	噛みませんで した （以前）沒咬	噛まない人 不咬…的人	噛まなかった 人 （以前）沒咬…的 人
常體可能形否定	常體可能形否定 過去式	敬體可能形否定	敬體可能形否定 過去式	常體被動	常體被動過去式
噛めない 不能咬	噛めなかった （以前）不能咬	噛めません 不能咬	噛めませんで した （以前）不能咬	噛まれない 不被…咬	噛まれなかっ た （以前）沒被…咬
敬體被動	敬體被動過去式	常體使役	常體使役過去式	敬體使役	敬體使役過去式
噛まれません 不被…咬	噛まれません でした （以前）沒被…咬	噛ませない 不讓…咬	噛ませなかっ た （以前）沒讓…咬	噛ませません 不讓…咬	噛ませません でした （以前）沒讓…咬
常體使役被動	常體使役被動過去式	敬體使役被動	敬體使役被動過去式	て形	
噛ませられない 不被迫咬	噛ませられなか った （以前）沒被迫咬	噛ませられませ ん 不被迫咬	噛ませられません でした （以前）沒被迫咬	噛まないで 不（要）咬…	

肯定表現組					
常體	常體過去式	敬體	敬體過去式	連體形	連體形過去式
噛む 咬	噛んだ 咬了	噛みます 咬	噛みました 咬了	噛む人 咬…的人	噛んだ人 咬了…的人
常體可能形肯定	常體可能形肯定 過去式	敬體可能形肯定	敬體可能形肯定 過去式	常體被動	常體被動過去式
噛める 能咬	噛めた （以前）能咬	噛めます 能咬	噛めました （以前）能咬	噛まれる 被…咬	噛まれた 被…咬了
敬體被動	敬體被動過去式	常體使役	常體使役過去式	敬體使役	敬體使役過去式
噛まれます 被…咬	噛まれました 被…咬了	噛ませる 讓…咬	噛ませた 讓…咬了	噛ませます 讓…咬	噛ませました 讓…咬了
常體使役被動	常體使役被動過去式	敬體使役被動	敬體使役被動過去式	て形	
噛ませられる 被迫咬	噛ませられた 被迫咬了	噛ませられます 被迫咬	噛ませられました 被迫咬了	噛んで 咬…	

假定、命令、推量表現組					
常體否定假定	常體否定假定	常體否定假定	常體假定	常體假定	常體假定
噛まないなら 假如不咬的話…	噛まなかった ら 如果不咬的話…	噛まなければ 如果不咬就會…	噛むなら 假如咬的話…	噛んだら 如果咬了的話…	噛めば 如果咬了就會…
敬體假定	命令表現	反向命令表現	常體推量表現	敬體推量表現	
噛みましたら 如果咬了的話…	噛め 給我咬！	噛むな 不准咬	噛もう 咬吧！	噛みましょう 咬吧！	

刻む (きざ) 剁、刻、雕刻、銘記

否定表現組

常體	常體過去式	敬體	敬體過去式	連體形	連體形過去式
刻まない 不剁	刻まなかった （以前）沒剁	刻みません 不剁	刻みませんでした （以前）沒剁	刻まないネギ 不剁的蔥	刻まなかったネギ （以前）沒剁的蔥
常體可能形否定	**常體可能形否定過去式**	**敬體可能形否定**	**敬體可能形否定過去式**	**常體被動**	**常體被動過去式**
刻めない 不能剁	刻めなかった （以前）不能剁	刻めません 不能剁	刻めませんでした （以前）不能剁	刻まれない 不被…剁	刻まれなかった （以前）沒被…剁
敬體被動	**敬體被動過去式**	**常體使役**	**常體使役過去式**	**敬體使役**	**敬體使役過去式**
刻まれません 不被…剁	刻まれませんでした （以前）沒被…剁	刻ませない 不讓…剁	刻ませなかった （以前）沒讓…剁	刻ませません 不讓…剁	刻ませませんでした （以前）沒讓…剁
常體使役被動	**常體使役被動過去式**	**敬體使役被動**	**敬體使役被動過去式**	**て形**	
刻ませられない 不被迫剁	刻ませられなかった （以前）沒被迫剁	刻ませられません 不被迫剁	刻ませられませんでした （以前）沒被迫剁	刻まないで 不（要）剁…	

肯定表現組

常體	常體過去式	敬體	敬體過去式	連體形	連體形過去式
刻む 剁	刻んだ 剁了	刻みます 剁	刻みました 剁了	刻むネギ 剁的蔥	刻んだネギ 剁了的蔥
常體可能形肯定	**常體可能形肯定過去式**	**敬體可能形肯定**	**敬體可能形肯定過去式**	**常體被動**	**常體被動過去式**
刻める 能剁	刻めた （以前）能剁	刻めます 能剁	刻めました （以前）能剁	刻まれる 被…剁	刻まれた 被…剁了
敬體被動	**敬體被動過去式**	**常體使役**	**常體使役過去式**	**敬體使役**	**敬體使役過去式**
刻まれます 被…剁	刻まれました 被…剁了	刻ませる 讓…剁	刻ませた 讓…剁了	刻ませます 讓…剁	刻ませました 讓…剁了
常體使役被動	**常體使役被動過去式**	**敬體使役被動**	**敬體使役被動過去式**	**て形**	
刻ませられる 被迫剁	刻ませられた 被迫剁了	刻ませられます 被迫剁	刻ませられました 被迫剁了	刻んで 剁…	

假定、命令、推量表現組

常體否定假定	常體否定假定	常體否定假定	常體假定	常體假定	常體假定
刻まないなら 假如不剁的話…	刻まなかったら 如果不剁的話…	刻まなければ 如果不剁就會…	刻むなら 假如剁的話…	刻んだら 如果剁了的話…	刻めば 如果剁了就會…
敬體假定	**命令表現**	**反向命令表現**	**常體推量表現**	**敬體推量表現**	
刻みましたら 如果剁了的話…	刻め 給我剁！	刻むな 不准剁	刻もう 剁吧！	刻みましょう 剁吧！	

組む／汲む／酌む　把…交差、組／汲（水）／斟酌

否定表現組					
常體	常體過去式	敬體	敬體過去式	連體形	連體形過去式
組まない 不把…交差	組まなかった （以前）沒把…交差	組みません 不把…交差	組みませんでした （以前）沒把…交差	組まない人 不把…交差的人	組まなかった人 （以前）沒把…交差的人
常體可能形否定	常體可能形否定過去式	敬體可能形否定	敬體可能形否定過去式	常體被動	常體被動過去式
組めない 不能把…交差	組めなかった （以前）不能把…交差	組めません 不能把…交差	組めませんでした （以前）不能把…交差	組まれない 不被…把…交差	組まれなかった （以前）沒被…把…交差
敬體被動	敬體被動過去式	常體使役	常體使役過去式	敬體使役	敬體使役過去式
組まれません 不被…把…交差	組まれませんでした （以前）沒被…把…交差	組ませない 不讓…把…交差	組ませなかった （以前）沒讓…把…交差了	組ませません 不讓…把…交差	組ませませんでした （以前）沒讓…把…交差
常體使役被動	常體使役被動過去式	敬體使役被動	敬體使役被動過去式	て形	
組ませられない 不被迫把…交差	組ませられなかった （以前）沒被迫把…交差	組ませられません 不被迫把…交差	組ませられませんでした （以前）沒被迫把…交差	組まないで 不（要）把…交差…	

肯定表現組					
常體	常體過去式	敬體	敬體過去式	連體形	連體形過去式
組む 把…交差	組んだ 把…交差了	組みます 把…交差	組みました 把…交差了	組む人 把…交差的人	組んだ人 把…交差了的人
常體可能形肯定	常體可能形肯定過去式	敬體可能形肯定	敬體可能形肯定過去式	常體被動	常體被動過去式
組める 能把…交差	組めた （以前）能把…交差	組めます 能把…交差	組めました （以前）能把…交差	組まれる 被…把…交差	組まれた 被…把…交差了
敬體被動	敬體被動過去式	常體使役	常體使役過去式	敬體使役	敬體使役過去式
組まれます 被…把…交差	組まれました 被…把…交差了	組ませる 讓…把…交差了	組ませた 讓…把…交差了	組ませます 讓…把…交差了	組ませました 讓…把…交差了
常體使役被動	常體使役被動過去式	敬體使役被動	敬體使役被動過去式	て形	
組ませられる 被迫把…交差	組ませられた 被迫把…交差了	組ませられます 被迫把…交差	組ませられました 被迫把…交差了	組んで 把…交差	

假定、命令、推量表現組					
常體否定假定	常體否定假定	常體否定假定	常體假定	常體假定	常體假定
組まないなら 假如不把…交差的話…	組まなかったら 如果不把…交差的話…	組まなければ 如果不把…交差就會	組むなら 假如把…交差的話…	組んだら 如果把…交差了的話…	組めば 如果把…交差了就會…
敬體假定	命令表現	反向命令表現	常體推量表現	敬體推量表現	
組みましたら 如果把…交差的話…	組め 給我把…交差！	組むな 不准把…交差	組もう 把…交差吧！	組みましょう 把…交差吧！	

込む 擁擠、擁塞、精巧
こ

否定表現組

常體	常體過去式	敬體	敬體過去式	連體形	連體形過去式
込まない 不擁擠	込まなかった （以前）沒擁擠	込みません 不擁擠	込みませんで した （以前）沒擁擠	込まない電車 不擁擠的電車	込まなかった 電車 （以前）沒擁擠的 電車
常體可能形否定	常體可能形否定 過去式	敬體可能形否定	敬體可能形否定 過去式	常體被動	常體被動過去式
込めない 不能擁擠	込めなかった （以前）不能擁擠	込めません 不能擁擠	込めませんで した （以前）不能擁擠	込まれない 不被…擁擠	込まれなかっ た （以前）沒被…擁 擠
敬體被動	敬體被動過去式	常體使役	常體使役過去式	敬體使役	敬體使役過去式
込まれません 不被…擁擠	込まれません でした （以前）沒被…擁 擠	込ませない 不讓…擁擠	込ませなかっ た （以前）沒讓…擁 擠	込ませません 不讓…擁擠	込ませません でした （以前）沒讓…擁 擠
常體使役被動	常體使役被動過去式	敬體使役被動	敬體使役被動過去式	て形	
込ませられない 不被迫擁擠	込ませられなかっ た （以前）沒被迫擁擠	込ませられません 不被迫擁擠	込ませられません でした （以前）沒被迫擁擠	込まないで 不（要）擁擠…	

肯定表現組

常體	常體過去式	敬體	敬體過去式	連體形	連體形過去式
込む 擁擠	込んだ 擁擠了	込みます 擁擠	込みました 擁擠了	込む電車 擁擠的電車	込んだ電車 擁擠的電車
常體可能形肯定	常體可能形肯定 過去式	敬體可能形肯定	敬體可能形肯定 過去式	常體被動	常體被動過去式
込める 能擁擠	込めた （以前）能擁擠	込めます 能擁擠	込めました （以前）能擁擠	込まれる 被…擁擠	込まれた 被…擁擠了
敬體被動	敬體被動過去式	常體使役	常體使役過去式	敬體使役	敬體使役過去式
込まれます 被…擁擠	込まれました 被…擁擠了	込ませる 讓…擁擠	込ませた 讓…擁擠了	込ませます 讓…擁擠	込ませました 讓…擁擠了
常體使役被動	常體使役被動過去式	敬體使役被動	敬體使役被動過去式	て形	
込ませられる 被迫擁擠	込ませられた 被迫擁擠了	込ませられます 被迫擁擠	込ませられました 被迫擁擠了	込んで 擁擠…	

假定、命令、推量表現組

常體否定假定	常體否定假定	常體否定假定	常體假定	常體假定	常體假定
込まないなら 假如不擁擠的 話…	込まなかったら 如果不擁擠的 話…	込まなければ 如果不擁擠就 會…	込むなら 假如擁擠的話…	込んだら 如果擁擠的話…	込めば 如果擁擠了就 會…
敬體假定	命令表現	反向命令表現	常體推量表現	敬體推量表現	
込みましたら 如果擁擠的話…	込め 給我擁擠！	込むな 不准擁擠	込もう 擁擠吧！	込みましょう 擁擠吧！	

沈む <ruby>沈<rt>しず</rt></ruby>む 下沉、沉沒、下陷

否定表現組

常體	常體過去式	敬體	敬體過去式	連體形	連體形過去式
沈まない 不下沉	沈まなかった （以前）沒下沉	沈みません 不下沉	沈みませんでした （以前）沒下沉	沈まない太陽 不下沉的太陽	沈まなかった太陽 （以前）沒下沉的太陽

常體可能形否定	常體可能形否定過去式	敬體可能形否定	敬體可能形否定過去式	常體被動	常體被動過去式
沈めない 不能下沉	沈めなかった （以前）不能下沉	沈めません 不能下沉	沈めませんでした （以前）不能下沉	沈まれない 不被…下沉	沈まれなかった （以前）沒被…下沉

敬體被動	敬體被動過去式	常體使役	常體使役過去式	敬體使役	敬體使役過去式
沈まれません 不被…下沉	沈まれませんでした （以前）沒被…下沉	沈ませない 不讓…下沉	沈ませなかった （以前）沒讓…下沉	沈ませません 不讓…下沉	沈ませませんでした （以前）沒讓…下沉

常體使役被動	常體使役被動過去式	敬體使役被動	敬體使役被動過去式	て形	
沈ませられない 不被迫下沉	沈ませられなかった （以前）沒被迫下沉	沈ませられません 不被迫下沉	沈ませられませんでした （以前）沒被迫下沉	沈まないで 不（要）下沉…	

肯定表現組

常體	常體過去式	敬體	敬體過去式	連體形	連體形過去式
沈む 下沉	沈んだ 下沉了	沈みます 下沉	沈みました 下沉了	沈む島 沉沒的島	沈んだ島 沉沒了的島

常體可能形肯定	常體可能形肯定過去式	敬體可能形肯定	敬體可能形肯定過去式	常體被動	常體被動過去式
沈める 能下沉	沈めた （以前）能下沉	沈めます 能下沉	沈めました （以前）能下沉	沈まれる 被…下沉	沈まれた 被…下沉了

敬體被動	敬體被動過去式	常體使役	常體使役過去式	敬體使役	敬體使役過去式
沈まれます 被…下沉	沈まれました 被…下沉了	沈ませる 讓…下沉	沈ませた 讓…下沉了	沈ませます 讓…下沉	沈ませました 讓…下沉了

常體使役被動	常體使役被動過去式	敬體使役被動	敬體使役被動過去式	て形	
沈ませられる 被迫下沉	沈ませられた 被迫下沉	沈ませられます 被迫下沉	沈ませられました 被迫下沉	沈んで 下沉…	

假定、命令、推量表現組

常體否定假定	常體否定假定	常體否定假定	常體假定	常體假定	常體假定
沈まないなら 假如不下沉的話…	沈まなかったら 如果不下沉的話…	沈まなければ 如果不下沉就會…	沈むなら 假如下沉的話…	沈んだら 如果下沉了的話…	沈めば 如果下沉了就會…

敬體假定	命令表現	反向命令表現	常體推量表現	敬體推量表現	
沈みましたら 如果下沉的話…	沈め 給我下沉！	沈むな 不准下沉	沈もう 下沉吧！	沈みましょう 下沉吧！	

頼む たの　懇求、拜託、雇（請）

否定表現組

常體	常體過去式	敬體	敬體過去式	連體形	連體形過去式
頼まない 不懇求	頼まなかった （以前）沒懇求	頼みません 不懇求	頼みませんでした （以前）沒懇求	頼まない人 不懇求…的人	頼まなかった人 （以前）沒懇求…的人
常體可能形否定	**常體可能形否定過去式**	**敬體可能形否定**	**敬體可能形否定過去式**	**常體被動**	**常體被動過去式**
頼めない 不能懇求	頼めなかった （以前）不能懇求	頼めません 不能懇求	頼めませんでした （以前）不能懇求	頼まれない 不被…懇求	頼まれなかった （以前）沒被…懇求
敬體被動	**敬體被動過去式**	**常體使役**	**常體使役過去式**	**敬體使役**	**敬體使役過去式**
頼まれません 不被…懇求	頼まれませんでした （以前）沒被…懇求	頼ませない 不讓…懇求	頼ませなかった （以前）沒讓…懇求	頼ませません 不讓…懇求	頼ませませんでした （以前）沒讓…懇求
常體使役被動	**常體使役被動過去式**	**敬體使役被動**	**敬體使役被動過去式**	**て形**	
頼ませられない 不被迫懇求	頼ませられなかった （以前）沒被迫懇求	頼ませられません 不被迫懇求	頼ませられませんでした （以前）沒被迫懇求	頼まないで 不（要）懇求…	

肯定表現組

常體	常體過去式	敬體	敬體過去式	連體形	連體形過去式
頼む 懇求	頼んだ 懇求了	頼みます 懇求	頼みました 懇求了	頼む人 懇求…的人	頼んだ人 懇求了…的人
常體可能形肯定	**常體可能形肯定過去式**	**敬體可能形肯定**	**敬體可能形肯定過去式**	**常體被動**	**常體被動過去式**
頼める 能懇求	頼めた （以前）能懇求	頼めます 能懇求	頼めました （以前）能懇求	頼まれる 被…懇求	頼まれた 被…懇求了
敬體被動	**敬體被動過去式**	**常體使役**	**常體使役過去式**	**敬體使役**	**敬體使役過去式**
頼まれます 被…懇求	頼まれました 被…懇求了	頼ませる 讓…懇求	頼ませた 讓…懇求了	頼ませます 讓…懇求	頼ませました 讓…懇求了
常體使役被動	**常體使役被動過去式**	**敬體使役被動**	**敬體使役被動過去式**	**て形**	
頼ませられる 被迫懇求	頼ませられた 被迫懇求了	頼ませられます 被迫懇求	頼ませられました 被迫懇求了	頼んで 懇求…	

假定、命令、推量表現組

常體否定假定	常體否定假定	常體否定假定	常體假定	常體假定	常體假定
頼まないなら 假如不懇求的話…	頼まなかったら 如果不懇求的話…	頼まなければ 如果不懇求就會…	頼むなら 假如懇求的話…	頼んだら 如果懇求的話…	頼めば 如果懇求了就會…
敬體假定	**命令表現**	**反向命令表現**	**常體推量表現**	**敬體推量表現**	
頼みましたら 如果懇求的話…	頼め 給我懇求！	頼むな 不准懇求	頼もう 懇求吧！	頼みましょう 懇求吧！	

積む／摘む／詰む 堆、堆積、累積／抓、摘／塞

否定表現組

常體	常體過去式	敬體	敬體過去式	連體形	連體形過去式
積まない 不堆積	積まなかった （以前）沒堆積	積みません 不堆積	積みませんでした （以前）沒堆積	積まないやり方 不堆積…的方法	積まなかったやり方 （以前）沒堆積…的方法
常體可能形否定	**常體可能形否定過去式**	**敬體可能形否定**	**敬體可能形否定過去式**	**常體被動**	**常體被動過去式**
積めない 不能堆積	積めなかった （以前）不能堆積	積めません 不能堆積	積めませんでした （以前）不能堆積	積まれない 不被…堆積	積まれなかった （以前）沒被…堆積
敬體被動	**敬體被動過去式**	**常體使役**	**常體使役過去式**	**敬體使役**	**敬體使役過去式**
積まれません 不被…堆積	積まれませんでした （以前）沒被…堆積	積ませない 不讓…堆積	積ませなかった （以前）沒讓…堆積	積ませません 不讓…堆積	積ませませんでした （以前）沒讓…堆積
常體使役被動	**常體使役被動過去式**	**敬體使役被動**	**敬體使役被動過去式**		**て形**
積ませられない 不被迫堆積	積ませられなかった （以前）沒被迫堆積	積ませられません 不被迫堆積	積ませられませんでした （以前）沒被迫堆積		積まないで 不（要）堆積…

肯定表現組

常體	常體過去式	敬體	敬體過去式	連體形	連體形過去式
積む 堆積	積んだ 堆積了	積みます 堆積	積みました 堆積了	積むやり方 堆積…的方法	積んだやり方 堆積了…的方法
常體可能形肯定	**常體可能形肯定過去式**	**敬體可能形肯定**	**敬體可能形肯定過去式**	**常體被動**	**常體被動過去式**
積める 能堆積	積めた （以前）能堆積	積めます 能堆積	積めました （以前）能堆積	積まれる 被…堆積	積まれた 被…堆積了
敬體被動	**敬體被動過去式**	**常體使役**	**常體使役過去式**	**敬體使役**	**敬體使役過去式**
積まれます 被…堆積	積まれました 被…堆積了	積ませる 讓…堆積	積ませた 讓…堆積了	積ませます 讓…堆積	積ませました 讓…堆積了
常體使役被動	**常體使役被動過去式**	**敬體使役被動**	**敬體使役被動過去式**		**て形**
積ませられる 被迫堆積	積ませられた 被迫堆積了	積ませられます 被迫堆積	積ませられました 被迫快點了		積んで 堆積…

假定、命令、推量表現組

常體否定假定	常體否定假定	常體否定假定	常體假定	常體假定	常體假定
積まないなら 假如不堆積的話…	積まなかったら 如果不堆積的話…	積まなければ 如果不堆積就會…	積むなら 假如堆積的話…	積んだら 如果堆積的話…	積めば 如果堆積了就會…
敬體假定	**命令表現**	**反向命令表現**	**常體推量表現**	**敬體推量表現**	
積みましたら 如果堆積的話…	積め 給我堆積！	積むな 不准堆積	積もう 堆積吧！	積みましょう 堆積吧！	

悩む　煩惱
なや

否定表現組					
常體	常體過去式	敬體	敬體過去式	連體形	連體形過去式
悩まない 不煩惱	悩まなかった （以前）沒煩惱	悩みません 不煩惱	悩みませんでした （以前）沒煩惱	悩まない人 不煩惱的人	悩まなかった人 （以前）沒煩惱的人
常體可能形否定	常體可能形否定過去式	敬體可能形否定	敬體可能形否定過去式	常體被動	常體被動過去式
悩めない 不能煩惱	悩めなかった （以前）不能煩惱	悩めません 不能煩惱	悩めませんでした （以前）不能煩惱	悩まれない 不被…煩惱	悩まれなかった （以前）沒被…煩惱
敬體被動	敬體被動過去式	常體使役	常體使役過去式	敬體使役	敬體使役過去式
悩まれません 不被…煩惱	悩まれませんでした （以前）沒被…煩惱	悩ませない 不讓…煩惱	悩ませなかった （以前）沒讓…煩惱	悩ませません 不讓…煩惱	悩ませませんでした （以前）沒讓…煩惱
常體使役被動	常體使役被動過去式	敬體使役被動	敬體使役被動過去式	て形	
悩ませられない 不被迫煩惱	悩ませられなかった （以前）沒迫煩惱	悩ませられません 不被迫煩惱	悩ませられませんでした （以前）沒被迫煩惱	悩まないで 不（要）煩惱…	

肯定表現組					
常體	常體過去式	敬體	敬體過去式	連體形	連體形過去式
悩む 煩惱	悩んだ 煩惱了	悩みます 煩惱	悩みました 煩惱了	悩む人 煩惱的人	悩んだ人 煩惱了的人
常體可能形肯定	常體可能形肯定過去式	敬體可能形肯定	敬體可能形肯定過去式	常體被動	常體被動過去式
悩める 能煩惱	悩めた （以前）能煩惱	悩めます 能煩惱	悩めました （以前）能煩惱	悩まれる 被…煩惱	悩まれた 被…煩惱了
敬體被動	敬體被動過去式	常體使役	常體使役過去式	敬體使役	敬體使役過去式
悩まれます 被…煩惱	悩まれました 被…煩惱了	悩ませる 讓…煩惱	悩ませた 讓…煩惱了	悩ませます 讓…煩惱	悩ませました 讓…煩惱了
常體使役被動	常體使役被動過去式	敬體使役被動	敬體使役被動過去式	て形	
悩ませられる 被迫煩惱	悩ませられた 被迫煩惱了	悩ませられます 被迫煩惱	悩ませられました 被迫煩惱了	悩んで 煩惱…	

假定、命令、推量表現組					
常體否定假定	常體否定假定	常體否定假定	常體假定	常體假定	常體假定
悩まないなら 假如不煩惱的話…	悩まなかったら 如果不煩惱的話…	悩まなければ 如果不煩惱就會…	悩むなら 假如煩惱的話…	悩んだら 如果煩惱的話…	悩めば 如果煩惱了就會…
敬體假定	命令表現	反向命令表現	常體推量表現	敬體推量表現	
悩みましたら 如果煩惱了的話…	悩め 給我煩惱！	悩むな 不准煩惱	悩もう 煩惱吧！	悩みましょう 煩惱吧！	

踏む　踩

ふ

否定表現組

常體	常體過去式	敬體	敬體過去式	連體形	連體形過去式
踏まない 不踩	踏まなかった （以前）沒踩	踏みません 不踩	踏みませんでした （以前）沒踩	踏まない人 不踩…的人	踏まなかった人 （以前）沒踩…的人
常體可能形否定	**常體可能形否定過去式**	**敬體可能形否定**	**敬體可能形否定過去式**	**常體被動**	**常體被動過去式**
踏めない 不能踩	踏めなかった （以前）不能踩	踏めません 不能踩	踏めませんでした （以前）不能踩	踏まれない 不被…踩	踏まれなかった （以前）沒被…踩
敬體被動	**敬體被動過去式**	**常體使役**	**常體使役過去式**	**敬體使役**	**敬體使役過去式**
踏まれません 不被…踩	踏まれませんでした （以前）沒被…踩	踏ませない 不讓…踩	踏ませなかった （以前）沒讓…踩	踏ませません 不讓…踩	踏ませませんでした （以前）沒讓…踩
常體使役被動	**常體使役被動過去式**	**敬體使役被動**	**敬體使役被動過去式**	**て形**	
踏ませられない 不被迫踩	踏ませられなかった （以前）沒迫踩	踏ませられません 不被迫踩	踏ませられませんでした （以前）沒被迫踩	踏まないで 不（要）踩…	

肯定表現組

常體	常體過去式	敬體	敬體過去式	連體形	連體形過去式
踏む 踩	踏んだ 踩了	踏みます 踩	踏みました 踩了	踏む人 踩…的人	踏んだ人 踩了…的人
常體可能形肯定	**常體可能形肯定過去式**	**敬體可能形肯定**	**敬體可能形肯定過去式**	**常體被動**	**常體被動過去式**
踏める 能踩	踏めた （以前）能踩	踏めます 能踩	踏めました （以前）能踩	踏まれる 被…踩	踏まれた 被…踩了
敬體被動	**敬體被動過去式**	**常體使役**	**常體使役過去式**	**敬體使役**	**敬體使役過去式**
踏まれます 被…踩	踏まれました 被…踩了	踏ませる 讓…踩	踏ませた 讓…踩了	踏ませます 讓…踩	踏ませました 讓…踩了
常體使役被動	**常體使役被動過去式**	**敬體使役被動**	**敬體使役被動過去式**	**て形**	
踏ませられる 被迫踩	踏ませられた 被迫踩了	踏ませられます 被迫踩	踏ませられました 被迫踩了	踏んで 踩…	

假定、命令、推量表現組

常體否定假定	常體否定假定	常體否定假定	常體假定	常體假定	常體假定
踏まないなら 假如不踩的話…	踏まなかったら 如果不踩的話…	踏まなければ 如果不踩就會…	踏むなら 假如踩的話…	踏んだら 如果踩了的話…	踏めば 如果踩了就會…
敬體假定	**命令表現**	**反向命令表現**	**常體推量表現**	**敬體推量表現**	
踏みましたら 如果踩了的話…	踏め 給我踩！	踏むな 不准踩	踏もう 踩吧！	踏みましょう 踩吧！	

飲む／呑む　喝、服（藥）／呑

否定表現組

常體	常體過去式	敬體	敬體過去式	連體形	連體形過去式
飲まない 不喝	飲まなかった （以前）沒喝	飲みません 不喝	飲みませんでした （以前）沒喝	飲まない人 不喝…的人	飲まなかった人 （以前）沒喝…的人

常體可能形否定	常體可能形否定過去式	敬體可能形否定	敬體可能形否定過去式	常體被動	常體被動過去式
飲めない 不能喝	飲めなかった （以前）不能喝	飲めません 不能喝	飲めませんでした （以前）不能喝	飲まれない 不被…喝	飲まれなかった （以前）沒被…喝

敬體被動	敬體被動過去式	常體使役	常體使役過去式	敬體使役	敬體使役過去式
飲まれません 不被…喝	飲まれませんでした （以前）沒被…喝	飲ませない 不讓…喝	飲ませなかった （以前）沒讓…喝	飲ませません 不讓…喝	飲ませませんでした （以前）沒讓…喝

常體使役被動	常體使役被動過去式	敬體使役被動	敬體使役被動過去式	て形
飲ませられない 不被迫喝	飲ませられなかった （以前）沒被迫喝	飲ませられません 不被迫喝	飲ませられませんでした （以前）沒被迫喝	飲まないで 不（要）喝…

肯定表現組

常體	常體過去式	敬體	敬體過去式	連體形	連體形過去式
飲む 喝	飲んだ 喝了	飲みます 喝	飲みました 喝了	飲む人 喝…的人	飲んだ人 喝了…的人

常體可能形肯定	常體可能形肯定過去式	敬體可能形肯定	敬體可能形肯定過去式	常體被動	常體被動過去式
飲める 能喝	飲めた （以前）能喝	飲めます 能喝	飲めました （以前）能喝	飲まれる 被…喝	飲まれた 被…喝了

敬體被動	敬體被動過去式	常體使役	常體使役過去式	敬體使役	敬體使役過去式
飲まれます 被…喝	飲まれました 被…喝了	飲ませる 讓…喝	飲ませた 讓…喝了	飲ませます 讓…喝	飲ませました 讓…喝了

常體使役被動	常體使役被動過去式	敬體使役被動	敬體使役被動過去式	て形
飲ませられる 被迫喝	飲ませられた 被迫喝了	飲ませられます 被迫喝	飲ませられました 被迫喝了	飲んで 喝…

假定、命令、推量表現組

常體否定假定	常體否定假定	常體否定假定	常體假定	常體假定	常體假定
飲まないなら 假如不喝的話…	飲まなかったら 如果不喝的話…	飲まなければ 如果不喝就會…	飲むなら 假如喝的話…	飲んだら 如果喝了的話…	飲めば 如果喝了就會…

敬體假定	命令表現	反向命令表現	常體推量表現	敬體推量表現
飲みましたら 如果喝了的話…	飲め 給我喝！	飲むな 不准喝	飲もう 喝吧！	飲みましょう 喝吧！

読む _よ 讀、念

否定表現組

常體	常體過去式	敬體	敬體過去式	連體形	連體形過去式
読まない 不讀	読まなかった （以前）沒讀	読みません 不讀	読みませんでした （以前）沒讀	読まない人 不讀…的人	読まなかった人 （以前）沒讀…的人
常體可能形否定	常體可能形否定過去式	敬體可能形否定	敬體可能形否定過去式	常體被動	常體被動過去式
読めない 不能讀	読めなかった （以前）不能讀	読めません 不能讀	読めませんでした （以前）不能讀	読まれない 不被…讀	読まれなかった （以前）沒被…讀
敬體被動	敬體被動過去式	常體使役	常體使役過去式	敬體使役	敬體使役過去式
読まれません 不被讀	読まれませんでした （以前）沒被…讀	読ませない 不讓…讀	読ませなかった （以前）沒讓…讀	読ませません 不讓…讀	読ませませんでした （以前）沒讓…讀
常體使役被動	常體使役被動過去式	敬體使役被動		敬體使役被動過去式	て形
読ませられない 不被迫讀	読ませられなかった （以前）沒被迫讀	読ませられません 不被迫讀		読ませられませんでした （以前）沒被迫讀	読まないで 不（要）讀…

肯定表現組

常體	常體過去式	敬體	敬體過去式	連體形	連體形過去式
読む 讀	読んだ 讀了	読みます 讀	読みました 讀了	読む人 讀…的人	読んだ人 讀了…的人
常體可能形肯定	常體可能形肯定過去式	敬體可能形肯定	敬體可能形肯定過去式	常體被動	常體被動過去式
読める 能讀	読めた （以前）能讀	読めます 能讀	読めました （以前）能讀	読まれる 被…讀	読まれた 被…讀了
敬體被動	敬體被動過去式	常體使役	常體使役過去式	敬體使役	敬體使役過去式
読まれます 被…讀	読まれました 被…讀了	読ませる 讓…讀	読ませた 讓…讀了	読ませます 讓…讀	読ませました 讓…讀了
常體使役被動	常體使役被動過去式	敬體使役被動		敬體使役被動過去式	て形
読ませられる 被迫讀	読ませられた 被迫讀了	読ませられます 被迫讀		読ませられました 被迫讀了	読んで 讀…

假定、命令、推量表現組

常體否定假定	常體否定假定	常體否定假定	常體假定	常體假定	常體假定
読まないなら 假如不讀的話…	読まなかったら 如果不讀的話…	読まなければ 如果不讀就會…	読むなら 假如讀的話…	読んだら 如果讀了的話…	読めば 如果讀了就會…
敬體假定	命令表現	反向命令表現	常體推量表現		敬體推量表現
読みましたら 如果讀了的話…	読め 給我讀！	読むな 不准讀	読もう 讀吧！		読みましょう 讀吧！

五段動詞詞尾む的文法接續應用

使用意義	日文表現	意思	例句
表不作某動作而做下一動作	飲(の)まずに	沒喝就…	ゆうべ、薬(くすり)を飲(の)まずに寝(ね)てしまったんです。 （昨天晚上沒吃藥就睡了。） ＊「吃藥」在日文中用「飲(の)む」這個動詞。
表使役	飲(の)ませる	讓…喝	体(からだ)にいいので、子(こ)どもに牛乳(ぎゅうにゅう)を飲(の)ませます。 （因為對身體好所以讓小孩喝牛奶。）
表被動	飲(の)まれる	被喝	冷蔵庫(れいぞうこ)のジュースは誰(だれ)に飲(の)まれたんですか。 （冰箱裡的果汁是被誰喝掉了？）
表必須	飲(の)まなければならない	不得不喝	毎日(まいにち)、サプリメントを飲(の)まなければなりません。 （每天一定得喝營養健康補給飲料。）
表反向逆接	飲(の)まなくても	即使不喝…	大(たい)したことじゃないので、風邪薬(かぜぐすり)を飲(の)まなくても大丈夫(だいじょうぶ)です。 （因為不是什麼很嚴重的病，即使不用吃藥也沒關係。）
表目的	飲(の)みに	去喝	飲(の)みに行(い)こう！ （去喝一杯吧！）
表同步行為	飲(の)みながら	一邊喝，一邊…	コーヒーを飲(の)みながら、本(ほん)を読(よ)みます。 （一邊喝咖啡一邊看書。）
表希望	飲(の)みたい	想喝	清涼飲料水(せいりょういんりょうすい)を飲(の)みたかったけど、風邪(かぜ)で遠慮(えんりょ)しました。 （本來想喝冰飲，但因為感冒還是算了。）
表順接	飲(の)むし	既喝	ふだん、家(いえ)でも飲(の)むし、店(みせ)でも飲(の)みますよ。 （平常，會在家裡喝，也會在外面的店喝唷！）
表主觀原因	飲(の)むから	因為喝	夜(よる)に飲(の)むから、大丈夫(だいじょうぶ)ですよ。 （因為是晚上再喝就好，所以不用擔心喔。）
表客觀原因	飲(の)むので	由於喝	初(はじ)めて青汁(あおじる)を飲(の)むので、飲(の)めるかどうか心配(しんぱい)です。 （因為是第一次喝蔬果汁，所以擔心不知道會習不習慣。）
表理應	飲(の)むはず	理當喝	部長(ぶちょう)はお酒(さけ)を飲(の)むはずなんですが。 （部長應該有在喝酒。）
表應當	飲(の)むべき	應當喝	毎日(まいにち)2リットルの水(みず)を飲(の)むべきです。 （每天應該要喝2公升的水。）
表道理	飲(の)むわけ	喝的道理	毎日(まいにち)、お酒(さけ)を飲(の)むわけではありません。 （不宜每天喝酒。）

使用意義	日文表現	意思	例句
表逆接	飲むのに	喝了卻	ふだん牛乳を飲むのに、うちの子は背が高くなりません。 （明明平常有在喝牛奶，但我家的小孩卻都沒長高。）
表逆接	飲むけど	雖然喝	彼女はいつも3本以上のビールを飲むけど、全然酔わなくてすごいです。 （她每次都喝3瓶以上的啤酒，卻完全都不會醉超厲害的。）
表比較	飲むより	比起喝	りんごジュースを飲むより、りんごを食べましょう。 （與其喝蘋果汁還不如吃蘋果吧。）
表限定	飲むだけ	只喝	課長はいつも味噌汁を飲むだけです。 （課長總是只喝味噌湯。）
表假定	飲むなら	喝的話	ビールを飲むなら、この店がおすすめです。 （如果要喝啤酒，這家店最好了。）
表可預期的目的	飲むために	為了喝	お酒を楽しく飲むために、いくつかの方法をご紹介します。 （為您介紹為了可以開心喝酒的幾種方法。）
表不可預期的目的	飲めるように	為了能	上司がお酒を好む人なので、私はお酒が飲めるようになりたいです。 （因為上司喜歡喝酒，所以我也想變得能喝。）
表傳聞	飲むそう	聽說要喝	社長はいつも日本酒を飲むそうです。 （聽説社長總是只喝日本酒。）
表樣態	飲むよう	好像喝	酒をたくさん飲むようですね。 （看起來喝了不少喔。）
表常識道理	飲むもの	自然要喝	ワインは常温で飲むものです。 （葡萄酒是常溫喝的酒。）
表假定	飲めば	喝了就會	飲めば痩せる薬は実は体によくないですよ。 （只要喝就能瘦的藥其實對身體不好唷。）
表命令	飲め	給我喝！	さっさと牛乳を飲め。 （快點把牛奶喝一喝！）
表推量、勧誘	飲もう	喝吧！	さあ、遠慮なく、飲もう！ （來，不用客氣喝吧！）
表原因、表順接	飲んで	因為喝、喝了之後	薬を飲んで休んでください。 （請在服藥之後好好休息。）

使用意義	日文表現	意思	例句
表逆接	飲んでも	即使喝了	薬を飲んでも、風邪が治りません。 （即使吃了藥感冒也沒好。）
表請求	飲んでください	請喝	どうぞ、飲んでください。 （請喝。）
表許可	飲んでもいい	可以喝	そのスープ、飲んでもいいですよ。 （那碗湯可以喝喔。）
表不許可	飲んではいけない	不可以喝	未成年者はお酒を飲んではいけません。 （未成年是不可以喝酒的。）
表假定、順勢發展	飲んだら	喝的話、喝了就	お酒を飲んだら、絶対車を運転してはいけません。 （喝了酒就絕對不可以開車。）
表列舉	飲んだり	或喝，或…	出張と言われましたけど、飲んだり食べたりしただけなんです。 （雖然説是出差，但也就是去吃吃喝喝而已。）
表經驗	飲んだことがあります	曾經喝過	私はランブータンジュースを飲んだことがあります。 （我喝過紅毛丹果汁。）
表逆接	飲んだとしても	即使喝了	同じ頭痛薬を飲んだとしても、人によって効果も違います。 （即使吃了一樣的頭痛藥，藥效也因人而異。）
表動作當下的時間點	飲んだところで	就算喝了也	今さらこの薬を飲んだところで、もう手遅れです。 （事到如今再吃這個藥也已經為時已晚了。）
表動作進行中	飲んでいる	正在喝	何を飲んでいますか。…ブラックコーヒーを飲んでいます。 （你在喝什麼？…我在喝黑咖啡。）
表嘗試	飲んでみる	喝看看	青汁を飲んでみてください。 （請喝看看蔬果汁。）
表動作的遠移	飲んでいく	喝過去	薬を飲んでいきます。 （藥繼續吃下去。）
表動作的近移	飲んでくる	喝過來	ちょっと薬を飲んでくるから、ここにいてね。 （我去吃個藥就去去就來，你在這裡稍等一下。）
表動作的預先動作	飲んでおく	預先喝	お酒を飲む前にこの薬を飲んでおくと酔わないんですよ。 （喝酒之前先吃這個藥的話就不會醉喔。）

上がる／挙がる　提高、升高／抓到（犯人）

否定表現組					
常體	常體過去式	敬體	敬體過去式	連體形	連體形過去式
上がらない 不提高	上がらなかった （以前）沒提高	上がりません 不提高	上がりませんでした （以前）沒提高	上がらない人 不提高…的人	上がらなかった人 （以前）沒提高…的人
常體可能形否定	常體可能形否定過去式	敬體可能形否定	敬體可能形否定過去式	常體被動	常體被動過去式
上がれない 不能提高	上がれなかった （以前）不能提高	上がれません 不能提高	上がれませんでした （以前）不能提高	上がられない 不被…提高	上がられなかった （以前）沒被…提高
敬體被動	敬體被動過去式	常體使役	常體使役過去式	敬體使役	敬體使役過去式
上がられません 不被…提高	上がられませんでした （以前）沒被…提高	上がらせない 不讓…提高	上がらせなかった （以前）沒讓…提高	上がらせません 不讓…提高	上がらせませんでした （以前）沒讓…提高
常體使役被動	常體使役被動過去式	敬體使役被動	敬體使役被動過去式	て形	
上がらせられない 不被迫提高	上がらせられなかった （以前）沒被迫提高	上がらせられません 不被迫提高	上がらせられませんでした （以前）沒被迫提高	上がらないで 不（要）提高…	

肯定表現組					
常體	常體過去式	敬體	敬體過去式	連體形	連體形過去式
上がる 提高	上がった 提高了	上がります 提高	上がりました 提高了	上がる人 提高…的人	上がった人 提高了…的人
常體可能形肯定	常體可能形肯定過去式	敬體可能形肯定	敬體可能形肯定過去式	常體被動	常體被動過去式
上がれる 能提高	上がれた （以前）能提高	上がれます 能提高	上がれました （以前）能提高	上がられる 被…提高	上がられた 被…提高了
敬體被動	敬體被動過去式	常體使役	常體使役過去式	敬體使役	敬體使役過去式
上がられます 被…提高	上がられました 被…提高了	上がらせる 讓…提高	上がらせた 讓…提高了	上がらせます 讓…提高	上がらせました 讓…提高了
常體使役被動	常體使役被動過去式	敬體使役被動	敬體使役被動過去式	て形	
上がらせられる 被迫提高	上がらせられた 被迫提高了	上がらせられます 被迫提高	上がらせられました 被迫提高了	上がって 提高…	

假定、命令、推量表現組					
常體否定假定	常體否定假定	常體否定假定	常體假定	常體假定	常體假定
上がらないなら 假如不提高的話…	上がらなかったら 如果不提高的話…	上がらなければ 如果不提高就會…	上がるなら 假如提高的話…	上がったら 如果提高了的話…	上がれば 如果提高了就會…
敬體假定	命令表現	反向命令表現	常體推量表現	敬體推量表現	
上がりましたら 如果提高的話…	上がれ 給我提高！	上がるな 不准提高	上がろう 提高吧！	上がりましょう 提高吧！	

当たる <small>あ</small>　接觸到、（光）照射、中（目標）

否定表現組					
常體	常體過去式	敬體	敬體過去式	連體形	連體形過去式
当たらない 不接觸到	当たらなかった （以前）沒接觸到	当たりません 不接觸到	当たりませんでした （以前）沒接觸到	当たらない人 不接觸到…的人	当たらなかった人 （以前）沒接觸到…的人
常體可能形否定	常體可能形否定過去式	敬體可能形否定	敬體可能形否定過去式	常體被動	常體被動過去式
当たれない 不能接觸到	当たれなかった （以前）不能接觸到	当たれません 不能接觸到	当たれませんでした （以前）不能接觸到	当たられない 不被…接觸到	当たられなかった （以前）沒被…接觸到
敬體被動	敬體被動過去式	常體使役	常體使役過去式	敬體使役	敬體使役過去式
当たられません 不被…接觸到	当たられませんでした （以前）沒被…接觸到	当たらせない 不讓…接觸到	当たらせなかった （以前）沒讓…接觸到	当たらせません 不讓…接觸到	当たらせませんでした （以前）沒讓…接觸到
常體使役被動	常體使役被動過去式	敬體使役被動	敬體使役被動過去式	て形	
当たらせられない 不被迫接觸到	当たらせられなかった （以前）沒被迫接觸到	当たらせられません 不被迫接觸到	当たらせられませんでした （以前）沒被迫接觸到	当たらないで 不（要）接觸到…	

肯定表現組					
常體	常體過去式	敬體	敬體過去式	連體形	連體形過去式
当たる 接觸到	当たった 接觸到了	当たります 接觸到	当たりました 接觸到了	当たる人 接觸到…的人	当たった人 接觸到了…的人
常體可能形肯定	常體可能形肯定過去式	敬體可能形肯定	敬體可能形肯定過去式	常體被動	常體被動過去式
当たれる 能接觸到	当たれた （以前）能接觸到	当たれます 能接觸到	当たれました （以前）能接觸到	当たられる 被…接觸到	当たられた 被…接觸到了
敬體被動	敬體被動過去式	常體使役	常體使役過去式	敬體使役	敬體使役過去式
当たられます 被…接觸到	当たられました 被…接觸到了	当たらせる 讓…接觸到	当たらせた 讓…接觸到了	当たらせます 讓…接觸到	当たらせました 讓…接觸到了
常體使役被動	常體使役被動過去式	敬體使役被動	敬體使役被動過去式	て形	
当たらせられる 被迫接觸到	当たらせられた 被迫接觸到了	当たらせられます 被迫接觸到	当たらせられました 被迫接觸到了	当たって 接觸到…	

假定、命令、推量表現組					
常體否定假定	常體否定假定	常體否定假定	常體假定	常體假定	常體假定
当たらないなら 假如不接觸到的話…	当たらなかったら 如果不接觸到的話…	当たらなければ 如果不接觸到就會…	当たるなら 假如接觸到的話…	当たったら 如果接觸到了的話…	当たれば 如果接觸到了就會…
敬體假定	命令表現	反向命令表現	常體推量表現	敬體推量表現	
当たりましたら 如果接觸到的話…	当たれ 給我接觸到！	当たるな 不准接觸到	当たろう 接觸到吧！	当たりましょう 接觸到吧！	

集まる <ruby>集<rt>あつ</rt></ruby>まる 集合、聚集

否定表現組

常體	常體過去式	敬體	敬體過去式	連體形	連體形過去式
集まらない 不集合	集まらなかった （以前）沒集合	集まりません 不集合	集まりませんでした （以前）沒集合	集まらない人 不集合的人	集まらなかった人 （以前）沒集合的人
常體可能形否定	常體可能形否定過去式	敬體可能形否定	敬體可能形否定過去式	常體被動	常體被動過去式
集まれない 不能集合	集まれなかった （以前）不能集合	集まれません 不能集合	集まれませんでした （以前）不能集合	集まられない 不被…集合	集まられなかった （以前）沒被…集合
敬體被動	敬體被動過去式	常體使役	常體使役過去式	敬體使役	敬體使役過去式
集まられません 不被…集合	集まられませんでした （以前）沒被…集合	集まらせない 不讓…集合	集まらせなかった （以前）沒讓…集合	集まらせません 不讓…集合	集まらせませんでした （以前）沒讓…集合
常體使役被動	常體使役被動過去式	敬體使役被動	敬體使役被動過去式	て形	
集まらせられない 不被迫集合	集まらせられなかった （以前）沒被迫集合	集まらせられません 不被迫集合	集まらせられませんでした （以前）沒被迫集合	集まらないで 不（要）集合…	

肯定表現組

常體	常體過去式	敬體	敬體過去式	連體形	連體形過去式
集まる 集合	集まった 集合了	集まります 集合	集まりました 集合了	集まる人 集合的人	集まった人 集合了的人
常體可能形肯定	常體可能形肯定過去式	敬體可能形肯定	敬體可能形肯定過去式	常體被動	常體被動過去式
集まれる 能集合	集まれた （以前）能集合	集まれます 能集合	集まれました （以前）能集合	集まられる 被…集合	集まられた 被…集合了
敬體被動	敬體被動過去式	常體使役	常體使役過去式	敬體使役	敬體使役過去式
集まられます 被…集合	集まられました 被…集合了	集まらせる 讓…集合	集まらせた 讓…集合了	集まらせます 讓…集合	集まらせました 讓…集合了
常體使役被動	常體使役被動過去式	敬體使役被動	敬體使役被動過去式	て形	
集まらせられる 被迫集合	集まらせられた 被迫集合了	集まらせられます 被迫集合	集まらせられました 被迫集合了	集まって 集合…	

假定、命令、推量表現組

常體否定假定	常體否定假定	常體否定假定	常體假定	常體假定	常體假定
集まらないなら 假如不集合的話…	集まらなかったら 如果不集合的話…	集まらなければ 如果不集合就會…	集まるなら 假如集合的話…	集まったら 如果集合的話…	集まれば 如果集合了就會…
敬體假定	命令表現	反向命令表現	常體推量表現	敬體推量表現	
集まりましたら 如果集合的話…	集まれ 給我集合！	集まるな 不准集合	集まろう 集合吧！	集まりましょう 集合吧！	

謝る／誤る　謝罪／弄錯、搞錯

否定表現組					
常體	常體過去式	敬體	敬體過去式	連體形	連體形過去式
謝らない 不謝罪	謝らなかった （以前）沒謝罪	謝りません 不謝罪	謝りませんでした （以前）沒謝罪	謝らない人 不謝罪的人	謝らなかった人 （以前）沒謝罪的人
常體可能形否定	常體可能形否定過去式	敬體可能形否定	敬體可能形否定過去式	常體被動	常體被動過去式
謝れない 不能謝罪	謝れなかった （以前）不能謝罪	謝れません 不能謝罪	謝れませんでした （以前）不能謝罪	謝られない 不被…謝罪	謝られなかった （以前）沒被…謝罪
敬體被動	敬體被動過去式	常體使役	常體使役過去式	敬體使役	敬體使役過去式
謝られません 不被…謝罪	謝られませんでした （以前）沒被…謝罪	謝らせない 不讓…謝罪	謝らせなかった （以前）沒讓…謝罪	謝らせません 不讓…謝罪	謝らせませんでした （以前）沒讓…謝罪
常體使役被動	常體使役被動過去式	敬體使役被動	敬體使役被動過去式	て形	
謝らせられない 不被迫謝罪	謝らせられなかった （以前）沒被迫謝罪	謝らせられません 不被迫謝罪	謝らせられませんでした （以前）沒被迫謝罪	謝らないで 不（要）謝罪…	

肯定表現組					
常體	常體過去式	敬體	敬體過去式	連體形	連體形過去式
謝る 謝罪	謝った 謝罪了	謝ります 謝罪	謝りました 謝罪了	謝る人 謝罪的人	謝った人 謝罪了的人
常體可能形肯定	常體可能形肯定過去式	敬體可能形肯定	敬體可能形肯定過去式	常體被動	常體被動過去式
謝れる 能謝罪	謝れた （以前）能謝罪	謝れます 能謝罪	謝れました （以前）能謝罪	謝られる 被…謝罪	謝られた 被…謝罪了
敬體被動	敬體被動過去式	常體使役	常體使役過去式	敬體使役	敬體使役過去式
謝られます 被…謝罪	謝られました 被…謝罪了	謝らせる 讓…謝罪	謝らせた 讓…謝罪了	謝らせます 讓…謝罪	謝らせました 讓…謝罪了
常體使役被動	常體使役被動過去式	敬體使役被動	敬體使役被動過去式	て形	
謝らせられる 被迫謝罪	謝らせられた 被迫謝罪了	謝らせられます 被迫謝罪	謝らせられました 被迫謝罪了	謝って 謝罪…	

假定、命令、推量表現組					
常體否定假定	常體否定假定	常體否定假定	常體假定	常體假定	常體假定
謝らないなら 假如不謝罪的話…	謝らなかったら 如果不謝罪的話…	謝らなければ 如果不謝罪就會…	謝るなら 假如謝罪的話…	謝ったら 如果謝罪了的話…	謝れば 如果謝罪了就會…
敬體假定	命令表現	反向命令表現	常體推量表現	敬體推量表現	
謝りましたら 如果謝罪的話…	謝れ 給我謝罪！	謝るな 不准謝罪	謝ろう 謝罪吧！	謝りましょっ 謝罪吧！	

弄る （いじ）　弄、撥弄、滑（手機）

否定表現組					
常體	常體過去式	敬體	敬體過去式	連體形	連體形過去式
弄らない 不弄	弄らなかった （以前）沒弄	弄りません 不弄	弄りませんでした （以前）沒弄	弄らない人 不弄…的人	弄らなかった人 （以前）沒弄…的人
常體可能形否定	常體可能形否定過去式	敬體可能形否定	敬體可能形否定過去式	常體被動	常體被動過去式
弄れない 不能弄	弄れなかった （以前）不能弄	弄れません 不能弄	弄れませんでした （以前）不能弄	弄られない 不被…弄	弄られなかった （以前）沒被…弄
敬體被動	敬體被動過去式	常體使役	常體使役過去式	敬體使役	敬體使役過去式
弄られません 不被…弄	弄られませんでした （以前）沒被…弄	弄らせない 不讓…弄	弄らせなかった （以前）沒讓…弄	弄らせません 不讓…弄	弄らせませんでした （以前）沒讓…弄
常體使役被動	常體使役被動過去式	敬體使役被動	敬體使役被動過去式	て形	
弄らせられない 不被迫弄	弄らせられなかった （以前）沒被迫弄	弄らせられません 不被迫弄	弄らせられませんでした （以前）沒被迫弄	弄らないで 不（要）弄…	

肯定表現組					
常體	常體過去式	敬體	敬體過去式	連體形	連體形過去式
弄る 弄	弄った 弄了	弄ります 弄	弄りました 弄了	弄る人 弄…的人	弄った人 弄了…的人
常體可能形肯定	常體可能形肯定過去式	敬體可能形肯定	敬體可能形肯定過去式	常體被動	常體被動過去式
弄れる 能弄	弄れた （以前）能弄	弄れます 能弄	弄れました （以前）能弄	弄られる 被…弄	弄られた 被…弄了
敬體被動	敬體被動過去式	常體使役	常體使役過去式	敬體使役	敬體使役過去式
弄られます 被…弄	弄られました 被…弄了	弄らせる 讓…弄	弄らせた 讓…弄了	弄らせます 讓…弄	弄らせました 讓…弄了
常體使役被動	常體使役被動過去式	敬體使役被動	敬體使役被動過去式	て形	
弄らせられる 被迫弄	弄らせられた 被迫弄了	弄らせられます 被迫弄	弄らせられました 被迫弄了	弄って 弄…	

假定、命令、推量表現組					
常體否定假定	常體否定假定	常體否定假定	常體假定	常體假定	常體假定
弄らないなら 假如不弄的話…	弄らなかったら 如果不弄的話…	弄らなければ 如果不弄就會…	弄るなら 假如弄的話…	弄ったら 如果弄了的話…	弄れば 如果弄了就會…
敬體假定	命令表現	反向命令表現	常體推量表現	敬體推量表現	
弄りましたら 如果弄了的話…	弄れ 給我弄！	弄るな 不准弄	弄ろう 弄吧！	弄りましょう 弄吧！	

祈る いの 祈求、祈禱

否定表現組					
常體	常體過去式	敬體	敬體過去式	連體形	連體形過去式
祈らない 不祈求	祈らなかった （以前）沒祈求	祈りません 不祈求	祈りませんでした （以前）沒祈求	祈らない人 不祈求…的人	祈らなかった人 （以前）沒祈求…的人
常體可能形否定	常體可能形否定過去式	敬體可能形否定	敬體可能形否定過去式	常體被動	常體被動過去式
祈れない 不能祈求	祈れなかった （以前）不能祈求	祈れません 不能祈求	祈れませんでした （以前）不能祈求	祈られない 不被…祈求	祈られなかった （以前）沒被…祈求
敬體被動	敬體被動過去式	常體使役	常體使役過去式	敬體使役	敬體使役過去式
祈られません 不被…祈求	祈られませんでした （以前）沒被…祈求	祈らせない 不讓…祈求	祈らせなかった （以前）沒讓…祈求	祈らせません 不讓…祈求	祈らせませんでした （以前）沒讓…祈求
常體使役被動	常體使役被動過去式	敬體使役被動	敬體使役被動過去式	て形	
祈らせられない 不被迫祈求	祈らせられなかった （以前）沒被迫祈求	祈らせられません 不被迫祈求	祈らせられませんでした （以前）沒被迫祈求	祈らないで 不（要）祈求…	

肯定表現組					
常體	常體過去式	敬體	敬體過去式	連體形	連體形過去式
祈る 祈求	祈った 祈求了	祈ります 祈求	祈りました 祈求了	祈る人 祈求…的人	祈った人 祈求了…的人
常體可能形肯定	常體可能形肯定過去式	敬體可能形肯定	敬體可能形肯定過去式	常體被動	常體被動過去式
祈れる 能祈求	祈れた （以前）能祈求	祈れます 能祈求	祈れました （以前）能祈求	祈られる 被…祈求	祈られた 被…祈求了
敬體被動	敬體被動過去式	常體使役	常體使役過去式	敬體使役	敬體使役過去式
祈られます 被…祈求	祈られました 被…祈求了	祈らせる 讓…祈求	祈らせた 讓…祈求了	祈らせます 讓…祈求	祈らせました 讓…祈求了
常體使役被動	常體使役被動過去式	敬體使役被動	敬體使役被動過去式	て形	
祈らせられる 被迫祈求	祈らせられた 被迫祈求了	祈らせられます 被迫祈求	祈らせられました 被迫祈求了	祈って 祈求…	

假定、命令、推量表現組					
常體否定假定	常體否定假定	常體否定假定	常體假定	常體假定	常體假定
祈らないなら 假如不祈求的話…	祈らなかったら 如果不祈求的話…	祈らなければ 如果不祈求就會…	祈るなら 假如祈求的話…	祈ったら 如果祈求了的話…	祈れば 如果祈求了就會…
敬體假定	命令表現	反向命令表現	常體推量表現	敬體推量表現	
祈りましたら 如果祈求的話…	祈れ 給我祈求！	祈るな 不准祈求	祈ろう 祈求吧！	祈りましょう 祈求吧！	

威張る (いばる) 跋扈、囂張

否定表現組

常體	常體過去式	敬體	敬體過去式	連體形	連體形過去式
威張らない 不跋扈	威張らなかった （以前）沒跋扈	威張りません 不跋扈	威張りませんでした （以前）沒跋扈	威張らない人 不跋扈的人	威張らなかった人 （以前）沒跋扈的人
常體可能形否定	常體可能形否定過去式	敬體可能形否定	敬體可能形否定過去式	常體被動	常體被動過去式
威張れない 不能跋扈	威張れなかった （以前）不能跋扈	威張れません 不能跋扈	威張れませんでした （以前）不能跋扈	威張られない 不被…跋扈	威張られなかった （以前）沒被…跋扈
敬體被動	敬體被動過去式	常體使役	常體使役過去式	敬體使役	敬體使役過去式
威張られません 不被…跋扈	威張られませんでした （以前）沒被…跋扈	威張らせない 不讓…跋扈	威張らせなかった （以前）沒讓…跋扈	威張らせません 不讓…跋扈	威張らせませんでした （以前）沒讓…跋扈
常體使役被動	常體使役被動過去式	敬體使役被動	敬體使役被動過去式	て形	
威張らせられない 不被迫跋扈	威張らせられなかった （以前）沒被迫跋扈	威張らせられません 不被迫跋扈	威張らせられませんでした （以前）沒被迫跋扈	威張らないで 不（要）跋扈…	

肯定表現組

常體	常體過去式	敬體	敬體過去式	連體形	連體形過去式
威張る 跋扈	威張った 跋扈了	威張ります 跋扈	威張りました 跋扈了	威張る人 跋扈的人	威張った人 跋扈了的人
常體可能形肯定	常體可能形肯定過去式	敬體可能形肯定	敬體可能形肯定過去式	常體被動	常體被動過去式
威張れる 能跋扈	威張れた （以前）能跋扈	威張れます 能跋扈	威張れました （以前）能跋扈	威張られる 被…跋扈	威張られた 被…跋扈了
敬體被動	敬體被動過去式	常體使役	常體使役過去式	敬體使役	敬體使役過去式
威張られます 被…跋扈	威張られました 被…跋扈了	威張らせる 讓…跋扈	威張らせた 讓…跋扈了	威張らせます 讓…跋扈	威張らせました 讓…跋扈了
常體使役被動	常體使役被動過去式	敬體使役被動	敬體使役被動過去式	て形	
威張らせられる 被迫跋扈	威張らせられた 被迫跋扈了	威張らせられます 被迫跋扈	威張らせられました 被迫跋扈了	威張って 跋扈…	

假定、命令、推量表現組

常體否定假定	常體否定假定	常體否定假定	常體假定	常體假定	常體假定
威張らないなら 假如不跋扈的話…	威張らなかったら 如果不跋扈的話…	威張らなければ 如果不跋扈就會…	威張るなら 假如跋扈的話…	威張ったら 如果跋扈的話…	威張れば 如果跋扈了就會…
敬體假定	命令表現	反向命令表現	常體推量表現	敬體推量表現	
威張りましたら 如果跋扈的話…	威張れ 給我跋扈！	威張るな 不准跋扈	威張ろう 跋扈吧！	威張りましょう 跋扈吧！	

いらっしゃる （尊敬語）去、來、在

否定表現組					
常體	常體過去式	敬體	敬體過去式	連體形	連體形過去式
いらっしゃらない 不去	いらっしゃらなかった （以前）沒去	いらっしゃりません 不去	いらっしゃりませんでした （以前）沒去	いらっしゃらない人 不去…的人	いらっしゃらなかった人 （以前）沒去…的人
常體可能形否定	常體可能形否定過去式	敬體可能形否定	敬體可能形否定過去式	常體被動	常體被動過去式
いらっしゃれない 不能去	いらっしゃれなかった （以前）不能夫	いらっしゃれません 不能去	いらっしゃれませんでした （以前）不能去	いらっしゃられない 不被…去	いらっしゃられなかった （以前）沒被…去
敬體被動	敬體被動過去式	常體使役	常體使役過去式	敬體使役	敬體使役過去式
いらっしゃられません 不…被去	いらっしゃられませんでした （以前）沒…被去	いらっしゃらせない 不讓…去	いらっしゃらせなかった （以前）沒讓…去	いらっしゃらせません 不讓…去	いらっしゃらせませんでした （以前）沒讓…去
常體使役被動	常體使役被動過去式	敬體使役被動	敬體使役被動過去式	て形	
いらっしゃらせられない 不被迫去	いらっしゃらせられなかった （以前）沒被迫去	いらっしゃらせられません 不被迫去	いらっしゃらせられませんでした （以前）沒被迫去	いらっしゃらないで 不（要）去…	

肯定表現組					
常體	常體過去式	敬體	敬體過去式	連體形	連體形過去式
いらっしゃる 去	いらっしゃった 去了	いらっしゃります 去	いらっしゃりました 去了	いらっしゃる人 去…的人	いらっしゃった人 去了…的人
常體可能形肯定	常體可能形肯定過去式	敬體可能形肯定	敬體可能形肯定過去式	常體被動	常體被動過去式
いらっしゃれる 能去	いらっしゃれた （以前）能去	いらっしゃれます 能去	いらっしゃれました （以前）能去	いらっしゃられる 被…去	いらっしゃられた 被…去了
敬體被動	敬體被動過去式	常體使役	常體使役過去式	敬體使役	敬體使役過去式
いらっしゃられます 被…去	いらっしゃられました 被…去了	いらっしゃらせる 讓…去	いらっしゃらせた 讓…去了	いらっしゃらせます 讓…去	いらっしゃらせました 讓…去了
常體使役被動	常體使役被動過去式	敬體使役被動	敬體使役被動過去式	て形	
いらっしゃらせられる 被迫去	いらっしゃらせられた 被迫去了	いらっしゃらせられます 被迫去	いらっしゃらせられました 被迫去了	いらっしゃって 去…	

假定、命令、推量表現組					
常體否定假定	常體否定假定	常體否定假定	常體假定	常體假定	常體假定
いらっしゃらないなら 假如不去的話…	いらっしゃらなかったら 如果不去的話…	いらっしゃらなければ 如果不去就會…	いらっしゃるなら 假如去的話…	いらっしゃったら 如果去了的話…	いらっしゃれば 如果去了就會…
敬體假定	命令表現	反向命令表現	常體推量表現	敬體推量表現	
いらっしゃりましたら 如果去了的話…	いらっしゃれ 給我去！	いらっしゃるな 不准去	いらっしゃろう 去吧！	いらっしゃりましょう 去吧！	

要る い　要、須要

否定表現組					
常體	常體過去式	敬體	敬體過去式	連體形	連體形過去式
要らない 不要	要らなかった （以前）沒要	要りません 不要	要りませんでした （以前）沒要	要らない人 不要…的人	要らなかった人 （以前）沒要…的人
常體可能形否定	常體可能形否定過去式	敬體可能形否定	敬體可能形否定過去式	常體被動	常體被動過去式
要れない 不能要	要れなかった （以前）不能要	要れません 不能要	要れませんでした （以前）不能要	要られない 不被…要	要られなかった （以前）沒被…要
敬體被動	敬體被動過去式	常體使役	常體使役過去式	敬體使役	敬體使役過去式
要られません 不被…要	要られませんでした （以前）沒被…要	要らせない 不讓…要	要らせなかった （以前）沒讓…要	要らせません 不讓…要	要らせませんでした （以前）沒讓…要
常體使役被動	常體使役被動過去式	敬體使役被動	敬體使役被動過去式		て形
要らせられない 不被迫要	要らせられなかった （以前）沒被迫要	要らせられません 不被迫要	要らせられませんでした （以前）沒被迫要		要らないで 不（要）要…

肯定表現組					
常體	常體過去式	敬體	敬體過去式	連體形	連體形過去式
要る 要	要った 要了	要ります 要	要りました 要了	要る人 要…的人	要った人 要了…的人
常體可能形肯定	常體可能形肯定過去式	敬體可能形肯定	敬體可能形肯定過去式	常體被動	常體被動過去式
要れる 能要	要れた （以前）能要	要れます 能要	要れました （以前）能要	要られる 被…要	要られた 被…要了
敬體被動	敬體被動過去式	常體使役	常體使役過去式	敬體使役	敬體使役過去式
要られます 被…要	要られました 被…要了	要らせる 讓…要	要らせた 讓…要了	要らせます 讓…要	要らせました 讓…要了
常體使役被動	常體使役被動過去式	敬體使役被動	敬體使役被動過去式		て形
要らせられる 被迫要	要らせられた 被迫要了	要らせられます 被迫要	要らせられました 被迫要了		要って 要…

假定、命令、推量表現組					
常體否定假定	常體否定假定	常體否定假定	常體假定	常體假定	常體假定
要らないなら 假如不要的話…	要らなかったら 如果不要的話…	要らなければ 如果不要就會…	要るなら 假如的話…	要ったら 如果要了的話…	要れば 如果要了就會…
敬體假定	命令表現	反向命令表現	常體推量表現	敬體推量表現	
要りましたら 如果要了的話…	要れ 給我要！	要るな 不准要	要ろう 要吧！	要りましょう 要吧！	

受かる
う

考上、合格

否定表現組					
常體	常體過去式	敬體	敬體過去式	連體形	連體形過去式
受からない 不考上	受からなかった （以前）沒考上	受かりません 不考上	受かりませんでした （以前）沒考上	受からない人 不考上…的人	受からなかった人 （以前）沒考上…的人
常體可能形否定	常體可能形否定過去式	敬體可能形否定	敬體可能形否定過去式	常體被動	常體被動過去式
受かれない 不能考上	受かれなかった （以前）不能考上	受かれません 不能考上	受かれませんでした （以前）不能考上	受かられない 不被…考上	受かられなかった （以前）沒被…考上
敬體被動	敬體被動過去式	常體使役	常體使役過去式	敬體使役	敬體使役過去式
受かられません 不被…考上	受かられませんでした （以前）沒被…考上	受からせない 不讓…考上	受からせなかった （以前）沒讓…考上	受からせません 不讓…考上	受からせませんでした （以前）沒讓…考上
常體使役被動	常體使役被動過去式	敬體使役被動	敬體使役被動過去式	て形	
受からせられない 不被迫考上	受からせられなかった （以前）沒被迫考上	受からせられません 不被迫考上	受からせられませんでした （以前）沒被迫考上	受からないで 不（要）考上…	
肯定表現組					
常體	常體過去式	敬體	敬體過去式	連體形	連體形過去式
受かる 考上	受かった 考上了	受かります 考上	受かりました 考上了	受かる人 考上…的人	受かった人 考上了…的人
常體可能形肯定	常體可能形肯定過去式	敬體可能形肯定	敬體可能形肯定過去式	常體被動	常體被動過去式
受かれる 能考上	受かれた （以前）能考上	受かれます 能考上	受かれました （以前）能考上	受かられる 被…考上	受かられた 被…考上了
敬體被動	敬體被動過去式	常體使役	常體使役過去式	敬體使役	敬體使役過去式
受かられます 被…考上	受かられました 被…考上了	受からせる 讓…考上	受からせた 讓…考上了	受からせます 讓…考上	受からせました 讓…考上了
常體使役被動	常體使役被動過去式	敬體使役被動	敬體使役被動過去式	て形	
受からせられる 被迫考上	受からせられた 被迫考上了	受からせられます 被迫考上	受からせられました 被迫考上了	受かって 考上…	
假定、命令、推量表現組					
常體否定假定	常體否定假定	常體否定假定	常體假定	常體假定	常體假定
受からないなら 假如不考上的話…	受かったら 如果不考上的話…	受からなければ 如果不考上就會…	受かるなら 假如考上的話…	受かったら 如果考上的話…	受かれば 如果考上了就會…
敬體假定	命令表現	反向命令表現	常體推量表現	敬體推量表現	
受かりましたら 如果考上的話…	受かれ 給我考上！	受かるな 不准考上	受かろう 考上吧！	受かりましょう 考上吧！	

承る

うけたまわ

遵命、（謙讓語）接受、詢問

否定表現組

常體	常體過去式	敬體	敬體過去式	連體形	連體形過去式
承らない 不遵命	承らなかった （以前）沒遵命	承りません 不遵命	承りませんでした （以前）沒遵命	承らない理由 不遵命的理由	承らなかった理由 （以前）沒遵命的理由
常體可能形否定	**常體可能形否定過去式**	**敬體可能形否定**	**敬體可能形否定過去式**	**常體被動**	**常體被動過去式**
承れない 不能遵命	承れなかった （以前）不能遵命	承れません 不能遵命	承れませんでした （以前）不能遵命	承られない 不被…遵命	承られなかった （以前）沒被…遵命
敬體被動	**敬體被動過去式**	**常體使役**	**常體使役過去式**	**敬體使役**	**敬體使役過去式**
承られません 不被…遵命	承られませんでした （以前）沒被…遵命	承らせない 不讓…遵命	承らせなかった （以前）沒讓…遵命	承らせません 不讓…遵命	承らせませんでした （以前）沒讓…遵命
常體使役被動	**常體使役被動過去式**	**敬體使役被動**	**敬體使役被動過去式**	**て形**	
承らせられない 不被迫遵命	承らせられなかった （以前）沒被迫遵命	承らせられません 不被迫遵命	承らせられませんでした （以前）沒被迫遵命	承らないで 不（要）遵命…	

肯定表現組

常體	常體過去式	敬體	敬體過去式	連體形	連體形過去式
承る 遵命	承った 遵命了	承ります 遵命	承りました 遵命了	承る理由 遵命的理由	承った理由 遵命了的理由
常體可能形肯定	**常體可能形肯定過去式**	**敬體可能形肯定**	**敬體可能形肯定過去式**	**常體被動**	**常體被動過去式**
承れる 能遵命	承れた （以前）能遵命	承れます 能遵命	承れました （以前）能遵命	承られる 被…遵命	承られた 被…遵命了
敬體被動	**敬體被動過去式**	**常體使役**	**常體使役過去式**	**敬體使役**	**敬體使役過去式**
承られます 被…遵命	承られました 被…遵命了	承らせる 讓…遵命	承らせた 讓…遵命了	承らせます 讓…遵命	承らせました 讓…遵命了
常體使役被動	**常體使役被動過去式**	**敬體使役被動**	**敬體使役被動過去式**	**て形**	
承らせられる 被迫遵命	承らせられた 被迫遵命了	承らせられます 被迫遵命	承らせられました 被迫遵命了	承って 遵命…	

假定、命令、推量表現組

常體否定假定	常體否定假定	常體否定假定	常體假定	常體假定	常體假定
承らないなら 假如不遵命的話…	承らなかったら 如果不遵命的話…	承らなければ 如果不遵命就會…	承るなら 假如遵命的話…	承ったら 如果遵命了的話…	承れば 如果遵命了就會…
敬體假定	**命令表現**	**反向命令表現**	**常體推量表現**	**敬體推量表現**	
承りましたら 如果遵命的話…	承れ 給我遵命！	承るな 不准遵命	承ろう 遵命吧！	承りましょう 遵命吧！	

移る／写る／映る　遷移、移轉、感染／拍、照／映照

否定表現組

常體	常體過去式	敬體	敬體過去式	連體形	連體形過去式
移らない 不遷移	移らなかった （以前）沒遷移	移りません 不遷移	移りませんでした （以前）沒遷移	移らない人 不遷移的人	移らなかった人 （以前）沒遷移的人
常體可能形否定	**常體可能形否定過去式**	**敬體可能形否定**	**敬體可能形否定過去式**	**常體被動**	**常體被動過去式**
移れない 能遷移	移れなかった （以前）能遷移	移れません 能遷移	移れませんでした （以前）能遷移	移られない 被…遷移	移られなかった （以前）沒被…遷移
敬體被動	**敬體被動過去式**	**常體使役**	**常體使役過去式**	**敬體使役**	**敬體使役過去式**
移られません 被…遷移	移られませんでした （以前）沒被…遷移	移らせない 不讓…遷移	移らせなかった （以前）沒讓…遷移	移らせません 不讓…遷移	移らせませんでした （以前）沒讓…遷移
常體使役被動	**常體使役被動過去式**	**敬體使役被動**	**敬體使役被動過去式**	**て形**	
移らせられない 不被迫遷移	移らせられなかった （以前）沒被迫遷移	移らせられません 不被迫遷移	移らせられませんでした （以前）沒被迫遷移	移らないで 不（要）遷移…	

肯定表現組

常體	常體過去式	敬體	敬體過去式	連體形	連體形過去式
移る 遷移	移った 遷移了	移ります 遷移	移りました 遷移了	移る人 遷移的人	移った人 遷移了的人
常體可能形肯定	**常體可能形肯定過去式**	**敬體可能形肯定**	**敬體可能形肯定過去式**	**常體被動**	**常體被動過去式**
移れる 能遷移	移れた （以前）能遷移	移れます 能遷移	移れました （以前）能遷移	移られる 被…遷移	移られた 被…遷移了
敬體被動	**敬體被動過去式**	**常體使役**	**常體使役過去式**	**敬體使役**	**敬體使役過去式**
移られます 被…遷移	移られました 被…遷移了	移らせる 讓…遷移	移らせた 讓…遷移了	移らせます 讓…遷移	移らせました 讓…遷移了
常體使役被動	**常體使役被動過去式**	**敬體使役被動**	**敬體使役被動過去式**	**て形**	
移らせられる 被迫遷移	移らせられた 被迫遷移了	移らせられます 被迫遷移	移らせられました 被迫遷移了	移って 遷移…	

假定、命令、推量表現組

常體否定假定	常體否定假定	常體否定假定	常體假定	常體假定	常體假定
移らないなら 假如不遷移的話…	移らなかったら 如果不遷移的話…	移らなければ 如果不遷移就會…	移るなら 假如遷移的話…	移ったら 如果遷移了的話…	移れば 如果遷移了就會…
敬體假定	**命令表現**	**反向命令表現**	**常體推量表現**	**敬體推量表現**	
移りましたら 如果遷移的話…	移れ 給我遷移！	移るな 不准遷移	移ろう 遷移吧！	移りましょう 遷移吧！	

埋まる 埋、掩埋、埋藏、填補著

否定表現組

常體	常體過去式	敬體	敬體過去式	連體形	連體形過去式
埋まらない 不掩埋	埋まらなかった （以前）沒掩埋	埋まりません 不掩埋	埋まりませんでした （以前）沒掩埋	埋まらない心 不埋藏的心	埋まらなかった心 （以前）沒埋藏的心
常體可能形否定	**常體可能形否定過去式**	**敬體可能形否定**	**敬體可能形否定過去式**	**常體被動**	**常體被動過去式**
埋まれない 能掩埋	埋まれなかった （以前）能掩埋	埋まれません 能掩埋	埋まれませんでした （以前）能掩埋	埋まられない 被…掩埋	埋まられなかった （以前）沒被…掩埋
敬體被動	**敬體被動過去式**	**常體使役**	**常體使役過去式**	**敬體使役**	**敬體使役過去式**
埋まられません 被…掩埋	埋まられませんでした （以前）沒被…掩埋	埋まらせない 不讓…掩埋	埋まらせなかった （以前）沒讓…掩埋	埋まらせません 不讓…掩埋	埋まらせませんでした （以前）沒讓…掩埋
常體使役被動	**常體使役被動過去式**	**敬體使役被動**	**敬體使役被動過去式**	**て形**	
埋まらせられない 不被迫掩埋	埋まらせられなかった （以前）沒被迫掩埋	埋まらせられません 不被迫掩埋	埋まらせられませんでした （以前）沒被迫掩埋	埋まらないで 不（要）掩埋…	

肯定表現組

常體	常體過去式	敬體	敬體過去式	連體形	連體形過去式
埋まる 掩埋	埋まった 掩埋了	埋まります 掩埋	埋まりました 掩埋了	埋まる心 埋藏的心	埋まった心 埋藏了的心
常體可能形肯定	**常體可能形肯定過去式**	**敬體可能形肯定**	**敬體可能形肯定過去式**	**常體被動**	**常體被動過去式**
埋まれる 能掩埋	埋まれた （以前）能掩埋	埋まれます 能掩埋	埋まれました （以前）能掩埋	埋まられる 被…掩埋	埋まられた 被…掩埋了
敬體被動	**敬體被動過去式**	**常體使役**	**常體使役過去式**	**敬體使役**	**敬體使役過去式**
埋まられます 被…掩埋	埋まられました 被…掩埋了	埋まらせる 讓…掩埋	埋まらせた 讓…掩埋了	埋まらせます 讓…掩埋	埋まらせました 讓…掩埋了
常體使役被動	**常體使役被動過去式**	**敬體使役被動**	**敬體使役被動過去式**	**て形**	
埋まらせられる 被迫掩埋	埋まらせられた 被迫掩埋了	埋まらせられます 被迫掩埋	埋まらせられました 被迫掩埋了	埋まって 掩埋…	

假定、命令、推量表現組

常體否定假定	常體否定假定	常體否定假定	常體假定	常體假定	常體假定
埋まらないなら 假如不掩埋的話…	埋まらなかったら 如果不掩埋的話…	埋まらなければ 如果不掩埋就會…	埋まるなら 假如掩埋的話…	埋まったら 如果掩埋了就會…	埋まれば 如果掩埋了就會…
敬體假定	**命令表現**	**反向命令表現**	**常體推量表現**	**敬體推量表現**	
埋まりましたら 如果掩埋的話…	埋まれ 給我掩埋！	埋まるな 不准掩埋	埋まろう 掩埋吧！	埋まりましょう 掩埋吧！	

売る　賣
<small>う</small>

否定表現組

常體	常體過去式	敬體	敬體過去式	連體形	連體形過去式
売らない 不賣	売らなかった （以前）沒賣	売りません 不賣	売りませんでした （以前）沒賣	売らない人 不賣…的人	売らなかった人 （以前）沒賣…的人
常體可能形否定	常體可能形否定過去式	敬體可能形否定	敬體可能形否定過去式	常體被動	常體被動過去式
売れない 不能賣	売れなかった （以前）不能賣	売れません 不能賣	売れませんでした （以前）不能賣	売られない 被…賣	売られなかった （以前）沒被…賣
敬體被動	敬體被動過去式	常體使役	常體使役過去式	敬體使役	敬體使役過去式
売られません 被…賣	売られませんでした （以前）沒被…賣	売らせない 不讓…賣	売らせなかった （以前）沒讓…賣	売らせません 不讓…賣	売らせませんでした （以前）沒讓…賣
常體使役被動	常體使役被動過去式	敬體使役被動	敬體使役被動過去式	て形	
売らせられない 不被迫賣	売らせられなかった （以前）沒被迫賣	売らせられません 不被迫賣	売らせられませんでした （以前）沒被迫賣	売らないで 不（要）賣…	

肯定表現組

常體	常體過去式	敬體	敬體過去式	連體形	連體形過去式
売る 賣	売った 賣了	売ります 賣	売りました 賣了	売る人 賣…的人	売った人 賣了…的人
常體可能形肯定	常體可能形肯定過去式	敬體可能形肯定	敬體可能形肯定過去式	常體被動	常體被動過去式
売れる 能賣	売れた （以前）能賣	売れます 能賣	売れました （以前）能賣	売られる 被…賣	売られた 被…賣了
敬體被動	敬體被動過去式	常體使役	常體使役過去式	敬體使役	敬體使役過去式
売られます 被…賣	売られました 被…賣了	売らせる 讓…賣	売らせた 讓…賣了	売らせます 讓…賣	売らせました 讓…賣了
常體使役被動	常體使役被動過去式	敬體使役被動	敬體使役被動過去式	て形	
売らせられる 被迫賣	売らせられた 被迫賣了	売らせられます 被迫賣	売らせられました 被迫賣了	売って 賣…	

假定、命令、推量表現組

常體否定假定	常體否定假定	常體否定假定	常體假定	常體假定	常體假定
売らないなら 假如不賣的話…	売らなかったら 如果不賣的話…	売らなければ 如果不賣就會…	売るなら 假如賣的話…	売ったら 如果賣了的話…	売れば 如果賣了就會…
敬體假定	命令表現	反向命令表現	常體推量表現	敬體推量表現	
売りましたら 如果賣了的話…	売れ 給我賣！	売るな 不准賣	売ろう 賣吧！	売りましょう 賣吧！	

加強觀念　「売る」的可能形「売れる」同時也有「暢銷、很有人氣」的意思。

送る（おく）／贈る（おく）　送／贈送

否定表現組					
常體	常體過去式	敬體	敬體過去式	連體形	連體形過去式
送らない 不送	送らなかった （以前）沒送	送りません 不送	送りませんで した （以前）沒送	送らない人 不送…的人	送らなかった 人 （以前）沒送…的 人
常體可能形否定	常體可能形否定 過去式	敬體可能形否定	敬體可能形否定 過去式	常體被動	常體被動過去式
送れない 不能送	送れなかった （以前）不能送	送れません 不能送	送れませんで した （以前）不能送	送られない 不被…送	送られなかっ た （以前）沒被…送
敬體被動	敬體被動過去式	常體使役	常體使役過去式	敬體使役	敬體使役過去式
送られません 不被…送	送られません でした （以前）沒被…送	送らせない 不讓…送	送らせなかっ た （以前）沒讓…送	送らせません 不讓…送	送らせません でした （以前）沒讓…送
常體使役被動	常體使役被動過去式	敬體使役被動	敬體使役被動過去式		て形
送らせられない 不被迫送	送らせられなか った （以前）沒被迫送	送らせられません 不被迫送	送らせられません でした （以前）沒被迫送		送らないで 不（要）送…

肯定表現組					
常體	常體過去式	敬體	敬體過去式	連體形	連體形過去式
送る 送	送った 送了	送ります 送	送りました 送了	送る人 送…的人	送った人 送了…的人
常體可能形肯定	常體可能形肯定 過去式	敬體可能形肯定	敬體可能形肯定 過去式	常體被動	常體被動過去式
送れる 能送	送れた （以前）能送	送れます 能送	送れました （以前）能送	送られる 被…送	送られた 被…送了
敬體被動	敬體被動過去式	常體使役	常體使役過去式	敬體使役	敬體使役過去式
送られます 被…送	送られました 被…送了	送らせる 讓…送	送らせた 讓…送了	送らせます 讓…送	送らせました 讓…送了
常體使役被動	常體使役被動過去式	敬體使役被動	敬體使役被動過去式		て形
送らせられる 被迫送	送らせられた 被迫送了	送らせられます 被迫送	送らせられました 被迫送了		送って 送…

假定、命令、推量表現組					
常體否定假定	常體否定假定	常體否定假定	常體假定	常體假定	常體假定
送らないなら 假如不送的話…	送らなかった ら 如果不送的話…	送らなければ 如果不送就會…	送るなら 假如送的話…	送ったら 如果送了的話…	送れば 如果送了就會…
敬體假定	命令表現	反向命令表現	常體推量表現		敬體推量表現
送りましたら 如果送了的話…	送れ 給我送！	送るな 不准送	送ろう 送吧！		送りましょう 送吧！

怒る／起こる 生氣／引起、發生

否定表現組					
常體	常體過去式	敬體	敬體過去式	連體形	連體形過去式
怒らない 不生氣	怒らなかった （以前）沒生氣	怒りません 不生氣	怒りませんでした （以前）沒生氣	怒らない人 不生氣的人	怒らなかった人 （以前）沒生氣的人
常體可能形否定	常體可能形否定過去式	敬體可能形否定	敬體可能形否定過去式	常體被動	常體被動過去式
怒れない 能生氣	怒れなかった （以前）能生氣	怒れません 能生氣	怒れませんでした （以前）能生氣	怒られない 不被…生氣	怒られなかった （以前）沒被…生氣
敬體被動	敬體被動過去式	常體使役	常體使役過去式	敬體使役	敬體使役過去式
怒られません 不被…生氣	怒られませんでした （以前）沒被…生氣	怒らせない 不讓…生氣	怒らせなかった （以前）沒讓…生氣	怒らせません 不讓…生氣	怒らせませんでした （以前）沒讓…生氣
常體使役被動	常體使役被動過去式	敬體使役被動	敬體使役被動過去式	て形	
怒らせられない 不被迫生氣	怒らせられなかった （以前）沒被迫生氣	怒らせられません 不被迫生氣	怒らせられませんでした （以前）沒被迫生氣	怒らないで 不（要）生氣…	

肯定表現組					
常體	常體過去式	敬體	敬體過去式	連體形	連體形過去式
怒る 生氣	怒った 生氣了	怒ります 生氣	怒りました 生氣了	怒る人 生氣的人	怒った人 生氣了的人
常體可能形肯定	常體可能形肯定過去式	敬體可能形肯定	敬體可能形肯定過去式	常體被動	常體被動過去式
怒れる 能生氣	怒れた （以前）能生氣	怒れます 能生氣	怒れました （以前）能生氣	怒られる 被…生氣	怒られた 被…生氣了
敬體被動	敬體被動過去式	常體使役	常體使役過去式	敬體使役	敬體使役過去式
怒られます 被…生氣	怒られました 被…生氣了	怒らせる 讓…生氣	怒らせた 讓…生氣了	怒らせます 讓…生氣	怒らせました 讓…生氣了
常體使役被動	常體使役被動過去式	敬體使役被動	敬體使役被動過去式	て形	
怒らせられる 被迫生氣	怒らせられた 被迫生氣了	怒らせられます 被迫生氣	怒らせられました 被迫生氣了	怒って 生氣…	

假定、命令、推量表現組					
常體否定假定	常體否定假定	常體否定假定	常體假定	常體假定	常體假定
怒らないなら 假如不生氣的話…	怒らなかったら 如果不生氣的話…	怒らなければ 如果不生氣就會…	怒るなら 假如生氣的話…	怒ったら 如果生氣的話…	怒れば 如果生氣了就會…
敬體假定	命令表現	反向命令表現	常體推量表現	敬體推量表現	
怒りましたら 如果生氣的話…	怒れ 給我生氣！	怒るな 不准生氣	怒ろう 生氣吧！	怒りましょう 生氣吧！	

収まる／納まる／治まる 收容、裝進／容納／平定

否定表現組

常體	常體過去式	敬體	敬體過去式	連體形	連體形過去式
収まらない 不收容	収まらなかった （以前）沒收容	収まりません 不收容	収まりませんでした （以前）沒收容	収まらない気持ち 不平息的心情	収まらなかった気持ち （以前）沒平息的心情
常體可能形否定	**常體可能形否定過去式**	**敬體可能形否定**	**敬體可能形否定過去式**	**常體被動**	**常體被動過去式**
収まれない 不能收容	収まれなかった （以前）不能收容	収まれません 不能收容	収まれませんでした （以前）不能收容	収まられない 不被…收容	収まられなかった （以前）沒被…收容
敬體被動	**敬體被動過去式**	**常體使役**	**常體使役過去式**	**敬體使役**	**敬體使役過去式**
収まられません 不被…收容	収まられませんでした （以前）沒被…收容	収まらせない 不讓…收容	収まらせなかった （以前）沒讓…收容	収まらせません 不讓…收容	収まらせませんでした （以前）沒讓…收容
常體使役被動	**常體使役被動過去式**	**敬體使役被動**	**敬體使役被動過去式**	**て形**	
収まらせられない 不被迫收容	収まらせられなかった （以前）沒被迫收容	収まらせられません 不被迫收容	収まらせられませんでした （以前）沒被迫收容	収まらないで 不（要）收容…	

肯定表現組

常體	常體過去式	敬體	敬體過去式	連體形	連體形過去式
収まる 收容	収まった 收容了	収まります 收容	収まりました 收容了	収まる気持ち 平息的心情	収まった気持ち 平息了的心情
常體可能形肯定	**常體可能形肯定過去式**	**敬體可能形肯定**	**敬體可能形肯定過去式**	**常體被動**	**常體被動過去式**
収まれる 能收容	収まれた （以前）能收容	収まれます 能收容	収まれました （以前）能收容	収まられる 被…收容	収まられた 被…收容了
敬體被動	**敬體被動過去式**	**常體使役**	**常體使役過去式**	**敬體使役**	**敬體使役過去式**
収まられます 被…收容	収まられました 被…收容了	収まらせる 讓…收容	収まらせた 讓…收容了	収まらせます 讓…收容	収まらせました 讓…收容了
常體使役被動	**常體使役被動過去式**	**敬體使役被動**	**敬體使役被動過去式**	**て形**	
収まらせられる 被迫收容	収まらせられた 被迫收容了	収まらせられます 被迫收容	収まらせられました 被迫收容了	収まって 收容…	

假定、命令、推量表現組

常體否定假定	常體否定假定	常體否定假定	常體假定	常體假定	常體假定
収まらないなら 假如不收容的話…	収まらなかったら 如果不收容的話…	収まらなければ 如果不收容就會…	収まるなら 假如收容的話…	収まったら 如果收容了的話…	収まれば 如果收容了就會…
敬體假定	**命令表現**	**反向命令表現**	**常體推量表現**	**敬體推量表現**	
収まりましたら 如果收容的話…	収まれ 給我收容！	収まるな 不准收容	収まろう 收容吧！	収まりましょう 收容吧！	

踊る おど　跳舞、舞蹈、操弄

否定表現組

常體	常體過去式	敬體	敬體過去式	連體形	連體形過去式
踊らない 不跳舞	踊らなかった （以前）沒跳舞	踊りません 不跳舞	踊りませんでした （以前）沒跳舞	踊らない人 不跳舞的人	踊らなかった人 （以前）沒跳舞的人
常體可能形否定	**常體可能形否定過去式**	**敬體可能形否定**	**敬體可能形否定過去式**	**常體被動**	**常體被動過去式**
踊れない 不能跳舞	踊れなかった （以前）不能跳舞	踊れません 不能跳舞	踊れませんでした （以前）不能跳舞	踊られない 不被…跳舞	踊られなかった （以前）沒被…跳舞
敬體被動	**敬體被動過去式**	**常體使役**	**常體使役過去式**	**敬體使役**	**敬體使役過去式**
踊られません 不被…跳舞	踊られませんでした （以前）沒被…跳舞	踊らせない 不讓…跳舞	踊らせなかった （以前）沒讓…跳舞	踊らせません 不讓…跳舞	踊らせませんでした （以前）沒讓…跳舞
常體使役被動	**常體使役被動過去式**	**敬體使役被動**	**敬體使役被動過去式**	**ない形**	
踊らせられない 不被迫跳舞	踊らせられなかった （以前）沒被迫跳舞	踊らせられません 不被迫跳舞	踊らせられませんでした （以前）沒被迫跳舞	踊らないで 不（要）跳舞…	

肯定表現組

常體	常體過去式	敬體	敬體過去式	連體形	連體形過去式
踊る 跳舞	踊った 跳舞了	踊ります 跳舞	踊りました 跳舞了	踊る人 跳舞的人	踊った人 跳舞了的人
常體可能形肯定	**常體可能形肯定過去式**	**敬體可能形肯定**	**敬體可能形肯定過去式**	**常體被動**	**常體被動過去式**
踊れる 能跳舞	踊れた （以前）能跳舞	踊れます 能跳舞	踊れました （以前）能跳舞	踊られる 被…跳舞	踊られた 被…跳舞了
敬體被動	**敬體被動過去式**	**常體使役**	**常體使役過去式**	**敬體使役**	**敬體使役過去式**
踊られます 被…跳舞	踊られました 被…跳舞了	踊らせる 讓…跳舞	踊らせた 讓…跳舞了	踊らせます 讓…跳舞	踊らせました 讓…跳舞了
常體使役被動	**常體使役被動過去式**	**敬體使役被動**	**敬體使役被動過去式**	**て形**	
踊らせられる 被迫跳舞	踊らせられた 被迫跳舞了	踊らせられます 被迫跳舞	踊らせられました 被迫跳舞了	踊って 跳舞…	

假定、命令、推量表現組

常體否定假定	常體否定假定	常體否定假定	常體假定	常體假定	常體假定
踊らないなら 假如不跳舞的話…	踊らなかったら 如果不跳舞的話…	踊らなければ 如果不跳舞就會…	踊るなら 假如不跳舞的話…	踊ったら 如果跳舞了就會…	踊れば 如果跳舞了就會…
敬體假定	**命令表現**	**反向命令表現**	**常體推量表現**	**敬體推量表現**	
踊りましたら 如果跳舞的話…	踊れ 給我跳舞！	踊るな 不准跳舞	踊ろう 跳舞吧！	踊りましょう 跳舞吧！	

終わる（お）　結束

否定表現組					
常體	常體過去式	敬體	敬體過去式	連體形	連體形過去式
終わらない 不結束	終わらなかった （以前）沒結束	終わりません 不結束	終わりませんでした （以前）沒結束	終わらない人 不結束…的人	終わらなかった人 （以前）沒結束…的人
常體可能形否定	常體可能形否定過去式	敬體可能形否定	敬體可能形否定過去式	常體被動	常體被動過去式
終われない 不能結束	終われなかった （以前）不能結束	終われません 不能結束	終われませんでした （以前）不能結束	終わられない 不被…結束	終わられなかった （以前）沒被…結束
敬體被動	敬體被動過去式	常體使役	常體使役過去式	敬體使役	敬體使役過去式
終わられません 不被…結束	終わられませんでした （以前）沒被…結束	終わらせない 不讓…結束	終わらせなかった （以前）沒讓…結束	終わらせません 不讓…結束	終わらせませんでした （以前）沒讓…結束
常體使役被動	常體使役被動過去式	敬體使役被動	敬體使役被動過去式	て形	
終わらせられない 不被迫結束	終わらせられなかった （以前）沒被迫結束	終わらせられません 不被迫結束	終わらせられませんでした （以前）沒被迫結束	終わらないで 不（要）結束…	

肯定表現組					
常體	常體過去式	敬體	敬體過去式	連體形	連體形過去式
終わる 結束	終わった 結束了	終わります 結束	終わりました 結束了	終わる人 結束…的人	終わった人 結束了…的人
常體可能形肯定	常體可能形肯定過去式	敬體可能形肯定	敬體可能形肯定過去式	常體被動	常體被動過去式
終われる 能結束	終われた （以前）能結束	終われます 能結束	終われました （以前）能結束	終わられる 被…結束	終わられた 被…結束了
敬體被動	敬體被動過去式	常體使役	常體使役過去式	敬體使役	敬體使役過去式
終わられます 被…結束	終わられました 被…結束了	終わらせる 讓…結束	終わらせた 讓…結束了	終わらせます 讓…結束	終わらせました 讓…結束了
常體使役被動	常體使役被動過去式	敬體使役被動	敬體使役被動過去式	て形	
終わらせられる 被迫結束	終わらせられた 被迫結束了	終わらせられます 被迫結束	終わらせられました 被迫結束了	終わって 結束…	

假定、命令、推量表現組					
常體否定假定	常體否定假定	常體否定假定	常體假定	常體假定	常體假定
終わらないなら 假如不結束的話…	終わらなかったら 如果不結束的話…	終わらなければ 如果不結束就會…	終わるなら 假如結束的話…	終わったら 如果結束了就會…	終われば 如果結束了就會…
敬體假定	命令表現	反向命令表現	常體推量表現	敬體推量表現	
終わりましたら 如果結束的話…	終われ 給我結束！	終わるな 不准結束	終わろう 結束吧！	終わりましょう 結束吧！	

帰る <ruby>帰<rt>かえ</rt></ruby>る　回、回去、回家

否定表現組					
常體	常體過去式	敬體	敬體過去式	連體形	連體形過去式
帰らない 不回	帰らなかった （以前）沒回	帰りません 不回	帰りませんでした （以前）沒回	帰らない人 不回的人（死人）	帰らなかった人 （以前）沒回的人 （已死的人）
常體可能形否定	常體可能形否定過去式	敬體可能形否定	敬體可能形否定過去式	常體被動	常體被動過去式
帰れない 不能回	帰れなかった （以前）不能回	帰れません 不能回	帰れませんでした （以前）不能回	帰られない 不被…回	帰られなかった （以前）沒被…回
敬體被動	敬體被動過去式	常體使役	常體使役過去式	敬體使役	敬體使役過去式
帰られません 不被…回	帰られませんでした （以前）沒被…回	帰らせない 不讓…回	帰らせなかった （以前）沒讓…回	帰らせません 不讓…回	帰らせませんでした （以前）沒讓…回
常體使役被動	常體使役被動過去式	敬體使役被動	敬體使役被動過去式	て形	
帰らせられない 不被迫回	帰らせられなかった （以前）沒被迫回	帰らせられません 不被迫回	帰らせられませんでした （以前）沒被迫回	帰らないで 不（要）回…	

肯定表現組					
常體	常體過去式	敬體	敬體過去式	連體形	連體形過去式
帰る 回	帰った 回了	帰ります 回	帰りました 回了	帰る人 回來的人	帰った人 回來了的人
常體可能形肯定	常體可能形肯定過去式	敬體可能形肯定	敬體可能形肯定過去式	常體被動	常體被動過去式
帰れる 能回	帰れた （以前）能回	帰れます 能回	帰れました （以前）能回	帰られる 被…回	帰られた 被…回了
敬體被動	敬體被動過去式	常體使役	常體使役過去式	敬體使役	敬體使役過去式
帰られます 被…回	帰られました 被…回了	帰らせる 讓…回	帰らせた 讓…回了	帰らせます 讓…回	帰らせました 讓…回了
常體使役被動	常體使役被動過去式	敬體使役被動	敬體使役被動過去式	て形	
帰らせられる 被迫回	帰らせられた 被迫回了	帰らせられます 被迫回	帰らせられました 被迫回了	帰って 回…	

假定、命令、推量表現組					
常體否定假定	常體否定假定	常體否定假定	常體假定	常體假定	常體假定
帰らないなら 假如不回的話…	帰らなかったら 如果不回的話…	帰らなければ 如果不回就會…	帰るなら 假如回的話…	帰ったら 如果回了的話…	帰れば 如果回了就會…
敬體假定	命令表現	反向命令表現	常體推量表現	敬體推量表現	
帰りましたら 如果回了的話…	帰れ 給我回！	帰るな 不准回	帰ろう 回吧！	帰りましょう 回吧！	

掛かる
か

掛（住）、勾（住）、罹患

否定表現組

常體	常體過去式	敬體	敬體過去式	連體形	連體形過去式
掛からない 不掛	掛からなかった （以前）沒掛	掛かりません 不掛	掛かりませんでした （以前）沒掛	掛からない絵 掛（住）的畫	掛からなかった絵 （以前）沒掛（住）的畫
常體可能形否定	**常體可能形否定過去式**	**敬體可能形否定**	**敬體可能形否定過去式**	**常體被動**	**常體被動過去式**
掛かれない 不能掛	掛かれなかった （以前）不能掛	掛かれません 不能掛	掛かれませんでした （以前）不能掛	掛かられない 不被…掛	掛かられなかった （以前）沒被…掛
敬體被動	**敬體被動過去式**	**常體使役**	**常體使役過去式**	**敬體使役**	**敬體使役過去式**
掛かられません 不被…掛	掛かられませんでした （以前）沒被…掛	掛からせない 不讓…掛	掛からせなかった （以前）沒讓…掛	掛からせません 不讓…掛	掛からせませんでした （以前）沒讓…掛
常體使役被動	**常體使役被動過去式**		**敬體使役被動**	**敬體使役被動過去式**	**て形**
掛からせられない 不被迫掛	掛からせられなかった （以前）沒被迫掛		掛からせられません 不被迫掛	掛からせられませんでした （以前）沒被迫掛	掛からないで 不（要）掛…

肯定表現組

常體	常體過去式	敬體	敬體過去式	連體形	連體形過去式
掛かる 掛	掛かった 掛了	掛かります 掛	掛かりました 掛了	掛かる絵 掛（住）的畫	掛かった絵 掛（住）了的畫
常體可能形肯定	**常體可能形肯定過去式**	**敬體可能形肯定**	**敬體可能形肯定過去式**	**常體被動**	**常體被動過去式**
掛かれる 能掛	掛かれた （以前）能掛	掛かれます 能掛	掛かれました （以前）能掛	掛かられる 被…掛	掛かられた 被…掛了
敬體被動	**敬體被動過去式**	**常體使役**	**常體使役過去式**	**敬體使役**	**敬體使役過去式**
掛かられます 被…掛	掛かられました 被…掛了	掛からせる 讓…掛	掛からせた 讓…掛了	掛からせます 讓…掛	掛からせました 讓…掛了
常體使役被動	**常體使役被動過去式**		**敬體使役被動**	**敬體使役被動過去式**	**て形**
掛からせられる 被迫掛	掛からせられた 被迫掛了		掛からせられます 被迫掛	掛からせられました 被迫掛了	掛かって 掛…

假定、命令、推量表現組

常體否定假定	常體否定假定	常體否定假定	常體假定	常體假定	常體假定
掛からないなら 假如不掛的話…	掛からなかったら 如果不掛的話…	掛からなければ 如果不掛就會…	掛かるなら 假如掛的話…	掛かったら 如果掛了的話…	掛かれば 如果掛了就會…
敬體假定	**命令表現**		**反向命令表現**	**常體推量表現**	**敬體推量表現**
掛かりましたら 如果掛了的話…	掛かれ 給我掛！		掛かるな 不准掛	掛かろう 掛吧！	掛かりましょう 掛吧！

<ruby>被<rt>かぶ</rt></ruby>る　戴、蓋、澆灌（水）、蒙受、重複

否定表現組					
常體	常體過去式	敬體	敬體過去式	連體形	連體形過去式
被らない 不戴	被らなかった （以前）沒戴	被りません 不戴	被りませんでした （以前）沒戴	被らない名前 不重複的名字	被らなかった名前 （以前）沒重複的名字
常體可能形否定	常體可能形否定過去式	敬體可能形否定	敬體可能形否定過去式	常體被動	常體被動過去式
被れない 不能戴	被れなかった （以前）不能戴	被れません 不能戴	被れませんでした （以前）不能戴	被られない 不被…戴	被られなかった （以前）沒被…戴
敬體被動	敬體被動過去式	常體使役	常體使役過去式	敬體使役	敬體使役過去式
被られません 不被…戴	被られませんでした （以前）沒被…戴	被らせない 不讓…戴	被らせなかった （以前）沒讓…戴	被らせません 不讓…戴	被らせませんでした （以前）沒讓…戴
常體使役被動	常體使役被動過去式	敬體使役被動	敬體使役被動過去式	て形	
被らせられない 不被迫戴	被らせられなかった （以前）沒被迫戴	被らせられません 不被迫戴	被らせられませんでした （以前）沒被迫戴	被らないで 不（要）戴…	

肯定表現組					
常體	常體過去式	敬體	敬體過去式	連體形	連體形過去式
被る 戴	被った 戴了	被ります 戴	被りました 戴了	被る名前 重複的名字	被った名前 重複了的名字
常體可能形肯定	常體可能形肯定過去式	敬體可能形肯定	敬體可能形肯定過去式	常體被動	常體被動過去式
被れる 能戴	被れた （以前）能戴	被れます 能戴	被れました （以前）能戴	被られる 被…戴	被られた 被…戴了
敬體被動	敬體被動過去式	常體使役	常體使役過去式	敬體使役	敬體使役過去式
被られます 被…戴	被られました 被…戴了	被らせる 讓…戴	被らせた 讓…戴了	被らせます 讓…戴	被らせました 讓…戴了
常體使役被動	常體使役被動過去式	敬體使役被動	敬體使役被動過去式	て形	
被らせられる 被迫戴	被らせられた 被迫戴了	被らせられます 被迫戴	被らせられました 被迫戴了	被って 戴…	

假定、命令、推量表現組					
常體否定假定	常體否定假定	常體否定假定	常體假定	常體假定	常體假定
被らないなら 假如不戴的話…	被らなかったら 如果不戴的話…	被らなければ 如果不戴就會…	被るなら 假如戴的話…	被ったら 如果戴了的話…	被れば 如果戴了就會…
敬體假定	命令表現	反向命令表現	常體推量表現	敬體推量表現	
被りましたら 如果戴的話…	被れ 給我戴！	被るな 不准戴	被ろう 戴吧！	被りましょう 戴吧！	

203

変わる／代わる／換わる／替わる
變化／代理／交換／替換

否定表現組					
常體	常體過去式	敬體	敬體過去式	連體形	連體形過去式
変わらない 不變化	変わらなかった （以前）沒變化	変わりません 不變化	変わりませんでした （以前）沒變化	変わらない人 不變化的人	変わらなかった人 （以前）沒變化的人
常體可能形否定	常體可能形否定過去式	敬體可能形否定	敬體可能形否定過去式	常體被動	常體被動過去式
変われない 不能變化	変われなかった （以前）不能變化	変われません 不能變化	変われませんでした （以前）不能變化	変わられない 不被…變化	変わられなかった （以前）沒被…變化
敬體被動	敬體被動過去式	常體使役	常體使役過去式	敬體使役	敬體使役過去式
変わられません 不被…變化	変わられませんでした （以前）沒被…變化	変わらせない 不讓…變化	変わらせなかった （以前）沒讓…變化	変わらせません 不讓…變化	変わらせませんでした （以前）沒讓…變化
常體使役被動	常體使役被動過去式	敬體使役被動	敬體使役被動過去式	て形	
変わらせられない 不受迫變化	変わらせられなかった （以前）沒受迫變化	変わらせられません 不受迫變化	変わらせられませんでした （以前）沒受迫變化	変らないで 不（要）變化…	
肯定表現組					
常體	常體過去式	敬體	敬體過去式	連體形	連體形過去式
変わる 變化	変わった 變化了	変わります 變化	変わりました 變化了	変わる人 變化的人	変わった人 變化了的人
常體可能形肯定	常體可能形肯定過去式	敬體可能形肯定	敬體可能形肯定過去式	常體被動	常體被動過去式
変われる 能變化	変われた （以前）能變化	変われます 能變化	変われました （以前）能變化	変わられる 被…變化	変わられた 被…變化了
敬體被動	敬體被動過去式	常體使役	常體使役過去式	敬體使役	敬體使役過去式
変わられます 被…變化	変わられました 被…變化了	変わらせる 讓…變化	変わらせた 讓…變化了	変わらせます 讓…變化	変わらせました 讓…變化了
常體使役被動	常體使役被動過去式	敬體使役被動	敬體使役被動過去式	て形	
変わらせられる 被迫變化	変わらせられた 被迫變化了	変わらせられます 被迫變化	変わらせられました 被迫變化了	変って 變化…	
假定、命令、推量表現組					
常體否定假定	常體否定假定	常體否定假定	常體假定	常體假定	常體假定
変らないなら 假如不變化的話…	変らなかったら 如果不變化的話…	変らなければ 如果不變化就會…	変るなら 假如變化的話…	変わったら 如果變化了的話…	変われば 如果變化了就會…
敬體假定	命令表現	反向命令表現	常體推量表現	敬體推量表現	
変わりましたら 如果變化的話…	変われ 給我變化！	変わるな 不准變化	変わろう 變化吧！	変わりましょう 變化吧！	

頑張る 努力、加油

否定表現組

常體	常體過去式	敬體	敬體過去式	連體形	連體形過去式
頑張らない 不努力	頑張らなかった （以前）沒努力	頑張りません 不努力	頑張りませんでした （以前）沒努力	頑張らない人 不努力…的人	頑張らなかった人 （以前）沒努力…的人
常體可能形否定	**常體可能形否定過去式**	**敬體可能形否定**	**敬體可能形否定過去式**	**常體被動**	**常體被動過去式**
頑張れない 不能努力	頑張れなかった （以前）不能努力	頑張れません 不能努力	頑張れませんでした （以前）不能努力	頑張られない 不被…努力	頑張られなかった （以前）沒被…努力
敬體被動	**敬體被動過去式**	**常體使役**	**常體使役過去式**	**敬體使役**	**敬體使役過去式**
頑張られません 不被…努力	頑張られませんでした （以前）沒被…努力	頑張らせない 不讓…努力	頑張らせなかった （以前）沒讓…努力	頑張らせません 不讓…努力	頑張らせませんでした （以前）沒讓…努力
常體使役被動	**常體使役被動過去式**	**敬體使役被動**	**敬體使役被動過去式**	**て形**	
頑張らせられない 不被迫努力	頑張らせられなかった （以前）沒被迫努力	頑張らせられません 不被迫努力	頑張らせられませんでした （以前）沒被迫努力	頑張らないで 不（要）努力…	

肯定表現組

常體	常體過去式	敬體	敬體過去式	連體形	連體形過去式
頑張る 努力	頑張った 努力了	頑張ります 努力	頑張りました 努力了	頑張る人 努力…的人	頑張った人 努力了…的人
常體可能形肯定	**常體可能形肯定過去式**	**敬體可能形肯定**	**敬體可能形肯定過去式**	**常體被動**	**常體被動過去式**
頑張れる 能努力	頑張れた （以前）能努力	頑張れます 能努力	頑張れました （以前）能努力	頑張られる 被…努力	頑張られた 被…努力了
敬體被動	**敬體被動過去式**	**常體使役**	**常體使役過去式**	**敬體使役**	**敬體使役過去式**
頑張られます 被…努力	頑張られました 被…努力了	頑張らせる 讓…努力	頑張らせた 讓…努力了	頑張らせます 讓…努力	頑張らせました 讓…努力了
常體使役被動	**常體使役被動過去式**	**敬體使役被動**	**敬體使役被動過去式**	**て形**	
頑張らせられる 被迫努力	頑張らせられた 被迫努力了	頑張らせられます 被迫努力	頑張らせられました 被迫努力了	頑張って 努力…	

假定、命令、推量表現組

常體否定假定	常體否定假定	常體否定假定	常體假定	常體假定	常體假定
頑張らないなら 假如不努力的話…	頑張らなかったら 如果不努力的話…	頑張らなければ 如果不努力就會…	頑張るなら 假如努力的話…	頑張ったら 如果努力的話…	頑張れば 如果努力了就會…
敬體假定	**命令表現**	**反向命令表現**	**常體推量表現**	**敬體推量表現**	
頑張りましたら 如果努力的話…	頑張れ 給我努力！	頑張るな 不准努力	頑張ろう 努力吧！	頑張りましょう 努力吧！	

決まる　決定、規定

否定表現組

常體	常體過去式	敬體	敬體過去式	連體形	連體形過去式
決まらない 不決定	決まらなかった （以前）沒決定	決まりません 不決定	決まりませんでした （以前）沒決定	決まらない人 不決定…的人	決まらなかった人 （以前）沒決定…的人
常體可能形否定	**常體可能形否定過去式**	**敬體可能形否定**	**敬體可能形否定過去式**	**常體被動**	**常體被動過去式**
決まれない 不能決定	決まれなかった （以前）不能決定	決まれません 不能決定	決まれませんでした （以前）不能決定	決まられない 不被…決定	決まられなかった （以前）沒被…決定
敬體被動	**敬體被動過去式**	**常體使役**	**常體使役過去式**	**敬體使役**	**敬體使役過去式**
決まられません 不被…決定	決まられませんでした （以前）沒被…決定	決まらせない 不讓…決定	決まらせなかった （以前）沒讓…決定	決まらせません 不讓…決定	決まらせませんでした （以前）沒讓…決定
常體使役被動	**常體使役被動過去式**	**敬體使役被動**	**敬體使役被動過去式**	**て形**	
決まらせられない 不被迫決定	決まらせられなかった （以前）沒被迫決定	決まらせられません 不被迫決定	決まらせられませんでした （以前）沒被迫決定	決まらないで 不（要）決定…	

肯定表現組

常體	常體過去式	敬體	敬體過去式	連體形	連體形過去式
決まる 決定	決まった 決定了	決まります 決定	決まりました 決定了	決まる人 決定…的人	決まった人 決定了…的人
常體可能形肯定	**常體可能形肯定過去式**	**敬體可能形肯定**	**敬體可能形肯定過去式**	**常體被動**	**常體被動過去式**
決まれる 能決定	決まれた （以前）能決定	決まれます 能決定	決まれました （以前）能決定	決まられる 被…決定	決まられた 被…決定了
敬體被動	**敬體被動過去式**	**常體使役**	**常體使役過去式**	**敬體使役**	**敬體使役過去式**
決まられます 被…決定	決まられました 被…決定了	決まらせる 讓…決定	決まらせた 讓…決定了	決まらせます 讓…決定	決まらせました 讓…決定了
常體使役被動	**常體使役被動過去式**	**敬體使役被動**	**敬體使役被動過去式**	**て形**	
決まらせられる 被迫決定	決まらせられた 被迫決定了	決まらせられます 被迫決定	決まらせられました 被迫決定了	決まって 決定…	

假定、命令、推量表現組

常體否定假定	常體否定假定	常體否定假定	常體假定	常體假定	常體假定
決まらないなら 假如不決定的話…	決まらなかったら 如果不決定的話…	決まらなければ 如果不決定就會…	決まるなら 假如決定的話…	決まったら 如果決定的話…	決まれば 如果決定了就會…
敬體假定	**命令表現**	**反向命令表現**	**常體推量表現**	**敬體推量表現**	
決まりましたら 如果決定的話…	決まれ 給我決定！	決まるな 不准決定	決まろう 決定吧！	決まりましょう 決定吧！	

切る（き）　切、剪

否定表現組

常體	常體過去式	敬體	敬體過去式	連體形	連體形過去式
切らない 不切	切らなかった （以前）沒切	切りません 不切	切りませんでした （以前）沒切	切らない人 不切…的人	切らなかった人 （以前）沒切…的人
常體可能形否定	常體可能形否定過去式	敬體可能形否定	敬體可能形否定過去式	常體被動	常體被動過去式
切れない 不能切	切れなかった （以前）不能切	切れません 不能切	切れませんでした （以前）不能切	切られない 不被…切	切られなかった （以前）沒被…切
敬體被動	敬體被動過去式	常體使役	常體使役過去式	敬體使役	敬體使役過去式
切られません 不被…切	切られませんでした （以前）沒被…切	切らせない 不讓…切	切らせなかった （以前）沒讓…切	切らせません 不讓…切	切らせませんでした （以前）沒讓…切
常體使役被動	常體使役被動過去式	敬體使役被動	敬體使役被動過去式	て形	
切らせられない 不被迫切	切らせられなかった （以前）沒被迫切	切らせられません 不被迫切	切らせられませんでした （以前）沒被迫切	切らないで 不（要）切…	

肯定表現組

常體	常體過去式	敬體	敬體過去式	連體形	連體形過去式
切る 切	切った 切了	切ります 切	切りました 切了	切る人 切…的人	切った人 切了…的人
常體可能形肯定	常體可能形肯定過去式	敬體可能形肯定	敬體可能形肯定過去式	常體被動	常體被動過去式
切れる 能切	切れた （以前）能切	切れます 能切	切れました （以前）能切	切られる 被…切	切られた 被…切了
敬體被動	敬體被動過去式	常體使役	常體使役過去式	敬體使役	敬體使役過去式
切られます 被…切	切られました 被…切了	切らせる 讓…切	切らせた 讓…切了	切らせます 讓…切	切らせました 讓…切了
常體使役被動	常體使役被動過去式	敬體使役被動	敬體使役被動過去式	て形	
切らせられる 被迫切	切らせられた 被迫切了	切らせられます 被迫切	切らせられました 被迫切了	切って 切…	

假定、命令、推量表現組

常體否定假定	常體否定假定	常體否定假定	常體假定	常體假定	常體假定
切らないなら 假如不切的話…	切らなかったら 如果不切的話…	切らなければ 如果不切就會…	切るなら 假如切的話…	切ったら 如果切了的話…	切れば 如果切了就會…
敬體假定	命令表現	反向命令表現	常體推量表現	敬體推量表現	
切りましたら 如果切了的話…	切れ 給我切！	切るな 不准切	切ろう 切吧！	切りましょう 切吧！	

配る　發、分、分發

くば

否定表現組					
常體	常體過去式	敬體	敬體過去式	連體形	連體形過去式
配らない 不發	配らなかった （以前）沒發	配りません 不發	配りませんでした （以前）沒發	配らない人 不發…的人	配らなかった人 （以前）沒發…的人
常體可能形否定	常體可能形否定過去式	敬體可能形否定	敬體可能形否定過去式	常體被動	常體被動過去式
配れない 不能發	配れなかった （以前）不能發	配れません 不能發	配れませんでした （以前）不能發	配られない 不被…發	配られなかった （以前）沒被…發
敬體被動	敬體被動過去式	常體使役	常體使役過去式	敬體使役	敬體使役過去式
配られません 不被…發	配られませんでした （以前）沒被…發	配らせない 不讓…發	配らせなかった （以前）沒讓…發	配らせません 不讓…發	配らせませんでした （以前）沒讓…發
常體使役被動	常體使役被動過去式	敬體使役被動	敬體使役被動過去式	て形	
配らせられない 不被迫發	配らせられなかった （以前）沒被迫發	配らせられません 不被迫發	配らせられませんでした （以前）沒被迫發	配らないで 不（要）發…	

肯定表現組					
常體	常體過去式	敬體	敬體過去式	連體形	連體形過去式
配る 發	配った 發了	配ります 發	配りました 發了	配る人 發…的人	配った人 發了…的人
常體可能形肯定	常體可能形肯定過去式	敬體可能形肯定	敬體可能形肯定過去式	常體被動	常體被動過去式
配れる 能發	配れた （以前）能發	配れます 能發	配れました （以前）能發	配られる 被…發	配られた 被…發了
敬體被動	敬體被動過去式	常體使役	常體使役過去式	敬體使役	敬體使役過去式
配られます 被…發	配られました 被…發了	配らせる 讓…發	配らせた 讓…發了	配らせます 讓…發	配らせました 讓…發了
常體使役被動	常體使役被動過去式	敬體使役被動	敬體使役被動過去式	て形	
配らせられる 被迫發	配らせられた 被迫發了	配らせられます 被迫發	配らせられました 被迫發了	配って 發…	

假定、命令、推量表現組					
常體否定假定	常體否定假定	常體否定假定	常體假定	常體假定	常體假定
配らないなら 假如不發的話…	配らなかったら 如果不發的話…	配らなければ 如果不發就會…	配るなら 假如發的話…	配ったら 如果發了的話…	配れば 如果發了就會…
敬體假定	命令表現	反向命令表現	常體推量表現	敬體推量表現	
配りましたら 如果發了的話…	配れ 給我發！	配るな 不准發	配ろう 發吧！	配りましょう 發吧！	

擦る こす 搓、摩擦

否定表現組					
常體	常體過去式	敬體	敬體過去式	連體形	連體形過去式
擦らない 不搓	擦らなかった （以前）沒搓	擦りません 不搓	擦りませんで した （以前）沒搓	擦らない洗顔 不搓…的洗臉	擦らなかった 洗顔 （以前）沒搓…的 洗臉
常體可能形否定	常體可能形否定 過去式	敬體可能形否定	敬體可能形否定 過去式	常體被動	常體被動過去式
擦れない 不能搓	擦れなかった （以前）不能搓	擦れません 不能搓	擦れませんで した （以前）不能搓	擦られない 不被…搓	擦られなかっ た （以前）沒被…搓
敬體被動	敬體被動過去式	常體使役	常體使役過去式	敬體使役	敬體使役過去式
擦られません 不被…搓	擦られません でした （以前）沒被…搓	擦らせない 不讓…搓	擦らせなかっ た （以前）沒讓…搓	擦らせません 不讓…搓	擦らせません でした （以前）沒讓…搓
常體使役被動	常體使役被動過去式	敬體使役被動	敬體使役被動過去式	て形	
擦らせられない 不被迫搓	擦らせられなか った （以前）沒被迫搓	擦らせられません 不被迫搓	擦らせられません でした （以前）沒被迫搓	擦らないで 不（要）搓…	

肯定表現組					
常體	常體過去式	敬體	敬體過去式	連體形	連體形過去式
擦る 搓	擦った 搓了	擦ります 搓	擦りました 搓了	擦る洗顔 搓…的洗臉	擦った洗顔 搓了…的洗臉
常體可能形肯定	常體可能形肯定 過去式	敬體可能形肯定	敬體可能形肯定 過去式	常體被動	常體被動過去式
擦れる 能搓	擦れた （以前）能搓	擦れます 能搓	擦れました （以前）能搓	擦られる 被…搓	擦られた 被…搓了
敬體被動	敬體被動過去式	常體使役	常體使役過去式	敬體使役	敬體使役過去式
擦られます 被…搓	擦られました 被…搓了	擦らせる 讓…搓	擦らせた 讓…搓了	擦らせます 讓…搓	擦らせました 讓…搓了
常體使役被動	常體使役被動過去式	敬體使役被動	敬體使役被動過去式	て形	
擦らせられる 被迫搓	擦らせられた 被迫搓了	擦らせられます 被迫搓	擦らせられました 被迫搓了	擦って 搓…	

假定、命令、推量表現組					
常體否定假定	常體否定假定	常體否定假定	常體假定	常體假定	常體假定
擦らないなら 假如不搓的話…	擦らなかった ら 如果不搓的話…	擦らなければ 如果不搓就會…	擦るなら 假如搓的話…	擦ったら 如果搓了的話…	擦れば 如果搓了就會…
敬體假定	命令表現	反向命令表現	常體推量表現	敬體推量表現	
擦りましたら 如果搓了的話…	擦れ 給我搓！	擦るな 不准搓	擦ろう 搓吧！	擦りましょう 搓吧！	

触る　觸摸、觸碰、接觸

さわ

否定表現組

常體	常體過去式	敬體	敬體過去式	連體形	連體形過去式
触らない 不觸摸	触らなかった （以前）沒觸摸	触りません 不觸摸	触りませんでした （以前）沒觸摸	触らない人 不觸摸…的人	触らなかった人 （以前）沒觸摸…的人

常體可能形否定	常體可能形否定過去式	敬體可能形否定	敬體可能形否定過去式	常體被動	常體被動過去式
触れない 不能觸摸	触れなかった （以前）不能觸摸	触れません 不能觸摸	触れませんでした （以前）不能觸摸	触られない 不被…觸摸	触られなかった （以前）沒被…觸摸

敬體被動	敬體被動過去式	常體使役	常體使役過去式	敬體使役	敬體使役過去式
触られません 不被…觸摸	触られませんでした （以前）沒被…觸摸	触らせない 不讓…觸摸	触らせなかった （以前）沒讓…觸摸	触らせません 不讓…觸摸	触らせませんでした （以前）沒讓…觸摸

常體使役被動	常體使役被動過去式	敬體使役被動	敬體使役被動過去式	て形	
触らせられない 不被迫觸摸	触らせられなかった （以前）沒被迫觸摸	触らせられません 不被迫觸摸	触らせられませんでした （以前）沒被迫觸摸	触らないで 不（要）觸摸…	

肯定表現組

常體	常體過去式	敬體	敬體過去式	連體形	連體形過去式
触る 觸摸	触った 觸摸了	触ります 觸摸	触りました 觸摸了	触る人 觸摸…的人	触った人 觸摸了…的人

常體可能形肯定	常體可能形肯定過去式	敬體可能形肯定	敬體可能形肯定過去式	常體被動	常體被動過去式
触れる 能觸摸	触れた （以前）能觸摸	触れます 能觸摸	触れました （以前）能觸摸	触られる 被…觸摸	触られた 被…觸摸了

敬體被動	敬體被動過去式	常體使役	常體使役過去式	敬體使役	敬體使役過去式
触られます 被…觸摸	触られました 被…觸摸了	触らせる 讓…觸摸	触らせた 讓…觸摸了	触らせます 讓…觸摸	触らせました 讓…觸摸了

常體使役被動	常體使役被動過去式	敬體使役被動	敬體使役被動過去式	て形	
触らせられる 被迫觸摸	触らせられた 被迫觸摸了	触らせられます 被迫觸摸	触らせられました 被迫觸摸了	触って 觸摸…	

假定、命令、推量表現組

常體否定假定	常體否定假定	常體否定假定	常體假定	常體假定	常體假定
触らないなら 假如不觸摸的話…	触らなかったら 如果不觸摸的話…	触らなければ 如果不觸摸就會…	触るなら 假如觸摸的話…	触ったら 如果觸摸的話…	触れば 如果觸摸了就會…

敬體假定	命令表現	反向命令表現	常體推量表現	敬體推量表現
触りましたら 如果觸摸的話…	触れ 給我觸摸！	触るな 不准觸摸	触ろう 觸摸吧！	触りましょう 觸摸吧！

座る（すわ） 坐、坐下

否定表現組

常體	常體過去式	敬體	敬體過去式	連體形	連體形過去式
座らない 不坐	座らなかった （以前）沒坐	座りません 不坐	座りませんでした （以前）沒坐	座らない人 不坐的人	座らなかった人 （以前）沒坐的人
常體可能形否定	常體可能形否定過去式	敬體可能形否定	敬體可能形否定過去式	常體被動	常體被動過去式
座れない 不能坐	座れなかった （以前）不能坐	座れません 不能坐	座れませんでした （以前）不能坐	座られない 不被…坐	座られなかった （以前）沒被…坐
敬體被動	敬體被動過去式	常體使役	常體使役過去式	敬體使役	敬體使役過去式
座られません 不被…坐	座られませんでした （以前）沒被…坐	座らせない 不讓…坐	座らせなかった （以前）沒讓…坐	座らせません 不讓…坐	座らせませんでした （以前）沒讓…坐
常體使役被動	常體使役被動過去式	敬體使役被動	敬體使役被動過去式	て形	
座らせられない 不被迫坐	座らせられなかった （以前）沒被迫坐	座らせられません 不被迫坐	座らせられませんでした （以前）沒被迫坐	座らないで 不（要）坐…	

肯定表現組

常體	常體過去式	敬體	敬體過去式	連體形	連體形過去式
座る 坐	座った 坐了	座ります 坐	座りました 坐了	座る人 坐的人	座った人 坐了的人
常體可能形肯定	常體可能形肯定過去式	敬體可能形肯定	敬體可能形肯定過去式	常體被動	常體被動過去式
座れる 能坐	座れた （以前）能坐	座れます 能坐	座れました （以前）能坐	座られる 被…坐	座られた 被…坐了
敬體被動	敬體被動過去式	常體使役	常體使役過去式	敬體使役	敬體使役過去式
座られます 被…坐	座られました 被…坐了	座らせる 讓…坐	座らせた 讓…坐了	座らせます 讓…坐	座らせました 讓…坐了
常體使役被動	常體使役被動過去式	敬體使役被動	敬體使役被動過去式	て形	
座らせられる 被迫坐	座らせられた 被迫坐了	座らせられます 被迫坐	座らせられました 被迫坐了	座って 坐…	

假定、命令、推量表現組

常體否定假定	常體否定假定	常體否定假定	常體假定	常體假定	常體假定
座らないなら 假如不坐的話…	座らなかったら 如果不坐的話…	座らなければ 如果不坐就會…	座るなら 假如坐的話…	座ったら 如果坐了的話…	座れば 如果坐了就會…
敬體假定	命令表現	反向命令表現	常體推量表現	敬體推量表現	
座りましたら 如果坐了的話…	座れ 給我坐！	座るな 不准坐	座ろう 坐吧！	座りましょう 坐吧！	

助かる
たす

得救、獲救、得到幫助

否定表現組

常體	常體過去式	敬體	敬體過去式	連體形	連體形過去式
助からない 不得救	助からなかった （以前）沒得救	助かりません 不得救	助かりませんでした （以前）沒得救	助からない人 不得救的人	助からなかった人 （以前）沒得救的人
常體可能形否定	常體可能形否定過去式	敬體可能形否定	敬體可能形否定過去式	常體被動	常體被動過去式
助かれない 不能得救	助かれなかった （以前）不能得救	助かれません 不能得救	助かれませんでした （以前）不能得救	助けられない 不被…得救	助けられなかった （以前）沒被…得救
敬體被動	敬體被動過去式	常體使役	常體使役過去式	敬體使役	敬體使役過去式
助けられません 不被…得救	助けられませんでした （以前）沒被…得救	助からせない 不讓…得救	助からせなかった （以前）沒讓…得救	助からせません 不讓…得救	助からせませんでした （以前）沒讓…得救
常體使役被動	常體使役被動過去式		敬體使役被動	敬體使役被動過去式	て形
助からせられない 不被迫得救	助からせられなかった （以前）沒被迫得救		助からせられません 不被迫得救	助からせられませんでした （以前）沒被迫得救	助からないで 不（要）得救…

肯定表現組

常體	常體過去式	敬體	敬體過去式	連體形	連體形過去式
助かる 得救	助かった 得救了	助かります 得救	助かりました 得救了	助かる人 得救的人	助かった人 得救了的人
常體可能形肯定	常體可能形肯定過去式	敬體可能形肯定	敬體可能形肯定過去式	常體被動	常體被動過去式
助かれる 能得救	助かれた （以前）能得救	助かれます 能得救	助かれました （以前）能得救	助けられる 被…得救	助けられた 被…得救了
敬體被動	敬體被動過去式	常體使役	常體使役過去式	敬體使役	敬體使役過去式
助けられます 被…得救	助けられました 被…得救了	助からせる 讓…得救	助からせた 讓…得救了	助からせます 讓…得救	助からせました 讓…得救了
常體使役被動	常體使役被動過去式		敬體使役被動	敬體使役被動過去式	て形
助からせられる 被迫得救	助からせられた 被迫得救了		助からせられます 被迫得救	助からせられました 被迫得救了	助かって 得救…

假定、命令、推量表現組

常體否定假定	常體否定假定	常體否定假定	常體假定	常體假定	常體假定
助からないなら 假如不得救的話…	助からなかったら 如果不得救的話…	助からなければ 如果不得救就會…	助かるなら 假如得救的話…	助かったら 如果得救的話…	助かれば 如果得救了就會…
敬體假定	命令表現	反向命令表現	常體推量表現	敬體推量表現	
助かりましたら 如果得救的話…	助かれ 給我得救！	助かるな 不准得救	助かろう 得救吧！	助かりましょう 得救吧！	

取る／撮る／摂る／採る／執る

とる とる とる とる とる

拿、取／照（相）／攝取／採取、採用、採集／執掌

否定表現組

常體	常體過去式	敬體	敬體過去式	連體形	連體形過去式
取らない 不拿	取らなかった （以前）沒拿	取りません 不拿	取りませんでした （以前）沒拿	取らない人 不拿…的人	取らなかった人 （以前）沒拿…的人
常體可能形否定	常體可能形否定過去式	敬體可能形否定	敬體可能形否定過去式	常體被動	常體被動過去式
取れない 不能拿	取れなかった （以前）不能拿	取れません 不能拿	取れませんでした （以前）不能拿	取られない 不被…拿	取られなかった （以前）沒被…拿
敬體被動	敬體被動過去式	常體使役	常體使役過去式	敬體使役	敬體使役過去式
取られません 不被…拿	取られませんでした （以前）沒被…拿	取らせない 不讓…拿	取らせなかった （以前）沒讓…拿	取らせません 不讓…拿	取らせませんでした （以前）沒讓…拿
常體使役被動	常體使役被動過去式	敬體使役被動	敬體使役被動過去式	て形	
取らせられない 不被迫拿	取らせられなかった （以前）沒被迫拿	取らせられません 不被迫拿	取らせられませんでした （以前）沒被迫拿	取らないで 不（要）拿…	

肯定表現組

常體	常體過去式	敬體	敬體過去式	連體形	連體形過去式
取る 拿	取った 拿了	取ります 拿	取りました 拿了	取る人 拿…的人	取った人 拿了…的人
常體可能形肯定	常體可能形肯定過去式	敬體可能形肯定	敬體可能形肯定過去式	常體被動	常體被動過去式
取れる 能拿	取れた （以前）能拿	取れます 能拿	取れました （以前）能拿	取られる 被…拿	取られた 被…拿了
敬體被動	敬體被動過去式	常體使役	常體使役過去式	敬體使役	敬體使役過去式
取られます 被…拿	取られました 被…拿了	取らせる 讓…拿	取らせた 讓…拿了	取らせます 讓…拿	取らせました 讓…拿了
常體使役被動	常體使役被動過去式	敬體使役被動	敬體使役被動過去式	て形	
取らせられる 被迫拿	取らせられた 被迫拿了	取らせられます 被迫拿	取らせられました 被迫拿了	取って 拿…	

假定、命令、推量表現組

常體否定假定	常體否定假定	常體否定假定	常體假定	常體假定	常體假定
取らないなら 假如不拿的話…	取らなかったら 如果不拿的話…	取らなければ 如果不拿就會…	取るなら 假如拿的話…	取ったら 如果拿了的話…	取れば 如果拿了就會…
敬體假定	命令表現	反向命令表現	常體推量表現	敬體推量表現	
取りましたら 如果拿了的話…	取れ 給我拿！	取るな 不准拿	取ろう 拿吧！	取りましょう 拿吧！	

直る／治る 恢復、回復／痊癒

否定表現組

常體	常體過去式	敬體	敬體過去式	連體形	連體形過去式
直らない 不恢復	直らなかった （以前）沒恢復	直りません 不恢復	直りませんでした （以前）沒恢復	直らない人 不恢復…的人	直らなかった人 （以前）沒恢復…的人
常體可能形否定	常體可能形否定過去式	敬體可能形否定	敬體可能形否定過去式	常體被動	常體被動過去式
直れない 不能恢復	直れなかった （以前）不能恢復	直れません 不能恢復	直れませんでした （以前）不能恢復	直られない 不被…恢復	直られなかった （以前）沒被…恢復
敬體被動	敬體被動過去式	常體使役	常體使役過去式	敬體使役	敬體使役過去式
直られません 不被…恢復	直られませんでした （以前）沒被…恢復	直らせない 不讓…恢復	直らせなかった （以前）沒讓…恢復	直らせません 不讓…恢復	直らせませんでした （以前）沒讓…恢復
常體使役被動	常體使役被動過去式	敬體使役被動	敬體使役被動過去式	て形	
直らせられない 不被迫恢復	直らせられなかった （以前）沒被迫恢復	直らせられません 不被迫恢復	直らせられませんでした （以前）沒被迫恢復	直らないで 不（要）恢復…	

肯定表現組

常體	常體過去式	敬體	敬體過去式	連體形	連體形過去式
直る 恢復	直った 恢復了	直ります 恢復	直りました 恢復了	直る人 恢復…的人	直った人 恢復了…的人
常體可能形肯定	常體可能形肯定過去式	敬體可能形肯定	敬體可能形肯定過去式	常體被動	常體被動過去式
直れる 能恢復	直れた （以前）能恢復	直れます 能恢復	直れました （以前）能恢復	直られる 被…恢復	直られた 被…恢復了
敬體被動	敬體被動過去式	常體使役	常體使役過去式	敬體使役	敬體使役過去式
直られます 被…恢復	直られました 被…恢復了	直らせる 讓…恢復	直らせた 讓…恢復了	直らせます 讓…恢復	直らせました 讓…恢復了
常體使役被動	常體使役被動過去式	敬體使役被動	敬體使役被動過去式	て形	
直らせられる 被迫恢復	直らせられた 被迫恢復了	直らせられます 被迫恢復	直らせられました 被迫恢復了	直って 恢復…	

假定、命令、推量表現組

常體否定假定	常體否定假定	常體否定假定	常體假定	常體假定	常體假定
直らないなら 假如不恢復的話…	直らなかったら 如果不恢復的話…	直らなければ 如果不恢復就會…	直るなら 假如恢復的話…	直ったら 如果恢復了的話…	直れば 如果恢復了就會…
敬體假定	命令表現	反向命令表現	常體推量表現	敬體推量表現	
直りましたら 如果恢復的話…	直れ 給我恢復！	直るな 不准恢復	直ろう 恢復吧！	直りましょう 恢復吧！	

なさる （尊敬語）做

否定表現組

常體	常體過去式	敬體	敬體過去式	連體形	連體形過去式
なさらない 不做	なさらなかった （以前）沒做	なさりません 不做	なさりませんでした （以前）沒做	なさらない人 不做…的人	なさらなかった人 （以前）沒做…的人
常體可能形否定	常體可能形否定過去式	敬體可能形否定	敬體可能形否定過去式	常體被動	常體被動過去式
なされない 不能做	なされなかった （以前）不能做	なされません 不能做	なされませんでした （以前）不能做	なさられない 不被…做	なさられなかった （以前）沒被…做
敬體被動	敬體被動過去式	常體使役	常體使役過去式	敬體使役	敬體使役過去式
なさられません 不被…做	なさられませんでした （以前）沒被…做	なさらせない 不讓…做	なさらせなかった （以前）沒讓…做	なさらせません 不讓…做	なさらせませんでした （以前）沒讓…做
常體使役被動	常體使役被動過去式	敬體使役被動	敬體使役被動過去式	て形	
なさらせられない 不被迫做	なさらせられなかった （以前）沒被迫做	なさらせられません 不被迫做	なさらせられませんでした （以前）沒被迫做	なさらないで 不（要）做…	

肯定表現組

常體	常體過去式	敬體	敬體過去式	連體形	連體形過去式
なさる 做	なさった 做了	なさります 做	なさりました 做了	なさる人 做…的人	なさった人 做了…的人
常體可能形肯定	常體可能形肯定過去式	敬體可能形肯定	敬體可能形肯定過去式	常體被動	常體被動過去式
なされる 不能做	なされた （以前）不能做	なされます 不能做	なされました （以前）不能做	なさられる 不被…做	なさられた 不被…做了
敬體被動	敬體被動過去式	常體使役	常體使役過去式	敬體使役	敬體使役過去式
なさられます 不被…做	なさられました 不被…做了	なさらせる 不讓…做	なさらせた 不讓…做了	なさらせます 不讓…做	なさらせました 不讓…做了
常體使役被動	常體使役被動過去式	敬體使役被動	敬體使役被動過去式	て形	
なさらせられる 被迫做	なさらせられた 被迫做了	なさらせられます 被迫做	なさらせられました 被迫做了	なさって 做…	

假定、命令、推量表現組

常體否定假定	常體否定假定	常體否定假定	常體假定	常體假定	常體假定
なさらないなら 假如不做的話…	なさらなかったら 如果不做的話…	なさらなければ 如果不做就會…	なさるなら 假如做的話…	なさったら 如果做了的話…	なされば 如果做了就會…
敬體假定	命令表現	反向命令表現	常體推量表現	敬體推量表現	
なさりましたら 如果做了的話…	なされ 給我做！	なさるな 不准做	なさろう 做吧！	なさりましょう 做吧！	

握る　握、掌握
にぎ

否定表現組

常體	常體過去式	敬體	敬體過去式	連體形	連體形過去式
握らない 不握	握らなかった （以前）沒握	握りません 不握	握りませんでした （以前）沒握	握らない人 不握…的人	握らなかった人 （以前）沒握…的人
常體可能形否定	常體可能形否定過去式	敬體可能形否定	敬體可能形否定過去式	常體被動	常體被動過去式
握れない 不能握	握れなかった （以前）不能握	握れません 不能握	握れませんでした （以前）不能握	握られない 不被…握	握られなかった （以前）沒被…握
敬體被動	敬體被動過去式	常體使役	常體使役過去式	敬體使役	敬體使役過去式
握られません 不被…握	握られませんでした （以前）沒被…握	握らせない 不讓…握	握らせなかった （以前）沒讓…握	握らせません 不讓…握	握らせませんでした （以前）沒讓…握
常體使役被動	常體使役被動過去式	敬體使役被動	敬體使役被動過去式	て形	
握らせられない 不被迫握	握らせられなかった （以前）沒被迫握	握らせられません 不被迫握	握らせられませんでした （以前）沒被迫握	握らないで 不（要）握…	

肯定表現組

常體	常體過去式	敬體	敬體過去式	連體形	連體形過去式
握る 握	握った 握了	握ります 握	握りました 握了	握る人 握…的人	握った人 握了…的人
常體可能形肯定	常體可能形肯定過去式	敬體可能形肯定	敬體可能形肯定過去式	常體被動	常體被動過去式
握れる 能握	握れた （以前）能握	握れます 能握	握れました （以前）能握	握られる 被…握	握られた 被…握了
敬體被動	敬體被動過去式	常體使役	常體使役過去式	敬體使役	敬體使役過去式
握られます 被…握	握られました 被…握了	握らせる 讓…握	握らせた 讓…握了	握らせます 讓…握	握らせました 讓…握了
常體使役被動	常體使役被動過去式	敬體使役被動	敬體使役被動過去式	て形	
握らせられる 被迫握	握らせられた 被迫握了	握らせられます 被迫握	握らせられました 被迫握了	握って 握…	

假定、命令、推量表現組

常體否定假定	常體否定假定	常體否定假定	常體假定	常體假定	常體假定
握らないなら 假如不握的話…	握らなかったら 如果不握的話…	握らなければ 如果不握就會…	握るなら 假如握的話…	握ったら 如果握了的話…	握れば 如果握了就會…
敬體假定	命令表現	反向命令表現	常體推量表現	敬體推量表現	
握りましたら 如果握了的話…	握れ 給我握！	握るな 不准握	握ろう 握吧！	握りましょう 握吧！	

眠る （ねむ） 睡覺

否定表現組

常體	常體過去式	敬體	敬體過去式	連體形	連體形過去式
眠らない 不睡覺	眠らなかった （以前）沒睡覺	眠りません 不睡覺	眠りませんでした （以前）沒睡覺	眠らない人 不睡覺的人	眠らなかった人 （以前）沒睡覺的人
常體可能形否定	常體可能形否定過去式	敬體可能形否定	敬體可能形否定過去式	常體被動	常體被動過去式
眠れない 不能睡覺	眠れなかった （以前）不能睡覺	眠れません 不能睡覺	眠れませんでした （以前）不能睡覺	眠られない 不被…睡覺	眠られなかった （以前）沒被…睡覺
敬體被動	敬體被動過去式	常體使役	常體使役過去式	敬體使役	敬體使役過去式
眠られません 不被…睡覺	眠られませんでした （以前）沒被…睡覺	眠らせない 不讓…睡覺	眠らせなかった （以前）沒讓…睡覺	眠らせません 不讓…睡覺	眠らせませんでした （以前）沒讓…睡覺
常體使役被動	常體使役被動過去式	敬體使役被動	敬體使役被動過去式	て形	
眠らせられない 不被迫睡覺	眠らせられなかった （以前）沒被迫睡覺	眠らせられません 不被迫睡覺	眠らせられませんでした （以前）沒被迫睡覺	眠らないで 不（要）睡覺…	

肯定表現組

常體	常體過去式	敬體	敬體過去式	連體形	連體形過去式
眠る 睡覺	眠った 睡覺了	眠ります 睡覺	眠りました 睡覺了	眠る人 睡覺的人	眠った人 睡覺了的人
常體可能形肯定	常體可能形肯定過去式	敬體可能形肯定	敬體可能形肯定過去式	常體被動	常體被動過去式
眠れる 能睡覺	眠れた （以前）能睡覺	眠れます 能睡覺	眠れました （以前）能睡覺	眠られる 被…睡覺	眠られた 被…睡覺了
敬體被動	敬體被動過去式	常體使役	常體使役過去式	敬體使役	敬體使役過去式
眠られます 被…睡覺	眠られました 被…睡覺了	眠らせる 讓…睡覺	眠らせた 讓…睡覺了	眠らせます 讓…睡覺	眠らせました 讓…睡覺了
常體使役被動	常體使役被動過去式	敬體使役被動	敬體使役被動過去式	て形	
眠らせられる 被迫睡覺	眠らせられた 被迫睡覺了	眠らせられます 被迫睡覺	眠らせられました 被迫睡覺了	眠って 睡覺…	

假定、命令、推量表現組

常體否定假定	常體否定假定	常體否定假定	常體假定	常體假定	常體假定
眠らないなら 假如不睡覺的話…	眠らなかったら 如果不睡覺的話…	眠らなければ 如果不睡覺就會…	眠るなら 假如睡覺的話…	眠ったら 如果睡覺了就…	眠れば 如果睡覺了就…
敬體假定	命令表現	反向命令表現	常體推量表現	敬體推量表現	
眠りましたら 如果睡覺的話…	眠れ 給我睡覺！	眠るな 不准睡覺	眠ろう 睡覺吧！	眠りましょう 睡覺吧！	

練る（ね） 推敲、熬製、治練、搓揉（麵粉）

否定表現組					
常體	常體過去式	敬體	敬體過去式	連體形	連體形過去式
練らない 不推敲	練らなかった （以前）沒推敲	練りません 不推敲	練りませんでした （以前）沒推敲	練らない人 不推敲…的人	練らなかった人 （以前）沒推敲…的人
常體可能形否定	常體可能形否定過去式	敬體可能形否定	敬體可能形否定過去式	常體被動	常體被動過去式
練れない 不能推敲	練れなかった （以前）不能推敲	練れません 不能推敲	練れませんでした （以前）不能推敲	練られない 不被…推敲	練られなかった （以前）沒被…推敲
敬體被動	敬體被動過去式	常體使役	常體使役過去式	敬體使役	敬體使役過去式
練られません 不被…推敲	練られませんでした （以前）沒被…推敲	練らせない 不讓…推敲	練らせなかった （以前）沒讓…推敲	練らせません 不讓…推敲	練らせませんでした （以前）沒讓…推敲
常體使役被動	常體使役被動過去式	敬體使役被動	敬體使役被動過去式	て形	
練らせられない 不被迫推敲	練らせられなかった （以前）沒被迫推敲	練らせられません 不被迫推敲	練らせられませんでした （以前）沒被迫推敲	練らないで 不（要）推敲…	

肯定表現組					
常體	常體過去式	敬體	敬體過去式	連體形	連體形過去式
練る 推敲	練った 推敲了	練ります 推敲	練りました 推敲了	練る人 推敲…的人	練った人 推敲了…的人
常體可能形肯定	常體可能形肯定過去式	敬體可能形肯定	敬體可能形肯定過去式	常體被動	常體被動過去式
練れる 能推敲	練れた （以前）能推敲	練れます 能推敲	練れました （以前）能推敲	練られる 被…推敲	練られた 被…推敲了
敬體被動	敬體被動過去式	常體使役	常體使役過去式	敬體使役	敬體使役過去式
練られます 被…推敲	練られました 被…推敲了	練らせる 讓…推敲	練らせた 讓…推敲了	練らせます 讓…推敲	練らせました 讓…推敲了
常體使役被動	常體使役被動過去式	敬體使役被動	敬體使役被動過去式	て形	
練らせられる 被迫推敲	練らせられた 被迫推敲了	練らせられます 被迫推敲	練らせられました 被迫推敲了	練って 推敲…	

假定、命令、推量表現組					
常體否定假定	常體否定假定	常體否定假定	常體假定	常體假定	常體假定
練らないなら 假如不推敲的話…	練らなかったら 如果不推敲的話…	練らなければ 如果不推敲就會…	練るなら 假如推敲的話…	練ったら 如果推敲的話…	練れば 如果推敲了就會…
敬體假定	命令表現	反向命令表現	常體推量表現	敬體推量表現	
練りましたら 如果推敲的話…	練れ 給我推敲！	練るな 不准推敲	練ろう 推敲吧！	練りましょう 推敲吧！	

乗（の）る　搭乗、騎、配合、乗機

否定表現組					
常體	常體過去式	敬體	敬體過去式	連體形	連體形過去式
乗らない 不搭乗	乗らなかった （以前）沒搭乗	乗りません 不搭乗	乗りませんでした （以前）沒搭乗	乗らない人 不搭乗…的人	乗らなかった人 （以前）沒搭乗…的人
常體可能形否定	常體可能形否定過去式	敬體可能形否定	敬體可能形否定過去式	常體被動	常體被動過去式
乗れない 不能搭乗	乗れなかった （以前）不能搭乗	乗れません 不能搭乗	乗れませんでした （以前）不能搭乗	乗られない 不被…搭乗	乗られなかった （以前）沒被…搭乗
敬體被動	敬體被動過去式	常體使役	常體使役過去式	敬體使役	敬體使役過去式
乗られません 不被…搭乗	乗られませんでした （以前）沒被…搭乗	乗らせない 不讓…搭乗	乗らせなかった （以前）沒讓…搭乗	乗らせません 不讓…搭乗	乗らせませんでした （以前）沒讓…搭乗
常體使役被動	常體使役被動過去式	敬體使役被動	敬體使役被動過去式	て形	
乗らせられない 不被迫搭乗	乗らせられなかった （以前）沒被迫搭乗	乗らせられません 不被迫搭乗	乗らせられませんでした （以前）沒被迫搭乗	乗らないで 不（要）搭乗…	

肯定表現組					
常體	常體過去式	敬體	敬體過去式	連體形	連體形過去式
乗る 搭乗	乗った 搭乗了	乗ります 搭乗	乗りました 搭乗了	乗る人 搭乗…的人	乗った人 搭乗了…的人
常體可能形肯定	常體可能形肯定過去式	敬體可能形肯定	敬體可能形肯定過去式	常體被動	常體被動過去式
乗れる 能搭乗	乗れた （以前）能搭乗	乗れます 能搭乗	乗れました （以前）能搭乗	乗られる 被…搭乗	乗られた 被…搭乗了
敬體被動	敬體被動過去式	常體使役	常體使役過去式	敬體使役	敬體使役過去式
乗られます 被…搭乗	乗られました 被…搭乗了	乗らせる 讓…搭乗	乗らせた 讓…搭乗了	乗らせます 讓…搭乗	乗らせました 讓…搭乗了
常體使役被動	常體使役被動過去式	敬體使役被動	敬體使役被動過去式	て形	
乗らせられる 被迫搭乗	乗らせられた 被迫搭乗了	乗らせられます 被迫搭乗	乗らせられました 被迫搭乗了	乗って 搭乗…	

假定、命令、推量表現組					
常體否定假定	常體否定假定	常體否定假定	常體假定	常體假定	常體假定
乗らないなら 假如不搭乗的話…	乗らなかったら 如果不搭乗的話…	乗らなければ 如果不搭乗就會…	乗るなら 假如搭乗的話…	乗ったら 如果搭乗了就會…	乗れば 如果搭乗了就會…
敬體假定	命令表現	反向命令表現	常體推量表現	敬體推量表現	
乗りましたら 如果搭乗的話…	乗れ 給我搭乗！	乗るな 不准搭乗	乗ろう 搭乗吧！	乗りましょう 搭乗吧！	

否定表現組

常體	常體過去式	敬體	敬體過去式	連體形	連體形過去式
入らない 不進入	入らなかった （以前）沒進入	入りません 不進入	入りませんでした （以前）沒進入	入らない人 不進入…的人	入らなかった人 （以前）沒進入…的人
常體可能形否定	常體可能形否定過去式	敬體可能形否定	敬體可能形否定過去式	常體被動	常體被動過去式
入れない 不能進入	入れなかった （以前）不能進入	入れません 不能進入	入れませんでした （以前）不能進入	入られない 不被…進入	入られなかった （以前）沒被…進入
敬體被動	敬體被動過去式	常體使役	常體使役過去式	敬體使役	敬體使役過去式
入られません 不被…進入	入られませんでした （以前）沒被…進入	入らせない 不讓…進入	入らせなかった （以前）沒讓…進入	入らせません 不讓…進入	入らせませんでした （以前）沒讓…進入
常體使役被動	常體使役被動過去式	敬體使役被動	敬體使役被動過去式	て形	
入らせられない 不被迫進入	入らせられなかった （以前）沒被迫進入	入らせられません 不被迫進入	入らせられませんでした （以前）沒被迫進入	入らないで 不（要）進入…	

肯定表現組

常體	常體過去式	敬體	敬體過去式	連體形	連體形過去式
入る 進入	入った 進入了	入ります 進入	入りました 進入了	入る人 進入…的人	入った人 進入了…的人
常體可能形肯定	常體可能形肯定過去式	敬體可能形肯定	敬體可能形肯定過去式	常體被動	常體被動過去式
入れる 能進入	入れた （以前）能進入	入れます 能進入	入れました （以前）能進入	入られる 被…進入	入られた 被…進入了
敬體被動	敬體被動過去式	常體使役	常體使役過去式	敬體使役	敬體使役過去式
入られます 被…進入	入られました 被…進入了	入らせる 讓…進入	入らせた 讓…進入了	入らせます 讓…進入	入らせました 讓…進入了
常體使役被動	常體使役被動過去式	敬體使役被動	敬體使役被動過去式	て形	
入らせられる 被迫進入	入らせられた 被迫進入了	入らせられます 被迫進入	入らせられました 被迫進入了	入って 進入…	

假定、命令、推量表現組

常體否定假定	常體否定假定	常體否定假定	常體假定	常體假定	常體假定
入らないなら 假如不進入的話…	入らなかったら 如果不進入的話…	入らなければ 如果不進入就會…	入るなら 假如進入的話…	入ったら 如果進入了就會…	入れば 如果進入了就會…
敬體假定	命令表現	反向命令表現	常體推量表現	敬體推量表現	
入りましたら 如果進入的話…	入れ 給我進入！	入るな 不准進入	入ろう 進入吧！	入りましょう 進入吧！	

始まる <ruby>始<rt>はじ</rt></ruby>まる　開始

否定表現組					
常體	常體過去式	敬體	敬體過去式	連體形	連體形過去式
始まらない 不開始	始まらなかっ た （以前）沒開始	始まりません 不開始	始まりません でした （以前）沒開始	始まらない恋 不開始的戀情	始まらなかっ た恋 （以前）沒開始的 戀情
常體可能形否定	常體可能形否定 過去式	敬體可能形否定	敬體可能形否定 過去式	常體被動	常體被動過去式
始まれない 不能開始	始まれなかっ た （以前）不能開始	始まれません 不能開始	始まれません でした （以前）不能開始	始まられない 不被…開始	始まられなか った （以前）沒被…開 始
敬體被動	敬體被動過去式	常體使役	常體使役過去式	敬體使役	敬體使役過去式
始まられませ ん 不被…開始	始まられませ んでした （以前）沒被…開 始	始まらせない 不讓…開始	始まらせなか った （以前）沒讓…開 始	始まらせませ ん 个讓…開始	始まらせませ んでした （以前）沒讓…開 始
常體使役被動	常體使役被動過去式	敬體使役被動	敬體使役被動過去式	て形	
始まらせられな い 不受迫開始	始まらせられなか った （以前）沒受迫開始	始まらせられませ ん 不受迫開始	始まらせられませ んでした （以前）沒受迫開始	始まらないで 不（要）開始…	
肯定表現組					
常體	常體過去式	敬體	敬體過去式	連體形	連體形過去式
始まる 開始	始まった 開始了	始まります 開始	始まりました 開始了	始まる恋 開始的戀情	始まった恋 開始了的戀情
常體可能形肯定	常體可能形肯定 過去式	敬體可能形肯定	敬體可能形肯定 過去式	常體被動	常體被動過去式
始まれる 能開始	始まれた （以前）能開始	始まれます 能開始	始まれました （以前）能開始	始まられる 被…開始	始まられた 被…開始了
敬體被動	敬體被動過去式	常體使役	常體使役過去式	敬體使役	敬體使役過去式
始まられます 被…開始	始まられました 被…開始了	始まらせる 讓…開始	始まらせた 讓…開始了	始まらせます 讓…開始	始まらせました 讓…開始了
常體使役被動	常體使役被動過去式	敬體使役被動	敬體使役被動過去式	て形	
始まらせられる 被迫開始	始まらせられた 被迫開始了	始まらせられます 被迫開始	始まらせられました 被迫開始了	始まって 開始…	
假定、命令、推量表現組					
常體否定假定	常體否定假定	常體否定假定	常體假定	常體假定	常體假定
始まらないな ら 假如不開始的話…	始まらなかっ たら 如果不開始的話…	始まらなけれ ば 如果不開始就會…	始まるなら 假如開始的話…	始まったら 如果開始的話…	始まれば 如果開始了就 會…
敬體假定	命令表現	反向命令表現	常體推量表現	敬體推量表現	
始まりましたら 如果開始的話…	始まれ 給我開始！	始まるな 不准開始	始まろう 開始吧！	始まりましょう 開始吧！	

走る　跑、行駛

はし

否定表現組					
常體	常體過去式	敬體	敬體過去式	連體形	連體形過去式
走らない 不跑	走らなかった （以前）沒跑	走りません 不跑	走りませんでした （以前）沒跑	走らない人 不跑的人	走らなかった人 （以前）沒跑的人
常體可能形否定	常體可能形否定過去式	敬體可能形否定	敬體可能形否定過去式	常體被動	常體被動過去式
走れない 不能跑	走れなかった （以前）不能跑	走れません 不能跑	走れませんでした （以前）不能跑	走られない 不被…跑	走られなかった （以前）沒被…跑
敬體被動	敬體被動過去式	常體使役	常體使役過去式	敬體使役	敬體使役過去式
走られません 不被…跑	走られませんでした （以前）沒被…跑	走らせない 不讓…跑	走らせなかった （以前）沒讓…跑	走らせません 不讓…跑	走らせませんでした （以前）沒讓…跑
常體使役被動	常體使役被動過去式	敬體使役被動	敬體使役被動過去式	て形	
走らせられない 不被迫跑	走らせられなかった （以前）沒被迫跑	走らせられません 不被迫跑	走らせられませんでした （以前）沒被迫跑	走らないで 不（要）跑…	
肯定表現組					
常體	常體過去式	敬體	敬體過去式	連體形	連體形過去式
走る 跑	走った 跑了	走ります 跑	走りました 跑了	走る人 跑的人	走った人 跑了的人
常體可能形肯定	常體可能形肯定過去式	敬體可能形肯定	敬體可能形肯定過去式	常體被動	常體被動過去式
走れる 能跑	走れた （以前）能跑	走れます 能跑	走れました （以前）能跑	走られる 被…跑	走られた 被…跑了
敬體被動	敬體被動過去式	常體使役	常體使役過去式	敬體使役	敬體使役過去式
走られます 被…跑	走られました 被…跑了	走らせる 讓…跑	走らせた 讓…跑了	走らせます 讓…跑	走らせました 讓…跑了
常體使役被動	常體使役被動過去式	敬體使役被動	敬體使役被動過去式	て形	
走らせられる 被迫跑	走らせられた 被迫跑了	走らせられます 被迫跑	走らせられました 被迫跑了	走って 跑…	
假定、命令、推量表現組					
常體否定假定	常體否定假定	常體否定假定	常體假定	常體假定	常體假定
走らないなら 假如不跑的話…	走らなかったら 如果不跑的話…	走らなければ 如果不跑就會…	走るなら 假如跑的話…	走ったら 如果跑了的話…	走れば 如果跑了就會…
敬體假定	命令表現	反向命令表現	常體推量表現	敬體推量表現	
走りましたら 如果跑了的話…	走れ 給我跑！	走るな 不准跑	走ろう 跑吧！	走りましょう 跑吧！	

はまる　嵌合、吻合、陷入、中（計）

否定表現組

常體	常體過去式	敬體	敬體過去式	連體形	連體形過去式
はまらない 不陷入	はまらなかった （以前）沒陷入	はまりません 不陷入	はまりませんでした （以前）沒陷入	はまらない人 不陷入…的人	はまらなかった人 （以前）沒陷入…的人
常體可能形否定	**常體可能形否定過去式**	**敬體可能形否定**	**敬體可能形否定過去式**	**常體被動**	**常體被動過去式**
はまれない 不能陷入	はまれなかった （以前）不能陷入	はまれません 不能陷入	はまれませんでした （以前）不能陷入	はまられない 不被…陷入	はまられなかった （以前）沒被…陷入
敬體被動	**敬體被動過去式**	**常體使役**	**常體使役過去式**	**敬體使役**	**敬體使役過去式**
はまられません 不被…陷入	はまられませんでした （以前）沒被…陷入	はまらせない 不讓…陷入	はまらせなかった （以前）沒讓…陷入	はまらせません 不讓…陷入	はまらせませんでした （以前）沒讓…陷入
常體使役被動	**常體使役被動過去式**	**敬體使役被動**	**敬體使役被動過去式**	**て形**	
はまらせられない 不被迫陷入	はまらせられなかった （以前）沒被迫陷入	はまらせられません 不被迫陷入	はまらせられませんでした （以前）沒被迫陷入	はまらないで 不（要）陷入…	

肯定表現組

常體	常體過去式	敬體	敬體過去式	連體形	連體形過去式
はまる 陷入	はまった 陷入了	はまります 陷入	はまりました 陷入了	はまる人 陷入…的人	はまった人 陷入了…的人
常體可能形肯定	**常體可能形肯定過去式**	**敬體可能形肯定**	**敬體可能形肯定過去式**	**常體被動**	**常體被動過去式**
はまれる 能陷入	はまれた （以前）能陷入	はまれます 能陷入	はまれました （以前）能陷入	はまられる 被…陷入	はまられた 被…陷入了
敬體被動	**敬體被動過去式**	**常體使役**	**常體使役過去式**	**敬體使役**	**敬體使役過去式**
はまられます 被…陷入	はまられました 被…陷入了	はまらせる 讓…陷入	はまらせた 讓…陷入了	はまらせます 讓…陷入	はまらせました 讓…陷入了
常體使役被動	**常體使役被動過去式**	**敬體使役被動**	**敬體使役被動過去式**	**て形**	
はまらせられる 被迫陷入	はまらせられた 被迫陷入了	はまらせられます 被迫陷入	はまらせられました 被迫陷入了	はまって 陷入…	

假定、命令、推量表現組

常體否定假定	常體否定假定	常體否定假定	常體假定	常體假定	常體假定
はまらないなら 假如不陷入的話…	はまらなかったら 如果不陷入的話…	はまらなければ 如果不陷入就會…	はまるなら 假如陷入的話…	はまったら 如果陷入的話…	はまれば 如果陷入了就會…
敬體假定	**命令表現**	**反向命令表現**	**常體推量表現**	**敬體推量表現**	
はまりましたら 如果陷入的話…	はまれ 給我陷入！	はまるな 不准陷入	はまろう 陷入吧！	はまりましょう 陷入吧！	

降る／振る 降、降下、下（雨、雪）／揮

否定表現組					
常體	常體過去式	敬體	敬體過去式	連體形	連體形過去式
降らない 不下（雨）	降らなかった （以前）沒下（雨）	降りません 不下（雨）	降りませんでした （以前）沒下（雨）	降らない町 不下（雨）的鎮	降らなかった町 （以前）沒下（雨）的鎮
常體可能形否定	常體可能形否定過去式	敬體可能形否定	敬體可能形否定過去式	常體被動	常體被動過去式
降れない 不能下（雨）	降れなかった （以前）沒能下（雨）	降れません 不能下（雨）	降れませんでした （以前）沒能下（雨）	降られない 不被…下（雨）	降られなかった （以前）沒被…下（雨）
敬體被動	敬體被動過去式	常體使役	常體使役過去式	敬體使役	敬體使役過去式
降られません 不被…下（雨）	降られませんでした （以前）沒被…下（雨）	降らせない 不讓…下（雨）	降らせなかった （以前）沒讓…下（雨）	降らせません 不讓…下（雨）	降らせませんでした （以前）沒讓…下（雨）
常體使役被動	常體使役被動過去式	敬體使役被動	敬體使役被動過去式	て形	
降らせられない 不被迫下（雨）	降らせられなかった （以前）沒被迫下（雨）	降らせられません 不被迫下（雨）	降らせられませんでした （以前）沒被迫下（雨）	降らないで 不（要）下（雨）…	

肯定表現組					
常體	常體過去式	敬體	敬體過去式	連體形	連體形過去式
降る 下（雨）	降った 下（雨）了	降ります 下（雨）	降りました 下（雨）了	降る町 下（雨）的鎮	降った町 下（雨）了的鎮
常體可能形肯定	常體可能形肯定過去式	敬體可能形肯定	敬體可能形肯定過去式	常體被動	常體被動過去式
降れる 能下（雨）	降れた （以前）能下（雨）	降れます 能下（雨）	降れました （以前）能下（雨）	降られる 被…下（雨）	降られた 被…下（雨）了
敬體被動	敬體被動過去式	常體使役	常體使役過去式	敬體使役	敬體使役過去式
降られます 被…下（雨）	降られました 被…下（雨）了	降らせる 讓…下（雨）	降らせた 讓…下（雨）了	降らせます 讓…下（雨）	降らせました 讓…下（雨）了
常體使役被動	常體使役被動過去式	敬體使役被動	敬體使役被動過去式	て形	
降らせられる 被迫下（雨）	降らせられた 被迫下（雨）了	降らせられます 被迫下（雨）	降らせられました 被迫下（雨）了	降って 下（雨）…	

假定、命令、推量表現組					
常體否定假定	常體否定假定	常體否定假定	常體假定	常體假定	常體假定
降らないなら 假如不下（雨）的話…	降らなかったら 如果不下（雨）的話…	降らなければ 如果不下（雨）就會…	降るなら 假如下（雨）的話…	降ったら 如果下（雨）的話…	降れば 如果下（雨）了就會…
敬體假定	命令表現	反向命令表現	常體推量表現	敬體推量表現	
降りましたら 如果下（雨）的話…	降れ 給我下（雨）！	降るな 不准下（雨）	降ろう 下（雨）吧！	降りましょう 下（雨）吧！	

224

減る　減、減少、減量

否定表現組					
常體	常體過去式	敬體	敬體過去式	連體形	連體形過去式
減らない 不減少	減らなかった （以前）沒減少	減りません 不減少	減りませんでした （以前）沒減少	減らない人 不減少…的人	減らなかった人 （以前）沒減少…的人
常體可能形否定	常體可能形否定過去式	敬體可能形否定	敬體可能形否定過去式	常體被動	常體被動過去式
減れない 不能減少	減れなかった （以前）不能減少	減れません 不能減少	減れませんでした （以前）不能減少	減られない 不被…減少	減られなかった （以前）沒被…減少
敬體被動	敬體被動過去式	常體使役	常體使役過去式	敬體使役	敬體使役過去式
減られません 不被…減少	減られませんでした （以前）沒被…減少	減らせない 不讓…減少	減らせなかった （以前）沒讓…減少	減らせません 不讓…減少	減らせませんでした （以前）沒讓…減少
常體使役被動	常體使役被動過去式	敬體使役被動	敬體使役被動過去式	て形	
減らせられない 不被迫減少	減らせられなかった （以前）沒被迫減少	減らせられません 不被迫減少	減らせられませんでした （以前）沒被迫減少	減らないで 不（要）減少…	

肯定表現組					
常體	常體過去式	敬體	敬體過去式	連體形	連體形過去式
減る 減少	減った 減少了	減ります 減少	減りました 減少了	減る人 減少…的人	減った人 減少了…的人
常體可能形肯定	常體可能形肯定過去式	敬體可能形肯定	敬體可能形肯定過去式	常體被動	常體被動過去式
減れる 能減少	減れた （以前）能減少	減れます 能減少	減れました （以前）能減少	減られる 被…減少	減られた 被…減少了
敬體被動	敬體被動過去式	常體使役	常體使役過去式	敬體使役	敬體使役過去式
減られます 被…減少	減られました 被…減少了	減らせる 讓…減少	減らせた 讓…減少了	減らせます 讓…減少	減らせました 讓…減少了
常體使役被動	常體使役被動過去式	敬體使役被動	敬體使役被動過去式	て形	
減らせられる 被迫減少	減らせられた 被迫減少了	減らせられます 被迫減少	減らせられました 被迫減少了	減って 減少…	

假定、命令、推量表現組					
常體否定假定	常體否定假定	常體否定假定	常體假定	常體假定	常體假定
減らないなら 假如不減少的話…	減らなかったら 如果不減少的話…	減らなければ 如果不減少就會…	減るなら 假如減少的話…	減ったら 如果減少的話…	減れば 如果減少了就會…
敬體假定	命令表現	反向命令表現	常體推量表現	敬體推量表現	
減りましたら 如果減少的話…	減れ 給我減少！	減るな 不准減少	減ろう 減少吧！	減りましょう 減少吧！	

参る （謙譲語）去、來

まい

否定表現組

常體	常體過去式	敬體	敬體過去式	連體形	連體形過去式
参らない 不去	参らなかった （以前）沒去	参りません 不去	参りませんでした （以前）沒去	参らない人 不去…的人	参らなかった人 （以前）沒去…的人
常體可能形否定	常體可能形否定過去式	敬體可能形否定	敬體可能形否定過去式	常體被動	常體被動過去式
参れない 不能去	参れなかった （以前）不能去	参れません 不能去	参れませんでした （以前）不能去	参られない 不被…去	参られなかった （以前）沒被…去
敬體被動	敬體被動過去式	常體使役	常體使役過去式	敬體使役	敬體使役過去式
参られません 不被…去	参られませんでした （以前）沒被…去	参らせない 不讓…去	参らせなかった （以前）沒讓…去	参らせません 不讓…去	参らせませんでした （以前）沒讓…去
常體使役被動		常體使役被動過去式	敬體使役被動	敬體使役被動過去式	て形
参らせられない 不被迫去		参らせられなかった （以前）沒被迫去	参らせられません 不被迫去	参らせられませんでした （以前）沒被迫去	参らないで 不（要）減少…

肯定表現組

常體	常體過去式	敬體	敬體過去式	連體形	連體形過去式
参る 去	参った 去了	参ります 去	参りました 去了	参る人 去…的人	参った人 去了…的人
常體可能形肯定	常體可能形肯定過去式	敬體可能形肯定	敬體可能形肯定過去式	常體被動	常體被動過去式
参れる 能去	参れた （以前）能去	参れます 能去	参れました （以前）能去	参られる 被…去	参られた 被…去了
敬體被動	敬體被動過去式	常體使役	常體使役過去式	敬體使役	敬體使役過去式
参られます 被…去	参られました 被…去了	参らせる 讓…去	参らせた 讓…去了	参らせます 讓…去	参らせました 讓…去了
常體使役被動		常體使役被動過去式	敬體使役被動	敬體使役被動過去式	て形
参らせられる 被迫去		参らせられた 被迫去了	参らせられます 被迫去	参らせられました 被迫去了	参って 減少…

假定、命令、推量表現組

常體否定假定	常體否定假定	常體否定假定	常體假定	常體假定	常體假定
参らないなら 假如不減少的話…	参らなかったら 如果不減少的話…	参らなければ 如果不減少就會…	参るなら 假如去的話…	参ったら 如果去了的話…	参れば 如果去了就會…
敬體假定	命令表現	反向命令表現		常體推量表現	敬體推量表現
参りましたら 如果去了的話…	参れ 給我去！	参るな 不准去		参ろう 去吧！	参りましょう 去吧！

回る　回轉、旋轉

否定表現組

常體	常體過去式	敬體	敬體過去式	連體形	連體形過去式
回らない 不回轉	回らなかった （以前）沒回轉	回りません 不回轉	回りませんでした （以前）沒回轉	回らない寿司 不迴轉的壽司	回らなかった寿司 （以前）沒迴轉的壽司

常體可能形否定	常體可能形否定過去式	敬體可能形否定	敬體可能形否定過去式	常體被動	常體被動過去式
回れない 不能回轉	回れなかった （以前）不能回轉	回れません 不能回轉	回れませんでした （以前）不能回轉	回られない 不被…回轉	回られなかった （以前）沒被…回轉

敬體被動	敬體被動過去式	常體使役	常體使役過去式	敬體使役	敬體使役過去式
回られません 不被…回轉	回られませんでした （以前）沒被…回轉	回らせない 不讓…回轉	回らせなかった （以前）沒讓…回轉	回らせません 不讓…回轉	回らせませんでした （以前）沒讓…回轉

常體使役被動	常體使役被動過去式	敬體使役被動	敬體使役被動過去式	て形	
回らせられない 不被迫回轉	回らせられなかった （以前）沒被迫回轉	回らせられません 不被迫回轉	回らせられませんでした （以前）沒被迫回轉	回らないで 不（要）回轉…	

肯定表現組

常體	常體過去式	敬體	敬體過去式	連體形	連體形過去式
回る 回轉	回った 回轉了	回ります 回轉	回りました 回轉	回る寿司 迴轉的壽司	回った寿司 迴轉了的壽司

常體可能形肯定	常體可能形肯定過去式	敬體可能形肯定	敬體可能形肯定過去式	常體被動	常體被動過去式
回れる 能回轉	回れた （以前）能回轉	回れます 能回轉	回れました （以前）能回轉	回られる 被…回轉	回られた 被…回轉了

敬體被動	敬體被動過去式	常體使役	常體使役過去式	敬體使役	敬體使役過去式
回られます 被…回轉	回られました 被…回轉了	回らせる 讓…回轉	回らせた 讓…回轉了	回らせます 讓…回轉	回らせました 讓…回轉了

常體使役被動	常體使役被動過去式	敬體使役被動	敬體使役被動過去式	て形	
回らせられる 被迫回轉	回らせられた 被迫回轉了	回らせられます 被迫回轉	回らせられました 被迫回轉了	回って 回轉…	

假定、命令、推量表現組

常體否定假定	常體否定假定	常體否定假定	常體假定	常體假定	常體假定
回らないなら 假如不回轉的話…	回らなかったら 如果不回轉的話…	回らなければ 如果不回轉就會…	回るなら 假如回轉的話…	回ったら 如果回轉了的話…	回れば 如果回轉了就會…

敬體假定	命令表現	反向命令表現	常體推量表現	敬體推量表現	
回りましたら 如果回轉的話…	回れ 給我回轉！	回るな 不准回轉	回ろう 回轉吧！	回りましょう 回轉吧！	

巡る　繞、環繞、循環
めぐ

否定表現組

常體	常體過去式	敬體	敬體過去式	連體形	連體形過去式
巡らない 不繞	巡らなかった （以前）沒繞	巡りません 不繞	巡りませんでした （以前）沒繞	巡らない人 不繞…的人	巡らなかった人 （以前）沒繞…的人
常體可能形否定	常體可能形否定過去式	敬體可能形否定	敬體可能形否定過去式	常體被動	常體被動過去式
巡れない 不能繞	巡れなかった （以前）不能繞	巡れません 不能繞	巡れませんでした （以前）不能繞	巡られない 不被…繞	巡られなかった （以前）沒被…繞
敬體被動	敬體被動過去式	常體使役	常體使役過去式	敬體使役	敬體使役過去式
巡られません 不被…繞	巡られませんでした （以前）沒被…繞	巡らせない 不讓…繞	巡らせなかった （以前）沒讓…繞	巡らせません 不讓…繞	巡らせませんでした （以前）沒讓…繞
常體使役被動	常體使役被動過去式	敬體使役被動	敬體使役被動過去式	て形	
巡らせられない 不被迫繞	巡らせられなかった （以前）沒被迫繞	巡らせられません 不被迫繞	巡らせられませんでした （以前）沒被迫繞	巡らないで 不（要）繞…	

肯定表現組

常體	常體過去式	敬體	敬體過去式	連體形	連體形過去式
巡る 繞	巡った 繞了	巡ります 繞	巡りました 繞了	巡る人 繞…的人	巡った人 繞了…的人
常體可能形肯定	常體可能形肯定過去式	敬體可能形肯定	敬體可能形肯定過去式	常體被動	常體被動過去式
巡れる 能繞	巡れた （以前）能繞	巡れます 能繞	巡れました （以前）能繞	巡られる 被…繞	巡られた 被…繞了
敬體被動	敬體被動過去式	常體使役	常體使役過去式	敬體使役	敬體使役過去式
巡られます 被…繞	巡られました 被…繞了	巡らせる 讓…繞	巡らせた 讓…繞了	巡らせます 讓…繞	巡らせました 讓…繞了
常體使役被動	常體使役被動過去式	敬體使役被動	敬體使役被動過去式	て形	
巡らせられる 被迫繞	巡らせられた 被迫繞了	巡らせられます 被迫繞	巡らせられました 被迫繞了	巡って 繞…	

假定、命令、推量表現組

常體否定假定	常體否定假定	常體否定假定	常體假定	常體假定	常體假定
巡らないなら 假如不繞的話…	巡らなかったら 如果不繞的話…	巡らなければ 如果不繞就會…	巡るなら 假如繞的話…	巡ったら 如果繞了的話…	巡れば 如果繞了就會…
敬體假定	命令表現	反向命令表現	常體推量表現	敬體推量表現	
巡りましたら 如果繞了的話…	巡れ 給我繞！	巡るな 不准繞	巡ろう 繞吧！	巡りましょう 繞吧！	

儲かる （もう） 獲利、賺錢

否定表現組

常體	常體過去式	敬體	敬體過去式	連體形	連體形過去式
儲からない 不獲利	儲からなかった （以前）沒獲利	儲かりません 不獲利	儲かりませんでした （以前）沒獲利	儲からない人 不獲利的人	儲からなかった人 （以前）沒獲利的人
常體可能形否定	常體可能形否定過去式	敬體可能形否定	敬體可能形否定過去式	常體被動	常體被動過去式
儲かれない 不能獲利	儲かれなかった （以前）不能獲利	儲かれません 不能獲利	儲かれませんでした （以前）不能獲利	儲かられない 不被…獲利	儲かられなかった （以前）沒被…獲利
敬體被動	敬體被動過去式	常體使役	常體使役過去式	敬體使役	敬體使役過去式
儲かられません 不被…獲利	儲かられませんでした （以前）沒被…獲利	儲からせない 不讓…獲利	儲からせなかった （以前）沒讓…獲利	儲からせません 不讓…獲利	儲からせませんでした （以前）沒讓…獲利
常體使役被動	常體使役被動過去式	敬體使役被動	敬體使役被動過去式	て形	
儲からせられない 不被迫獲利	儲からせられなかった （以前）沒被迫獲利	儲からせられません 不被迫獲利	儲からせられませんでした （以前）沒被迫獲利	儲からないで 不（要）獲利…	

肯定表現組

常體	常體過去式	敬體	敬體過去式	連體形	連體形過去式
儲かる 獲利	儲かった 獲利了	儲かります 獲利	儲かりました 獲利了	儲かる人 獲利的人	儲かった人 獲利了的人
常體可能形肯定	常體可能形肯定過去式	敬體可能形肯定	敬體可能形肯定過去式	常體被動	常體被動過去式
儲かれる 能獲利	儲かれた （以前）能獲利	儲かれます 能獲利	儲かれました （以前）能獲利	儲かられる 被…獲利	儲かられた 被…獲利了
敬體被動	敬體被動過去式	常體使役	常體使役過去式	敬體使役	敬體使役過去式
儲かられます 被…獲利	儲かられました 被…獲利了	儲からせる 讓…獲利	儲からせた 讓…獲利了	儲からせます 讓…獲利	儲からせました 讓…獲利了
常體使役被動	常體使役被動過去式	敬體使役被動	敬體使役被動過去式	て形	
儲からせられる 讓…獲利	儲からせられた 讓…獲利了	儲からせられます 讓…獲利	儲からせられました 讓…獲利了	儲かって 獲利…	

假定、命令、推量表現組

常體否定假定	常體否定假定	常體否定假定	常體假定	常體假定	常體假定
儲からないなら 假如不獲利的話…	儲からなかったら 如果不獲利的話…	儲からなければ 如果不獲利就會…	儲かるなら 假如獲利的話…	儲かったら 如果獲利了的話…	儲かれば 如果獲利了就會…
敬體假定	命令表現	反向命令表現	常體推量表現	敬體推量表現	
儲かりましたら 如果獲利的話…	儲かれ 給我獲利！	儲かるな 不准獲利	儲かろう 獲利吧！	儲かりましょう 獲利吧！	

戻る もど

返回（到原本來的地方）、回去、回家

否定表現組					
常體	常體過去式	敬體	敬體過去式	連體形	連體形過去式
戻らない 不返回	戻らなかった （以前）沒返回	戻りません 不返回	戻りませんでした （以前）沒返回	戻らない人 不返回…的人	戻らなかった人 （以前）沒返回…的人
常體可能形否定	常體可能形否定過去式	敬體可能形否定	敬體可能形否定過去式	常體被動	常體被動過去式
戻れない 不能返回	戻れなかった （以前）不能返回	戻れません 不能返回	戻れませんでした （以前）不能返回	戻られない 不被…返回	戻られなかった （以前）沒被…返回
敬體被動	敬體被動過去式	常體使役	常體使役過去式	敬體使役	敬體使役過去式
戻られません 不被…返回	戻られませんでした （以前）沒被…返回	戻らせない 不讓…返回	戻らせなかった （以前）沒讓…返回	戻らせません 不讓…返回	戻らせませんでした （以前）沒讓…返回
常體使役被動	常體使役被動過去式	敬體使役被動	敬體使役被動過去式	て形	
戻らせられない 不被迫返回	戻らせられなかった （以前）沒被迫返回	戻らせられません 不被迫返回	戻らせられませんでした （以前）沒被迫返回	戻らないで 不（要）返回…	
肯定表現組					
常體	常體過去式	敬體	敬體過去式	連體形	連體形過去式
戻る 返回	戻った 返回了	戻ります 返回	戻りました 返回了	戻る人 返回…的人	戻った人 返回了…的人
常體可能形肯定	常體可能形肯定過去式	敬體可能形肯定	敬體可能形肯定過去式	常體被動	常體被動過去式
戻れる 能返回	戻れた （以前）能返回	戻れます 能返回	戻れました （以前）能返回	戻られる 被…返回	戻られた 被…返回了
敬體被動	敬體被動過去式	常體使役	常體使役過去式	敬體使役	敬體使役過去式
戻られます 被…返回	戻られました 被…返回了	戻らせる 讓…返回	戻らせた 讓…返回了	戻らせます 讓…返回	戻らせました 讓…返回了
常體使役被動	常體使役被動過去式	敬體使役被動	敬體使役被動過去式	て形	
戻らせられる 被迫返回	戻らせられた 被迫返回了	戻らせられます 被迫返回	戻らせられました 被迫返回了	戻って 返回…	
假定、命令、推量表現組					
常體否定假定	常體否定假定	常體否定假定	常體假定	常體假定	常體假定
戻らないなら 假如不返回的話…	戻らなかったら 如果不返回的話…	戻らなければ 如果不返回就會…	戻るなら 假如返回的話…	戻ったら 如果返回了的話…	戻れば 如果返回了就會…
敬體假定	命令表現	反向命令表現	常體推量表現	敬體推量表現	
戻りましたら 如果返回的話…	戻れ 給我返回！	戻るな 不准返回	戻ろう 返回吧！	戻りましょう 返回吧！	

やる 做、搞

否定表現組

常體	常體過去式	敬體	敬體過去式	連體形	連體形過去式
やらない 不做	やらなかった （以前）沒做	やりません 不做	やりませんでした （以前）沒做	やらない人 不做…的人	やらなかった人 （以前）沒做…的人
常體可能形否定	常體可能形否定過去式	敬體可能形否定	敬體可能形否定過去式	常體被動	常體被動過去式
やれない 不能做	やれなかった （以前）不能做	やれません 不能做	やれませんでした （以前）不能做	やられない 不被…做	やられなかった （以前）沒被…做
敬體被動	敬體被動過去式	常體使役	常體使役過去式	敬體使役	敬體使役過去式
やられません 不被…做	やられませんでした （以前）沒被…做	やらせない 不讓…做	やらせなかった （以前）沒讓…做	やらせません 不讓…做	やらせませんでした （以前）沒讓…做
常體使役被動		常體使役被動過去式	敬體使役被動	敬體使役被動過去式	て形
やらせられない 不被迫做		やらせられなかった （以前）沒被迫做	やらせられません 不被迫做	やらせられませんでした （以前）沒被迫做	やらないで 不（要）做…

肯定表現組

常體	常體過去式	敬體	敬體過去式	連體形	連體形過去式
やる 做	やった 做了	やります 做	やりました 做了	やる人 做…的人	やった人 做了…的人
常體可能形肯定	常體可能形肯定過去式	敬體可能形肯定	敬體可能形肯定過去式	常體被動	常體被動過去式
やれる 能做	やれた （以前）能做	やれます 能做	やれました （以前）能做	やられる 被…做	やられた 被…做了
敬體被動	敬體被動過去式	常體使役	常體使役過去式	敬體使役	敬體使役過去式
やられます 被…做	やられました 被…做了	やらせる 讓…做	やらせた 讓…做了	やらせます 讓…做	やらせました 讓…做了
常體使役被動		常體使役被動過去式	敬體使役被動	敬體使役被動過去式	て形
やらせられる 被迫做		やらせられた 被迫做了	やらせられます 被迫做	やらせられました 被迫做了	やって 做…

假定、命令、推量表現組

常體否定假定	常體否定假定	常體否定假定	常體假定	常體假定	常體假定
やらないなら 假如不做的話…	やらなかったら 如果不做的話…	やらなければ 如果不做就會…	やるなら 假如做的話…	やったら 如果做了的話…	やれば 如果做了就會…
敬體假定	命令表現	反向命令表現	常體推量表現		敬體推量表現
やりましたら 如果做了的話…	やれ 給我做！	やるな 不准做	やろう 做吧！		やりましょう 做吧！

231

分かる （わ） 明白、知道

否定表現組					
常體	常體過去式	敬體	敬體過去式	連體形	連體形過去式
分からない 不明白	分からなかった （以前）沒明白	分かりません 不明白	分かりませんでした （以前）沒明白	分からない人 不明白…的人	分からなかった人 （以前）沒明白的人
常體可能形否定	常體可能形否定過去式	敬體可能形否定	敬體可能形否定過去式	常體被動	常體被動過去式
分かれない 不能明白	分かれなかった （以前）不能明白	分かれません 不能明白	分かれませんでした （以前）不能明白	分かられない 不被…明白	分かられなかった （以前）沒被…明白
敬體被動	敬體被動過去式	常體使役	常體使役過去式	敬體使役	敬體使役過去式
分かられません 不被…明白	分かられませんでした 沒被…明白	分からせない 不讓…明白	分からせなかった （以前）沒讓…明白	分からせません 不讓…明白	分からせませんでした （以前）沒讓…明白
常體使役被動	常體使役被動過去式	敬體使役被動	敬體使役被動過去式	て形	
分からせられない 不被迫明白	分からせられなかった （以前）沒迫明白	分からせられません 不被迫明白	分からせられませんでした （以前）沒被迫明白	分からないで 不（要）明白…	

肯定表現組					
常體	常體過去式	敬體	敬體過去式	連體形	連體形過去式
分かる 明白	分かった 明白了	分かります 明白	分かりました 明白了	分かる人 明白…的人	分かった人 明白了…的人
常體可能形肯定	常體可能形肯定過去式	敬體可能形肯定	敬體可能形肯定過去式	常體被動	常體被動過去式
分かれる 能明白	分かれた （以前）能明白	分かれます 能明白	分かれました （以前）能明白	分かられる 被…明白	分かられた 被…明白了
敬體被動	敬體被動過去式	常體使役	常體使役過去式	敬體使役	敬體使役過去式
分かられます 被…明白	分かられました 被…明白了	分からせる 讓…明白	分からせた 讓…明白了	分からせます 讓…明白	分からせました 讓…明白了
常體使役被動	常體使役被動過去式	敬體使役被動	敬體使役被動過去式	て形	
分からせられる 被迫明白	分からせられた 被迫明白了	分からせられます 被迫明白	分からせられました 被迫明白了	分かって 明白…	

假定、命令、推量表現組					
常體否定假定	常體否定假定	常體否定假定	常體假定	常體假定	常體假定
分からないなら 假如不明白的話…	分からなかったら 如果不明白的話…	分からなければ 如果不明白就會	分かるなら 假如明白的話…	分かったら 如果明白了的話…	分かれば 如果明白了就會…
敬體假定	命令表現	反向命令表現	常體推量表現	敬體推量表現	
分かりましたら 如果明白了的話…	分かれ 給我明白！	分かるな 不准明白	分かろう 明白吧！	分かりましょう 明白吧！	

五段動詞詞尾る的文法接續應用

使用意義	日文表現	意思	例句
表不作某動作而做下一動作	帰らずに	沒回去就…	地震のため、家に帰らずに会社に泊まりました。 （因為地震沒有回家而在公司住了一晚。）
表使役	帰らせる	讓…回去	調子が悪いので、早く帰らせていただけないでしょうか。 （因為身體不舒服，可以請您讓我早點回去嗎？）
表被動	帰られる	回去 （＊尊敬動詞）	部長は先ほど帰られました。 （部長已經先回去了。）
表必須	帰らなければならない	不得不回去	もう帰らなければならない時間です。 （已經是該回家的時間了。）
表反向逆接	帰らなくても	即使不回去…	そんなに早く帰らなくても大丈夫ですよ。 （即使不用那麼早回去也沒關係喔。）
表時間點	帰りに	為了回去	帰りに友達の家に寄っていこう。 （回程我順道去朋友的家裡去趟。）
表同步行為	帰りながら	一邊回去，一邊…	家へ帰りながら、今後のことを考えていた。 （在回家的時候，腦中思考著未來該怎麼做？）
表希望	帰りたい	想回去	家に帰りたいです。 （想回家。）
表順接	帰るし	既回去	部長も帰るし、皆帰ろう。 （既然部長都回去了，大家也就回去吧！）
表主觀原因	帰るから	因為回去	持って帰るから牛丼を一つください。 （是要帶回去的，請給我一份牛肉蓋飯。）
表客觀原因	帰るので	由於回去	車で帰るので酔うわけにはいきません。 （因為要開車回去所以是不能喝醉的。）
表理應	帰るはず	理當回來	お父さんはもうそろそろ帰るはずです。 （爸爸應該差不多要回來了。）
表應當	帰るべき	應當回來	あなたはもっと早く帰るべきでした。 （你應該早點回來的。）
表道理	帰るわけ	回去的道理	また学位を取ていないので、国に帰るわけにはいかないんです。 （還沒取得學位所以是不可能回國的。）
表逆接	帰るのに	回去卻	あの人はいつも定時に帰るのに、どうしてナンバーワンなのですか。 （那個人明明總是準時下班，為什麼卻是業績第一名呢。）

使用意義	日文表現	意思	例句
表逆接	帰る<ruby>か<rt>かえ</rt></ruby>けど	雖然回去	<ruby>今<rt>いま</rt></ruby>から<ruby>帰<rt>かえ</rt></ruby>るけど、<ruby>送<rt>おく</rt></ruby>っていこうか。 （我現在要回去了，要不要我送你一程。）
表比較	<ruby>帰<rt>かえ</rt></ruby>るより	比起回去	<ruby>家<rt>いえ</rt></ruby>に<ruby>帰<rt>かえ</rt></ruby>るより、<ruby>会社<rt>かいしゃ</rt></ruby>にいるほうが<ruby>楽<rt>らく</rt></ruby>です。 （比起回家，在公司還比較輕鬆。）
表限定	<ruby>帰<rt>かえ</rt></ruby>るだけ	只有回去	<ruby>仕事<rt>しごと</rt></ruby>して<ruby>寝<rt>ね</rt></ruby>に<ruby>帰<rt>かえ</rt></ruby>るだけの<ruby>生活<rt>せいかつ</rt></ruby>は<ruby>全然楽<rt>ぜんぜんたの</rt></ruby>しくないです。 （工作完後只有回去睡覺的生活一點都不有趣。）
表假定	<ruby>帰<rt>かえ</rt></ruby>るなら	回去的話	すぐに<ruby>帰<rt>かえ</rt></ruby>るなら<ruby>行<rt>い</rt></ruby>ってもいいですよ。 （如果會馬上回來的話先去沒關係喔。）
表可預期的目的	<ruby>帰<rt>かえ</rt></ruby>るために	為了回去	<ruby>早<rt>はや</rt></ruby>く<ruby>帰<rt>かえ</rt></ruby>るために<ruby>やっつけ仕事<rt>しごと</rt></ruby>をしました。 （為了早點回去隨便地把工作做完。）
表不可預期的目的	<ruby>帰<rt>かえ</rt></ruby>れるように	為了能回去	<ruby>家<rt>いえ</rt></ruby>に<ruby>早<rt>はや</rt></ruby>く<ruby>帰<rt>かえ</rt></ruby>れるように<ruby>頑張<rt>がんば</rt></ruby>ります。 （為了能早一點回去而努力。）
表傳聞	<ruby>帰<rt>かえ</rt></ruby>るそう	聽說要回來	お<ruby>姉<rt>ねえ</rt></ruby>さんは<ruby>来週<rt>らいしゅう</rt></ruby>アメリカから<ruby>帰<rt>かえ</rt></ruby>るそうです。 （聽說你姊姊下禮拜要從美國回來。）
表樣態	<ruby>帰<rt>かえ</rt></ruby>るよう	好像回來	<ruby>社長<rt>しゃちょう</rt></ruby>はもうすぐ<ruby>帰<rt>かえ</rt></ruby>るようです。 （社長馬上就要回去了的樣子。）
表常識道理	<ruby>帰<rt>かえ</rt></ruby>るもの	自然要回去	<ruby>台湾<rt>たいわん</rt></ruby>では<ruby>お正月<rt>しょうがつ</rt></ruby>は<ruby>実家<rt>じっか</rt></ruby>に<ruby>帰<rt>かえ</rt></ruby>るものです。 （在臺灣，過年都是要回老家的。）
表假定	<ruby>帰<rt>かえ</rt></ruby>れば	回來了就會	<ruby>彼<rt>かれ</rt></ruby>は<ruby>無事<rt>ぶじ</rt></ruby>に<ruby>帰<rt>かえ</rt></ruby>ればよいのですが。 （他能平安無事回來的話就好了。）
表命令	<ruby>帰<rt>かえ</rt></ruby>れ	給我回去！	<ruby>帰<rt>かえ</rt></ruby>れ！ （給我滾！）
表推量、勸誘	<ruby>帰<rt>かえ</rt></ruby>ろう	回去吧！	<ruby>一緒<rt>いっしょ</rt></ruby>に<ruby>帰<rt>かえ</rt></ruby>ろう！ （一起回去吧！）
表原因、表順接	<ruby>帰<rt>かえ</rt></ruby>って	回去之後	<ruby>帰<rt>かえ</rt></ruby>ってすぐシャワーを<ruby>浴<rt>あ</rt></ruby>びます。 （回去後要馬上沖澡。）
表逆接	<ruby>帰<rt>かえ</rt></ruby>っても	即使回去	ドイツに<ruby>帰<rt>かえ</rt></ruby>っても<ruby>頑張<rt>がんば</rt></ruby>ってください。 （即使回去德國也請加油。）
表請求	<ruby>帰<rt>かえ</rt></ruby>ってください	請回去	お<ruby>気<rt>き</rt></ruby>をつけて<ruby>家<rt>いえ</rt></ruby>に<ruby>帰<rt>かえ</rt></ruby>ってくださいね。 （請您回去的路上小心喔。）
表許可	<ruby>帰<rt>かえ</rt></ruby>ってもいい	可以回去	<ruby>早<rt>はや</rt></ruby>く<ruby>終<rt>お</rt></ruby>わったら、<ruby>帰<rt>かえ</rt></ruby>ってもいいですよ。 （提早結束的話，可以回去唷。）

使用意義	日文表現	意思	例句
表不許可	帰ってはいけない	不可以回去	日本の会社では定時が過ぎてもみんなが頑張っているなら、自分だけ帰ってはいけません。 （在日本的公司如果過了下班時間大家還在努力工作的話，是不可以自己先回去的。）
表假定、順勢發展	帰ったら	回去的話、回去就	国へ帰ったら、父の会社で働くつもりです。 （回國之後打算在家父的公司工作。）
表列舉	帰ったり	或回去、或…	彼は来たり、帰ったりしてた （他來來回回地。）
表經驗	帰ったことがあります	曾經回去過	デートの途中で帰ったことがありますか。 （曾經有約會途中跑回家的經驗嗎？）
表逆接	帰ったとしても	即使回去了	ママが出張でいないので、今家に帰ったとしても、晩ご飯はないです。 （媽媽因為出差不在，所以即使現在回家也沒有人準備晚餐。）
表動作當下的時間點	帰ったところで	就算回去了也	いまさら実家に帰ったところで、力になれないでしょう。 （事到如今就算回去老家也幫不上忙吧。）
表動作進行中	帰っている	正在回去	留学生たちは夏休みで国へ帰っています。 （留學生們因為暑假都回國去了。）
表嘗試	帰ってみる	回去看看	彼女が家に帰ってみると、母親は外出していました。 （她回家看看後發現母親不在家。）
表動作的遠移	帰っていく	回去	授業のあと、学生たちはうちへ帰っていきました。 （下課後學生們都回家去了。）
表動作的近移	帰ってくる	回來	兄が旅行から帰ってきました。 （我哥哥旅行回來了。）
表動作的預先動作	帰っておく	先回去	とりあえず、先に帰っておきます。 （總之，我先回去了。）

Part 2. 常用上一段動詞詞尾變化

在本章中必須要了解到的單字：

人 _{ひと} 人

とき 時、時間

道 _{みち} 道路

部屋 _{へや} 房間

浴びる 沖（澡）、沐浴

（あ）

否定表現組

常體	常體過去式	敬體	敬體過去式	連體形	連體形過去式
浴びない 不沖澡	浴びなかった （以前）沒沖澡	浴びません 不沖澡	浴びませんでした （以前）沒沖澡	浴びない人 不沖澡的人	浴びなかった人 （以前）沒沖澡的人
常體可能形否定	常體可能形否定過去式	敬體可能形否定	敬體可能形否定過去式	常體被動	常體被動過去式
浴びられない 不能沖澡	浴びられなかった （以前）不能沖澡	浴びられません 不能沖澡	浴びられませんでした （以前）不能沖澡	浴びられない 不被…沖澡	浴びられなかった （以前）沒被…沖澡
敬體被動	敬體被動過去式	常體使役	常體使役過去式	敬體使役	敬體使役過去式
浴びられません 不被…沖澡	浴びられませんでした （以前）沒被…沖澡	浴びさせない 不讓…沖澡	浴びさせなかった （以前）沒讓…沖澡	浴びさせません 不讓…沖澡	浴びさせませんでした （以前）沒讓…沖澡
常體使役被動	常體使役被動過去式	敬體使役被動	敬體使役被動過去式	て形	
浴びさせられない 不被迫沖澡	浴びさせられなかった （以前）沒被迫沖澡	浴びさせられません 不被迫沖澡	浴びさせられませんでした （以前）沒被迫沖澡	浴びないで 不（要）沖澡…	

肯定表現組

常體	常體過去式	敬體	敬體過去式	連體形	連體形過去式
浴びる 沖澡	浴びた 沖澡了	浴びます 沖澡	浴びました 沖澡了	浴びる人 沖澡的人	浴びた人 沖澡了的人
常體可能形肯定	常體可能形肯定過去式	敬體可能形肯定	敬體可能形肯定過去式	常體被動	常體被動過去式
浴びられる 能沖澡	浴びられた （以前）能沖澡	浴びられます 能沖澡	浴びられました （以前）能沖澡	浴びられる 被…沖澡	浴びられた 被…沖澡了
敬體被動	敬體被動過去式	常體使役	常體使役過去式	敬體使役	敬體使役過去式
浴びられます 被…沖澡	浴びられました 被…沖澡了	浴びさせる 讓…沖澡	浴びさせた 讓…沖澡了	浴びさせます 讓…沖澡	浴びさせました 讓…沖澡了
常體使役被動	常體使役被動過去式	敬體使役被動	敬體使役被動過去式	て形	
浴びさせられる 被迫沖澡	浴びさせられた 被迫沖澡了	浴びさせられます 被迫沖澡	浴びさせられました 被迫沖澡了	浴びて 沖澡…	

假定、命令、推量表現組

常體否定假定	常體否定假定	常體否定假定	常體假定	常體假定	常體假定
浴びないなら 假如不沖澡的話…	浴びなかったら 如果不沖澡的話…	浴びなければ 如果不沖澡就會…	浴びるなら 假如沖澡的話…	浴びたら 如果沖澡了的話…	浴びれば 如果沖澡了就會…
敬體假定	命令表現	反向命令表現	常體推量表現	敬體推量表現	
浴びましたら 如果沖澡了的話…	浴びろ 給我沖澡！	浴びるな 不准沖澡	浴びよう 沖澡吧！	浴びましょう 沖澡吧！	

居る <ruby>居<rt>い</rt></ruby>る 在

否定表現組

常體	常體過去式	敬體	敬體過去式	連體形	連體形過去式
居ない 不在	居なかった （以前）沒在	居ません 不在	居ませんでした （以前）沒在	居ない人 不在…的人	居なかった人 （以前）沒在…的人
常體可能形否定	常體可能形否定過去式	敬體可能形否定	敬體可能形否定過去式	常體被動	常體被動過去式
居られない 不能在	居られなかった （以前）不能在	居られません 不能在	居られませんでした （以前）不能在	居られない 不被…在	居られなかった （以前）沒被…在
敬體被動	敬體被動過去式	常體使役	常體使役過去式	敬體使役	敬體使役過去式
居られません 不被…在	居られませんでした （以前）沒被…在	居させない 不讓…在	居させなかった （以前）沒讓…在	居させません 不讓…在	居させませんでした （以前）沒讓…在
常體使役被動	常體使役被動過去式	敬體使役被動	敬體使役被動過去式	て形	
居させられない 不被迫在	居させられなかった （以前）沒被迫在	居させられません 不被迫在	居させられませんでした （以前）沒被迫在	居ないで 不（要）在…	

肯定表現組

常體	常體過去式	敬體	敬體過去式	連體形	連體形過去式
居る 在	居た 在了	居ます 在	居ました 在了	居る人 在…的人	居た人 在…了的人
常體可能形肯定	常體可能形肯定過去式	敬體可能形肯定	敬體可能形肯定過去式	常體被動	常體被動過去式
居られる 能在	居られた （以前）能在	居られます 能在	居られました （以前）能在	居られる 被…在	居られた 被…在了
敬體被動	敬體被動過去式	常體使役	常體使役過去式	敬體使役	敬體使役過去式
居られます 被…在	居られました 被…在了	居させる 讓…在	居させた 讓…在了	居させます 讓…在	居させました 讓…在了
常體使役被動	常體使役被動過去式	敬體使役被動	敬體使役被動過去式	て形	
居させられる 被迫在	居させられた 被迫在了	居させられます 被迫在	居させられました 被迫在了	居て 在…	

假定、命令、推量表現組

常體否定假定	常體否定假定	常體否定假定	常體假定	常體假定	常體假定
居ないなら 假如不在的話…	居なかったら 如果不在的話…	居なければ 如果不在就會…	居るなら 假如在的話…	居たら 如果在了的話…	居れば 如果在了就會…
敬體假定	命令表現	反向命令表現	常體推量表現	敬體推量表現	
居ましたら 如果在了的話…	居ろ 給我在！	居るな 不准在	居よう 在吧！	居ましょう 在吧！	

生きる 活、生存

否定表現組

常體	常體過去式	敬體	敬體過去式	連體形	連體形過去式
生きない 沒活著	生きなかった （以前）沒活著	生きません 沒活著	生きませんでした （以前）沒活著	生きないとき 沒活著的時候	生きなかったとき （以前）沒活著的時候
常體可能形否定	**常體可能形否定過去式**	**敬體可能形否定**	**敬體可能形否定過去式**	**常體被動**	**常體被動過去式**
生きられない 不能活	生きられなかった （以前）不能活	生きられません 不能活	生きられませんでした （以前）不能活	生きられない 不被…活著	生きられなかった （以前）沒被…活著
敬體被動	**敬體被動過去式**	**常體使役**	**常體使役過去式**	**敬體使役**	**敬體使役過去式**
生きられません 不被…活著	生きられませんでした （以前）沒被…活著	生きさせない 不讓…活著	生きさせなかった （以前）沒讓…活著	生きさせません 不讓…活著	生きさせませんでした （以前）沒讓…活著
常體使役被動	**常體使役被動過去式**	**敬體使役被動**	**敬體使役被動過去式**	**て形**	
生きさせられない 不被迫活著	生きさせられなかった （以前）沒被迫活著	生きさせられません 不被迫活著	生きさせられませんでした （以前）沒被迫活著	生きないで 不（要）活…	

肯定表現組

常體	常體過去式	敬體	敬體過去式	連體形	連體形過去式
生きる 活著	生きた （以前）活著	生きます 活著	生きました （以前）活著	生きるとき 活著的時候	生きたとき （以前）活著的時候
常體可能形肯定	**常體可能形肯定過去式**	**敬體可能形肯定**	**敬體可能形肯定過去式**	**常體被動**	**常體被動過去式**
生きられる 能夠活	生きられた （以前）能夠活	生きられます 能夠活	生きられました （以前）能夠活	生きられる 被…活著	生きられた 被…活著了
敬體被動	**敬體被動過去式**	**常體使役**	**常體使役過去式**	**敬體使役**	**敬體使役過去式**
生きられます 被…活著	生きられました 被…活著了	生きさせる 讓…活著	生きさせた 讓…活著了	生きさせます 讓…活著	生きさせました 讓…活著了
常體使役被動	**常體使役被動過去式**	**敬體使役被動**	**敬體使役被動過去式**	**て形**	
生きさせられる 被迫活著…	生きさせられた 被迫活著了…	生きさせられます 被迫活著…	生きさせられました 被迫活著了…	生きて 活…	

假定、命令、推量表現組

常體否定假定	常體否定假定	常體否定假定	常體假定	常體假定	常體假定
生きないなら 假如不活的話…	生きなかったら 如果不活的話…	生きなければ 如果不活就會…	生きるなら 假如是活的話…	生きたら 如果活了的話…	生きれば 如果活了就會…
敬體假定	**命令表現**	**反向命令表現**	**常體推量表現**	**敬體推量表現**	
生きましたら 如果活著的話…	生きろ 給我活（下來）！	生きるな 不准活	生きよう 活著吧！	生きましょう 活著吧！	

起きる 起床、站起

否定表現組					
常體	常體過去式	敬體	敬體過去式	連體形	連體形過去式
起きない 不起床	起きなかった （以前）沒起床	起きません 不起床	起きませんでした （以前）沒起床	起きない人 不起床的人	起きなかった人 （以前）沒起床的人
常體可能形否定	常體可能形否定過去式	敬體可能形否定	敬體可能形否定過去式	常體被動	常體被動過去式
起きられない 不能起床（爬不起來）	起きられなかった （以前）不能起床（爬不起來）	起きられません 不能起床（爬不起來）	起きられませんでした （以前）不能起床（爬不起來）	起きられない 不被…起床	起きられなかった （以前）沒被…起床
敬體被動	敬體被動過去式	常體使役	常體使役過去式	敬體使役	敬體使役過去式
起きられません 不被…起床	起きられませんでした （以前）沒被…起床	起きさせない 不讓…起床	起きさせなかった （以前）沒讓…起床	起きさせません 不讓…起床	起きさせませんでした （以前）沒讓…起床
常體使役被動	常體使役被動過去式	敬體使役被動	敬體使役被動過去式	く形	
起きさせられない 不被迫起床	起きさせられなかった （以前）不被迫起床	起きさせられません 不被迫起床	起きさせられませんでした （以前）不被迫起床	起きないで 不（要）起床…	
肯定表現組					
常體	常體過去式	敬體	敬體過去式	連體形	連體形過去式
起きる 起床	起きた 起床了	起きます 起床	起きました 起床了	起きる人 起床的人	起きた人 起床了的人
常體可能形肯定	常體可能形肯定過去式	敬體可能形肯定	敬體可能形肯定過去式	常體被動	常體被動過去式
起きられる 能起床（爬得起來）	起きられた （以前）能起床（爬得起來）	起きられます 能起床（爬得起來）	起きられました （以前）能起床（爬得起來）	起きられる 被…起床	起きられた 被…起床了
敬體被動	敬體被動過去式	常體使役	常體使役過去式	敬體使役	敬體使役過去式
起きられます 被…起床	起きられました 被…起床了	起きさせる 讓…起床	起きさせた 讓…起床了	起きさせます 讓…起床	起きさせました 讓…起床了
常體使役被動	常體使役被動過去式	敬體使役被動	敬體使役被動過去式	て形	
起きさせられる 被迫起床	起きさせられた 被迫起床了	起きさせられます 被迫起床	起きさせられました 被迫起床了	起きて 起床…	
假定、命令、推量表現組					
常體否定假定	常體否定假定	常體否定假定	常體假定	常體假定	常體假定
起きないなら 假如不起床的話…	起きなかったら 如果不起床的話…	起きなければ 如果不起床就會…	起きるなら 假如起床的話…	起きたら 如果起床的話…	起きれば 如果起床了就會…
敬體假定	命令表現	反向命令表現	常體推量表現	敬體推量表現	
起きましたら 如果起床的話…	起きろ 給我起床！	起きるな 不准起床	起きよう 起床吧！	起きましょう 起床吧！	

降りる／下りる 下（車）／下去

お／お

否定表現組					
常體	常體過去式	敬體	敬體過去式	連體形	連體形過去式
降りない 不下車	降りなかった （以前）沒下車	降りません 不下車	降りませんでした （以前）沒下車	降りない人 不下車的人	降りなかった人 （以前）沒下車的人
常體可能形否定	常體可能形否定過去式	敬體可能形否定	敬體可能形否定過去式	常體被動	常體被動過去式
降りられない 不能下車	降りられなかった （以前）不能下車	降りられません 不能下車	降りられませんでした （以前）不能下車	降りられない 不被…下車	降りられなかった （以前）沒被…下車
敬體被動	敬體被動過去式	常體使役	常體使役過去式	敬體使役	敬體使役過去式
降りられません 不被…下車	降りられませんでした （以前）沒被…下車	降りさせない 不讓…下車	降りさせなかった （以前）沒讓…下車	降りさせません 不讓…下車	降りさせませんでした （以前）沒讓…下車
常體使役被動	常體使役被動過去式	敬體使役被動	敬體使役被動過去式	て形	
降りさせられない 不被迫下車	降りさせられなかった （以前）沒被迫下車	降りさせられません 不被迫下車	降りさせられませんでした （以前）沒被迫下車	降りないで 不（要）下車…	

肯定表現組					
常體	常體過去式	敬體	敬體過去式	連體形	連體形過去式
降りる 下車	降りた 下車了	降ります 下車	降りました 下車了	降りる人 下車的人	降りた人 下車了的人
常體可能形肯定	常體可能形肯定過去式	敬體可能形肯定	敬體可能形肯定過去式	常體被動	常體被動過去式
降りられる 能下車	降りられた （以前）能下車	降りられます 能下車	降りられました （以前）能下車	降りられる 被…下車	降りられた 被…下車了
敬體被動	敬體被動過去式	常體使役	常體使役過去式	敬體使役	敬體使役過去式
降りられます 被…下車	降りられました 被…下車了	降りさせる 讓…下車	降りさせた 讓…下車了	降りさせます 讓…下車	降りさせました 讓…下車了
常體使役被動	常體使役被動過去式	敬體使役被動	敬體使役被動過去式	て形	
降りさせられる 被迫下車	降りさせられた 被迫下車了	降りさせられます 被迫下車	降りさせられました 被迫下車了	降りて 下車…	

假定、命令、推量表現組					
常體否定假定	常體否定假定	常體否定假定	常體假定	常體假定	常體假定
降りないなら 假如不下車的話…	降りなかったら 如果不下車的話…	降りなければ 如果不下車就會…	降りるなら 假如下車的話…	降りたら 如果下車的話…	降りれば 如果下車了就會…
敬體假定	命令表現	反向命令表現	常體推量表現	敬體推量表現	
降りましたら 如果下車的話…	降りろ 給我下車！	降りるな 不准下車	降りよう 下車吧！	降りましょう 下車吧！	

感じる <small>かん</small> 感（覺）到

否定表現組

常體	常體過去式	敬體	敬體過去式	連體形	連體形過去式
感じない 沒感到	感じなかった （以前）沒感到	感じません 沒感到	感じませんでした （以前）沒感到	感じない人 沒感到…的人	感じなかった人 （以前）沒感到…的人
常體可能形否定	常體可能形否定過去式	敬體可能形否定	敬體可能形否定過去式	常體被動	常體被動過去式
感じられない 無法感到	感じられなかった （以前）無法感到	感じられません 無法感到	感じられませんでした （以前）無法感到	感じられない 不被…感到	感じられなかった （以前）沒被…感到
敬體被動	敬體被動過去式	常體使役	常體使役過去式	敬體使役	敬體使役過去式
感じられません 不被…感到	感じられませんでした （以前）沒被…感到	感じさせない 不讓…感到	感じさせなかった （以前）沒讓…感到	感じさせません 不讓…感到	感じさせませんでした （以前）沒讓…感到
常體使役被動	常體使役被動過去式	敬體使役被動	敬體使役被動過去式	て形	
感じさせられない 不被迫感到	感じさせられなかった （以前）沒被迫感到	感じさせられません 不被迫感到	感じさせられませんでした （以前）沒被迫感到	感じないで 不（要）感到…	

肯定表現組

常體	常體過去式	敬體	敬體過去式	連體形	連體形過去式
感じる 感到	感じた 感到了	感じます 感到	感じました 感到了	感じる人 感到…的人	感じた人 感到了…的人
常體可能形肯定	常體可能形肯定過去式	敬體可能形肯定	敬體可能形肯定過去式	常體被動	常體被動過去式
感じられる 能感到	感じられた （以前）能感到	感じられます 能感到	感じられました （以前）能感到	感じられる 被…感到	感じられた 被…感到了
敬體被動	敬體被動過去式	常體使役	常體使役過去式	敬體使役	敬體使役過去式
感じられます 被…感到	感じられました 被…感到了	感じさせる 讓…感到	感じさせた 讓…感到了	感じさせます 讓…感到	感じさせました 讓…感到了
常體使役被動	常體使役被動過去式	敬體使役被動	敬體使役被動過去式	て形	
感じさせられる 被迫感到	感じさせられた 被迫感到了	感じさせられます 被迫感到	感じさせられました 被迫感到了	感じて 感到…	

假定、命令、推量表現組

常體否定假定	常體否定假定	常體否定假定	常體假定	常體假定	常體假定
感じないなら 假如不感到的話…	感じなかったら 如果不感到的話…	感じなければ 如果不感到就會…	感じるなら 假如感到的話…	感じたら 如果感到了的話…	感じれば 如果感到了就會…
敬體假定	命令表現	反向命令表現	常體推量表現	敬體推量表現	
感じましたら 如果感到了的話…	感じろ 給我感到！	感じるな 不准感到	感じよう 感到吧！	感じましょう 感到吧！	

着<ruby>き</ruby>る　穿（衣服）

否定表現組					
常體	常體過去式	敬體	敬體過去式	連體形	連體形過去式
着ない 不穿	着なかった （以前）沒穿	着ません 不穿	着ませんでした （以前）沒穿	着ない人 不穿…的人	着なかった人 （以前）沒穿…的人
常體可能形否定	常體可能形否定過去式	敬體可能形否定	敬體可能形否定過去式	常體被動	常體被動過去式
着られない 不能穿	着られなかった 不能穿	着られません 不能穿	着られませんでした 不能穿	着られない 不被…穿	着られなかった （以前）沒被…穿
敬體被動	敬體被動過去式	常體使役	常體使役過去式	敬體使役	敬體使役過去式
着られません 不被…穿	着られませんでした （以前）沒被…穿	着させない 不讓…穿	着させなかった （以前）沒讓…穿	着させません 不讓…穿	着させませんでした （以前）沒讓…穿
常體使役被動	常體使役被動過去式	敬體使役被動	敬體使役被動過去式	て形	
着させられない 不被迫穿	着させられなかった （以前）沒被迫穿	着させられません 不被迫穿	着させられませんでした （以前）沒被迫穿	着ないで 不（要）穿…	

肯定表現組					
常體	常體過去式	敬體	敬體過去式	連體形	連體形過去式
着る 穿	着た 穿了	着ます 穿	着ました 穿了	着る人 穿…的人	着た人 穿了…的人
常體可能形肯定	常體可能形肯定過去式	敬體可能形肯定	敬體可能形肯定過去式	常體被動	常體被動過去式
着られる 能穿	着られた （以前）能穿	着られます 能穿	着られました （以前）能穿	着られる 被…穿	着られた 被…穿了
敬體被動	敬體被動過去式	常體使役	常體使役過去式	敬體使役	敬體使役過去式
着られます 被…穿	着られました 被…穿了	着させる 讓…穿	着させた 讓…穿了	着させます 讓…穿	着させました 讓…穿了
常體使役被動	常體使役被動過去式	敬體使役被動	敬體使役被動過去式	て形	
着させられる 被迫穿	着させられた 被迫穿了	着させられます 被迫穿	着させられました 被迫穿了	着て 穿…	

假定、命令、推量表現組					
常體否定假定	常體否定假定	常體否定假定	常體假定	常體假定	常體假定
着ないなら 假如不穿的話…	着なかったら 如果不穿的話…	着なければ 如果不穿就會…	着るなら 假如穿的話…	着たら 如果穿了的話…	着れば 如果穿了就會…
敬體假定	命令表現	反向命令表現	常體推量表現	敬體推量表現	
着ましたら 如果穿了的話…	着ろ 給我穿！	着るな 不准穿	着よう 穿吧！	着ましょう 穿吧！	

信じる　相信

否定表現組

常體	常體過去式	敬體	敬體過去式	連體形	連體形過去式
信じない 不相信	信じなかった （以前）沒相信	信じません 不相信	信じませんでした （以前）沒相信	信じない人 不相信…的人	信じなかった人 （以前）沒相信…的人
常體可能形否定	**常體可能形否定過去式**	**敬體可能形否定**	**敬體可能形否定過去式**	**常體被動**	**常體被動過去式**
信じられない 無法相信	信じられなかった （以前）無法相信	信じられません 無法相信	信じられませんでした （以前）無法相信	信じられない 不被…相信	信じられなかった （以前）沒被…相信
敬體被動	**敬體被動過去式**	**常體使役**	**常體使役過去式**	**敬體使役**	**敬體使役過去式**
信じられません 不被…相信	信じられませんでした （以前）沒被…相信	信じさせない 不讓…相信	信じさせなかった （以前）沒讓…相信	信じさせません 不讓…相信	信じさせませんでした （以前）沒讓…相信
常體使役被動	**常體使役被動過去式**	**敬體使役被動**	**敬體使役被動過去式**	**て形**	
信じさせられない 不被迫相信	信じさせられなかった （以前）沒被迫相信	信じさせられません 不被迫相信	信じさせられませんでした （以前）沒被迫相信	信じないで 不（要）相信…	

肯定表現組

常體	常體過去式	敬體	敬體過去式	連體形	連體形過去式
信じる 相信	信じた 相信了	信じます 相信	信じました 相信了	信じる人 相信…的人	信じた人 相信了…的人
常體可能形肯定	**常體可能形肯定過去式**	**敬體可能形肯定**	**敬體可能形肯定過去式**	**常體被動**	**常體被動過去式**
信じられる 能夠相信	信じられた （以前）能夠相信	信じられます 能夠相信	信じられました （以前）能夠相信	信じられる 被…相信	信じられた 被…相信了
敬體被動	**敬體被動過去式**	**常體使役**	**常體使役過去式**	**敬體使役**	**敬體使役過去式**
信じられます 被…相信	信じられました 被…相信了	信じさせる 讓…相信	信じさせた 讓…相信了	信じさせます 讓…相信	信じさせました 讓…相信了
常體使役被動	**常體使役被動過去式**	**敬體使役被動**	**敬體使役被動過去式**	**て形**	
信じさせられる 被迫相信	信じさせられた 被迫相信了	信じさせられます 被迫相信	信じさせられました 被迫相信了	信じて 相信…	

假定、命令、推量表現組

常體否定假定	常體否定假定	常體否定假定	常體假定	常體假定	常體假定
信じないなら 假如不相信的話…	信じなかったら 如果不相信的話…	信じなければ 如果不相信就會…	信じるなら 假如相信的話…	信じたら 如果相信的話…	信じれば 如果相信就會…
敬體假定	**命令表現**	**反向命令表現**	**常體推量表現**	**敬體推量表現**	
信じましたら 如果相信的話…	信じろ 給我相信！	信じるな 不准相信	信じよう 相信吧！	信じましょう 相信吧！	

伸びる／延びる 伸出、伸長、順利發展／延長、延伸

否定表現組					
常體	常體過去式	敬體	敬體過去式	連體形	連體形過去式
延びない 不延伸	延びなかった （以前）沒延伸	延びません 不延伸	延びませんで した （以前）沒延伸	延びない道 不延伸的道路	延びなかった 道 （以前）沒延伸的 道路
常體可能形否定	常體可能形否定過 去式	敬體可能形否定	敬體可能形否定過 去式	常體被動	常體被動過去式
延びられない 不能延伸	延びられなか った （以前）不能延伸	延びられません 不能延伸	延びられませ んでした （以前）不能延伸	延びられない 不被…延伸	延びられなか った （以前）沒被…延 伸
敬體被動	敬體被動過去式	常體使役	常體使役過去式	敬體使役	敬體使役過去式
延びられませ ん 不被…延伸	延びられませ んでした 沒被…延伸	延びさせない 不讓…延伸	延びさせなか った （以前）沒讓…延 伸	延びさせませ ん 不讓…延伸	延びさせませ んでした （以前）沒讓…延 伸
常體使役被動	常體使役被動過去式	敬體使役被動	敬體使役被動過去式	て形	
延びさせられな い 不被迫延伸	延びさせられな かった （以前）沒迫延伸	延びさせられま せん 不被迫延伸	延びさせられま せんでした （以前）沒被迫延伸	延びないで 不（要）延伸…	

肯定表現組					
常體	常體過去式	敬體	敬體過去式	連體形	連體形過去式
延びる 延伸	延びた 延伸了	延びます 延伸	延びました 延伸了	延びる道 延伸的道路	延びた道 延伸了的道路
常體可能形肯定	常體可能形肯定過 去式	敬體可能形肯定	敬體可能形肯定過 去式	常體被動	常體被動過去式
延びられる 能延伸	延びられた （以前）能延伸	延びられます 能延伸	延びられました （以前）能延伸	延びられる 被…延伸	延びられた 被…延伸了
敬體被動	敬體被動過去式	常體使役	常體使役過去式	敬體使役	敬體使役過去式
延びられます 被…延伸	延びられました 被…延伸了	延びさせる 讓…延伸	延びさせた 讓…延伸了	延びさせます 讓…延伸	延びさせました 讓…延伸了
常體使役被動	常體使役被動過去式	敬體使役被動	敬體使役被動過去式	て形	
延びさせられる 被迫延伸	延びさせられた 被迫延伸了	延びさせられま す 被迫延伸	延びさせられまし た 被迫延伸了	延びて 延伸…	

假定、命令、推量表現組					
常體否定假定	常體否定假定	常體否定假定	常體假定	常體假定	常體假定
延びないなら 假如不延伸的 話…	延びなかった ら 如果不延伸的話…	延びなければ 如果不延伸就 會…	延びるなら 假如延伸了的 話…	延びたら 如果延伸了的 話…	延びれば 如果延伸了就 會…
敬體假定	命令表現	反向命令表現	常體推量表現	敬體推量表現	
延びましたら 如果延伸了的話…	延びろ 給我延伸！	延びるな 不准延伸	延びよう 延伸吧！	延びましょう 延伸吧！	

満ちる　充満

否定表現組

常體	常體過去式	敬體	敬體過去式	連體形	連體形過去式
満ちない 沒充滿	満ちなかった （以前）沒充滿	満ちません 沒充滿	満ちませんでした （以前）沒充滿	満ちない部屋 沒充滿…的房間	満ちなかった部屋 （以前）沒充滿…的房間
常體可能形否定	**常體可能形否定過去式**	**敬體可能形否定**	**敬體可能形否定過去式**	**常體被動**	**常體被動過去式**
満ちられない 不能充滿	満ちられなかった （以前）不能充滿	満ちられません 不能充滿	満ちられませんでした （以前）不能充滿	満ちられない 不被…充滿	満ちられなかった （以前）沒被…充滿
敬體被動	**敬體被動過去式**	**常體使役**	**常體使役過去式**	**敬體使役**	**敬體使役過去式**
満ちられません 不被…充滿	満ちられませんでした （以前）沒被…充滿	満ちさせない 不讓…充滿	満ちさせなかった （以前）沒讓…充滿	満ちさせません 不讓…充滿	満ちさせませんでした （以前）沒讓…允滿
常體使役被動	**常體使役被動過去式**	**敬體使役被動**	**敬體使役被動過去式**	**て形**	
満ちさせられない 不被迫充滿	満ちさせられなかった （以前）沒被迫充滿	満ちさせられません 不被迫允滿	満ちさせられませんでした （以前）沒被迫充滿	満ちないで 不（要）充滿…	

肯定表現組

常體	常體過去式	敬體	敬體過去式	連體形	連體形過去式
満ちる 充滿	満ちた 充滿了	満ちます 充滿	満ちました 充滿了	満ちる部屋 充滿…的房間	満ちた部屋 充滿了…的房間
常體可能形肯定	**常體可能形肯定過去式**	**敬體可能形肯定**	**敬體可能形肯定過去式**	**常體被動**	**常體被動過去式**
満ちられる 能充滿	満ちられた （以前）能充滿	満ちられます 能充滿	満ちられました （以前）能充滿	満ちられる 被…充滿	満ちられた 被…充滿了
敬體被動	**敬體被動過去式**	**常體使役**	**常體使役過去式**	**敬體使役**	**敬體使役過去式**
満ちられます 被…充滿	満ちられました 被…充滿了	満ちさせる 讓…充滿	満ちさせた 讓…充滿了	満ちさせます 讓…充滿	満ちさせました 讓…充滿了
常體使役被動	**常體使役被動過去式**	**敬體使役被動**	**敬體使役被動過去式**	**て形**	
満ちさせられる 被迫充滿	満ちさせられた 被迫充滿了	満ちさせられます 被迫充滿	満ちさせられました 被迫充滿了	満ちて 充滿…	

假定、命令、推量表現組

常體否定假定	常體否定假定	常體否定假定	常體假定	常體假定	常體假定
満ちないなら 假如不充滿的話…	満ちなかったなら 如果不充滿的話…	満ちなければ 如果不充滿就會…	満ちるなら 假如充滿的話…	満ちたら 如果充滿了的話…	満ちれば 如果充滿了就會…
敬體假定	**命令表現**	**反向命令表現**	**常體推量表現**	**敬體推量表現**	
満ちましたら 如果充滿的話…	満ちろ 給我充滿！	満ちるな 不准充滿	満ちよう 充滿吧！	満ちましょう 充滿吧！	

見る <ruby>見<rt>み</rt></ruby>る　看

否定表現組					
常體	常體過去式	敬體	敬體過去式	連體形	連體形過去式
見ない 不看	見なかった （以前）沒看	見ません 不看	見ませんでした （以前）沒看	見ない人 不看…的人	見なかった人 （以前）沒看…的人
常體可能形否定	常體可能形否定過去式	敬體可能形否定	敬體可能形否定過去式	常體被動	常體被動過去式
見られない 不能看	見られなかった （以前）不能看	見られません 不能看	見られませんでした （以前）不能看	見られない 不被…看	見られなかった （以前）沒被…看
敬體被動	敬體被動過去式	常體使役	常體使役過去式	敬體使役	敬體使役過去式
見られません 不被…看	見られませんでした （以前）沒被…看	見させない 不讓…看	見させなかった （以前）沒讓…看	見させません 不讓…看	見させませんでした （以前）沒讓…看
常體使役被動	常體使役被動過去式	敬體使役被動		敬體使役被動過去式	て形
見させられない 不被迫看	見させられなかった （以前）沒被迫看	見させられません 不被迫看		見させられませんでした （以前）沒被迫看	見ないで 不（要）看…

肯定表現組					
常體	常體過去式	敬體	敬體過去式	連體形	連體形過去式
見る 看	見た 看到了	見ます 看	見ました 看到了	見る人 看…的人	見た人 看了…的人
常體可能形肯定	常體可能形肯定過去式	敬體可能形肯定	敬體可能形肯定過去式	常體被動	常體被動過去式
見られる 能夠看	見られた （以前）能夠看	見られます 能夠看	見られました （以前）能夠看	見られる 被…看	見られた 被…看了
敬體被動	敬體被動過去式	常體使役	常體使役過去式	敬體使役	敬體使役過去式
見られます 被…看	見られました 被…看了	見させる 讓…看	見させた 讓…看了	見させます 讓…看	見させました 讓…看了
常體使役被動	常體使役被動過去式	敬體使役被動	敬體使役被動過去式	て形	
見させられる 被迫看	見させられた 被迫看了	見させられます 被迫看	見させられました 被迫看了	見て 看…	

假定、命令、推量表現組					
常體否定假定	常體否定假定	常體否定假定	常體假定	常體假定	常體假定
見ないなら 假如不看的話…	見なかったら 如果不看的話…	見なければ 如果不看就會…	見るなら 假如看的話…	見たら 如果看了的話…	見れば 如果看了就會…
敬體假定	命令表現	反向命令表現	常體推量表現	敬體推量表現	
見ましたら 如果看了的話…	見ろ 給我看！	見るな 不准看！	見よう 看吧！	見ましょう 看吧！	

上一段動詞詞尾的文法接續應用

使用意義	日文表現	意思	例句
表不作某動作而做下一動作	見ずに	沒看就…	教科書を見ずに質問に答えてください。 （請不要看課本回答問題。）
表使役	見させる	讓…看	三歳以下の赤ちゃんにテレビやケータイを見させては駄目ですよ。 （不可以讓三歲以下的嬰幼兒看電視或是手機。）
表被動、能力	見られる	被看、能看	最近は見られる番組が少ないです。 （最近能看的節目很少。）
表必須	見なければならない	不得不看	今晩イタリアとブラジルのサッカーの試合を見なければなりません。 （今晚義大利對巴西的足球賽一定要看。）
表反向逆接	見なくても	即使不看…	これはレシピを見なくても簡単に作れる料理です。 （這是道不用看食譜就能做的簡單料理。）
表目的	見に	為了看	映画を見に行きましょう。 （去看電影吧！）
表同步行為	見ながら	一邊看…一邊…	スマホを見ながら食事をします。 （一邊看智慧型手機一邊吃飯。）
表希望	見たい	想看	今度放送される最新ドラマを見たいです。 （想看這次最新的連續劇。）
表順接	見るし	既看	テスト前日、教科書も見るし、ノートも見ます。 （考試的前一天，既看了課本、也看了筆本。）
表主觀原因	見るから	因為看	どうして今日は早く帰るんですか。…野球の試合を見るからです。 （今天為什麼這麼早回家？…因為要看棒球比賽。）
表客觀原因	見るので	由於看	よく映画を見るので、評論してみました。 （由於常看電影，所以試著做了一下影評。）
表理應	見るはず	理當看	彼女は福山雅治が好きだから、福山さんのドラマを見るはずです。 （因為她喜歡福山雅治所以應該會看他的日劇。）
表應當	見るべき	應當看	一生に一度、必ず見るべき映画は？ （有哪部電影是這輩子一定要看一次的呢？）
表道理	見るわけ	看的道理	あんな不真面目な先生があなたのレポートをちゃんと見るわけはありません。 （那樣不認真的老師是不會好好認真看你寫的報告的。）

使用意義	日文表現	意思	例句
表逆接	見るのに	明明看了，卻…	毎日パソコンを見るのに、目は悪くならないんです。 （明明每天都看著電腦，眼睛卻沒有壞掉。）
表逆接	見るけど	雖然看	彼女はふだんファッション誌を見るけど、服のセンスは全然よくないんです。 （她平常雖然有在看時尚雜誌，但穿衣服的品味卻一點都不好。）
表比較	見るより	比起看	うちで映画を見るより、映画館で見たほうが楽しめるんですよ。 （比起在家裡看電影，在電影院看可以更加享受喔。）
表限定	見るだけ	只看	父は野球の試合を見るだけなんです。 （我爸爸只看棒球比賽。）
表假定	見るなら	看的話	初めて日本のドラマを見るなら、月9がおすすめです。 如果是第一次看日劇的話，我比較推薦禮拜一九點的檔次。）
表可預期的目的	見るために	為了看	息子は大好きなテレビアニメを見るために、授業が終わったあとすぐに宿題をやります。 （兒子為了看最喜歡的卡通，一回家就馬上去寫作業。）
表不可預期的目的	見えるように	為了能看	よく見えるように前のほうに座ります。 （為了能看得更清楚所以往前坐。）
表傳聞	見るそう	聽說要看	あの二人は今夜いっしょに流れ星を見るそうです。 （那兩個人聽說今天晚上要一起去看流星。）
表樣態	見るよう	好像看	田村さんはよく映画を見るようです。 （田村小姐好像很常看電影。）
表常識道理	見るもの	自然要看	悲しい時は、よく母の写真を見たものだ。 （悲傷的時候，總是會看著母親的照片。）
表假定	見れば	看了就會	怒ってる？あなたの顔を見ればわかりますよ。 （在生氣嗎？看你的臉就知道囉。）
表命令	見ろ	給我看！	こっちを見ろ！ （給我看這邊！）
表推量、勧誘	見よう	看吧！	いっしょに月を見よう！ （一起去看月亮吧！）
表原因、表順接	見て	因為看、看了之後	交通事故を見てトラウマになってしまった。 （直擊了交通事故的發生，因此造成了心理創傷。）

使用意義	日文表現	意思	例句
表逆接	見ても	即使看了	あの映画を見ても内容は分かりません。 （那部電影即使看了也不知道在說什麼。）
表請求	見てください	請看	それでは、このグラフを見てください。 （那麼，請看這張圖。）
表許可	見てもいい	可以看	ごはんを食べてからなら、テレビを見てもいいよ。 （如果是吃完飯之後可以看電視唷。）
表不許可	見てはいけない	不可以看	この箱、中身を絶対に見てはいけません。 （絕對不可以看這箱子裡面的東西。）
表假定、順勢發展	見たら	看的話、看了就	父の遺影を見たら、涙が出てきました。 （看了父親的遺照後，不禁淚從中來。）
表列舉	見たり	或看，或…	毎晩テレビで映画を見たり音楽を聴いたりします。 （每天晚上在家裡看看電影或聽聽音樂。）
表經驗	見たことがあります	曾經看過	私はオーロラを見たことがあります。 （我曾經看過極光。）
表逆接	見たとしても	即使看了	誰が見たとしても、中学生の頃の私は惨めでした。 （任誰看了，都會覺得國中時期的我很可憐。）
表動作當下的時間點	見たところで	就算看了也	料理が下手な夫はレシピを見たところで、料理を作れません。 （不會做飯的老公就算看了食譜也做不出來。）
表動作進行中	見ている	正在看	何を見ているの？ （你在看什麼？）
表嘗試	見てみる	看看	一度祇園祭を見てみたいです。 （好想去祇園祭【京都的有名祭典】一次看看喔。）
表動作的遠移	見ていく	去看	旅行に行く前に、部下の様子を見ていくことにする。 （出發去旅行之前，我會去看一下下屬的狀況。）
表動作的近移	見てくる	來看	消防車が来ているようだから、ちょっと見てくるよ。 （消防車好像來了，我去看看就來喲！）
表動作的預先動作	見ておく	預先看	台湾の故宮博物院は絶対に見ておくべきスポットです。 （台灣的故宮博物院是一定要去參觀的景點。）

Part 3. 常用下一段動詞詞尾變化

在本章中必須要了解到的單字：

ひと
人　人

コップ　杯子

かんしゅう
観衆　觀眾

もの　東西

しょうひん
商品　商品

えだ
枝　樹枝

ゆめ
夢　夢、夢想

はさみ　剪刀

かさ
傘　雨傘

はだ
肌　皮膚、肌膚

諦める 放棄
あきら

否定表現組

常體	常體過去式	敬體	敬體過去式	連體形	連體形過去式
諦めない 不放棄	諦めなかった （以前）沒放棄	諦めません 不放棄	諦めませんでした （以前）沒放棄	諦めない人 不放棄…的人	諦めなかった人 （以前）沒放棄…的人

常體可能形否定	常體可能形否定過去式	敬體可能形否定	敬體可能形否定過去式	常體被動	常體被動過去式
諦められない 不能放棄	諦められなかった （以前）不能放棄	諦められません 不能放棄	諦められませんでした （以前）不能放棄	諦められない 不被…放棄	諦められなかった （以前）沒被…放棄

敬體被動	敬體被動過去式	常體使役	常體使役過去式	敬體使役	敬體使役過去式
諦められません 不被…放棄	諦められませんでした （以前）沒被…放棄	諦めさせない 不讓…放棄	諦めさせなかった （以前）沒讓…放棄	諦めさせません 不讓…放棄	諦めさせませんでした （以前）沒讓…放棄

常體使役被動	常體使役被動過去式	敬體使役被動	敬體使役被動過去式	て形	
諦めさせられない 不被迫放棄	諦めさせられなかった （以前）沒被迫放棄	諦めさせられません 不被迫放棄	諦めさせられませんでした （以前）沒被迫放棄	諦めないで 不（要）放棄…	

肯定表現組

常體	常體過去式	敬體	敬體過去式	連體形	連體形過去式
諦める 放棄	諦めた 放棄了	諦めます 放棄	諦めました 放棄了	諦める人 放棄…的人	諦めた人 放棄了…的人

常體可能形肯定	常體可能形肯定過去式	敬體可能形肯定	敬體可能形肯定過去式	常體被動	常體被動過去式
諦められる 能夠放棄	諦められた （以前）能夠放棄	諦められます 能夠放棄	諦められました （以前）能夠放棄	諦められる 被…放棄	諦められた 被…放棄了

敬體被動	敬體被動過去式	常體使役	常體使役過去式	敬體使役	敬體使役過去式
諦められます 被…放棄	諦められました 被…放棄了	諦めさせる 讓…放棄	諦めさせた 讓…放棄了	諦めさせます 讓…放棄	諦めさせました 讓…放棄了

常體使役被動	常體使役被動過去式	敬體使役被動	敬體使役被動過去式	て形	
諦めさせられる 被迫放棄	諦めさせられた 被迫放棄了	諦めさせられます 被迫放棄	諦めさせられました 被迫放棄了	諦めて 放棄…	

假定、命令、推量表現組

常體否定假定	常體否定假定	常體否定假定	常體假定	常體假定	常體假定
諦めないなら 假如不放棄的話…	諦めなかったら 如果不放棄的話…	諦めなければ 如果不放棄就會…	諦めるなら 假如放棄的話…	諦めたら 如果放棄了就會…	諦めれば 如果放棄了就會…

敬體假定	命令表現	反向命令表現	常體推量表現	敬體推量表現	
諦めましたら 如果放棄的話…	諦めろ 給我放棄！	諦めるな 不准放棄	諦めよう 放棄吧！	諦めましょう 放棄吧！	

呆れる <ruby>呆<rt>あき</rt></ruby>れる　嚇呆、驚呆、愣住

否定表現組					
常體	常體過去式	敬體	敬體過去式	連體形	連體形過去式
呆れない 不嚇呆	呆れなかった （以前）沒嚇呆	呆れません 不嚇呆	呆れませんでした （以前）沒嚇呆	呆れない人 不嚇呆的人	呆れなかった人 （以前）沒嚇呆的人
常體可能形否定	常體可能形否定過去式	敬體可能形否定	敬體可能形否定過去式	常體被動	常體被動過去式
呆れられない 無法嚇呆	呆れられなかった （以前）無法嚇呆	呆れられません 無法嚇呆	呆れられませんでした （以前）無法嚇呆	呆れられない 不被…嚇呆	呆れられなかった （以前）沒被…嚇呆
敬體被動	敬體被動過去式	常體使役	常體使役過去式	敬體使役	敬體使役過去式
呆れられません 不被…嚇呆	呆れられませんでした （以前）沒被…嚇呆	呆れさせない 不讓…嚇呆	呆れさせなかった （以前）沒讓…嚇呆	呆れさせません 不讓…嚇呆	呆れさせませんでした （以前）沒讓…嚇呆
常體使役被動	常體使役被動過去式	敬體使役被動	敬體使役被動過去式	て形	
呆れさせられない 不被迫嚇呆	呆れさせられなかった （以前）沒被迫嚇呆	呆れさせられません 不被迫嚇呆	呆れさせられませんでした （以前）沒被迫嚇呆	呆れないで 不（要）嚇呆…	

肯定表現組					
常體	常體過去式	敬體	敬體過去式	連體形	連體形過去式
呆れる 嚇呆	呆れた 嚇呆了	呆れます 嚇呆	呆れました 嚇呆了	呆れる人 嚇呆的人	呆れた人 嚇呆了的人
常體可能形肯定	常體可能形肯定過去式	敬體可能形肯定	敬體可能形肯定過去式	常體被動	常體被動過去式
呆れられる 能夠嚇呆	呆れられた （以前）能夠嚇呆	呆れられます 能夠嚇呆	呆れられました （以前）能夠嚇呆	呆れられる 被…嚇呆	呆れられた 被…嚇呆了
敬體被動	敬體被動過去式	常體使役	常體使役過去式	敬體使役	敬體使役過去式
呆れられます 被…嚇呆	呆れられました 被…嚇呆了	呆れさせる 讓…嚇呆	呆れさせた 讓…嚇呆了	呆れさせます 讓…嚇呆	呆れさせました 讓…嚇呆了
常體使役被動	常體使役被動過去式	敬體使役被動	敬體使役被動過去式	て形	
呆れさせられる 被迫嚇呆	呆れさせられた 被迫嚇呆了	呆れさせられます 被迫嚇呆	呆れさせられました 被迫嚇呆了	呆れて 嚇呆…	

假定、命令、推量表現組					
常體否定假定	常體否定假定	常體否定假定	常體假定	常體假定	常體假定
呆れないなら 假如不嚇呆的話…	呆れなかったら 如果不嚇呆的話…	呆れなければ 如果不嚇呆就會…	呆れるなら 假如嚇呆的話…	呆れたら 如果嚇呆了就會…	呆れれば 如果嚇呆了就會…
敬體假定	命令表現	反向命令表現	常體推量表現	敬體推量表現	
呆れましたら 如果嚇呆的話…	呆れろ 給我嚇呆！	呆れるな 不准嚇呆	呆れよう 嚇呆吧！	呆れましょう 嚇呆吧！	

開ける／明ける／空ける
あ　　　　あ　　　　あ

打開／（期間）結束／空出

否定表現組					
常體	常體過去式	敬體	敬體過去式	連體形	連體形過去式
開けない 不打開	開けなかった （以前）沒打開	開けません 不打開	開けませんでした （以前）沒打開	開けない人 不打開…的人	開けなかった人 （以前）沒打開…的人
常體可能形否定	常體可能形否定過去式	敬體可能形否定	敬體可能形否定過去式	常體被動	常體被動過去式
開けられない 不能開	開けられなかった （以前）不能開	開けられません 不能開	開けられませんでした （以前）不能開	開けられない 不被…開	開けられなかった （以前）沒被…開
敬體被動	敬體被動過去式	常體使役	常體使役過去式	敬體使役	敬體使役過去式
開けられません 不被…開	開けられませんでした （以前）沒被…開	開けさせない 不讓…打開	開けさせなかった （以前）沒讓…打開	開けさせません 不讓…打開	開けさせませんでした （以前）沒讓…打開
常體使役被動	常體使役被動過去式	敬體使役被動	敬體使役被動過去式	て形	
開けさせられない 不被迫打開	開けさせられなかった （以前）沒被迫打開	開けさせられません 不被迫打開	開けさせられませんでした （以前）沒被迫打開	開けないで 不（要）打開…	

肯定表現組					
常體	常體過去式	敬體	敬體過去式	連體形	連體形過去式
開ける 打開	開けた 打開了	開けます 打開	開けました 打開了	開ける人 打開…的人	開けた人 打開了…的人
常體可能形肯定	常體可能形肯定過去式	敬體可能形肯定	敬體可能形肯定過去式	常體被動	常體被動過去式
開けられる 能夠開	開けられた （以前）能夠開	開けられます 能夠開	開けられました （以前）能夠開	開けられる 被…打開	開けられた 被…打開了
敬體被動	敬體被動過去式	常體使役	常體使役過去式	敬體使役	敬體使役過去式
開けられます 被…打開	開けられました 被…打開了	開けさせる 讓…打開	開けさせた 讓…打開了	開けさせます 讓…打開	開けさせました 讓…打開了
常體使役被動	常體使役被動過去式	敬體使役被動	敬體使役被動過去式	て形	
開けさせられる 被迫打開	開けさせられた 被迫打開了	開けさせられます 被迫打開	開けさせられました 被迫打開了	開けて 打開…	

假定、命令、推量表現組					
常體否定假定	常體否定假定	常體否定假定	常體假定	常體假定	常體假定
開けないなら 假如不打開的話…	開けなかったら 如果不打開的話…	開けなければ 如果不打開就會…	開けるなら 假如打開的話…	開けたら 如果打開了的話…	開ければ 如果打開了就會…
敬體假定	命令表現	反向命令表現	常體推量表現	敬體推量表現	
開けましたら 如果打開的話…	開けろ 給我打開！	開けるな 不准開	開けよう 打開吧！	開けましょう 打開吧！	

上げる／挙げる 抬起、舉起

否定表現組

常體	常體過去式	敬體	敬體過去式	連體形	連體形過去式
上げない 不抬起	上げなかった （以前）沒抬起	上げません 不抬起	上げませんで した （以前）沒抬起	上げない人 不抬起…的人	上げなかった 人 （以前）沒抬起… 的人
常體可能形否定	**常體可能形否定 過去式**	**敬體可能形否定**	**敬體可能形否定 過去式**	**常體被動**	**常體被動過去式**
上げられない 無法抬起	上げられなか った （以前）無法抬起	上げられませ ん 無法抬起	上げられませ んでした （以前）無法抬起	上げられない 不被…抬起	上げられなか った （以前）沒被…抬 起
敬體被動	**敬體被動過去式**	**常體使役**	**常體使役過去式**	**敬體使役**	**敬體使役過去式**
上げられませ ん 不被…抬起	上げられませ んでした （以前）沒被…抬 起	上げさせない 不讓…抬起	上げさせなか った （以前）沒讓…抬 起	上げさせませ ん 不讓…抬起	上げさせませ んでした （以前）沒讓…抬 起
常體使役被動	**常體使役被動過去式**	**敬體使役被動**	**敬體使役被動過去式**	**て形**	
上げさせられな い 不被迫抬起	上げさせられな かった （以前）沒被迫抬起	上げさせられま せん 不被迫抬起	上げさせられま せんでした （以前）沒被迫抬起	上げないで 不（要）抬起…	

肯定表現組

常體	常體過去式	敬體	敬體過去式	連體形	連體形過去式
上げる 抬起	上げた 抬起了	上げます 抬起	上げました 抬起了	上げる人 抬起…的人	上げた人 抬起了…的人
常體可能形肯定	**常體可能形肯定 過去式**	**敬體可能形肯定**	**敬體可能形肯定 過去式**	**常體被動**	**常體被動過去式**
上げられる 能夠抬起	上げられた （以前）能夠抬起	上げられます 能夠抬起	上げられました （以前）能夠抬起	上げられる 被…抬起	上げられた 被…抬起了
敬體被動	**敬體被動過去式**	**常體使役**	**常體使役過去式**	**敬體使役**	**敬體使役過去式**
上げられます 被…抬起	上げられました 被…抬起了	上げさせる 讓…抬起	上げさせた 讓…抬起了	上げさせます 讓…抬起	上げさせました 讓…抬起了
常體使役被動	**常體使役被動過去式**	**敬體使役被動**	**敬體使役被動過去式**	**て形**	
上げさせられる 被迫抬起	上げさせられた 被迫抬起了	上げさせられま す 被迫抬起	上げさせられまし た 被迫抬起了	上げて 抬起…	

假定、命令、推量表現組

常體否定假定	常體否定假定	常體否定假定	常體假定	常體假定	常體假定
上げないなら 假如不抬起的 話…	上げなかったら 如果不抬起的 話…	上げなければ 如果不抬起就 會…	上げるなら 假如抬起的話…	上げたら 如果抬起的話…	上げれば 如果抬起就會…
敬體假定	**命令表現**	**反向命令表現**	**常體推量表現**	**敬體推量表現**	
上げましたら 如果抬起的話…	上げろ 給我抬起來！	上げるな 不准抬起	上げよう 抬起來吧！	上げましょう 抬起來吧！	

与える (あた) 給、給予

否定表現組

常體	常體過去式	敬體	敬體過去式	連體形	連體形過去式
与えない 不給	与えなかった （以前）沒給	与えません 不給	与えませんでした （以前）沒給	与えない人 不給…的人	与えなかった人 （以前）沒給…的人
常體可能形否定	**常體可能形否定過去式**	**敬體可能形否定**	**敬體可能形否定過去式**	**常體被動**	**常體被動過去式**
与えられない 不能給	与えられなかった （以前）不能給	与えられません 不能給	与えられませんでした （以前）不能給	与えられない 不被…給	与えられなかった （以前）沒被…給
敬體被動	**敬體被動過去式**	**常體使役**	**常體使役過去式**	**敬體使役**	**敬體使役過去式**
与えられません 不被…給	与えられませんでした （以前）沒被…給	与えさせない 不讓…給	与えさせなかった （以前）沒讓…給	与えさせません 不讓…給	与えさせませんでした （以前）沒讓…給
常體使役被動	**常體使役被動過去式**	**敬體使役被動**	**敬體使役被動過去式**	**て形**	
与えさせられない 不被迫給	与えさせられなかった （以前）沒被迫給	与えさせられません 不被迫給	与えさせられませんでした （以前）沒被迫給	与えないで 不（要）給…	

肯定表現組

常體	常體過去式	敬體	敬體過去式	連體形	連體形過去式
与える 給	与えた 給了	与えます 給	与えました 給了	与える人 給…的人	与えた人 給了…的人
常體可能形肯定	**常體可能形肯定過去式**	**敬體可能形肯定**	**敬體可能形肯定過去式**	**常體被動**	**常體被動過去式**
与えられる 能夠給	与えられた （以前）能夠給	与えられます 能夠給	与えられました （以前）能夠給	与えられる 被…給	与えられた 被…給了
敬體被動	**敬體被動過去式**	**常體使役**	**常體使役過去式**	**敬體使役**	**敬體使役過去式**
与えられます 被…給	与えられました 被…給了	与えさせる 讓…給	与えさせた 讓…給了	与えさせます 讓…給	与えさせました 讓…給了
常體使役被動	**常體使役被動過去式**	**敬體使役被動**	**敬體使役被動過去式**	**て形**	
与えさせられる 被迫給	与えさせられた 被迫給了	与えさせられます 被迫給	与えさせられました 被迫給了	与えて 給…	

假定、命令、推量表現組

常體否定假定	常體否定假定	常體否定假定	常體假定	常體假定	常體假定
与えないなら 假如不給的話…	与えなかったら 如果不給的話…	与えなければ 如果不給就會…	与えるなら 假如給了的話…	与えたら 如果給了的話…	与えれば 如果給了就會…
敬體假定	**命令表現**	**反向命令表現**	**常體推量表現**	**敬體推量表現**	
与えましたら 如果給的話…	与えろ 給我交給！	与えるな 不准給	与えよう 給吧！	与えましょう 給吧！	

集める あつ 收集

否定表現組

常體	常體過去式	敬體	敬體過去式	連體形	連體形過去式
集めない 不收集	集めなかった （以前）沒收集	集めません 不收集	集めませんでした （以前）沒收集	集めない人 不收集…的人	集めなかった人 （以前）沒收集…的人
常體可能形否定	常體可能形否定過去式	敬體可能形否定	敬體可能形否定過去式	常體被動	常體被動過去式
集められない 不能收集	集められなかった （以前）不能收集	集められません 不能收集	集められませんでした （以前）不能收集	集められない 不被…收集	集められなかった （以前）沒被…收集
敬體被動	敬體被動過去式	常體使役	常體使役過去式	敬體使役	敬體使役過去式
集められません 不被…收集	集められませんでした （以前）沒被…收集	集めさせない 不讓…收集	集めさせなかった （以前）沒讓…收集	集めさせません 不讓…收集	集めさせませんでした （以前）沒讓…收集
常體使役被動	常體使役被動過去式	敬體使役被動	敬體使役被動過去式	て形	
集めさせられない 不被迫收集	集めさせられなかった （以前）沒被迫收集	集めさせられません 不被迫收集	集めさせられませんでした （以前）沒被迫收集	集めないで 不（要）收集…	

肯定表現組

常體	常體過去式	敬體	敬體過去式	連體形	連體形過去式
集める 收集	集めた 收集了	集めます 收集	集めました 收集了	集める人 收集…的人	集めた人 收集了…的人
常體可能形肯定	常體可能形肯定過去式	敬體可能形肯定	敬體可能形肯定過去式	常體被動	常體被動過去式
集められる 能夠收集	集められた （以前）能夠收集	集められます 能夠收集	集められました （以前）能夠收集	集められる 被…收集	集められた 被…收集了
敬體被動	敬體被動過去式	常體使役	常體使役過去式	敬體使役	敬體使役過去式
集められます 被…收集	集められました 被…收集了	集めさせる 讓…收集	集めさせた 讓…收集了	集めさせます 讓…收集	集めさせました 讓…收集了
常體使役被動	常體使役被動過去式	敬體使役被動	敬體使役被動過去式	て形	
集めさせられる 被迫收集	集めさせられた 被迫收集了	集めさせられます 被迫收集	集めさせられました 被迫收集了	集めて 收集…	

假定、命令、推量表現組

常體否定假定	常體否定假定	常體否定假定	常體假定	常體假定	常體假定
集めないなら 假如不收集的話…	集めなかったら 如果不收集的話…	集めなければ 如果不收集就會…	集めるなら 假如收集的話…	集めたら 如果收集的話…	集めれば 如果收集了就會…
敬體假定	命令表現	反向命令表現	常體推量表現	敬體推量表現	
集めましたら 如果收集的話…	集めろ 給我收集！	集めるな 不准收集	集めよう 收集吧！	集めましょう 收集吧！	

当てる <ruby>当<rt>あ</rt></ruby>てる　猜、猜測

否定表現組

常體	常體過去式	敬體	敬體過去式	連體形	連體形過去式
当てない 不猜測	当てなかった （以前）沒猜測	当てません 不猜測	当てませんでした （以前）沒猜測	当てない人 不猜…的人	当てなかった人 （以前）沒猜…的人
常體可能形否定	**常體可能形否定過去式**	**敬體可能形否定**	**敬體可能形否定過去式**	**常體被動**	**常體被動過去式**
当てられない 無法猜測	当てられなかった （以前）無法猜測	当てられません 無法猜測	当てられませんでした （以前）無法猜測	当てられない 不…被猜	当てられなかった （以前）沒…被猜
敬體被動	**敬體被動過去式**	**常體使役**	**常體使役過去式**	**敬體使役**	**敬體使役過去式**
当てられません 不…被猜	当てられませんでした （以前）沒被…猜	当てさせない 不讓…猜	当てさせなかった （以前）沒讓…猜	当てさせません 不讓…猜	当てさせませんでした （以前）沒讓…猜
常體使役被動	**常體使役被動過去式**	**敬體使役被動**	**敬體使役被動過去式**	**て形**	
当てさせられない 不被迫猜	当てさせられなかった （以前）沒被迫猜	当てさせられません 不被迫猜	当てさせられませんでした （以前）沒被迫猜	当てないで 不（要）猜測…	

肯定表現組

常體	常體過去式	敬體	敬體過去式	連體形	連體形過去式
当てる 猜測	当てた 猜測了	当てます 猜測	当てました 猜測了	当てる人 猜測…的人	当てた人 猜測了…的人
常體可能形肯定	**常體可能形肯定過去式**	**敬體可能形肯定**	**敬體可能形肯定過去式**	**常體被動**	**常體被動過去式**
当てられる 能夠猜測	当てられた （以前）能夠猜測	当てられます 能夠猜測	当てられました （以前）能夠猜測	当てられる 被…猜	当てられた 被…猜了
敬體被動	**敬體被動過去式**	**常體使役**	**常體使役過去式**	**敬體使役**	**敬體使役過去式**
当てられます 被…猜	当てられました 被…猜了	当てさせる 讓…猜	当てさせた 讓…猜了	当てさせます 讓…猜	当てさせました 讓…猜了
常體使役被動	**常體使役被動過去式**	**敬體使役被動**	**敬體使役被動過去式**	**て形**	
当てさせられる 被迫猜	当てさせられた 被迫猜了	当てさせられます 被迫猜	当てさせられました 被迫猜了	当てて 猜測…	

假定、命令、推量表現組

常體否定假定	常體否定假定	常體否定假定	常體假定	常體假定	常體假定
当てないなら 假如不猜測的話…	当てなかったら 如果不猜測的話…	当てなければ 如果不猜測就會…	当てるなら 假如猜的話…	当てたら 如果猜了的話…	当てれば 如果猜了就會…
敬體假定	**命令表現**	**反向命令表現**	**常體推量表現**	**敬體推量表現**	
当てましたら 如果猜了的話…	当てろ 給我猜！	当てるな 不准猜	当てよう 猜吧！	当てましょう 猜吧！	

溢れる <ruby>溢<rt>あふ</rt></ruby>れる　溢、滿溢、氾濫；滿是

否定表現組					
常體	常體過去式	敬體	敬體過去式	連體形	連體形過去式
溢れない 不溢出來	溢れなかった （以前）沒溢出來	溢れません 不溢出來	溢れませんでした （以前）沒溢出來	溢れないコップ 不溢出來的杯子	溢れなかったコップ （以前）沒溢出來的杯子
常體可能形否定	常體可能形否定過去式	敬體可能形否定	敬體可能形否定過去式	常體被動	常體被動過去式
溢れられない 無法溢出	溢れられなかった （以前）無法溢出	溢れられません 無法溢出	溢れられませんでした （以前）無法溢出	溢れられない 不被…溢出	溢れられなかった （以前）沒被…溢出
敬體被動	敬體被動過去式	常體使役	常體使役過去式	敬體使役	敬體使役過去式
溢れられません 不被…溢出	溢れられませんでした （以前）沒被…溢出	溢れさせない 不讓…溢出	溢れさせなかった （以前）沒讓…溢出	溢れさせません 不讓…溢出	溢れさせませんでした （以前）沒讓…溢出
常體使役被動	常體使役被動過去式	敬體使役被動	敬體使役被動過去式	て形	
溢れさせられない 不被迫溢出	溢れさせられなかった （以前）沒被迫溢出	溢れさせられません 不被迫溢出	溢れさせられませんでした （以前）沒被迫溢出	溢れないで 不（要）溢出…	

肯定表現組					
常體	常體過去式	敬體	敬體過去式	連體形	連體形過去式
溢れる 溢出來	溢れた 溢出來了	溢れます 溢出來	溢れました 溢出來了	溢れる観衆 多到滿出來的觀眾	溢れた観衆 多到滿出來了的觀眾
常體可能形肯定	常體可能形肯定過去式	敬體可能形肯定	敬體可能形肯定過去式	常體被動	常體被動過去式
溢れられる 能夠溢出	溢れられた （以前）能夠溢出	溢れられます 能夠溢出	溢れられました （以前）能夠溢出	溢れられる 被…溢出	溢れられた 被…溢出了
敬體被動	敬體被動過去式	常體使役	常體使役過去式	敬體使役	敬體使役過去式
溢れられます 被…溢出	溢れられました 被…溢出了	溢れさせる 讓…溢出	溢れさせた 讓…溢出了	溢れさせます 讓…溢出	溢れさせました 讓…溢出了
常體使役被動	常體使役被動過去式	敬體使役被動	敬體使役被動過去式	て形	
溢れさせられる 被迫溢出	溢れさせられた 被迫溢出了	溢れさせられます 被迫溢出	溢れさせられました 被迫溢出了	溢れて 溢出…	

假定、命令、推量表現組					
常體否定假定	常體否定假定	常體否定假定	常體假定	常體假定	常體假定
溢れないなら 假如不溢出的話…	溢れなかったら 如果不溢出的話…	溢れなければ 如果不溢出就會…	溢れるなら 假如溢出的話…	溢れたら 如果溢出的話…	溢れれば 如果溢出了就會…
敬體假定	命令表現	反向命令表現	常體推量表現	敬體推量表現	
溢れましたら 如果溢出的話…	溢れろ 給我溢出來！	溢れるな 不准溢出來	溢れよう 溢出來吧！	溢れましょっ 溢出來吧！	

現れる／表れる　顯現、出現／表現

あらわ　　あらわ

否定表現組

常體	常體過去式	敬體	敬體過去式	連體形	連體形過去式
現れない 沒有出現	現れなかった （以前）沒有山現	現れません 沒有出現	現れませんでした （以前）沒有出現	現れないもの 沒有出現的東西	現れなかったもの 沒有出現的東西
常體可能形否定	常體可能形否定過去式	敬體可能形否定	敬體可能形否定過去式	常體被動	常體被動過去式
現れられない 無法出現	現れられなかった （以前）無法出現	現れられません 無法出現	現れられませんでした （以前）無法出現	現れられない 不被…出現	現れられなかった （以前）沒被…出現
敬體被動	敬體被動過去式	常體使役	常體使役過去式	敬體使役	敬體使役過去式
現れられません 不被…出現	現れられませんでした （以前）沒被…出現	現れさせない 不讓…出現	現れさせなかった （以前）沒讓…出現	現れさせません 不讓…出現	現れさせませんでした （以前）沒讓…出現

常體使役被動	常體使役被動過去式	敬體使役被動	敬體使役被動過去式	て形
現れさせられない 不被迫出現	現れさせられなかった （以前）沒被迫出現	現れさせられません 不被迫出現	現れさせられませんでした （以前）沒被迫出現	現れないで 不（要）出現…

肯定表現組

常體	常體過去式	敬體	敬體過去式	連體形	連體形過去式
現れる 出現	現れた 出現了	現れます 出現	現れました 出現了	現れるもの 出現的東西	現れたもの 出現了的東西
常體可能形肯定	常體可能形肯定過去式	敬體可能形肯定	敬體可能形肯定過去式	常體被動	常體被動過去式
現れられる 能夠出現	現れられた （以前）能夠出現	現れられます 能夠出現	現れられました （以前）能夠出現	現れられる 被…出現	現れられた 被…出現了
敬體被動	敬體被動過去式	常體使役	常體使役過去式	敬體使役	敬體使役過去式
現れられます 被…出現	現れられました 被…出現了	現れさせる 讓…出現	現れさせた 讓…出現了	現れさせます 讓…出現	現れさせました 讓…出現了

常體使役被動	常體使役被動過去式	敬體使役被動	敬體使役被動過去式	て形
現れさせられる 被迫出現	現れさせられた 被迫出現了	現れさせられます 被迫出現	現れさせられました 被迫出現了	現れて 出現…

假定、命令、推量表現組

常體否定假定	常體否定假定	常體否定假定	常體假定	常體假定	常體假定
現れないなら 假如不出現的話…	現れなかったら 如果不出現的話…	現れなければ 如果不出現就會…	現れるなら 假如出現的話…	現れたら 如果出現了就會…	現れれば 如果出現了就會…
敬體假定	命令表現	反向命令表現	常體推量表現	敬體推量表現
現れましたら 如果出現的話…	現れろ 給我出現出來！	現れるな 不准出現	現れよう 出現吧！	現れましょう 出現吧！

合わせる　合併、使…一致

否定表現組					
常體	常體過去式	敬體	敬體過去式	連體形	連體形過去式
合わせない 不合併	合わせなかった （以前）沒合併	合わせません 不合併	合わせませんでした （以前）沒合併	（目を）合わせない人 眼神不交會的人	（目を）合わせなかった人 （以前）眼神沒交會的人
常體可能形否定	常體可能形否定過去式	敬體可能形否定	敬體可能形否定過去式	常體被動	常體被動過去式
合わせられない 不能合併	合わせられなかった （以前）不能合併	合わせられません 不能合併	合わせられませんでした （以前）不能合併	合わせられない 不被…合併	合わせられなかった （以前）沒被…合併
敬體被動	敬體被動過去式	常體使役	常體使役過去式	敬體使役	敬體使役過去式
合わせられません 不被…合併	合わせられませんでした （以前）沒被…合併	合わせさせない 不讓…合併	合わせさせなかった （以前）沒讓…合併	合わせさせません 不讓…合併	合わせさせませんでした （以前）沒讓…合併
常體使役被動	常體使役被動過去式	敬體使役被動	敬體使役被動過去式	て形	
合わせさせられない 不被迫合併	合わせさせられなかった （以前）沒被迫合併	合わせさせられません 不被迫合併	合わせさせられませんでした （以前）沒被迫合併	合わせないで 不（要）合併…	

肯定表現組					
常體	常體過去式	敬體	敬體過去式	連體形	連體形過去式
合わせる 合併	合わせた 合併了	合わせます 合併	合わせました 合併了	（目を）合わせる人 眼神交會的人	（目を）合わせた人 眼神交會了的人
常體可能形肯定	常體可能形肯定過去式	敬體可能形肯定	敬體可能形肯定過去式	常體被動	常體被動過去式
合わせられる 能夠合併	合わせられた （以前）能夠合併	合わせられます 能夠合併	合わせられました （以前）能夠合併	合わせられる 被…合併	合わせられた 被…合併了
敬體被動	敬體被動過去式	常體使役	常體使役過去式	敬體使役	敬體使役過去式
合わせられます 被…合併	合わせられました 被…合併了	合わせさせる 讓…合併	合わせさせた 讓…合併了	合わせさせます 讓…合併	合わせさせました 讓…合併了
常體使役被動	常體使役被動過去式	敬體使役被動	敬體使役被動過去式	て形	
合わせさせられる 被迫合併	合わせさせられた 被迫合併了	合わせさせられます 被迫合併	合わせさせられました 被迫合併了	合わせて 合併…	

假定、命令、推量表現組					
常體否定假定	常體否定假定	常體否定假定	常體假定	常體假定	常體假定
合わせないなら 假如不合併的話…	合わせなかったら 如果不合併的話…	合わせなければ 如果不合併就會…	合わせるなら 假如合併的話…	合わせたら 如果合併的話…	合わせれば 如果合併了就會…
敬體假定	命令表現	反向命令表現	常體推量表現	敬體推量表現	
合わせましたら 如果合併的話…	合わせろ 給我合併！	合わせるな 不准合併	合わせよう 合併吧！	合わせましょう 合併吧！	

慌てる （あわ）　慌張

否定表現組

常體	常體過去式	敬體	敬體過去式	連體形	連體形過去式
慌てない 不慌張	慌てなかった （以前）沒慌張	慌てません 不慌張	慌てませんでした （以前）沒慌張	慌てない人 不慌張的人	慌てなかった人 （以前）沒慌張的人
常體可能形否定	**常體可能形否定過去式**	**敬體可能形否定**	**敬體可能形否定過去式**	**常體被動**	**常體被動過去式**
慌てられない 無法慌張	慌てられなかった （以前）無法慌張	慌てられません 無法慌張	慌てられませんでした （以前）無法慌張	慌てられない 不被…慌張	慌てられなかった （以前）沒被…慌張
敬體被動	**敬體被動過去式**	**常體使役**	**常體使役過去式**	**敬體使役**	**敬體使役過去式**
慌てられません 不被…慌張	慌てられませんでした （以前）沒被…慌張	慌てさせない 不讓…慌張	慌てさせなかった （以前）沒讓…慌張	慌てさせません 不讓…慌張	慌てさせませんでした （以前）沒讓…慌張
常體使役被動	**常體使役被動過去式**	**敬體使役被動**	**敬體使役被動過去式**	**て形**	
慌てさせられない 不被迫慌張	慌てさせられなかった （以前）沒被迫慌張	慌てさせられません 不被迫慌張	慌てさせられませんでした （以前）沒被迫慌張	慌てせないで 不（要）慌張…	

肯定表現組

常體	常體過去式	敬體	敬體過去式	連體形	連體形過去式
慌てる 慌張	慌てた 慌張了	慌てます 慌張	慌てました 慌張了	慌てる人 慌張的人	慌てた人 慌張了的人
常體可能形肯定	**常體可能形肯定過去式**	**敬體可能形肯定**	**敬體可能形肯定過去式**	**常體被動**	**常體被動過去式**
慌てられる 能夠慌張	慌てられた （以前）能夠慌張	慌てられます 能夠慌張	慌てられました （以前）能夠慌張	慌てられる 被…慌張	慌てられた 被…慌張了
敬體被動	**敬體被動過去式**	**常體使役**	**常體使役過去式**	**敬體使役**	**敬體使役過去式**
慌てられます 被…慌張	慌てられました 被…慌張了	慌てさせる 讓…慌張	慌てさせた 讓…慌張了	慌てさせます 讓…慌張	慌てさせました 讓…慌張了
常體使役被動	**常體使役被動過去式**	**敬體使役被動**	**敬體使役被動過去式**	**て形**	
慌てさせられる 被迫慌張	慌てさせられた 被迫慌張了	慌てさせられます 被迫慌張	慌てさせられました 被迫慌張了	慌てて 慌張…	

假定、命令、推量表現組

常體否定假定	常體否定假定	常體否定假定	常體假定	常體假定	常體假定
慌てせないなら 假如不慌張的話…	慌てせなかったら 如果不慌張的話…	慌てせなければ 如果不慌張就會…	慌てるなら 假如慌張的話…	慌てたら 如果慌張的話…	慌てれば 如果慌張了就會…
敬體假定	**命令表現**	**反向命令表現**	**常體推量表現**	**敬體推量表現**	
慌てましたら 如果慌張的話…	慌てろ 給我慌起來！	慌てるな 不准慌張	慌てよう 慌張吧！	慌てましょう 慌張吧！	

いじめる 欺負

否定表現組

常體	常體過去式	敬體	敬體過去式	連體形	連體形過去式
いじめない 不欺負	いじめなかった （以前）沒欺負	いじめません 不欺負	いじめません でした （以前）沒欺負	いじめない人 不欺負…的人	いじめなかった人 （以前）沒欺負…的人
常體可能形否定	常體可能形否定過去式	敬體可能形否定	敬體可能形否定過去式	常體被動	常體被動過去式
いじめられない 無法欺負	いじめられなかった （以前）無法欺負	いじめられません 無法欺負	いじめられませんでした （以前）無法欺負	いじめられない 不被…欺負	いじめられなかった （以前）沒被…欺負
敬體被動	敬體被動過去式	常體使役	常體使役過去式	敬體使役	敬體使役過去式
いじめられません 不被…欺負	いじめられませんでした （以前）沒被…欺負	いじめさせない 不讓…欺負	いじめさせなかった （以前）沒讓…欺負	いじめさせません 不讓…欺負	いじめさせませんでした （以前）沒讓…欺負
常體使役被動	常體使役被動過去式	敬體使役被動	敬體使役被動過去式	て形	
いじめさせられない 不被迫欺負	いじめさせられなかった （以前）沒被迫欺負	いじめさせられません 不被迫欺負	いじめさせられませんでした （以前）沒被迫欺負	いじめないで 不（要）欺負…	

肯定表現組

常體	常體過去式	敬體	敬體過去式	連體形	連體形過去式
いじめる 欺負	いじめた 欺負了	いじめます 欺負	いじめました 欺負了	いじめる人 欺負…的人	いじめた人 欺負了…的人
常體可能形肯定	常體可能形肯定過去式	敬體可能形肯定	敬體可能形肯定過去式	常體被動	常體被動過去式
いじめられる 能夠欺負	いじめられた （以前）能夠欺負	いじめられます 能夠欺負	いじめられました （以前）能夠欺負	いじめられる 被…欺負	いじめられた 被…欺負了
敬體被動	敬體被動過去式	常體使役	常體使役過去式	敬體使役	敬體使役過去式
いじめられます 被…欺負	いじめられました 被…欺負了	いじめさせる 讓…欺負	いじめさせた 讓…欺負了	いじめさせます 讓…欺負	いじめさせました 讓…欺負了
常體使役被動	常體使役被動過去式	敬體使役被動	敬體使役被動過去式	て形	
いじめさせられる 被迫欺負	いじめさせられた 被迫欺負了	いじめさせられます 被迫欺負	いじめさせられました 被迫欺負了	いじめて 欺負…	

假定、命令、推量表現組

常體否定假定	常體否定假定	常體否定假定	常體假定	常體假定	常體假定
いじめないなら 假如不欺負的話…	いじめなかったら 如果不欺負的話…	いじめなければ 如果不欺負就會…	いじめるなら 假如欺負的話…	いじめたら 如果欺負的話…	いじめれば 如果欺負了就會…
敬體假定	命令表現	反向命令表現	常體推量表現	敬體推量表現	
いじめましたら 如果欺負的話…	いじめろ 給我欺負！	いじめるな 不准欺負	いじめよう 欺負吧！	いじめましょう 欺負吧！	

265

入れる　放入

否定表現組					
常體	常體過去式	敬體	敬體過去式	連體形	連體形過去式
入れない 不放入	入れなかった （以前）沒放人	入れません 不放入	入れませんでした （以前）沒放入	入れない人 不放入…的人	入れなかった人 （以前）沒放入…的人
常體可能形否定	常體可能形否定過去式	敬體可能形否定	敬體可能形否定過去式	常體被動	常體被動過去式
入れられない 放不進去	入れられなかった （以前）放不進去	入れられません 放不進去	入れられませんでした （以前）放不進去	入れられない 不被…放入	入れられなかった （以前）沒被…放入
敬體被動	敬體被動過去式	常體使役	常體使役過去式	敬體使役	敬體使役過去式
入れられません 不被…放入	入れられませんでした （以前）沒被…放入	入れさせない 不讓…放入	入れさせなかった （以前）沒讓…放入	入れさせません 不讓…放入	入れさせませんでした （以前）沒讓…放入
常體使役被動	常體使役被動過去式	敬體使役被動	敬體使役被動過去式	て形	
入れさせられない 不被迫放入	入れさせられなかった （以前）沒被迫放入	入れさせられません 不被迫放入	入れさせられませんでした （以前）沒被迫放入	入れないで 不（要）放入…	

肯定表現組					
常體	常體過去式	敬體	敬體過去式	連體形	連體形過去式
入れる 放入	入れた 放入了	入れます 放入	入れました 放入了	入れる人 放入…的人	入れた人 放入了…的人
常體可能形肯定	常體可能形肯定過去式	敬體可能形肯定	敬體可能形肯定過去式	常體被動	常體被動過去式
入れられる 放得進去	入れられた （以前）放得進去	入れられます 放得進去	入れられました （以前）放得進去	入れられる 被…放入	入れられた 被…放入了
敬體被動	敬體被動過去式	常體使役	常體使役過去式	敬體使役	敬體使役過去式
入れられます 被…放入	入れられました 被…放入了	入れさせる 讓…放入	入れさせた 讓…放入了	入れさせます 讓…放入	入れさせました 讓…放入了
常體使役被動	常體使役被動過去式	敬體使役被動	敬體使役被動過去式	て形	
入れさせられる 被迫放入	入れさせられた 被迫放入了	入れさせられます 被迫放入	入れさせられました 被迫放入了	入れて 放入…	

假定、命令、推量表現組					
常體否定假定	常體否定假定	常體否定假定	常體假定	常體假定	常體假定
入れないなら 假如不放入的話…	入れなかったら 如果不放入的話…	入れなければ 如果不放入就會…	入れるなら 假如放入的話…	入れたら 如果放入了就會…	入れれば 如果放入了就會…
敬體假定	命令表現	反向命令表現	常體推量表現	敬體推量表現	
入れましたら 如果放入的話…	入れろ 給我放入！	入れるな 不准放入	入れよう 放進去吧！	入れましょう 放進去吧！	

植える（う） 種、種植

否定表現組

常體	常體過去式	敬體	敬體過去式	連體形	連體形過去式
植えない 不種	植えなかった （以前）沒種	植えません 不種	植えませんでした （以前）沒種	植えない人 不種…的人	植えなかった人 （以前）沒種…的人
常體可能形否定	常體可能形否定過去式	敬體可能形否定	敬體可能形否定過去式	常體被動	常體被動過去式
植えられない 無法種	植えられなかった （以前）無法種	植えられません 無法種	植えられませんでした （以前）無法種	植えられない 不被…種	植えられなかった （以前）沒被…種
敬體被動	敬體被動過去式	常體使役	常體使役過去式	敬體使役	敬體使役過去式
植えられません 不被…種	植えられませんでした （以前）沒被…種	植えさせない 不讓…種	植えさせなかった （以前）沒讓…種	植えさせません 不讓…種	植えさせませんでした （以前）沒讓…種
常體使役被動	常體使役被動過去式	敬體使役被動	敬體使役被動過去式	て形	
植えさせられない 不被迫種	植えさせられなかった （以前）沒被迫種	植えさせられません 不被迫種	植えさせられませんでした （以前）沒被迫種	植えないで 不（要）種…	

肯定表現組

常體	常體過去式	敬體	敬體過去式	連體形	連體形過去式
植える 種植	植えた 種植了	植えます 種植	植えました 種植了	植える人 種…的人	植えた人 種了…的人
常體可能形肯定	常體可能形肯定過去式	敬體可能形肯定	敬體可能形肯定過去式	常體被動	常體被動過去式
植えられる 能夠種	植えられた （以前）能夠種	植えられます 能夠種	植えられました （以前）能夠種	植えられる 被…種植	植えられた 被…種植了
敬體被動	敬體被動過去式	常體使役	常體使役過去式	敬體使役	敬體使役過去式
植えられます 被…種植	植えられました 被…種植了	植えさせる 讓…種	植えさせた 讓…種了	植えさせます 讓…種	植えさせました 讓…種了
常體使役被動	常體使役被動過去式	敬體使役被動	敬體使役被動過去式	て形	
植えさせられる 被迫種	植えさせられた 被迫種了	植えさせられます 被迫種	植えさせられました 被迫種了	植えて 種…	

假定、命令、推量表現組

常體否定假定	常體否定假定	常體否定假定	常體假定	常體假定	常體假定
植えないなら 假如不種的話…	植えなかったら 如果不捆的話…	植えなければ 如果不種就會…	植えるなら 假如種的話…	植えたら 如果種了的話…	植えれば 如果種了就會…
敬體假定	命令表現	反向命令表現	常體推量表現	敬體推量表現	
植えましたら 如果種了的話…	植えろ 給我種！	植えるな 不准種	植えよう 種吧！	植えましょう 種吧！	

受ける 接受
<small>う</small>

否定表現組					
常體	常體過去式	敬體	敬體過去式	連體形	連體形過去式
受けない 不接受	受けなかった （以前）沒接受	受けません 不接受	受けませんでした （以前）沒接受	受けない人 不接受…的人	受けなかった人 （以前）沒接受…的人
常體可能形否定	常體可能形否定過去式	敬體可能形否定	敬體可能形否定過去式	常體被動	常體被動過去式
受けられない 不能接受	受けられなかった （以前）不能接受	受けられません 不能接受	受けられませんでした （以前）不能接受	受けられない 不被…接受	受けられなかった （以前）沒被…接受
敬體被動	敬體被動過去式	常體使役	常體使役過去式	敬體使役	敬體使役過去式
受けられません 不被…接受	受けられませんでした （以前）沒被…接受	受けさせない 不讓…接受	受けさせなかった （以前）沒讓…接受	受けさせません 不讓…接受	受けさせませんでした （以前）沒讓…接受
常體使役被動	常體使役被動過去式	敬體使役被動	敬體使役被動過去式	て形	
受けさせられない 不被迫接受	受けさせられなかった （以前）沒被迫接受	受けさせられません 不被迫接受	受けさせられませんでした （以前）沒被迫接受	受けないで 不（要）接受…	
肯定表現組					
常體	常體過去式	敬體	敬體過去式	連體形	連體形過去式
受ける 接受	受けた 接受了	受けます 接受	受けました 接受了	受ける人 接受…的人	受けた人 接受了…的人
常體可能形肯定	常體可能形肯定過去式	敬體可能形肯定	敬體可能形肯定過去式	常體被動	常體被動過去式
受けられる 能夠接受	受けられた （以前）能夠接受	受けられます 能夠接受	受けられました （以前）能夠接受	受けられる 被…接受	受けられた 被…接受了
敬體被動	敬體被動過去式	常體使役	常體使役過去式	敬體使役	敬體使役過去式
受けられます 被…接受	受けられました 被…接受了	受けさせる 讓…接受	受けさせた 讓…接受了	受けさせます 讓…接受	受けさせました 讓…接受了
常體使役被動	常體使役被動過去式	敬體使役被動	敬體使役被動過去式	て形	
受けさせられる 被迫接受	受けさせられた 被迫接受了	受けさせられます 被迫接受	受けさせられました 被迫接受了	受けて 接受…	
假定、命令、推量表現組					
常體否定假定	常體否定假定	常體否定假定	常體假定	常體假定	常體假定
受けないなら 假如不接受的話…	受けなかったら 如果不接受的話…	受けなければ 如果不接受就會…	受けるなら 假如接受的話…	受けたら 如果接受的話…	受ければ 如果接受了就會…
敬體假定	命令表現	反向命令表現	常體推量表現	敬體推量表現	
受けましたら 如果接受的話…	受けろ 給我接受！	受けるな 不准接受	受けよう 接受吧！	受けましょう 接受吧！	

打ち明ける 坦承、坦率説出

否定表現組

常體	常體過去式	敬體	敬體過去式	連體形	連體形過去式
打ち明けない 不坦承	打ち明けなかった （以前）沒坦承	打ち明けません 不坦承	打ち明けませんでした （以前）沒坦承	打ち明けない人 不坦承的人	打ち明けなかった人 （以前）沒坦承的人
常體可能形否定	**常體可能形否定過去式**	**敬體可能形否定**	**敬體可能形否定過去式**	**常體被動**	**常體被動過去式**
打ち明けられない 無法坦承	打ち明けられなかった （以前）無法坦承	打ち明けられません 無法坦承	打ち明けられませんでした （以前）無法坦承	打ち明けられない 不被…坦承	打ち明けられなかった （以前）沒被…坦承
敬體被動	**敬體被動過去式**	**常體使役**	**常體使役過去式**	**敬體使役**	**敬體使役過去式**
打ち明けられません 不被…坦承	打ち明けられませんでした （以前）沒被…坦承	打ち明けさせない 不讓…坦承	打ち明けさせなかった （以前）沒讓…坦承	打ち明けさせません 不讓…坦承	打ち明けさせませんでした （以前）沒讓…坦承
常體使役被動	**常體使役被動過去式**	**敬體使役被動**	**敬體使役被動過去式**	**て形**	
打ち明けさせられない 不被迫坦承	打ち明けさせられなかった （以前）沒被迫坦承	打ち明けさせられません 不被迫坦承	打ち明けさせられませんでした （以前）沒被迫坦承	受けないで 不（更）坦承…	

肯定表現組

常體	常體過去式	敬體	敬體過去式	連體形	連體形過去式
打ち明りる 坦承	打ち明けた 坦承了	打ち明けます 坦承	打ち明けました 坦承了	打ち明ける人 坦承的人	打ち明けた人 坦承了的人
常體可能形肯定	**常體可能形肯定過去式**	**敬體可能形肯定**	**敬體可能形肯定過去式**	**常體被動**	**常體被動過去式**
打ち明けられる 能夠坦承	打ち明けられた （以前）能夠坦承	打ち明けられます 能夠坦承	打ち明けられました （以前）能夠坦承	打ち明けられる 被…坦承	打ち明けられた 被…坦承了
敬體被動	**敬體被動過去式**	**常體使役**	**常體使役過去式**	**敬體使役**	**敬體使役過去式**
打ち明けられます 被…坦承	打ち明けられました 被…坦承了	打ち明けさせる 讓…坦承	打ち明けさせた 讓…坦承了	打ち明けさせます 讓…坦承	打ち明けさせました 讓…坦承了
常體使役被動	**常體使役被動過去式**	**敬體使役被動**	**敬體使役被動過去式**	**て形**	
打ち明けさせられる 被迫坦承	打ち明けさせられた 被迫坦承了	打ち明けさせられます 被迫坦承	打ち明けさせられました 被迫坦承了	打ち明けて 坦承…	

假定、命令、推量表現組

常體否定假定	常體否定假定	常體否定假定	常體假定	常體假定	常體假定
打ち明けないなら 假如不坦承的話…	打ち明けなかったら 如果不坦承的話…	打ち明けなければ 如果不坦承就會…	打ち明けるなら 假如坦承的話…	打ち明けたら 如果坦承的話…	打ち明ければ 如果坦承了就會…
敬體假定	**命令表現**	**反向命令表現**	**常體推量表現**	**敬體推量表現**	
打ち明けましたら 如果坦承的話…	打ち明けろ 給我老實招來！	打ち明けるな 不准坦承	打ち明けよう 坦承吧！	打ち明けましょう 坦承吧！	

生^うまれる 出生、產生

否定表現組

常體	常體過去式	敬體	敬體過去式	連體形	連體形過去式
生まれない 不出生	生まれなかった （以前）沒出生	生まれません 不出生	生まれませんでした （以前）沒出生	生まれないこと 不出生的事	生まれなかったこと （以前）沒出生的事
常體可能形否定	常體可能形否定過去式	敬體可能形否定	敬體可能形否定過去式	常體被動	常體被動過去式
生まれられない 無法出生	生まれられなかった （以前）無法出生	生まれられません 無法出生	生まれられませんでした （以前）無法出生	生まれられない 不被…出生	生まれられなかった （以前）沒被…出生
敬體被動	敬體被動過去式	常體使役	常體使役過去式	敬體使役	敬體使役過去式
生まれられません 不被…出生	生まれられませんでした （以前）沒被…出生	生まれさせない 不讓…出生	生まれさせなかった （以前）沒讓…出生	生まれさせません 不讓…出生	生まれさせませんでした （以前）沒讓…出生
常體使役被動	常體使役被動過去式	敬體使役被動	敬體使役被動過去式		て形
生まれさせられない 不被迫出生	生まれさせられなかった （以前）沒被迫出生	生まれさせられません 不被迫出生	生まれさせられませんでした （以前）沒被迫出生		生まれないで 不（要）坦承…

肯定表現組

常體	常體過去式	敬體	敬體過去式	連體形	連體形過去式
生まれる 出生	生まれた 出生了	生まれます 出生	生まれました 出生了	生まれる人 出生的人	生まれた人 出生了的人
常體可能形肯定	常體可能形肯定過去式	敬體可能形肯定	敬體可能形肯定過去式	常體被動	常體被動過去式
生まれられる 能夠出生	生まれられた （以前）能夠出生	生まれられます 能夠出生	生まれられました （以前）能夠出生	生まれられる 被…出生	生まれられた 被…出生了
敬體被動	敬體被動過去式	常體使役	常體使役過去式	敬體使役	敬體使役過去式
生まれられます 被…出生	生まれられました 被…出生了	生まれさせる 讓…出生	生まれさせた 讓…出生了	生まれさせます 讓…出生	生まれさせました 讓…出生了
常體使役被動	常體使役被動過去式	敬體使役被動	敬體使役被動過去式		て形
生まれさせられる 被迫出生	生まれさせられた 被迫出生了	生まれさせられます 被迫出生	生まれさせられました 被迫出生了		生まれて 出生…

假定、命令、推量表現組

常體否定假定	常體否定假定	常體否定假定	常體假定	常體假定	常體假定
生まれないなら 假如不坦承的話…	生まれなかったら 如果不坦承的話…	生まれなければ 如果不坦承就會…	生まれるなら 假如出生的話…	生まれたら 如果出生的話…	生まれれば 如果出生了就會…
敬體假定	命令表現	反向命令表現	常體推量表現	敬體推量表現	
生まれましたら 如果出生的話…	生まれろ 給我出生！	生まれるな 不准出生	生まれよう 出生吧！	生まれましょう 出生吧！	

埋める　（う）　填滿、掩埋

否定表現組

常體	常體過去式	敬體	敬體過去式	連體形	連體形過去式
埋めない 不填滿	埋めなかった （以前）沒填滿	埋めません 不填滿	埋めませんでした （以前）沒填滿	埋めない人 不填滿…的人	埋めなかった人 （以前）沒填滿…的人
常體可能形否定	**常體可能形否定過去式**	**敬體可能形否定**	**敬體可能形否定過去式**	**常體被動**	**常體被動過去式**
埋められない 填不滿	埋められなかった （以前）填不滿	埋められません 填不滿	埋められませんでした （以前）填不滿	埋められない 不被…填滿	埋められなかった （以前）沒被…填滿
敬體被動	**敬體被動過去式**	**常體使役**	**常體使役過去式**	**敬體使役**	**敬體使役過去式**
埋められません 不被…填滿	埋められませんでした （以前）沒被…填滿	埋めさせない 不讓…填滿	埋めさせなかった （以前）沒讓…填滿	埋めさせません 不讓…填滿	埋めさせませんでした （以前）沒讓…填滿
常體使役被動	**常體使役被動過去式**	**敬體使役被動**	**敬體使役被動過去式**	**て形**	
埋めさせられない 不被迫填滿	埋めさせられなかった （以前）被迫填滿	埋めさせられません 不被迫填滿	埋めさせられませんでした （以前）沒被迫填滿	埋めないで 不（要）填滿…	

肯定表現組

常體	常體過去式	敬體	敬體過去式	連體形	連體形過去式
埋める 填滿	埋めた 填滿了	埋めます 填滿	埋めました 填滿了	埋める人 填滿…的人	埋めた人 填滿了…的人
常體可能形肯定	**常體可能形肯定過去式**	**敬體可能形肯定**	**敬體可能形肯定過去式**	**常體被動**	**常體被動過去式**
埋められる 填得滿	埋められた （以前）填得滿	埋められます 填得滿	埋められました （以前）填得滿	埋められる 被…填滿	埋められた 被…填滿了
敬體被動	**敬體被動過去式**	**常體使役**	**常體使役過去式**	**敬體使役**	**敬體使役過去式**
埋められます 被…填滿	埋められました 被…填滿了	埋めさせる 讓…填滿	埋めさせた 讓…填滿了	埋めさせます 讓…填滿	埋めさせました 讓…填滿了
常體使役被動	**常體使役被動過去式**	**敬體使役被動**	**敬體使役被動過去式**	**て形**	
埋めさせられる 被迫填滿	埋めさせられた 被迫填滿了	埋めさせられます 被迫填滿	埋めさせられました 被迫填滿了	埋めて 填滿…	

假定、命令、推量表現組

常體否定假定	常體否定假定	常體否定假定	常體假定	常體假定	常體假定
埋めないなら 假如不填滿的話…	埋めなかったら 如果不填滿的話…	埋めなければ 如果不填滿就會…	埋めるなら 假如填滿的話…	埋めたら 如果填滿了的話…	埋めれば 如果填滿了就會…
敬體假定	**命令表現**	**反向命令表現**	**常體推量表現**	**敬體推量表現**	
埋めましたら 如果填滿的話…	埋めろ 給我填滿！	埋めるな 不准填滿	埋めよう 填滿吧！	埋めましょう 填滿吧！	

売れる　暢銷、賣得好

否定表現組

常體	常體過去式	敬體	敬體過去式	連體形	連體形過去式
売れない 不暢銷	売れなかった （以前）沒暢銷	売れません 不暢銷	売れませんでした （以前）沒暢銷	売れない商品 不暢銷的商品	売れなかった商品 （以前）沒暢銷的商品
常體可能形否定	**常體可能形否定過去式**	**敬體可能形否定**	**敬體可能形否定過去式**	**常體被動**	**常體被動過去式**
売れられない 無法暢銷	売れられなかった （以前）無法暢銷	売れられません 無法暢銷	売れられませんでした （以前）無法暢銷	売れられない 不被…暢銷	売れられなかった （以前）沒被…暢銷
敬體被動	**敬體被動過去式**	**常體使役**	**常體使役過去式**	**敬體使役**	**敬體使役過去式**
売れられません 不被…暢銷	売れられませんでした （以前）沒被…暢銷	売れさせない 不讓…暢銷	売れさせなかった （以前）沒讓…暢銷	売れさせません 不讓…暢銷	売れさせませんでした （以前）沒讓…暢銷
常體使役被動	**常體使役被動過去式**	**敬體使役被動**	**敬體使役被動過去式**	**て形**	
売れさせられない 不被迫暢銷	売れさせられなかった （以前）沒被迫暢銷	売れさせられません 不被迫暢銷	売れさせられませんでした （以前）沒被迫暢銷	売れないで 不（要）暢銷…	

肯定表現組

常體	常體過去式	敬體	敬體過去式	連體形	連體形過去式
売れる 暢銷	売れた 暢銷了	売れます 暢銷	売れました 暢銷了	売れる商品 暢銷的商品	売れた商品 暢銷了的商品
常體可能形肯定	**常體可能形肯定過去式**	**敬體可能形肯定**	**敬體可能形肯定過去式**	**常體被動**	**常體被動過去式**
売れられる 能夠暢銷	売れられた （以前）能夠暢銷	売れられます 能夠暢銷	売れられました （以前）能夠暢銷	売れられる 被…暢銷	売れられた 被…暢銷了
敬體被動	**敬體被動過去式**	**常體使役**	**常體使役過去式**	**敬體使役**	**敬體使役過去式**
売れられます 被…暢銷	売れられました 被…暢銷了	売れさせる 讓…暢銷	売れさせた 讓…暢銷了	売れさせます 讓…暢銷	売れさせました 讓…暢銷了
常體使役被動	**常體使役被動過去式**	**敬體使役被動**	**敬體使役被動過去式**	**て形**	
売れさせられる 被迫暢銷	売れさせられた 被迫暢銷了	売れさせられます 被迫暢銷	売れさせられました 被迫暢銷了	売れて 暢銷…	

假定、命令、推量表現組

常體否定假定	常體否定假定	常體否定假定	常體假定	常體假定	常體假定
売れないなら 假如不暢銷的話…	売れなかったら 如果不暢銷的話…	売れなければ 如果不暢銷就會…	売れるなら 假如暢銷的話…	売れたら 如果暢銷了的話…	売れれば 如果暢銷了就會…
敬體假定	**命令表現**	**反向命令表現**	**常體推量表現**	**敬體推量表現**	
売れましたら 如果暢銷的話…	売れろ 給我暢銷！	売れるな 不准暢銷	売れよう 暢銷吧！	売れましょう 暢銷吧！	

加強觀念　「売れる」的推量表現在詞性變化上沒有問題，但實際面鮮少應用。

追いかける　追趕

否定表現組					
常體	常體過去式	敬體	敬體過去式	連體形	連體形過去式
追いかけない 不追趕	追いかけなかった （以前）沒追趕	追いかけません 不追趕	追いかけませんでした （以前）沒追趕	追いかけない人 不追趕…的人	追いかけなかった人 （以前）沒追趕…的人
常體可能形否定	常體可能形否定過去式	敬體可能形否定	敬體可能形否定過去式	常體被動	常體被動過去式
追いかけられない 無法追趕	追いかけられなかった （以前）無法追趕	追いかけられません 無法追趕	追いかけられませんでした （以前）無法追趕	追いかけられない 不被…追趕	追いかけられなかった （以前）沒被…追趕
敬體被動	敬體被動過去式	常體使役	常體使役過去式	敬體使役	敬體使役過去式
追いかけられません 不被…追趕	追いかけられませんでした （以前）沒被…追趕	追いかけさせない 不讓…追趕	追いかけさせなかった （以前）沒讓…追趕	追いかけさせません 不讓…追趕	追いかけさせませんでした （以前）沒讓…追趕
常體使役被動	常體使役被動過去式	敬體使役被動	敬體使役被動過去式	て形	
追いかけさせられない 不被追追趕	追いかけさせられなかった （以前）沒被追追趕	追いかけさせられません 不被追追趕	追いかけさせられませんでした （以前）沒被追追趕	追いかけないで 不（要）追趕…	

肯定表現組					
常體	常體過去式	敬體	敬體過去式	連體形	連體形過去式
追いかける 追趕	追いかけた 追趕了	追いかけます 追趕	追いかけました 追趕了	追いかける人 追趕…的人	追いかけた人 追趕了…的人
常體可能形肯定	常體可能形肯定過去式	敬體可能形肯定	敬體可能形肯定過去式	常體被動	常體被動過去式
追いかけられる 能夠追趕	追いかけられた （以前）能夠追趕	追いかけられます 能夠追趕	追いかけられました （以前）能夠追趕	追いかけられる 被…追趕	追いかけられた 被…追趕了
敬體被動	敬體被動過去式	常體使役	常體使役過去式	敬體使役	敬體使役過去式
追いかけられます 被…追趕	追いかけられました 被…追趕了	追いかけさせる 讓…追趕	追いかけさせた 讓…追趕了	追いかけさせます 讓…追趕	追いかけさせました 讓…追趕了
常體使役被動	常體使役被動過去式	敬體使役被動	敬體使役被動過去式	て形	
追いかけさせられる 被迫追趕	追いかけさせられた 被迫追趕了	追いかけさせられます 被迫追趕	追いかけさせられました 被迫追趕了	追いかけて 追趕…	

假定、命令、推量表現組					
常體否定假定	常體否定假定	常體否定假定	常體假定	常體假定	常體假定
追いかけないなら 假如不追趕的話…	追いかけなかったら 如果不追趕的話…	追いかけなければ 如果不追趕就會…	追いかけるなら 假如追趕的話…	追いかけたら 如果追趕的話…	追いかければ 如果追趕了就會…
敬體假定	命令表現	反向命令表現	常體推量表現	敬體推量表現	
追いかけましたら 如果追趕的話…	追いかけろ 給我追趕！	追いかけるな 不准追	追いかけよう 追趕吧！	追いかけましょう 追趕吧！	

終える 結束

否定表現組

常體	常體過去式	敬體	敬體過去式	連體形	連體形過去式
終えない 不結束	終えなかった （以前）沒結束	終えません 不結束	終えませんでした （以前）沒結束	終えない人 不結束…的人	終えなかった人 （以前）沒結束…的人
常體可能形否定	**常體可能形否定過去式**	**敬體可能形否定**	**敬體可能形否定過去式**	**常體被動**	**常體被動過去式**
終えられない 無法結束	終えられなかった （以前）無法結束	終えられません 無法結束	終えられませんでした （以前）無法結束	終えられない 不被…結束	終えられなかった （以前）沒被…結束
敬體被動	**敬體被動過去式**	**常體使役**	**常體使役過去式**	**敬體使役**	**敬體使役過去式**
終えられません 不被…結束	終えられませんでした （以前）沒被…結束	終えさせない 不讓…結束	終えさせなかった （以前）沒讓…結束	終えさせません 不讓…結束	終えさせませんでした （以前）沒讓…結束
常體使役被動	**常體使役被動過去式**	**敬體使役被動**	**敬體使役被動過去式**	**て形**	
終えさせられない 不被迫結束	終えさせられなかった （以前）沒被迫結束	終えさせられません 不被迫結束	終えさせられませんでした （以前）沒被迫結束	終えないで 不（要）結束…	

肯定表現組

常體	常體過去式	敬體	敬體過去式	連體形	連體形過去式
終える 結束	終えた 結束了	終えます 結束	終えました 結束了	終える人 結束…的人	終えた人 結束了…的人
常體可能形肯定	**常體可能形肯定過去式**	**敬體可能形肯定**	**敬體可能形肯定過去式**	**常體被動**	**常體被動過去式**
終えられる 能夠結束	終えられた （以前）能夠結束	終えられます 能夠結束	終えられました （以前）能夠結束	終えられる 被…結束	終えられた 被…結束了
敬體被動	**敬體被動過去式**	**常體使役**	**常體使役過去式**	**敬體使役**	**敬體使役過去式**
終えられます 被…結束	終えられました 被…結束了	終えさせる 讓…結束	終えさせた 讓…結束了	終えさせます 讓…結束	終えさせました 讓…結束了
常體使役被動	**常體使役被動過去式**	**敬體使役被動**	**敬體使役被動過去式**	**て形**	
終えさせられる 被迫結束	終えさせられた 被迫結束了	終えさせられます 被迫結束	終えさせられました 被迫結束了	終えて 結束…	

假定、命令、推量表現組

常體否定假定	常體否定假定	常體否定假定	常體假定	常體假定	常體假定
終えないなら 假如不結束的話…	終えなかったら 如果不結束的話…	終えなければ 如果不結束就會…	終えるなら 假如結束的話…	終えたら 如果結束的話…	終えれば 如果結束了就會…
敬體假定	**命令表現**	**反向命令表現**	**常體推量表現**	**敬體推量表現**	
終えましたら 如果結束的話…	終えろ 給我結束！	終えるな 不准結束	終えよう 結束吧！	終えましょう 結束吧！	

遅れる（おく） 遲到

否定表現組

常體	常體過去式	敬體	敬體過去式	連體形	連體形過去式
遅れない 不遲到	遅れなかった （以前）沒遲到	遅れません 不遲到	遅れませんでした （以前）沒遲到	遅れない電車 不遲到的電車	遅れなかった電車 （以前）沒遲到的電車
常體可能形否定	**常體可能形否定過去式**	**敬體可能形否定**	**敬體可能形否定過去式**	**常體被動**	**常體被動過去式**
遅れられない 無法遲到	遅れられなかった （以前）無法遲到	遅れられません 無法遲到	遅れられませんでした （以前）無法遲到	遅れられない 不被…遲到	遅れられなかった （以前）沒被…遲到
敬體被動	**敬體被動過去式**	**常體使役**	**常體使役過去式**	**敬體使役**	**敬體使役過去式**
遅れられません 不被…遲到	遅れられませんでした （以前）沒被…遲到	遅れさせない 不讓…遲到	遅れさせなかった （以前）沒讓…遲到	遅れさせません 不讓…遲到	遅れさせませんでした （以前）沒讓…遲到
常體使役被動	**常體使役被動過去式**	**敬體使役被動**	**敬體使役被動過去式**	**て形**	
遅れさせられない 不被迫遲到	遅れさせられなかった （以前）沒被迫遲到	遅れさせられません 不被迫遲到	遅れさせられませんでした （以前）沒被迫遲到	遅れないで 不（要）遲到…	

肯定表現組

常體	常體過去式	敬體	敬體過去式	連體形	連體形過去式
遅れる 遲到	遅れた 遲到了	遅れます 遲到	遅れました 遲到了	遅れる電車 遲到的電車	遅れた電車 遲到了的電車
常體可能形肯定	**常體可能形肯定過去式**	**敬體可能形肯定**	**敬體可能形肯定過去式**	**常體被動**	**常體被動過去式**
遅れられる 能夠遲到	遅れられた （以前）能夠遲到	遅れられます 能夠遲到	遅れられました （以前）能夠遲到	遅れられる 被…遲到	遅れられた 被…遲到了
敬體被動	**敬體被動過去式**	**常體使役**	**常體使役過去式**	**敬體使役**	**敬體使役過去式**
遅れられます 被…遲到	遅れられました 被…遲到了	遅れさせる 讓…遲到	遅れさせた 讓…遲到了	遅れさせます 讓…遲到	遅れさせました 讓…遲到了
常體使役被動	**常體使役被動過去式**	**敬體使役被動**	**敬體使役被動過去式**	**て形**	
遅れさせられる 被迫遲到	遅れさせられた 被迫遲到了	遅れさせられます 被迫遲到	遅れさせられました 被迫遲到了	遅れて 遲到…	

假定、命令、推量表現組

常體否定假定	常體否定假定	常體否定假定	常體假定	常體假定	常體假定
遅れないなら 假如不遲到的話…	遅れなかったら 如果不遲到的話…	遅れなければ 如果不遲到就會…	遅れるなら 假如遲到的話…	遅れたら 如果遲到了的話…	遅れれば 如果遲到了就會…
敬體假定	**命令表現**	**反向命令表現**	**常體推量表現**	**敬體推量表現**	
遅れましたら 如果遲到的話…	遅れろ 給我遲到！	遅れるな 不准遲到	遅れよう 遲到吧！	遅れましょう 遲到吧！	

収める／納める／治める　收、收獲／納下／統治

否定表現組

常體	常體過去式	敬體	敬體過去式	連體形	連體形過去式
収めない 不收獲	収めなかった （以前）沒收獲	収めません 不收獲	収めませんでした （以前）沒收獲	収めない人 不獲得的人	収めなかった人 沒獲得的人
常體可能形否定	常體可能形否定過去式	敬體可能形否定	敬體可能形否定過去式	常體被動	常體被動過去式
収められない 無法收獲	収められなかった （以前）無法收獲	収められません 無法收獲	収められませんでした （以前）無法收獲	収められない 不被…收獲	収められなかった （以前）沒被…收獲
敬體被動	敬體被動過去式	常體使役	常體使役過去式	敬體使役	敬體使役過去式
収められません 不被…收獲	収められませんでした （以前）沒被…收獲	収めさせない 不讓…收獲	収めさせなかった （以前）沒讓…收獲	収めさせません 不讓…收獲	収めさせませんでした （以前）沒讓…收獲
常體使役被動	常體使役被動過去式		敬體使役被動	敬體使役被動過去式	て形
収めさせられない 不被迫收獲	収めさせられなかった （以前）沒被迫收獲		収めさせられません 不被迫收獲	収めさせられませんでした （以前）沒被迫收獲	収めないで 不（要）收獲…

肯定表現組

常體	常體過去式	敬體	敬體過去式	連體形	連體形過去式
収める 收獲	収めた 收獲了	収めます 收獲	収めました 收獲了	収める人 獲得的人	収めた人 獲得了的人
常體可能形肯定	常體可能形肯定過去式	敬體可能形肯定	敬體可能形肯定過去式	常體被動	常體被動過去式
収められる 能夠收獲	収められた （以前）能夠收獲	収められます 能夠收獲	収められました （以前）能夠收獲	収められる 被…收獲	収められた 被…收獲了
敬體被動	敬體被動過去式	常體使役	常體使役過去式	敬體使役	敬體使役過去式
収められます 被…收獲	収められました 被…收獲了	収めさせる 讓…收獲	収めさせた 讓…收獲了	収めさせます 讓…收獲	収めさせました 讓…收獲了
常體使役被動	常體使役被動過去式		敬體使役被動	敬體使役被動過去式	て形
収めさせられる 被迫收獲	収めさせられた 被迫收獲了		収めさせられます 被迫收獲	収めさせられました 被迫收獲了	収めて 收獲…

假定、命令、推量表現組

常體否定假定	常體否定假定	常體否定假定	常體假定	常體假定	常體假定
収めないなら 假如不收獲的話…	収めなかったら 如果不收獲的話…	収めなければ 如果不收獲就會…	収めるなら 假如收獲的話…	収めたら 如果收獲了的話…	収めれば 如果收獲了就會…
敬體假定	命令表現	反向命令表現	常體推量表現	敬體推量表現	
収めましたら 如果收獲的話…	収めろ 給我收獲！	収めるな 不准收	収めよう 收吧！	収めましょう 收吧！	

276

教える 教

否定表現組					
常體	常體過去式	敬體	敬體過去式	連體形	連體形過去式
教えない 不教	教えなかった （以前）沒教	教えません 不教	教えませんでした （以前）沒教	教えない人 不教…的人	教えなかった人 （以前）沒教…的人
常體可能形否定	常體可能形否定過去式	敬體可能形否定	敬體可能形否定過去式	常體被動	常體被動過去式
教えられない 無法教	教えられなかった （以前）無法教	教えられません 無法教	教えられませんでした （以前）無法教	教えられない 不被…教	教えられなかった （以前）沒被…教
敬體被動	敬體被動過去式	常體使役	常體使役過去式	敬體使役	敬體使役過去式
教えられません 不被…教	教えられませんでした （以前）沒被…教	教えさせない 不讓…教	教えさせなかった （以前）沒讓…教	教えさせません 不讓…教	教えさせませんでした （以前）沒讓…教
常體使役被動	常體使役被動過去式	敬體使役被動	敬體使役被動過去式	て形	
教えさせられない 不被迫教	教えさせられなかった （以前）沒被迫教	教えさせられません 不被迫教	教えさせられませんでした （以前）沒被迫教	教えないで 不（要）教…	

肯定表現組					
常體	常體過去式	敬體	敬體過去式	連體形	連體形過去式
教える 教	教えた 教了	教えます 教	教えました 教了	教える人 教…的人	教えた人 教了…的人
常體可能形肯定	常體可能形肯定過去式	敬體可能形肯定	敬體可能形肯定過去式	常體被動	常體被動過去式
教えられる 能夠教	教えられた （以前）能夠教	教えられます 能夠教	教えられました （以前）能夠教	教えられる 被…教	教えられた 被教…了
敬體被動	敬體被動過去式	常體使役	常體使役過去式	敬體使役	敬體使役過去式
教えられます 被…教	教えられました 被…教了	教えさせる 讓…教	教えさせた 讓…教了	教えさせます 讓…教	教えさせました 讓…教了
常體使役被動	常體使役被動過去式	敬體使役被動	敬體使役被動過去式	て形	
教えさせられる 被迫教	教えさせられた 被迫教了	教えさせられます 被迫教	教えさせられました 被迫教了	教えて 教…	

假定、命令、推量表現組					
常體否定假定	常體否定假定	常體否定假定	常體假定	常體假定	常體假定
教えないなら 假如不教的話…	教えなかったら 如果不教的話…	教えなければ 如果不教就會…	教えるなら 假如教了的話…	教えたら 如果教了的話…	教えれば 如果教了就會…
敬體假定	命令表現	反向命令表現	常體推量表現	敬體推量表現	
教えましたら 如果教了的話…	教えろ 給我教！	教えるな 不准教	教えよう 教吧！	教えましょう 教吧！	

覚える おぼ 記、記得、記住

否定表現組

常體	常體過去式	敬體	敬體過去式	連體形	連體形過去式
覚えない 不記得	覚えなかった （以前）沒記得	覚えません 不記得	覚えませんでした （以前）沒記得	覚えない人 不記得…的人	覚えなかった人 （以前）沒記得…的人
常體可能形否定	常體可能形否定過去式	敬體可能形否定	敬體可能形否定過去式	常體被動	常體被動過去式
覚えられない 記不住	覚えられなかった （以前）記不住	覚えられません 記不住	覚えられませんでした （以前）記不住	覚えられない 不被…記得	覚えられなかった （以前）沒被…記得
敬體被動	敬體被動過去式	常體使役	常體使役過去式	敬體使役	敬體使役過去式
覚えられません 不被…記得	覚えられませんでした （以前）沒被…記得	覚えさせない 不讓…記住	覚えさせなかった （以前）沒讓…記住	覚えさせません 不讓…記住	覚えさせませんでした （以前）沒讓…記住
常體使役被動	常體使役被動過去式	敬體使役被動	敬體使役被動過去式	て形	
覚えさせられない 不被迫記住	覚えさせられなかった （以前）沒被迫記住	覚えさせられません 不被迫記住	覚えさせられませんでした （以前）沒被迫記住	覚えないで 不（要）記住…	

肯定表現組

常體	常體過去式	敬體	敬體過去式	連體形	連體形過去式
覚える 記得	覚えた 記得了	覚えます 記得	覚えました 記得了	覚える人 記得…的人	覚えた人 記得了…的人
常體可能形肯定	常體可能形肯定過去式	敬體可能形肯定	敬體可能形肯定過去式	常體被動	常體被動過去式
覚えられる 記得住	覚えられた （以前）記得住	覚えられます 記得住	覚えられました （以前）記得住	覚えられる 被…記得	覚えられた 被…記住了
敬體被動	敬體被動過去式	常體使役	常體使役過去式	敬體使役	敬體使役過去式
覚えられます 被…記住	覚えられました 被…記住了	覚えさせる 讓…記住	覚えさせた 讓…記住了	覚えさせます 讓…記住	覚えさせました 讓…記住了
常體使役被動	常體使役被動過去式	敬體使役被動	敬體使役被動過去式	て形	
覚えさせられる 被迫記住	覚えさせられた 被迫記住了	覚えさせられます 被迫記住	覚えさせられました 被迫記住了	覚えて 記住…	

假定、命令、推量表現組

常體否定假定	常體否定假定	常體否定假定	常體假定	常體假定	常體假定
覚えないなら 假如不記住的話…	覚えなかったら 如果不記住的話…	覚えなければ 如果不記住就會…	覚えるなら 假如記得的話…	覚えたら 如果記得了就…	覚えれば 如果記得了就…
敬體假定	命令表現	反向命令表現	常體推量表現	敬體推量表現	
覚えましたら 如果記得的話…	覚えろ 給我記住！	覚えるな 不准記住	覚えよう 記住吧！	覚えましょう 記住吧！	

溺れる （おぼ） 不溺水、沉溺

否定表現組					
常體	常體過去式	敬體	敬體過去式	連體形	連體形過去式
溺れない 不溺水	溺れなかった （以前）沒溺水	溺れません 不溺水	溺れませんでした （以前）沒溺水	溺れない人 不溺水的人	溺れなかった人 （以前）沒溺水的人
常體可能形否定	常體可能形否定過去式	敬體可能形否定	敬體可能形否定過去式	常體被動	常體被動過去式
溺れられない 無法溺水	溺れられなかった （以前）無法溺水	溺れられません 無法溺水	溺れられませんでした （以前）無法溺水	溺れられない 不被…溺水	溺れられなかった （以前）沒被…溺水
敬體被動	敬體被動過去式	常體使役	常體使役過去式	敬體使役	敬體使役過去式
溺れられません 不被…溺水	溺れられませんでした （以前）沒被…溺水	溺れさせない 不讓…溺水	溺れさせなかった （以前）沒讓…溺水	溺れさせません 不讓…溺水	溺れさせませんでした （以前）沒讓…溺水
常體使役被動	常體使役被動過去式	敬體使役被動	敬體使役被動過去式	て形	
溺れさせられない 不被迫溺水	溺れさせられなかった （以前）沒被迫溺水	溺れさせられません 不被迫溺水	溺れさせられませんでした （以前）沒被迫溺水	溺れないで 不（要）溺水…	

肯定表現組					
常體	常體過去式	敬體	敬體過去式	連體形	連體形過去式
溺れる 溺水	溺れた 溺水了	溺れます 溺水	溺れました 溺水了	溺れる人 溺水的人	溺れた人 溺水了的人
常體可能形肯定	常體可能形肯定過去式	敬體可能形肯定	敬體可能形肯定過去式	常體被動	常體被動過去式
溺れられる 能夠溺水	溺れられた （以前）能夠溺水	溺れられます 能夠溺水	溺れられました （以前）能夠溺水	溺れられる 被…溺水	溺れられた 被…溺水了
敬體被動	敬體被動過去式	常體使役	常體使役過去式	敬體使役	敬體使役過去式
溺れられます 被…溺水	溺れられました 被…溺水了	溺れさせる 讓…溺水	溺れさせた 讓…溺水了	溺れさせます 讓…溺水	溺れさせました 讓…溺水了
常體使役被動	常體使役被動過去式	敬體使役被動	敬體使役被動過去式	て形	
溺れさせられる 被迫溺水	溺れさせられた 被迫溺水了	溺れさせられます 被迫溺水	溺れさせられました 被迫溺水了	溺れて 溺水…	

假定、命令、推量表現組					
常體否定假定	常體否定假定	常體否定假定	常體假定	常體假定	常體假定
溺れないなら 假如不溺水的話…	溺れなかったら 如果不溺水的話…	溺れなければ 如果不溺水就會…	溺れるなら 假如溺水的話…	溺れたら 如果溺水了就…	溺れれば 如果溺水了就…
敬體假定	命令表現	反向命令表現	常體推量表現	敬體推量表現	
溺れましたら 如果溺水的話…	溺れろ 給我溺水！	溺れるな 不准溺水	溺れよう 溺水吧！	溺れましょう 溺水吧！	

折れる 折、折斷
<small>お</small>

否定表現組

常體	常體過去式	敬體	敬體過去式	連體形	連體形過去式
折れない 不折斷	折れなかった （以前）沒折斷	折れません 不折斷	折れませんで した （以前）沒折斷	折れない枝 不折斷的樹枝	折れなかった 枝 （以前）沒折斷的 樹枝
常體可能形否定	常體可能形否定 過去式	敬體可能形否定	敬體可能形否定 過去式	常體被動	常體被動過去式
折れられない 無法折斷	折れられなか った （以前）無法折斷	折れられません 無法折斷	折れられませ んでした （以前）無法折斷	折れられない 不被…折斷	折れられなか った （以前）沒被…折 斷
敬體被動	敬體被動過去式	常體使役	常體使役過去式	敬體使役	敬體使役過去式
折れられませ ん 不被…折斷	折れられません んでした （以前）不被…折 斷	折れさせない 不讓…折斷	折れさせなか った （以前）不讓…折 斷	折れさせませ ん 不讓…折斷	折れさせませ んでした （以前）不讓…折 斷
常體使役被動	常體使役被動過去式	敬體使役被動	敬體使役被動過去式		て形
折れさせられな い 不被迫折斷	折れさせられな かった （以前）不被迫折斷	折れさせられま せん 不被迫折斷	折れさせられま せんでした （以前）不被迫折斷		折れないで 不（要）折斷…

肯定表現組

常體	常體過去式	敬體	敬體過去式	連體形	連體形過去式
折れる 折斷	折れた 折斷了	折れます 折斷	折れました 折斷了	折れる枝 折斷的樹枝	折れた枝 折斷了的樹枝
常體可能形肯定	常體可能形肯定 過去式	敬體可能形肯定	敬體可能形肯定 過去式	常體被動	常體被動過去式
折れられる 能夠折斷	折れられた （以前）能夠折斷	折れられます 能夠折斷	折れられました （以前）能夠折斷	折れられる 被…折斷	折れられた 被…折斷了
敬體被動	敬體被動過去式	常體使役	常體使役過去式	敬體使役	敬體使役過去式
折れられます 被…折斷	折れられました 被…折斷了	折れさせる 讓…折斷	折れさせた 讓…折斷了	折れさせます 讓…折斷	折れさせました 讓…折斷了
常體使役被動	常體使役被動過去式	敬體使役被動	敬體使役被動過去式		て形
折れさせられる 被迫折斷	折れさせられた 被迫折斷了	折れさせられます 被迫折斷	折れさせられました 被迫折斷了		折れて 折斷…

假定、命令、推量表現組

常體否定假定	常體否定假定	常體否定假定	常體假定	常體假定	常體假定
折れないなら 假如不折斷的 話…	折れなかった ら 如果不折斷的 話…	折れなければ 如果不折斷就 會…	折れるなら 假如折斷的話…	折れたら 折斷的話…	折れれば 如果折斷了就 會…
敬體假定	命令表現	反向命令表現	常體推量表現	敬體推量表現	
折れましたら 如果折斷的話…	折れろ 給我折斷！	折れるな 不准折斷	折れよう 折斷吧！	折れましょう 折斷吧！	

換える・替える／変える／代える
交換、替換／改變／取代

否定表現組					
常體	常體過去式	敬體	敬體過去式	連體形	連體形過去式
変えない 不改變	変えなかった （以前）沒改變	変えません 不改變	変えませんでした （以前）沒改變	変えない人 不改變…的人	変えなかった人 （以前）沒改變…的人
常體可能形否定	常體可能形否定過去式	敬體可能形否定	敬體可能形否定過去式	常體被動	常體被動過去式
変えられない 無法改變	変えられなかった （以前）無法改變	変えられません 無法改變	変えられませんでした （以前）無法改變	変えられない 不被…改變	変えられなかった （以前）沒被…改變
敬體被動	敬體被動過去式	常體使役	常體使役過去式	敬體使役	敬體使役過去式
変えられません 不被…改變	変えられませんでした （以前）沒被…改變	変えさせない 不讓…改變	変えさせなかった （以前）沒讓…改變	変えさせません 不讓…改變	変えさせませんでした （以前）沒讓…改變
常體使役被動	常體使役被動過去式	敬體使役被動	敬體使役被動過去式	て形	
変えさせられない 不被迫改變	変えさせられなかった （以前）沒被迫改變	変えさせられません 不被迫改變	変えさせられませんでした （以前）沒被迫改變	変えないで 不（要）改變…	
肯定表現組					
常體	常體過去式	敬體	敬體過去式	連體形	連體形過去式
変える 改變	変えた 改變了	変えます 改變	変えました 改變了	変える人 改變…的人	変えた人 改變了…的人
常體可能形肯定	常體可能形肯定過去式	敬體可能形肯定	敬體可能形肯定過去式	常體被動	常體被動過去式
変えられる 能夠改變	変えられた （以前）能夠改變	変えられます 能夠改變	変えられました （以前）能夠改變	変えられる 被…改變	変えられた 被…改變了
敬體被動	敬體被動過去式	常體使役	常體使役過去式	敬體使役	敬體使役過去式
変えられます 被…改變	変えられました 被…改變了	変えさせる 讓…改變	変えさせた 讓…改變了	変えさせます 讓…改變	変えさせました 讓…改變了
常體使役被動	常體使役被動過去式	敬體使役被動	敬體使役被動過去式	て形	
変えさせられる 被迫改變	変えさせられた 被迫改變了	変えさせられます 被迫改變	変えさせられました 被迫改變了	変えて 改變…	
假定、命令、推量表現組					
常體否定假定	常體否定假定	常體否定假定	常體假定	常體假定	常體假定
変えないなら 假如不改變的話…	変えなかったら 如果不改變的話…	変えなければ 如果不改變就會…	変えるなら 假如改變的話…	変えたら 如果改變的話…	変えれば 如果改變了就會…
敬體假定	命令表現	反向命令表現	常體推量表現	敬體推量表現	
変えましたら 如果改變的話…	変えろ 給我改變！	変えるな 不准改	変えよう 改變吧！	変えましょう 改變吧！	

掛ける　掛、打（電話）
（掛ける具有極多抽象的意義，此只舉其基本的意義）

否定表現組					
常體	常體過去式	敬體	敬體過去式	連體形	連體形過去式
掛けない 不掛	掛けなかった （以前）沒掛	掛けません 不掛	掛けませんでした （以前）沒掛	掛けない人 不掛…的人	掛けなかった人 沒掛…的人
常體可能形否定	常體可能形否定過去式	敬體可能形否定	敬體可能形否定過去式	常體被動	常體被動過去式
掛けられない 不能掛	掛けられなかった （以前）不能掛	掛けられません 不能掛	掛けられませんでした （以前）不能掛	掛けられない 不被…掛	掛けられなかった （以前）沒被…掛
敬體被動	敬體被動過去式	常體使役	常體使役過去式	敬體使役	敬體使役過去式
掛けられません 不被…掛	掛けられませんでした （以前）沒被…掛	掛けさせない 不讓…掛	掛けさせなかった （以前）沒讓…掛	掛けさせません 不讓…掛	掛けさせませんでした （以前）沒讓…掛
常體使役被動	常體使役被動過去式	敬體使役被動	敬體使役被動過去式	て形	
掛けさせられない 不被迫掛	掛けさせられなかった （以前）沒被迫掛	掛けさせられません 不被迫掛	掛けさせられませんでした （以前）沒被迫掛	掛けないで 不（要）掛…	

肯定表現組					
常體	常體過去式	敬體	敬體過去式	連體形	連體形過去式
掛ける 掛	掛けた 掛了	掛けます 掛	掛けました 掛了	掛ける人 掛…的人	掛けた人 掛了…的人
常體可能形肯定	常體可能形肯定過去式	敬體可能形肯定	敬體可能形肯定過去式	常體被動	常體被動過去式
掛けられる 能夠掛	掛けられた （以前）能夠掛	掛けられます 能夠掛	掛けられました （以前）能夠掛	掛けられる 被…掛	掛けられた 被…掛了
敬體被動	敬體被動過去式	常體使役	常體使役過去式	敬體使役	敬體使役過去式
掛けられます 被…掛	掛けられました 被…掛了	掛けさせる 讓…掛	掛けさせた 讓…掛了	掛けさせます 讓…掛	掛けさせました 讓…掛了
常體使役被動	常體使役被動過去式	敬體使役被動	敬體使役被動過去式	て形	
掛けさせられる 被迫掛	掛けさせられた 被迫掛了	掛けさせられます 被迫掛	掛けさせられました 被迫掛了	掛けて 掛…	

假定、命令、推量表現組					
常體否定假定	常體否定假定	常體否定假定	常體假定	常體假定	常體假定
掛けないなら 假如不掛的話…	掛けなかったら 如果不掛的話…	掛けなければ 如果不掛就會…	掛けるなら 假如掛的話…	掛けたら 如果掛了的話…	掛ければ 如果掛了就會…
敬體假定	命令表現	反向命令表現	常體推量表現	敬體推量表現	
掛けましたら 如果掛的話…	掛けろ 給我掛！	掛けるな 不准掛	掛けよう 掛吧！	掛けましょう 掛吧！	

片付ける かたづ　整理、收拾

否定表現組					
常體	常體過去式	敬體	敬體過去式	連體形	連體形過去式
片付けない 不整理	片付けなかった （以前）沒整理	片付けません 不整理	片付けませんでした （以前）沒整理	片付けない人 不整理…的人	片付けなかった人 （以前）沒整理…的人
常體可能形否定	常體可能形否定過去式	敬體可能形否定	敬體可能形否定過去式	常體被動	常體被動過去式
片付けられない 無法整理	片付けられなかった （以前）無法整理	片付けられません 無法整理	片付けられませんでした （以前）無法整理	片付けられない 不被…整理	片付けられなかった （以前）沒被…整理
敬體被動	敬體被動過去式	常體使役	常體使役過去式	敬體使役	敬體使役過去式
片付けられません 不被…整理	片付けられませんでした （以前）沒被…整理	片付けさせない 不讓…整理	片付けさせなかった （以前）沒讓…整理	片付けさせません 不讓…整理	片付けさせませんでした （以前）沒讓…整理
常體使役被動	常體使役被動過去式	敬體使役被動	敬體使役被動過去式	て形	
片付けさせられない 不被迫整理	片付けさせられなかった （以前）沒被迫整理	片付けさせられません 不被迫整理	片付けさせられませんでした （以前）沒被迫整理	片付けないで 不（要）整理…	

肯定表現組					
常體	常體過去式	敬體	敬體過去式	連體形	連體形過去式
片付ける 整理	片付けた 整理了	片付けます 整理	片付けました 整理了	片付ける人 整理…的人	片付けた人 整理了…的人
常體可能形肯定	常體可能形肯定過去式	敬體可能形肯定	敬體可能形肯定過去式	常體被動	常體被動過去式
片付けられる 能夠整理	片付けられた （以前）能夠整理	片付けられます 能夠整理	片付けられました （以前）能夠整理	片付けられる 被…整理	片付けられた 被…整理了
敬體被動	敬體被動過去式	常體使役	常體使役過去式	敬體使役	敬體使役過去式
片付けられます 被…整理	片付けられました 被…整理了	片付けさせる 讓…整理	片付けさせた 讓…整理了	片付けさせます 讓…整理	片付けさせました 讓…整理了
常體使役被動	常體使役被動過去式	敬體使役被動	敬體使役被動過去式	て形	
片付けさせられる 被迫整理	片付けさせられた 被迫整理了	片付けさせられます 被迫整理	片付けさせられました 被迫整理了	片付けて 整理…	

假定、命令、推量表現組					
常體否定假定	常體否定假定	常體否定假定	常體假定	常體假定	常體假定
片付けないなら 假如不整理的話…	片付けなかったら 如果不整理的話…	片付けなければ 如果不整理就會…	片付けるなら 假如整理的話…	片付けたら 如果整理的話…	片付ければ 如果整理了就會…
敬體假定	命令表現	反向命令表現	常體推量表現	敬體推量表現	
片付けましたら 如果整理的話…	片付けろ 給我整理！	片付けるな 不准整理	片付りよう 整理吧！	片付けましょう 整理吧！	

叶える　（願望）實現
かな

否定表現組					
常體	常體過去式	敬體	敬體過去式	連體形	連體形過去式
叶えない 不實現	叶えなかった （以前）沒實現	叶えません 不實現	叶えませんでした （以前）沒實現	叶えない夢 不實現的夢	叶えなかった夢 （以前）沒實現的夢
常體可能形否定	常體可能形否定過去式	敬體可能形否定	敬體可能形否定過去式	常體被動	常體被動過去式
叶えられない 不能實現	叶えられなかった （以前）不能實現	叶えられません 不能實現	叶えられませんでした （以前）不能實現	叶えられない 不被…實現	叶えられなかった （以前）沒被…實現
敬體被動	敬體被動過去式	常體使役	常體使役過去式	敬體使役	敬體使役過去式
叶えられません 不被…實現	叶えられませんでした （以前）沒被…實現	叶えさせない 不讓…實現	叶えさせなかった （以前）沒讓…實現	叶えさせません 不讓…實現	叶えさせませんでした （以前）沒讓…實現
常體使役被動	常體使役被動過去式	敬體使役被動	敬體使役被動過去式	て形	
叶えさせられない 不被迫實現	叶えさせられなかった （以前）沒被迫實現	叶えさせられません 不被迫實現	叶えさせられませんでした （以前）沒被迫實現	叶えないで 不（要）實現…	

肯定表現組					
常體	常體過去式	敬體	敬體過去式	連體形	連體形過去式
叶える 實現	叶えた 實現了	叶えます 實現	叶えました 實現了	叶える夢 實現的夢	叶えた夢 實現了的夢
常體可能形肯定	常體可能形肯定過去式	敬體可能形肯定	敬體可能形肯定過去式	常體被動	常體被動過去式
叶えられる 能實現	叶えられた （以前）能實現	叶えられます 能實現	叶えられました （以前）能實現	叶えられる 被…實現	叶えられた 被…實現了
敬體被動	敬體被動過去式	常體使役	常體使役過去式	敬體使役	敬體使役過去式
叶えられます 被…實現	叶えられました 被…實現了	叶えさせる 讓…實現	叶えさせた 讓…實現了	叶えさせます 讓…實現	叶えさせました 讓…實現了
常體使役被動	常體使役被動過去式	敬體使役被動	敬體使役被動過去式	て形	
叶えさせられる 被迫實現	叶えさせられた 被迫實現了	叶えさせられます 被迫實現	叶えさせられました 被迫實現了	叶えて 實現…	

假定、命令、推量表現組					
常體否定假定	常體否定假定	常體否定假定	常體假定	常體假定	常體假定
叶えないなら 假如不實現的話…	叶えなかったら 如果不實現的話…	叶えなければ 如果不實現就會…	叶えるなら 假如實現的話…	叶えたら 如果實現了就會…	叶えれば 如果實現了就會…
敬體假定	命令表現	反向命令表現	常體推量表現	敬體推量表現	
叶えましたら 如果實現的話…	叶えろ 給我實現！	叶えるな 不准實現	叶えよう 實現吧！	叶えましょう 實現吧！	

考える　考慮、思考

否定表現組

常體	常體過去式	敬體	敬體過去式	連體形	連體形過去式
考えない 不考慮	考えなかった （以前）沒考慮	考えません 不考慮	考えませんでした （以前）沒考慮	考えない人 不考慮…的人	考えなかった人 （以前）沒考慮…的人
常體可能形否定	**常體可能形否定過去式**	**敬體可能形否定**	**敬體可能形否定過去式**	**常體被動**	**常體被動過去式**
考えられない 無法考慮	考えられなかった （以前）無法考慮	考えられません 無法考慮	考えられませんでした （以前）無法考慮	考えられない 不被…考慮	考えられなかった （以前）沒被…考慮
敬體被動	**敬體被動過去式**	**常體使役**	**常體使役過去式**	**敬體使役**	**敬體使役過去式**
考えられません 不被…考慮	考えられませんでした （以前）沒被…考慮	考えさせない 不讓…考慮	考えさせなかった （以前）沒讓…考慮	考えさせません 不讓…考慮	考えさせませんでした （以前）沒讓…考慮
常體使役被動	**常體使役被動過去式**	**敬體使役被動**	**敬體使役被動過去式**	**て形**	
考えさせられない 不被迫考慮	考えさせられなかった （以前）沒被迫考慮	考えさせられません 不被迫考慮	考えさせられませんでした （以前）沒被迫考慮	考えないで 不（要）考慮…	

肯定表現組

常體	常體過去式	敬體	敬體過去式	連體形	連體形過去式
考える 考慮	考えた 考慮了	考えます 考慮	考えました 考慮了	考える人 考慮…的人	考えた人 考慮了…的人
常體可能形肯定	**常體可能形肯定過去式**	**敬體可能形肯定**	**敬體可能形肯定過去式**	**常體被動**	**常體被動過去式**
考えられる 能夠考慮	考えられた （以前）能夠考慮	考えられます 能夠考慮	考えられました （以前）能夠考慮	考えられる 被…考慮	考えられた 被…考慮了
敬體被動	**敬體被動過去式**	**常體使役**	**常體使役過去式**	**敬體使役**	**敬體使役過去式**
考えられます 被…考慮	考えられました 被…考慮了	考えさせる 讓…考慮	考えさせた 讓…考慮了	考えさせます 讓…考慮	考えさせました 讓…考慮了
常體使役被動	**常體使役被動過去式**	**敬體使役被動**	**敬體使役被動過去式**	**て形**	
考えさせられる 被迫考慮	考えさせられた 被迫考慮了	考えさせられます 被迫考慮	考えさせられました 被迫考慮了	考えて 考慮…	

假定、命令、推量表現組

常體否定假定	常體否定假定	常體否定假定	常體假定	常體假定	常體假定
考えないなら 假如不考慮的話…	考えなかったら 如果考慮的話…	考えなければ 如果不考慮就會…	考えるなら 假如考慮的話…	考えたら 如果考慮了的話…	考えれば 如果考慮了就會…
敬體假定	**命令表現**	**反向命令表現**	**常體推量表現**	**敬體推量表現**	
考えましたら 如果考慮的話…	考えろ 給我考慮！	考えるな 不准考慮	考えよう 考慮吧！	考えましょう 考慮吧！	

消える <ruby>消<rt>き</rt></ruby> 消失

否定表現組

常體	常體過去式	敬體	敬體過去式	連體形	連體形過去式
消えない 不消失	消えなかった （以前）沒消失	消えません 不消失	消えませんでした （以前）沒消失	消えない人 不消失的人	消えなかった人 （以前）沒消失的人
常體可能形否定	常體可能形否定過去式	敬體可能形否定	敬體可能形否定過去式	常體被動	常體被動過去式
消えられない 無法消失	消えられなかった （以前）無法消失	消えられません 無法消失	消えられませんでした （以前）無法消失	消えられない 不被…消失	消えられなかった （以前）沒被…消失
敬體被動	敬體被動過去式	常體使役	常體使役過去式	敬體使役	敬體使役過去式
消えられません 不被…消失	消えられませんでした （以前）沒被…消失	消えさせない 不讓…消失	消えさせなかった （以前）沒讓…消失	消えさせません 不讓…消失	消えさせませんでした （以前）沒讓…消失
常體使役被動	常體使役被動過去式	敬體使役被動	敬體使役被動過去式	て形	
消えさせられない 不被迫消失	消えさせられなかった （以前）沒被迫消失	消えさせられません 不被迫消失	消えさせられませんでした （以前）沒被迫消失	消えないで 不（要）消失…	

肯定表現組

常體	常體過去式	敬體	敬體過去式	連體形	連體形過去式
消える 消失	消えた 消失了	消えます 消失	消えました 消失了	消える人 消失的人	消えた人 消失了的人
常體可能形肯定	常體可能形肯定過去式	敬體可能形肯定	敬體可能形肯定過去式	常體被動	常體被動過去式
消えられる 能夠消失	消えられた （以前）能夠消失	消えられます 能夠消失	消えられました （以前）能夠消失	消えられる 被…消失	消えられた 被…消失了
敬體被動	敬體被動過去式	常體使役	常體使役過去式	敬體使役	敬體使役過去式
消えられます 被…消失	消えられました 被…消失了	消えさせる 讓…消失	消えさせた 讓…消失了	消えさせます 讓…消失	消えさせました 讓…消失了
常體使役被動	常體使役被動過去式	敬體使役被動	敬體使役被動過去式	て形	
消えさせられる 被迫消失	消えさせられた 被迫消失了	消えさせられます 被迫消失	消えさせられました 被迫消失了	消えて 消失…	

假定、命令、推量表現組

常體否定假定	常體否定假定	常體否定假定	常體假定	常體假定	常體假定
消えないなら 假如不消失的話…	消えなかったら 如果不消失的話…	消えなければ 如果不消失就會…	消えるなら 假如消失的話…	消えたら 如果消失了的話…	消えれば 如果消失了就會…
敬體假定	命令表現	反向命令表現	常體推量表現	敬體推量表現	
消えましたら 如果消失的話…	消えろ 給我消失！	消えるな 不准消失	消えよう 消失吧！	消えましょう 消失吧！	

着替える（きがえる） 換穿

否定表現組

常體	常體過去式	敬體	敬體過去式	連體形	連體形過去式
着替えない 不換衣服	着替えなかった （以前）沒換衣服	着替えません 不換衣服	着替えませんで した （以前）沒換衣服	着替えない人 不換衣服的人	着替えなかった 人 （以前）沒換衣服的 人

常體可能形否定	常體可能形否定 過去式	敬體可能形否定	敬體可能形否定 過去式	常體被動	常體被動過去式
着替えられない 無法換衣服	着替えられなか った （以前）無法換衣服	着替えられません 無法換衣服	着替えられませ んでした （以前）無法換衣服	着替えられない 不被…換衣服	着替えられなか った （以前）沒被…換衣 服

敬體被動	敬體被動過去式	常體使役	常體使役過去式	敬體使役	敬體使役過去式
着替えられませ ん 不被…換衣服	着替えられませ んでした （以前）沒被…換衣 服	着替えさせない 不讓…換衣服	着替えさせなか った （以前）沒讓…換衣 服	着替えさせませ ん 不讓…換衣服	着替えさせませ んでした （以前）沒讓…換衣 服

常體使役被動	常體使役被動過去式	敬體使役被動	敬體使役被動過去式	て形
着替えさせられな い 不被迫換衣服	着替えさせられな かった （以前）沒被迫換衣服	着替えさせられま せん 不被迫換衣服	着替えさせられま せんでした （以前）沒被迫換衣服	着替えないで 不（要）換衣服…

肯定表現組

常體	常體過去式	敬體	敬體過去式	連體形	連體形過去式
着替える 換衣服	着替えた 換衣服了	着替えます 換衣服	着替えました 換衣服了	着替える人 換衣服的人	着替えた人 換了衣服的人

常體可能形肯定	常體可能形肯定 過去式	敬體可能形肯定	敬體可能形肯定 過去式	常體被動	常體被動過去式
着替えられる 能夠換衣服	着替えられた （以前）能夠換衣服	着替えられます 能夠換衣服	着替えられまし た （以前）能夠換衣服	着替えられる 被…換衣服	着替えられた 被…換衣服了

敬體被動	敬體被動過去式	常體使役	常體使役過去式	敬體使役	敬體使役過去式
着替えられます 被…換衣服了	着替えられました 被…換衣服	着替えさせる 讓…換衣服了	着替えさせた 讓…換衣服	着替えさせます 讓…換衣服了	着替えさせました 讓…換衣服了

常體使役被動	常體使役被動過去式	敬體使役被動	敬體使役被動過去式	て形
着替えさせられる 被迫換衣服	着替えさせられた 被迫換衣服了	着替えさせられま す 被迫換衣服	着替えさせられまし た 被迫換衣服了	着替えて 換衣服…

假定、命令、推量表現組

常體否定假定	常體否定假定	常體否定假定	常體假定	常體假定	常體假定
着替えないなら 假如不換衣服的 話…	着替えなかった ら 如果不換衣服的話…	着替えなければ 如果不換衣服就會…	着替えるなら 假如換衣服的話…	着替えたら 如果換衣服的話…	着替えれば 如果換衣服了就 會…

敬體假定	命令表現	反向命令表現	常體推量表現	敬體推量表現
着替えましたら 如果換衣服的話…	着替えろ 給我換衣服！	着替えるな 不准換衣服	着替えよう 換衣服吧！	着替えましょう 換衣服吧！

聞こえる　聽得到、聽得見

否定表現組

常體	常體過去式	敬體	敬體過去式	連體形	連體形過去式
聞こえない 聽不見	聞こえなかった （以前）聽不見	聞こえません 聽不見	聞こえませんでした （以前）聽不見	聞こえない人 聽不見的人	聞こえなかった人 （以前）聽不見的人
常體被動	**常體被動過去式**	**敬體被動**	**敬體被動過去式**	**常體使役**	**常體使役過去式**
聞こえられない 不被聽見	聞こえられなかった （以前）不被…聽見	聞こえられません 不被…聽見	聞こえられませんでした （以前）不被…聽見	聞こえさせない 不讓…聽見	聞こえさせなかった （以前）沒讓…聽見
敬體使役	**敬體使役過去式**	**常體使役被動**	**常體使役被動過去式**	**敬體使役被動**	**敬體使役被動過去式**
聞こえさせません 不讓…聽見	聞こえさせませんでした （以前）沒讓…聽見	聞こえさせられない 不被迫聽見	聞こえさせられなかった （以前）沒被迫聽見	聞こえさせられません 不被迫聽見	聞こえさせられませんでした （以前）沒被迫聽見

て形

聞こえないで

不（要）聽得見…

肯定表現組

常體	常體過去式	敬體	敬體過去式	連體形	連體形過去式
聞こえる 聽得見	聞こえた 聽得見了	聞こえます 聽得見	聞こえました 聽得見了	聞こえる人 聽得見的人	聞こえた人 聽得見了的人
常體被動	**常體被動過去式**	**敬體被動**	**敬體被動過去式**	**常體使役**	**常體使役過去式**
聞こえられる 被…聽見	聞こえられた 被…聽見了	聞こえられます 被…聽見	聞こえられました 被…聽見了	聞こえさせる 讓…聽見	聞こえさせた 讓…聽見了
敬體使役	**敬體使役過去式**	**常體使役被動**	**常體使役被動過去式**	**敬體使役被動**	**敬體使役被動過去式**
聞こえさせます 讓…聽見	聞こえさせました 讓…聽見了	聞こえさせられる 被迫聽見	聞こえさせられた 被迫聽見了	聞こえさせられます 被迫聽見	聞こえさせられました 被迫聽見了

て形

聞こえて

聽得見…

假定、命令、推量表現組

常體否定假定	常體否定假定	常體否定假定	常體假定	常體假定	常體假定
聞こえないなら 假如聽得見的話…	聞こえなかったら 如果不聽得見的話…	聞こえなければ 如果不聽得見就會…	聞こえるなら 假如聽得見的話…	聞こえたら 如果聽得見的話…	聞こえれば 如果聽得見了就會…

敬體假定	命令表現	反向命令表現	常體推量表現	敬體推量表現
聞こえましたら 如果聽得見的話…	聞こえろ 給我聽得見！	聞こえるな 不准聽得見	聞こえよう 聽見吧！	聞こえましょう 聽見吧！

加強觀念　①「聞こえる」的推量表現在詞性變化上沒有問題，但實際面鮮少應用。
②此動詞本身已帶有「能力」的表現，所以無可能形變化。

288

決める　決定

否定表現組					
常體	常體過去式	敬體	敬體過去式	連體形	連體形過去式
決めない 不決定	決めなかった （以前）沒決定	決めません 不決定	決めませんでした （以前）沒決定	決めない人 不決定…的人	決めなかった人 （以前）沒決定…的人
常體可能形否定	常體可能形否定過去式	敬體可能形否定	敬體可能形否定過去式	常體被動	常體被動過去式
決められない 無法決定	決められなかった （以前）無法決定	決められません 無法決定	決められませんでした （以前）無法決定	決められない 不被…決定	決められなかった （以前）沒被…決定
敬體被動	敬體被動過去式	常體使役	常體使役過去式	敬體使役	敬體使役過去式
決められません 不被…決定	決められませんでした （以前）沒被…決定	決めさせない 不讓…決定	決めさせなかった （以前）沒讓…決定	決めさせません 不讓…決定	決めさせませんでした （以前）沒讓…決定
常體使役被動	常體使役被動過去式	敬體使役被動	敬體使役被動過去式	て形	
決めさせられない 不被迫決定	決めさせられなかった （以前）沒被迫決定	決めさせられません 不被迫決定	決めさせられませんでした （以前）沒被迫決定	決めないで 不（要）決定…	

肯定表現組					
常體	常體過去式	敬體	敬體過去式	連體形	連體形過去式
決める 決定	決めた 決定了	決めます 決定	決めました 決定了	決める人 決定…的人	決めた人 決定了…的人
常體可能形肯定	常體可能形肯定過去式	敬體可能形肯定	敬體可能形肯定過去式	常體被動	常體被動過去式
決められる 能夠決定	決められた （以前）能夠決定	決められます 能夠決定	決められました （以前）能夠決定	決められる 被…決定	決められた 被…決定了
敬體被動	敬體被動過去式	常體使役	常體使役過去式	敬體使役	敬體使役過去式
決められます 被…決定	決められました 被…決定了	決めさせる 讓…決定	決めさせた 讓…決定了	決めさせます 讓…決定	決めさせました 讓…決定了
常體使役被動	常體使役被動過去式	敬體使役被動	敬體使役被動過去式	て形	
決めさせられる 被迫決定	決めさせられた 被迫決定了	決めさせられます 被迫決定	決めさせられました 被迫決定了	決めて 決定…	

假定、命令、推量表現組					
常體否定假定	常體否定假定	常體否定假定	常體假定	常體假定	常體假定
決めないなら 假如決定的話…	決めなかったら 如果不決定的話…	決めなければ 如果不決定就會…	決めるなら 假如決定的話…	決めたら 如果決定的話…	決めれば 如果決定了就會…
敬體假定	命令表現	反向命令表現	常體推量表現	敬體推量表現	
決めましたら 如果決定的話…	決めろ 給我決定！	決めるな 不准決定	決めよう 決定吧！	決めましょう 決定吧！	

切れる <ruby>切<rt>き</rt></ruby> 切斷

否定表現組

常體	常體過去式	敬體	敬體過去式	連體形	連體形過去式
切れない 切不斷	切れなかった （以前）切不斷	切れません 切不斷	切れませんでした （以前）切不斷	切れないはさみ 剪不斷…的剪刀	切れなかった はさみ （以前）剪不斷…的剪刀
常體可能形否定	**常體可能形否定過去式**	**敬體可能形否定**	**敬體可能形否定過去式**	**常體被動**	**常體被動過去式**
切れられない 無法切斷	切れられなかった （以前）無法切斷	切れられません 無法切斷	切れられませんでした （以前）無法切斷	切れられない 不被…切斷	切れられなかった （以前）沒被…切斷
敬體被動	**敬體被動過去式**	**常體使役**	**常體使役過去式**	**敬體使役**	**敬體使役過去式**
切れられません 不被…切斷	切れられませんでした （以前）沒被…切斷	切れさせない 不讓…切斷	切れさせなかった （以前）沒讓…切斷	切れさせません 不讓…切斷	切れさせませんでした （以前）沒讓…切斷
常體使役被動	**常體使役被動過去式**		**敬體使役被動**	**敬體使役被動過去式**	**て形**
切れさせられない 不被迫切斷	切れさせられなかった （以前）沒被迫切斷		切れさせられません 不被迫切斷	切れさせられませんでした （以前）沒被迫切斷	切れないで 不（要）切斷…

肯定表現組

常體	常體過去式	敬體	敬體過去式	連體形	連體形過去式
切れる 切斷	切れた 切斷了	切れます 切斷	切れました 切斷了	（よく）切れる はさみ 鋒利的剪刀	（よく）切れた はさみ （以前）鋒利的剪刀
常體可能形肯定	**常體可能形肯定過去式**	**敬體可能形肯定**	**敬體可能形肯定過去式**	**常體被動**	**常體被動過去式**
切れられる 能夠切斷	切れられた （以前）能夠切斷了	切れられます 能夠切斷	切れられました （以前）能夠切斷了	切れられる 被…切斷	切れられた 被…切斷了
敬體被動	**敬體被動過去式**	**常體使役**	**常體使役過去式**	**敬體使役**	**敬體使役過去式**
切れられます 被…切斷	切れられました 被…切斷了	切れさせる 讓…切斷	切れさせた 讓…切斷了	切れさせます 讓…切斷	切れさせました 讓…切斷了
常體使役被動	**常體使役被動過去式**		**敬體使役被動**	**敬體使役被動過去式**	**て形**
切れさせられる 被迫切斷	切れさせられた 被迫切斷了		切れさせられます 被迫切斷	切れさせられました 被迫切斷了	切れて 切斷…

假定、命令、推量表現組

常體否定假定	常體否定假定	常體否定假定	常體假定	常體假定	常體假定
切れないなら 假如切斷的話…	切れなかったら 如果不切斷的話…	切れなければ 如果不切斷就會…	切れるなら 假如切斷的話…	切れたら 如果切斷的話…	切れれば 如果切斷了就會…
敬體假定	**命令表現**	**反向命令表現**	**常體推量表現**	**敬體推量表現**	
切れましたら 如果切斷的話…	切れろ 給我切斷！	切れるな 不准切斷	切れよう 切斷吧！	切れましょう 切斷吧！	

超える／越える／肥える

超過／越過／胖胖的、肥沃

否定表現組

常體	常體過去式	敬體	敬體過去式	連體形	連體形過去式
越えない 不超越	越えなかった （以前）沒超越	越えません 不超越	越えませんでした （以前）沒超越	越えない人 不超越…的人	越えなかった人 （以前）沒超越…的人
常體可能形否定	常體可能形否定過去式	敬體可能形否定	敬體可能形否定過去式	常體被動	常體被動過去式
越えられない 無法超越	越えられなかった （以前）無法超越	越えられません 無法超越	越えられませんでした （以前）無法超越	越えられない 不被…超越	越えられなかった （以前）沒被…超越
敬體被動	敬體被動過去式	常體使役	常體使役過去式	敬體使役	敬體使役過去式
越えられません 不被…超越	越えられませんでした （以前）沒被…超越	越えさせない 不讓…超越	越えさせなかった （以前）沒讓…超越	越えさせません 不讓…超越	越えさせませんでした （以前）沒讓…超越
常體使役被動	常體使役被動過去式	敬體使役被動	敬體使役被動過去式	て形	
越えさせられない 不被迫超越	越えさせられなかった （以前）沒被迫超越	越えさせられません 不被迫超越	越えさせられませんでした （以前）沒被迫超越	越えないで 不（要）超越…	

肯定表現組

常體	常體過去式	敬體	敬體過去式	連體形	連體形過去式
越える 超越	越えた 超越了	越えます 超越	越えました 超越了	越える人 超越…的人	越えた人 超越了…的人
常體可能形肯定	常體可能形肯定過去式	敬體可能形肯定	敬體可能形肯定過去式	常體被動	常體被動過去式
越えられる 能夠超越	越えられた （以前）能夠超越	越えられます 能夠超越	越えられました （以前）能夠超越	越えられる 被…超越	越えられた 被…超越了
敬體被動	敬體被動過去式	常體使役	常體使役過去式	敬體使役	敬體使役過去式
越えられます 被…超越	越えられました 被…超越了	越えさせる 讓…超越	越えさせた 讓…超越了	越えさせます 讓…超越	越えさせました 讓…超越了
常體使役被動	常體使役被動過去式	敬體使役被動	敬體使役被動過去式	て形	
越えさせられる 被迫超越	越えさせられた 被迫超越了	越えさせられます 被迫超越	越えさせられました 被迫超越了	越えて 切斷…	

假定、命令、推量表現組

常體否定假定	常體否定假定	常體否定假定	常體假定	常體假定	常體假定
越えないなら 假如超越的話…	越えなかったら 如果不超越的話…	越えなければ 如果不超越就會…	越えるなら 假如超越的話…	越えたら 如果超越的話…	越えれば 如果超越了就會…
敬體假定	命令表現	反向命令表現	常體推量表現	敬體推量表現	
越えましたら 如果超越的話…	越えろ 給我超越！	越えるな 不准超越	越えよう 超越吧！	越えましょう 超越吧！	

答える 回答

こた

否定表現組					
常體	常體過去式	敬體	敬體過去式	連體形	連體形過去式
答えない 不回答	答えなかった （以前）沒回答	答えません 不回答	答えませんでした （以前）沒回答	答えない人 不回答…的人	答えなかった人 （以前）沒回答…的人
常體可能形否定	常體可能形否定過去式	敬體可能形否定	敬體可能形否定過去式	常體被動	常體被動過去式
答えられない 不能回答	答えられなかった （以前）不能回答	答えられません 不能回答	答えられませんでした （以前）不能回答	答えられない 不被…回答	答えられなかった （以前）沒被…回答
敬體被動	敬體被動過去式	常體使役	常體使役過去式	敬體使役	敬體使役過去式
答えられません 不被…回答	答えられませんでした （以前）沒被…回答	答えさせない 不讓…回答	答えさせなかった （以前）沒讓…回答	答えさせません 不讓…回答	答えさせませんでした （以前）沒讓…回答
常體使役被動	常體使役被動過去式	敬體使役被動	敬體使役被動過去式	て形	
答えさせられない 不被迫回答	答えさせられなかった （以前）沒被迫回答	答えさせられません 不被迫回答	答えさせられませんでした （以前）沒被迫回答	答えないで 不（要）回答…	

肯定表現組					
常體	常體過去式	敬體	敬體過去式	連體形	連體形過去式
答える 回答	答えた 回答了	答えます 回答	答えました 回答了	答える人 回答…的人	答えた人 回答了…的人
常體可能形肯定	常體可能形肯定過去式	敬體可能形肯定	敬體可能形肯定過去式	常體被動	常體被動過去式
答えられる 能回答	答えられた （以前）能回答了	答えられます 能回答	答えられました （以前）能回答了	答えられる 被…回答	答えられた 被…回答了
敬體被動	敬體被動過去式	常體使役	常體使役過去式	敬體使役	敬體使役過去式
答えられます 被…回答	答えられました 被…回答了	答えさせる 讓…回答	答えさせた 讓…回答了	答えさせます 讓…回答	答えさせました 讓…回答了
常體使役被動	常體使役被動過去式	敬體使役被動	敬體使役被動過去式	て形	
答えさせられる 被迫回答	答えさせられた 被迫回答了	答えさせられます 被迫回答	答えさせられました 被迫回答了	答えて 回答…	

假定、命令、推量表現組					
常體否定假定	常體否定假定	常體否定假定	常體假定	常體假定	常體假定
答えないなら 假如回答的話…	答えなかったら 如果不回答的話…	答えなければ 如果不回答就會…	答えるなら 假如回答的話…	答えたら 如果回答了就會…	答えれば 如果回答了就會…
敬體假定	命令表現	反向命令表現	常體推量表現	敬體推量表現	
答えましたら 如果回答的話…	答えろ 給我回答！	答えるな 不准答	答えよう 回答吧！	答えましょう 回答吧！	

壊れる (こわ) 壞掉

否定表現組

常體	常體過去式	敬體	敬體過去式	連體形	連體形過去式
壊れない 不會壞掉	壊れなかった （以前）沒壞掉	壊れません 不會壞掉	壊れませんでした （以前）沒壞掉	壊れない傘 不壞掉的傘	壊れなかった傘 （以前）沒壞掉的傘
常體可能形否定	常體可能形否定過去式	敬體可能形否定	敬體可能形否定過去式	常體被動	常體被動過去式
壊れられない 無法壞掉	壊れられなかった （以前）無法壞掉	壊れられません 無法壞掉	壊れられませんでした （以前）無法壞掉	壊れられない 不被…壞掉	壊れられなかった （以前）沒被…壞掉
敬體被動	敬體被動過去式	常體使役	常體使役過去式	敬體使役	敬體使役過去式
壊れられません 不被…壞掉	壊れられませんでした （以前）沒被…壞掉	壊れさせない 不讓…壞掉	壊れさせなかった （以前）沒讓…壞掉	壊れさせません 不讓…壞掉	壊れさせませんでした （以前）沒讓…壞掉
常體使役被動		常體使役被動過去式		敬體使役被動	敬體使役被動過去式	て形

常體使役被動	常體使役被動過去式	敬體使役被動	敬體使役被動過去式	て形
壊れさせられない 不被迫壞掉	壊れさせられなかった （以前）沒被迫壞掉	壊れさせられません 不被迫壞掉	壊れさせられませんでした （以前）沒被迫壞掉	壊れないで 不（要）壞掉…

肯定表現組

常體	常體過去式	敬體	敬體過去式	連體形	連體形過去式
壊れる 壞掉	壊れた 壞掉了	壊れます 壞掉	壊れました 壞掉了	壊れる傘 壞掉的傘	壊れた傘 壞了的傘
常體可能形肯定	常體可能形肯定過去式	敬體可能形肯定	敬體可能形肯定過去式	常體被動	常體被動過去式
壊れられる 能夠壞掉	壊れられた （以前）能夠壞掉	壊れられます 能夠壞掉	壊れられました （以前）能夠壞掉	壊れられる 被…壞掉	壊れられた 被…壞掉了
敬體被動	敬體被動過去式	常體使役	常體使役過去式	敬體使役	敬體使役過去式
壊れられます 被…壞掉	壊れられました 被…壞掉了	壊れさせる 讓…壞掉	壊れさせた 讓…壞掉了	壊れさせます 讓…壞掉	壊れさせました 讓…壞掉了

常體使役被動	常體使役被動過去式	敬體使役被動	敬體使役被動過去式	て形
壊れさせられる 被迫壞掉	壊れさせられた 被迫壞掉了	壊れさせられます 被迫壞掉	壊れさせられました 被迫壞掉了	壊れて 壞掉…

假定、命令、推量表現組

常體否定假定	常體否定假定	常體否定假定	常體假定	常體假定	常體假定
壊れないなら 假如壞掉的話…	壊れなかったら 如果不壞掉的話…	壊れなければ 如果不壞掉就會…	壊れるなら 假如壞掉的話…	壊れたら 如果壞掉了就會…	壊れれば 如果壞掉了就會…
敬體假定	命令表現	反向命令表現	常體推量表現	敬體推量表現	
壊れましたら 如果壞掉的話…	壊れろ 給我壞掉！	壊れるな 不准壞掉	壊れよう 壞掉吧！	壊れましょう 壞掉吧！	

零れる <ruby>こぼ<rt></rt></ruby> 灑、灑落

否定表現組

常體	常體過去式	敬體	敬體過去式	連體形	連體形過去式
零れない 不灑出來	零れなかった （以前）沒灑出來了	零れません 不灑出來	零れませんでした （以前）沒灑出來了	零れないコップ 不灑出來的杯子	零れなかったコップ （以前）沒灑出來的杯子
常體可能形否定	**常體可能形否定過去式**	**敬體可能形否定**	**敬體可能形否定過去式**	**常體被動**	**常體被動過去式**
零れられない 無法灑出來	零れられなかった （以前）無法灑出來了	零れられません 無法灑出來	零れられませんでした （以前）無法灑出來了	零れられない 不被…灑出來	零れられなかった （以前）沒被…灑出來了
敬體被動	**敬體被動過去式**	**常體使役**	**常體使役過去式**	**敬體使役**	**敬體使役過去式**
零れられません 不被…灑出來	零れられませんでした （以前）沒被…灑出來了	零れさせない 不讓…灑出來	零れさせなかった （以前）沒讓…灑出來了	零れさせません 不讓…灑出來	零れさせませんでした （以前）沒讓…灑出來了
常體使役被動	**常體使役被動過去式**	**敬體使役被動**		**敬體使役被動過去式**	**て形**
零れさせられない 不被迫灑出來	零れさせられなかった （以前）沒被迫灑出來了	零れさせられません 不被迫灑出來		零れさせられませんでした （以前）沒被迫灑出來了	零れないで 不（要）灑出來…

肯定表現組

常體	常體過去式	敬體	敬體過去式	連體形	連體形過去式
零れる 灑出來	零れた 灑出來了	零れます 灑出來	零れました 灑出來了	零れるコップ 灑出來的杯子	零れたコップ 灑出來了的杯子
常體可能形肯定	**常體可能形肯定過去式**	**敬體可能形肯定**	**敬體可能形肯定過去式**	**常體被動**	**常體被動過去式**
零れられる 能夠灑出來	零れられた （以前）能夠灑出來了	零れられます 能夠灑出來	零れられました （以前）能夠灑出來了	零れられる 被…灑出來	零れられた 被…灑出來了
敬體被動	**敬體被動過去式**	**常體使役**	**常體使役過去式**	**敬體使役**	**敬體使役過去式**
零れられます 被…灑出來	零れられました 被…灑出來了	零れさせる 讓…灑出來	零れさせた 讓…灑出來了	零れさせます 讓…灑出來	零れさせました 讓…灑出來了
常體使役被動	**常體使役被動過去式**	**敬體使役被動**		**敬體使役被動過去式**	**て形**
零れさせられる 被迫灑出來	零れさせられた 被迫灑出來了	零れさせられます 被迫灑出來		零れさせられました 被迫灑出來了	零れて 灑出來…

假定、命令、推量表現組

常體否定假定	常體否定假定	常體否定假定	常體假定	常體假定	常體假定
零れないなら 假如不灑出來的話…	零れなかったら 如果不灑出來的話…	零れなければ 如果不灑出來就會…	零れるなら 假如灑出來的話…	零れたら 如果灑出來的話…	零れれば 如果灑了就會…
敬體假定	**命令表現**	**反向命令表現**	**常體推量表現**	**敬體推量表現**	
零れましたら 如果灑出來的話…	零れろ 給我灑出來！	零れるな 不准灑出來	零れよう 灑出來吧！	零れましょう 灑出來吧！	

閉める し 關、關閉

否定表現組					
常體	常體過去式	敬體	敬體過去式	連體形	連體形過去式
閉めない 不關	閉めなかった （以前）沒關	閉めません 不關	閉めませんでした （以前）沒關	閉めない人 不關…的人	閉めなかった人 （以前）沒關…的人
常體可能形否定	常體可能形否定過去式	敬體可能形否定	敬體可能形否定過去式	常體被動	常體被動過去式
閉められない 無法關	閉められなかった （以前）無法關	閉められません 無法關	閉められませんでした （以前）無法關	閉められない 不被…關	閉められなかった （以前）沒被…關
敬體被動	敬體被動過去式	常體使役	常體使役過去式	敬體使役	敬體使役過去式
閉められません 不被…關	閉められませんでした （以前）沒被…關	閉めさせない 不讓…關	閉めさせなかった （以前）沒讓…關	閉めさせません 不讓…關	閉めさせませんでした （以前）沒讓…關
常體使役被動	常體使役被動過去式	敬體使役被動	敬體使役被動過去式	て形	
閉めさせられない 不被迫關	閉めさせられなかった （以前）沒被迫關	閉めさせられません 不被迫關	閉めさせられませんでした （以前）沒被迫關	閉めないで 不（要）關…	

肯定表現組					
常體	常體過去式	敬體	敬體過去式	連體形	連體形過去式
閉める 關閉	閉めた 關閉了	閉めます 關閉	閉めました 關閉了	閉める人 關…的人	閉めた人 關了…的人
常體可能形肯定	常體可能形肯定過去式	敬體可能形肯定	敬體可能形肯定過去式	常體被動	常體被動過去式
閉められる 能夠關	閉められた （以前）能夠關	閉められます 能夠關	閉められました （以前）能夠關	閉められる 被…關閉	閉められた 被…關閉了
敬體被動	敬體被動過去式	常體使役	常體使役過去式	敬體使役	敬體使役過去式
閉められます 被…關閉	閉められました 被…關閉了	閉めさせる 讓…關	閉めさせた 讓…關了	閉めさせます 讓…關	閉めさせました 讓…關了
常體使役被動	常體使役被動過去式	敬體使役被動	敬體使役被動過去式	て形	
閉めさせられる 被迫關	閉めさせられた 被迫關了	閉めさせられます 被迫關	閉めさせられました 被迫關了	閉めて 關…	

假定、命令、推量表現組					
常體否定假定	常體否定假定	常體否定假定	常體假定	常體假定	常體假定
閉めないなら 假如不關的話…	閉めなかったら 如果不關的話…	閉めなければ 如果不關就會…	閉めるなら 假如關了的話…	閉めたら 如果關了的話…	閉めれば 如果關了就會…
敬體假定	命令表現	反向命令表現	常體推量表現	敬體推量表現	
閉めましたら 如果關了的話…	閉めろ 給我關上！	閉めるな 不准關	閉めよう 關吧！	閉めましょう 關吧！	

調べる 調査

しら

否定表現組

常體	常體過去式	敬體	敬體過去式	連體形	連體形過去式
調べない 不調查	調べなかった （以前）沒調查	調べません 不調查	調べませんでした （以前）沒調查	調べない人 不調查…的人	調べなかった人 （以前）沒調查…的人
常體可能形否定	常體可能形否定過去式	敬體可能形否定	敬體可能形否定過去式	常體被動	常體被動過去式
調べられない 不能調查	調べられなかった （以前）不能調查	調べられません 不能調查	調べられませんでした （以前）不能調查	調べられない 不被…調查	調べられなかった （以前）沒被…調查了
敬體被動	敬體被動過去式	常體使役	常體使役過去式	敬體使役	敬體使役過去式
調べられません 不被…調查	調べられませんでした （以前）沒被…調查	調べさせない 不讓…調查	調べさせなかった （以前）沒讓…調查	調べさせません 不讓…調查	調べさせませんでした （以前）沒讓…調查
常體使役被動	常體使役被動過去式	敬體使役被動	敬體使役被動過去式		て形
調べさせられない 不被迫調查	調べさせられなかった （以前）沒被迫調查	調べさせられません 不被迫調查	調べさせられませんでした （以前）沒被迫調查		調べないで 不（要）調查…

肯定表現組

常體	常體過去式	敬體	敬體過去式	連體形	連體形過去式
調べる 調查	調べた 調查了	調べます 調查	調べました 調查了	調べる人 調查…的人	調べた人 調查了…的人
常體可能形肯定	常體可能形肯定過去式	敬體可能形肯定	敬體可能形肯定過去式	常體被動	常體被動過去式
調べられる 能調查	調べられた （以前）能調查	調べられます 能調查	調べられました （以前）能調查	調べられる 被…調查	調べられた 被…調查了
敬體被動	敬體被動過去式	常體使役	常體使役過去式	敬體使役	敬體使役過去式
調べられます 被…調查	調べられました 被…調查了	調べさせる 讓…調查	調べさせた 讓…調查了	調べさせます 讓…調查	調べさせました 讓…調查了
常體使役被動	常體使役被動過去式	敬體使役被動	敬體使役被動過去式		て形
調べさせられる 被迫調查	調べさせられた 被迫調查了	調べさせられます 被迫調查	調べさせられました 被迫調查了		調べて 調查…

假定、命令、推量表現組

常體否定假定	常體否定假定	常體否定假定	常體假定	常體假定	常體假定
調べないなら 假如不調查的話…	調べなかったら 如果不調查的話…	調べなければ 如果不調查就會…	調べるなら 假如調查的話…	調べたら 如果調查了就…	調べれば 如果調查了就…
敬體假定	命令表現		反向命令表現	常體推量表現	敬體推量表現
調べましたら 如果調查的話…	調べろ 給我調查！		調べるな 不准查	調べよう 查吧！	調べましょう 查吧！

助ける（たす）　幫助、幫忙

否定表現組

常體	常體過去式	敬體	敬體過去式	連體形	連體形過去式
助けない 不幫助	助けなかった （以前）沒幫助	助けません 不幫助	助けませんでした （以前）沒幫助	助けない人 不幫忙…的人	助けなかった人 （以前）沒幫忙…的人
常體可能形否定	**常體可能形否定過去式**	**敬體可能形否定**	**敬體可能形否定過去式**	**常體被動**	**常體被動過去式**
助けられない 無法幫助	助けられなかった （以前）無法幫助	助けられません 無法幫助	助けられませんでした （以前）無法幫助	助けられない 不被…幫助	助けられなかった （以前）沒被…幫助
敬體被動	**敬體被動過去式**	**常體使役**	**常體使役過去式**	**敬體使役**	**敬體使役過去式**
助けられません 不被…幫助	助けられませんでした （以前）沒被…幫助	助けさせない 不讓…幫助	助けさせなかった （以前）沒讓…幫助	助けさせません 不讓…幫助	助けさせませんでした （以前）沒讓…幫助
常體使役被動	**常體使役被動過去式**	**敬體使役被動**	**敬體使役被動過去式**	**て形**	
助けさせられない 不被迫幫助	助けさせられなかった （以前）沒被迫幫助	助けさせられません 不被迫幫助	助けさせられませんでした （以前）沒被迫幫助	助けないで 不（要）幫忙…	

肯定表現組

常體	常體過去式	敬體	敬體過去式	連體形	連體形過去式
助ける 幫助	助けた 幫助了	助けます 幫助	助けました 幫助了	助ける人 幫忙…的人	助けた人 幫忙了…的人
常體可能形肯定	**常體可能形肯定過去式**	**敬體可能形肯定**	**敬體可能形肯定過去式**	**常體被動**	**常體被動過去式**
助けられる 能夠幫助	助けられた （以前）能夠幫助	助けられます 能夠幫助	助けられました （以前）能夠幫助	助けられる 被…幫助	助けられた 被…幫助了
敬體被動	**敬體被動過去式**	**常體使役**	**常體使役過去式**	**敬體使役**	**敬體使役過去式**
助けられます 被…幫助	助けられました 被…幫助了	助けさせる 讓…幫助	助けさせた 讓…幫助了	助けさせます 讓…幫助	助けさせました 讓…幫助了
常體使役被動	**常體使役被動過去式**	**敬體使役被動**	**敬體使役被動過去式**	**て形**	
助けさせられる 被迫幫助	助けさせられた 被迫幫助了	助けさせられます 被迫幫助	助けさせられました 被迫幫助了	助けて 幫忙…	

假定、命令、推量表現組

常體否定假定	常體否定假定	常體否定假定	常體假定	常體假定	常體假定
助けないなら 假如不幫忙的話…	助けなかったら 如果不幫忙的話…	助けなければ 如果不幫忙就會…	助けるなら 假如幫助的話…	助けたら 如果幫助了就會…	助ければ 如果幫助了就會…
敬體假定	**命令表現**	**反向命令表現**	**常體推量表現**	**敬體推量表現**	
助けましたら 如果幫助的話…	助けろ 給我幫忙！	助けるな 不准幫	助けよう 幫忙吧！	助けましょう 幫忙吧！	

食べる　吃

否定表現組					
常體	常體過去式	敬體	敬體過去式	連體形	連體形過去式
食べない 不吃	食べなかった （以前）沒吃	食べません 不吃	食べませんでした （以前）沒吃	食べない人 不吃…的人	食べなかった人 （以前）沒吃…的人
常體可能形否定	常體可能形否定過去式	敬體可能形否定	敬體可能形否定過去式	常體被動	常體被動過去式
食べられない 不能吃	食べられなかった （以前）不能吃	食べられません 不能吃	食べられませんでした （以前）不能吃	食べられない 不被…吃	食べられなかった （以前）沒被…吃
敬體被動	敬體被動過去式	常體使役	常體使役過去式	敬體使役	敬體使役過去式
食べられません 不被…吃	食べられませんでした （以前）沒被…吃	食べさせない 不讓…吃	食べさせなかった （以前）沒讓…吃	食べさせません 不讓…吃	食べさせませんでした （以前）沒讓…吃
常體使役被動	常體使役被動過去式	敬體使役被動	敬體使役被動過去式	て形	
食べさせられない 不被迫吃	食べさせられなかった （以前）沒被迫吃	食べさせられません 不被迫吃	食べさせられませんでした （以前）沒被迫吃	食べないで 不（要）吃…	

肯定表現組					
常體	常體過去式	敬體	敬體過去式	連體形	連體形過去式
食べる 吃	食べた 吃了	食べます 吃	食べました 吃了	食べる人 吃…的人	食べた人 吃了…的人
常體可能形肯定	常體可能形肯定過去式	敬體可能形肯定	敬體可能形肯定過去式	常體被動	常體被動過去式
食べられる 能吃	食べられた （以前）能吃	食べられます 能吃	食べられました （以前）能吃	食べられる 被…吃	食べられた 被…吃了
敬體被動	敬體被動過去式	常體使役	常體使役過去式	敬體使役	敬體使役過去式
食べられます 被…吃	食べられました 被…吃了	食べさせる 讓…吃	食べさせた 讓…吃了	食べさせます 讓…吃	食べさせました 讓…吃了
常體使役被動	常體使役被動過去式	敬體使役被動	敬體使役被動過去式	て形	
食べさせられる 被迫吃	食べさせられた 被迫吃了	食べさせられます 被迫吃	食べさせられました 被迫吃了	食べて 吃…	

假定、命令、推量表現組					
常體否定假定	常體否定假定	常體否定假定	常體假定	常體假定	常體假定
食べないなら 假如不吃的話…	食べなかったら 如果不吃的話…	食べなければ 如果不吃就會…	食べるなら 假如吃了的話…	食べたら 如果吃了的話…	食べれば 如果吃了就會…
敬體假定	命令表現	反向命令表現	常體推量表現	敬體推量表現	
食べましたら 如果吃了的話…	食べろ 給我吃！	食べるな 不准吃	食べよう 吃吧！	食べましょう 吃吧！	

続ける<ruby>続<rt>つづ</rt></ruby>　継續

否定表現組

常體	常體過去式	敬體	敬體過去式	連體形	連體形過去式
続けない 不繼續	続けなかった （以前）沒繼續	続けません 不繼續	続けませんでした （以前）沒繼續	続けない人 不繼續…的人	続けなかった人 （以前）沒繼續…的人
常體可能形否定	**常體可能形否定過去式**	**敬體可能形否定**	**敬體可能形否定過去式**	**常體被動**	**常體被動過去式**
続けられない 無法繼續	続けられなかった （以前）無法繼續	続けられません 無法繼續	続けられませんでした （以前）無法繼續	続けられない 不被…繼續	続けられなかった （以前）沒被…繼續
敬體被動	**敬體被動過去式**	**常體使役**	**常體使役過去式**	**敬體使役**	**敬體使役過去式**
続けられません 不被…繼續	続けられませんでした （以前）沒被…繼續	続けさせない 不讓…繼續	続けさせなかった （以前）沒讓…繼續	続けさせません 不讓…繼續	続けさせませんでした （以前）沒讓…繼續
常體使役被動	**常體使役被動過去式**	**敬體使役被動**	**敬體使役被動過去式**	**て形**	
続けさせられない 不被迫繼續	続けさせられなかった （以前）沒被迫繼續	続けさせられません 不被迫繼續	続けさせられませんでした （以前）沒被迫繼續	続けないで 不（要）繼續…	

肯定表現組

常體	常體過去式	敬體	敬體過去式	連體形	連體形過去式
続ける 繼續	続けた 繼續了	続けます 繼續	続けました 繼續了	続ける人 繼續…的人	続けた人 繼續了…的人
常體可能形肯定	**常體可能形肯定過去式**	**敬體可能形肯定**	**敬體可能形肯定過去式**	**常體被動**	**常體被動過去式**
続けられる 能夠繼續	続けられた （以前）能夠繼續	続けられます 能夠繼續	続けられました （以前）能夠繼續	続けられる 被…繼續	続けられた 被…繼續了
敬體被動	**敬體被動過去式**	**常體使役**	**常體使役過去式**	**敬體使役**	**敬體使役過去式**
続けられます 被…繼續	続けられました 被…繼續了	続けさせる 讓…繼續	続けさせた 讓…繼續了	続けさせます 讓…繼續	続けさせました 讓…繼續了
常體使役被動	**常體使役被動過去式**	**敬體使役被動**	**敬體使役被動過去式**	**て形**	
続けさせられる 被迫繼續	続けさせられた 被迫繼續了	続けさせられます 被迫繼續	続けさせられました 被迫繼續了	続けて 繼續…	

假定、命令、推量表現組

常體否定假定	常體否定假定	常體否定假定	常體假定	常體假定	常體假定
続けないなら 假如不繼續的話…	続けなかったら 如果不繼續的話…	続けなければ 如果不繼續就會…	続けるなら 假如繼續的話…	続けたら 如果繼續了的話…	続ければ 如果繼續了就會…
敬體假定	**命令表現**	**反向命令表現**	**常體推量表現**	**敬體推量表現**	
続けましたら 如果繼續的話…	続けろ 給我繼續！	続けるな 不准繼續	続けよう 繼續吧！	続けましょう 繼續吧！	

出る　出來、出現

否定表現組					
常體	常體過去式	敬體	敬體過去式	連體形	連體形過去式
出ない 不出來	出なかった （以前）沒出來	出ません 不出來	出ませんでした （以前）沒出來	出ない人 不出來的人	出なかった人 （以前）沒出來的人
常體可能形否定	常體可能形否定過去式	敬體可能形否定	敬體可能形否定過去式	常體被動	常體被動過去式
出られない 不能出來	出られなかった （以前）不能出來	出られません 不能出來	出られませんでした （以前）不能出來	出られない 不被…出來	出られなかった （以前）沒被…出來
敬體被動	敬體被動過去式	常體使役	常體使役過去式	敬體使役	敬體使役過去式
出られません 不被…出來	出られませんでした （以前）沒被…出來	出させない 不讓…出來	出させなかった （以前）沒讓…出來	出させません 不讓…出來	出させませんでした （以前）沒讓…出來
常體使役被動	常體使役被動過去式	敬體使役被動	敬體使役被動過去式	て形	
出させられない 不被迫出來	出させられなかった （以前）沒被迫出來	出させられません 不被迫出來	出させられませんでした （以前）沒被迫出來	出ないで 不（要）出來…	

肯定表現組					
常體	常體過去式	敬體	敬體過去式	連體形	連體形過去式
出る 出來	出た 出來了	出ます 出來	出ました 出來了	出る人 出來的人	出た人 出來了的人
常體可能形肯定	常體可能形肯定過去式	敬體可能形肯定	敬體可能形肯定過去式	常體被動	常體被動過去式
出られる 能出來	出られた （以前）能出來	出られます 能出來	出られました （以前）能出來	出られる 被…出來	出られた 被…出來了
敬體被動	敬體被動過去式	常體使役	常體使役過去式	敬體使役	敬體使役過去式
出られます 被…出來	出られました 被…出來了	出させる 讓…出來	出させた 讓…出來了	出させます 讓…出來	出させました 讓…出來了
常體使役被動	常體使役被動過去式	敬體使役被動	敬體使役被動過去式	て形	
出させられる 被迫出來	出させられた 被迫出來了	出させられます 被迫出來	出させられました 被迫出來了	出て 出來…	

假定、命令、推量表現組					
常體否定假定	常體否定假定	常體否定假定	常體假定	常體假定	常體假定
出ないなら 假如不出來的話…	出なかったら 如果不出來的話…	出なければ 如果不出來就會…	出るなら 假如出來的話…	出たら 如果出來了的話…	出れば 如果出來了就會…
敬體假定	命令表現	反向命令表現	常體推量表現	敬體推量表現	
出ましたら 如果出來的話…	出ろ 給我出來！	出るな 不准出來	出よう 出來吧！	出ましょう 出來吧！	

止める とめる 使…停止、停下

否定表現組

常體	常體過去式	敬體	敬體過去式	連體形	連體形過去式
止めない 不停止	止めなかった （以前）沒停止	止めません 不停止	止めませんでした （以前）沒停止	止めない人 不停止…的人	止めなかった人 （以前）沒停止…的人

常體可能形否定	常體可能形否定過去式	敬體可能形否定	敬體可能形否定過去式	常體被動	常體被動過去式
止められない 不能停止	止められなかった （以前）不能停止	止められません 不能停止	止められませんでした （以前）不能停止	止められない 不被…停止	止められなかった （以前）沒被…停止

敬體被動	敬體被動過去式	常體使役	常體使役過去式	敬體使役	敬體使役過去式
止められません 不被…停止	止められませんでした （以前）沒被…停止	止めさせない 不讓…停止	止めさせなかった （以前）沒讓…停止	止めさせません 不讓…停止	止めさせませんでした （以前）沒讓…停止

常體使役被動	常體使役被動過去式	敬體使役被動	敬體使役被動過去式	て形	
止めさせられない 不被迫停止	止めさせられなかった （以前）沒被迫停止	止めさせられません 不被迫停止	止めさせられませんでした （以前）沒被迫停止	止めないで 不（要）停止…	

肯定表現組

常體	常體過去式	敬體	敬體過去式	連體形	連體形過去式
止める 停止	止めた 停止了	止めます 停止	止めました 停止了	止める人 停止…的人	止めた人 停止了…的人

常體可能形肯定	常體可能形肯定過去式	敬體可能形肯定	敬體可能形肯定過去式	常體被動	常體被動過去式
止められる 能夠停止	止められた （以前）能夠停止	止められます 能夠停止	止められました （以前）能夠停止	止められる 被…停止	止められた 被…停止了

敬體被動	敬體被動過去式	常體使役	常體使役過去式	敬體使役	敬體使役過去式
止められます 被…停止	止められました 被…停止了	止めさせる 讓…停止	止めさせた 讓…停止了	止めさせます 讓…停止	止めさせました 讓…停止了

常體使役被動	常體使役被動過去式	敬體使役被動	敬體使役被動過去式	て形	
止めさせられる 被迫停止	止めさせられた 被迫停止了	止めさせられます 被迫停止	止めさせられました 被迫停止了	止めて 停止…	

假定、命令、推量表現組

常體否定假定	常體否定假定	常體否定假定	常體假定	常體假定	常體假定
止めないなら 假如不停止的話…	止めなかったら 如果不停止的話…	止めなければ 如果不停止就會…	止めるなら 假如停止的話…	止めたら 如果停止的話…	止めれば 如果停止了就會…

敬體假定	命令表現	反向命令表現	常體推量表現	敬體推量表現	
止めましたら 如果停止的話…	止めろ 給我停下！	止めるな 不准停	止めよう 停止吧！	止めましょう 停止吧！	

寝る（ね）　睡、就寢

否定表現組

常體	常體過去式	敬體	敬體過去式	連體形	連體形過去式
寝ない 不睡	寝なかった （以前）沒睡	寝ません 不睡	寝ませんでした （以前）沒睡	寝ない人 不睡的人	寝なかった人 （以前）沒睡的人
常體可能形否定	常體可能形否定過去式	敬體可能形否定	敬體可能形否定過去式	常體被動	常體被動過去式
寝られない 無法睡	寝られなかった （以前）無法睡	寝られません 無法睡	寝られませんでした （以前）無法睡	寝られない 不被…睡	寝られなかった （以前）沒被…睡
敬體被動	敬體被動過去式	常體使役	常體使役過去式	敬體使役	敬體使役過去式
寝られません 不被…睡	寝られませんでした （以前）沒被…睡	寝させない 不讓…睡	寝させなかった （以前）沒讓…睡	寝させません 不讓…睡	寝させませんでした （以前）沒讓…睡
常體使役被動	常體使役被動過去式	敬體使役被動	敬體使役被動過去式	て形	
寝させられない 不被迫睡	寝させられなかった （以前）沒被迫睡	寝させられません 不被迫睡	寝させられませんでした （以前）沒被迫睡	寝ないで 不（要）睡…	

肯定表現組

常體	常體過去式	敬體	敬體過去式	連體形	連體形過去式
寝る 睡	寝た 睡了	寝ます 睡	寝ました 睡了	寝る人 睡著的人	寝た人 睡了的人
常體可能形肯定	常體可能形肯定過去式	敬體可能形肯定	敬體可能形肯定過去式	常體被動	常體被動過去式
寝られる 可以睡	寝られた （以前）可以睡	寝られます 可以睡	寝られました （以前）可以睡	寝られる 被…睡	寝られた 被…睡了
敬體被動	敬體被動過去式	常體使役	常體使役過去式	敬體使役	敬體使役過去式
寝られます 被…睡	寝られました 被…睡了	寝させる 讓…睡	寝させた 讓…睡了	寝させます 讓…睡	寝させました 讓…睡了
常體使役被動	常體使役被動過去式	敬體使役被動	敬體使役被動過去式	て形	
寝させられる 被迫睡	寝させられた 被迫睡了	寝させられます 被迫睡	寝させられました 被迫睡了	寝て 睡…	

假定、命令、推量表現組

常體否定假定	常體否定假定	常體否定假定	常體假定	常體假定	常體假定
寝ないなら 假如不睡的話…	寝なかったら 如果不睡的話…	寝なければ 如果不睡就會…	寝るなら 假如睡的話…	寝たら 如果睡了的話…	寝れば 如果睡了就會…
敬體假定	命令表現	反向命令表現	常體推量表現	敬體推量表現	
寝ましたら 如果睡了的話…	寝ろ 給我睡！	寝るな 不准睡	寝よう 睡吧！	寝ましょう 睡吧！	

始める（はじ） 開始（著手某事）

否定表現組

常體	常體過去式	敬體	敬體過去式	連體形	連體形過去式
始めない 不開始	始めなかった （以前）沒開始	始めません 不開始	始めませんでした （以前）沒開始	始めない人 不開始…的人	始めなかった人 （以前）沒開始…的人
常體可能形否定	**常體可能形否定過去式**	**敬體可能形否定**	**敬體可能形否定過去式**	**常體被動**	**常體被動過去式**
始められない 無法開始	始められなかった （以前）無法開始	始められません 無法開始	始められませんでした （以前）無法開始	始められない 不被…開始	始められなかった （以前）沒被…開始
敬體被動	**敬體被動過去式**	**常體使役**	**常體使役過去式**	**敬體使役**	**敬體使役過去式**
始められません 不被…開始	始められませんでした （以前）沒被…開始	始めさせない 不讓…開始	始めさせなかった （以前）沒讓…開始	始めさせません 不讓…開始	始めさせませんでした （以前）沒讓…開始
常體使役被動		**常體使役被動過去式**	**敬體使役被動**		**敬體使役被動過去式**
始めさせられない 不被迫開始		始めさせられなかった （以前）沒被迫開始	始めさせられません 不被迫開始		始めさせられませんでした （以前）沒被迫開始

て形
始めないで
不（要）開始…

肯定表現組

常體	常體過去式	敬體	敬體過去式	連體形	連體形過去式
始める 開始	始めた 開始了	始めます 開始	始めました 開始了	始める人 開始…的人	始めた人 開始了…的人
常體可能形肯定	**常體可能形肯定過去式**	**敬體可能形肯定**	**敬體可能形肯定過去式**	**常體被動**	**常體被動過去式**
始められる 能夠開始	始められた （以前）能夠開始	始められます 能夠開始	始められました （以前）能夠開始	始められる 被…開始	始められた 被…開始了
敬體被動	**敬體被動過去式**	**常體使役**	**常體使役過去式**	**敬體使役**	**敬體使役過去式**
始められます 被…開始	始められました 被…開始了	始めさせる 讓…開始	始めさせた 讓…開始了	始めさせます 讓…開始	始めさせました 讓…開始了
常體使役被動	**常體使役被動過去式**	**敬體使役被動**	**敬體使役被動過去式**		**て形**
始めさせられる 被迫開始	始めさせられた 被迫開始了	始めさせられます 被迫開始	始めさせられました 被迫開始了		始めて 開始…

假定、命令、推量表現組

常體否定假定	常體否定假定	常體否定假定	常體假定	常體假定	常體假定
始めないなら 假如不開始的話…	始めなかったら 如果不開始的話…	始めなければ 如果不開始就會…	始めるなら 假如開始的話…	始めたら 如果開始了的話…	始めれば 如果開始了就會…
敬體假定	**命令表現**	**反向命令表現**	**常體推量表現**	**敬體推量表現**	
始めましたら 如果開始的話…	始めろ 給我開始！	始めるな 不准開始	始めよう 開始吧！	始めましょう 開始吧！	

嵌める _は 扣上、戴上、嵌入

否定表現組

常體	常體過去式	敬體	敬體過去式	連體形	連體形過去式
嵌めない 不扣上	嵌めなかった （以前）沒扣上	嵌めません 不扣上	嵌めませんでした （以前）沒扣上	嵌めない人 不戴…的人	嵌めなかった人 （以前）沒戴…的人
常體可能形否定	常體可能形否定過去式	敬體可能形否定	敬體可能形否定過去式	常體被動	常體被動過去式
嵌められない 不能扣上	嵌められなかった （以前）不能扣上	嵌められません 不能扣上	嵌められませんでした （以前）不能扣上	嵌められない 不被…扣上	嵌められなかった （以前）沒被…扣上
敬體被動	敬體被動過去式	常體使役	常體使役過去式	敬體使役	敬體使役過去式
嵌められません 不被…扣上	嵌められませんでした （以前）沒被…扣上	嵌めさせない 不讓…扣上	嵌めさせなかった （以前）沒讓…扣上	嵌めさせません 不讓…扣上	嵌めさせませんでした （以前）沒讓…扣上
常體使役被動	常體使役被動過去式	敬體使役被動	敬體使役被動過去式	て形	
嵌めさせられない 不被迫扣上	嵌めさせられなかった （以前）沒被迫扣上	嵌めさせられません 不被迫扣上	嵌めさせられませんでした （以前）沒被迫扣上	嵌めないで 不（要）扣上…	

肯定表現組

常體	常體過去式	敬體	敬體過去式	連體形	連體形過去式
嵌める 扣上	嵌めた 扣上了	嵌めます 扣上	嵌めました 扣上了	嵌める人 戴…的人	嵌めた人 戴了…的人
常體可能形肯定	常體可能形肯定過去式	敬體可能形肯定	敬體可能形肯定過去式	常體被動	常體被動過去式
嵌められる 能扣上	嵌められた （以前）能扣上	嵌められます 能扣上	嵌められました （以前）能扣上	嵌められる 被…扣上	嵌められた 被…扣上了
敬體被動	敬體被動過去式	常體使役	常體使役過去式	敬體使役	敬體使役過去式
嵌められます 被…扣上	嵌められました 被…扣上了	嵌めさせる 讓…扣上	嵌めさせた 讓…扣上了	嵌めさせます 讓…扣上	嵌めさせました 讓…扣上了
常體使役被動	常體使役被動過去式	敬體使役被動	敬體使役被動過去式	て形	
嵌めさせられる 被迫扣上	嵌めさせられた 被迫扣上了	嵌めさせられます 被迫扣上	嵌めさせられました 被迫扣上了	嵌めて 扣上…	

假定、命令、推量表現組

常體否定假定	常體否定假定	常體否定假定	常體假定	常體假定	常體假定
嵌めないなら 假如不扣上的話…	嵌めなかったら 如果不扣上的話…	嵌めなければ 如果不扣上就會…	嵌めるなら 假如扣上的話…	嵌めたら 如果扣上了的話…	嵌めれば 如果扣上了就會…
敬體假定	命令表現	反向命令表現	常體推量表現	敬體推量表現	
嵌めましたら 如果扣上的話…	嵌めろ 給我扣上！	嵌めるな 不准扣上	嵌めよう 扣上吧！	嵌めましょう 扣上吧！	

設ける／儲ける　設置／賺（錢）

否定表現組

常體	常體過去式	敬體	敬體過去式	連體形	連體形過去式
設けない 不設置	設けなかった （以前）沒設置	設けません 不設置	設けませんでした （以前）沒設置	設けない人 不設置…的人	設けなかった人 （以前）沒設置…的人
常體可能形否定	常體可能形否定過去式	敬體可能形否定	敬體可能形否定過去式	常體被動	常體被動過去式
設けられない 無法設置	設けられなかった （以前）無法設置	設けられません 無法設置	設けられませんでした （以前）無法設置	設けられない 不被…設置	設けられなかった （以前）沒被…設置
敬體被動	敬體被動過去式	常體使役	常體使役過去式	敬體使役	敬體使役過去式
設けられません 不被…設置	設けられませんでした （以前）沒被…設置	設けさせない 不讓…設置	設けさせなかった （以前）沒讓…設置	設けさせません 不讓…設置	設けさせませんでした （以前）沒讓…設置
常體使役被動	常體使役被動過去式	敬體使役被動	敬體使役被動過去式	で形	
設けさせられない 不被迫設置	設けさせられなかった （以前）沒被迫設置	設けさせられません 不被迫設置	設けさせられませんでした （以前）沒被迫設置	設けないで 不（要）設置…	

肯定表現組

常體	常體過去式	敬體	敬體過去式	連體形	連體形過去式
設ける 設置	設けた 設置了	設けます 設置	設けました 設置了	設ける人 設置…的人	設けた人 設置了…的人
常體可能形肯定	常體可能形肯定過去式	敬體可能形肯定	敬體可能形肯定過去式	常體被動	常體被動過去式
設けられる 能夠設置	設けられた （以前）能夠設置	設けられます 能夠設置	設けられました （以前）能夠設置	設けられる 被…設置	設けられた 被…設置了
敬體被動	敬體被動過去式	常體使役	常體使役過去式	敬體使役	敬體使役過去式
設けられます 被…設置	設けられました 被…設置了	設けさせる 讓…設置	設けさせた 讓…設置了	設けさせます 讓…設置	設けさせました 讓…設置了
常體使役被動	常體使役被動過去式	敬體使役被動	敬體使役被動過去式	て形	
設けさせられる 被迫設置	設けさせられた 被迫設置了	設けさせられます 被迫設置	設けさせられました 被迫設置了	設けて 設置…	

假定、命令、推量表現組

常體否定假定	常體否定假定	常體否定假定	常體假定	常體假定	常體假定
設けないなら 假如不設置的話…	設けなかったら 如果不設置的話…	設けなければ 如果不設置就會…	設けるなら 假如設置的話…	設けたら 如果設置的話…	設ければ 如果設置了就會…
敬體假定	命令表現	反向命令表現	常體推量表現	敬體推量表現	
設けましたら 如果設置的話…	設けろ 給我設置！	設けるな 不准設置	設りよう 設置吧！	設けましょう 設置吧！	

305

焼ける（や） 燃燒、曬

否定表現組					
常體	常體過去式	敬體	敬體過去式	連體形	連體形過去式
焼けない 不燃燒	焼けなかった （以前）沒燃燒	焼けません 不燃燒	焼けませんでした （以前）沒燃燒	焼けない肌 曬不黑的皮膚	焼けなかった肌 （以前）曬不黑的皮膚
常體可能形否定	常體可能形否定過去式	敬體可能形否定	敬體可能形否定過去式	常體被動	常體被動過去式
焼けられない 無法燃燒	焼けられなかった （以前）無法燃燒	焼けられません 無法燃燒	焼けられませんでした （以前）無法燃燒	焼けられない 不被…燃燒	焼けられなかった （以前）沒被…燃燒
敬體被動	敬體被動過去式	常體使役	常體使役過去式	敬體使役	敬體使役過去式
焼けられません 不被…燃燒	焼けられませんでした （以前）沒被…燃燒	焼けさせない 不讓…燃燒	焼けさせなかった （以前）沒讓…燃燒	焼けさせません 不讓…燃燒	焼けさせませんでした （以前）沒讓…燃燒
常體使役被動	常體使役被動過去式	敬體使役被動	敬體使役被動過去式	て形	
焼けさせられない 不被迫燃燒	焼けさせられなかった （以前）沒被迫燃燒	焼けさせられません 不被迫燃燒	焼けさせられませんでした （以前）沒被迫燃燒	焼けないで 不（要）燃燒…	

肯定表現組					
常體	常體過去式	敬體	敬體過去式	連體形	連體形過去式
焼ける 燃燒	焼けた 燃燒了	焼けます 燃燒	焼けました 燃燒了	焼ける肌 曬黑的皮膚	焼けた肌 曬黑了的皮膚
常體可能形肯定	常體可能形肯定過去式	敬體可能形肯定	敬體可能形肯定過去式	常體被動	常體被動過去式
焼けられる 能夠燃燒	焼けられた （以前）能夠燃燒	焼けられます 能夠燃燒	焼けられました （以前）能夠燃燒	焼けられる 被…燃燒	焼けられた 被…燃燒了
敬體被動	敬體被動過去式	常體使役	常體使役過去式	敬體使役	敬體使役過去式
焼けられます 被…燃燒	焼けられました 被…燃燒了	焼けさせる 讓…燃燒	焼けさせた 讓…燃燒了	焼けさせます 讓…燃燒	焼けさせました 讓…燃燒了
常體使役被動	常體使役被動過去式	敬體使役被動	敬體使役被動過去式	て形	
焼けさせられる 被迫燃燒	焼けさせられた 被迫燃燒了	焼けさせられます 被迫燃燒	焼けさせられました 被迫燃燒了	焼けて 燃燒…	

假定、命令、推量表現組					
常體否定假定	常體否定假定	常體否定假定	常體假定	常體假定	常體假定
焼けないなら 假如不燃燒的話…	焼けなかったら 如果不燃燒的話…	焼けなければ 如果不燃燒就會…	焼けるなら 假如燃燒的話…	焼けたら 如果燃燒的話…	焼ければ 如果燃燒了就會…
敬體假定	命令表現	反向命令表現	常體推量表現	敬體推量表現	
焼けましたら 如果燃燒的話…	焼けろ 給我燃燒！	焼けるな 不准燃燒	焼けよう 燃燒吧！	焼けましょう 燃燒吧！	

止める／辞める　取消、終止不做／辭職

否定表現組

常體	常體過去式	敬體	敬體過去式	連體形	連體形過去式
辞めない 不辭職	辞めなかった （以前）沒辭職	辞めません 不辭職	辞めませんでした （以前）沒辭職	辞めない人 不辭職的人	辞めなかった人 （以前）沒辭職的人
常體可能形否定	常體可能形否定過去式	敬體可能形否定	敬體可能形否定過去式	常體被動	常體被動過去式
辞められない 無法辭職	辞められなかった （以前）無法辭職	辞められません 無法辭職	辞められませんでした （以前）無法辭職	辞められない 不被…辭職	辞められなかった （以前）沒被…辭職
敬體被動	敬體被動過去式	常體使役	常體使役過去式	敬體使役	敬體使役過去式
辞められません 不被…辭職	辞められませんでした （以前）沒被…辭職	辞めさせない 不讓…辭職	辞めさせなかった （以前）沒讓…辭職	辞めさせません 不讓…辭職	辞めさせませんでした （以前）沒讓…辭職
常體使役被動	常體使役被動過去式	敬體使役被動	敬體使役被動過去式	て形	
辞めさせられない 不被迫辭職	辞めさせられなかった （以前）沒被迫辭職	辞めさせられません 不被迫辭職	辞めさせられませんでした （以前）沒被迫辭職	辞けないで 不（要）辭職…	

肯定表現組

常體	常體過去式	敬體	敬體過去式	連體形	連體形過去式
辞める 辭職	辞めた 辭職了	辞めます 辭職	辞めました 辭職了	辞める人 辭職的人	辞めた人 辭職了的人
常體可能形肯定	常體可能形肯定過去式	敬體可能形肯定	敬體可能形肯定過去式	常體被動	常體被動過去式
辞められる 能夠辭職	辞められた （以前）能夠辭職	辞められます 能夠辭職	辞められました （以前）能夠辭職	辞められる 被…辭職	辞められた 被…辭職了
敬體被動	敬體被動過去式	常體使役	常體使役過去式	敬體使役	敬體使役過去式
辞められます 被…辭職	辞められました 被…辭職了	辞めさせる 讓…辭職	辞めさせた 讓…辭職了	辞めさせます 讓…辭職	辞めさせました 讓…辭職了
常體使役被動	常體使役被動過去式	敬體使役被動	敬體使役被動過去式	て形	
辞めさせられる 被迫辭職	辞めさせられた 被迫辭職了	辞めさせられます 被迫辭職	辞めさせられました 被迫辭職了	辞けて 辭職…	

假定、命令、推量表現組

常體否定假定	常體否定假定	常體否定假定	常體假定	常體假定	常體假定
辞けないなら 假如不辭職的話…	辞けなかったら 如果不辭職的話…	辞けなければ 如果不辭職就會…	辞めるなら 假如辭職的話…	辞めたら 如果辭職的話…	辞めれば 如果辭職了就會…
敬體假定	命令表現	反向命令表現	常體推量表現	敬體推量表現	
辞めましたら 如果辭職的話…	辞めろ 給我辭職！	辞めるな 不准辭職	辞めよう 辭職吧！	辞めましょう 辭職吧！	

分ける わ 分開、區分、分發

否定表現組					
常體	常體過去式	敬體	敬體過去式	連體形	連體形過去式
分けない 不分開	分けなかった （以前）沒分開	分けません 不分開	分けませんで した （以前）沒分開	分けない人 不分開…的人	分けなかった 人 （以前）沒分開… 的人
常體可能形否定	常體可能形否定過去式	敬體可能形否定	敬體可能形否定過去式	常體被動	常體被動過去式
分けられない 不能分開	分けられなか った （以前）不能分開	分けられませ ん 不能分開	分けられませ んでした （以前）不能分開	分けられない 不被…分開	分けられなか った （以前）沒被…分 開
敬體被動	敬體被動過去式	常體使役	常體使役過去式	敬體使役	敬體使役過去式
分けられませ ん 不被…分開	分けられませ んでした 沒被…分開	分けさせない 不讓…分開	分けさせなか った （以前）沒讓…分 開	分けさせませ ん 不讓…分開	分けさせませ んでした （以前）沒讓…分 開
常體使役被動	常體使役被動過去式	敬體使役被動	敬體使役被動過去式		て形
分けさせられな い 不被迫分開	分けさせられな かった （以前）沒迫分開	分けさせられま せん 不被迫分開	分けさせられま せんでした （以前）沒被迫分開		分けないで 不（要）分開
肯定表現組					
常體	常體過去式	敬體	敬體過去式	連體形	連體形過去式
分ける 分開	分けた 分開了	分けます 分開	分けました 分開了	分ける人 分開…的人	分けた人 分開了…的人
常體可能形肯定	常體可能形肯定過去式	敬體可能形肯定	敬體可能形肯定過去式	常體被動	常體被動過去式
分けられる 能分開	分けられた （以前）能分開	分けられます 能分開	分けられました （以前）能分開	分けられる 被…分開	分けられた 被…分開了
敬體被動	敬體被動過去式	常體使役	常體使役過去式	敬體使役	敬體使役過去式
分けられます 被…分開	分けられました 被…分開了	分けさせる 讓…分開	分けさせた 讓…分開了	分けさせます 讓…分開	分けさせました 讓…分開了
常體使役被動	常體使役被動過去式	敬體使役被動	敬體使役被動過去式		て形
分けさせられる 被迫分開	分けさせられた 被迫分開了	分けさせられま す 被迫分開	分けさせられまし た 被迫分開了		分けて 分開…
假定、命令、推量表現組					
常體否定假定	常體否定假定	常體否定假定	常體假定	常體假定	常體假定
分けないなら 假如不分開的 話…	分けなかった ら 如果不分開的話…	分けなければ 如果不分開就 會…	分けるなら 假如分開的話…	分けたら 如果分開了的 話…	分ければ 如果分開了就 會…
敬體假定	命令表現	反向命令表現	常體推量表現	敬體推量表現	
分けましたら 如果分開了的話…	分けろ 給我分開！	分けるな 不准分開	分けよう 分開吧！	分けましょう 分開吧！	

下一段動詞詞尾的文法接續應用

使用意義	日文表現	意思	例句
表不作某動作而做下一動作	食べずに	沒吃就…	いつも朝ごはんを食べずに会社へ行きます。 （總是沒吃早餐就去上班。）
表使役	食べさせる	讓…吃	子どもが小さいときからたくさんの野菜を食べさせました。 （孩子從小就讓他們吃很多的蔬菜。）
表被動	食べられる	被吃	冷蔵庫のプリンは弟に食べられたんです。 （冰箱的布丁是被弟弟吃掉的。）
表必須	食べなければならない	不得不吃	日本ではお正月のとき、おせち料理を食べなければなりません。 （日本在過年的時候一定要吃年菜。）
表反向逆接	食べなくても	即使不吃…	三日食べなくても、死なないよ。 （就算三天不吃東西，也不會死。）
表目的	食べに	去吃	もうお昼の時間ですので、ごはんを食べに行きましょう。 （已經是午休時間了，一起去吃飯吧。）
表同步行為	食べながら	邊吃一邊…	忙しいとき、ごはんを食べながら仕事をします。 （忙的時候一邊吃飯一邊工作。）
表希望	食べたい	想吃	沖縄に行って、地元の料理を食べたいです。 （去了沖繩想要吃當地的料理。）
表順接	食べるし	既吃	彼女はラーメンも食べるし、うどんも食べます。 （她既吃拉麵，也吃烏龍麵。）
表主觀原因	食べるから	因為吃	最近体がよくなったのは、栄養バランスを考えてちゃんとごはんを食べるからです。 （最近身體變好是因為考量到營養均衡有好好吃飯的緣故。）
表客觀原因	食べるので	由於吃	日本人はよくアイスを食べるので、日本ではアイスの自動販売機が多く見られます。 （由於日本人很喜歡吃冰，所以到處都可以看到賣冰的自動販賣機。）
表理應	食べるはず	理當吃	課長は納豆を食べるはずです。 （課長應該有吃納豆。）
表應當	食べるべき	應當吃	健康のために何を食べるべきですか。 （為了健康應該吃些什麼好呢？）

使用意義	日文表現	意思	例句
表道理	食べるわけ	吃的道理	毎日フカヒレを食べるわけにはいきません。 （怎麼可能每天都吃魚翅。）
表逆接	食べるのに	吃了卻	彼女はたくさん食べるのに細いです。 （她雖然吃很多卻很苗條。）
表逆接	食べるけど	雖然吃	ポテトチップスはあったら食べるけど、なくても困らないものです。 （洋芋片是種有就會吃，但沒有也不會怎樣的食物。）
表比較	食べるより	比起吃	一人で食べるより、家族みんなで食べるほうが幸せです。 （比起一個人吃飯，家人聚在一起吃比較幸福。）
表限定	食べるだけ	只吃	うちの子はお肉を食べるだけなんです。 （我們家的孩子只吃肉。）
表假定	食べるなら	吃的話	定食を食べるなら、「大戸屋」がおすすめですよ。 （如果要吃定食的話我推薦「大戸屋」唷。）
表可預期的目的	食べるために	為了吃	おいしいものを食べるために、運動を続けています。 （為了吃美食一直有持續在運動。）
表不可預期的目的	食べられるように	為了能吃	大人になってから食べられるようになったものはたくさんあります。 （長大之後變得敢吃的食物有很多。）
表傳聞	食べるそう	聽說要吃	きょうの夕食はカレーライスを食べるそうです。 （聽說今天的晚餐要吃咖哩。）
表樣態	食べるよう	好像吃	彼はこれからごはんを食べるようです。 （他接下來好像要去吃飯。）
表常識道理	食べるもの	自然要吃	日本では鯛はめでたいときに食べるものです。 （在日本，鯛魚是在值得慶祝的日子會吃的食物。）
表假定	食べれば	吃了就會	どこで食べればいいかわかりません。 （不知道應該要在哪裡吃飯才好。）
表命令	食べろ	給我吃！	ニンジンを食べろ！ （給我吃紅蘿蔔！）
表推量、勧誘	食べよう	吃吧！	いっしょにおいしいラーメンを食べようか。 （一起去吃好吃的拉麵吧。）
表原因、表順接	食べて	因為吃、吃了之後	アイスクリームをたくさん食べて、お腹をこわしてしまいました。 （吃了太多的冰淇淋，吃壞肚子了。）

使用意義	日文表現	意思	例句
表逆接	食(た)べても	即使吃了	いくら食(た)べても太(ふと)らない人(ひと)っていいなあ〜 （不管吃多少也不會胖的人真好〜）
表請求	食(た)べてください	請吃	遠慮(えんりょ)なく食(た)べてください。 （不用客氣請吃。）
表許可	食(た)べてもいい	可以吃	テーブルの上(うえ)のお菓子(かし)は食(た)べてもいいですよ。 （桌上的點心可以吃唷。）
表不許可	食(た)べてはいけない	不可以吃	カップラーメンは体(からだ)に悪(わる)いので食(た)べてはいけません。 （泡麵因為對身體不好所以不可以吃。）
表假定、順勢發展	食(た)べたら	吃的話、吃了就	食(た)べたら、電話(でんわ)してくれませんか。 （吃完之後可以打電話給我嗎？）
表列舉	食(た)べたり	或吃，或…	きのう、友(とも)だちとごはんを食(た)べたり、買(か)い物(もの)に行(い)ったりしました。 （昨天和朋友一起吃飯還有去買東西。）
表經驗	食(た)べたことがあります	曾經吃過	私(わたし)はマレーシアでドリアンを食(た)べたことがあります。 （我在馬來西亞吃過榴槤。）
表逆接	食(た)べたとしても	即使吃了	甘(あま)い物(もの)を食(た)べたとしても、太(ふと)るとはかぎりません。 （並不是吃了甜食就一定會發胖。）
表動作當下的時間點	食(た)べたところで	就算吃了也	コラーゲンを食(た)べたところで、美肌(びはだ)の効果(こうか)は出(で)ません。 （就算吃了膠原蛋白皮膚也沒變好。）
表動作進行中	食(た)べている	正在吃	ごめん、今(いま)ごはんを食(た)べているので、あとで連絡(れんらく)します。 （抱歉，我現在正在吃飯，晚點再跟你聯絡。）
表嘗試	食(た)べてみる	吃看看	本社(ほんしゃ)の新商品(しんしょうひん)を食(た)べてみてください。 （請試吃看看我們公司的新產品。）
表動作的遠移	食(た)べていく	去吃	塾(じゅく)に行(い)く前(まえ)にご飯(はん)を食(た)べていく。 （到補習班之前先去吃飯。）
表動作的近移	食(た)べてくる	來吃	小腹(こばら)がすいたので、ちょっとコンビニでおにぎりを食(た)べてくる。 （肚子有點餓了，我去超商吃個御飯糰就來。）
表動作的預先動作	食(た)べておく	預先吃	11時(じゅういちじ)から13時(じゅうさんじ)まで会議(かいぎ)があるため、先(さき)に昼(ひる)ごはんを食(た)べておく。 （從11點到下午1點會有一場會議，所以我先吃了午餐。）

Part 4. 不規則動詞詞尾變化

在本章中必須要了解到的單字：

ひと
人 人

来る　來

否定表現組					
常體	常體過去式	敬體	敬體過去式	連體形	連體形過去式
来ない 不來	来なかった （以前）沒來	来ません 不來	来ませんでした （以前）沒來	来ない人 不來的人	来なかった人 （以前）沒來的人
常體可能形否定	常體可能形否定過去式	敬體可能形否定	敬體可能形否定過去式	常體被動	常體被動過去式
来られない 不能來	来られなかった （以前）不能來	来られません 不能來	来られませんでした （以前）不能來	来られない 不被…來	来られなかった （以前）沒被…來
敬體被動	敬體被動過去式	常體使役	常體使役過去式	敬體使役	敬體使役過去式
来られません 不被…來	来られませんでした （以前）沒被…來	来させない 不讓…來	来させなかった （以前）沒讓…來	来させません 不讓…來	来させませんでした （以前）沒讓…來
常體使役被動	常體使役被動過去式	敬體使役被動	敬體使役被動過去式	て形	
来させられない 不被迫來	来させられなかった （以前）沒被迫來	来させられません 不被迫來	来させられませんでした （以前）沒被迫來	来ないで 不（要）來…	

肯定表現組					
常體	常體過去式	敬體	敬體過去式	連體形	連體形過去式
来る 來	来た 來了	来ます 來	来ました 來了	来る人 來的人	来た人 來了的人
常體可能形肯定	常體可能形肯定過去式	敬體可能形肯定	敬體可能形肯定過去式	常體被動	常體被動過去式
来られる 能來	来られた （以前）能來	来られます 能來	来られました （以前）能來	来られる 被…來	来られた 被…來了
敬體被動	敬體被動過去式	常體使役	常體使役過去式	敬體使役	敬體使役過去式
来られます 被…來	来られました 被…來了	来させる 讓…來	来させた 讓…來了	来させます 讓…來	来させました 讓…來了
常體使役被動	常體使役被動過去式	敬體使役被動	敬體使役被動過去式	て形	
来させられる 被迫來	来させられた 被迫來了	来させられます 被迫來	来させられました 被迫來了	来て 來…	

假定、命令、推量表現組					
常體否定假定	常體否定假定	常體否定假定	常體假定	常體假定	常體假定
来ないなら 假如不來的話…	来なかったら 如果不來的話…	来なければ 如果不來就會…	来るなら 假如來的話…	来たら 如果來了的話…	来れば 如果來了就會…
敬體假定	命令表現	反向命令表現	常體推量表現	敬體推量表現	
来ましたら 如果來的話…	来い 給我過來！	来るな 不准過來	来よう 來吧！	来ましょう 來吧！	

する 做

否定表現組

常體	常體過去式	敬體	敬體過去式	連體形	連體形過去式
しない 不做	しなかった （以前）沒做	しません 不做	しませんでした （以前）沒做	しない人 不做…的人	しなかった人 （以前）沒做…的人
常體可能形否定	**常體可能形否定過去式**	**敬體可能形否定**	**敬體可能形否定過去式**	**常體被動**	**常體被動過去式**
＊できない 不會做	＊できなかった （以前）不會做	＊できません 不會做	＊できませんでした （以前）不會做	されない 不被…做	されなかった （以前）沒被…做
敬體被動	**敬體被動過去式**	**常體使役**	**常體使役過去式**	**敬體使役**	**敬體使役過去式**
されません 不被…做	されませんでした （以前）沒被…做	させない 不讓…做	させなかった （以前）沒讓…做	させません 不讓…做	させませんでした （以前）沒讓…做
常體使役被動	**常體使役被動過去式**	**敬體使役被動**	**敬體使役被動過去式**	**て形**	
させられない 不被迫做	させられなかった （以前）沒被迫做	させられません 不被迫做	させられませんでした （以前）沒被迫做	しないで 不（要）做…	

肯定表現組

常體	常體過去式	敬體	敬體過去式	連體形	連體形過去式
する 做	した 做了	します 做	しました 做了	する人 做…的人	した人 做了…的人
常體可能形肯定	**常體可能形肯定過去式**	**敬體可能形肯定**	**敬體可能形肯定過去式**	**常體被動**	**常體被動過去式**
＊できる 會做	＊できた （以前）會做	＊できます 會做	＊できました （以前）會做	される 被…做	された 被…做了
敬體被動	**敬體被動過去式**	**常體使役**	**常體使役過去式**	**敬體使役**	**敬體使役過去式**
されます 被…做	されました 被…做了	させる 讓…做	させた 讓…做了	させます 讓…做	させました 讓…做了
常體使役被動	**常體使役被動過去式**	**敬體使役被動**	**敬體使役被動過去式**	**て形**	
させられる 被迫做	させられた 被迫做了	させられます 被迫做	させられました 被迫做了	して 做…	

假定、命令、推量表現組

常體否定假定	常體否定假定	常體否定假定	常體假定	常體假定	常體假定
しないなら 假如不做的話…	しなかったら 如果不做的話…	しなければ 如果不做就會…	するなら 假如做的話…	したら 如果做了的話…	すれば 如果做了就會…
敬體假定	**命令表現**	**反向命令表現**	**常體推量表現**	**敬體推量表現**	
しましたら 如果做了的話…	しろ 給我做！	するな 不准做	しよう 做吧！	しましょう 做吧！	

加強觀念　する在可能形時會變成以できる所活用的型態。

力行変格、サ行変格的文法接續應用

使用意義	日文表現	意思	例句
表不作某動作而做下一動作	せずに	沒做就…	このレストランでは食事をせずにビールだけ飲みました。 （在這間餐廳沒用餐只有喝啤酒。）
表使役	させる	讓…做	部長は佐藤さんを会議に出席させました。 （部長讓佐藤先生出席會議。）
表被動	される	被做	よく学生たちに日本の生活について質問されます。 （常常被學生們問有關日本的生活。）
表必須	しなければならない	不得不做	来週は期末テストなので、今から勉強しなければなりません。 （下禮拜就是期末考了，所以現在開始不唸書不行了。）
表反向逆接	しなくても	即使不做…	勉強しなくても、合格できます。 （就算不念書也能及格。）
表目的	しに	去做	横浜へ何をしに行きましたか。 （你去橫濱做什麼呢？）
表同步行為	しながら	一邊做，一邊…	ジョギングをしながら音楽を聴きます。 （一邊慢跑一邊聽音樂。）
表希望	したい	想做	もう春ですね。お花見をしたいな。 （已經春天了耶。好想去賞花喔。）
表順接	するし	既做	論文発表の時は、いつも緊張するし、お腹もいたくなるし、本当に困ります。 （發表論文的時候，總是既緊張又容易肚子餓，真是令人頭痛。）
表主觀原因	するから	因為做	山本さん最近嬉しそうですね。…そうですね。来月結婚しますから。 （山本小姐最近看起來很開心耶。…是呀，因為她下個月要結婚了。）
表客觀原因	するので	由於做	初めてみんなの前でスピーチをするので、とても心配なんです。 （因為是第一次在眾人面前演講，所以非常擔心。）
表理應	来るはず	理當來	今日電話で確認をしましたので、きょうのパーティーに彼は来るはずです。 （昨天已經用電話確認過了，所以今天的晚宴他應該會來。）
表應當	するべき	應當做	年に一度の大事な会議だから、社員は全員、出席するべきです。 （因為這是一年一次重要的會議，公司全體員工都應該要出席才是。）

使用意義	日文表現	意思	例句
表道理	来るわけ	來的道理	今回のテーマに興味はなさそうだから、彼はこの座談会に来るわけがないでしょう。 （這次的主題他好像沒興趣，所以他應該是不會來這個座談會才對。）
表逆接	するのに	做了卻	化粧をするのに、綺麗にならない。 （化了妝後，卻無法變漂亮。）
表逆接	来るけど	雖然來	好きな人から、LINEの返事はすぐ来るけど、内容はいつも素っ気無いものだ。 （雖然喜歡的人傳LINE來了，但是內容看起來就很冷淡敷衍。）
表比較	するより	比起做	食事を制限するより、ジョギングなどでダイエットしたほうがいいですよ。 （比起控制飲食，做些慢跑等等的瘦身運動比較好喔。）
表限定	来るだけ	只來	授業に来るだけなら、意味がない。 （如果只是人來上課卻不用心聽講的話，那還來幹嘛？）
表假定	来るなら	來的話	小林さんが来るなら、私も来ます。 （小林先生來的話那我也來。）
表可預期的目的	するために	為了做	犬の散歩をするために、毎朝6時に起きます。 （為了帶狗去散步每天早上六點起床。）
表不可預期的目的	できるように	為了能做	次の大会で優勝できるように、毎日練習します。 （為了能在下次的比賽拿冠軍每天練習。）
表傳聞	来るそう	聽說要來	きょうの決勝戦、クラス全員が応援に来るそうです。 （今天的總決賽，聽說全班都會來加油。）
表樣態	来るよう	好像來	彼女は今こっちに来るようです。 （她現在好像在來這裡的路上。）
表常識道理	するもの	自然要做	親は子供のために努力するものです。 （作父母的總是會為了孩子盡心盡力。）
表假定	すれば	做了就會	茶道を見学したいんですが、どうすればいいですか。 （很想去參觀茶道，該怎麼做才好呢？）
表命令	しろ	給我做！	もっと勉強しろ！ （給我再認真點唸書！）
表推量、勸誘	しよう	做吧！	結婚しよう！ （我們結婚吧！）

使用意義	日文表現	意思	例句
表原因、表順接	来て	因為來、來了之後	家族が応援に来て、心強いです。 （因為家人來幫我加油所以覺得很安心。）
表逆接	来ても	即使來了	どんな仕事が来ても彼は最後までやりとげます。 （無論來什麼樣的工作，他都一定會做到最後。）
表請求	来てください	請來	ぜひうちへ遊びに来てください。 （請一定要來我們家玩。）
表許可	してもいい	可以做	この服を試着してもいいですか。 （可以試穿這件衣服嗎？）
表不許可	してはいけない	不可以做	駅の前に駐車してはいけません。 （車站前面不可以停車。）
表假定、順勢發展	したら	做的話、做了就	お父さんが帰宅したら、ごはんを食べましょう。 （爸爸回來之後我們就開飯吧。）
表列舉	したり	或做，或…	休みの日はテニスをしたり、友だちと買い物をしたりします。 （放假的時候就打打網球，或是和朋友去逛街買東西。）
表經驗	来たことがあります	曾經來過	確か前にここに来たことがあります。 （我記得我之前有來過這裡。）
表逆接	来たとしても	即使來了	世界に終わりの日が来たとしても、あなたと離れたくないです。 （即使世界末日到來，我也不想和你分開。）
表動作當下的時間點	したところで	就算做了也	その学校は、卒業したところで、いい就職先はないそうです。 （那間學校，就算畢業也找不到好工作吧。）
表動作進行中	している	正在做	今調査しているところなんです。 （現在正在調查。）
表嘗試	してみる	做看看	ちょっと運動をしてみます。 （我來運動看看吧！）
表動作的遠移	していく	做（下去）	テスト前に勉強をしていきます。 （考試前努力用功下去。）
表動作的近移	してくる	來做	部屋が汚いから、掃除をしてくるよ。 （房間髒成一團，我來打掃一下。）
表動作的預先動作	しておく	預先做	お皿はあとで洗いますから、そのままにしておいてください。 （那些盤子我等一下會洗，所以不用動放在那邊就好。）

Part 5. 常用形容詞詞尾變化

在本章中必須要了解到的單字：

コーヒー　咖啡

天気（てんき）　天氣

人（ひと）　人

部屋（へや）　房間

ところ　地方、場所

時計（とけい）　時鐘

暖かい／温かい 暖和的／溫暖的、溫情的

<small>あたた　　　あたた</small>

否定表現組			
常體	常體過去式	敬體1	敬體過去式1
暖かくない 不溫暖的	暖かくなかった （以前是）不溫暖的	暖かくないです 不溫暖的	暖かくなかったです （以前是）不溫暖的
敬體2	敬體過去式2	連體形	連體形過去式	て形
暖かくありません 不溫暖的	暖かくありません でした （以前是）不溫暖的	温かくないコーヒー 不溫的咖啡	温かくなかったコー ヒー （以前是）不溫的咖 啡	暖かくなくて 不溫暖的…

否定表現組			
常體	常體過去式	敬體	敬體過去式
暖かい 溫暖的	暖かかった （以前是）溫暖的	暖かいです 溫暖的	暖かかったです （以前是）溫暖的
連體形	連體形過去式		て形
温かいコーヒー 溫的咖啡	温かかったコーヒー （以前是）溫的咖啡		暖かくて 溫暖的…

假定、命令、推量表現組			
常體否定假定	常體否定假定	常體否定假定	常體假定
暖かくないなら 假如不溫暖的話…	暖かくなかったら 如果不溫暖的話…	暖かくなければ 如果不溫暖就會…	暖かいなら 假如溫暖的話…
常體假定	常體假定	常體推量表現	敬體推量表現
暖かかったら 如果溫暖的話…	暖かければ 如果溫暖就會…	暖かかろう 溫暖吧！	暖かいでしょう 溫暖吧！

暑い／熱い／厚い
<small>あつ　　　あつ　　　あつ</small>

熱的、炙熱的／熱烈的、熱切的／厚的

否定表現組			
常體	常體過去式	敬體1	敬體過去式1
暑くない 不熱的	暑くなかった （以前是）不熱的	暑くないです 不熱的	暑くなかったです （以前是）不熱的
敬體2	敬體過去式2	連體形	連體形過去式	て形
暑くありません 不熱的	暑くありませんでし た （以前是）不熱的	暑くない天気 不熱的天氣	暑くなかった天 気 （以前是）不熱的天 氣	暑くなくて 不熱的…

肯定表現組			
常體	常體過去式	敬體	敬體過去式
暑い 熱的	暑かった （以前是）熱的	暑いです 熱的	暑かったです （以前是）熱的
連體形		連體形過去式	て形
暑い天気 熱的天氣		暑かった天気 （以前是）熱的天氣	暑くて 熱的…

假定、命令、推量表現組			
常體否定假定	常體否定假定	常體否定假定	常體假定
暑くないなら 假如不熱的話…	暑くなかったら 如果不熱的話…	暑くなければ 如果不熱就會…	暑いなら 假如熱的話…
常體假定	常體假定	常體推量表現	敬體推量表現
暑かったら 如果熱的話…	暑ければ 如果熱就會…	暑かろう 熱吧！	暑いでしょう 熱吧！

<ruby>危<rt>あぶ</rt></ruby>ない　危險的

否定表現組				
常體	常體過去式	敬體 1	敬體過去式 1	
危なくない 不危險的	危なくなかった （以前是）不危險的	危なくないです 不危險的	危なくなかったです （以前是）不危險的	
敬體 2	敬體過去式 2	連體形	連體形過去式	て形
危なくありません 不危險的	危なくありません でした （以前是）不危險的	危なくない人 不危險的人	危なくなかった 人 （以前是）不危險的 人	危なくなくて 不危險的…

肯定表現組			
常體	常體過去式	敬體	敬體過去式
危ない 危險的	危なかった （以前是）危險的	危ないです 危險的	危なかったです （以前是）危險的
連體形		連體形過去式	て形
危ない人 危險的人		危なかった人 （以前是）危險的人	危なくて 危險的…

假定、命令、推量表現組			
常體否定假定	常體否定假定	常體否定假定	常體假定
危なくないなら 假如不危險的話…	危なくなかったら 如果不危險的話…	危なくなければ 如果不危險就會…	危ないなら 假如危險的話…
常體假定	常體假定	常體推量表現	敬體推量表現
危なかったら 如果危險的話…	危なければ 如果危險就會…	危なかろう 危險吧！	危ないでしょう 危險吧！

忙しい （いそが）　忙的、忙碌的

否定表現組			
常體	常體過去式	敬體1	敬體過去式1
忙しくない 不忙碌的	忙しくなかった （以前是）不忙碌的	忙しくないです 不忙碌的	忙しくなかったです （以前是）不忙碌的
敬體2	敬體過去式2	連體形	連體形過去式	て形
忙しくありません 不忙碌的	忙しくありませんでした （以前是）不忙碌的	忙しくない人 不忙碌的人	忙しくなかった人 （以前是）不忙碌的人	忙しくなくて 不忙碌的…

肯定表現組			
常體	常體過去式	敬體	敬體過去式
忙しい 忙碌的	忙しかった （以前是）忙碌的	忙しいです 忙碌的	忙しかったです （以前是）忙碌的
連體形	連體形過去式	て形
忙しい人 忙碌的人	忙しかった人 （以前是）忙碌的人	忙しくて 忙碌的…

假定、命令、推量表現組			
常體否定假定	常體否定假定	常體否定假定	常體假定
忙しくないなら 假如不忙碌的話…	忙しくなかったら 如果不忙碌的話…	忙しくなければ 如果不忙碌就會…	忙しいなら 假如忙碌的話…
常體假定	常體假定	常體推量表現	敬體推量表現
忙しかったら 如果忙碌的話…	忙しければ 如果忙碌就會…	忙しかろう 忙碌吧！	忙しいでしょう 忙碌吧！

うるさい　吵的、煩人的

否定表現組			
常體	常體過去式	敬體1	敬體過去式1
うるさくない 不吵的	うるさくなかった （以前是）不吵的	うるさくないです 不吵的	うるさくなかったです （以前是）不吵的
敬體2	敬體過去式2	連體形	連體形過去式	て形
うるさくありません 不吵的	うるさくありませんでした （以前是）不吵的	うるさくない人 不吵的人	うるさくなかった人 （以前是）不吵的人	うるさくなくて 不吵的…

肯定表現組			
常體	常體過去式	敬體	敬體過去式
うるさい 吵的	うるさかった （以前是）吵的	うるさいです 吵的	うるさかったです （以前是）吵的

連體形	連體形過去式	て形
うるさい人 吵的人	うるさかった人 （以前是）吵的人	うるさくて 吵的…

假定、命令、推量表現組			
常體否定假定	常體否定假定	常體否定假定	常體假定
うるさくないなら 假如不吵的話…	うるさくなかったら 如果不吵的話…	うるさくなければ 如果不吵就會…	うるさいなら 假如吵的話…
常體假定	常體假定	常體推量表現	敬體推量表現
うるさかったら 如果吵的話…	うるさければ 如果吵就會…	うるさかろう 吵吧！	うるさいでしょう 吵吧！

<ruby>嬉<rt>うれ</rt></ruby>しい　開心的

否定表現組			
常體	常體過去式	敬體 1	敬體過去式 1
嬉しくない 不開心的	嬉しくなかった （以前是）不開心的	嬉しくないです 不開心的	嬉しくなかったです （以前是）不開心的
敬體 2	敬體過去式 2	連體形	連體形過去式	て形
嬉しくありません 不開心的	嬉しくありませんでした （以前是）不開心的	嬉しくない人 不開心的人	嬉しくなかった人 （以前是）不開心的人	嬉しくなくて 不開心的…

肯定表現組			
常體	常體過去式	敬體	敬體過去式
嬉しい 開心的	嬉しかった （以前是）開心的	嬉しいです 開心的	嬉しかったです （以前是）開心的
連體形	連體形過去式	て形
嬉しい人 開心的人	嬉しかった人 開心了的人	嬉しくて 開心的…

假定、命令、推量表現組			
常體否定假定	常體否定假定	常體否定假定	常體假定
嬉しくないなら 假如不開心的話…	嬉しくなかったら 如果不開心的話…	嬉しくなければ 如果不開心就會…	嬉しいなら 假如開心的話…
常體假定	常體假定	常體推量表現	敬體推量表現
嬉しかったら 如果開心的話…	嬉しければ 如果開心就會…	嬉しかろう 開心吧！	嬉しいでしょう 開心吧！

多<small>おお</small>い　多的

否定表現組			
常體	常體過去式	敬體 1	敬體過去式 1
多くない 不多的	多くなかった （以前是）不多的	多くないです 不多的	多くなかったです （以前是）不多的
敬體 2	敬體過去式 2	連體形	連體形過去式	て形
多くありません 不多的	多くありませんでした （以前是）不多的	多くない人 不多的人	多くなかった人 （以前是）不多了的人	多くなくて 不多的…

肯定表現組			
常體	常體過去式	敬體	敬體過去式
多い 多的	多かった （以前是）多的	多いです 多的	多かったです （以前是）多的
連體形	連體形過去式	て形
多い人 很多的人	多かった人 （以前是）很多的人	多くて 多的…

假定、命令、推量表現組			
常體否定假定	常體否定假定	常體否定假定	常體假定
多くないなら 假如不多的話…	多くなかったら 如果不多的話…	多くなければ 如果不多就會…	多いなら 假如多的話…
常體假定	常體假定	常體推量表現	敬體推量表現
多かったら 如果多的話…	多ければ 如果多就會…	多かろう 多吧！	多いでしょう 多吧！

大<small>おお</small>きい　大的

否定表現組			
常體	常體過去式	敬體 1	敬體過去式 1
大きくない 不大的	大きくなかった （以前是）不大的	大きくないです 不大的	大きくなかったです （以前是）不大的
敬體 2	敬體過去式 2	連體形	連體形過去式	て形
大きくありません 不大的	大きくありませんでした （以前是）不大的	大きくない人 不大的人	大きくなかった人 （以前是）不大了的人	大きくなくて 不大的…

肯定表現組			
常體	常體過去式	敬體	敬體過去式
大きい 大的	大きかった （以前是）大的	大きいです 大的	大きかったです （以前是）大的

連體形	連體形過去式	て形
大きい人 大的人	大きかった人 （以前是）大的人	大きくて 大的…

常體否定假定	常體否定假定	常體否定假定	常體假定
大きくないなら 假如不大的話…	大きくなかったら 如果不大的話…	大きくなければ 如果不大就會…	大きいなら 假如大的話…
常體假定	**常體假定**	**常體推量表現**	**敬體推量表現**
大きかったら 如果大的話…	大きければ 如果大就會…	大きかろう 大吧！	大きいでしょう 大吧！

<ruby>遅<rt>おそ</rt></ruby>い　慢的、晚的、遲的

否定表現組			
常體	常體過去式	敬體 1	敬體過去式 1
遅くない 不慢的	遅くなかった （以前是）不慢的	遅くないです 不慢的	遅くなかったです （以前是）不慢的

敬體 2	敬體過去式 2	連體形	連體形過去式	て形
遅くありません 不慢的	遅くありませんでした （以前是）不慢的	遅くない人 不慢的人	遅くなかった人 （以前是）不慢的人	遅くなくて 不慢的…

肯定表現組			
常體	常體過去式	敬體	敬體過去式
遅い 慢的	遅かった （以前是）慢的	遅いです 慢的	遅かったです （以前是）慢的

連體形	連體形過去式		て形
遅い人 慢的人	遅かった人 （以前是）慢的人		遅くて 慢的…

假定、命令、推量表現組			
常體否定假定	常體否定假定	常體否定假定	常體假定
遅くないなら 假如不慢的話…	遅くなかったら 如果不慢的話…	遅くなければ 如果不慢就會…	遅いなら 假如慢的話…
常體假定	**常體假定**	**常體推量表現**	**敬體推量表現**
遅かったら 如果慢的話…	遅ければ 如果慢就會…	遅かろう 慢吧！	遅いでしょう 慢吧！

面白い ~ おもしろ ~ 有趣的、好玩的

否定表現組			
常體	常體過去式	敬體1	敬體過去式1
面白くない 不有趣的	面白くなかった （以前是）不有趣的	面白くないです 不有趣的	面白くなかったです （以前是）不有趣的
敬體2	敬體過去式2	連體形	連體形過去式	て形
面白くありません 不有趣的	面白くありません でした （以前是）不有趣的	面白くない人 不有趣的人	面白くなかった 人 不有趣了的人	面白くなくて 不有趣的…

肯定表現組			
常體	常體過去式	敬體	敬體過去式
面白い 有趣的	面白かった （以前是）有趣的	面白いです 有趣的	面白かったです （以前是）有趣的
連體形	連體形過去式		て形
面白い人 有趣的人	面白かった人 （以前是）有趣的人		面白くて 有趣的…

假定、命令、推量表現組			
常體否定假定	常體否定假定	常體否定假定	常體假定
面白くないなら 假如不有趣的話…	面白くなかったら 如果不有趣的話…	面白くなければ 如果不有趣就會…	面白いなら 假如有趣的話…
常體假定	常體假定	常體推量表現	敬體推量表現
面白かったら 如果有趣的話…	面白ければ 如果有趣就會…	面白かろう 有趣吧！	面白いでしょう 有趣吧！

汚い ~ きたな ~ 髒的

否定表現組			
常體	常體過去式	敬體1	敬體過去式1
汚くない 不髒的	汚くなかった （以前是）不髒的	汚くないです 不髒的	汚くなかったです （以前是）不髒的
敬體2	敬體過去式2	連體形	連體形過去式	て形
汚くありません 不髒的	汚くありませんで した （以前是）不髒的	汚くない人 不髒的人	汚くなかった人 （以前是）不髒的人	汚くなくて 不髒的…

肯定表現組			
常體	常體過去式	敬體	敬體過去式
汚い 髒的	汚かった （以前是）髒的	汚いです 髒的	汚かったです （以前是）髒的

連體形		連體形過去式		て形	
汚い人		汚かった人		汚くて	
髒的人		（以前是）髒的人		髒的…	

假定、命令、推量表現組			
常體否定假定	常體否定假定	常體否定假定	常體假定
汚くないなら	汚くなかったら	汚くなければ	汚いなら
假如不髒的話…	如果不髒的話…	如果不髒就會…	假如髒的話…
常體假定	常體假定	常體推量表現	敬體推量表現
汚かったら	汚ければ	汚かろう	汚いでしょう
如果髒的話…	如果髒就會…	髒吧！	髒吧！

寒い　冷的、寒冷的
<ruby>寒<rt>さむ</rt></ruby>い

否定表現組			
常體	常體過去式	敬體1	敬體過去式1
寒くない	寒くなかった	寒くないです	寒くなかったです
不冷的	（以前是）不冷的	不冷的	（以前是）不冷的
敬體2	敬體過去式2	連體形	連體形過去式	て形
寒くありません	寒くありませんでした	寒くない天気	寒くなかった天気	寒くなくて
不冷的	（以前是）不冷的	不冷的天氣	（以前是）不冷的天氣	不冷的…

肯定表現組			
常體	常體過去式	敬體	敬體過去式
寒い	寒かった	寒いです	寒かったです
冷的	（以前是）冷的	冷的	（以前是）冷的
連體形		連體形過去式		て形
寒い天気		寒かった天気		寒くて
冷的天氣		（以前是）冷的天氣		冷的…

假定、命令、推量表現組			
常體否定假定	常體否定假定	常體否定假定	常體假定
寒くないなら	寒くなかったら	寒くなければ	寒いなら
假如不冷的話…	如果不冷的話…	如果不冷就會…	假如冷的話…
常體假定	常體假定	常體推量表現	敬體推量表現
寒かったら	寒ければ	寒かろう	寒いでしょう
如果冷的話…	如果冷就會…	冷吧！	冷吧！

少ない 少的
すく

否定表現組			
常體	常體過去式	敬體1	敬體過去式1
少なくない 不少的	少なくなかった （以前是）不少的	少なくないです 不少的	少なくなかったです （以前是）不少的
敬體2	敬體過去式2	連體形	連體形過去式	て形
少なくありません 不少的	少なくありません でした （以前是）不少的	少なくない人 不少的人	少なくなかった 人 （以前是）不少的人	少なくなくて 不少的…

肯定表現組			
常體	常體過去式	敬體	敬體過去式
少ない 少的	少なかった 少的了	少ないです 少的	少なかったです 少的了
連體形	連體形過去式	て形
少ない人 很少的人	少なかった人 （以前是）很少的人	少なくて 少的…

假定、命令、推量表現組			
常體否定假定	常體否定假定	常體否定假定	常體假定
少なくないなら 假如不少的話…	少なくなかったら 如果不少的話…	少なくなければ 如果不少就會…	少ないなら 假如少的話…
常體假定	常體假定	常體推量表現	敬體推量表現
少なかったら 如果少的話…	少なければ 如果少就會…	少なかろう 少吧！	少ないでしょう 少吧！

狭い 窄的、狹窄的
せま

否定表現組			
常體	常體過去式	敬體1	敬體過去式1
狭くない 不狹窄的	狭くなかった （以前是）不狹窄的	狭くないです 不狹窄的	狭くなかったです （以前是）不狹窄的
敬體2	敬體過去式2	連體形	連體形過去式	て形
狭くありません 不狹窄的	狭くありませんで した （以前是）不狹窄的	狭くない部屋 不狹窄的房間	狭くなかった部 屋 （以前是）不狹窄的 房間	狭くなくて 不狹窄的…

肯定表現組			
常體	常體過去式	敬體	敬體過去式
狭い 狹窄的	狭かった （以前是）狹窄的	狭いです 狹窄的	狭かったです （以前是）狹窄的
連體形		連體形過去式	て形
狭い部屋 狹窄的房間		狭かった部屋 （以前是）狹窄的房間	狭くて 狹窄的…

假定、命令、推量表現組			
常體否定假定	常體否定假定	常體否定假定	常體假定
狭くないなら 假如不狹窄的話…	狭くなかったら 如果不狹窄的話…	狭くなければ 如果不狹窄就會…	狭いなら 假如狹窄的話…
常體假定	常體假定	常體推量表現	敬體推量表現
狭かったら 如果狹窄的話…	狭ければ 如果狹窄就會…	狭かろう 狹窄吧！	狭いでしょう 狹窄吧！

<ruby>高<rt>たか</rt></ruby>い　高的、貴的

否定表現組			
常體	常體過去式	敬體1	敬體過去式1
高くない 不高的	高くなかった （以前是）不高的	高くないです 不高的	高くなかったです （以前是）不高的
敬體2	敬體過去式2	連體形	連體形過去式	て形
高くありません 不高的	高くありませんでした （以前是）不高了	高くない人 不高的人	高くなかった人 （以前是）不高的人	高くなくて 不高的…

肯定表現組			
常體	常體過去式	敬體	敬體過去式
高い 高的	高かった （以前是）高的	高いです 高的	高かったです （以前是）高的
連體形		連體形過去式	て形
高い人 高的人		高かった人 （以前是）高的人	高くて 高的…

假定、命令、推量表現組			
常體否定假定	常體否定假定	常體否定假定	常體假定
高くないなら 假如不高的話…	高くなかったら 如果不高的話…	高くなければ 如果不高就會…	高いなら 假如高的話…
常體假定	常體假定	常體推量表現	敬體推量表現
高かったら 如果高的話…	高ければ 如果高就會…	高かろう 高吧！	高いでしょう 高吧！

小さい ちい 小的

否定表現組			
常體	常體過去式	敬體 1	敬體過去式 1
小さくない 不小的	小さくなかった （以前是）不小的	小さくないです 不小的	小さくなかったです （以前是）不小的
敬體 2	敬體過去式 2	連體形	連體形過去式	て形
小さくありません 不小的	小さくありません でした （以前是）不小的	小さくない人 不小的人	小さくなかった人 （以前是）不小的人	小さくなくて 不小的…

肯定表現組			
常體	常體過去式	敬體	敬體過去式
小さい 小的	小さかった （以前是）小的	小さいです 小的	小さかったです （以前是）小的
連體形	連體形過去式	て形
小さい人 小的人	小さかった人 （以前是）小的人	小さくて 小的…

假定、命令、推量表現組			
常體否定假定	常體否定假定	常體否定假定	常體假定
小さくないなら 假如不小的話…	小さくなかったら 如果不小的話…	小さくなければ 如果不小就會…	小さいなら 假如小的話…
常體假定	常體假定	常體推量表現	敬體推量表現
小さかったら 如果小的話…	小さければ 如果小就會…	小さかろう 小吧！	小さいでしょう 小吧！

近い ちか 近的

否定表現組			
常體	常體過去式	敬體 1	敬體過去式 1
近くない 不近的	近くなかった （以前是）不近的	近くないです 不近的	近くなかったです （以前是）不近的
敬體 2	敬體過去式 2	連體形	連體形過去式	て形
近くありません 不近的	近くありませんで した （以前是）不近的	近くないところ 不近的地方	近くなかったとこ ろ （以前是）不近的地 方	近くなくて 不近的…

肯定表現組			
常體	常體過去式	敬體	敬體過去式
近い 近的	近かった 近的（以前是）	近いです 近的	近かったです （以前是）近的
連體形		連體形過去式	て形
近いところ 近的地方		近かったところ （以前是）近的地方	近くて 近的…

假定、命令、推量表現組			
常體否定假定	常體否定假定	常體否定假定	常體假定
近くないなら 假如不近的話…	近くなかったら 如果不近的話…	近くなければ 如果不近就會…	近いなら 假如近的話…
常體假定	常體假定	常體推量表現	敬體推量表現
近かったら 如果近的話…	近ければ 如果近就會…	近かろう 近吧！	近いでしょう 近吧！

冷たい　冰的、冰涼的、冷淡的

否定表現組				
常體	常體過去式		敬體 1	敬體過去式 1
冷たくない 不冰的	冷たくなかった （以前是）不冰的		冷たくないです 不冰的	冷たくなかったです （以前是）不冰的
敬體 2	敬體過去式 2	連體形	連體形過去式	て形
冷たくありません 不冰的	冷たくありません でした （以前是）不冰的	冷たくない人 不冷淡的人	冷たくなかった 人 （以前是）不冷淡的 人	冷たくなくて 不冰的…

肯定表現組			
常體	常體過去式	敬體	敬體過去式
冷たい 冰的	冷たかった （以前是）冰的	冷たいです 冰的	冷たかったです （以前是）冰的
連體形		連體形過去式	て形
冷たい人 冷淡的人		冷たかった人 （以前是）冷淡的人	冷たくて 冰的…

假定、命令、推量表現組			
常體否定假定	常體否定假定	常體否定假定	常體假定
冷たくないなら 假如不冰的話…	冷たくなかったら 如果不冰的話…	冷たくなければ 如果不冰就會…	冷たいなら 假如冰的話…
常體假定	常體假定	常體推量表現	敬體推量表現
冷たかったら 如果冰的話…	冷たければ 如果冰就會…	冷たかろう 冰吧！	冷たいでしょう 冰吧！

遠い <small>とお</small> 遠的

否定表現組			
常體	常體過去式	敬體 1	敬體過去式 1
遠くない 不遠的	遠くなかった （以前是）不遠的	遠くないです 不遠的	遠くなかったです （以前是）不遠的
敬體 2	敬體過去式 2	連體形	連體形過去式	て形
遠くありません 不遠的	遠くありませんでした （以前是）不遠的	遠くないところ 不遠的地方	遠くなかったところ （以前是）不遠的地方	遠くなくて 不遠的…

肯定表現組			
常體	常體過去式	敬體	敬體過去式
遠い 遠的	遠かった （以前是）遠的	遠いです 遠的	遠かったです （以前是）遠的
連體形	連體形過去式	て形
遠いところ 遠的地方	遠かったところ （以前是）遠的地方	遠くて 遠的…

假定、命令、推量表現組			
常體否定假定	常體否定假定	常體否定假定	常體假定
遠くないなら 假如不遠的話…	遠くなかったら 如果不遠的話…	遠くなければ 如果不遠就會…	遠いなら 假如遠的話…
常體假定	常體假定	常體推量表現	敬體推量表現
遠かったら 如果遠的話…	遠ければ 如果遠就會…	遠かろう 遠吧！	遠いでしょう 遠吧！

眠い <small>ねむ</small> 睏的、想睡的

否定表現組			
常體	常體過去式	敬體 1	敬體過去式 1
眠くない 不睏的	眠くなかった （以前是）不睏的	眠くないです 不睏的	眠くなかったです （以前是）不睏的
敬體 2	敬體過去式 2	連體形	連體形過去式	て形
眠くありません 不睏的	眠くありませんでした （以前是）不睏的	眠くない人 不睏的人	眠くなかった人 （以前是）不睏的人	眠くなくて 不睏的…

肯定表現組			
常體	常體過去式	敬體	敬體過去式
眠い 睏的	眠かった （以前是）睏的	眠いです 睏的	眠かったです 睏的了

連體形	連體形過去式	て形
眠い人 睏的人	眠かった人 （以前是）睏的人	眠くて 睏的…

假定、命令、推量表現組			
常體否定假定	常體否定假定	常體否定假定	常體假定
眠くないなら 假如不睏的話…	眠くなかったら 如果不睏的話…	眠くなければ 如果不睏就會…	眠いなら 假如睏的話…
常體假定	常體假定	常體推量表現	敬體推量表現
眠かったら 如果睏的話…	眠ければ 如果睏就會…	眠かろう 睏吧！	眠いでしょう 睏吧！

早い／速い　早的、盡早的／快的、快速的

否定表現組			
常體	常體過去式	敬體1	敬體過去式1
速くない 不快的	速くなかった （以前是）不快的	速くないです 不快的	速くなかったです （以前是）不快的

敬體2	敬體過去式2	連體形	連體形過去式	て形
速くありません 不快的	速くありませんでした （以前是）不快的	速くない人 不快的人	速くなかった人 （以前是）不快的人	速くなくて 不快的…

肯定表現組			
常體	常體過去式	敬體	敬體過去式
速い 快的	速かった （以前是）快的	速いです 快的	速かったです （以前是）快的

連體形	連體形過去式	て形
速い人 快的人	速かった人 （以前是）快的人	速くて 快的…

假定、命令、推量表現組			
常體否定假定	常體否定假定	常體否定假定	常體假定
速くないなら 假如不快的話…	速くなかったら 如果不快的話…	速くなければ 如果不快就會…	速いなら 假如快的話…
常體假定	常體假定	常體推量表現	敬體推量表現
速かったら 如果快的話…	速ければ 如果快就會…	速かろう 快吧！	速いでしょう 快吧！

低い　低的、矮的

ひく

否定表現組			
常體	常體過去式	敬體 1	敬體過去式 1
低くない 不矮的	低くなかった （以前是）不矮的	低くないです 不矮的	低くなかったです （以前是）不矮的
敬體 2	敬體過去式 2	連體形	連體形過去式	て形
低くありません 不矮的	低くありませんでした （以前是）不矮的	低くない人 不矮的人	低くなかった人 （以前是）不矮的人	低くなくて 不矮的…

肯定表現組			
常體	常體過去式	敬體	敬體過去式
低い 矮的	低かった （以前是）矮的	低いです 矮的	低かったです （以前是）矮的
連體形	連體形過去式	て形
低い人 矮的人	低かった人 （以前是）矮的人	低くて 矮的…

假定、命令、推量表現組			
常體否定假定	常體否定假定	常體否定假定	常體假定
低くないなら 假如不矮的話…	低くなかったら 如果不矮的話…	低くなければ 如果不矮就會…	低いなら 假如矮的話…
常體假定	常體假定	常體推量表現	敬體推量表現
低かったら 如果矮的話…	低ければ 如果矮就會…	低かろう 矮吧！	低いでしょう 矮吧！

広い　寬的、寬廣的

ひろ

否定表現組			
常體	常體過去式	敬體 1	敬體過去式 1
広くない 不寬廣的	広くなかった （以前是）不寬廣的	広くないです 不寬廣的	広くなかったです （以前是）不寬廣的
敬體 2	敬體過去式 2	連體形	連體形過去式	て形
広くありません 不寬廣的	広くありませんでした （以前是）不寬廣的	広くない部屋 不寬廣的房間	広くなかった部屋 （以前是）不寬廣了房間	広くなくて 不寬廣的…

肯定表現組			
常體	常體過去式	敬體	敬體過去式
広い 寬廣的	広かった （以前是）寬廣的	広いです 寬廣的	広かったです （以前是）寬廣的
連體形		連體形過去式	て形
広い部屋 寬廣的房間		広かった部屋 （以前是）寬廣的房間	広くて 寬廣的…

假定、命令、推量表現組			
常體否定假定	常體否定假定	常體否定假定	常體假定
広くないなら 假如不寬廣的話…	広くなかったら 如果不寬廣的話…	広くなければ 如果不寬廣就會…	広いなら 假如寬廣的話…
常體假定	常體假定	常體推量表現	敬體推量表現
広かったら 如果寬廣的話…	広ければ 如果寬廣就會…	広かろう 寬廣吧！	広いでしょう 寬廣吧！

太^{ふと}い　粗（胖）的

否定表現組				
常體	常體過去式		敬體 1	敬體過去式 1
太くない 不胖的	太くなかった （以前是）不胖的		太くないです 不胖的	太くなかったです （以前是）不胖的
敬體 2	敬體過去式 2	連體形	連體形過去式	て形
太くありません 不胖的	太くありませんでした （以前是）不胖的	太くない人 不胖的人	太くなかった人 （以前是）不胖的人	太くなくて 不胖的…

肯定表現組			
常體	常體過去式	敬體	敬體過去式
太い 胖的	太かった （以前是）胖的	太いです 胖的	太かったです （以前是）胖的
連體形		連體形過去式	て形
太い人 胖的人		太かった人 （以前是）胖的人	太くて 胖的…

假定、命令、推量表現組			
常體否定假定	常體否定假定	常體否定假定	常體假定
太くないなら 假如不胖的話…	太くなかったら 如果不胖的話…	太くなければ 如果不胖就會…	太いなら 假如胖的話…
常體假定	常體假定	常體推量表現	敬體推量表現
太かったら 如果胖的話…	太ければ 如果胖就會…	太かろう 胖吧！	太いでしょう 胖吧！

細い　細（瘦）的
<small>ほそ</small>

否定表現組			
常體	常體過去式	敬體 1	敬體過去式 1
細くない 不瘦的	細くなかった （以前是）不瘦的	細くないです 不瘦的	細くなかったです （以前是）不瘦的
敬體 2	敬體過去式 2	連體形	連體形過去式	て形
細くありません 不瘦的	細くありませんで した （以前是）不瘦的	細くない人 不瘦的人	細くなかった人 （以前是）不瘦的人	細くなくて 不瘦的…

肯定表現組			
常體	常體過去式	敬體	敬體過去式
細い 瘦的	細かった （以前是）瘦的	細いです 瘦的	細かったです （以前是）瘦的
連體形	連體形過去式	て形
細い人 瘦的人	細かった人 （以前是）瘦的人	細くて 瘦的…

假定、命令、推量表現組			
常體否定假定	常體否定假定	常體否定假定	常體假定
細くないなら 假如不瘦的話…	細くなかったら 如果不瘦的話…	細くなければ 如果不瘦就會…	細いなら 假如瘦的話…
常體假定	常體假定	常體推量表現	敬體推量表現
細かったら 如果瘦的話…	細ければ 如果瘦就會…	細かろう 瘦吧！	細いでしょう 瘦吧！

安い　便宜的
<small>やす</small>

否定表現組			
常體	常體過去式	敬體 1	敬體過去式 1
安くない 不便宜的	安くなかった （以前是）不便宜的	安くないです 不便宜的	安くなかったです （以前是）不便宜的
敬體 2	敬體過去式 2	連體形	連體形過去式	て形
安くありません 不便宜的	安くありませんで した （以前是）不便宜的	安くない時計 不便宜的時鐘	安くなかった時 計 （以前是）不便宜的 時鐘	便宜くなくて 不便宜的…

肯定表現組			
常體	常體過去式	敬體	敬體過去式
安い 便宜的	安かった （以前是）便宜的	安いです 便宜的	安かったです （以前是）便宜的
連體形	連體形過去式		て形
安い時計 便宜的時鐘	安かった時計 （以前是）便宜的時鐘		安くて 便宜的…
假定、命令、推量表現組			
常體否定假定	常體否定假定	常體否定假定	常體假定
安くないなら 假如不便宜的話…	安くなかったら 如果不便宜的話…	安くなければ 如果不便宜就會…	安いなら 假如便宜的話…
常體假定	常體假定	常體推量表現	敬體推量表現
安かったら 如果便宜的話…	安ければ 如果便宜就會…	安かろう 便宜吧！	安いでしょう 便宜吧！

形容詞詞尾的文法接續應用

使用意義	日文表現	意思	例句
表反向逆接	安くなくても	即使不便宜…	安くなくてもこの服を買いたいです。 （這件衣服即使不便宜還是想買。）
表順接	安いし	既便宜	台湾の製品は安いし、性能も良いです。 （台灣的製品既便宜，性能又好。）
表主觀原因	安いから	因為便宜	安いから、いつも学校の食堂でごはんを食べます。 （因為便宜所以都在學校的食堂吃飯。）
表客觀原因	安いので	由於便宜	百円ショップは安いので、人気があります。 （百元商店因為便宜所以很受歡迎。）
表逆接	安いのに	便宜卻	この辺は安いのにおいしい食べ物がいっぱいあります。 （這附近有很多雖然便宜但卻好吃的東西。）
表逆接	安いけど	雖然便宜	家賃は安いけど、ちょっと不便なんです。 （租金雖然便宜但卻有點不方便。）
表比較	安いより	比起便宜	食べ物は安いより、安全のほうが大切です。 （吃的東西比起便宜，安全更是重要。）
表限定	安いだけ	只要便宜	レストランはただ安いだけでいいんですか。 （餐廳是只要便宜就可以了嗎？）
表假定	安いなら	便宜的話	安いなら買います。 （便宜的話就買。）
表傳聞	安いそう	聽說便宜	駅前の新しい靴屋は安いそうです。 （車站前面新開的鞋店聽說很便宜。）
表樣態	寒いよう	好像冷	外は寒いようですね。 （外面好像很冷耶。）
表假定	安ければ	便宜了就會	安ければ売れるのは間違いないです。 （如果便宜就會賣得好，這是錯的。）
表推量、勸誘	安かろう	便宜吧！	この店、安いでしょう。 （這間店很便宜吧。）
表原因、表順接	安くて	因為便宜	台南の軽食は安くて、栄養があります。 （台南的小吃便宜，而且富有營養。）
表逆接	安くても	即使便宜	安くても、デザインがよくなかったら買いたくないです。 （即使便宜，如果設計不好的話我還是不想買。）
表假定、順勢發展	安かったら	便宜的話	そうですね。安かったら買います。 （是啊。如果便宜的話就買。）

Part 6.　常用形容動詞詞尾變化

在本章中必須要了解到的單字：

こと　事

くに
国　國家

ひと
人　人

ふくそう
服装　服裝

きょうしつ
教室　教室

かお
顔　臉

じんせい
人生　人生

明らか（な）　明顯的、明朗的

あき

否定表現組					
常體 1	常體過去式 1	常體 2	常體過去式 2	敬體 1	敬體過去式 1
明らかじゃない 不明顯的	明らかじゃなかった （以前是）不明顯的	明らかではない 不明顯的	明らかではなかった （以前是）不明顯的	明らかじゃないです 不明顯的	明らかじゃなかったです （以前是）不明顯的
敬體 2	敬體過去式 2	敬體 3	敬體過去式 3	敬體 4	敬體過去式 4
明らかではないです 不明顯的	明らかではなかったです （以前是）不明顯的	明らかじゃありません 不明顯的	明らかじゃありませんでした （以前是）不明顯的	明らかではありません 不明顯的	明らかではありませんでした （以前是）不明顯的
連體形 1	連體形過去式 1	連體形 2	連體形過去式 2	て形 1	て形 2
明らかじゃないこと 不明顯的事	明らかじゃなかったこと （以前是）不明顯的事	明らかではないこと 不明顯的事	明らかではなかったこと （以前是）不明顯的事	明らかじゃなくて 不明顯的…	明らかで（は）なくて 不明顯的…

肯定表現組			
常體	常體過去式	敬體	敬體過去式
明らかだ 明顯的	明らかだった （以前是）明顯的	明らかです 明顯的	明らかでした （以前是）明顯的
連體形	連體形過去式		て形
明らかなこと 明顯的事	明らかだったこと （以前是）認真的事		明らかで 明顯的…

假定、命令、推量表現組			
常體否定假定 .	常體否定假定	常體否定假定	常體否定假定
明らかじゃないなら 假如不認真就…	明らかで（は）ないなら 假如不認真就…	明らかじゃなかったら 如果不明顯的話…	明らかで（は）なかったら 如果不明顯的話…
常體否定假定	常體否定假定	常體假定	常體假定
明らかじゃなければ 如果不明顯就會…	明らかで（は）なければ 如果不明顯就會…	明らかなら 假如認真就…	明らかだったら 如果明顯的話…
常體假定	敬體假定	常體推量表現	敬體推量表現
明らかであれば 如果明顯了就會…	明らかでしたら 如果明顯的話…	明らかだろう 認真吧！	明らかでしょう 認真吧！

安全（な） 安全的
あんぜん

否定表現組					
常體 1	常體過去式 1	常體 2	常體過去式 2	敬體 1	敬體過去式 1
安全じゃない 不安全的	安全じゃなかった （以前是）不安全的	安全ではない 不安全的	安全ではなかった （以前是）不安全的	安全じゃないです 不安全的	安全じゃなかったです （以前是）不安全的
敬體 2	敬體過去式 2	敬體 3	敬體過去式 3	敬體 4	敬體過去式 4
安全ではないです 不安全的	安全ではなかったです （以前是）不安全的	安全じゃありません 不安全的	安全じゃありませんでした （以前是）不安全的	安全ではありません 不安全的	安全ではありませんでした （以前是）不安全的
連體形 1	連體形過去式 1	連體形 2	連體形過去式 2	て形 1	て形 2
安全じゃない国 不安全的國家	安全じゃなかった国 （以前是）不安全的國家	安全ではない国 不安全的國家	安全ではなかった国 （以前是）不安全的國家	安全じゃなくて 不安全的…	安全で（は）なくて 不安全的…

肯定表現組			
常體	常體過去式	敬體	敬體過去式
安全だ 安全的	安全だった （以前是）安全的	安全です 安全的	安全でした （以前是）安全的
連體形	連體形過去式		て形
安全な国 安全的國家	安全だった国 （以前是）安全的國家		安全で 安全的…

假定、命令、推量表現組			
常體否定假定 .	常體否定假定	常體否定假定	常體否定假定
安全じゃないなら 假如不安全就…	安全で（は）ないなら 假如不安全就…	安全じゃなかったら 如果不安全的話…	安全で（は）なかったら 如果不安全的話…
常體否定假定	常體否定假定	常體假定	常體假定
安全じゃなければ 如果不安全就會…	安全で（は）なければ 如果不安全就會…	安全なら 假如安全就…	安全だったら 如果安全的話…
常體假定	敬體假定	常體推量表現	敬體推量表現
安全であれば 如果安全了就會…	安全でしたら 如果安全的話…	安全だろう 安全吧！	安全でしょう 安全吧！

いい加減（な） 不負責任的、隨隨便便的

否定表現組					
常體 1	常體過去式 1	常體 2	常體過去式 2	敬體 1	敬體過去式 1
いい加減じゃない 不隨隨便便的	いい加減じゃなかった （以前是）不隨隨便便的	いい加減ではない 不隨隨便便的	いい加減ではなかった （以前是）不隨隨便便的	いい加減じゃないです 不隨隨便便的	いい加減じゃなかったです （以前是）不隨隨便便的
敬體 2	敬體過去式 2	敬體 3	敬體過去式 3	敬體 4	敬體過去式 4
いい加減ではないです 不隨隨便便的	いい加減ではなかったです （以前是）不隨隨便便的	いい加減じゃありません 不隨隨便便的	いい加減じゃありませんでした （以前是）不隨隨便便的	いい加減ではありません 不隨隨便便的	いい加減ではありませんでした （以前是）不隨隨便便的
連體形 1	連體形過去式 1	連體形 2	連體形過去式 2	て形 1	て形 2
いい加減じゃない人 不隨隨便便的人	いい加減じゃなかった人 （以前是）不隨隨便便的人	いい加減ではない人 不隨隨便便的人	いい加減ではなかった人 （以前是）不隨隨便便的人	いい加減じゃなくて 不隨隨便便的…	いい加減で（は）なくて 不隨隨便便的…

肯定表現組			
常體	常體過去式	敬體	敬體過去式
いい加減だ 隨隨便便的	いい加減だった （以前是）隨隨便便的	いい加減です 隨隨便便的	いい加減でした （以前是）隨隨便便的
連體形	連體形過去式		て形
いい加減な人 隨隨便便的人	いい加減だった人 （以前是）隨隨便便的人		いい加減で 隨隨便便的…

假定、命令、推量表現組			
常體否定假定.	常體否定假定	常體否定假定	常體否定假定
いい加減じゃないなら 假如不隨隨便便就…	いい加減で（は）ないなら 假如不隨隨便便就…	いい加減じゃなかったら 如果不隨隨便便的話…	いい加減で（は）なかったら 如果不隨隨便便的話…
常體否定假定	常體否定假定	常體假定	常體假定
いい加減じゃなければ 如果不隨隨便便就會…	いい加減で（は）なければ 如果不隨隨便便就會…	いい加減なら 假如隨隨便便就…	いい加減だったら 如果隨隨便便的話…
常體假定	敬體假定	常體推量表現	敬體推量表現
いい加減であれば 如果隨隨便便了就會…	いい加減でしたら 如果隨隨便便的話…	いい加減だろう 隨隨便便吧！	いい加減でしょう 隨隨便便吧！

意地悪（な）　刁難的、壞心眼的

否定表現組					
常體 1	常體過去式 1	常體 2	常體過去式 2	敬體 1	敬體過去式 1
意地悪じゃない 不刁難的	意地悪じゃなかった （以前是）不刁難的	意地悪ではない 不刁難的	意地悪ではなかった （以前是）不刁難的	意地悪じゃないです 不刁難的	意地悪じゃなかったです （以前是）不刁難的
敬體 2	敬體過去式 2	敬體 3	敬體過去式 3	敬體 4	敬體過去式 4
意地悪ではないです 不刁難的	意地悪ではなかったです （以前是）不刁難的	意地悪じゃありません 不刁難的	意地悪じゃありませんでした （以前是）不刁難的	意地悪ではありません 不刁難的	意地悪ではありませんでした （以前是）不刁難的
連體形 1	連體形過去式 1	連體形 2	連體形過去式 2	て形 1	て形 2
意地悪じゃない人 不刁難的人	意地悪じゃなかった人 （以前是）不刁難的人	意地悪ではない人 不刁難的人	意地悪ではなかった人 （以前是）不刁難的人	意地悪じゃなくて 不刁難的…	意地悪で（は）なくて 不刁難的…

肯定表現組			
常體	常體過去式	敬體	敬體過去式
意地悪だ 刁難的	意地悪だった （以前是）刁難的	意地悪です 刁難的	意地悪でした （以前是）刁難的
連體形	連體形過去式		て形
意地悪な人 刁難的人	意地悪だった人 （以前是）刁難的人		意地悪で 刁難的…

假定、命令、推量表現組			
常體否定假定	常體否定假定	常體否定假定	常體否定假定
意地悪じゃないなら 假如不刁難就…	意地悪で（は）ないなら 假如不刁難就…	意地悪じゃなかったら 如果不刁難的話…	意地悪で（は）なかったら 如果不刁難的話…
常體否定假定	常體否定假定	常體假定	常體假定
意地悪じゃなければ 如果不刁難就會…	意地悪で（は）なければ 如果不刁難就會…	意地悪なら 假如刁難就…	意地悪だったら 如果刁難的話…
常體假定	敬體假定	常體推量表現	敬體推量表現
意地悪であれば 如果刁難了就會…	意地悪でしたら 如果刁難的話…	意地悪だろう 刁難吧！	意地悪でしょう 刁難吧！

一生懸命（な）　拼命的

否定表現組

常體 1	常體過去式 1	常體 2	常體過去式 2	敬體 1	敬體過去式 1
一生懸命じゃない 不拼命的	一生懸命じゃなかった （以前是）不拼命的	一生懸命ではない 不拼命的	一生懸命ではなかった （以前是）不拼命的	一生懸命じゃないです 不拼命的	一生懸命じゃなかったです （以前是）不拼命的

敬體 2	敬體過去式 2	敬體 3	敬體過去式 3	敬體 4	敬體過去式 4
一生懸命ではないです 不拼命的	一生懸命ではなかったです （以前是）不拼命的	一生懸命じゃありません 不拼命的	一生懸命じゃありませんでした （以前是）不拼命的	一生懸命ではありません 不拼命的	一生懸命ではありませんでした （以前是）不拼命的

連體形 1	連體形過去式 1	連體形 2	連體形過去式 2	て形 1	て形 2
一生懸命じゃない人 不拼命的人	一生懸命じゃなかった人 （以前是）不拼命的人	一生懸命ではない人 不拼命的人	一生懸命ではなかった人 （以前是）不拼命的人	一生懸命じゃなくて 不拼命的…	一生懸命で（は）なくて 不拼命的…

肯定表現組

常體	常體過去式	敬體	敬體過去式
一生懸命だ 拼命的	一生懸命だった （以前是）拼命的	一生懸命です 拼命的	一生懸命でした （以前是）拼命的

連體形	連體形過去式	て形
一生懸命な人 拼命的人	一生懸命だった人 （以前是）拼命的人	一生懸命で 拼命的…

假定、命令、推量表現組

常體否定假定	常體否定假定	常體否定假定	常體否定假定
一生懸命じゃないなら 假如不拼命就…	一生懸命で（は）ないなら 假如不拼命就…	一生懸命じゃなかったら 如果不拼命的話…	一生懸命で（は）なかったら 如果不拼命的話…

常體否定假定	常體否定假定	常體假定	常體假定
一生懸命じゃなければ 如果不拼命就會…	一生懸命で（は）なければ 如果不拼命就會…	一生懸命なら 假如拼命就…	一生懸命だったら 如果拼命的話…

常體假定	敬體假定	常體推量表現	敬體推量表現
一生懸命であれば 如果拼命了就會…	一生懸命でしたら 如果拼命的話…	一生懸命だろう 拼命吧！	一生懸命でしょう 拼命吧！

穏やか（な） <ruby>穏<rt>おだ</rt></ruby> 安穩的、穩定的、穩重的

否定表現組					
常體 1	常體過去式 1	常體 2	常體過去式 2	敬體 1	敬體過去式 1
穏やかじゃない 不穩重的	穏やかじゃなかった （以前是）不穩重的	穏やかではない 不穩重的	穏やかではなかった （以前是）不穩重的	穏やかじゃないです 不穩重的	穏やかじゃなかったです （以前是）不穩重的
敬體 2	敬體過去式 2	敬體 3	敬體過去式 3	敬體 4	敬體過去式 4
穏やかではないです 不穩重的	穏やかではなかったです （以前是）不穩重的	穏やかじゃありません 不穩重的	穏やかじゃありませんでした （以前是）不穩重的	穏やかではありません 不穩重的	穏やかではありませんでした （以前是）不穩重的
連體形 1	連體形過去式 1	連體形 2	連體形過去式 2	て形 1	て形 2
穏やかじゃない人 不穩重的人	穏やかじゃなかった人 （以前是）不穩重的人	穏やかではない人 不穩重的人	穏やかではなかった人 （以前是）不穩重的人	穏やかじゃなくて 不穩重的…	穏やかで（は）なくて 不穩重的…

肯定表現組			
常體	常體過去式	敬體	敬體過去式
穏やかだ 穩重的	穏やかだった （以前是）穩重的	穏やかです 穩重的	穏やかでした （以前是）穩重的
連體形	連體形過去式		て形
穏やかな人 穩重的人	穏やかだった人 （以前是）穩重的人		穏やかで 穩重的…

假定、命令、推量表現組			
常體否定假定	常體否定假定	常體否定假定	常體否定假定
穏やかじゃないなら 假如不穩重就…	穏やかで（は）ないなら 假如不穩重就…	穏やかじゃなかったら 如果不穩重的話…	穏やかで（は）なかったら 如果不穩重的話…
常體否定假定	常體否定假定	常體假定	常體假定
穏やかじゃなければ 如果不穩重就會…	穏やかで（は）なければ 如果不穩重就會…	穏やかなら 假如穩重就…	穏やかだったら 如果穩重的話…
常體假定	敬體假定	常體推量表現	敬體推量表現
穏やかであれば 如果穩重了就會…	穏やかでしたら 如果穩重的話…	穏やかだろう 穩重吧！	穏やかでしょう 穩重吧！

勝手（な） 任意的、隨意的

否定表現組

常體 1	常體過去式 1	常體 2	常體過去式 2	敬體 1	敬體過去式 1
勝手じゃない 不任意的	勝手じゃなかった （以前是）不任意的	勝手ではない 不任意的	勝手ではなかった （以前是）不任意的	勝手じゃないです 不任意的	勝手じゃなかったです （以前是）不任意的
敬體 2	敬體過去式 2	敬體 3	敬體過去式 3	敬體 4	敬體過去式 4
勝手ではないです 不任意的	勝手ではなかったです （以前是）不任意的	勝手じゃありません 不任意的	勝手じゃありませんでした （以前是）不任意的	勝手ではありません 不任意的	勝手ではありませんでした （以前是）不任意的
連體形 1	連體形過去式 1	連體形 2	連體形過去式 2	て形 1	て形 2
勝手じゃない人 不任意的人	勝手じゃなかった人 （以前是）不任意的人	勝手ではない人 不任意的人	勝手ではなかった人 （以前是）不任意的人	勝手じゃなくて 不任意的…	勝手で（は）なくて 不任意的…

肯定表現組

常體		常體過去式		敬體		敬體過去式	
勝手だ 任意的		勝手だった （以前是）任意的		勝手です 任意的		勝手でした （以前是）任意的	
連體形			連體形過去式			て形	
勝手な人 任意的人			勝手だった人 （以前是）任意的人			勝手で 任意的…	

假定、命令、推量表現組

常體否定假定.	常體否定假定	常體否定假定	常體否定假定
勝手じゃないなら 假如不任意就…	勝手で（は）ないなら 假如不任意就…	勝手じゃなかったら 如果不任意的話…	勝手で（は）なかったら 如果不任意的話…
常體否定假定	常體否定假定	常體假定	常體假定
勝手じゃなければ 如果不任意就會…	勝手で（は）なければ 如果不任意就會…	勝手なら 假如任意就…	勝手だったら 如果任意的話…
常體假定	敬體假定	常體推量表現	敬體推量表現
勝手であれば 如果任意了就會…	勝手でしたら 如果任意的話…	勝手だろう 任意吧！	勝手でしょう 任意吧！

気軽（な）　輕鬆愉快的

さ　がる

否定表現組					
常體1	常體過去式1	常體2	常體過去2	敬體1	敬體過去式1
気軽じゃない 不輕鬆的	気軽じゃなかった （以前是）不輕鬆的	気軽ではない 不輕鬆的	気軽ではなかった （以前是）不輕鬆的	気軽じゃないです 不輕鬆的	気軽じゃなかったです （以前是）不輕鬆的
敬體2	敬體過去式2	敬體3	敬體過去式3	敬體4	敬體過去式4
気軽ではないです 不輕鬆的	気軽ではなかったです （以前是）不輕鬆的	気軽じゃありません 不輕鬆的	気軽じゃありませんでした （以前是）不輕鬆的	気軽ではありません 不輕鬆的	気軽ではありませんでした （以前是）不輕鬆的
連體形1	連體形過去式1	連體形2	連體形過去式2	て形1	て形2
気軽じゃない服装 不輕鬆的衣服	気軽じゃなかった服装 （以前是）不輕鬆的衣服	気軽ではない服装 不輕鬆的衣服	気軽ではなかった服装 （以前是）不輕鬆的衣服	気軽じゃなくて 不輕鬆的…	気軽で（は）なくて 不輕鬆的…

肯定表現組			
常體	常體過去式	敬體	敬體過去式
気軽だ 輕鬆的	気軽だった （以前是）輕鬆的	気軽です 輕鬆的	気軽でした （以前是）輕鬆的
連體形	連體形過去式		て形
気軽な服装 輕鬆的衣服	気軽だった服装 （以前是）輕鬆的衣服		気軽で 輕鬆的…

假定、命令、推量表現組			
常體否定假定	常體否定假定	常體否定假定	常體否定假定
気軽じゃないなら 假如不輕鬆就…	気軽で（は）ないなら 假如不輕鬆就…	気軽じゃなかったら 如果不輕鬆的話…	気軽で（は）なかったら 如果不輕鬆的話…
常體否定假定	常體否定假定	常體假定	常體假定
気軽じゃなければ 如果不輕鬆就會…	気軽で（は）なければ 如果不輕鬆就會…	気軽なら 假如輕鬆就…	気軽だったら 如果輕鬆的話…
常體假定	敬體假定	常體推量表現	敬體推量表現
気軽であれば 如果輕鬆了就會…	気軽でしたら 如果輕鬆的話…	気軽だろう 輕鬆吧！	気軽でしょう 輕鬆吧！

嫌い（な）　討厭的

きら

否定表現組

常體1	常體過去式1	常體2	常體過去式2	敬體1	敬體過去式1
嫌いじゃない 不討厭的	嫌いじゃなかった （以前是）不討厭的	嫌いではない 不討厭的	嫌いではなかった （以前是）不討厭的	嫌いじゃないです 不討厭的	嫌いじゃなかったです （以前是）不討厭的
敬體2	敬體過去式2	敬體3	敬體過去式3	敬體4	敬體過去式4
嫌いではないです 不討厭的	嫌いではなかったです （以前是）不討厭的	嫌いじゃありません 不討厭的	嫌いじゃありませんでした （以前是）不討厭的	嫌いではありません 不討厭的	嫌いではありませんでした （以前是）不討厭的
連體形1	連體形過去式1	連體形2	連體形過去式2	て形1	て形2
嫌いじゃない人 不討厭的人	嫌いじゃなかった人 （以前是）不討厭的人	嫌いではない人 不討厭的人	嫌いではなかった人 （以前是）不討厭的人	嫌いじゃなくて 不討厭的…	嫌いで（は）なくて 不討厭的…

肯定表現組

常體	常體過去式	敬體	敬體過去式
嫌いだ 討厭的	嫌いだった （以前是）討厭的	嫌いです 討厭的	嫌いでした （以前是）討厭的
連體形	連體形過去式		て形
嫌いな人 討厭的人	嫌いだった人 （以前是）討厭的人		嫌いで 討厭的…

假定、命令、推量表現組

常體否定假定.	常體否定假定	常體否定假定	常體否定假定
嫌いじゃないなら 假如不討厭就…	嫌いで（は）ないなら 假如不討厭就…	嫌いじゃなかったら 如果不討厭的話…	嫌いで（は）なかったら 如果不討厭的話…
常體否定假定	常體否定假定	常體假定	常體假定
嫌いじゃなければ 如果不討厭就會…	嫌いで（は）なければ 如果不討厭就會…	嫌いなら 假如討厭就…	嫌いだったら 如果討厭的話…
常體假定	敬體假定	常體推量表現	敬體推量表現
嫌いであれば 如果討厭了就會…	嫌いでしたら 如果討厭的話…	嫌いだろう 討厭吧！	嫌いでしょう 討厭吧！

きれい（な）　漂亮的、乾淨的

否定表現組

常體 1	常體過去式 1	常體 2	常體過去式 2	敬體 1	敬體過去式 1
きれいじゃない 不漂亮的	きれいじゃな かった （以前是）不漂亮 的	きれいではない 不漂亮的	きれいではな かった （以前是）不漂亮 的	きれいじゃな いです 不漂亮的	きれいじゃな かったです （以前是）不漂亮 的

敬體 2	敬體過去式 2	敬體 3	敬體過去式 3	敬體 4	敬體過去式 4
きれいではな いです 不漂亮的	きれいではな かったです （以前是）不漂亮 的	きれいじゃあ りません 不漂亮的	きれいじゃあ りませんでし た （以前是）不漂亮 的	きれいではあ りません 不漂亮的	きれいではあ りませんでし た （以前是）不漂亮 的

連體形 1	連體形過去式 1	連體形 2	連體形過去式 2	て形 1	て形 2
きれいじゃな い人 不漂亮的人	きれいじゃな かった人 （以前是）不漂亮 的人	きれいではな い人 不漂亮的人	きれいではな かった人 （以前是）不漂亮 的人	きれいじゃな くて 不漂亮的…	きれいで（は） なくて （以前是）不漂亮 的…

肯定表現組

常體	常體過去式	敬體	敬體過去式
きれいだ 漂亮的	きれいだった （以前是）漂亮的	きれいです 漂亮的	きれいでした （以前是）漂亮的

連體形	連體形過去式	て形
きれいな人 漂亮的人	きれいだった人 （以前是）漂亮的人	きれいで 漂亮的…

假定、命令、推量表現組

常體否定假定.	常體否定假定	常體否定假定	常體否定假定
きれいじゃないなら 假如不漂亮就…	きれいで（は）ないな ら 假如不漂亮就…	きれいじゃなかったら 如果不漂亮的話…	きれいで（は）なかっ たら 如果不漂亮的話…

常體否定假定	常體否定假定	常體假定	常體假定
きれいじゃなければ 如果不漂亮就會…	きれいで（は）なけれ ば 如果不漂亮就會…	きれいなら 假如漂亮就…	きれいだったら 如果漂亮的話…

常體假定	敬體假定	常體推量表現	敬體推量表現
きれいであれば 如果漂亮了就會…	きれいでしたら 如果漂亮的話…	きれいだろう 漂亮吧！	きれいでしょう 漂亮吧！

元気（な）　有精神的、有活力的

否定表現組					
常體 1	常體過去式 1	常體 2	常體過去式 2	敬體 1	敬體過去式 1
元気じゃない 沒精神的	元気じゃなかった （以前是）沒精神的	元気ではない 沒精神的	元気ではなかった （以前是）沒精神的	元気じゃないです 沒精神的	元気じゃなかったです （以前是）沒精神的
敬體 2	敬體過去式 2	敬體 3	敬體過去式 3	敬體 4	敬體過去式 4
元気ではないです 沒精神的	元気ではなかったです （以前是）沒精神的	元気じゃありません 沒精神的	元気じゃありませんでした （以前是）沒精神的	元気ではありません 沒精神的	元気ではありませんでした （以前是）沒精神的
連體形 1	連體形過去式 1	連體形 2	連體形過去式 2	て形 1	て形 2
元気じゃない人 沒精神的人	元気じゃなかった人 （以前是）沒精神的人	元気ではない人 沒精神的人	元気ではなかった人 （以前是）沒精神的人	元気じゃなくて 沒精神的…	元気で（は）なくて 沒精神的…

肯定表現組			
常體	常體過去式	敬體	敬體過去式
元気だ 有精神的	元気だった （以前是）有精神的	元気です 有精神的	元気でした （以前是）有精神的
連體形	連體形過去式		て形
元気な人 有精神的人	元気だった人 （以前是）有精神的人		元気で 沒精神的…

假定、命令、推量表現組			
常體否定假定	常體否定假定	常體否定假定	常體否定假定
元気じゃないなら 假如沒精神就…	元気で（は）ないなら 假如沒精神就…	元気じゃなかったら 如果沒精神的話…	元気で（は）なかったら 如果沒精神的話…
常體否定假定	常體否定假定	常體假定	常體假定
元気じゃなければ 如果沒精神就會…	元気で（は）なければ 如果沒精神就會…	元気なら 假如有精神就…	元気だったら 如果有精神的話…
常體假定	敬體假定	常體推量表現	敬體推量表現
元気であれば 如果有精神了就會…	元気でしたら 如果有精神的話…	元気だろう 有精神吧！	元気でしょう 有精神吧！

静か（な） 安靜的、文靜的

否定表現組					
常體 1	常體過去式 1	常體 2	常體過去式 2	敬體 1	敬體過去式 1
静かじゃない 不安靜的	静かじゃなかった （以前是）不安靜的	静かではない 不安靜的	静かではなかった （以前是）不安靜的	静かじゃないです 不安靜的	静かじゃなかったです （以前是）不安靜的
敬體 2	敬體過去式 2	敬體 3	敬體過去式 3	敬體 4	敬體過去式 4
静かではないです 不安靜的	静かではなかったです （以前是）不安靜的	静かじゃありません 不安靜的	静かじゃありませんでした （以前是）不安靜的	静かではありません 不安靜的	静かではありませんでした （以前是）不安靜的
連體形 1	連體形過去式 1	連體形 2	連體形過去式 2	て形 1	て形 2
静かじゃない教室 不安靜的教室	静かじゃなかった教室 （以前是）不安靜的教室	静かではない教室 不安靜的教室	静かではなかった教室 （以前是）不安靜的教室	静かじゃなくて 不安靜的…	静かで（は）なくて 不安靜的…

肯定表現組			
常體	常體過去式	敬體	敬體過去式
静かだ 安靜的	静かだった （以前是）安靜的	静かです 安靜的	静かでした （以前是）安靜的
連體形		連體形過去式	て形
静かな教室 安靜的教室		静かだった教室 （以前是）安靜的教室	静かで 安靜的…

假定、命令、推量表現組			
常體否定假定	常體否定假定	常體否定假定	常體否定假定
静かじゃないなら 假如不安靜就…	静かで（は）ないなら 假如不安靜就…	静かじゃなかったら 如果不安靜的話…	静かで（は）なかったら 如果不安靜的話…
常體否定假定	常體否定假定	常體假定	常體假定
静かじゃなければ 如果不安靜就會…	静かで（は）なければ 如果不安靜就會…	静かなら 假如安靜就…	静かだったら 如果安靜的話…
常體假定	敬體假定	常體推量表現	敬體推量表現
静かであれば 如果安靜了就會…	静かでしたら 如果安靜的話…	静かだろう 安靜吧！	静かでしょう 安靜吧！

真剣(な) しんけん 認真的、嚴肅的

否定表現組					
常體 1	常體過去式 1	常體 2	常體過去式 2	敬體 1	敬體過去式 1
真剣じゃない 不認真的	真剣じゃなかった （以前是）不認真的	真剣ではない 不認真的	真剣ではなかった （以前是）不認真的	真剣じゃないです 不認真的	真剣じゃなかったです （以前是）不認真的
敬體 2	敬體過去式 2	敬體 3	敬體過去式 3	敬體 4	敬體過去式 4
真剣ではないです 不認真的	真剣ではなかったです （以前是）不認真的	真剣じゃありません 不認真的	真剣じゃありませんでした （以前是）不認真的	真剣ではありません 不認真的	真剣ではありませんでした （以前是）不認真的
連體形 1	連體形過去式 1	連體形 2	連體形過去式 2	て形 1	て形 2
真剣じゃない顔 不認真的臉	真剣じゃなかった顔 不認真的臉了	真剣ではない顔 不認真的臉	真剣ではなかった顔 （以前是）不認真的臉	真剣じゃなくて 不認真的…	真剣で(は)なくて 不認真的…

肯定表現組			
常體	常體過去式	敬體	敬體過去式
真剣だ 認真的	真剣だった （以前是）認真的	真剣です 認真的	真剣でした （以前是）認真的
連體形	連體形過去式		て形
真剣な顔 認真的臉	真剣だった顔 （以前是）認真的臉		真剣で 認真的…

假定、命令、推量表現組			
常體否定假定 .	常體否定假定	常體否定假定	常體否定假定
真剣じゃないなら 假如不認真就…	真剣で(は)ないなら 假如不認真就…	真剣じゃなかったら 如果不認真的話…	真剣で(は)なかったら 如果不認真的話…
常體否定假定	常體否定假定	常體假定	常體假定
真剣じゃなければ 如果不認真就會…	真剣で(は)なければ 如果不認真就會…	真剣なら 假如認真就…	真剣だったら 如果認真的話…
常體假定	敬體假定	常體推量表現	敬體推量表現
真剣であれば 如果認真了就會…	真剣でしたら 如果認真的話…	真剣だろう 認真吧！	真剣でしょう 認真吧！

好き（な）　喜歡的
すき

否定表現組

常體 1	常體過去式 1	常體 2	常體過去式 2	敬體 1	敬體過去式 1
好きじゃない 不喜歡的	好きじゃなかった （以前是）不喜歡的	好きではない 不喜歡的	好きではなかった （以前是）不喜歡的	好きじゃないです 不喜歡的	好きじゃなかったです （以前是）不喜歡的
敬體 2	敬體過去式 2	敬體 3	敬體過去式 3	敬體 4	敬體過去式 4
好きではないです 不喜歡的	好きではなかったです （以前是）不喜歡的	好きじゃありません 不喜歡的	好きじゃありませんでした （以前是）不喜歡的	好きではありません 不喜歡的	好きではありませんでした （以前是）不喜歡的
連體形 1	連體形過去式 1	連體形 2	連體形過去式 2	て形 1	て形 2
好きじゃない人 不喜歡的人	好きじゃなかった人 （以前是）不喜歡的人	好きではない人 不喜歡的人	好きではなかった人 （以前是）不喜歡的人	好きじゃなくて 不喜歡的…	好きで（は）なくて 不喜歡的…

肯定表現組

常體	常體過去式	敬體	敬體過去式
好きだ 喜歡的	好きだった （以前是）喜歡的	好きです 喜歡的	好きでした （以前是）喜歡的

連體形	連體形過去式	て形
好きな人 喜歡的人	好きだった人 （以前是）喜歡的人	好きで 喜歡的…

假定、命令、推量表現組

常體否定假定 .	常體否定假定	常體否定假定	常體否定假定
好きじゃないなら 假如不喜歡就…	好きで（は）ないなら 假如不喜歡就…	好きじゃなかったら 如果不喜歡的話…	好きで（は）なかったら 如果不喜歡的話…
常體否定假定	常體否定假定	常體假定	常體假定
好きじゃなければ 如果不喜歡就會…	好きで（は）なければ 如果不喜歡就會…	好きなら 假如喜歡就…	好きだったら 如果喜歡的話…
常體假定	敬體假定	常體推量表現	敬體推量表現
好きであれば 如果喜歡了就會…	好きでしたら 如果喜歡的話…	好きだろう 喜歡吧！	好きでしょう 喜歡吧！

暇(な) 閒的、閒暇的

否定表現組					
常體 1	常體過去式 1	常體 2	常體過去式 2	敬體 1	敬體過去式 1
暇じゃない 不閒的	暇じゃなかった （以前是）不閒的	暇ではない 不閒的	暇ではなかった （以前是）不閒的	暇じゃないで す 不閒的	暇じゃなかっ たです （以前是）不閒的
敬體 2	敬體過去式 2	敬體 3	敬體過去式 3	敬體 4	敬體過去式 4
暇ではないで す 不閒的	暇ではなかっ たです （以前是）不閒的	暇じゃありま せん 不閒的	暇じゃありま せんでした （以前是）不閒的	暇ではありま せん 不閒的	暇ではありま せんでした （以前是）不閒的
連體形 1	連體形過去式 1	連體形 2	連體形過去式 2	て形 1	て形 2
暇じゃない人 不閒的人	暇じゃなかっ た人 （以前是）不閒的 人	暇ではない人 不閒的人	暇ではなかっ た人 （以前是）不閒的 人	暇じゃなくて 不閒的…	暇で（は）なく て 不閒的…

肯定表現組			
常體	常體過去式	敬體	敬體過去式
暇だ 閒的	暇だった （以前是）閒的	暇です 閒的	暇でした （以前是）閒的
連體形	連體形過去式		て形
暇な人 閒的人	暇だった人 （以前是）閒的人		暇で 閒的…

假定、命令、推量表現組			
常體否定假定.	常體否定假定	常體否定假定	常體否定假定
暇じゃないなら 假如不閒就…	暇で（は）ないなら 假如不閒就…	暇じゃなかったら 如果不閒的話…	暇で（は）なかったら 如果不閒的話…
常體否定假定	常體否定假定	常體假定	常體假定
暇じゃなければ 如果不閒就會…	暇で（は）なければ 如果不閒就會…	暇なら 假如閒就…	暇だったら 如果閒的話…
常體假定	敬體假定	常體推量表現	敬體推量表現
暇であれば 如果閒了就會…	暇でしたら 如果閒的話…	暇だろう 閒吧！	暇でしょう 閒吧！

平気(な) <ruby>平<rt>へい</rt></ruby><ruby>気<rt>き</rt></ruby>　冷靜的、很一般的

否定表現組

常體 1	常體過去式 1	常體 2	常體過去式 2	敬體 1	敬體過去式 1
平気じゃない 不冷靜的	平気じゃなかった （以前是）不冷靜的	平気ではない 不冷靜的	平気ではなかった （以前是）不冷靜的	平気じゃないです 不冷靜的	平気じゃなかったです （以前是）不冷靜的
敬體 2	**敬體過去式 2**	**敬體 3**	**敬體過去式 3**	**敬體 4**	**敬體過去式 4**
平気ではないです 不冷靜的	平気ではなかったです （以前是）不冷靜的	平気じゃありません 不冷靜的	平気じゃありませんでした （以前是）不冷靜的	平気ではありません 不冷靜的	平気ではありませんでした （以前是）不冷靜的
連體形 1	**連體形過去式 1**	**連體形 2**	**連體形過去式 2**	**て形 1**	**て形 2**
平気じゃない人 不冷靜的人	平気じゃなかった人 （以前是）不冷靜的人	平気ではない人 不冷靜的人	平気ではなかった人 （以前是）不冷靜的人	平気じゃなくて 不冷靜的…	平気で(は)なくて 不冷靜的…

肯定表現組

常體	常體過去式	敬體	敬體過去式
平気だ 冷靜的	平気だった （以前是）冷靜的	平気です 冷靜的	平気でした （以前是）冷靜的
連體形	**連體形過去式**		**て形**
平気な人 冷靜的人	平気だった人 （以前是）冷靜的人		平気で 冷靜的…

假定、命令、推量表現組

常體否定假定.	常體否定假定	常體否定假定	常體否定假定
平気じゃないなら 假如不冷靜就…	平気で(は)ないなら 假如不冷靜就…	平気じゃなかったら 如果不冷靜的話…	平気で(は)なかったら 如果不冷靜的話…
常體否定假定	**常體否定假定**	**常體假定**	**常體假定**
平気じゃなければ 如果不冷靜就會…	平気で(は)なければ 如果不冷靜就會…	平気なら 假如冷靜就…	平気だったら 如果冷靜的話…
常體假定	**敬體假定**	**常體推量表現**	**敬體推量表現**
平気であれば 如果冷靜了就會…	平気でしたら 如果冷靜的話…	平気だろう 冷靜吧！	平気でしょう 冷靜吧！

真面目（な）　認真的

<ruby>真面目<rt>まじめ</rt></ruby>

否定表現組					
常體1	常體過去式1	常體2	常體過去式2	敬體1	敬體過去式1
真面目じゃない 不認真的	真面目じゃなかった （以前是）不認真的	真面目ではない 不認真的	真面目ではなかった （以前是）不認真的	真面目じゃないです 不認真的	真面目じゃなかったです （以前是）不認真的
敬體2	敬體過去式2	敬體3	敬體過去式3	敬體4	敬體過去式4
真面目ではないです 不認真的	真面目ではなかったです （以前是）不認真的	真面目じゃありません 不認真的	真面目じゃありませんでした （以前是）不認真的	真面目ではありません 不認真的	真面目ではありませんでした （以前是）不認真的
連體形1	連體形過去式1	連體形2	連體形過去式2	て形1	て形2
真面目じゃない人 不認真的人	真面目じゃなかった人 （以前是）不認真的人	真面目ではない人 不認真的人	真面目ではなかった人 （以前是）不認真的人	真面目じゃなくて 不認真的…	真面目で（は）なくて 不認真的…

肯定表現組			
常體	常體過去式	敬體	敬體過去式
真面目だ 認真的	真面目だった （以前是）認真的	真面目です 認真的	真面目でした （以前是）認真的
連體形	連體形過去式		て形
真面目な人 認真的人	真面目だった人 （以前是）認真的人		真面目で 認真的…

假定、命令、推量表現組			
常體否定假定.	常體否定假定	常體否定假定	常體否定假定
真面目じゃないなら 假如不認真就…	真面目で（は）ないなら 假如不認真就…	真面目じゃなかったら 如果不認真的話…	真面目で（は）なかったら 如果不認真的話…
常體否定假定	常體否定假定	常體假定	常體假定
真面目じゃなければ 如果不認真就會…	真面目で（は）なければ 如果不認真就會…	真面目なら 假如認真就…	真面目だったら 如果認真的話…
常體假定	敬體假定	常體推量表現	敬體推量表現
真面目であれば 如果認真了就會…	真面目でしたら 如果認真的話…	真面目だろう 認真吧！	真面目でしょう 認真吧！

めちゃくちゃ　亂七八糟的、亂成一團的

否定表現組					
常體 1	常體過去式 1	常體 2	常體過去式 2	敬體 1	敬體過去式 1
めちゃくちゃじゃない 不亂七八糟的	めちゃくちゃじゃなかった （以前是）不亂七八糟的	めちゃくちゃではない 不亂七八糟的	めちゃくちゃではなかった （以前是）不亂七八糟的了	めちゃくちゃじゃないです 不亂七八糟的	めちゃくちゃじゃなかったです （以前是）不亂七八糟的
敬體 2	敬體過去式 2	敬體 3	敬體過去式 3	敬體 4	敬體過去式 4
めちゃくちゃではないです 不亂七八糟的	めちゃくちゃではなかったです （以前是）不亂七八糟的	めちゃくちゃじゃありません 不亂七八糟的	めちゃくちゃじゃありませんでした （以前是）不亂七八糟的	めちゃくちゃではありません 不亂七八糟的	めちゃくちゃではありませんでした （以前是）不亂七八糟的
連體形 1	連體形過去式 1	連體形 2	連體形過去式 2	て形 1	て形 2
めちゃくちゃじゃない人生 不亂成一團的人生	めちゃくちゃじゃなかった人生 （以前是）不亂成一團的人生	めちゃくちゃではない人生 不亂成一團的人生	めちゃくちゃではなかった人生 （以前是）不亂成一團的人生	めちゃくちゃじゃなくて 不亂七八糟的…	めちゃくちゃで（は）なくて 不亂七八糟的…

肯定表現組					
常體	常體過去式	敬體	敬體過去式	連體形	連體形過去式
めちゃくちゃだ 亂七八糟的	めちゃくちゃだった （以前是）亂七八糟的了	めちゃくちゃです 亂七八糟的	めちゃくちゃでした （以前是）亂七八糟的	めちゃくちゃな人生 亂成一團的人生	めちゃくちゃだった人生 （以前是）亂成一團的人生

假定、命令、推量表現組			
常體否定假定	常體否定假定	常體否定假定	常體否定假定
めちゃくちゃじゃないなら 如果不亂七八糟就…	めちゃくちゃで（は）ないなら 如果不亂七八糟就…	めちゃくちゃじゃなかったら 如果不亂七八糟的話…	めちゃくちゃで（は）なかったら 如果不亂七八糟的話…
常體否定假定	常體否定假定	常體假定	常體假定
めちゃくちゃじゃなければ 如果不亂七八糟就會…	めちゃくちゃで（は）なければ 如果不亂七八糟就會…	めちゃくちゃなら 如果亂七八糟就…	めちゃくちゃだったら 亂七八糟的話…
常體假定	敬體假定	常體推量表現	敬體推量表現
めちゃくちゃであれば 如果亂七八糟了就會…	めちゃくちゃでしたら 亂七八糟的話…	めちゃくちゃだろう 亂七八糟吧！	めちゃくちゃでしょう 亂七八糟吧！

ゆうめい

否定表現組					
常體 1	常體過去式 1	常體 2	常體過去式 2	敬體 1	敬體過去式 1
有名じゃない 不有名的	有名じゃなかった （以前是）不有名的	有名ではない 不有名的	有名ではなかった （以前是）不有名的	有名じゃないです 不有名的	有名じゃなかったです （以前是）不有名的
敬體 2	敬體過去式 2	敬體 3	敬體過去式 3	敬體 4	敬體過去式 4
有名ではないです 不有名的	有名ではなかったです （以前是）不有名的	有名じゃありません 不有名的	有名じゃありませんでした （以前是）不有名的	有名ではありません 不有名的	有名ではありませんでした （以前是）不有名的
連體形 1	連體形過去式 1	連體形 2	連體形過去式 2	て形 1	て形 2
有名じゃない人 不有名的人	有名じゃなかった人 （以前是）不有名的人	有名ではない人 不有名的人	有名ではなかった人 （以前是）不有名的人	有名じゃなくて 不有名的…	有名で（は）なくて 不有名的…

肯定表現組			
常體	常體過去式	敬體	敬體過去式
有名だ 有名的	有名だった （以前是）有名的	有名です 有名的	有名でした （以前是）有名的
連體形	連體形過去式		て形
有名な人 有名的人	有名だった人 （以前是）有名的人		有名で 有名的…

假定、命令、推量表現組			
常體否定假定．	常體否定假定	常體否定假定	常體否定假定
有名じゃないなら 假如不有名就…	有名で（は）ないなら 假如不有名就…	有名じゃなかったら 如果不有名的話…	有名で（は）なかったら 如果不有名的話…
常體否定假定	常體否定假定	常體假定	常體假定
有名じゃなければ 如果不有名就會…	有名で（は）なければ 如果不有名就會…	有名なら 假如有名就…	有名だったら 如果有名的話…
常體假定	敬體假定	常體推量表現	敬體推量表現
有名であれば 如果有名了就會…	有名でしたら 如果有名的話…	有名だろう 有名吧！	有名でしょう 有名吧！

形容動詞詞尾的文法接續應用

使用意義	日文表現	意思	例句
表反向逆接	きれいじゃなくても	即使不漂亮…	見た目はきれいじゃなくても、心がきれいだけで十分です。 （即使外表不好看，但只要心美就十分足夠了。）
表順接	きれいだし	既乾淨	台北の街はきれいだし、安全です。 （台北的街頭既乾淨，而且治安良好。）
表主觀原因	きれいだから	因為乾淨	ここの水がおいしいのは川がきれいだからです。 （這裡的水之所以好喝是因為河川的水質很乾淨。）
表客觀原因	きれいなので	由於乾淨	この店はきれいなので、また来たいです。 （因為這間店很乾淨所以我還想再來光顧。）
表逆接	きれいなのに	漂亮卻	あの人はきれいなのに動物に優しくないです。 （那個人雖然漂亮但卻對動物不友善。）
表逆接	きれいだけど	雖然漂亮	都心にあるマンションはきれいだけど、家賃は高いです。 （位在市中心的公寓雖然漂亮但租金卻不便宜。）
表比較	きれいより	比起漂亮	きれいよりかわいいほうが好きです。 （比起漂亮我比較喜歡可愛的。）
表限定	きれいだけ	只要漂亮	見た目はきれいじゃなくても、心がきれいだけで十分です。 （即使外表不好看，但只要心美就十分足夠了。）
表假定	きれいなら	乾淨的話	きれいなら家賃は大丈夫です。 （只要乾淨房租不是問題。）
表傳聞	きれいだそう	聽說漂亮	部長の奥さんはきれいだそうです。 （聽説部長夫人很漂亮。）
表樣態	元気なよう	好像有精神	母国の友人からの頼りでは、恩師は元気なようです。 （從母國的朋友那來消息得知，恩師的身體依舊健朗。）
表推量、勸誘	きれいだろう	漂亮吧！	ここの夜景はきれいだろう！ （這裡的夜景很漂亮吧！）
表原因、表順接	きれいで	因為漂亮	心がきれいで、人から信頼されています。 （內心漂亮，而且受人信賴。）
表逆接	きれいでも	即使漂亮	きれいでも、この部屋を借りたくないです。 （即使乾淨我還是不想租這個房子。）
表假定、順勢發展	暇だったら	有空的話	もし暇だったら、うちへ遊びに来てください。 （如果有空的話請來家裡玩。）

台灣廣廈 國際出版集團
Taiwan Mansion International Group

國家圖書館出版品預行編目（CIP）資料

史上最強常用日語單字詞尾變化大全 / 李欣倚著.
-- 初版. -- 新北市：國際學村, 2018.03
　面；　公分
ISBN 978-986-454-064-8（平裝）
1.日語　2.詞彙

803.12　　　　　　　　　　　106025307

🌐 國際學村

史上最強常用日語單字詞尾變化大全

作　　者／李欣倚	編輯中心／第六編輯室
審　　定／小堀和彥、秦就	編 輯 長／伍峻宏・編輯／王文強
	封面設計／何偉凱・內頁排版／東豪印刷事業有限公司
	製版・印刷・裝訂／東豪・紘億、弼聖・明和

行企研發中心總監／陳冠蒨	線上學習中心總監／陳冠蒨
媒體公關組／陳柔彣	數位營運組／顏佑婷
綜合業務組／何欣穎	企製開發組／江季珊、張哲剛

發 行 人／江媛珍
法 律 顧 問／第一國際法律事務所 余淑杏律師・北辰著作權事務所 蕭雄淋律師
出　　　版／台灣廣廈有聲圖書有限公司
　　　　　　地址：新北市235中和區中山路二段359巷7號2樓
　　　　　　電話：（886）2-2225-5777・傳真：（886）2-2225-8052
讀者服務信箱／cs@booknews.com.tw

代理印務・全球總經銷／知遠文化事業有限公司
　　　　　　地址：新北市222深坑區北深路三段155巷25號5樓
　　　　　　電話：（886）2-2664-8800・傳真：（886）2-2664-8801
郵 政 劃 撥／劃撥帳號：18836722
　　　　　　劃撥戶名：知遠文化事業有限公司（※單次購書金額未達1000元，請另付70元郵資。）

■ 出版日期：2018年3月　　　ISBN：978-986-454-064-8
　　　　　　2024年8月12刷　　版權所有，未經同意不得重製、轉載、翻印。